윌리엄 포크너

02 세계문학 단편선

윌리엄 포크너

하창수 옮김

현대문학

차례

에밀리에게 바치는 한 송이 장미
A Rose for Emily

I

　에밀리 그리어슨 양이 세상을 떠났을 때, 우리 마을 사람들 모두가 그녀의 장례식에 참석했다. 남자들은 쓰러진 기념비에 대한 존경 가득한 애정의 마음을 품고서, 여자들은 정원사와 요리사를 겸한 늙은 하인 외에 적어도 10년은 아무도 보지 못했던 그녀의 집 내부를 보고 싶다는 호기심을 품고서.

　정사각형의 그 하얀 목조 주택은 둥근 지붕과 첨탑과 소용돌이 모양의 발코니가 무척이나 우아한 70년대풍 저택으로, 그 집이 서 있는 곳은 한때는 우리 마을에서 가장 고급스러운 주택가였다. 하지만 차량 정비소와 조면기가 밀어닥치면서 이웃의 위엄 어린 명패들은 하나둘 사라져 갔고, 마침내 에밀리 양의 집만 목화를 실어 나르는 마차와 급유 펌프들 사이로 고집스럽고 요염한 몰락을 드러내며 흉물 중의 흉물로 남게 되었다. 그리고 이제 유명을 달리한 에밀리 양은 제퍼슨 전투에서 전사한 북군과 남군 유·무명용사들의 무덤이 있는 삼나무 숲에 누워 위엄 어린 명패들을 대표하고 있다.

살아 있는 동안 에밀리 양은 하나의 전통이자 의무이며 관심의 대상이었다. 즉 마을에 세습되는 일종의 책임이었다. 흑인 여성은 앞치마를 두르지 않고는 거리를 다닐 수 없다는 법령을 시행한 바 있던 시장 사토리스 대령이 1894년 그녀의 부친이 사망한 날, 지금부터 그녀의 세금을 영구적으로 면제하겠다고 하면서부터. 에밀리 양이 그런 혜택을 순순히 받아들이지 않을까 봐, 사토리스 대령은 그녀의 부친이 시 정부에 돈을 빌려 주었기에 시 입장에서는 그렇게라도 상환해야 한다는 그럴듯한 이야기를 지어냈었다. 딱 대령 세대의 사고방식을 가진 남자만이 지어낼 수 있고, 딱 한 여자만 믿을 수 있는 이야기였다.

더 현대적인 신념을 가진 다음 세대가 시장과 시의원이 되자, 그들은 그 조치에 적잖은 불만의 소리를 냈다. 그리고 새해 첫날, 그들은 그녀에게 납세고지서를 발송했다. 2월이 되어도 답신은 없었다. 그들은 그녀에게 공적인 서신을 보내 편리한 시간에 보안관 사무실로 출두해 줄 것을 요청했다. 일주일 뒤 다시 시장이 직접 방문하거나 차를 보내겠다는 서신을 보내자, 고풍스러운 편지지에 색 바랜 잉크로 쓴 한 장짜리 답신이 왔다. 더 이상 바깥출입은 하지 않는다는 글이 가늘고 유려한 필치로 쓰여 있었다. 납세고지서도 동봉되어 있었지만 거기에 대해선 아무런 언급이 없었다.

시의원들은 특별 회합을 소집했다. 그리고 그들의 대표단이 8년인가

10년 전 도자기 그림 수업이 중단된 이후 그 어떤 방문객도 통과한 적 없던 그녀의 집 대문을 두드렸다. 늙은 흑인이 그들을 어둠침침한 복도로 안내했는데, 그곳으로 올라가는 계단은 더욱 짙은 어둠에 잠겨 있었고 먼지 냄새와 밀폐된 공간에서 나는 눅눅한 냄새가 풍겼다. 흑인은 그들을 응접실로 데려갔다. 응접실은 가죽으로 덮인 육중한 가구들로 장식되어 있었다. 흑인이 창문 한쪽을 가리고 있던 블라인드를 걷자, 그들은 가죽에 균열이 가 있는 것을 볼 수 있었다. 그들이 자리에 앉자 그들의 허벅지 부근에서 희미하게 피어오른 먼지가 한 줄기 햇살 속에서 느리게 소용돌이쳤다. 벽난로 앞에 세워진 빛바랜 금박 이젤에는, 크레용으로 그려진 에밀리 양 부친의 초상화가 놓여 있었다.

그녀가 들어오자 그들은 자리에서 일어났다. 검은 옷의 그녀는 작은 키에 통통했고, 허리까지 드리워져 끝을 허리띠 안으로 집어넣은 가느다란 금목걸이를 하고 있었으며, 빛바랜 황금색 손잡이가 달린 흑단 지팡이를 짚고 있었다. 그녀의 골격은 작고 가는 편이었다. 다른 사람이었으면 통통해 보였을 몸이 비만스러워 보이는 것은 그 때문인 듯했다. 그녀의 얼굴은 고인 물속에 오랫동안 잠겨 있었던 시체처럼 퉁퉁 불어 있었고, 파리한 안색 역시 시체를 연상시켰다. 퉁퉁 불은 얼굴에 감추어진 그녀의 두 눈은 손님들이 용건을 말하는 동안 그들의 얼굴을 일일이 살피고 있었는데, 마치 반죽 덩어리 속에 박힌 두 개의 조그만 석탄 쪼가리 같았다.

그녀는 그들에게 앉으라고 권하지 않았다. 자신 역시 그냥 문가에 선채 대표자가 당황하며 말을 멈출 때까지 조용히 듣고만 있었다. 그러는 동안 그들은 금목걸이 끝에 달려 있는, 허리띠 안에 감춰져 보이지는 않는 시계의 째각거리는 소리를 들을 수 있었다. 그녀의 목소리는 건조하고 차가웠다. "난 제퍼슨 시에 낼 세금이 없습니다. 사토리스 대령이 내게 그걸 설명해 주었어요. 여러분 누구라도 시의 기록을 조사해 본다면 납득이 갈 겁니다."

"하지만 이미 조사를 했습니다. 저희는 시 당국자들입니다, 에밀리 양. 보안관이 서명한 통지서를 받지 않으셨나요?"

"물론 서류 한 장을 받은 적은 있어요." 에밀리 양이 말했다. "그걸 보낸 사람이 보안관이었나 보군요. 하지만…… 난 제퍼슨 시에 낼 세금이 없습니다."

"하지만 어떤 문서에도 그런 내용은 적혀 있지 않았습니다. 아시겠지만, 우리는 보내 드린 통지서대로……"

"사토리스 대령을 만나 보세요. 난 제퍼슨 시에 낼 세금이 없습니다."

"그렇지만, 에밀리 양……"

"사토리스 대령을 만나 보세요." (사토리스 대령은 죽은 지 거의 10년이 되어 가고 있었다.) "난 제퍼슨 시에 낼 세금이 없어요. 토베!" 흑인이 나타났다. "여기 신사분들께 나가시는 길을 안내해 줘요."

II

그렇게 그녀는 그들을 모조리 퇴각시켰다. 30년 전, 어떤 냄새 때문에 찾아온 그들의 아버지들을 퇴각시켰을 때처럼. 그녀의 부친이 세상을 떠난 지 2년 뒤이자 우리가 그녀와 결혼할 거라고 믿고 있었던 그녀의 애인이 그녀를 버린 지 얼마 되지 않았을 때의 일이었다. 부친이 죽은 뒤로 그녀는 거의 외출을 하지 않았는데, 애인마저 떠나자 더욱 사람들 눈에 띄는 일이 드물어졌다. 몇몇 부인들이 그녀의 집을 찾아가는 만용을 부렸으나 당연히 받아들여지지 않았다. 그 집에 사람이 산다는 유일한 표지는, 한 흑인 남자가 — 당시엔 청년이었다 — 장바구니를 들고 그 집을 들락거린다는 것뿐이었다.

"남자도 누구든 제대로 부엌일을 할 수 있다고 생각하나 보지?" 부인들이 수군거렸다. 그래서 그 집에서 냄새가 풍겼을 때 사람들은 그리 놀라지 않았다. 그 냄새는 시끄럽고 바글거리는 세계와 높고 장엄한 그리어슨 가문 사이를 다시 연결시켰다.

이웃에 사는 한 여인이 시장인 여든 살의 스티븐스 판사에게 불만을 털어놓았다.

"하지만 내가 뭘 할 수 있겠어요, 부인?" 그가 말했다.

"왜요? 냄새를 멈추게 하라고 사람을 보내면 될 거 아니에요." 여인이 말했다. "이런 경우에 적용할 수 있는 법은 없나요?"

"굳이 그런 걸 찾아볼 필요까지는 없습니다." 스티븐스 판사가 말했다. "그녀의 깜둥이 하인이 마당에서 뱀이나 쥐를 죽였는지도 모르죠. 하인한테 말해 보겠습니다."

다음 날 그는 그 냄새에 대한 불만을 두 건 더 접수했는데, 그중 한 남자는 이렇게 조심스럽게 탄원했다. "정말 그에 대해 뭔가 조치를 취해야 합니다, 판사님. 에밀리 양을 성가시게 하고 싶지는 않지만, 뭔가 조치를 취해야 해요." 그날 밤 시의원들이 모였다. 세 사람은 마을의 원로였고, 한 사람은 떠오르는 젊은 세대였다.

"복잡할 거 없습니다." 젊은 시의원이 말했다. "그녀에게 집을 깨끗이 치우라는 전갈을 보내면 충분합니다. 집을 치울 시간을 주고, 만약 그렇게 하지 않는다면……"

"이봐요, 의원님." 스티븐스 판사가 말했다. "숙녀의 면전에 대고 고약한 냄새가 난다고 면박을 주라는 말씀이오?"

결국 다음 날 밤 자정이 지난 시각, 네 명의 남자가 에밀리 양의 잔디밭을 가로질러 가서 집 주변 벽돌 바닥을 따라 도둑처럼 살금살금 돌아다니며 코를 킁킁거렸고, 지하실 문 틈새에도 코를 들이대고 냄새를 맡았다. 그러는 동안 그들 중 하나는 어깨에 둘러멘 자루 속에 손을 넣었다 뺐다 하며 씨앗을 뿌리는 동작을 규칙적으로 반복했다. 그들은 지하실로 통하는 문을 부수고 그 안쪽까지 구석구석 석회를 뿌렸고 별채들 주변에도 석회를 뿌렸다. 그들이 잔디밭을 다시 가로지를 때 어둠에 잠겨 있던 창 하나에 불이 들어왔고, 그들은 그 불빛을 배경으로 마치 조상彫像처럼 상체를 꼿꼿이 세운 채 꼼짝 않고 앉아 있는 에밀리 양을 볼 수 있었다. 그들은 아무 소리도 내지 않고 잔디밭을 지나 거리에 줄지어 서 있는 아카시아 그늘 속으로 기어 들어갔다. 2주일쯤 지나자 냄새는 사라졌다.

사람들이 그녀에게 진심으로 미안해하기 시작한 것은 바로 그 일이 있고부터였다. 그녀의 왕고모 와이엇 노부인이 어떤 식으로 완전히 정신이 나갔는지를 기억하고 있던 우리 마을 사람들은, 그리어슨 가문 사람들이 실제보다 너무 잘난 척한다고 여겼다. 그들은 마을 청년들 중에는 에밀리 양의 배필로 적합한 사람은 없다는 듯 굴었다. 오랫동안 우리는 그 가문을 다음과 같은 하나의 풍경으로 여겼다. 뒤쪽에는 하얀 옷을 입은 가냘픈 에밀리 양이 서 있고, 앞쪽에는 그녀의 부친이 그녀에게 등을 보인 채 말채찍을 들고 두 다리를 벌린 실루엣으로 서 있는 풍경으로. 활짝 열린 현관문이 그 두 사람의 모습을 가두는 액자였다. 그녀가 서른이 되어도 여전히 독신으로 머물러 있자, 우리는 기쁨까지는 아니지만 우리의 예상대로 되었다는 기분을 느꼈다. 비록 그 가문에 정신 병적인 기질이 있다 해도 그녀에게 기회를 잡을 가능성만 있었다면, 그녀가 그 모든 기회를 거절하지는 않았을 거라 생각하며.

그녀의 부친이 세상을 떠난 날, 저택만이 그녀에게 남겨진 전부라는 얘기가 돌았다. 어떤 점에서 우리는 반가웠다. 마침내 에밀리 양을 연민할 수 있어서였다. 그리고 빈털터리 신세로 홀로 남겨졌으니 그녀도 이제 인간다운 모습을 보일 거라고, 비로소 동전 한 푼에 울고 웃는 인간의 그 유서 깊은 전율과 절망을 배우게 될 거라고 생각했다.

그다음 날, 마을 부인들 모두는 관례대로 조문도 하고 장례도 도우려고 그녀의 집을 방문했다. 문간에서 그들을 맞이한 에밀리 양은 평소 옷차림 그대로였고, 얼굴에선 슬픔의 흔적을 찾을 수 없었다. 그녀는 그들에게 자신의 아버지는 죽지 않았다고 말했다. 성직자들과 의사들이 그녀를 찾아가 시신을 매장해야 한다고 설득한 사흘 동안에도 같은 말을 반복했다. 그들이 하는 수 없이 법과 공권력을 동원하려 하자 마침내 그녀는 굴복했고, 그들은 서둘러 그녀의 부친을 매장했다.

당시 우리는 그녀가 미쳐 버렸다고 말하지는 않았다. 그녀로선 그럴 수밖에 없을 거라 생각했다. 우리는 그녀의 부친이 쫓아냈던 그 많은 청년들을 모두 기억하고 있었기에, 남은 게 아무것도 없는 사람들이 그렇듯이 그녀도 자신의 모든 것을 앗아간 바로 그 대상에게 매달릴 수밖에 없을 거고, 누구라도 그녀와 같은 처지가 되면 그렇게 될 거라고 이해한 것이다.

III

그녀는 오랫동안 앓았다. 우리가 다시 그녀를 보았을 때, 그녀는 머리를 짧게 잘라서 소녀처럼 보였다. 교회의 색유리에 그려진 천사들과 어렴풋이 닮은, 비극적이면서도 평화로운 모습이었다.

시 정부는 보도 포장 공사와 관련된 계약을 체결했었는데, 그녀의 부친이 세상을 떠난 그해 여름에 그 공사가 시작되었다. 건설 회사는 깜둥이들과 노새들과 기계들을 들여왔고, 북부 출신의 호머 배런이란 사람을 감독으로 데려왔다. 그는 덩치가 크고 거무튀튀하며 몸놀림이 재발랐고, 큰 목소리에 얼굴보다 밝은 색의 눈동자를 가지고 있었다. 어린 남자애들은 떼를 지어 몰려다니며 그가 깜둥이들에게 욕을 퍼붓는 소리와 깜둥이들이 곡괭이를 들었다 내리치면서 부르는 노랫소리에 귀를 기울이곤 했다. 그는 금세 마을 사람 모두와 안면을 텄다. 광장 부근 어딘가에서 왁자한 웃음소리가 들리면 어김없이 호머 배런이 그 중심에 있었다. 얼마 지나지 않아, 일요일 오후면 그와 에밀리 양이 말 대여소에서 빌린 사륜마차를 타고 드라이브를 즐기는 장면이 눈에 띄기 시작했다. 노란색 바퀴가 달린, 한 쌍의 밤색 말이 끄는 마차였다.

처음에 마을 사람들은 에밀리 양에게 흥밋거리가 생겼다는 사실을 반가워했다. 부인들은 "그리어슨 가문 여자가 북부 출신 일용직 노동자를 진지하게 생각할 리는 없을 거야"라고 떠들어 댔다. 하지만 나이 많은 노인네들은 아무리 슬픈 일을 겪었다 해도 진정한 숙녀라면 노블레스 오블리주를 잊으면 안 된다고 여겼다. 하지만 실제로 노블레스 오블리주라는 말을 입 밖으로 꺼내지는 않았고 그저 "불쌍한 에밀리, 친지들이 와줘야 할 텐데"라고만 했다. 그녀에겐 앨라배마에 사는 몇 명의 친척들이 있었다. 하지만 정신병이 있던 왕고모 와이엇 부인의 유산 문제로 그녀의 아버지와 심하게 다툰 뒤로, 두 집안 사이엔 전혀 왕래가 없었다. 그래서 그들은 장례식에조차 얼굴을 비치지 않았던 것이다.

나이 든 사람들이 "불쌍한 에밀리"라고 말한 뒤부터, 수군거림이 시작되었다. "정말 그럴 수 있다고 생각해?" 또 누군가는 손으로 입을 가리며 말했다. "물론이지. 달리 뾰족한 수가……" 한 쌍의 말이 딸깍거리며 빠르게 지나가는 일요일 오후만 되면, 햇볕을 가리는 비늘창 뒤에서 견직옷의 바스락거리는 소리와 함께 다음과 같은 말이 들려왔다. "불쌍한 에밀리."

그녀는 고개를 한껏 높이 치켜들고 다녔는데, 심지어 우리가 이제 그녀는 몸까지 버렸다고 여길 때조차 그랬다. 그것은 그리어슨 가 마지막 인물의 위엄을 인정하라는 요구, 아니 그보다 더한 요구처럼 보였다. 또한 속세와의 접촉을 통해 자신이 그 어떤 것에도 휘둘리지 않는다는 사실을 새삼 확인하고 싶어 하는 몸짓 같기도 했다. 그녀가 쥐약, 그러니까 비소를 구입했을 때도 마찬가지로 당당한 자세였다. 그때는 사람들의 입에서 "불쌍한 에밀리"라는 말이 나오기 시작한 지 1년이 넘은 때로, 당시 종자매 둘이 그녀의 집을 방문해 있었다.

"독약이 좀 필요해요." 그녀가 약사에게 말했다. 서른 살이 넘은 그녀는 여전히 가냘픈 몸매였다. 아니 보통 때보다 더 여위어 있었다. 하지만 검은 눈은 차갑고 오만했으며, 관자놀이와 눈 주변의 살은 긴장해 있었다. 마치 바다를 살피는 등대지기의 얼굴 같았다. "독약이 필요해요." 그녀가 다시 말했다.

"예, 에밀리 양. 어떤 종류로 드릴까요? 쥐 잡을 때 쓰는 걸로 드릴까요? 그런 거라면……"

"여기 있는 것 중 제일 좋은 걸로 주세요. 무슨 종류든 상관없어요."

약사는 여러 가지 이름들을 말했다. "코끼리까지 죽일 수 있는 것도 있습니다. 하지만 원하시는 게……"

"비소." 에밀리 양이 말했다. "그것도 좋은 거겠죠?"

"비소……? 그래요, 좋은 거죠. 하지만 사시려는 게……"

"비소로 주세요."

약사가 그녀를 내려다보았다. 그녀는 똑바로 선 채 팽팽히 당겨진 깃발 같은 얼굴로 그를 올려다보았다. "드려야죠, 물론." 약사가 말했다. "그걸 원하신다면요. 그런데 무슨 용도로 쓸 건지 밝혀야 한다고 법에 나와 있습니다."

에밀리 양은 그를 응시하기만 했다. 그의 눈을 똑바로 응시하려고 고개를 뒤로 조금 젖혔는데, 약사가 눈길을 돌리고는 약제실로 들어가 비소를 꺼내 포장할 때까지 그녀는 그 자세를 계속 유지했다. 흑인 급사 소년이 그녀에게 포장한 약을 가져다주었다. 약사는 나오지 않았다. 그녀가 집으로 돌아와 포장을 뜯어보니, 상자에는 해골과 뼈가 그려져 있고 그 아래에는 다음과 같이 쓰여 있었다. '쥐약'

IV

다음 날 우리는 모두 이렇게 말했다. "그녀가 자살하려나 봐." 그리고 그게 최선일 거라고 말하기도 했다. 처음 그녀가 호머 배런과 함께 있는 모습을 봤을 땐 우리는 이렇게 말했었다. "그와 결혼할 건가 봐." 그 뒤에는 이렇게 말했다. "아직 그를 설득 중인가 봐." 왜냐하면 호머가 스스로 자신은 결혼에 적합한 남자가 아니라고 밝혔기 때문이었다. 그가 남자를 좋아해서 엘크스 클럽에서 젊은 남자들과 술을 마신다는 사실도 알려져 있었다. 그 뒤 우리는 그들이 일요일 오후 번쩍거리는 사륜마차를 타고 지나갈 때면, 비늘창 뒤에서 "불쌍한 에밀리"라고 말했던 것이다. 에밀리 양은 고개를 높이 쳐들고 있었고, 모자를 비딱하게 쓴 호머 배런은 이빨 사이에 시가를 물고 노란 장갑을 낀 손에 고삐와 채찍을 쥐고 있었다.

그러던 어느 날 그들의 관계가 마을의 수치이며 젊은이들에게 좋지 않은 선례라는 얘기가 몇몇 부인들 사이에서 흘러나왔다. 남자들은 그 일에 끼어들고 싶어 하지 않았지만, 결국 여자들의 성화에 못 이겨 침례교 목사로 하여금 ― 에밀리 양 가문은 성공회 신도들이었다 ― 그녀를 방문하게 했다. 그는 그녀와 면담하는 동안 무슨 일이 있었는지는 발설하지 않았지만, 다시 방문하는 것은 완강히 거부했다. 다음 일요일에도 두 사람은 거리를 돌아다녔다. 그 이튿날 목사의 아내가 앨라배마에 사는 에밀리 양의 친지에게 편지를 보냈다.

그리하여 그녀는 다시 한지붕 아래서 혈족과 함께 지내게 되었고, 우리는 한발 물러나 일이 어떻게 전개되어 가는지를 지켜보았다. 처음엔 아무 일도 일어나지 않았다. 그러자 우리는 그들이 결혼하게 될 거라고 확신했다. 우리는 에밀리 양이 보석 가게에 가서 은으로 된 남성용 화장 실용품 세트를 주문하고 각 용기마다 이니셜 H. B.를 새겨 넣도록 했다는 사실을 알게 되었다. 이틀 뒤 우리는 그녀가 잠옷을 포함해 남성용 정장 일습을 구입했다는 사실까지 알아냈다. 우리는 말했다. "결혼을 했군." 우리는 진심으로 기뻐했다. 종자매 둘이 에밀리 양 이상으로 그리어슨 가문 티를 내고 있었기에 우리의 기쁨이 더 컸을지도 모른다.

그리하여 호머 배런이 떠났을 때도 우리는 그다지 놀라지 않았다. 보도 공사는 얼마 전에 끝나 있었고, 그에 대한 떠들썩한 공적인 행사가 없었다는 데는 다소 실망했지만, 그가 떠난 건 에밀리 양을 신부로 맞을 준비를 하기 위해서이거나 그녀로 하여금 사촌들을 돌려보낼 시간을 벌어 주기 위해서라고 믿었다(당시 우리는 그 사촌들을 몰아내는 일에 일종의 비밀결사처럼 가담해 에밀리 양에게 협력하고 있었다). 아니나 다를까, 일주일이 지난 뒤 그들은 떠났다. 그리고 우리 모두가 예상했듯, 사흘 후 호머 배런이 마을로 돌아왔다. 이웃에 사는 한 사람이 어둑해지던 저녁 무렵, 흑인 남자가 그를 부엌문으로 들여보내는 걸 보았다.

그리고 그것이 우리 마을 사람이 본 호머 배런의 마지막 모습이었다. 에밀리 양도 한동안은 보이지 않았다. 흑인 남자가 장바구니를 들고 드나들었지만 현관문은 굳게 닫혀 있었다. 이따금 우리는, 남자들이 석회를 뿌려 대던 날 밤에 그랬듯이 잠깐 동안 창문에 앉아 있는 그녀를 볼 수 있었지만, 거의 6개월 동안 그녀는 거리에 나타나지 않았다. 이윽고 우리는 그 역시 예상할 수 있었던 일이었음을 깨달았다. 여자로서의 그녀의 인생을 수없이 좌절시킨 부친의 기질은, 그가 죽어서도 사라지지 않을 만큼 치명적이고 맹렬했기 때문이었다.

우리가 에밀리 양을 다시 보았을 때, 그녀는 몸집이 불고 머리칼이 희어지고 있었다. 그다음 몇 년에 걸쳐 그것은 점점 더 희어지더니, 진행이 멈추었을 때는 후추와 소금을 섞어 놓은 것 같은 철회색을 띠고 있었다. 일흔네 살의 나이로 세상을 떠날 때까지 그녀의 머리칼은 활동적인 남자의 그것 같은 강인한 철회색을 그대로 유지했다.

그때 이후로 그녀의 집 현관문은 굳게 닫혔다. 마흔 살 무렵부터 6, 7년가량 도자기 그림 수업을 진행했던 기간만 제외하고. 당시 그녀는 아래층에 있는 여러 개의 방들 중 하나를 화실로 개조해 그림 수업을 진행했고, 사토리스 대령 세대들이 딸이나 손녀들을 그녀에게 보냈다. 마치 일요일마다 꼬박꼬박 헌금함에 넣을 25센트짜리 동전을 쥐여 주고 교회에 보내듯이. 그러는 동안에도 그녀는 세금을 면제받았다.

그러다가 새로운 세대가 시 정부의 등뼈와 정신이 되었고, 그림 수업을 받던 학생들도 자라서 하나둘 그녀를 떠나게 되었다. 물감과 붓과 여성 잡지에서 오려 낸 사진들이 담긴 상자를 들려서 그녀에게 아이들을 보내는 일은 더 이상 일어나지 않았다. 마지막 학생이 떠나며 닫혀 버린 현관문은 다시는 열리지 않았다. 마을에 무료 우편배달이 시작되었을 때, 에밀리 양만이 자신의 집 문에 번지가 적힌 금속판과 우편함을 다는 것을 거부했다. 그녀는 그들의 말을 들으려고도 하지 않았다.

날이 가고 달이 바뀌고 해가 변하는 동안, 우리는 장바구니를 들고 드나드는 흑인의 머리가 점점 희어지고 허리가 굽어 가는 것을 지켜보았다. 해마다 12월이면 우리는 그녀에게 납세고지서를 보냈고, 일주일 후면 그것은 수취인이 없다는 이유로 우체국을 통해 반송되었다. 가끔 아래층 창문들 중 하나에서 — 저택의 위층은 아예 폐쇄시킨 게 분명했다 — 그녀의 모습이 보이곤 했다. 마치 벽감에 놓인 조상처럼 앉아 있는 그녀가 과연 우리를 보고 있는 것인지 아닌지는 확인할 길이 없었다. 그렇게 그녀는 한 세대에서 다음 세대로 넘어갔다. 피할 수 없는 대가를 치르며, 무엇에도 영향받지 않고, 고요하고, 괴팍하게.

또한 그렇게 세상을 떠났다. 그녀가 병들었을 때, 먼지와 어둠이 가득한 그 집에서 그녀를 돌보는 사람이라곤 늙어 제대로 몸도 못 가누는 흑인 남자뿐이었다. 우리는 그녀가 병이 든 것조차 몰랐다. 흑인 남자로부터 무언가 정보를 얻으려는 노력을 오래전에 포기했기 때문이었다. 그는 누구와도 말을 하지 않았다. 사용하지 않아 녹이 슨 것처럼 거칠었던 그의 목소리로 보아, 그는 심지어 그녀와도 말을 하지 않고 지냈을지도 모른다.

그녀는 아래층의 한 방에, 커튼이 드리워진 육중한 호두나무 침대 위에 시체가 되어 누워 있었다. 그녀의 회색 머리는, 햇볕을 받지 못해 누렇게 변색되고 곰팡이가 핀 오래된 베개 위에 얹혀 있었다.

V

흑인 남자는 맨 처음으로 방문한 부인들을 현관문에서 맞이하고는 그들을 집 안으로 안내했다. 그리고 그들의 낮게 쉬쉬거리는 소리와 재빠르고 호기심 어린 눈길을 뒤로한 채 모습을 감추었다. 집 안을 똑바로 통과해 뒷문으로 빠져나간 뒤 다시는 나타나지 않은 것이다.

곧 종자매 둘이 들이닥쳤고, 그들은 다음 날 장례식을 거행했다. 마을 사람들은 꽃 더미 아래 누운 에밀리 양을 보려고 찾아왔다. 에밀리 양 부친의 크레용 초상화가 상여와 낮고 음산하게 속삭이는 부인들을 생각에 잠긴 듯 굽어보고 있었다. 나이가 아주 많은 남자들은 — 그들 중엔 남군의 군복을 다려 입고 온 사람들도 몇 있었다 — 현관 앞이나 잔디밭에 서서 마치 에밀리 양이 자신들과 동년배라도 되는 듯 그녀에 대한 얘기를 주고받았다. 그들은 그녀와 함께 춤을 추었다고 믿고 있었으며, 어쩌면 구애를 했을지도 모른다는 얼굴을 하고 있었다. 그들은 나이든 사람들이 흔히 그렇듯이 시간의 수학적인 흐름에 둔감해져 있었다. 그들에게 과거란 희미하게 사라져 가는 길이 아니라 결코 겨울이 찾아오지 않는 거대한 초원이었고, 그 초원과 현재를 구분하는 것은 최근 10년이라는 좁은 병목이었다.

이미 우리는 위층에 40년 동안 아무도 본 적 없는 방이 있다는 것을 알고 있었고, 그 방으로 들어가려면 완력을 써야 할 것임도 알고 있었다. 사람들은 에밀리 양을 품위 있게 땅속에 묻고 난 뒤에야 그 방의 문을 열었다.

문을 부순 완력이 방 안의 먼지를 퍼지게 한 듯했다. 신방으로 꾸며진 그 방 어디에나, 엷고 매캐한 먼지가 마치 무덤 속 관을 덮는 보처럼 덮여 있었다. 커튼의 봉과 고리를 가린 빛바랜 장미색 밸런스커튼 위에도, 장미색 전등갓 위에도, 화장대 위에도, 우아한 크리스털 그릇들 위에도, 그리고 새겨진 이니셜이 알아볼 수 없을 정도로 희미해진 은으로 된 남성용 화장용품들 위에도. 그 물건들 사이에 막 벗어 놓은 듯한 칼라와 넥타이가 놓여 있었다. 그것들을 집어 들자, 그것들이 놓여 있던 먼지 쌓인 가구 표면에 남은 초승달 모양의 창백한 자국을 볼 수 있었다. 의자 위에는 얌전하게 개켜진 남자의 정장이 있었고, 그 아래에는 침묵에 싸인 한 짝의 구두와 벗어 놓은 양말 한 켤레가 놓여 있었다.

그 남자는 침대에 누워 있었다.

한참 동안 우리는 그 자리에 서서, 움푹 파인 그 해골의 환한 미소를 내려다보았다. 그 주검은 한때는 포옹하는 자세를 취하고 있었음에 분명했지만, 지금은 사랑보다 더 오래 지속되는, 자신을 저버린 일그러진 사랑마저 정복해 버린, 긴 잠에 빠져 있었다. 잠옷 아래에서 썩어 간 그의 잔해는 그가 누운 침대에 그대로 달라붙어 있었다. 그의 위에, 그리고 그의 베개 위에도, 끈질기게 견뎌 온 세월의 먼지가 차곡차곡 쌓여 있었다.

　그리고 우리는 두 번째 베개 위에서 머리가 놓였던 움푹한 자국을 발견했다. 누군가가 거기서 뭔가를 집어 들었고, 그것을 보려고 몸을 기울이자 그 희미하고 잘 보이지 않는 메마른 먼지 같은 것이 매캐한 냄새를 풍겼다. 우리가 본 것은 한 올의 기다란 철회색 머리카락이었다.

헛간 타오르다
Barn Burning

치안판사가 주재하는 재판이 열리고 있는 가게 안에는 치즈 냄새가 피어오르고 있었다. 물건들이 빼곡하게 들어찬 가게 뒤편에서 자신의 못통을 깔고 앉아 있던 소년은 치즈 냄새와 그 밖의 많은 냄새들이 콧속으로 스며들고 있음을 깨달았다. 그가 앉아 있는 곳에서는 견고하고 땅딸막하고 기운차 보이는 통조림들이 쌓여 있는 선반이 보였다. 통조림의 상표를 읽어 낸 것은 그의 위장이었다. 그의 머리에 그것은 그저 아무 의미 없는 글자들에 불과했지만 그의 위장에 그것은 매운 양념에 재운 새빨간 불고기였고, 은빛 곡선을 가진 물고기였다. 치즈 냄새와 그의 위장이 감지한 밀봉된 고기 냄새는 끊임없이 피어오르는 다른 냄새들 사이로 이따금씩 짧고 간결하게 밀려들었는데, 그것을 감지하는 것이 조금은 무섭기도 했다. 그 냄새를 맡는 것은, 오랫동안 거칠게 그의 핏속을 흘러온 절망과 비애이기도 하기 때문이었다. 그가 있는 곳에서는 치안판사가 앉아 있는 탁자는 보이지 않았다. 판사 앞에 서 있을 아버지와 아버지의 원수도 보이지 않았다. (그는 절망에 휩싸여 생각했다. 저 원수는 나와 저 사람, 우리 모두의 원수야! 저 사람은 내 아버지니까!) 하지만 목소리는 들을 수 있었다. 물론 판사와 원수의 목소리만. 아버지는 아직까지 한마디도 하지 않고 있었다.

"하지만 무슨 증거라도 있소, 해리스 씨?"

"말씀드렸잖아요. 돼지가 밭으로 들어왔다고. 제가 그놈을 잡아서 이 사람한테 돌려보냈죠. 이 사람네 집엔 놈을 가둬 놓을 우리가 없더군요. 제가 그 점을 지적하고, 경고도 했어요. 그런데 또 같은 일이 벌어져서 우리 집 우리에 돼지를 넣어 뒀다가, 이 사람이 오자 우리를 만들라고 철망까지 넉넉하게 줘서 돌려보냈어요. 그런데 또 같은 일이 벌어졌고, 저는 그놈을 잡아 가둬 놓고는 말을 타고 이 사람네로 갔습니다. 제가 준 철망이 둘둘 말린 채로 마당에 팽개쳐져 있더군요. 저는 우리 사용료로 1달러를 내면 돼지를 가져가게 해주겠다고 말하고 돌아왔습니다. 그날 저녁 깜둥이 하나가 1달러를 가지고 돼지를 찾으러 왔더군요. 처음 보는 깜둥이였어요. 그 친구가 이렇게 말하더군요. '장작이랑 건초는 불에 타는 물건이라고 전하라더군요.' 제가 '뭐라고?' 하고 물으니, 그 깜둥이는 '그렇게 전하라고만 했어요. 나무랑 건초는 불에 타는 물건이라고요' 하는 겁니다. 그리고 그날 밤 제 헛간이 타버렸어요. 가축들은 겨우 밖으로 빼냈지만 헛간은 몽땅 재가 됐단 말입니다."

"그 깜둥이는 어딨소? 당신이 데리고 있소?"

"처음 본 깜둥이였다고 하지 않았습니까? 그 친구가 뭘 하고 있는지는 저야 알 길이 없죠."

"하지만 그런 말은 증거가 못 되오. 그걸 모르겠소?"

"저기 저 소년을 여기다 불러 주세요. 쟤가 압니다." 해리스가 말했다. 소년은 "개 말고, 저기 쪼그마한 사내아이 말입니다"라고 해리스가 덧붙이기 전까지는, 그가 말한 소년이 자신의 형이라고 생각했다. 몸을 웅크리고 있던, 또래보다 왜소한, 자신의 아버지처럼 마르고 깐깐해 보이는, 여기저기 기운 흔적에 몸에 작고 빛마저 바랜 진 바지를 입은, 뻣뻣하고 헝클어진 갈색 머리와 폭풍에 밀려온 비구름처럼 거친 잿빛 눈동자를 가진 소년은, 자신과 탁자 사이에 있는 얼굴들이 험상궂은 표정을 지으며 양편으로 갈라지는 것을 보았다. 하나의 길이 만들어진 것이다. 그리고 그 길 끝에, 칼라 없는 허름한 옷을 입은 늙은 판사가 안경알 너머로 자신을 바라보며 손짓하고 있었다. 그는 맨발에 닿는 마룻바닥의 감촉을 느낄 수 없었다. 험상궂은 표정으로 자신을 돌아보는 사람들의 힘에 의해 앞으로 끌려가는 듯했다. 재판 때문이 아니라 이사를 가는 날이라 검은 정장을 차려입은 아버지는, 꼿꼿이 선 채 그에게 눈길 한 번 주지 않았다. 그는 다시금 핏속에서 광분하는 비애와 절망을 느끼며 생각했다. 저 사람은 내가 거짓말하기를 바라는 거야. 그리고 난 그렇게 할 수밖에 없어.

"이름이 뭐니, 애야?" 판사가 물었다.

"커널 사토리스 스놉스." 소년이 작은 소리로 말했다.

"뭐?" 판사가 말했다. "크게 말해. 커널 사토리스라고? 이 마을에서 커널 사토리스라는 이름을 가진 사람이면 누구든 진실만을 말하지 않을 수 없다고 생각하는데, 다들 그렇게 생각합니까?" 소년은 아무 말도 하지 않았다. 원수! 원수! 하고 속으로 되뇔 뿐이었다. 소년은 판사가 걱정스러운 목소리로 해리스란 사내에게 "이 아이에게 물어보란 말이오?"라고 말할 때, 판사의 얼굴이 온화한지 아닌지 알아볼 수가 없었다. 하지만 소리는 들을 수 있었다. 뒤이은 몇 초 동안 사람들로 빼곡하게 들어찬 좁은 실내에서 들리는 건 낮고 끈끈한 숨소리뿐이었다. 소년은 포도 덩굴을 붙잡고 그네를 타다가 그네가 계곡 너머까지 보이는 정점에 닿았을 때 느꼈던, 시간의 무게가 사라진 순간 속에 다시 머무르고 있는 듯 했다.

"됐어요!" 해리스가 거칠게, 폭발하듯 말했다. "빌어먹을! 저 아일 내보내세요!" 다시금 시간이 흐르는 세계로 돌아온 듯 치즈와 밀봉된 고기 냄새를 뚫고, 그의 핏속을 흐르는 오래된 공포와 절망과 비애를 뚫고, 그에게로 목소리가 다가왔다.

"이것으로 본 사건을 종료합니다. 스놉스, 당신에 대한 혐의는 찾지 못했지만 충고는 해야겠소. 이 마을을 떠나 다시는 돌아오지 마시오."

아버지가 처음으로 입을 열었다. 싸늘하고 귀에 거슬리는, 높낮이도 강세도 없는 목소리였다. "나도 그럴 생각입니다. 이런 인간들이 사는 마을엔 나도 살고 싶은 생각이 없습니다……" 딱히 누구에게 하는 말은 아니었지만, 그는 거칠고 상스럽게 내뱉었다.

"그럼 됐소." 판사가 말했다. "마차를 타고 어둡기 전에 마을을 떠나시오. 폐정합니다."

아버지가 돌아섰다. 소년은 뻣정다리로 걸어 나가는 그 강인한 남자의 검정 코트를 따라, 30년 전 남부 연합* 소속 헌병대 초병이 말을 훔친 남자의 발뒤꿈치에 머스킷 총탄을 박아 넣었던 그곳을 떠났다. 아버지보다 키는 크지 않지만 덩치는 더 큰, 줄기차게 씹는담배를 질겅거리

---

*1860~1861년 사이, 미합중국을 탈퇴해서 남북전쟁을 일으킨 미국 남부 11개 주 연합체. 이와 적대한 북부 세력은 북부 연방이다.

26

는 형이 사람들 사이에서 불쑥 나타나자, 그는 이제 두 사람의 등 뒤를 따라 양쪽으로 갈라선 험상궂은 표정의 사람들 사이를 지나 가게를 벗어나 낡은 발코니를 가로질러 계단을 내려갔다. 포근한 5월의 흙먼지 속을 뛰노는 개들과 제법 청년 티가 나는 사내아이들 옆을 지나고 있을 때, 목소리 하나가 날카롭게 귀를 파고들었다.

"헛간에 불을 지른 놈!"

소년의 눈앞이 뱅뱅 돌며 다시 아무것도 보이지 않았다. 그러다가 붉은 안개 속에서 덩치가 그의 1.5배나 되는, 보름달보다 더 큰 얼굴을 가진 사람이 보였다. 그는 그 얼굴을 향해 달려들었고, 얻어맞은 충격은 전혀 느끼지 못했지만 어느새 머리가 땅바닥에 처박혀 있음을 깨달았다. 그는 필사적으로 일어나 다시 달려들었지만, 이번 역시 충격도 입안에 고인 피도 느껴지지 않았는데 쓰러져 있었다. 다시 힘겹게 일어나 보니 눈앞에 한바탕 싸움을 벌인 듯한 사내애가 버티고 서 있었다. 녀석에게로 다시 달려들려는 순간, 아버지가 그의 뒷덜미를 낚아채며 거칠고 차가운 목소리로 말했다. "마차에 타거라."

마차는 길 건너 아카시아와 뽕나무가 가득한 숲에 서 있었다. 마차에는 주일 예복을 입은 뚱뚱한 누나 둘과, 거친 면직물 옷에 햇빛 가리개 모자를 쓴 어머니와 이모가 타고 있었다. 그들은 소년이 기억하는 것만도 열 번이 넘는 이사에서 남겨진 물건들 ― 우그러진 난로와 찌그러진 침대, 깨진 의자, 까마득히 잊혀진 어느 날의 2시 14분을 가리키며 멈추어 있는, 어머니의 혼수품이었던 자개 박힌 시계 ― 사이에 끼어 있었다. 눈물을 흘리고 있던 어머니는 소년을 보자 소매로 눈물을 찍어 내고는 마차에서 내려오려 했다. "앉아 있어." 아버지가 말했다.

"다쳤잖아요. 물로 씻어 주기라도……"

"그냥 타고 있으라니까." 아버지가 말했다. 소년은 마차 뒷문으로 올라 탔고, 아버지는 형이 앉은 앞자리로 오르더니 껍질을 벗긴 버드나무로 바짝 마른 노새의 등을 두 번 세차게, 하지만 전혀 흥분하지 않고 후려 쳤다. 거기엔 어떤 가혹함도 배어 있지 않았다. 훗날 그의 후손들이 자 동차를 출발시키기 전에 회전수를 높였다 줄였다 하면서 엔진을 가열시 키는 행동과 완전히 일치했다. 마차가 움직이기 시작했다. 말없이 험상 궂은 얼굴로 그들을 지켜보고 있던 가게 안 사람들을 뒤로하고. 굽잇길 로 접어들자 더 이상 그들의 모습은 보이지 않았다. 소년은 생각했다. 저 들과는 영원히 안녕이니 이제 저 사람은 만족했을 거야. 저 사람은 이제…… 거 기서 그는 자제했다. 비록 마음속 말에 불과했지만. 어머니의 손이 그의 어깨에 닿았다.

"아프지?" 어머니가 말했다.

"아뇨." 소년이 말했다. "아프지 않아요. 신경 쓰지 마세요."

"상처가 말라붙기 전에 피를 닦아 내면 좋을 텐데."

"밤에 씻을게요. 신경 쓰지 마시라니까요." 소년이 말했다.

마차는 쉬지 않고 계속 나아갔다. 소년은 어디로 가고 있는지 알지 못 했다. 누구도 묻지 않았고, 물으려 하지도 않았다. 하루나 이틀, 혹은 사 흘이 지나면 늘 어딘가에 어떤 종류의 집이 그들을 기다리고 있었다. 마 치 일을 저지르기 전에 아버지가 다른 농장에 소작을 하겠다고 미리 입 을 맞추어 놓은 것처럼 느껴질 정도였다. 더 이상 생각해 봐야 소용없 었다. 그는, 그러니까 그의 아버지는, 늘 이런 식이었으니까. 아버지는 늑 대와 흡사한 자립심과, 하다못해 감정을 자제하고서라도 이득을 챙기는 침착한 담력을 가지고 있었고, 낯선 이들은 그런 점을 인상 깊게 보았 다. 그의 먹잇감을 쫓는 맹렬함이 믿음직해서가 아니라, 자신의 행동이

옳다고 생각하는 그의 맹렬한 자기 신뢰가 결국 이득을 보게 만든다는 것이 흥미로워서인 듯했다.

그날 밤 그들은 참나무와 너도밤나무가 있고 샘물이 흐르는 숲에서 야영을 했다. 밤공기는 여전히 차가웠기에, 근처 울타리에서 나무를 뽑아 적당한 길이로 잘라 불을 지폈다. 모닥불이라고 하기엔 너무 작고 소박해서 거의 옹색하기까지 했다. 그렇게 작게 모닥불을 피우는 건, 모든 것이 꽁꽁 얼어붙는 날씨에도 아버지가 고수하는 습성이자 규칙이었다. 소년은 나이가 더 들어서야 이때의 일을 떠올리며 왜 좀 더 큰 불을 피우지 않았을까 의문에 잠기곤 했다. 전쟁을 겪으면서 온갖 소모와 낭비를 목격했을 뿐 아니라 제 것 아닌 물건들은 거리낌 없이 탕신하는 못된 피를 타고난 아버지가 왜 모닥불을 피울 때는 눈에 보이는 것들을 닥치는 대로 태우지 않았을까? 그는 한 걸음 더 나아가 그 이유를 궁리해 냈다. 푸른빛이나 잿빛 군복의 사내들을 피해 (아버지가 한사코 잡은 것이라 강변했던) 말들과 함께 숨어 지내야 했던 4년 동안 목숨을 부지하기 위해 그렇게 옹색한 모닥불을 피운 것이라고. 그리고 더 나이가 들었을 때는 진짜 이유를 간파해 냈다. 다른 사람에게 쇠나 폭약이 그렇듯, 아버지에게는 불이라는 것이 자기 안에 깊이 내재한 주요한 요소, 그것이 없다면 숨을 쉬어도 살아 있다고 할 수 없는 요소를 온전히 지켜낼 수 있는 무기였다는 것을, 그래서 존중하고 때때로 신중하게 사용할 수밖에 없었다는 것을.

하지만 지금은 자신이 보아 온 모닥불은 하나같이 이런 옹색한 것이었다는 사실만 생각할 수 있을 뿐, 다른 생각은 할 수 없었다. 그는 그 모닥불 곁에서 저녁을 먹었다. 잠시 후 아버지가 그를 불렀을 때 그는 철제 식판에 코를 박고 반쯤 잠이 들어 있었다. 그는 다시 한 번 그 강인한 등, 그 강인하고 무자비한 절름발이의 뒤를 따라 언덕길을 올라 별빛이 쏟아지는 길 위에 이르렀다. 아버지는 몸을 돌려 별빛을 등지고 섰다. 얼굴도 표정도 보이지 않는 그는, 자신의 것이 아닌 쇠로 만든 프록코트를 입은, 검고 생기 없고 피도 눈물도 없는 사람 같았다. 양철처럼 차가운 목소리에도 온기라곤 없었다.

"넌 그들에게 다 털어놓을 뻔했다. 그자에게 다 말할 뻔했다고."

소년은 대꾸하지 않았다. 아버지는 전혀 흥분한 기색 없이 가게 앞에서 노새 두 마리를 후려쳤을 때처럼, 마치 쇠등에를 잡으려고 막대기를 내리치듯, 손바닥으로 단호하게 그의 옆머리를 때렸다. 목소리에도 흥분이나 화는 담겨 있지 않았다. "넌 곧 어른이 될 거다. 그러니 알아야 한다. 네 혈육을 어떻게 지켜야 하는지 배워야 한다는 말이다. 그걸 배우지 못한다면 우리는 결코 너를 지켜 줄 수 없다. 오늘 아침에 거기 있던 인간들 중 누구 하나라도 널 지켜 줄 것 같으냐? 그들이 날 이길 수 없다는 사실 때문에 하나같이 날 욕보일 기회만 엿보고 있었다는 걸 모르겠느냐?" 훗날, 그러니까 20년쯤 뒤, 소년은 혼잣말로 중얼거리게 된다. "그 사람들은 다만 진실을, 정의를 원했을 뿐이라고 말했다면, 아버진 날 또 때렸겠지." 하지만 지금의 그는 아무 말도 하지 않았다. 울음을 터뜨리지도 않았다. 거기 그냥 서 있었다. "대답해 봐." 아버지가 말했다.

"아버지 말씀이 맞아요." 그가 작은 소리로 말했다. 아버지가 몸을 돌리며 말했다.

"그만 가서 자거라. 내일이면 거기에 도착할 게다."

다음 날 그들은 거기에 있었다. 오후로 접어든 시각 마차는 10년이라는 소년의 인생에서 벌써 열 번 넘게 마주쳤던, 앞으로 또 열 번 넘게 마주치게 될 집들과 다를 바 없는, 칠이 되어 있지 않은 방 두 개짜리 집 앞에 멈추었고, 엄마와 이모는 마차에서 내려 짐을 부리기 시작했다. 누나 둘과 아버지와 형은 꼼짝도 하지 않았다.

"꼭 돼지우리 같지 않니?" 두 누나 중 하나가 말했다.

"그렇게 보이긴 해도 맞춰 살 수 있다. 너희가 돼지가 되면 오히려 좋아하게 될 거다." 아버지가 그렇게 말하며 명령했다. "앉아 있지만 말고 엄마를 거들어."

크고 미련한 두 누나가 싸구려 옷에 달린 리본을 펄럭거리며 마차에서 내렸다. 하나는 물건들로 뒤죽박죽인 마차 바닥에서 낡은 등잔을 꺼냈고, 다른 하나는 해진 빗자루를 끌어 내렸다. 아버지는 고삐를 형에게 건네주고는 뻣정다리로 바퀴를 밟고 마차에서 내렸다. "짐을 다 내리거든 이놈들을 헛간으로 데려가서 꼴을 먹이도록 해라." 그러고는 뭐라고 말을 이었는데, 처음에는 계속 형에게 하는 말인 줄 알았다. "나랑 가자고."

"저요?" 그가 물었다.

"그래, 너." 아버지가 말했다.

"애브너." 어머니가 불렀다. 아버지가 걸음을 멈추고 고개를 돌렸다. 허옇게 센 성마른 눈썹 아래 나란히 붙은 두 개의 눈이 어머니를 거칠게 쏘아보았다.

"내일부터 8개월 동안 내 몸과 마음을 맡기게 될 남자와 얘기하러 가야 해." 아버지가 말했다.

소년과 아버지는 길을 따라 올라갔다. 일주일 전이었다면 — 바로 어젯밤이었다 해도 — 소년은 어디로 가느냐고 물었겠지만 지금은 그럴 수 없었다. 아버지는 어젯밤 그를 때렸다. 아버지는 나중에라도 왜 때렸는지 설명해 주는 법이 없었다. 마치 폭풍 뒤에 고요가 찾아오듯 그것으로 끝이었다. 난폭한 소리가 여전히 소년의 귀에 메아리치고 있었지만, 그가 가진 것은 어리다는 치명적인 약점뿐이었다. 그의 몇 해 되지 않는 인생의 무게는 이 세계를 떠나 날아가고 싶은 그의 욕망을 저지할 만큼은 무거웠지만, 이 세계 안에 굳건히 두 발로 서서 저항하고 변화를 꾀하게 만들기엔 너무 가벼웠다.

참나무와 삼나무로 가득한 숲을 지나자, 얼마 후면 사람이 사는 집이 나타난다는 표시인 꽃나무와 관목들이 보였다. 소년과 아버지는 그곳을 지나 인동과 금앵자 덩굴이 휘감긴 울타리를 따라 두 개의 벽돌 기둥 사이에 있는, 열린 대문까지 걸어갔다. 길게 뻗은 진입로 너머로 처음 저택을 본 순간, 그의 의식 속에 아버지도 두려움도 절망도 사라졌다. 그러다가 다시 아버지는 떠올랐지만(아버지는 계속 걸음을 멈추지 않았다), 공포와 절망은 되살아나지 않았다. 모두 열두 번이나 이사를 다니면서 머문 곳은 늘 조그만 농장과 들판과 집들이 있는 가난한 시골뿐이었기에, 지금 눈앞에 보이는 저택 같은 것은 본 적이 없었다. 법원만큼 크구나. 그는 숨죽이며 생각했다. 어린 그가 말로는 다 표현할 수 없는 평화와 기쁨에 휩싸인 채. 여기 사는 사람들은 저 사람으로부터 안전하겠군. 저 사람은 이런 평화롭고 위엄 있는 곳에 사는 사람들은 감히 건드릴 수 없을 테니까. 저 사람은 그저 윙윙거리는 말벌에 지나지 않아. 잠깐 침이야 쏠 수 있겠지만 그뿐이지. 만에 하나 이 집에 딸린 헛간과 마구간과 곳간에 그 하찮은 불길이 닿는다 해도, 이런 평화와 위엄의 마력이라면 끄떡없을 거야…… 그의 마음속에 일어난 평화와 기쁨은, 강인한 검은 등과 다시 마주치는 순간 썰물처럼 빠져나갔다. 양철에서 아무렇게나 잘라낸 듯한 뻣뻣하고 완강한 뻗정다리를 가진 그 형체는, 어디서도 본 적 없는 이 거대한 저택의 위용 앞에서도, 기둥들이 평화롭게 늘어선 주랑柱廊 앞에서도 결코 위축되지 않았고 그 무엇에도 흔들리지 않을 것 같았다. 태양마저 그 형상을 비껴 간 듯 그것은 그림자조차 드리우지 않았다. 아버지는 목표한 방향을 한 치도 벗어나지 않고 걷고 있었다. 아버지의 강인한 발은 얼마든지 피해 갈 수 있었던, 말이 진입로에 싸놓은 똥 덩어리를 그대로 밟고 지나갔다. 저택의 마력에 사로잡힌 채 걷는 동안 느꼈던, 말로는 표현할 수 없는 소년의 바람은 그 순간 썰물처럼 빠져나갔다. 소년의 바람은 쇠로 만든 듯한 검정 코트를 입고 소년 앞에서 걷고 있는, 부러움도 슬픔도 질투로 인한 분노도 없는 사람은 상상도 할 수 없는 것이었다. 이제 저 사람도 뭔 가 느끼게 될 거야. 어쩔 수 없이 그 짓을 저지르던 그도 이제 변하게 될 거야.

두 사람은 주랑현관을 가로질렀다. 아버지의 시계처럼 정확하게 울리 는, 실제로 발을 옮기는 순간과 일치하지는 않는 발걸음 소리를 들을 수 있었다. 앞에 있는 하얀색 문에 전혀 주눅 들지 않는 소리였다. 아버지 는 납작하고 넓고 검은 모자를 쓰고 한때는 검은색이었지만 이제는 늙 은 집파리 색깔처럼 푸르죽죽해진 코트를 입고 있었다. 너무 길어서 걷 어붙인 소매 밑으로 나와 있는 손은 짐승의 굽은 발톱 같았다. 문이 황 급히 열리는 것을 보고 소년은 깜둥이가 줄곧 자신들을 지켜보고 있었 음을 알 수 있었다. 단정하게 빗은 희끗한 머리에 리넨 재킷을 차려입은 그 노인이 문을 가로막고 서서 말했다. "신발 바닥 닦아요, 백인 양반. 여 기 들어오고 싶음 신발 닦아요. 그리고 소령님 집에 안 계시오."

"비켜, 깜둥이." 아버지가 말했다. 아버지는 예의 그 흥분 없는 태도로 문과 깜둥이를 한꺼번에 밀치고는 모자도 벗지 않고 안으로 들어섰다. 소년은 문설주에 또렷하게 찍힌 발자국을 볼 수 있었고 이어서 체중의 두 배를 지탱하고 있는 듯이(혹은 그 정도 무게는 옮기는 듯이) 찬찬히 기계처럼 움직이는 발이 연청색 양탄자 위에 발자국을 남기는 것을 지켜보았다. "룰라 아가씨! 룰라 아가씨!" 깜둥이의 외침이 뒤에서 들렸다. 카펫이 깔린 층계의 완만한 곡선, 금빛 테두리가 있는 샹들리에의 소리 없는 번쩍임이 만들어 낸 온화한 파도에 휩쓸려 있던 소년의 귓속으로 빠른 발걸음 소리가 파고들더니 한 여자가 나타났다. 어디서도 본 적 없는 자태였다. 목에 레이스가 달린 회색의 매끄러운 가운에 앞치마를 두르고 소매를 걷어 올린 그녀는, 손에 묻은 케이크나 비스킷 반죽 같은 걸 수건으로 닦아 내며 아래층으로 내려왔다. 그녀는 소년의 아버지는 보지 않고, 믿기지 않는다는 눈길로 옅은 빛깔의 양탄자에 찍힌 발자국만 바라보았다.

"안 된다고 했는데." 깜둥이가 울부짖듯 말했다. "이 사람이 막무가내로……"

"나가 주시겠어요?" 그녀가 떨리는 목소리로 말했다. "드 스페인 소령님은 집에 계시지 않아요. 그러니 나가 주시겠어요?"

아버지는 아무 말도 하지 않았다. 전혀 입을 열지 않았고 아예 그녀와 눈도 마주치지 않았다. 여전히 모자도 벗지 않고, 조약돌 색깔 눈동자 위의 텁수룩한 철회색 눈썹을 씰룩거리며 양탄자 한가운데에 뻣뻣한 자세로 서 있었다. 잠깐 동안 신중하게 집 안을 훑어보겠다는 듯이. 그러다가 그가 예의 그 신중한 태도로 몸을 돌리자, 성한 다리를 축 삼아 뻣뻣한 다리가 반원을 그려 내었다. 그것이 그가 양탄자 위에 마지막으로 남긴, 길고 옅은 자국이었다. 아버지는 그 자국도 보지 않았다. 양탄자로는 아예 눈길조차 주지 않았다. 그들이 나올 때 깜둥이가 붙들고 있던 문이 닫히더니, 집 안에서 발작적이고 불분명한 여자의 외침이 들려왔다. 아버지는 현관 계단 앞에서 걸음을 멈추더니 계단 모서리에 구두를 문질러 닦았다. 대문 앞에서 그는 다시 걸음을 멈추더니 뻗정다리로 서서 저택을 돌아보았다. "예쁘고 하얗군, 그렇지?" 그가 말했다. "저건 땅이다, 저 깜둥이의 땅. 아직 저 사람이 만족할 만큼 충분히 하얗지 않을지도 모르겠다만. 저기 하얀 땅까지 섞고 싶어 할지도 모르겠다."

두 시간 후에 소년은 어머니와 이모와 누나 둘이 식사 준비를 하려고 조리용 난로를 만들고 있는 집 뒤편에서 장작을 쪼개고 있었다. (그가 보기에 어머니와 이모는 분명 식사 준비를 하고 있었지만 누나 둘은 아니었다. 벽을 사이에 두고 떨어져 있어도 억양 없이 크기만 한 누나들의 목소리에서 구제불능의 게으름을 느낄 수 있었다.) 그때 그의 귀에 말발굽 소리가 들려왔고, 멋진 밤색 암말을 탄 리넨 옷을 입은 남자가 보였다. 뚱뚱한 말이 끄는 건초 운반용 마차도 뒤따라왔는데, 그 마차를 모는 깜둥이 청년 앞에 놓인 둘둘 말린 양탄자를 보기 전에도, 방금 온 백인 남자가 누구인지 알 수 있었다. 남자는 화가 잔뜩 난 얼굴로 아버지와 형이 기울어진 의자에 앉아 있는 집 모퉁이를 향해 말을 몰았다. 얼마 뒤, 그가 장작을 다 패기도 전에 다시 말발굽 소리가 들리는가 싶더니 밤색 암말이 다시 전속력으로 마당을 빠져나가는 모습이 보였다. 아버지가 누나 한 명을 크게 불렀고, 잠시 후 그녀는 둘둘 말린 양탄자를 끌면서 뒷걸음질로 부엌 밖으로 나왔다. 다른 누나도 따라 나왔다.

"같이 옮기지 않을 거면 빨래할 솥이나 준비해." 첫째 누나가 말했다.

"솥은 네가 준비해, 사티!" 둘째 누나가 소년에게 말했다. 아버지가 부엌 문가에 나타났다. 아까는 너무나도 완벽한 풍경을 배경으로 서 있던 그가 이제 초라한 부엌을 배경으로 서 있었지만, 그는 둘 중 어디에도 영향받을 사람이 아니었다. 그의 어깨 너머로 수심 가득한 어머니의 얼굴이 보였다.

"계속해." 아버지가 말했다. "계속 옮기라고." 누나 둘이 펑퍼짐한 몸을 게으르게 굽히자 빛바랜 옷이 믿을 수 없을 만큼 넓게 펼쳐지며 싸구려 리본이 펄럭거렸다.

"나 같으면 프랑스에서 가져온 귀한 양탄자라면 사람들 드나드는 데다 깔아 놓진 않았을 거야." 첫째 누나가 말했다. 두 사람은 양탄자를 들어 올렸다.

"애브너, 내가 할게요." 어머니가 말했다.

"당신은 가서 식사 준비나 해. 여긴 내가 알아서 할 테니까." 아버지가 말했다.

소년은 남은 오후 시간 동안 장작 더미에 앉아 그들이 하는 꼴을 지켜보았다. 양탄자는 거품 물이 담긴 빨래 솥 옆 땅바닥에 넓게 펼쳐져 있었고, 누나 둘은 하기 싫어하는 티를 역력히 내며 게으르게 몸을 굽히고 있었다. 아버지는 준엄하고 험상궂은 표정으로 두 사람에게 하나하나 지시를 내렸지만 언성을 높이지는 않았다. 그들이 항상 쓰는 독한 양잿물 냄새가 그의 콧속으로 파고들었다. 어머니가 다시 부엌 문가에 나타났는데, 걱정보다는 거의 절망에 가까운 표정을 짓고 있었다. 아버지가 몸을 돌려 도끼가 있는 곳으로 가서 그것을 집어 들었다. 그러고는 땅바닥에서 판판한 돌 하나를 주워 살펴보고는, 다시 솥 있는 곳으로 갔다. 어머니가 기다리고 있었다는 듯이 말했다. "애브너, 여보, 제발 그러지 말아요. 제발, 애브너."

한참 뒤, 소년도 일을 끝냈다. 어느새 땅거미가 져 쏙독새가 울기 시작했다. 오후에 참으로 먹다 남긴 음식을 다시 먹게 될 방에서 커피 냄새가 풍겼다. 안으로 들어가니 난로가 지펴져 있어 소년은 식구들이 커피를 마시고 있겠거니 생각했다. 난로 앞에 놓인 두 개의 의자 등받이에는, 양탄자가 널려 있었다. 거기 묻어 있던 아버지의 발자국은 이제 보이지 않았다. 대신 마치 그 위로 소인국의 풀 베는 기계가 지나간 듯, 탁한 화산재 같은 빛깔의 긁힌 자국이 군데군데 기다랗게 나 있었다.

그들이 식은 음식을 먹고 나서 방 두 개 여기저기에 흩어져 잠이 들 때에도, 양탄자는 여전히 거기 널려 있었다. 어머니는 나중에 아버지도 함께 누울 침대 하나에 몸을 뉘었다. 형이 나머지 침대 하나를 차지하자, 소년과 이모와 누나 둘은 마룻바닥에 부대 자루를 깔고 누웠다. 그때까지 아버지는 잠자리에 들지 않았다. 소년이 마지막으로 기억하는 것은 양탄자 쪽으로 몸을 숙인, 모자를 쓰고 코트를 입은 희미하고 황량한 그림자였다. 잠시 후 누군가가 소년을 툭툭 차서 깨웠다. 사위어 가는 난롯불을 배경으로 서 있는 그림자가 그를 내려다보고 있었다. "노새를 끌고 오거라." 아버지가 말했다.

그가 노새를 끌고 돌아왔을 때 아버지는 둘둘 만 양탄자를 어깨에 둘러멘 채 뒷문에 서 있었다. "안 타세요?"

"아니다. 발을 다오."

그는 무릎을 구부려 아버지의 손에다 발을 얹었다. 놀라울 정도로 탄력 있는 힘이 부드럽게 그를 밀어 올려 노새의 등에 태웠다. (한때는 그들에게도 안장이란 게 있었다. 하지만 소년은 그게 언제 어디서였는지 기억할 수 없었다.) 그런 후 아버지는 가뿐하게 양탄자를 들어 올려 소년 앞에다 놓았다. 이제 그들은 별빛이 쏟아지는, 낮에 걸었던 그 길을 다시 밟아 나갔다. 인동덩굴이 휘감긴 울타리를 따라 흙길을 오르고, 대문을 지나, 불빛 하나 없는 검은 굴 같은 저택의 진입로로 들어섰다. 노새 위에 앉은 소년의 허벅지를 양탄자의 까끌까끌한 실이 스쳤다 말았다 했다.

"안 도와 드려도 돼요?" 소년이 낮은 소리로 물었다. 아버지는 대꾸하지 않았다. 아버지의 뻣뻣한 발걸음이 다시 시계처럼 정확한 속도로 텅 빈 현관 바닥을 울리는 소리가 났다. 거기에는 분노를 과장되게 드러내는 듯한 무게가 실려 있었다. 양탄자는 아버지의 어깨에 혹처럼 붙박여 있었다(어둠 속에서도 분명하게 볼 수 있었다). 그러다가 벽의 모서리와 바닥을 울리는 천둥 같은 소리가 나더니, 다시 서두르지 않는 큰 발걸음 소리가 들렸다. 저택에 불빛이 하나 나타났지만, 계단을 내려오는 발걸음 소리는 더 커지지 않았다. 소년은 긴장한 채 소리 없이 숨을 들이쉬고 내쉬며 앉아 있었다. 소년의 눈에 아버지의 모습이 들어왔다.

"안 타세요?" 소년이 낮은 소리로 물었다. "이젠 둘 다 탈 수 있잖아요." 저택 안의 불빛이 밝아졌다 어두워졌다 하며 다가오고 있었다. 그 사람이 층계를 내려오고 있어, 하고 그는 생각했다. 그가 승마용 발판이 있는 곳까지 노새를 몰고 가자 곧바로 아버지가 뒤에 올라탔다. 그가 두 겹으로 말아 쥔 고삐로 노새의 목덜미를 찰싹 때렸고, 노새가 미처 걸음을 내딛기도 전에 그의 뒤에서 빠져나온 비쩍 마른 단단한 팔이 못이 박인 손으로 고삐를 잡아챘다. 노새가 뒤돌아 걷기 시작했다.

붉게 젖은 첫 햇살이 비칠 즈음 그들은 빈터에서 노새에 쟁기를 매고 있었다. 이번엔 미처 소리도 듣기 전에 밤색 암말이 빈터에 들어와 있었다. 칼라가 달리지 않은 옷에 모자도 쓰지 않고 말을 타고 달려온 남자는, 저택에서 여자가 그랬듯이 부르르 진저리를 치면서 떨리는 음성으로 말했는데, 아버지는 그를 딱 한 번 쳐다보고는 다시 몸을 구부려 쟁기를 매었다. 그래서 암말에 탄 남자는 아버지의 구부정한 등판에 대고 말하는 꼴이었다.

"여하튼 당신이 양탄자를 버려 놨다는 사실은 똑똑히 알아 둬요. 여긴 여자들은 아무도 없나……" 그는 말을 멈추고는 고개를 저었다. 소년은 그를 주시하고 있었지만, 오두막 문가에 기대서서 뭔가를 씹으며 느릿느릿 눈을 껌벅이고 있는 소년의 형은 그를 바라보고 있지 않았다. "100달러짜리란 말이오. 당신한테 100달러가 있을 리 없지. 생길 리도 없고. 당신이 수확한 곡물에서 20부셸*을 뗄 테니 그리 알아요. 당신 계약서에 첨부해 놓을 테니까 병참 장교에게 가거든 서명하시오. 그렇게 한다고 드 스페인 부인께서 누그러질 리는 없겠지만, 적어도 당신은 부인 집에 들어갈 땐 신발을 깨끗이 닦아야 한다는 걸 똑똑히 새기게 될 테지."

그런 뒤 그는 떠났다. 소년은 아버지를 바라보았지만, 그는 여전히 입을 다문 채 고개조차 들지 않았다. 그저 밧줄걸이에 멍에를 맞추고 있을 뿐이었다.

"아빠." 소년이 말했다. 소년을 돌아보는 아버지의 얼굴은 여전히 무표정했고, 무성한 눈썹 아래 회색 눈동자만 차갑게 빛났다. 그는 불쑥 아버지에게로 달려가 멈춰 서서 크게 외쳤다. "아빠는 할 수 있는 만큼 최선을 다하신 거예요! 그 사람이 달리 바라는 게 있었다면 아빠한테 어떻게 할 건지 왜 묻지 않았겠어요? 그 사람은 절대 20부셸을 못 가져갈 거예요! 한 움큼도 못 가져갈 거라고요! 제가 모두 거둬서 숨겨 버릴 테니까요! 제가 지켜볼……"

"내가 일러 준 대로 절단기는 똑바로 달았니?"

"아뇨, 아직." 소년이 말했다

"그럼 가서 그 일이나 해."

그날은 수요일이었다. 그 주의 남은 날 동안 소년은 쉬지 않고 일했다.

*곡물의 중량이나 부피를 나타내는 단위로 1부셸은 8갤런(16되)에 해당한다.

누가 하라고 하지 않아도, 두 번씩 재촉받는 일 없이 닥치는 대로, 때로는 힘에 부치는 일까지 해치웠다. 소년은 처음엔 어머니가 시켜서 일을 시작하게 되었지만 그 후 자신이 좋아서 하게 된 일도 있었는데, 가령 보통 크기의 반만 한 도끼로 장작을 쪼개는 일이었다. 그 꼬마 도끼는 크리스마스 선물로 받은 것이었는데, 어머니와 이모가 일해서 벌었거나 어머니가 어떻게든 모은 푼돈으로 사준 것일 터였다. 그는 두 나이 든 여자들과 함께(어느 날 오후엔 한 누나와 함께) 아버지가 땅 주인과 계약한 일의 일부인 새끼 돼지와 소를 가둘 우리를 만드는 일도 했고, 아버지가 노새를 타고 어딘가로 나간 오후엔 들일을 하기도 했다.

그들은 꽤 힘에 부치는 일도 척척 해냈다. 소년이 고삐를 잡고 힘겨워하는 노새를 끄는 동안 형은 쟁기를 똑바로 잡고 있었다. 발목까지 닿는 서늘하고 축축한 검은 흙을 밟아 나가며 소년은 생각했다. 이번 일이 어쩌면 그 짓을 끝나게 해줄지도 몰라. 양탄자 값으로 20부셸이나 떼는 건 너무하지만, 아버지가 해온 짓을 영원히 멈추게 하는 값으로는 오히려 싼 셈이야. 그런 생각에 빠져 있다가 형에게서 정신 팔지 말고 노새나 제대로 몰라는 신경질 밴 소리를 들어야 했다. 그 사람이 설마 20부셸을 다 가져가겠어? 그리고 설사 그걸 다 가져가 버려 이번에 거둔 곡식이 모두 사라진다 해도 그와 함께 이번 양탄자 일도, 화재도, 공포도, 슬픔도 사라져 버릴 거야. 양쪽 말들 사이에 묶여 잡아당겨지듯이, 다 찢어져 버릴 거야. 영원히, 영원히 끝나 버릴 거야.

토요일이 되었다. 소년이 노새 아래에다 마구를 매면서 고개를 들어 검정 코트에 모자를 쓴 아버지를 쳐다보았다. "그것 말고 마차 삭구를 매." 그로부터 두 시간이 지난 후, 그는 아버지와 형이 앉아 있는 마부석 뒤편 바닥에 앉아 있었다. 마차가 마지막으로 모퉁이를 돌자 담배와 약 광고지가 너덜너덜 붙어 있고 복도 아래에는 안장을 얹은 짐승들과 마차가 매여 있는, 페인트칠이 안 된 허름한 가게가 나타났다. 아버지와 형의 뒤를 따라 낡은 계단을 올라가자, 그들 세 사람을 말없이 지켜보는 얼굴들이 나타났다. 소년의 눈에 널빤지로 만든 탁자에 앉은 안경 낀 남자가 보였다. 물어보나 마나 치안판사였다. 소년은 판사 앞에 서 있는 한 남자를 향해 편파적인 저항의 눈길을 던졌다. 소년은 칼라 달린 옷에 스카프를 맨 그를 오늘 이전에 두 번 더 본 적이 있었는데, 그는 그때마다 말에 타고 있었다. 오늘 그의 얼굴에는 분노가 아니라 소년으로서는 알 수 없는 어떤 당혹감이 담겨 있었는데, 소작인 하나로부터 고소를 당했기 때문이었다. 소년은 앞으로 걸어 나가 아버지 앞에 서서 판사에게 큰 소리로 말했다. "아버지가 한 게 아니에요! 아버지가 불을 지른 게 아니……"

"마차로 가 있거라." 아버지가 말했다.

"불을 질렀다고?" 판사가 물었다. "이번에도 불을 질렀소? 양탄자에다?"

"아무도 그렇게 말하지 않았습니다." 아버지는 그렇게 말하고는 소년에게 명령했다. "마차로 돌아가 있어." 하지만 소년은 그 말에 따르지 않았다. 그저 지난번처럼 사람들로 붐비는 뒤편으로 물러났다. 그러나 이번엔 앉지 않고, 꼼짝 않고 서 있는 사람들 틈에 끼어 목소리에 귀를 기울였다.

"당신의 주장은 20부셸이 양탄자에 대한 손해배상으로는 너무 높다는 거요?"

"저 사람은 내게 양탄자를 가져와서 거기에 난 자국들을 지우라고 했고, 나는 그 자국들을 지운 뒤 양탄자를 저 사람에게 돌려줬습니다."

"그렇지만 당신이 자국을 내기 전과 똑같은 상태로 돌려준 건 아니지 않소?”

아버지는 아무 대답도 하지 않았다. 한 30초쯤, 하나도 빠뜨리지 않고 들으려는 사람들의 낮고 긴 숨소리 외에는 어떤 소리도 나지 않았다.

“그에 대해선 답변을 거부하는 거요, 스놉스 씨?” 이번에도 아버지는 대답을 하지 않았다. “그렇다면 나로선 당신에게 반하는 판결을 내릴 수밖에 없소, 스놉스 씨. 내 판단은 드 스페인 소령의 양탄자를 훼손한 책임이 당신에게 있다는 거요. 그러니 배상을 해야 하오. 하지만 곡물 20부셸은 당신 처지에는 좀 과한 것 같소. 드 스페인 소령은 비용으로 100달러를 청구한 상태고, 10월에 거둘 곡식은 1부셸당 50센트 정도 되겠지요. 드 스페인 소령은 청구한 비용 중 95달러의 손해를 감수하고, 당신은 아직 받지 못한 당신의 수입에서 5달러를 덜 받는 게 좋을 것 같소. 즉 본 판사는 당신과 소령이 맺은 계약과는 별도로, 당신이 곡물 10부셸을 드 스페인 소령에게 손해배상으로 지불할 것을 명하는 바이오. 폐정합니다.”

재판은 금세 끝났다. 오전이 겨우 반쯤 지났을 뿐이었다. 다른 농부들보다 한참 늦긴 했지만, 소년은 곧장 집으로 돌아가 들일을 시작할 줄 알았다. 하지만 그의 생각과는 달리 아버지는 마차 뒤로 가더니 형에게 따라오라고 손짓했다. 그러고는 길 건너 맞은편에 있는 대장간으로 향했다. 그는 아버지를 쫓아가서 낡은 모자 아래 차갑고도 침착한 얼굴을 올려다보며 나지막이 말했다.

“그 사람은 10부셸을 받지 못할 거예요. 단 한 푼도 받지 못할 거라고요. 우리는……” 소년을 힐끔 내려다보는, 잿빛 눈썹 아래의 아버지의 서늘한 두 눈은 여전히 침착했다. 아버지는 그지없이 유쾌하고 부드러운 목소리로 말했다.

"그렇게 생각하니? 그래, 어쨌든 10월까지 기다려 보자꾸나."

마차를 손보는 덴 그리 오랜 시간이 걸리지 않았다. 마차를 대장간 뒤편 샘물가에 세워 두고 바퀴살 한두 개를 갈고, 쇠바퀴만 조이면 되었다. 그동안 노새는 이따금 샘물 속에 입을 비벼 댔고, 마부석에 앉아 고삐를 쥔 소년은 한가하게 산비탈을 올려다보기도 하고 느린 망치질 소리가 들리는 대장간의 그을음 묻은 통풍구를 바라보기도 했다. 아버지는 소년이 젖은 마차를 샘물가에서 대장간 문 앞으로 끌고 올 때까지, 거꾸로 세워 놓은 삼나무로 만든 빗장에 걸터앉아 사람들과 편안하게 대화를 나누고 있었다.

"그늘에 세워 둬라." 아버지가 말했다. 소년은 시키는 대로 했다. 아버지와 대장장이, 그리고 문 안쪽에 쪼그리고 앉아 있는 한 남자는 곡식과 가축에 대해 얘기하고 있었다. 소년도 암모니아 냄새가 풍기고 흙먼지가 묻은 쇠발굽 조각들과 녹슨 저울들이 놓여 있는 대장간 한쪽에 쪼그리고 앉아, 아버지가 서두르지 않고 늘어놓는 이야기를 들었다. 형이 태어나기도 전, 아버지가 직업적인 말 거간꾼 노릇을 하기도 전 시절의 이야기였다. 얘기가 끝나자 아버지는 소년이 있는 쪽으로 와서, 거기 너덜너덜 붙어 있는 지난해의 서커스 포스터를 묵묵히 바라보았다. 진홍색 말들과 망사로 된 옷에 스타킹을 신은 사람들이 보여 주는 믿기 힘든 균형과 회전 자세, 그리고 음흉하게 분장한 희극배우들의 모습에 완전히 사로잡혀서, 그러고는 말했다. "밥 먹을 때가 됐구나."

하지만 그건 집에 가자는 얘기가 아니었다. 소년은 벽에 기대선 형 곁에 쪼그리고 앉아 아버지가 커다란 종이봉투를 들고 가게에서 나오는 것을 지켜보았다. 아버지는 봉투에서 치즈 한 쪽을 꺼내더니 주머니칼로 조심스럽게 삼등분하고, 같은 봉투에서 크래커를 꺼냈다. 세 사람은 가게 앞 복도에 쪼그리고 앉아 그것들을 천천히, 아무 말 없이 먹었다. 그러고는 가게 안으로 들어가 삼나무 물통에 담긴 생밤나무 향이 나는 미지근한 물을 국자로 떠 마셨다. 그러고 나서도 그들은 집으로 돌아가지 않았다. 이번에 간 곳은 말들이 거래되는 곳이었다. 사람들은 높다란 울타리에 걸터앉아 있거나 그 주변에 둘러서 있었고, 울타리 안에서는 한 마리씩 끌려 나온 말들이 느리거나 빠르게 정해진 길을 따라 걷다가 돌아오곤 했다. 그동안 사람들은 말을 서로 바꾸기도 하고 사기도 했다. 해가 서쪽으로 기울기 시작할 때까지 그들 셋을 포함한 사람들은 서로를 유심히 지켜보고 서로의 말을 귀담아듣기도 했다. 소년의 형은 멍한 눈으로 씹는담배를 질겅거리면서, 아버지는 딱히 누구에게 하는 것은 아닌 말을 중얼거리면서.

그들이 집으로 돌아온 것은 해가 진 뒤였다. 등불 아래서 저녁을 먹고 난 뒤 소년은 대문간에 앉아 깊게 드리워진 어둠을 지켜보았다. 쏙독새와 개구리 소리에 귀를 기울이고 있을 때, 그의 귓속으로 어머니의 목소리가 파고들었다. "애브너, 안 돼요! 맙소사, 제발, 애브너!" 소년이 일어나서 뒤돌아보았다. 열린 방문 사이로 탁자 위에서 타고 있는, 병목에 꽂아 놓은 몽당한 양초가 보였다. 아버지는 어떤 터무니없으면서도 제의祭儀적인 폭력을 위해 신중하게 차려입은 듯 모자에 코트를 걸친 모습으로, 기름통에 든 등유를 5갤런짜리 깡통에 쏟아붓고 있었다. 그러는 동안 어머니는 그의 팔을 끌어당겼고, 그는 등잔을 다른 손으로 바꿔 쥐고는 야만적이거나 흉악하지는 않게, 그저 강하게 그녀를 벽으로 밀쳤다. 어머니는 균형을 잡기 위해 벽을 향해 손을 뻗으며 입을 벌렸다. 목소리에 담겨진 것과 똑같은, 희망이라곤 전혀 없는 절망감이 그녀의 얼굴 가득 번져 있었다. 그때 그의 아버지가 대문가에 서 있던 그를 보았다.

"헛간으로 가서, 마차에 칠하는 기름이 담긴 통을 가져오너라." 아버지가 말했다. 소년은 꼼짝 않고 서서 겨우 입을 열어 몇 마디 했다.

"뭘……" 그가 울부짖듯 말했다. "뭘 하시려고 그러……"

"기름을 가져와." 아버지가 말했다. "어서."

그러자 그의 몸이 움직이기 시작했다. 그는 집을 뛰쳐나와 마구간을 향해 달려 나갔다. 그것은 좋든 싫든 그에게로 이어진, 그에게 이어지기 전에 이미 장구한 세월 이어진 (그리고 분노와 야만과 욕망으로 살찌워진) 오래된 습성이었다. 닳고 닳은 핏줄이 시키는 일이었다. 멈추지 않는다면, 이대로 계속 달린다면, 돌아보지 않고 계속 달릴 수 있다면, 다시는 저 사람 얼굴을 보지 않아도 돼. 하지만 난 그렇게 할 수 없어. 그렇게 할 수가 없다고. 녹슨 통이 그의 손에 쥐어져 있었다. 집으로 돌아오는 동안 통 안에 든 액체가 끊임없이 찰랑거렸다. 그는 집 안으로, 옆방에서 들려오는 어머니의 흐느낌 속으로 들어와 아버지에게 기름통을 건넸다.

"깜둥이도 보내지 않으실 건가요?" 그가 소리를 질렀다. "지난번엔 그 일을 하기 전에 깜둥이를 보내셨잖아요!"

아버지의 손은 이번에는 그를 때리지 않았지만 그때보다 훨씬 더 빨리 다가왔다. 극심하게 주의를 기울여 기름통을 받아 탁자 위에 내려놓던 바로 그 손이, 저지할 수 없을 만큼 빠르게 다가와 멱살을 틀어쥐며 그를 달랑 들어 올렸다. 그 바람에 아버지의 나머지 손이 기름통을 들어 올리는 걸 보지도 못했다. 숨소리도 내지 않는, 얼어붙은 듯 냉혹한 얼굴이 그를 굽어보고 있었다. 차갑고 생기 없는 음성이 그를 넘어서, 탁자에 기대서서 호기심 어린 표정으로 그들을 보고 있는, 암소들처럼 무언가를 끊임없이 씹어 대는 형에게로 날아갔다.

"이 통에 든 걸 저기 큰 통에 부어라. 그리고 큰 통을 들고 네가 먼저 가거라. 뒤따라갈 테니."

"침대 다리에다 묶어 놓는 게 좋을 거예요." 형이 말했다.

"시키는 거나 해." 아버지가 말했다. 그리고 소년은 멱살이 잡힌 채 끌려갔다. 뼈마디가 튀어나온 단단한 손에 의해 들어 올려진 그는 발끝만 겨우 바닥에 닿은 채, 차갑게 식은 난로 곁 의자를 하나씩 차지하고 있는 누나들의 펑퍼짐하고 육중한 넓적다리를 지나 옆방으로 끌려갔다. 어머니와 이모는 나란히 침대에 걸터앉아 있었는데, 이모의 두 팔이 어머니의 어깨를 감싸고 있었다.

"이 녀석을 붙잡고 있어." 아버지가 말했다. 이모가 깜짝 놀라며 몸을 움직였다. "처제 말고." 아버지가 말했다. "레니, 이 녀석을 잡아. 당신이 해줬으면 좋겠어." 어머니가 소년의 손목을 잡았다. "더 단단히 잡아. 이 녀석을 놓치면 무슨 일이 벌어질지 모르진 않겠지?" 그는 고개를 길 쪽으로 꺾으며 말했다. "저쪽으로 달아날 거야. 묶어 두는 게 나을 거야."

"잡고 있을게요." 어머니가 조그만 소리로 말했다.

"잘 지켜봐." 그 말을 남기고 아버지는 떠났다. 마룻바닥을 울리던 발소리가 마침내 사라진 것이다.

소년이 몸부림을 치기 시작했다. 어머니의 두 팔에 붙잡힌 손목을 젖히고 비틀어 댔다. 그는 어머니의 힘이 결국 빠질 거라는 걸 알고 있었지만, 그때까지 기다릴 여유가 없었다. "놔줘요!" 그가 소리 질렀다. "엄마를 때리고 싶진 않다고요!"

"그 앨 놔줘, 언니!" 이모가 말했다. "저 애가 가지 않는다면, 신에게 맹세코, 나라도 갈 거야!"

"내가 그럴 수 없다는 거 모르겠어?" 어머니가 울부짖듯 말했다. "사티! 사티! 안 돼! 이럼 안 돼! 도와줘, 리치!"

이모가 그를 붙잡으려 했지만 너무 늦었다. 그는 이모의 손을 피해 달아나기 시작했다. 어머니가 앞으로 넘어지며 옆에 있는 누나에게 소리를 질렀다. "사티를 잡아, 넷! 잡으라고!" 하지만 누나 역시 늦었다. 누나들은 (한날한시에 태어난 쌍둥이 누나들은, 둘 다 각자 가족 두 사람 분량의 살을 가지고 있었다) 미처 의자에서 일어나지도 못한 상태로 그저 고개만 돌려, 암소가 주위를 살피듯 그를 바라볼 뿐이었다. 방을 빠져나온 그는 단숨에 집을 뛰쳐나갔고, 별빛이 내리는 부드러운 흙길을 달려 인동덩굴 향기 속으로 뛰어들었다. 달리는 그의 발밑으로 연청색 리본이 느리게 풀려 나가는 것 같았다. 마침내 저택의 대문 앞에 도착한 그는 마당으로 들어가 불 켜진 현관문을 향해 내달렸다. 가슴이 터질 듯 뛰었다. 그는 노크도 없이 문을 열어젖히고 안으로 들어섰다. 숨만 몰아쉴 뿐 한동안 아무 말도 할 수 없었다. 그의 눈에 리넨 재킷을 입은 깜둥이의 놀란 표정이 들어왔다. 언제 나타났는지 알 수 없었다.

"드 스페인 씨!" 그가 숨을 헐떡이며 소리를 질렀다. "드 스페인 씨 어디 있……" 그때 하얀 문을 열고 나오는 백인 남자가 보였다. "헛간!" 소년이 외쳤다. "헛간요!"

"뭐?" 백인 남자가 말했다. "헛간?"

"그래요! 헛간!"

"그 앨 잡아!" 백인이 크게 외쳤다.

하지만 이번에도 역시 그가 빨랐다. 깜둥이가 그의 셔츠를 움켜잡았지만, 깜둥이의 손에 남겨진 건 하도 빨아서 너덜거리는 소매뿐이었다. 그는 현관문을 빠져나가 다시 진입로를 따라 뛰기 시작했다. 백인 남자의 얼굴을 향해 소리를 질러 대면서도 그는 뜀박질을 멈추지 않았다.

그의 뒤편에서 백인 남자가 고함을 질렀다. "내 말! 말을 대령해!" 소년은 잠깐 동안, 정원을 가로질러서 울타리를 넘어 길로 뛰어내릴까 생각했다. 하지만 이 집 정원을 잘 알지도 못하는 데다 덩굴로 뒤덮인 울타리가 얼마나 높을지도 알 수 없었다. 그는 괜한 위험을 감수할 필요는 없다고 판단하고, 진입로를 달려 내려갔다. 피와 숨이 용솟음쳤다. 그는 곧 다시 길로 들어섰지만 아무것도 보이지 않았다. 아무 소리도 들리지 않았다. 빠르게 걸음을 옮기는 암말이 바로 뒤까지 바짝 다가온 후에야 그는 말발굽 소리를 들을 수 있었다. 그래도 그는 멈추지 않고 내달렸다. 그러다가 말이 천둥소리를 내며 그를 지나치는 순간, 마치 거친 비애가 극에 달했을 때엔 날개가 돋아난다는 믿음이라도 가진 듯, 그는 길가의 잡초 우거진 도랑으로 몸을 날렸다. 초여름의 적막한 별빛에 분노에 찬 어떤 그림자가 순간적으로 드러났다가, 급작스럽고 격렬한 얼룩을 남긴 채 사라졌다. 소년은 용수철처럼 튀어 올라 다시 뜀박질을 시작했다. 그의 귓속으로 총소리가 들려온 순간, 이미 늦었다는 걸 깨달았다. 곧바로 두 발의 총성이 더 울렸고, 소년은 자신이 멈춘지도 모른 채 소리를 질렀다. "아빠! 아빠!" 다시 달려야겠다는 생각을 하기도 전에 그의 발은 이미 움직이고 있었다. 발을 헛디뎌 휘청거리고, 뭔가에 걸려 넘어지면서도 그는 달리기를 멈추지 않았다. 또다시 넘어져 몸을 일으키다가, 뒤편에서 번쩍이는 섬광을 보았다. 그는 제대로 보이지도 않는 나무들 사이를 숨차게 달리며 흐느끼기 시작했다. "아버지! 아버지!"

깊은 밤, 그는 산마루에 앉아 있었다. 밤이 얼마나 깊었는지, 자신이 얼마나 멀리 달려왔는지 알 수 없었다. 하지만 이제 그의 뒤편에서 번득이던 섬광은 사라져 있었다. 그는 나흘 동안 집이라고 불렀던 곳을 등진 채, 호흡을 가다듬으며 자신이 뛰어들 어두운 숲을 응시하고 있었다. 계속 떨고 있는 자신의 몸을 얇고 낡은 셔츠로 감싼 채. 슬픔과 절망은 이제 더 이상 불안과 공포를 불러일으키진 않았다. 그는 속으로 되뇌었다. 아버지, 우리 아버지. 그러다가 갑자기 외쳤다. "그 사람은 용감했어!" 커다랗게 외쳤다 생각했지만, 그것은 속삭임에 불과했다. "그 사람은, 그 사람은 전쟁에서 싸운 용사였어! 사토리스 대령 휘하에 있었다고!" 그는 자신의 아버지가 군복도 입지 못한 채 참전했음을 알지 못했다. 프랑스의 옛 노래에 등장하는 말브룩처럼 그저 의용군이었음을 알지 못했다. 그의 아버지가 참전한 목적은 오직 전리품이었다. 적군의 것이든 아군의 것이든, 그에게는 하등 다를 게 없었다.

별자리가 천천히 바뀌어 갔다. 머지않아 날이 밝으면 배가 고파질 것이다. 하지만 지금 그를 지배하는 건 추위였다. 그가 다시 걷기로 결심한 순간, 그는 자신이 깜빡 졸았다는 걸 깨달았다. 밤이 물러나고 부윰하게 동이 터오고 있었다. 쏙독새 울음소리로 그것을 알 수 있었다. 쏙독새가 일정한 높낮이로 계속 울자 다른 새들도 울기 시작했다. 그는 몸을 일으켰다. 굳은 몸은 걷기 시작하면 풀릴 것이고, 이제 곧 태양이 떠오를 것이다. 그는 새들이 물 흐르는 듯한 은빛 소리로 끊임없이 울어대는 어두운 숲을 향해 걸어갔다. 그 울음소리는, 늦은 봄밤을 재촉하는 심장의 소리였다. 그는 결코 뒤돌아보지 않았다.

메마른 9월
Dry September

I

핏빛의 9월 석양을 뚫고 62일 동안 비 한 방울 오지 않아 바짝 마른 풀밭을 가로질러, 소문인지 이야기인지가 들불처럼 번져 갔다. 미니 쿠 퍼 양과 어느 흑인에 관한, 공격과 모욕과 공포가 등장하는 사건이 담긴 이야기였다. 천장의 선풍기가 불결한 공기를 정화시켜 주기는커녕 퀴퀴 한 포마드 냄새와 로션 냄새, 썩은 입내와 땀내를 끊임없이 맴돌게 하는 토요일 저녁 이발소 안에서, 그 사건의 진상을 정확히 아는 사람은 아 무도 없었다.

"윌 메이스는 아닐 거야." 중년의 이발사가 말했다. 모래색의 순한 얼굴 을 가진 그는 손님에게 면도를 해주고 있었다. "윌 메이스는 내가 알아.

그 친구는 착한 깜둥이야. 그리고 미니 쿠퍼 양도 내가 알지.”

“그 여자에 대해 뭘 알고 있다는 거야?” 다른 이발사가 말했다.

“어떤 여잡니까?” 중년의 이발사가 면도를 해주고 있는 손님이 물었다. “젊어요?”

“아뇨.” 이발사가 대답했다. “마흔쯤 됐을 겁니다. 결혼은 안 했고요. 그게 바로 내가 믿지 않는 이유……”

“믿지 않는다니, 니미럴!” 땀으로 얼룩진 실크 셔츠를 입은 덩치 큰 청년이 말했다. “아저씨는 백인 여자 말보다 그 깜둥이 놈 말을 더 믿는다는 거예요?”

“월 메이스가 그런 짓을 할 리가 없다는 말이야.” 이발사가 말했다. “난 월 메이스를 알거든.”

“그럼 아저씨는 누가 그 짓을 했는지 안다는 말이네요? 그래서 그 깜둥이 놈을 빼돌렸나요, 깜둥이를 사랑하는 아저씨?”

“나는 사실 누군가가 네가 말하는 그 짓이란 걸 했다는 것 자체가 믿기지 않아. 무슨 사건이 있었다고 생각하지 않는다고. 아무리 결혼하지 않았다 해도 나이를 그만큼 먹은 여자가 남자가 어떤 족속인지를 모른다는 게…… 아이구, 마음대로들 생각해.”

“당신은 꼭 백인이 아닌 것처럼 얘기하는군요.” 손님은 그렇게 말하며 덮개가 덮인 몸을 움직였다. 덩치 큰 청년은 자리에서 벌떡 일어나며 말했다.

“안 믿는다고요? 백인 여자가 거짓말이라도 하고 있다는 겁니까?”

이발사는 면도칼을 든 채로, 반쯤 몸을 일으킨 손님을 내려다보았다. 다른 데로는 눈길을 돌리지 않았다.

“이놈의 빌어먹을 날씨 때문이야.” 누군가가 말했다. “남자가 미쳐 버리기에 딱 맞는 날씨잖아. 그런 여자한테까지."

아무도 웃지 않았다. 이발사가 예의 부드럽지만 고집스러운 목소리로 말했다. "난 누구를 비난하는 게 아닙니다. 나나 여러분이나 아시다시피 여자가 어떻게……"

"깜둥이에 미친 놈!" 청년이 말했다.

"입 다물어, 버치." 두 번째 누군가가 말했다. "일단 진상을 밝혀 보자고. 그러고 나서 조치를 취해도 시간은 충분해."

"누가? 누가 진상을 밝혀요?" 청년이 말했다. "진상 좋아하시네, 니미럴! 난……"

"자넨 멋진 백인이잖아?" 손님이 청년에게 말했다. 수염에 비누 거품이 가득 묻은 그는 마치 영화에 나오는 사막쥐처럼 보였다. "그러니 자네가 나서서 다른 백인들과 함께 진상을 밝혀 보게, 잭. 만약 이 마을에 백인이 하나도 없다 싶으면, 나라도 부르게. 내 비록 떠돌이 외판원에 타지 사람이지만 말이야."

"그렇게 하면 되겠군요." 이발사가 말했다. "잭, 먼저 진실을 알아봐. 윌 메이스가 어떤 사람인지는 내가 아니까."

"잘도 알겠지, 빌어먹을!" 청년이 소리를 높였다. "이 마을에 사는 백인이 저따위 생각을 하고 있으니……"

"입 다물어, 버치." 두 번째 누군가가 말했다. "시간은 충분하다니까."

손님이 의자에서 일어나 방금 말한 사람을 바라보며 말했다. "깜둥이가 백인 여자를 폭행했다는데 그걸 어떻게 용서할 수 있겠소? 당신이 백인이라고 백인을 대표할 수 있는 줄 아시오? 당신은 그냥 당신이 태어난 북부로 가는 게 좋을 거요. 여기 남부는 당신 같은 부류는 원치 않으니까."

"북부라니?" 두 번째 누군가가 말했다. "난 이 마을에서 태어나서 자란 사람이오."

"아이고 맙소사!" 청년이 말했다. 그는 자신이 하고 싶었거나 하려고 했던 말을 기억해 내려 하며 낭패감과 당황스러움이 뒤섞인 눈으로 주위를 둘러보았다. 그러고는 얼굴에 흐르는 땀을 소매로 닦으며 말했다. "빌어먹을, 백인 여자가 당하게 둘 순 없……"

"자네가 진상을 밝혀 봐, 잭." 떠돌이 외판원이 말했다. "하느님 앞에 맹세하건대 진상이 밝혀지기만 하면……"

그때 방충문이 요란하게 열리더니, 한 사내가 안으로 들어왔다. 그의 육중한 몸이 두 다리로 마룻바닥에 균형을 잡고 섰다. 그는 중절모를 쓰고 있었고 하얀 셔츠의 목 부분은 풀어 헤쳐져 있었다. 그는 강렬하고 도전적인 눈빛으로 사람들을 둘러봤다. 매클렌던이었다. 프랑스 전선에서 지휘관을 지낸 그는 온갖 영웅담을 자랑하는 인물이었다.

"이보쇼들, 여기 계속 죽치고 앉아 있을 거요? 깜둥이 새끼 하나가 제 펴슨 거리 곳곳을 돌아다니며 백인 여자를 강간하고 있는데 내버려 두고 있을 거요?"

잭 버치가 다시 펄쩍 뛰듯 일어났다. 우람한 어깨에 찰싹 달라붙어 있는 그의 셔츠 겨드랑이 부위에는 반달 모양의 땀자국이 나 있었다. "내가 바로 그 얘길 하고 있었다고요! 바로 그 얘기를……"

"정말 그런 일이 일어난 거요?" 세 번째 누군가가 말했다. "호크쇼가 말했듯이, 그 여자는 전에도 남자한테 무서운 일을 당했다고 하지 않았소? 1년 전쯤에 한 남자가 부엌 지붕에 올라가서 자기 벗은 몸을 훔쳐 봤다면서."

"뭐라고요?" 손님이 말했다. "그런 일이 있었어요?" 이발사가 그를 천천히 의자에 도로 앉혔다. 몸이 비스듬히 젖혀진 채 옴짝 못하고 붙들린 그는 머리를 들려 했지만, 이발사는 계속 그의 머리를 눌렀다.

매클렌던이 세 번째 누군가에게로 몸을 틀었다. "그런 일이 있었든 아니든 그게 뭐가 중요하오? 정말 그런 일이 일어날 때까지 깜둥이 새끼들을 그냥 놔둬야 한단 말이오?"

"내 말이 바로 그거라고요!" 버치가 소리를 질렀다. 그는 한참이나 쉬지 않고 욕지거리를 퍼부어 댔다.

"이봐, 이봐." 네 번째 누군가가 말했다. "너무 크게 떠들어 대지 마. 그렇게 고함을 질러 댈 필요는 없잖아."

"좋소." 매클렌던이 말했다. "더 이상 떠들어 댈 필요도 없지. 내가 할 말은 끝났으니까. 누가 나랑 가겠소?" 그는 주위를 둘러보며 곧 떠나기라도 할 듯 발을 굴러 댔다.

이발사가 다시 떠돌이 외판원의 머리를 누르고는 그의 얼굴에 면도칼을 대며 말했다. "먼저 진상을 밝혀야 할 거야. 난 윌 메이스란 친구를 알아. 그 친군 아니라는 뜻이야. 보안관을 불러야 일이 제대로 될 걸세."

매클렌던이 화가 잔뜩 난 굳은 얼굴로 이발사를 쏘아보았다. 이발사는 그 시선을 피하지 않았다. 그들은 마치 다른 인종인 듯 서로를 바라보았다. 다른 이발사들의 손길은 자신들을 향해 몸을 뒤로 젖힌 손님들 위에 멈추어져 있었다. "그러니까," 매클렌던이 운을 뗐다. "당신은 백인 여자 말보다 깜둥이 말을 더 믿는다는 거지? 빌어먹을, 깜둥이한테 완전히 빠져서……"

세 번째 누군가가 일어나 매클렌던의 팔을 붙들었다. 그 역시 한때는 군인이었다. "이봐, 진정해. 어떻게 된 건지 알아보자구. 진짜로 어떤 일이 일어난 건지 누가 알겠어?"

"그러니까 같이 가서 알아보잔 말이야, 빌어먹을!" 매클렌던이 그의 팔을 뿌리치며 말했다. "같이 갈 사람들은 모두 일어나요. 안 갈 작자들은……" 그는 눈길을 돌리며 소매로 얼굴을 닦아 냈다.

세 사람이 일어섰다. 떠돌이 외판원도 의자에서 몸을 일으켜 덮개를 머리 위로 치켜들며 말했다. "이 헝겊 쪼가리 좀 치워 주쇼. 난 저 사람을 따라갈 거요. 여기 사는 건 아니지만 하느님께 맹세하건대, 만약 우리 어머니나 마누라나 여동생이 그런 일을 당했다면……" 그는 덮개로 얼굴을 닦아 내더니 그것을 바닥에다 휙 던져 버렸다. 매클렌던은 마룻바닥에 버티고 서서는 따라나서지 않는 사람들을 향해 저주를 퍼부었다. 그러자 몇몇이 더 일어나 그에게로 걸어갔다. 나머지 사람들도 불안하게 앉아 있다가 하나둘 일어났다.

이발사가 바닥에 떨어진 덮개를 집어 들고는, 그것을 깔끔하게 접으며 말했다. "이보게들, 이러지들 말게. 메이스는 절대 그럴 사람이 아니야. 내가 안다고."

"자, 갑시다." 매클렌던이 그렇게 말하며 몸을 휙 돌렸다. 그의 바지 뒷주머니에는 자동권총의 손잡이가 불룩 튀어나와 있었다. 그를 따라나선 사람들이 방충문을 쾅 닫는 소리가 무겁게 가라앉은 공기 속으로 울려 퍼졌다.

이발사는 세심하면서도 빠르게 면도칼을 닦아 내려놓고는, 뒤쪽으로 뛰어가 벽에 걸린 모자를 챙기고는 다른 이발사들에게 말했다. "가능한 한 빨리 돌아올게. 그냥 내버려 둘 수가……" 그는 벌써 이발소를 뛰쳐나가고 있었다. 이발사 둘이 얼른 그를 쫓아갔지만, 팅겨 돌아온 문에 몸을 기대고 거리를 올려다볼 수밖에 없었다. 생기라곤 없는 공기가 무겁게 가라앉아 있었다. 혀끝에 차가운 금속 맛이 느껴졌다.

"저 사람이 뭘 할 수 있을까?" 첫 번째 누군가가 말했다. 두 번째 누군가가 숨을 몰아쉬며 말했다. "예수님, 굽어살펴소서. 호크 저 사람 매클렌던을 화나게 하면 안 될 텐데. 그러면 윌 메이스보다 호크가 더 큰 일을 겪게 될 거야."

"맙소사, 예수님." 두 번째 누군가가 속삭였다.

"자넨 메이스가 그 여자한테 정말 그랬을 거라고 생각해?" 첫 번째 누군가가 물었다.

II

그녀는 서른여덟 혹은 서른아홉이었다. 조그만 목조 주택에서 불구인 어머니, 그리고 깡마른 몸에 얼굴색은 누렇게 떴지만 활력 넘치는 이모와 함께 살았다. 그녀는 오전 10시나 11시에 레이스가 달린 부두아르 모자*를 쓰고 현관으로 나와 정오까지 현관에 매달린 그네를 타곤 했다. 점심을 먹은 뒤에는 오후의 더위가 물러날 때까지 한동안 드러누워 있었다. 그러고는 매년 여름마다 새로 구입하는 속이 비치는 서너 벌의 옷 중 하나를 입고, 시내로 나가 가게들을 돌아다녔다. 살 마음은 전혀 없으면서도 물건을 만지작거리며, 차갑고도 친밀한 목소리를 가진 여성 판매원들과 오후 시간을 보내는 것이었다.

그녀는 비교적 넉넉하게 사는 편에 속했다. 제퍼슨 시에서 최고라고는 할 수 없었지만, 충분히 괜찮은 형편이었다. 그녀는 밝지만 약간은 도발

---

*침실이나 실내에서 쓰는 두건 모양의 모자.

적인 태도와 옷차림을 한, 보통의 외모에 여전히 호리호리한 몸매를 유지하고 있는 여자였다. 계급의식 같은 게 생기기 전이었던, 날씬하고 단단한 몸을 가진 활력 넘치는 처녀였을 땐, 또래 친구들과 어울리는 고등학교 축제나 교회 모임에서 늘 중심에 있었다.

그러다가 점점 입지가 좁아지기 시작했지만, 그녀는 그 사실을 인정하고 싶지 않았다. 다른 여자애들에 비해 무척 밝고 쾌활한 편이었던 그녀는, 그때부터 남자들의 속물근성과 여자들의 복수심이라는 기쁨을 배워 가기 시작했다. 밝은 그녀의 얼굴에 초췌한 그림자가 드리워지기 시작한 것도 그때부터였다. 그녀는 어두워진 주랑현관이나 여름이면 잔디밭에서 열리는 파티들에 마치 가면 같은, 혹은 깃발 같은 얼굴로 나타났다. 두 눈에는 진실에 대한 신경질적인 거부감을 가득 담고서. 그러다가 어느 날 저녁 파티에서 학교 친구인 한 남자애와 두 여자애가 하는 얘기를 들었고, 그 후로 그녀는 어떤 초대에도 응하지 않았다.

그녀는 함께 자란 여자애들이 결혼해서 가정을 꾸리고 아이들이 생기는 것을 지켜보았다. 이윽고 그들의 아이들이 자라 그녀를 '아줌마'라고 부르게 되어도 그녀에게 청혼하는 남자는 아무도 없었다. 하지만 엄마들은 환한 목소리로, 아이들에게 미니 아줌마가 얼마나 인기 많은 여자애였는지를 열심히 얘기해 주었다. 어느 날인가부터 그녀가 일요일 오후만 되면 은행원과 함께 드라이브를 즐기는 모습이 사람들 눈에 띄기 시작했다. 남자는 마흔쯤 된 홀아비였는데, 불그레한 얼굴에 늘 약간의 이발소 냄새나 위스키 냄새를 풍겼다. 그는 마을에서 가장 먼저 자동차를 소유한 사람이었다. 빨간색 소형차였다. 그래서 미니는 마을에서 차량용 보닛과 베일을 쓴 최초의 여자가 되었다. 마을 사람들은 수군대기 시작했다. 누군가 "불쌍한 미니"라고 말하면, 다른 누군가는 "하지만 이젠 스스로 조심할 나이잖아" 하고 맞받았다. 그 무렵 그녀는 옛 학교 친구들에게 이렇게 요청했다. 너네 아이들에게 나를 '아줌마'라고 부르지 말고 '언니'라고 부르게 하라고.

올해는 그녀가 사람들로부터 간통 혐의로 손가락질 받게 된 지 12년째 되는, 멤피스 은행으로 전근 간 은행원이 크리스마스 때마다 강변의 사냥 클럽으로 총각 파티를 하러 온 지 8년째 되는 해였다. 이웃들은 자기 집 커튼 뒤에서 그 파티를 지켜본 후, 크리스마스 휴가 동안 그에 관해 이런저런 말들을 하곤 했다. 그가 얼마나 잘생겼는지, 그가 멤피스에서 얼마나 잘나가는지, 그리고 초췌하지만 밝은 그녀의 얼굴을 그가 얼마나 환한 표정으로 은밀히 바라보았는지를 떠들어 댄 것이다. 파티 때면 대개 그녀의 입에선 위스키 냄새가 풍기곤 했다. 소다수 가게 점원인 한 청년은 그녀에게 위스키를 건네며 이렇게 말했다. "나이 든 처녀분을 위해 이건 제가 사죠. 그 정도 대접은 받을 자격이 있는 분이니까."

그녀의 모친은 늘 방에만 틀어박혀 지냈고, 살림은 비쩍 마른 이모가 도맡았다. 그런 상황에서 미니의 화려한 의상과 그녀가 보내는 게으르고 공허한 나날들은, 분노를 자아낼 정도로 비현실적이었다. 그녀는 매일 저녁 이웃 여자들과 어울려 영화관을 돌아다녔다. 오후엔 새로 산 옷을 입고 혼자 시내로 나갔다. 거리에는 벌써 처녀티가 나는 그녀의 어린 '여동생'들이 비단결처럼 보드라운 머릿결과 얇은 팔뚝과 엉덩이를 어색하게 흔들어 대며, 소다수 가게에서 만난 소년들과 짝을 지어 쏘다니고 있었다. 소리를 지르고 키득거리기도 하면서. 문가에 한가하게 앉아 있는 남자들 중에, 늘어선 가게들 앞을 지나는 그녀를 바라보는 이는 이제 아무도 없었다.

이발사는 빠른 속도로 거리를 달려갔다. 드문드문 서 있는, 날벌레가 잔뜩 맴돌고 있는 가로등에서 흘러내린 불빛이 무겁게 가라앉은 공기 속으로 딱딱하고 난폭하게 퍼져 가고 있었다. 하루가 그 불빛에 비친 먼지와 함께 저물고 있었고, 그 먼지로 뒤덮인 어두운 광장 위의 하늘은 통방울의 내부만큼이나 깨끗했다. 동쪽 하늘 아래엔 평소보다 두 배나 큰 달이 소문처럼 떠올라 있었다.

매클렌던과 다른 세 사람이 골목에 세워 둔 차에 오르고 있을 때, 이발사가 그들을 따라잡았다. 매클렌던이 숱 많은 두툼한 머리를 차창 밖으로 내밀고는 말했다. "드디어 마음을 고쳐먹은 거요? 다행이군. 하느님께 맹세컨대, 오늘 저녁 당신이 한 얘기를 마을 사람들이 알게 된다면 내일……"

"그만해." 다른 전직 군인이 말했다. "호크쇼 말이 옳을지도 모르잖아. 차에 타요, 호크."

"이보게들, 윌 메이스는 절대 그랬을 리 없어." 이발사가 말했다. "누군가가 정말로 그런 짓을 했을지는 모르지만, 자네들도 알잖아? 우리 마을에는 다른 마을에는 없는, 우리보다 더 착한 깜둥이들이 산다는 걸 말이야. 그리고 여자는 아무 이유 없이 남자가 그런 일을 했다고 생각할 때도 있다는 것도 알잖아. 더구나 미니 양은……"

"알아요, 알았어요." 전직 군인이 말했다. "우린 그저 그 친구한테 얘기를 좀 하려는 거예요. 그게 다라고요."

"얘기라니, 니미럴!" 버치가 말했다. "우리가 진상을 밝히는 날엔……"

"입 다물라고, 제발!" 전직 군인이 말했다. "자네가 원하는 게 마을 사람들이 모두······"

"사람들한테 말할 거야, 하느님께 맹세코!" 매클렌던이 말했다. "모두에게 말하겠어, 깜둥이 새끼 하나가 백인 여자를······"

"일단 가자고. 뒤차도 오고 있어." 두 번째 차가 골목 입구에서 먼지구름을 일으키며 다가왔다. 매클렌던이 시동을 걸고 차를 출발시켰다. 먼지가 안개처럼 거리에 자욱했고, 가로등 불빛이 비구름처럼 걸려 있었다. 그들이 탄 차가 마을을 빠져나갔다.

길을 움푹 판 바큇자국이 오른쪽으로 꺾여 있었다. 그 위로 먼지가 피어올라 사방으로 번져 갔다. 잠시 후, 어둠 속에서 우뚝 솟은 얼음 공장이 보였다. 흑인 메이스가 야간 경비원으로 일하는 곳이었다. "여기 들러 보지?" 전직 군인이 말했다. 매클렌던은 대답하지 않았으나 차를 거칠게 공장 끝까지 몰고 가서 세웠다. 텅 빈 벽에 헤드라이트 불빛이 비쳤다.

"이보게들." 이발사가 말했다. "만약 그 친구가 여기 있다면, 그 친구가 그 짓을 하지 않았다는 게 증명되는 거네. 그런 짓을 했다면, 범인이 그 친구라면 달아났을 테니까. 여기 있을 리 없으니까." 따라온 차가 길을 올라와 멈추었다. 매클렌던이 차에서 내렸다. 버치도 차 밖으로 나와 그의 곁에 바짝 붙었다. "이보게들, 내 말 좀 들어 봐." 이발사가 다시 말했다.

"헤드라이트 꺼!" 매클렌던이 말했다. 숨이 막힐 듯한 어둠이 밀려들었다. 지난 두 달 동안 먼지에 찌들어 있던 그들의 폐에서 나오는 소리 외엔 아무 소리도 들리지 않았다. 잠시 후 매클렌던의 이빨 가는 소리와 버치의 발소리가 낮게 울리기 시작했다.

"윌! 윌!" 매클렌던이 불렀다.

동쪽 하늘이 달에서 흘러내린 창백한 피로 물들기 시작했다. 산등성이 위로 솟아올라 먼지로 가득 찬 대기를 은빛으로 물들인 달은, 커다란 그릇에 담긴 녹은 납 같았다. 그 그릇 안에서 세상이 숨 쉬며 살고 있는 듯했다. 야행성 새들도 벌레들도 울지 않았다. 사람들의 숨소리와 차의 엔진이 식으며 내는 금속음만이 약하게 들려올 뿐이었다. 그들의 몸이 부딪힐 때마다 서로의 땀이 묻어날 것 같았지만, 더 이상의 습기는 없었다. "젠장!" 누군지 알 수 없는 목소리가 새어 나왔다. "여기서 나갑시다."

하지만 흐릿한 소리가 앞쪽의 어둠을 뚫고 들려올 때까지 그들은 움직이지 않았다. 그 소리를 듣고 그들은 차에서 내려 숨통을 죄는 어둠 속에서 긴장한 채 기다렸다. 또 다른 소리가 들려오자, 매클렌던이 경멸이 담긴 숨을 내뱉으며 낮은 소리로 욕을 했다. 그들은 잠시 더 그렇게 서 있다가 앞으로 달려 나갔다. 마치 무언가로부터 도망치듯 떼를 지어 발을 허둥거리며 달려갔다. "저놈을 죽여, 저 새끼를 죽여" 하는 소리가 낮게 깔리고 있었다. 매클렌던이 돌아서며 그들을 막았다.

"여기선 안 돼." 그가 말했다. "저놈을 차에 태워." 누군가가 "저놈을 죽여야 해, 저 깜둥이 새끼를 죽여야 한다고"라고 중얼거렸지만, 매클렌던은 흑인을 차로 끌고 갔다. 이발사가 차 곁에서 기다리고 있었다. 그는 구역질을 느끼며 땀을 흘리고 있었다.

"무슨 일이에요, 대위님?" 흑인이 이발사에게 말했다. "전 아무 짓도 안 했어요. 하느님께 맹세해요, 존 씨." 누군가가 기둥처럼 서 있는 흑인에게 바삐 수갑을 채웠다. 흑인은 어둠에 가려진 희미한 얼굴들을 하나하나 훑어보았다. "여기 있는 분들은 누구세요, 대위님?" 그는 사람들의 고약한 입 냄새와 땀 냄새를 맡을 수 있을 정도로 몸을 기울여 얼굴들을 살피며 물었고, 한두 사람의 이름을 부르기도 했다. "제가 뭘 잘못했는지 말씀 좀 해주시겠어요, 존 씨?"

매클렌던이 차 문을 열어젖히며 말했다. "타!"

흑인은 꼼짝하지 않았다. "절 어쩌시려는 거예요, 존 씨? 전 아무 짓도 하지 않았어요. 백인분들, 대위님, 전 아무 짓도 하지 않았어요. 하느님 앞에 맹세할 수 있어요."

"타란 말이야!" 매클렌던이 그렇게 말하며 흑인을 때렸다. 다른 사람들도 마른 숨을 몰아쉬며 마구잡이로 그를 구타했다. 그는 몸을 뒤틀며 그들에게 욕을 퍼부었다. 그러고는 수갑이 채워진 손을 그들의 얼굴을 향해 휘두르다가, 이발사의 입술을 베고 말았다. 그러사 이발사도 그에게 주먹을 날렸다. "저놈을 차에 태워." 매클렌던이 소리쳤다. 사람들이 그를 차로 밀어붙였다. 그는 반항을 멈추고 차에 타서는 다른 사람들이 다 탈 때까지 조용히 앉아 있었다. 그는 이발사와 전직 군인 사이에 있었는데, 그들의 몸에 닿지 않으려고 팔다리를 잔뜩 오므렸다. 그의 두 눈은 쉴 새 없이 사람들의 얼굴을 훑고 있었다. 버치는 발판에 올라서 있었다. 차가 움직이기 시작했다. 이발사는 손수건을 입술에 대고 있었다.

"왜 그래요, 호크?" 전직 군인이 물었다.

"괜찮아." 이발사가 말했다. 그들은 큰길로 들어서서 마을 밖으로 차를 놀렸다. 뒤에서 따라오던 두 번째 차가 먼지 속을 빠져나왔다. 그들은 속도를 높이며 계속 달렸다. 마을 어귀의 집들이 멀어져 갔다.

"빌어먹을, 냄새가 지독하군!" 전직 군인이 말했다.

"우리가 말끔히 씻겨 주면 되지." 매클렌던 옆 조수석에 있는 떠돌이 외판원이 말했다. 발판에 서 있는 버치는 뜨겁게 밀려드는 먼지바람에 대고 욕을 퍼부었다. 이발사가 몸을 앞으로 기울여 매클렌던의 팔을 건드리며 말했다.

"내려 주게, 존."

"뛰어내리시지, 깜둥이를 끔찍하게 사랑하시는 분." 매클렌던이 고개도 돌리지 않고 그렇게 말하며 계속 빠르게 차를 몰았다. 그들 뒤편에서 먼지를 뚫고 나온 두 번째 차의 헤드라이트 불빛이 보였다. 곧 매클렌던은 좁은 길로 차를 꺾었다. 최근에는 차들이 지나다니지 않았던, 깊이 파인 바큇자국이 그대로 남아 있는 길이었다. 그 길은 버려진 벽돌 굽는 가마로 이어져 있었다. 붉은 흙으로 쌓아 올린, 속에 잡초와 넝쿨이 뒤섞여 있어 바닥이 안 보여 깊이를 알 수 없는 커다란 통 같은 가마들이 이어져 있었다. 한때 이곳은 목장으로 쓰이기도 했다. 주인이 노새 한 마리를 잃어버리기 전까지는. 주인은 노새가 있나 해서 가마 속으로 기다란 막대기를 넣어 신중하게 더듬어 보았지만, 막대기는 결코 바닥에 닿지 않았다.

"존." 이발사가 말했다.

"뛰어내리라니까." 매클렌던이 길에 파인 바큇자국을 따라 거칠게 차를 몰면서 말했다. 이발사 곁에 앉아 있던 흑인이 입을 열었다.

"헨리 씨."

이발사가 앞으로 몸을 숙였다. 좁은 굴 같은 어두운 길이 밀려왔다가 다시 뒤편으로 물러났다. 차 안의 그들은, 끓어올랐다가 점점 식어 가다가 마침내 꺼져 버린 용광로 같았다. 차는 이 바큇자국에서 저 바큇자국으로 널을 뛰며 옮겨 다녔다.

"헨리 씨." 흑인이 말했다.

이발사가 거칠게 문을 발로 차기 시작했다. "조심해요!" 전직 군인이 소리쳤다. 하지만 이발사는 이미 문을 열어젖히고는 발판 위로 몸을 옮긴 상태였다. 전직 군인이 흑인 너머로 몸을 기울여 그의 옷을 움켜잡았다. 그러나 그는 밖으로 몸을 날렸다. 차는 여전히 속도를 줄이지 않고 달려 나갔다.

이발사는 흙먼지가 뒤엉킨 잡초 더미 너머 개울로 곤두박질쳤다. 그의 주위로 뿌연 먼지가 일었다. 그는 수액이 말라 거칠어진 풀밭 속에 드러누운 채로 두 번째 차가 지나갈 때까지 헛구역질을 해댔다. 그러고는 일어나 큰길에 이를 때까지 절룩이며 걸었다. 마을로 방향을 틀어서야 옷에 묻은 흙먼지를 털어 냈다. 달이 점점 높아져 마침내 흙먼지 너머로 솟아올랐고, 희부연 먼지 사이로 마을의 불빛이 보이기 시작했다. 그는 계속 절뚝거리며 걸음을 옮겼다. 잠시 후 차 소리가 들리자 그는 길에서 벗어나 다시 풀밭에 몸을 웅크렸다. 매클렌던의 차가 다가오고 있었다. 차 안에는 네 사람이 타고 있었고, 발판에는 이제 버치의 모습이 보이지 않았다.

그 차는 멈추지 않고 달려 먼지 속으로 사라졌다. 차가 일으킨 흙먼지가 한동안 허공을 떠돌다가 가라앉았다. 이발사는 다시 길 위로 기어 올라와 절룩거리는 다리로 마을을 향해 걸음을 옮기기 시작했다.

IV

토요일 저녁, 외식을 하기 위해 옷을 차려입는 그녀의 몸은 열병을 앓는 듯했다. 그녀의 두 손은 호크와 단춧구멍 사이에서 간단없이 떨렸고, 그녀의 두 눈은 열에 들떠 있었으며, 그녀의 머리칼은 파삭하게 말라서 빗질에 부서졌다. 그녀가 훤히 비치는 속옷과 스타킹, 새로 산 여름옷을 입는 동안 친구들은 의자에 앉아 기다렸다. "외출할 수 있을 만큼 튼튼해진 거야?" 그들이 눈동자를 음험하게 반짝이며 말했다. "충격에서 완전히 벗어나면 무슨 일이 있었는지 꼭 얘기해 줘야 해. 그 자식이 무슨 말을 했는지, 어떻게 했는지, 모든 걸 다."

그들이 나무 그늘을 통해 광장으로 걸어가고 있을 때, 그녀는 물속으로 뛰어들 준비를 하는 수영 선수처럼, 떨림이 멈출 때까지 심호흡을 하기 시작했다. 친구들 넷은 끔찍한 열기 때문에, 또 그녀에 대한 배려로 천천히 걸음을 옮겼다. 하지만 광장이 가까워지자 그녀는 다시 몸을 떨기 시작했다. 그녀는 고개를 쳐들고, 두 손을 교차해 반대편 옆구리를 바짝 끌어안았다. 친구들의 열에 들떠 반짝이는 눈동자가 웅얼거리는 목소리와 함께 그녀의 주위를 맴돌았다.

그들은 광장으로 들어섰고, 그녀는 화려한 옷에 싸인 연약한 모습으로 친구들에게 둘러싸여 있었다. 그녀는 더 심하게 떨어 댔다. 그녀는 마치 어린아이들이 아이스크림을 먹을 때처럼 조심조심 걸음을 옮겼다. 고개를 들고 초췌한 깃발 같은 얼굴에 두 눈을 반짝이며 그녀는 호텔을 지나고, 인도에 나란히 놓인 의자에 앉아 그녀를 쳐다보고 있는 윗도리를 걸치지 않은 외판원들 앞을 지나갔다. "저 여자야. 봤어? 가운데 분홍색 옷." "저 여자? 그 사람들, 깜둥이를 어떻게 했을까?" "뻔하지. 그 친구 제대로 걸렸지." "제대로 걸렸다고, 그 친구가?" "그럼. 그 친구 꽤 긴 여행을 떠났지." 그녀는 약국을 지났다. 새파랗게 젊은 애들이 모자에 손을 올려 인사까지 건네며 그녀의 엉덩이와 다리에서 눈을 떼지 않았다.

그들은 계속 걸음을 옮겼다. 모자를 들어 올리는 남자들을 지나고 나

자 갑자기 위로하고 보호하려 들던 목소리가 사라졌다. "너 봤지?" 친구
들이 말했다. 그들의 목소리는 흥분에 휩싸인 채 길게 탄식하는 듯했다.
"광장에 깜둥이가 하나도 없어. 하나도 안 보여."

  그들은 영화관에 도착했다. 환하게 불이 밝혀진 로비, 멋지고 아름다
운 광경을 생생하게 포착한 형형색색의 석판화들, 그곳은 마치 동화 나
라의 축소판 같았다. 그녀의 입술이 바짝 타들어 가기 시작했다. 영화가
시작되어 어두워지면 다 괜찮아질 것이었다. 그 시간이 너무 빨리, 너무
금방 지나가 버리지 않도록 터지려는 웃음을 참아야 하리라. 그녀는 돌
아보는 얼굴들이 낮은 탄성을 내기 전에 서둘러 늘 앉던 자리로 들어갔
다. 거기서는 화면에서 나온 빛에 은색으로 물든 통로로 눌씩 찍올 지
어 들어서는 젊은 남녀들을 볼 수 있었다.

  불빛들이 휙 사라졌다. 화면이 은빛으로 타올랐고, 곧 아름답고 열정
적이고 슬픈 인생이 펼쳐지기 시작했다. 그러는 사이에도 여전히 젊은
남녀들은 극장 안으로 들어와 희미한 어둠 속에 향수 냄새를 퍼뜨리며
낮은 소리로 속삭였다. 윤곽만 드러나는 짝을 이룬 그들의 여리고 매끈
한 뒷모습, 가늘고 날렵하지만 어딘지 모르게 어색하기도 한 신성하도록
젊은 육체들 너머로 거역할 수 없는 은빛 꿈이 차곡차곡 쉼 없이 쌓이
고 있었다. 그녀가 웃기 시작했다. 참으려 하면 할수록, 더 큰 웃음이 터
져 나왔다. 얼굴들이 하나씩 그녀를 향했다. 그녀는 여전히 웃음을 멈추
지 못한 채 친구들의 손에 이끌려 영화관을 빠져나갔다. 인도에 나와서
도 친구들에 의해 택시에 태워질 때까지 높은 소리로 끊이지 않고 웃어
댔다.

  그들은 그녀의 분홍색 여름옷과 속이 비치는 속옷과 스타킹을 벗긴
뒤 그녀를 침대에 눕혔고, 잘게 부순 얼음을 그녀의 관자놀이에 대주고

는 의사를 부르러 갔다. 하지만 의사를 찾을 수 없었던 그들은 다시 돌아와 그녀 곁에서 낮은 소리로 달래 주고, 얼음을 갈아 주고, 부채를 부쳐 주었다. 얼음을 새로 갈아 시원한 동안에는 그녀는 웃음을 멈추고 신음 소리만 냈지만, 곧 다시 웃음을 터뜨렸다. 그녀의 웃음소리는 마치 비명 같았다.

"쉬이이이이이이이잇! 쉬이이이이이이이잇!" 그들이 달래는 소리로 말했다. 그들은 얼음주머니를 갈아 주고, 그녀의 머리를 쓰다듬으며 흰 머리카락을 뽑아 주었다. "불쌍한 것!" 그러고는 서로에게 말했다. "정말 무슨 일이 있었던 거 아냐?" 그들의 눈동자는 음험하고 비밀스러운, 그리고 열정적인 빛을 발하고 있었다. "쉬이이이이이잇! 불쌍한 것, 불쌍한 미니!"

V

매클렌던이 새로 단장한 자신의 집 앞에 차를 멈춘 것은 한밤중이었다. 그의 집은 밝고 새장처럼 잘 다듬어져 있었다. 크기도 자그마하고 밝은 녹색과 흰색 페인트로 칠이 되어 있어 정말이지 새장처럼 보였다. 그는 차 문을 잠그고 현관 계단을 올라가 집으로 들어섰다. 아내가 서재용 스탠드 옆에 놓인 의자에서 일어났다. 매클렌던은 마룻바닥에 선 채 아내가 눈길을 떨굴 때까지 그녀를 노려보았다.

"시계를 보라고." 그가 팔을 들어 손가락으로 가리키며 말했다. 그녀는 고개를 떨군 채 그의 앞에 서 있었다. 그녀의 손에는 잡지가 들려 있었다. 그녀의 얼굴은 창백했고, 부자연스러웠으며, 피곤에 젖어 있었다. "이렇게 늦게까지 날 기다리는 짓은 하지 말라고 했을 텐데?”

“존.” 그녀가 입을 떼며 잡지를 내려놓았다. 그는 엄지발가락에 힘을 꼭 주고 서서 이글거리는 눈으로 그녀를 쏘아보았다. 그의 얼굴은 땀으로 젖어 있었다.

“내가 말하지 않았어?” 그가 그렇게 말하며 그녀에게로 다가서자 그녀가 고개를 들었다. 그가 그녀의 어깨를 거머쥐었다. 그녀는 저항도 하지 못하고 그를 올려다보았다.

“이러지 말아요, 존. 잠을 잘 수가…… 덥기도 하고, 뭔지 모르게…… 제발 존, 날 아프게 하지 말아요.”

“내 말이 말 같지 않아?” 그는 서의 때리는 듯한 동작으로 그녀를 의자로 밀쳤고, 그녀의 몸이 의자로 떨어졌다. 그녀는 방을 나가는 그의 모습을 아무 말 없이 지켜보았다.

그는 셔츠를 거칠게 벗어젖히며 집 안을 가로질러 가더니 방충망이 처진 컴컴한 뒤쪽 베란다 앞에 멈추어 섰다. 그러고는 셔츠로 머리와 어깨를 닦은 후 그것을 아무렇게나 던졌다. 다음으로 바지 뒤춤에서 권총을 꺼내 침대 옆 탁자에 올려놓고는 침대 가에 앉아 구두를 벗고, 다시 일어나 바지를 벗었다. 그의 몸에서 또다시 땀이 흘렀다. 그는 몸을 숙여 신경질적으로 셔츠를 찾았다. 그러다 셔츠를 발견하고는 먼지 낀 방충망에 기대서서 숨을 몰아쉬며 다시 셔츠로 몸을 닦았다. 방충망 바깥에는 어떤 움직임도 어떤 소리도 없었다. 날벌레조차 보이지 않았다. 어둠에 싸인 세상은 차가운 달과 눈도 깜빡이지 않고 세상을 내려다보고 있는 별들 사이에 꼼짝없이 끼어 있는 것 같았다.

신전의 지붕널
Shingles for the Lord

아버지는 동이 트기 족히 한 시간 전에 일어나 노새를 타고 손도끼와 큰 망치를 빌리러 킬레그루 씨네 집으로 갔다. 연장들을 빌려서 집으로 돌아오는 데는 40분이면 족했다. 하지만 아버지가 노새를 타고 집으로 돌아왔을 때 날은 이미 훤히 밝아 있었고, 나는 소젖을 짜고 소에게 꼴까지 먹인 뒤 아침을 먹고 있는 중이었다. 아버지는 입에 거품을 물고 씩씩거리다 딸꾹질까지 해댔다.

"여우 사냥을 갔단다." 그가 말했다. "여우 사냥이라니, 두 다리가 무릎까지 무덤에 들어간 거나 마찬가지인 일흔 살 먹은 노인네가 밤새도록 산속에서 쪼그리고 앉아 있어야 하고 덫을 놓아둔 통나무 위를 똑바로 걸어야 하는 여우 사냥을 나가다니. 귀가 먹어서 보청기까지 낀 주제에. 아침밥 좀 줘." 그가 어머니에게 말했다. "이 시간이면 벌써 휫필드가 거기 나와 있을 텐데. 손에 시계를 들고 그루터기 위에 올라서 있을 거야.”

아버지 말은 옳았다. 우리가 노새를 타고 교회 부근에 이르렀을 때, 솔론 퀵의 스쿨버스 용 트럭뿐 아니라 레버런드 횟필드 씨의 늙은 암말도 보였다. 우리는 노새를 어린 나무에 매어 놓고 나뭇가지에다 점심 도시락을 걸었다. 아버지는 킬레그루 씨네에서 빌려 온 손도끼와 큰 망치와 쐐기를, 나는 우리 집 도끼를 들고 솔론 퀵과 호머 북라이트가 있는 나무 그루터기 쪽으로 올라갔다. 그들은 자기 소유의 손도끼와 망치, 도끼와 쐐기를 가지고 그루터기 위에 앉아 있었다. 횟필드 씨는 말끔하게 삶아 빤 셔츠에 검정 모자를 쓰고 넥타이까지 매고서 아버지 말대로 시계를 손에 들고 있었다. 아침 햇살을 받은 금시계는 다 자란 호박만큼이나 커 보였다.

“늦었군.” 그가 말했다.

아버지는 킬레그루 노인네가 여우 사냥을 떠나서 킬레그루 부인과 요리사에게 겨우 손도끼를 빌렸다는 얘기를 되풀이했다. 요리사는 킬레그루 씨의 연장을 내주려 하지 않았고, 킬레그루 부인은 킬레그루 씨보다 더 귀가 먹어 자기 말을 못 알아들었다면서 계속 주절댔다. 누가 뛰어들어가서 집에 불이 났다고 알려 줘도 그녀는 그저 흔들의자를 끄덕거리며 자기도 그렇게 생각한다고 할 게 틀림없다고, 아니면 상대방이 입을 떼기도 전에 요리사에게 개를 풀어놓으라고 소리칠 거라고.

“어제 가서 빌려 놨으면 될 거 아닌가.” 횟필드 씨가 말했다. “그 많은 여름날 중에 오늘 하루 하느님 사시는 집에 지붕을 얹기로 약속한 게 한 달 전이란 걸 자네도 알잖나.”

“그래 봤자 두 시간 정도 늦은 거예요.” 아버지가 말했다. “그 정도는 주님도 용서하실 테죠. 시간 따위엔 관심도 없으실걸요. 그럼요, 그분이 관심을 두는 건 구원이죠."

휫필드 씨는 아버지 얘기를 끝까지 듣지 않고, 마치 아버지에게 폭우와 번개를 쏟아 내듯 이렇게 말했다. "그분은 둘 다 관심 없으셔! 둘 다 갖고 계시는 존재께서 뭣하러 그러시겠나? 그분의 교회 지붕을 바꾸려는 때에 연장도 하나 제대로 못 빌리는 불쌍한 영혼에게 뭣하러 눈을 돌리시겠냐고? 하기야 그분이 만드셨으니 돌봐 주실지도 모르지. '왜 그랬는지는 모르겠지만 내가 만들었으니, 그들이 어떻든 팔을 걷어붙이고 영광을 안겨 주어야겠지!'라고 중얼거리시겠지."

하지만 그럴 리는 없었다. 휫필드 씨 역시 그 사실을 알고 있을 거라고 나는 생각했다. 자신이 여기 계속 있는 한 사람들이 일을 시작하지 못한다는 사실을 알고 있듯이. 그는 시계를 주머니에 넣고는 솔론과 호머에게 일어나라고 말했다. 그가 태양을 향해 얼굴을 쳐들고 눈을 감자, 우리는 모두 모자를 벗었다. 그의 눈썹은 절벽 가장자리에 붙어 있는 커다란 철회색 애벌레 같았다. "주님," 그가 입을 뗐다. "이들로 하여금 지붕널을 곧게 자를 수 있게 하시고, 매끄럽고 손쉽게 얹어 놓게 하소서. 이들이 당신을 위하여 왔나이다." 그는 눈을 뜨고 다시 우리를, 특히 아버지를 응시했다. 그러고는 매어 놓은 암말을 풀고, 노인네들이 으레 그렇듯 느리고 뻣뻣하게 말에 오르더니 가버렸다.

아버지는 손도끼와 큰 망치를 내려놓고 쐐기 세 개를 땅바닥에 가지런히 늘어놓은 뒤 도끼를 집어 들었다.

"자, 시작하지. 늦게 왔으니." 아버지가 말했다.

"나랑 호머는 아니지." 솔론이 말했다. "우린 벌써 와 있었다고." 그와 호머는 어느새 그루터기가 아니라 땅바닥에 쪼그리고 앉아 있었다. 호머는 막대기를 깎고 있었다. "우리가 여기 온 건 두 시간도 넘었어." 솔론이 말했다.

몸을 반쯤 구부린 채 엉거주춤한 자세로 도끼를 든 아버지가 말했다. "한 시간 조금 넘었겠지. 하지만 말다툼하기 싫으니 두 시간으로 하자구. 그래서 어쩌자는 얘기야?"

"말다툼이라니?" 호머가 말했다.

"좋아." 아버지가 말했다. "두 시간이라고 해. 근데 그게 뭐?"

"시간당 노동 단위로 따지면 세 사람 곱하기 두 시간, 총 여섯 단위지." 솔론이 말했다. WPA*가 처음 요크나파도파 카운티에 들어와 사람들에게 음식과 매트리스를 제공하는 일자리를 주었을 때, 솔론도 그걸 얻으려고 제퍼슨까지 다닌 적이 있었다. 그는 매일 아침 스쿨버스 용 트럭을 몰고 22마일을 달려가 밤이 이슥해서야 돌아오곤 했다. 거의 일주일이나 그 짓을 한 후에야 그는 그 일자리를 얻으려면 농장의 명의를 다른 사람에게 넘겨야 할 뿐 아니라 자신이 직접 만든 스쿨버스를 소유할 수도 운영할 수도 없다는 것을 알게 되었다. 그날 밤 집으로 돌아온 이후 그는 다시는 밤늦게 돌아오는 일이 없었다. 또한 그 이후로는 누구도, 싸우고 싶은 게 아니라면 그 앞에서 WPA에 대해서는 입도 뻥긋할 수 없었다. 하지만 그런 그도 이따금은, 지금처럼 노동 단위 따위를 들먹이며 그곳을 언급하곤 했다. "여섯 단위가 지나갔다는 거야."

"여기서 날 기다리며 앉아 있는 대신 자네들의 네 단위는 일하며 보낼 수도 있었잖아?"

"자네를 빼고 일할 수는 없지." 솔론이 말했다. "우리가 휫필드 씨에게 약속한 건, 세 사람이 함께 12시간 동안 교회 지붕에 새로 깔 널빤지를

*루스벨트 대통령이 대공황을 극복하기 위한 뉴딜 정책의 일환으로 1939년에서 1941년까지 운영한 공공사업 진흥국.

켜겠다는 거였어. 그래서 우린 동이 트자마자 여기 와서 세 번째 사람이 나타나기를 기다렸다구. 자넨 최근 몇 년 사이에 나라를 온통 헤집어 놓은 노동에 관한 현대적 개념을 전혀 이해하질 못하는 것 같군."

"무슨 현대적 개념?" 아버지가 말했다. "난 일에 대해 아는 건 딱 한 가지 개념밖에 없어. 끝날 때까지는 끝나지 않았다는 거. 끝나야 끝난다는 거."

호머는 또 다른 긴 막대기 하나를 깎고 있었다. 그의 칼은 면도날처럼 날카로웠다.

솔론은 코담뱃갑을 꺼내 뚜껑을 열고는 입술 쪽으로 비스듬히 기울여 들이마셨다. 그러고는 담뱃갑을 호머에게 내밀었다. 호머가 고개를 젓자 솔론은 뚜껑을 닫고는 담뱃갑을 도로 주머니에 넣었다.

"그러니까," 아버지가 말했다. "밤새 고속도로변 주점 주크박스 앞에 앉아 있듯 밤새 숲 속에서 여우를 기다린 칠십 먹은 노인네 때문에, 그 노인네를 기다린 두 시간 때문에, 우리 세 명이 내일 다시 여기로 와야 한단 말이지? 그런데 자네랑 호머는……"

"난 아닐세." 솔론이 말했다. "호머는 모르겠지만. 난 휫필드 씨에게 하루만 일하겠다고 했어. 그래서 해 뜰 무렵부터 여기 나와 있었던 거라구. 해가 질 때쯤이면 일이 다 끝나겠구나 생각하면서."

"알았어." 아버지가 말했다. "알았다구. 내가 내일 다시 오면 될 거 아냐. 나 혼자 말이야. 자네랑 호머가 놀면서 보낸 두 시간 몫까지 하려면 내일 오전 시간이 몽땅 깨시겠군."

"그 이상 걸릴 거야." 솔론이 말했다. "하루가 몽땅 깨질 거야. 남은 건 시간당 노동 단위 둘에 세 사람을 곱한 여섯 단위니까. 평소보다 두 배쯤 빨리 일하면 네 시간에 끝낼 수 있겠지. 하지만 두 시간 만에 해치울 수는 없을 거야. 세 배나 빨리 일하는 건 불가능하니까."

아버지는 모두가 다 들을 수 있을 정도로 거칠게 숨을 몰아쉬며 말했다. "그러니까……" 그는 잘라 놓은 나무들 중 하나에 도끼를 박고는, 그 나무를 쪼개기 위해 갈라진 틈을 손으로 잡아당기며 말했다. "그러니까 자네들 둘이 아무 일도 안 하고 그냥 흘려보낸 두 시간씩 네 시간보다 더 많은 여섯 시간 동안, 내가 오기를 눈이 빠지게 기다리고 있는 집안일을 팽개치고 해가 떠 있는 시간의 절반을 벌을 서야 한다는 말 아니야? 나라는 인간이 자기 손두끼를 가지고 있는 퀴이니 븍리이드 같은 우라질 백만장자가 아니라 그저 최선을 다해 열심히 일하는 농부라는 이유로 말이야."

일이 시작되었다. 그들이 하는 일은 잘라 놓은 나무를 쪼개고, 그것들을 툴과 스놉스 씨 등 다른 사람들이 작업할 수 있게 지붕을 이을 널빤지로 다시 잘게 저미는 일이었다. 그 사람들이 내일 교회로 와서 예전에 얹었던 지붕널들을 걷어 내고 새 지붕널들을 깔기로 약속되어 있었다. 그들은 쪼개서 쌓아 놓은 나무들 옆에 둥그렇게 서서 작업을 하고 있었다. 솔론과 호머는 마치 두 개의 시계가 째깍거리며 가듯 가볍고 쉽게 멈추는 법 없이 일하는 반면, 아버지는 마치 독사라도 죽이는 것처럼 힘들게 일했다. 아버지가 망치를 휘두르는 열성의 반만큼이라도 망치질 실력이 괜찮았다면, 솔론과 호머만큼 널빤지를 쪼갤 수 있었을 것이다. 하지만 아버지는 망치를 머리 위로 들어 올린 채 때론 1분이나 멈춰 있는 것 같았고, 그러다가 그 망치로 손도끼의 날을 내리치면 매번 널빤지는 날아가 버리고 손도끼는 자루까지 땅에 박혀 버렸다. 그러면 아버지는 천천히 쉬지 않고 그 손도끼 자루를 열심히 비틀어 댔는데, 희한하게도 그 모습은 도끼 자루가 계속 땅에 박혀 있기를 바라는 것처럼 보였다.

"이봐, 이보라구." 솔론이 말했다. "제대로 신경 써서 하지 않으면, 자넨 내일 오전은커녕 나머지 시간을 다 써도 여섯 단위 일을 끝내기 어려울 거야."

아버지는 고개도 들지 않고 말했다. "저리 비켜." 그러자 솔론이 물러났다. 그가 물동이를 옮겨 놓지 않았더라면 아버지는 그것마저 쪼개 버렸을 테고, 그랬다면 널빤지가 커다란 낫처럼 솔론의 정강이를 베며 날아갔을지도 모른다.

"남은 단위만큼 일해 줄 사람을 쓰는 것도 괜찮을 텐데." 솔론이 말했다.

"무슨 수로?" 아버지가 말했다. "나 WPA에서 일거리를 흥정해 본 경험도 없어. 그리고 비키라구."

하지만 이미 솔론은 비켜나 있었다. 아버지는 널빤지로 솔론을 맞히려고 방향을 바꾸어 도끼질을 하며 그것이 곡선을 그리며 날아가기를 바랐다. 하지만 이번에도 솔론을 맞히지 못했고, 아버지는 땅바닥에 처박힌 손도끼를 빼내려고 다시 천천히, 지속적으로, 열심히 자루를 비틀었다.

"꼭 돈이 아니라 다른 걸로 흥정할 수도 있을 텐데." 솔론이 말했다. "개를 사용할 수도 있고."

그 순간 아버지의 동작이 멈추었다. 나는 솔론이 그 말을 꺼내기도 전에 그의 제안을 예상하고 있었다. 아버지는 쪼개 놓은 나무에 박힌 손도끼의 날을 내리치려고 머리 위로 망치를 들어 올린 상태에서 솔론을 바라보며 말했다. "개라고?"

아버지가 머릿속에서 떠올린 개는 몸집이 작은 새잡이용 개와 콜리 종이 섞인, 일종의 잡종 사냥개였다. 녀석은 숲 속에서 다람쥐 발자국을 찾아내면 딱 한 번만 짖고는, 사람처럼 전혀 소리 내지 않고 살금살금 걸으면서 다람쥐를 나무 위로 모는 재주를 가지고 있었다. 아버지와 버넌 툴이 녀석을 공동으로 소유하고 있었다. 윌 바너 씨가 강아지였던 녀석을 툴에게 주었고, 아버지가 녀석을 길러서 녀석에 대한 지분 반을 갖게 된 것이었다. 훈련을 시킨 건 나와 아버지였는데, 너무 커져서 어머니가 밖으로 내쫓기 전까지는 내가 내 침대에서 녀석을 데리고 잤다. 지난 6개월 동안 솔론은 줄기차게 녀석을 사고 싶어 했다. 툴은 자신의 지분을 2달러에 솔론에게 넘기기로 합의한 상태였지만, 아버지는 우리가 가진 나머지 지분 값으로 6달러를 고집했다. 녀석에게 10달러의 가치는 있으니 툴이 값을 제대로 받지 않는다면 자기라도 받아 내겠다는 게 아버지의 생각이었다.

"그거였구먼." 아버지가 말했다. "그건 노동 단위하고는 아무 상관이 없어. 그건 개니까 개 단위를 써야지."

"그저 한 가지 제안일 뿐이야." 솔론이 말했다. "내일 오전 여섯 시간 동안 지붕널 작업을 하느라 빼앗기게 될 자네의 사적 업무 시간을 지켜 주려는 우정 어린 제안일 뿐이라고. 그 잡종견에 대한 자네의 지분을 내게 판다면, 내가 자네 대신 지붕널 작업을 마쳐 줄 수 있다는 말이지."

"여섯 단위를 일해 줄 테니 6달러에 팔라는 말이군."

"아니, 아니야." 솔론이 말했다. "툴이랑 합의한 대로 자네 지분도 2달러로 쳐서 지불할 걸세. 내일 아침 여기로 개를 데리고 나오면, 자네는 집이나 긴박한 사적인 업무가 기다리는 곳으로 갈 수 있을 거야. 교회 지붕에 대해선 싹 잊어버려도 된다는 거지."

10초가 넘게 아버지는 망치를 치켜든 채 솔론을 바라보았다. 그런 다음 약 3초 동안 솔론은 물론 그 어떤 것에도 눈길을 주지 않았다. 그러고는 다시 솔론에게로 고개를 돌렸다. 마치 2와 9/10초 후에야 솔론을 보지 않고 있었다는 사실을 자각한 것처럼. "이거 참." 아버지가 툭 뱉었다. 그러고는 웃어 대기 시작했다. 그것은 분명 웃음이었다. 입도 벌어져 있었고, 소리도 그랬기 때문이다. 하지만 그 웃음은 이빨조차 넘지 못했고, 눈꼬리도 올라가지 않았다. 그런 다음 아버지는 조심하라고 말하지도 않고 재빨리 엉덩이를 틀어 큰 망치를 내리쳤다. 그러자 그 반동으로 인해 손도끼가 쪼개 놓은 나무를 지나 땅바닥에 처박혔고, 널빤지는 빙빙 돌며 계속 날아가 솔론의 정강이를 때렸다.

그들은 다시 일을 시작했다. 나는 방금까지는 뒤돌아보지 않고도 아버지의 도끼질 소리와 솔론과 호머의 도끼질 소리를 구분할 수 있었다. 두 사람의 도끼질 소리가 더 크거나 유난히 쉬지 않고 들려오기 때문이 아니라, 아버지의 그것이 너무나도 뜸하게 들려왔기 때문이다. 땅바닥에 박히거나 요란한 소음을 만들어 내지도 않는 그들의 작고 부드러운 도끼질 소리가 대여섯 번쯤 들리면, 아버지의 손도끼가 척, 박히는 소리가 들렸고, 그럴 때면 어김없이 널빤지 조각이 어딘가로 날아갔었다. 하지만 이때부터는 아버지의 도끼질 소리도 솔론이나 호머의 그것만큼이나 가볍고 빠르고 부드러워졌고, 내가 제대로 쌓을 수 없을 만큼 널빤지를 쪼개는 속도도 빨라졌다. 이런 식으로 한다면 정오까지는 내일 툴 일행들이 와서 작업할 수 있는 양 이상의 널빤지를 쪼개 놓을 수 있을 것 같았다. 정오를 알리는 암스티드 씨 농장의 종소리가 들려왔을 때, 솔론이 손도끼와 망치를 내려놓고 시계를 보았다. 그리 멀리 떨어져 있지 않았던 내가 아버지에게로 갔을 때, 그는 이미 어린 나무에 매어 두었던 노새를 풀어 그 위에 올라타 있었다. 솔론과 호머는 아버지를 자신들의 손아귀에 넣었다고 생각하고 있는 듯했다. 잠깐 동안은 나 역시 그렇게 생각했지만 아버지의 표정을 살펴보니 그게 아니었다. 아버지는 나뭇가지에 걸어 놓은 도시락 통을 내려서 내게 건네주었다.

"가서 먹어." 아버지가 말했다. "나 기다리지 말고. 노동 단위는 빌어먹을. 내가 어디 갔느냐고 물으면, 뭘 잊어버려서 그걸 가지러 집에 갔다고 해. 도시락 먹을 숟가락 가지러 갔다고 해도 되고. 처음부터 그렇게 말하지는 말고, 꼬치꼬치 캐물으면 내가 숟가락이든 뭐든 필요한 게 있어서 어딘가로 갔다고 해. 아 참, 집에 갔다고는 하지 마. 안 믿을 거니까. 나 같은 인간은 빌려 올 주제밖에 못 된다고 생각할 테니까." 그는 노새의 고삐를 끌어당기고 발뒤꿈치로 노새의 옆구리를 때리다가, 다시 동작을 멈추고 말했다. "그리고 내가 돌아와서 뭐라고 하든 넌 신경 쓰지 마. 무슨 일이 일어나도 아무 소리 말라는 거야. 입도 뻥긋하지 말라는 말이야. 알아들었지?"

그러고는 그는 떠났다. 나는 솔론과 호머가 점심을 먹고 있는 곳으로 갔다. 그들은 솔론의 스쿨버스 발판에 앉아 있었다. 그리고 정말 솔론은 아버지의 예상대로 말했다.

"나는 그의 낙천주의를 존경하지만, 그는 실수하는 거야. 만약 그 사람이 타고난 손발 말고 다른 게 필요하다면, 집이 아니라 다른 데를 갔을 거야."

우리가 지붕널을 자르는 곳으로 돌아왔을 때, 아버지는 벌써 돌아와 노새에서 내려 노새를 어린 나무에다 매고 있었다. 그러고는 우리 쪽으로 와서 도끼를 집어 들고 잘라 놓은 나무에 날을 박아 넣었다.

"이보게들," 아버지가 말했다. "자네들이 말한 문제를 곰곰이 생각해 봤지만 아무래도 납득되지가 않아서 난 여전히 그럴 생각이 없어. 하지만 오늘 아침 두 시간에 대해서 누군가는 보상을 해야 할 테고, 자네 둘을 보아하니 나한테 떠맡기려는 심산인 것 같은데, 어쨌거나 내일 나는 집에 산더미처럼 쌓인 일을 해야 해. 옥수수도 거둬야 하고. 자네들은 내가 거짓말을 한다고 생각할지 모르겠지만 어쨌거나 내 형편이 그래. 그런데 내일 아침 혼자 여기 나와 이런 말을 떠들어 댄다면 기분이 개떡 같을 거야. 그래서 난 내일 여기 오지 않기로 했네. 솔론 자네랑 거래를 할 생각이라고. 자네가 개를 가질 수 있다는 말일세."

솔론이 아버지를 바라보다가 말했다. "지금 당장 거래를 해도 되는지 모르겠군."

"그래? 알았네." 아버지는 잘라 놓은 나무에 박힌 도끼를 빼내려고 아래위로 흔들어 댔다.

"잠깐만." 솔론이 말했다. "그 빌어먹을 도끼는 내려놓게나." 하지만 아버지는 다시 내려치려고 도끼를 들어 올리며 솔론을 보았다. "그러니까 자네의 한나절 일과 그 개의 자네 몫의 지분을 맞바꾸자는 건가?" 솔론이 말했다. "자네가 이 지붕널들을 만드는 데 필요한 한나절과 자네가 가진 개의 지분을 말일세."

"그리고 2달러로 하세." 아버지가 말했다. "자네랑 툴이 합의한 대로. 난 자네한테 2달러에 개를 팔고, 자네는 내일 여기 와서 지붕널 만드는 작업을 끝내는 거지. 지금 자네가 나한테 2달러를 주면, 내일 아침 개를 이리로 데려와서 자네한테 넘기겠네. 툴에게도 2달러를 지불했다는 영수증을 보여 주면 말이야."

"나랑 툴은 이미 합의를 했어." 솔론이 말했다.

"그럴 테지." 아버지가 말했다. "그러니 툴한테 2달러를 지급하고 영수증을 받아 오는 데 문제가 없지 않겠나."

"툴은 내일 아침 교회에 있을 거야. 묵은 지붕널들을 떼내야 하니까."

솔론이 말했다.

"잘됐군." 아버지가 말했다. "그 친구한테서 영수증을 받는 데는 아무 문제가 없겠군. 이리로 오는 길에 교회에 들르면 될 테니까. 툴은 나 그리어랑은 처지가 다르니 지렛대를 빌리러 누구네 집에 들를 필요도 없이 바로 교회로 갈 거 아닌가."

그리하여 솔론이 지갑을 꺼내 아버지에게 2달러를 주었고, 그들은 다시 일을 시작했다. 그들은 오후에 일을 다 끝내려고 애를 쓰는 듯 보였다. 솔론뿐 아니라 호머 역시 기대에 관해선 녀 이상 관심이 없는 듯했고, 아직 솔론에게 받아야 할 게 있긴 하지만 자신의 지분을 깨끗이 처분한 아버지 역시 마찬가지였다. 나도 그 일에 대해 더 이상 마음을 쓰지 않았다. 그저 널빤지만 쌓았다.

얼마 뒤 솔론이 자신의 손도끼와 큰 망치를 내려놓고 말했다. "이보게들, 자네들 생각은 어떤지 모르겠지만 난 오늘은 이만하면 충분한 것 같은데."

"좋아." 아버지가 말했다. "언제 끝낼지 결정할 사람은 자네뿐이니까. 자네가 고안한 그 노동 단위가 내일로 미뤄진다 해도 그건 자네 몫이니까."

"옳은 말씀." 솔론이 말했다. "난 교회에다 하루가 아니라 하루하고도 한나절을 바치게 됐군. 이제 돌아가서 집안일을 좀 해야겠어." 그는 자신의 손도끼와 큰 망치, 그리고 도끼를 집어 들고 스쿨버스 용 트럭으로 가서 호머가 올라타기를 기다렸다.

"아침에 개를 데리고 오겠네." 아버지가 말했다.

"그렇게 하게." 솔론이 말했다. 마치 개에 대해선 잊고 있었다는 듯, 혹은 더 이상 중요한 일이 아니라는 듯한 말투였다. 하지만 그는 1초쯤 아버지를 유심히 바라보더니 말했다. "나는 툴한테서 그 친구 몫인 개의 지분 반을 돈으로 지불했다는 영수증을 받아 오겠네. 자네 말대로, 영수증을 받는 데는 아무 문제가 없을 거야." 그와 호머가 트럭에 올라탔고, 그가 시동을 걸었다. 솔론에게선 서두르는 기색이 느껴졌는데, 아버지는 그가 무엇 때문에 서두르는 건지 일절 캐내려 하지 않았다. "난 사람들이 번개를 번개라고 부르는 이유 중 하나는, 번개는 두 번 칠 필요가 없기 때문이라는 사실을 늘 알고 있었네. 즉 단 한 번의 실수로도 누구든 번개에 맞을 수 있단 말이네. 나는 내가 보고 있었던 게 구름이었다는 걸 깨닫지 못한 실수를 저지른 것 같네. 내일 아침에 보세."

"개를 데리고 오겠네." 아버지가 말했다.

"물론이지." 솔론이 말했다. 이번에도 그는 개는 전혀 생각하지 않는 것처럼 보였다. "개를 데려와야지."

그와 호머가 탄 트럭이 떠났다. 그제야 아버지는 몸을 일으켰다.

"어떻게 된 거예요?" 내가 물었다. "뭘 하신 거냐고요. 아버지는 툴의 개에 대한 지분 반을, 내일 한나절 일과 바꿔 버렸어요. 이제 어쩌실 거예요?"

"그래." 아버지가 말했다. "난 툴이 내일 한나절 동안 하게 될 묵은 지붕널 걷어 내는 일거리를, 그의 개에 대한 지분 반이랑 맞바꿨단다. 그리고 내일까지 기다릴 필요도 없이, 오늘 밤에 우리가 묵은 지붕널을 걷어 버리자꾸나. 더 이상 쓸데없는 속임수 쓸 필요 없어. 지금 내 머릿속엔, 그 빌어먹을 노동 단위를 만들어 내신 솔톤 퀵 선생이 내일 개 반 마리에 대해 2달러짜리든 10달러짜리든 영수증을 받아 내려고 땀을 뻘뻘 흘리는 걸 보고 싶은 생각뿐이야. 그러니 우리가 오늘 밤 그 일을 해치우는 거야. 솔론이 내일 동이 틀 무렵이 아니라 잠자리에 누웠을 때 이미 늦었다는 걸 알아차렸으면 좋겠어."

우리는 집으로 돌아왔다. 내가 소에게 여물을 먹이고 젖을 짜는 동안, 아버지는 손도끼와 큰 망치를 돌려주고 쇠지렛대를 빌리러 킬레그루 씨 댁으로 갔다. 그런데 세상엔 참 희한한 일도 많고 태양 아래에선 무슨 일이든 벌어질 수 있다지만, 하필이면 킬레그루 노인이 배를 타고 나갔다가 쇠지렛대를 40피트 물속에다 빠뜨려 버렸다는 것이었다. 그러자 아버지는 문득 순수한 인과응보 차원에서 솔론에게서 쇠지렛대를 빌리는 게 어떨까 하는 생각을 했지만, 그가 쥐새끼처럼 냄새를 맡을지도 모른다는 생각에 결국 암스티드 씨에게로 가서 지렛대를 빌려 집으로 돌아왔다. 우리는 저녁을 먹은 후, 초롱을 닦고 거기 기름을 채웠다. 그러는 동안 어머니는 우리가 내일 아침까지 기다리지 않고 하려는 게 대체 뭔지 알아내려고 애썼다.

아버지와 나는 대문 앞에서 계속 뭐라고 말하는 어머니를 뒤로하고 교회로 향했다. 이번엔 노새를 타지 않고 걸어서 갔다. 손에는 밧줄과 쇠지렛대와 아직 불을 켜지 않은 초롱을 들고서. 날이 어둡기 전 집으로 돌아오던 길에 교회 앞을 지나다가, 휫필드 씨와 스눕스 씨가 스눕스 씨의 마차에서 사다리를 내리고 있는 것을 봤었다. 덕분에 우리는 교회 벽에 그 사다리를 걸치기만 하면 되었다. 그런 다음 아버지는 초롱을 들고 지붕 위로 올라가서 지붕널 몇 개를 뜯어내고 지붕 뒷면에 못을 박아 초롱을 걸었다. 널이 뜯겨 나간 지붕 틈새로 불빛이 새어 나가긴 했지만, 길을 지나는 사람이 아니라면 불빛을 볼 수 없을 터였다. 그리고 그때까지는 누구도 우리가 내는 소리를 들을 수 없었다. 내가 뒤따라 밧줄을 가지고 사다리를 올라갔고, 아버지는 그 밧줄을 뚫린 지붕 틈새로 통과시켜 서까래를 감고는 그 끝을 우리 둘의 허리에 묶었다. 드디어 우리는 일을 시작했다. 나는 장도리를 쓰고 아버지는 쇠지렛대를 써서 지붕을 덮고 있던 오래된 지붕널들을 비를 내리듯 떨어뜨렸다. 아버지는 지붕널들을 잇고 있는 기다란 판자 전체에 나무 막대기를 빗장 지르듯 찔러 넣었다. 그 막대기를 누르듯 한 번 이상 젖히거나 쇠지렛대로 단단한 잡목에 1초 정도 힘을 가하면, 경첩이 달린 상자 뚜껑이 열리듯 지붕 전체가 한 번에 뒤로 젖혀질 수 있을 것이었다.

마침내 아버지는 정확하게 그 일을 해냈다. 그러고는 빗장처럼 찔러 넣었던 나무 막대기에 몸을 기댔다. 아버지가 뜯어내려 하는 건 지붕을 덮고 있는 지붕널들이 아니라 지붕 표장재 전체였고, 그래서 몸을 젖혀 초롱 주변의 표장재를 잡아당기자 마치 옥수수 껍질이 벗겨지듯 표장재가 뜯겨 나갔다. 초롱은 여전히 못에 걸려 있었다. 아버지가 초롱이 걸려 있는 지붕널을 못을 빼지 않은 채 뜯어내려 하는 동안 나는 초롱과 아버지의 쇠지렛대를 지켜보고 있었다. 지붕널이 허공으로 뜬 순간, 초롱이 걸려 있어야 할 못에 아무것도 걸려 있지 않음을 발견했다. 다음 순간 모든 것이 교회 바닥으로 떨어져 내리기 시작했다. 그것들이 바닥을 때렸다가 튕겨 올라왔다가 다시 바닥을 때리는 순간, 폭음이 일어나며 교회 전체가 노란 불길에 휩싸였다. 나와 아버지는 밧줄에 묶인 채 불길 가장자리에 대롱대롱 매달리고 말았다.

나는 그 뒤에 밧줄이 어떻게 됐는지, 우리가 그 밧줄에서 어떻게 풀려났는지 알지 못한다. 거기서 어떻게 내려왔는지도 제대로 기억나지 않는다. 그저 아버지가 내 뒤편에서 고함을 지르나가 사나리를 만큼 내려온 나를 밀었으며, 땅바닥으로 떨어진 우리는 어느새 물동이를 찾아 뛰고 있었다는 것만 기억할 뿐이다. 물동이는 배수로 한쪽에 놓여 있었는데, 암스티드 씨가 거기 서 있었다. 한 시간쯤 전에 무심코 마당으로 나왔던 그는 교회 지붕 쪽에서 빛나는 초롱불을 보았는데, 그게 계속 신경이 쓰여 무슨 일인가 확인하러 나왔다가 결국 아버지와 함께 고함을 질러 가며 물동이까지 옮기게 된 것이었다. 우리가 화재의 원인이 된 건 피할 수 없는 사실이었다. 아버지는 몸을 돌려 물동이에 기대 쪼그리고 앉아 있다가, 물이 가득 찬 물동이를 어깨에 지고 일어나더니 모퉁이를 돌아 뛰어갔다. 그러고는 교회 계단을 올라가다가 맨 위 계단에서 그만 발이 꼬여 차가운 물을 뒤집어쓰며 물동이에 깔리고 말았다.

우리가 아버지를 일으켜 세웠을 때 어머니가 나타났고, 거의 같은 시각에 암스티드 부인도 도착했다. 나와 암스티드 씨는 함께 물동이를 들고 샘으로 달려갔다. 우리가 돌아왔을 때는 많은 사람들이 모여 있었는데, 횟필드 씨도 보였다. 물동이의 숫자도 늘어 있었다. 우리는 할 수 있는 한 최선을 다했다. 하지만 샘이 200야드나 떨어져 있는 데다 물을 열 동이쯤 푸고 나자 바닥이 나버렸다. 샘에 물이 차기까지는 5분이 걸렸고, 그동안 우리는 머리에 큰 상처를 입고 다시 나타난 아버지 주위에 서서 불길을 지켜보는 수밖에 없었다. 교회는 지은 지 오래되어 바짝 말라 있는 데다 횟필드 씨가 50년 넘게 수집해 온 오래된 채색화들로 가득 차 있어 활활 타올랐다. 아까 폭발 소리와 함께 치솟았던 불길 한가운데에서 초롱을 보았었다. 그리고 어느 특별한 못에 늘 걸려 있던, 횟필드 씨의 세례식용 가운도 보았었다. 잠옷처럼 생긴 길고 오래된 옷이었다. 나는 다른 남자애들과 함께 교회 앞을 지나다가 이따금 그걸 훔쳐보곤 했었다. 열 살쯤 된 소년들의 눈에 그것은 매우 특별한 옷처럼 보였다. 심지어 갑옷처럼 보이기도 했다. 그것은 오랜 세월 죄악과 맞서 싸워 그것을 정복한, 천사장 미카엘의 자아였다. 그 늙고 강인한 미카엘이 짐 승처럼 늘 죄악을 되풀이하는 인간들을 경멸했듯이, 그의 자아인 그 가운 역시 그런 인간들을 경멸하는 듯 보였다.

오랜 시간에 걸쳐 내부의 모든 것들이 다 타버린 뒤에도, 그것만은 타지 않았다. 우리는 불길 속에 걸려 있는 그 옷을 고스란히 지켜볼 수 있었다. 그것이 쉽게 타지 않는 것은 물기를 머금고 있어서가 아니라, 악마와 지옥의 수문장들과 오래 싸워 온 경험 때문인 듯했다. 겨우 개 지분 반 때문에 솔론 퀵을 이기려 한 레스 그리어가 일으킨 불에 타기엔 백전노장이었던 것이다. 그러나 마침내 그 옷마저 서서히 불길에 휩싸이더니, 일시에 저 먼 우주의 어둠과 별빛 속으로 포효하듯 사라졌다. 물에 젖어 기진맥진한 채 땅바닥에 주저앉은 아버지와 그의 주위에 둘러선 사람들, 늘 그랬듯 깨끗하게 삶아 빤 셔츠와 검정 모자에 바지를 차려입은 횟필드 씨를 제외하고, 그곳에 남은 건 아무것도 없었다. 횟필드 씨는 처음부터 창조되지 말았어야 할 존재들을 구원하기 위해 너무도 오랫동안 싸워 왔다는 듯, 그러니 이 저주로부터 도망치지 않겠다는 듯, 모자를 벗을 생각도 못한 채 그 자리에 서 있었다. 모자챙 아래에 있는 눈으로 우리를 둘러보면서. 거기 있는 우리는 다 그 교회에 속해 있는, 태어나서 결혼하고 죽을 때까지 그것을 위해 쓰일 존재들이었다. 암스티드, 툴, 북라이트, 퀵, 스놉스 가족은 물론 우리 가족까지.

"내가 잘못 말했군." 횟필드 씨가 말했다. "내일 여기 모여서 교회 지붕을 얹는 게 아니라 교회를 하나 지어야겠어."

"당연히 교회가 있어야 하겠죠." 아버지가 말했다. "우리는 곧 교회를 지을 겁니다. 하지만 우리 중 넻넻은 이번 주에 하루나 일주일 내내 교회를 위해 일했어요. 집안일은 포기하고요. 그러는 게 옳고 당연하죠. 더 많은 시간을 바쳐야죠. 하지만 주님께서……"

횟필드 씨는 꼼짝 않고 서서 아버지를 내버려 두었지만, 아버지가 제

풀에 지쳐 입을 다물었다. 아버지가 어머니를 쳐다보지도 않고 땅바닥에 주저앉아 버리자, 마침내 그가 입을 열었다.

"자넨 안 되네. 방화범이니까."

"방화범이라고요?" 아버지가 말했다.

"그래." 횟필드 씨가 말했다. "자네가 참여해도 홍수와 화재와 파괴와 죽음이 일어나지 않는 일이 있을까? 자네가 인간으로서 신뢰할 만한 힘과 능력을 가지고 있다는 걸 우리한테 증명해 보이기 전에는, 여기 새로운 건축물을 세우는 일에 손가락 하나 기담할 수 없을 걸세." 그는 우리를 다시 둘러보았다. "툴과 스놉스, 그리고 암스티드는 이미 내일 오기로 약속이 되어 있고, 퀵은 내일 한나절 동안 일하는 걸로 아는데……"

"저도 하루 더 바칠 수 있습니다." 솔론이 말했다.

"저는 일주일을 바치겠어요." 호머가 말했다.

"저 역시 도망가지 않겠습니다." 스놉스가 말했다.

"그 정도면 시작은 충분하겠구먼." 횟필드 씨가 말했다. "자, 늦었으니 돌아들 갑시다."

그가 먼저 떠났다. 교회도 우리도 다시는 돌아보지 않고 늙은 암말에게로 걸음을 옮기더니 천천히, 뻣뻣하지만 힘차게 말에 올라타고는 가버렸다. 우리도 뿔뿔이 흩어졌다. 나 역시 교회를 돌아보지 않았다. 그것은 이제 껍질에 불과했다. 빨갛게 사위어 가는 숯덩이였다. 때로는 증오했고, 때로는 두려워했던 곳이었다. 그렇다면 나는 기뻐해야 했다. 하지만 그곳엔 불조차 태우지 못하는 무언가가 있었다. 그것은 어쩌면 그 노인네가 다시 세울 수 있으리라 생각하는 불멸이나 영원일지 몰랐다. 벽들이 여전히 타고 있었지만, 그는 말없이 등을 돌린 채 가버렸다. 그가 그럴 수 있었던 것은 사람들이 새 건축물 짓기에 헌신할 것임을 알고 있었기 때문이었다. 다음 날 동이 트면 그들은 다시 모여들 것이다. 다음 날도, 그다음 날도, 교회가 요구하는 만큼 교회를 위해 그들의 노동을 바칠 것이다. 때문에 교회는 결코 사라진 것이 아니었다. 그것은 화재도 홍수도 개의치 않을 것이다. 휫필드 씨의 오래된 세례식용 가운보다 더. 집으로 들어오니, 등잔불이 켜져 있었다. 어머니가 서둘러 나온다고 불도 끄지 못한 것이다. 우리는 아버지를 보았다. 몸에서 흘러내린 물이 그가 서 있는 바닥에 고여 있었다. 물동이에 부딪혀 찢어진 뒷머리에서 흘러내린 피가 물과 섞여 허리까지 내려와 있었다.

"옷 벗어요. 젖었잖아요." 어머니가 말했다.

"어찌해야 할지 모르겠군." 아버지가 말했다. "나는 내가 백인들하고 어울리는 사람이 아니라고 늘 말하고 다녔어. 그 백인 감리교도들한테 똑같이 말했었어. 나 같은 놈하곤 어울리지 말라고. 안 그러면 악마에게 잡아먹힐 거라고."

하지만 어머니는 아버지의 말을 귀담아듣지 않았다. 어머니가 물 한 동이와 수건과 약통을 들고 돌아왔을 땐 아버지는 잠옷으로 갈아입은 상태였다.

"그것들 다 필요 없어." 아버지가 말했다. "내 머리가 양동이에 찢어질 만큼 가치 없는 것이라면, 치료할 가치도 없는 거야." 하지만 어머니는 그 말 역시 귀담아듣지 않았다. 그녀는 아버지의 머리를 씻기고 붕대를 감아 주고는 다시 밖으로 나갔다. 아버지는 침대로 들어가 누웠다.

"코담배 좀 갖다 주고 넌 좀 나가 있어." 아버지가 말했다.

하지만 내가 뭘 하기도 전에 어머니가 돌아왔다. 어머니는 따끈한 토디* 한 잔을 침대로 가져갔다. 아버지가 고개를 돌려 어머니를 바라보았다.

"그게 뭐야?" 아버지가 물었다.

어머니는 아무 말도 하지 않았다. 아버지가 침대에서 일어나 앉았다. 길고 떨리는 숨소리가 우리 귀에 파고들었다. 1분쯤 뒤, 그는 토디가 든 잔에 손을 뻗어 그것을 거머쥐고는, 다시 숨을 내쉰 뒤 한 모금 마셨다.

"빌어먹을! 저네들이 저네들 교회를 짓듯이 나도 내 교회를 짓겠다는 데 나더러는 일을 하지 말라고? 나를 막는 거야말로 더없이 선한 자가 되는 길이다 이거지?" 아버지는 토디 한 모금을 더 마시더니, 다시 쭉 들이켰다. "방화범이라," ㄱ가 말했다. "노동 단위에 개 단위에 그리고 이젠 방화범까지. 빌어먹을, 멋진 하루군!"

*독한 술에 설탕과 물 혹은 향신료를 섞어 만든 음료.

그날의 저녁놀
That Evening Sun

I

제퍼슨의 월요일은 이제 여느 요일이나 다를 바 없다. 도로는 포장이 되어 있고, 전화국과 전기 회사는 그늘을 드리워 주는 나무들을 ― 습지떡갈나무와 단풍나무, 아카시아와 느릅나무 ― 점점 더 많이 베어 내고 있다. 그 자리에 퉁퉁 부은 포도송이 같은 것들이 잔뜩 달린, 유령처럼 핏기 없는 철주鐵柱가 들어설 거라고 한다. 도심에 생긴 세탁소는 월요일 오전이면 시내 곳곳을 돌아다니며 세탁물을 수서해 밝은 빛깔의 특수 제작한 자동차들에 싣는다. 일주일 동안 더러워진 옷가지들은 아스팔트 위를 미끄러지는 타이어 소리와 짜증스러운 경적 소리와 함께 유령처럼 나타났다가, 유령처럼 사라져 간다. 여전히 백인들의 빨래를 수

거하고 배달하는 것은 흑인 여자들이지만.

하지만 15년 전 월요일 오전은 고요했고, 먼지가 뽀얗게 날렸으며, 나무 그늘이 드리워진 거리는 머리에 터번을 두른 흑인 여자들로 가득했다. 그들은 침대 시트로 질끈 묶은 옷 보따리를 손으로 붙잡지도 않고 머리에 인 채 백인의 집 부엌에서 나와, 땅이 푹 꺼진 흑인 거주 지역으로 들어가 자신의 오두막에 있는 그을린 솥단지 옆에 보따리를 내려놓곤 했다.

낸시는 머리에 인 옷 보따리 위에 여름에나 겨울에나 늘 쓰고 다니는 납작한 검정 밀짚모자를 얹곤 했다. 그녀는 키가 컸고, 치아가 빠진 쪽이 약간 함몰된 검고 슬픈 얼굴을 가지고 있었다. 우리는 오솔길을 내려가다가 가끔 풀밭을 가로지르는 그녀와 마주치곤 했는데, 그녀의 머리 위엔 균형이 잡혀 미동도 하지 않는 옷 보따리와 모자가 얹혀 있었다. 개울을 건너고 길을 오르고 울타리를 지나갈 때도, 그녀의 보따리와 모자는 전혀 흔들리지 않았다. 그녀가 머리를 꼿꼿이 세운 채 손으로 땅바닥을 짚고 무릎걸음으로 울타리 아래를 빠져나가는 동안, 보따리는 바위나 풍선처럼 그녀의 머리 위에 매달려 있었다. 울타리를 지나면 그녀는 다시 일어나 총총히 걸음을 옮겼다.

가끔 빨래하는 여자들의 남편들이 옷가지를 수거하고 배달을 해주기도 했지만, 지저스는 낸시를 도와주는 법이 없었다. 아버지가 그에게 우리 집 근처엔 얼씬도 하지 말라고 하기 전부터도 그랬는데, 딜시가 아파서 낸시가 우리 집에 와서 밥을 해주는 시기에도 마찬가지였다.

그런 시기에 우리는 직접 낸시 집까지 가서 아침밥을 하러 오라고 말해야 하는 경우가 많았다. 하지만 오솔길을 내려가 그녀의 집 앞 도랑까지만 다가가서 멈추었다. 아버지가 지저스와는 일절 접촉하지 말라고 했기 때문이었다. 키 작은 그 흑인의 얼굴에는 면도날에 베인 상처가 있었다. 우리는 낸시가 문가에 나타날 때까지 오두막에다 돌을 던졌고, 그녀는 아무것도 걸치지 않은 채 문틈으로 내다보곤 했다.

"우리 집에다 왜 돌을 던지는 거야?"

"아버지가 건너와서 아침밥 좀 하래요." 캐디가 말했다. "아버지가 그러는데 벌써 30분이나 늦었대요. 그러니까 지금 바로 가요."

"난 아침밥 지을 생각 없어." 낸시가 말했다. "난 더 잘 거야."

"술 마신 거죠?" 제이슨이 말했다. "아버지가 그랬어요. 아줌마가 취했을 거라고요. 취했어요, 낸시?"

"뭐라고?" 낸시가 말했다. "이쨌거나 난 더 자야 해. 아침밥 같은 건 안 해."

우리는 돌 던지기를 그만두고 집으로 돌아왔다. 잠시 후 그녀는 하는 수 없이 우리 집으로 왔지만, 그날 아침 나는 학교에 지각을 하고 말았다. 우리는 그녀가 아침에 늦게 오는 것이 위스키 때문이라고 생각했다. 그녀가 다시 체포되어 유치장으로 가던 길에 스토벌 씨와 마주치게 되기 전까지는. 스토벌 씨는 은행원이자 침례교 집사였다. 그와 마주치자 낸시가 말했다.

"내 돈은 언제 줄 거야, 백인 양반? 언제 줄 거냐고, 이 백인 양반아. 나한테 꼴랑 1센트 준 뒤로 이제까지 세 번이나⋯⋯" 스토벌 씨가 그녀를 넘어뜨렸지만 그녀는 입을 다물지 않았다. "내 돈 언제 줄 거야, 백인 양반? 이제까지 못 받은 게 세 번⋯⋯" 스토벌 씨는 뒤꿈치로 그녀의 입을 찍었고, 그녀는 보안관이 그의 등을 움켜잡을 때까지 길바닥에 드러누운 채 웃어 댔다. 그러고는 고개를 돌려 핏덩이와 이빨을 뱉어 내고는 말했다. "나한테 1센트만 준 뒤로도 세 번이나 더 해줬어."

그녀가 치아를 잃게 된 데는 그런 사연이 있었다. 그날 하루 종일 사람들은 낸시와 스토벌 씨 얘기를 주절거렸다. 그날 밤 유치장 근처를 지나던 사람들은 낸시의 노랫소리와 고함 소리를 들을 수 있었고, 창문 빗장을 잡고 있는 그녀의 손을 볼 수 있었다. 사람들은 담벼락에 붙어서서 그녀와 간수들이 실랑이를 벌이는 소리에 귀를 기울이기도 했다. 그녀는 거의 동이 틀 때까지 입을 다물지 않았다. 잠시 후 간수 한 사람이 이상한 소리를 듣고 2층으로 뛰어 올라갔을 때, 낸시는 창문 빗장에 목을 맨 상태였다. 간수는 위스키가 아니라 코카인이라고 했다. 코카인에 빠지지 않고는 자살을 시도할 깜둥이는 세상에 아무도 없으며, 코카인에 빠지면 더 이상 깜둥이도 아니라면서.

간수는 줄을 끊고 그녀를 살려 냈다. 그러고는 그녀를 때리고 채찍으로 내리쳤다. 그녀는 자신의 옷으로 목을 맸었다. 제대로 맸지만 체포될 때 옷 외엔 아무것도 가진 게 없어 손은 묶지 못했었다. 그래서 마지막 순간에 차마 창문에 붙은 선반에서 두 손을 뗄 수가 없었던 것이다. 간수가 소리를 듣고 달려와 창문 빗장에 목을 맨 낸시를 발견했을 때 그녀는 발가벗은 상태였고, 배가 이미 조그만 풍선처럼 부풀어 있었다.

딜시가 아파서 그녀의 오두막에 누워 있고 대신 낸시가 우리 집에 와서 식사 준비를 하고 있을 때, 우리는 그녀의 앞치마가 불룩한 것을 볼 수 있었다. 아버지가 지저스에게 우리 집 근처엔 얼씬도 말라고 하기 전의 일이었다. 지저스는 부엌에 있는 조리용 난로 뒤에 앉아 있었다. 얼굴에 면도날 자국이 나 있는 그는, 옷 속에 감추어진 낸시의 불룩한 배를 수박이라고 불렀다.

"하지만 당신 넝쿨에서 떨어진 건 아니야." 낸시가 말했다.

"어떤 넝쿨에서 떨어진 건데요?" 캐디가 물었다.

“난 그 넝쿨을 잘라 버릴 수 있어.” 지저스가 말했다.

“어린애들 앞에서 어떻게 그런 말을 할 수가 있어?” 낸시가 말했다. “일이나 하러 가. 다 먹었잖아. 당신이 부엌을 어슬렁거리면서 애들 앞에서 그런 식으로 지껄이는 걸 제이슨 씨한테 보이고 싶어?”

“어떤 식으로요?” 캐디가 물었다. “어떤 넝쿨인데요?”

“나 같은 놈은 백인 집 부엌을 어슬렁거리면 안 된다 이거지?” 지저스가 말했다. “백인은 우리 집 부엌을 돌아다녀도 상관없고 말이야. 백인은 우리 집에 들어올 수 있고 난 막을 수도 없지. 백인이 우리 집에 들어오고 싶어 할 땐 난 집에 있어서도 안 되지. 그래도 그가 날 걷어차서 내쫓을 순 없어. 그렇게 할 순 없다고.”

딜시의 건강이 빨리 회복되지 않아 그 후로도 낸시가 계속 우리 집을 들락거려야 할 상황이 되자 아버지는 지저스의 출입을 금지시켰다. 그런 후 어느 날 저녁, 우리가 식사를 마친 후 서재에 앉아 있을 때 어머니가 말했다.

“낸시는 아직도 부엌일을 하고 있는 거야? 설거지를 마치고도 남을 시간인데.”

“퀜틴한테 가보라고 하지그래.” 아버지가 말했다. “퀜틴, 낸시가 설거지 끝냈는지 보고 오너라. 끝냈으면 집에 가도 된다고 그러고.”

나는 부엌으로 갔다. 설거지는 끝나 있었다. 접시들이 치워져 있고, 불도 꺼져 있었다. 차갑게 식은 조리용 난로 옆 의자에 앉아 있는 낸시가 나를 보았다.

“어머니가 부엌일이 끝났는지 보고 오랬어요.” 내가 말했다.

“응.” 낸시가 말했다. 그녀가 나를 계속 바라보았다. “다 끝났어.” 그녀는 내게서 눈을 떼지 않았다.

"왜 그래요?" 내가 물었다. "무슨 일이에요?"

"난 아무것도 아니야. 그저 깜둥이일 뿐이야." 낸시가 말했다. "그건 내 잘못이 아니야."

그녀는 납작한 밀짚모자를 머리에 쓴 채 식은 조리용 난로 옆 의자에 앉아 계속 나를 보았고, 나는 서재로 돌아갔다. 부엌은 더 이상 따뜻하고 분주하고 즐거운 곳이 아니라 그저 차가운 난로와 설거지를 끝낸 접시들이 있는 곳일 뿐이었다. 그 시간엔 밥을 먹으려는 사람도 없었다.

"설거지 끝냈대?" 어머니가 물었다.

"예, 엄마." 내가 말했다.

"그런데 거기서 뭘 하고 있는 거야?" 어머니가 말했다.

"하는 거 없어요. 다 끝난걸요."

"내가 가봐야겠다." 아버지가 말했다.

"지저스가 데려가길 기다리는 거 같아요." 캐디가 말했다.

"지저스는 떠났어." 내가 말했다. 어느 날 아침 깨어나 보니 지저스가 가버렸더라고 낸시가 우리한테 말한 적이 있었다.

그때 낸시는 이렇게 말했었다. "그 사람하고는 끝났어요. 멤피스로 갔을 거예요. 거기서 잠깐 동안 경찰 눈을 피하고 있을 거예요."

"잘도 도망쳤군." 아버지가 말했었다. "거기서 눌러 살았으면 좋겠구먼."

"낸시는 어두운 걸 무서워해요." 제이슨이 말했다.

"너도 마찬가지야." 캐디가 말했다.

"아니야." 제이슨이 말했다.

"겁쟁이 고양이 같은 녀석." 캐디가 말했다.

"아니야." 제이슨이 말했다.

"캔디스, 너!" 어머니가 말했다. 아버지가 부엌에서 돌아와서 말했다.

"내가 낸시를 데려다 주고 오겠소. 낸시 말이, 지저스가 돌아올 거라는군."

"그 사람을 봤대요?" 어머니가 물었다.

"본 건 아닌데, 어떤 깜둥이가 낸시한테 말했나 봐. 그자가 돌아왔다고. 오래 걸리진 않을 거야."

"날 혼자 두고 낸시를 집에 바래다 준다고요?" 어머니가 말했다. "당신 한테는 우리 집보다 낸시 안전이 더 중요해요?"

"오래 걸리지 않을 거라니까." 아버지가 말했다.

"저 깜둥이를 지켜 주려고 이 아이들은 내버려 두겠다고요?"

"나도 갈래요." 캐디가 말했다. "나도 데려가 줘요, 아빠."

"그 자식이 해코지를 하려고 덤비면 어떡하려고?" 아버지가 말했다.

"나도 가고 싶어요." 제이슨이 말했다.

"제이슨!" 어머니가 말했다. 하지만 그것은 아버지를 부른 것이었다. 어머니가 이름을 부르는 방식을 보면 알 수 있었다. 어머니가 아버지를 부른 이유는, 아버지가 그날 온종일 어머니가 가장 싫어하는 짓만 골라서 했는데 또 그런 일을 할 것 같아서였다. 나는 잠자코 있었다. 어머니가 나를 떠올리게 되면 결국 나라도 곁에 있어 주기를 원할 것이기 때문이었다. 아버지도 그 사실을 알고 있었기에 마치 내가 없는 듯 아예 눈길조차 주지 않았다. 나는 맏이였다. 나는 아홉 살, 캐디는 일곱 살, 그리고 제이슨은 다섯 살이었다.

"괜한 억지 부리지 마." 아버지가 말했다. "금방 갔다 온다니까."

낸시가 모자를 썼다. 우리는 오솔길로 들어섰다. "지저스는 늘 제게 잘했어요." 낸시가 말했다. "그 사람은 2달러가 생기면, 1달러는 제 몫으로 챙겨 줬어요." 우리는 오솔길로 접어들었다. "이 길만 지나면 괜찮아요."
낸시가 말했다.

오솔길은 늘 어둠에 싸여 있었다. "핼러윈 때 제이슨이 이 길에서 벌
벌 떨었어요." 캐디가 말했다.

"아니야." 제이슨이 말했다.

"레이첼 아주머니도 그 친구를 감당하지 못했어?" 아버지가 말했다.
레이첼 아주머니는 나이가 많았다. 그녀는 낸시 집 아래쪽 오두막에서
혼자 살고 있었다. 머리칼이 하얗게 센 그녀는 하루 종일 문가에서 파이
프 담배를 피웠다. 그녀는 더 이상 일을 하지 않았다. 사람들은 그녀가
지저스의 친모라고 쑥군거렸다. 그녀는 때로는 그렇다고 했고, 때로는 지
저스와는 피 한 방울 섞이지 않았노라고 했다.

"그랬어. 넌 그랬다고." 캐디가 말했다. "넌 프로니보다 더 겁이 많아. T.
P.보다도 더 많고, 깜둥이들보다도 더 겁쟁이야."

"누구도 그 사람을 감당할 수는 없었어요." 낸시가 말했다. "그 사람은
제가 자신 속의 악마를 깨웠다면서, 그걸 다시 잠재울 사람도 딱 하나
밖에 없다고 했어요."

"그 친군 이제 갔어." 아버지가 말했다. "이제 네가 두려워할 건 아무것
도 없어. 백인들을 가만 놔둔다면 말이야."

"백인들을 가만 놔둔다고요?" 캐디가 물었다. "어떻게 하는 게 가만 놔
두는 거예요?"

"그 사람은 어디로도 가지 않았어요." 낸시가 말했다. "난 그 사람을
느낄 수 있어요. 지금도, 이 오솔길에 그 사람이 있는 걸 알아요. 우리가
말하는 걸 듣고 있어요. 모든 말을요. 어딘가에 숨어서, 기다리고 있어
요. 그 사람을 본 적은 없어요. 하지만 한 번은 보게 될 거예요. 입에 면

도날을 물고 있는 모습을요. 그 사람 옷 속 등 쪽에, 끈으로 묶여 있는 면도날이 감추어져 있어요. 그 사람이 나타났을 때 난 절대로 놀라지 않을 거예요."

"난 절대 겁쟁이가 아니야." 제이슨이 말했다.

"제대로 처신을 했어야지. 그랬으면 이런 일을 당하진 않았을 거야." 아버지가 말했다. "그렇지만 이젠 괜찮아. 그 친군 세인트루이스에 있을 테니까. 지금쯤 다른 여자랑 붙어서 네 생각 같은 건 깡그리 잊어버렸을 거야."

"그 사람이 그렇다면, 차라리 마주치지 않는 게 나을 거예요." 낸시가 말했다. "두 사람 위에 올라서서, 그 사람이 그 여자를 껴안을 때마다 내가 그 팔을 잘라 버릴 거예요. 그 사람 머리도 잘라 버리고, 그 여자 배도 갈라서 파묻어……"

"쉬잇." 아버지가 말했다.

"누구 배를 가른다고요, 낸시?" 캐디가 물었다.

"난 겁먹지 않았어." 제이슨이 말했다. "난 이 오솔길을 혼자 내려갈 수도 있어."

캐디가 말했다. "넌 우리가 없다면 한 발자국도 떼지 못해."

II

딜시가 여전히 아파서 우리는 밤마다 계속 낸시를 그녀의 집에 바래다 주어야 했다. "도대체 언제까지 이럴 작정이에요? 언제까지 겁먹은 깜둥이를 데려다 주느라 이렇게 큰 집에 날 혼자 둘 거냐고요?"라고 어머니가 말하기 전까지.

결국 우리는 그녀를 위해 부엌에 마대 자루로 만든 요를 깔아 주었다. 어느 날 밤, 우리는 무슨 소리를 듣고 잠에서 깨어났다. 어두운 계단 쪽에서 들려오는 그 소리는 노랫소리도 울음소리도 아니었다. 어머니의 방에 불이 켜져 있었고, 아버지가 뒤쪽 계단을 통해 거실로 내려오는 소리가 들렸다. 캐디와 나는 거실로 나갔다. 마룻바닥은 차가웠다. 우리는 발을 오므린 채 소리에 귀를 기울였다. 노랫소리인 것 같기도 하고 아닌 것 같기두 한 그 소리는, 흑인들 특유의 소리인 것 같았다.

어느 순간 그 소리는 멈추었고, 아버지가 뒤쪽 계단으로 내려오는 소리만 들렸다. 우리는 계단 앞까지 갔다. 그때 아래쪽 계단에서 다시 소리가 들려오기 시작했는데, 크지는 않았다. 우리는 그녀의 눈과 마주쳤다. 아래쪽 계단 중간쯤에서 그녀가 벽에 기대어 우리를 올려다보고 있었다. 그 눈은 마치 커다란 고양이 눈 같았다. 우리가 그녀가 있는 곳까지 계단을 내려가자 그녀는 다시 소리를 멈추었다. 우리는 권총을 든 아버지가 부엌에서 돌아올 때까지 그곳에 서 있었다. 아버지는 낸시와 함께 다시 부엌으로 가서 낸시의 요를 들고 돌아왔다.

우리는 우리 방에다 마대 자루로 된 요를 펼쳤다. 어머니 방에 불이 꺼지자 우리는 다시 낸시의 두 눈을 바라보았다. "낸시," 캐디가 속삭였다. "자는 거예요, 낸시?"

낸시가 뭐라고 속삭였다. 그것은 '응'이 아니면 '아니'였을 테지만, 둘 중 어떤 것인지 알 수가 없었고 그런 소리가 들린 것 같지도 않았다. 마치 낸시 자체가 사라진 것 같기도 했다. 계단에서 우리를 바라보던 그녀의 눈이 너무도 강렬해서, 그 눈만큼은 내 눈 속에 남아 있는 것 같았다. 마치 태양을 보다가 눈을 감으면 태양이 계속 남아 있는 것처럼. "지저스." 낸시가 낮게 속삭였다. "지저스."

"지저스가 있었어요?" 캐디가 물었다. "그 사람이 부엌으로 들어오려고 했어요?"

"지저스." 낸시가 말했다. 지이이이이이이이이이이저스, 하고 길게 끌리는 그 소리는 성냥불이나 촛불이 꺼져 가는 모습을 연상시켰다.

"낸시가 말한 건 다른 지저스야." 내가 말했다.

"우리가 보여요, 낸시?" 캐디가 속삭였다. "우리 눈이 보여요?"

"난 아무것도 아니야. 한 마리 깜둥이일 뿐이야." 낸시가 말했다. "하느님은 알아. 하느님은."

"부엌에서 뭘 봤어요?" 캐디가 속삭였다. "뭐가 들어오려고 했어요?"

"하느님은 알아." 낸시가 말했다. 우리는 그녀의 두 눈을 볼 수 있었다. "하느님은 알아."

딜시의 몸이 좋아져 다시 그녀가 음식을 만들었다. "하루나 이틀 더 누워 있으면 좋을 텐데." 아버지가 말했다.

"천만에요." 딜시가 말했다. "하루만 더 늦어졌으면 여긴 엉망이 돼버렸을 거예요. 이제 여기서 나가 주실래요? 제 부엌을 도로 말끔히 치워야겠어요."

딜시가 저녁밥을 지었다. 그리고 그날 저녁, 어둠이 내리기 직전, 낸시가 부엌으로 들어왔다.

"그 사람이 돌아왔다는 걸 어떻게 알았어?" 딜시가 말했다. "네가 본 건 아니잖아."

"지저스는 깜둥이에요." 제이슨이 말했다.

"난 그 사람을 느낄 수 있어." 낸시가 말했다. "난 그 사람이 도랑 근처에 숨어 있는 걸 느낄 수 있다고."

"오늘 밤이라고?" 딜시가 물었다. "오늘 밤에 그 사람이 거기 있을 거라고?"

"딜시도 깜둥이래요." 제이슨이 말했다.

"요기 좀 할래?" 딜시가 말했다.

"아무것도 먹고 싶지 않아." 낸시가 말했다.

"난 깜둥이가 아니에요." 제이슨이 말했다.

"커피나 좀 마셔." 딜시가 말했다. 그녀는 낸시에게 커피 한 잔을 따라주었다. "그 사람이 오늘 밤에 거기 있을 거라고 생각해? 오늘 밤이란 걸 어떻게 확신해?"

"난 알아." 낸시가 말했다. "그 사람은 거기서 기다리고 있을 거야. 난 알아. 난 그 사람이랑 엄청 오래 살았거든. 난 그 사람 자신이 알기도 전에 그가 뭘 하기로 결정할지 알 수 있어."

"커피나 마셔." 딜시가 말했다. 낸시는 커피 잔을 입으로 가져가 입김을 불어 식혔다. 고무로 만든 것 같은 입을 살무사 주둥이처럼 오므리며 입술 색깔을 모두 빼낼 듯이.

"난 깜둥이가 아니에요." 제이슨이 말했다. "아줌마는 깜둥이죠?"

"난 지옥에서 태어났단다, 꼬마야." 낸시가 말했다. "나는 곧 사라져 버릴 거야. 내가 태어난 곳으로 돌아갈 거야."

III

그녀는 커피를 마시기 시작했다. 양손으로 잔을 감싼 채 커피를 마시는 동안 그녀는 다시 그 소리를 내기 시작했다. 잔을 입에 댄 채 소리를 내는 바람에 커피가 흘러내려 손과 옷을 적셨다. 그녀의 두 눈은 우리를 향해 있었다. 그녀는 커피 잔을 두 손으로 감싸 쥐고 팔꿈치를 무릎에 댄 채 앉아 그 소리를 만들어 내며 젖은 잔 너머로 계속 우리를 보았다. "낸시 좀 봐요." 제이슨이 말했다. "낸시는 이제 우리를 위해서 요리할 수 없어요. 딜시가 이제 다 나았으니까요."

"그 소리 그만 내." 딜시가 말했다. 낸시는 두 손으로 잔을 쥔 채 우리를 보면서 계속 그 소리를 냈다. 마치 두 사람이 있는 것 같았다. 하나는 우리를 보고 있고, 다른 하나는 그 소리를 만들어 내고 있는 것 같았다. "왜 제이슨 씨한테 보안관에게 전화를 해달라고 하지 않았어?" 딜시가 물었다. 그제야 낸시는 소리 내는 것을 멈추었다. 그녀의 기다란 갈색 두 손은 여전히 커피 잔을 감싸고 있었다. 그녀가 다시 커피를 마시려 했을 때 커피가 잔 밖으로 흘러내려 손과 옷을 적셨다. 그녀는 잔을 내려놓았다. 제이슨이 그녀를 지켜보았다.

"마실 수가 없어." 낸시가 말했다. "삼켜도 내려가지가 않아."

"오두막으로 가는 게 좋겠어." 딜시가 말했다. "프로니가 요를 깔아 줄 거야. 나도 곧 갈게."

"어떤 깜둥이도 그 사람을 막진 못할 거야." 낸시가 말했다.

"난 깜둥이가 아니에요." 제이슨이 말했다. "그렇죠, 딜시?"

"그렇지 않을 거야." 딜시가 그렇게 말하며 낸시를 바라보았다. "난 그렇게 생각하지 않아. 어떻게 할 거야?"

낸시가 우리를 보았다. 눈동자를 재빨리 움직여 마치 따로따로 바라볼 시간은 없다는 듯 우리 셋을 한꺼번에 바라보았다. "내가 너희들 방에서 지냈던 날 밤 기억나니?" 그다음 날 아침, 우리가 일찍 깨서 식사 시간이 될 때까지 그녀의 요 위에서 숨 죽인 채 놀았다는 사실을 상기

시키며 그녀가 말했다. "엄마한테 가서 오늘 밤 내가 여기서 지내도 되는지 물어봐 줘. 요 같은 건 필요 없어. 그냥 좀 더 놀다 갈 테니까."

캐디가 엄마에게 가서 물었다. 제이슨도 따라갔다. "깜둥이들은 침실에서 재울 수 없어." 엄마가 그렇게 말하자 제이슨은 울음을 터뜨렸다. 엄마가 울음을 그치지 않으면 사흘 동안 디저트를 먹을 수 없다고 하자 제이슨은 눈물을 그치며 딜시가 초콜릿 케이크를 만들어 주면 울지 않을 거라고 했다. 아버지도 그 자리에 있었다.

"당신은 왜 가만있었어요?" 어머니가 물었다. "보인관은 뭘 하고 있는 거죠?"

"낸시는 왜 지저스를 무서워해요?" 캐디가 말했다. "엄마도 아빠가 무서워요?"

"보안관이 뭘 하냐고?" 아버지가 말했다. "낸시도 그 친구를 못 봤다는데 보안관인들 무슨 수로 그 친구를 찾겠어?"

"못 봤다면서 왜 무서워한대요?" 어머니가 물었다.

"낸시 말이, 그 친구가 오늘 밤 거기 있을 거라잖아."

"우리가 곤란해지니 문제죠." 어머니가 말했다. "당신이 그 깜둥이 여자를 집까지 데려다 주는 동안 이 큰 집에서 나 혼자 기다리고 있어야 한다고요."

"나더러 면도칼이라도 들고 지키란 얘기야?" 아버지가 말했다.

"딜시가 초콜릿 케이크 만들어 주면 안 울 거예요." 제이슨이 말했다. 어머니는 우리에게 방에서 나가라고 말했고, 아버지는 제이슨에게 초콜릿 케이크를 먹을 수 있을지 모르겠다고 말했다. 하지만 사실 아버지는 제이슨이 1분 안에 케이크를 먹을 수 있음을 알고 있었다. 우리는 부엌으로 가서 낸시에게 말했다.

"아버지가 집에 가서 문을 잠그고 있으래요. 그러면 괜찮을 거라고 했어요." 캐디가 그렇게 말하며 덧붙였다. "그런데 뭐가 괜찮을 거란 거예요, 낸시? 지저스가 나쁘게 해요?" 낸시는 다시 팔꿈치를 무릎에 올려놓고 앉아 커피 잔을 두 손으로 감쌌다. 커피 잔을 쥐고 있는 그녀의 두 손이 무릎 사이로 내려왔다. 그녀는 컵 안을 들여다보았다. "왜 지저스가 화가 난 거예요?" 캐디가 물었다. 낸시가 잔을 놓쳤다. 바닥에 떨어진 잔은 깨지진 않았지만 커피는 엎질러졌다. 낸시는 두 손을 감싸 쥔 채 여전히 그 자리에 앉아 있었다. 그러다가 다시 그 소리를, 노래인 것도 같고 아닌 것도 같은 그 소리를 내기 시작했다. 소리는 크지 않았다. 우리는 그녀를 뚫어지게 바라보았다.

"이봐." 딜시가 말했다. "이제 그만해. 정신 차려. 여기서 기다리고 있어. 버슈한테 널 집에 데려다 주라고 할 테니까." 딜시가 밖으로 나갔다.

우리는 낸시에게서 눈을 돌리지 않았다. 그녀는 어깨를 계속 떨어 댔지만, 소리는 더 이상 내지 않았다. 우리는 그녀를 지켜보았다. "지저스가 어떻게 하려는 거예요?" 캐디가 물었다. "그 사람은 가버렸잖아요."

낸시가 우리를 보았다. "너네들 방에서 지내던 날 밤, 정말 재밌었어, 그치?"

"난 아냐." 제이슨이 말했다. "난 하나도 안 재밌었어."

"넌 엄마 방에서 자고 있었잖아." 캐디가 말했다. "넌 없었다고."

"우리 집에 가자. 더 재밌을 거야." 낸시가 말했다.

"엄마가 보내 주지 않을 거예요." 내가 말했다. "너무 늦었어요."

"엄마를 귀찮게 할 필요는 없어." 낸시가 말했다. "아침에 얘기하면 돼. 괜찮을 거야."

"허락하지 않으실 거예요." 내가 말했다.

“지금은 여쭐 필요가 없다니까.” 낸시가 말했다. “귀찮게 해드릴 필요 없어.”

“가지 말라고 하시진 않았잖아.” 캐디가 말했다.

“우리가 묻질 않았으니까.” 내가 말했다.

“둘이 가면, 일러 버릴 거야.” 제이슨이 말했다.

“재밌을 거야.” 낸시가 말했다. “신경 쓰시지 않을 거야. 우리 집으로 가. 난 너네 집에서 오랫동안 일했잖아. 걱정하지 않으실 거야.”

“난 가두 괜찮이.” 캐디가 말했다. “괜찮지 않은 건 제이슨뿐이야. 일러 바칠 테니까.”

“내가?” 제이슨이 말했다.

“그래, 너.” 캐디가 말했다. “넌 일러바칠 거야.”

“난 안 그래.” 제이슨이 말했다. “난 무섭지 않아.”

“제이슨은 나하고 가면 무서워하지 않아.” 낸시가 말했다. “그렇지, 제이슨?”

“제이슨이 일러바칠 거예요.” 캐디가 말했다. 오솔길은 어둠에 싸여 있었다. 우리는 목장 입구를 지났다. “문 뒤에서 뭐라도 튀어나오면 제이슨이 비명을 지를 거야.”

“안 그럴 거야.” 제이슨이 말했다. 우리는 오솔길을 내려갔다. 낸시가 큰 소리로 떠들어 댔다.

“왜 그렇게 큰 소리로 말하는 거예요?” 캐디가 물었다.

“누가? 내가?” 낸시가 말했다. “퀜틴이랑 캐디, 제이슨이 내가 큰 소리로 말한다고 그러네요.”

“여기 다섯 명이 있는 것처럼 얘기하네요.” 캐디가 말했다. “아빠도 있는 것처럼 얘기한다고요.”

"누가요? 내가 큰 소리로 말하는 건가요, 제이슨 씨?" 낸시가 말했다.

"낸시가 제이슨을 '제이슨 씨'라고 불렀어." 캐디가 말했다.

"캐디랑 퀜틴이랑 제이슨이 참 크게도 말하네요." 낸시가 말했다.

"우린 큰 소리로 얘기하지 않아요." 캐디가 말했다. "그런데 왜 아빠가 있는 것처럼……"

"쉿," 낸시가 말했다. "조용히 하세요, 제이슨 씨."

"낸시가 또 제이슨을 '제이슨 씨'라고, 어휴……"

"쉿," 낸시가 말했다. 그녀는 도랑을 건널 때도 큰 소리로 얘기했고, 빨래 보따리를 머리에 이고 무릎걸음으로 지나곤 하던 울타리를 이번에도 무릎걸음으로 지날 때도 큰 소리로 떠들었다. 빠르게 걷던 우리는 마침내 그녀의 집에 도착했고, 그녀가 문을 열었다. 집에서 나는 냄새는 등잔불에서 나는 냄새 같았고, 낸시에게서 나는 냄새는 등잔불 심지에서 나는 냄새 같았다. 그 두 냄새는 서로를 기다렸다는 듯이 마구 뿜어져 나오기 시작했다. 그녀는 등잔을 켜고, 문을 닫은 뒤, 빗장을 걸었다. 그러고는 더 이상 큰 소리를 내지 않고 우리를 바라보았다.

"이제 뭘 할 거예요?" 캐디가 물었다.

"뭘 하고 싶니?" 낸시가 물었다.

"재밌는 걸 할 거라고 말했잖아요." 캐디가 말했다.

낸시의 집에는 뭔가가 있는 것 같았다. 낸시와 집에서 나는 냄새뿐 아니라 뭔가 다른 냄새도 났기 때문이다. 제이슨조차 그 냄새를 맡은 듯 이렇게 말했다. "난 여기 있고 싶지 않아. 집에 가고 싶어."

"그럼 가." 캐디가 말했다.

"혼자서는 가고 싶지 않아." 제이슨이 말했다.

"이제 재밌어질 거야." 낸시가 말했다.

“어떻게요?” 캐디가 물었다.

낸시는 문가에 서 있었다. 그녀는 우리를 보고 있었지만, 두 눈은 텅 비어 있는 것 같았다. 그녀는 마치 눈을 더 이상 사용하지 않는 것 같았다. “너희들 뭘 하고 싶어?” 그녀가 물었다.

“이야기를 해주세요.” 캐디가 말했다. “이야기를 해줄 수 있어요?”

“그럼.” 낸시가 말했다.

“해줘요.” 캐디가 말했다. 우리는 낸시를 바라보았다. “아는 얘기 없죠?”

“있어.” 낸시가 말했다. “당연히 있지. 해줄게.”

낸시가 난로 앞에 놓인 의자에 앉아 조그맣게 지펴져 있는 난로의 불길을 높였지만, 이미 실내는 어지간히 더웠다. 하지만 그녀는 불길을 더욱 일으켰다. 그녀가 이야기를 하기 시작했다. 이야기를 하면서 우리를 바라보는 그녀의 두 눈과 이야기를 들려주는 그녀의 목소리는, 모두 그녀의 것이 아닌 것 같았다. 그녀는 다른 곳에 살고, 다른 어떤 곳을 기다리고 있는 것 같았다. 그녀의 목소리는 오두막 안에 있었지만 그녀, 낸시라는 여자의 형상은 머리에 옷 보따리를 이고 균형을 잡으며 울타리 아래를 마치 풍선처럼 가볍게 지나가던 곳에 있었다. “그래서 여왕은 나쁜 사람이 숨어 있는 도랑으로 올라갔단다. 그리고는 말했지. 만약 내가 여기 이 도랑을 건널 수 있다면……”

“어떤 도랑이에요?” 캐디가 물었다. “저기 바깥에 있는 도랑 같은 거요? 왜 여왕이 도랑을 건너려는 거예요?”

“집으로 가려고.” 낸시는 그렇게 말하며 우리를 바라보았다. “빨리 자기 집으로 가서 빗장을 잠그려면 도랑을 건너야 하니까.”

“뭣 때문에 집에 가서 빗장을 잠그려는 거예요?” 캐디가 물었다.

IV

　낸시는 우리를 보고 있었지만 더 이상 이야기는 하지 않았다. 그저 우리를 보고만 있었다. 제이슨은 다리를 쭉 뻗은 채 낸시의 무릎에 앉아 있었다. "얘기가 재미없어." 그가 말했다. "집에 가고 싶어."

　"우리도 가는 게 좋을 거 같아요." 캐디가 그렇게 말하며 마룻바닥에서 일어났다. "지금쯤 우릴 찾고 계실 거예요." 그러면서 문 쪽으로 걸어갔다.

　"안 돼. 열지 마." 낸시가 그렇게 말하며 재빨리 일어나 캐디를 따라잡았다. 그러고는 문도 빗장도 건드리지 않았다.

　"왜 안 돼요?" 캐디가 물었다.

　"등잔 있는 데로 돌아가." 낸시가 말했다. "우린 재밌게 놀 거야. 너희들은 갈 수 없어."

　"우린 갈 거예요." 캐디가 말했다. "엄청 재밌지 않으면." 그녀와 낸시가 난로와 등잔이 있는 곳으로 돌아왔다.

　"집에 가고 싶어." 제이슨이 말했다. "내가 일러 버릴 거야."

　"다른 얘기도 있어." 낸시가 말했다. 등잔에 바짝 붙어 서서 캐디 쪽을 향하고 있는 그녀의 두 눈은, 마치 코 위에 균형을 잡아 세워 놓은 막대기를 보고 있는 것 같았다. 캐디를 보려면 눈을 내리깔아야 했지만 그녀의 두 눈은 균형을 잡고 있고 서 있는 막대기를 보듯 치켜져 있었다.

　"안 들을 거야." 제이슨이 말했다. "발을 구를 거야."

　"좋은 생각이야." 낸시가 말했다. "그게 더 좋겠는걸."

　"그게 무슨 말이에요?" 캐디가 물었다. 낸시는 여전히 등잔 가까이 서 있었고, 그녀의 긴 갈색 손은 등잔 위에 올려져 있었다.

"손이 뜨거운 등잔 위에 있잖아요." 캐디가 말했다. "뜨겁지 않아요?"

낸시는 등잔에 올라가 있는 자신의 손을 바라보더니 천천히 손을 치웠다. 그녀는 그 자리에 선 채로 캐디를 보았다. 그녀의 기다란 손은 마치 손목에 매어 놓은 줄에 의해 움직이듯 비틀리고 있었다.

"뭐든 해봐요." 캐디가 말했다.

"난 집에 가고 싶어." 제이슨이 말했다.

"팝콘이 좀 있어." 낸시는 그렇게 말하며 캐디를, 제이슨을, 그다음엔 나를 보았다. 그런 다음 다시 캐디를 바라보았다. "팝콘이 있어."

"난 팝콘 싫어." 제이슨이 말했다. "사탕이 더 좋아."

낸시가 제이슨을 보며 말했다. "네가 팝콘 냄비를 잡고 있으려무나." 그녀의 길게 늘어진 갈색 손은 여전히 이상하게 비틀리고 있었다.

"좋아요." 제이슨이 말했다. "그렇게 해주면 좀 더 있을게요. 캐디 누나는 못 잡게 해요. 누나가 잡으면 난 다시 집에 가고 싶어질 거야."

낸시가 불을 지폈다. "낸시가 불 속에다 손을 집어넣었어." 캐디가 말했다. "괜찮아요, 낸시?"

"팝콘이 있어." 낸시가 말했다. "팝콘이 좀 있다구." 그녀는 침대 밑에서 팝콘 냄비를 꺼냈다. 냄비는 망가져 있었다. 제이슨이 울기 시작했다.

"팝콘 못 먹게 됐잖아." 제이슨이 말했다.

"우린 집에 가야 해요. 이젠 어쩔 수 없어요." 캐디가 말했다. "가, 퀜틴 오빠."

"기다려." 낸시가 말했다. "기다려 봐. 내가 고칠 수 있어. 도와주지 않을래?"

"싫어요." 캐디가 말했다. "너무 늦었어요."

"네가 도와줄 거지, 제이슨?" 낸시가 물었다. "도와주지 않을래?"

“싫어.” 제이슨이 말했다. “집에 가고 싶어.”

“쉿,” 낸시가 말했다. “쉿, 날 봐. 난 이걸 고칠 거고, 그러면 제이슨이 이 걸 잡고 있을 거고, 그리고 팝콘이 튀겨질 거야.” 그녀는 철사 한 줄을 가져와서 망가진 냄비를 수리하기 시작했다.

“제대로 안 묶어질 거예요.” 캐디가 말했다.

“될 거야.” 낸시가 말했다. “잘 봐. 그리고 팝콘 알갱이 떼는 것 좀 도와 줘.”

팝콘도 역시 침대 밑에 있었다. 우리는 알갱이를 떼내 냄비 안에다 담았고, 낸시는 제이슨이 난롯불 위에 냄비를 올려놓는 것을 도왔다.

“안 튀겨져.” 제이슨이 말했다. “집에 가고 싶어.”

“기다려 봐.” 낸시가 말했다. “튀겨지기 시작할 거야. 그러면 아주 재밌을걸.” 그녀는 불에 바짝 붙어 앉아 있었다. 등잔불이 너무 높이 치솟아 연기가 나기 시작했다.

“불을 좀 줄여요.” 내가 말했다.

“괜찮아.” 낸시가 말했다. “나중에 줄이면 돼. 팝콘이 곧 튀겨지기 시작할 거야.”

“안 그럴 것 같아요.” 캐디가 말했다. “그리고 우린 집에 가야 해요. 엄마 아빠가 걱정하실 거예요.”

“아니야.” 낸시가 말했다. “튀겨질 거야. 그리고 딜시가 너희는 나랑 있다고 말해 줄 거야. 난 오랫동안 너희들을 위해서 일했으니, 너희들이 우리 집에 있다고 하면 부모님은 걱정하지 않으실 거야. 기다려 봐. 이제 곧 튀겨지기 시작할 거야.”

그때 제이슨의 눈에 연기가 들어갔다. 그는 울음을 터뜨리며 냄비를 불 속에다 떨어뜨리고 말았다. 낸시가 젖은 수건을 가져와서 제이슨의 얼굴을 닦아 주었지만, 그는 울음을 그치지 않았다.

"쉿." 그녀가 말했다. "쉿." 하지만 그는 조용해지지 않았다. 캐디가 불 속에서 냄비를 꺼냈다.

"다 타버렸어." 그녀가 말했다. "팝콘이 더 있어야겠어요, 낸시."

"다 넣었던 거야?" 낸시가 말했다.

"예." 캐디가 말했다. 낸시가 캐디를 바라보았다. 그러고는 냄비를 가져가서 뚜껑을 열어 타버린 알갱이들을 앞치마에다 쏟아붓고는, 안 탄 것들을 고르기 시작했다. 우리는 그녀의 긴 갈색 손을 지켜보았다.

"더 없는 거죠?" 캐디가 물었다.

"아니." 낸시가 말했다. "있어. 이것 봐. 다 타버리진 않았어. 멀쩡한 것도……"

"집에 가고 싶어." 제이슨이 말했다. "내가 다 일러 버릴 거야."

"쉿." 캐디가 말했다. 우리는 귀를 쫑긋 세웠다. 낸시의 고개는 벌써 빗장이 걸린 문을 향해 돌려져 있었고, 그녀의 두 눈은 붉은 등잔불 빛으로 채워져 있었다. "누가 오고 있어요." 캐디가 말했다.

그때 낸시가 다시 그 크지 않은 소리를 내기 시작했다. 난롯가에 앉아 무릎 사이로 기다란 두 손을 늘어뜨린 채. 갑자기 한 줄기 물이 그녀의 얼굴에서 솟아나 커다랗게 방울져 흘러내리기 시작했다. 조그만 불꽃 덩어리 같은 한 방울 한 방울이 그녀의 턱 아래로 떨어져 내렸다. "낸시는 우는 게 아니야." 내가 말했다.

"난 울지 않아." 낸시가 말했다. 그녀의 두 눈이 감겼다. "난 울지 않아. 누가 오고 있는 걸까?"

"모르겠어요." 캐디가 말했다. 그녀는 문으로 가서 밖을 내다보았다. "우린 이제 가야 해요." 그녀가 말했다. "아버지가 오셨어요."

"다 말할 거야." 제이슨이 말했다. "형이랑 누나가 날 데려왔다고."

여전히 낸시의 얼굴엔 물이 흘러내렸다. 그녀는 의자를 돌렸다. "잘 들어. 아빠에게 말해. 우린 재밌게 놀 거라고 말이야. 아침까지 내가 잘 돌봐 줄 거라고 말해. 아니면 날 너네들 집에 데려가서 마루에서 재우라고 말해. 마대 자루 요 같은 건 필요 없다고 말해. 우리가 너무너무 재밌게 놀았던 거 잊지 않았지?"

"난 재미없었어." 제이슨이 말했다. "날 아프게 했어. 내 눈에다 연기를 넣었잖아. 난 다 말해 버릴 거야."

V

아버지가 안으로 들어와 우리를 내려다보았다. 낸시는 일어나지 않고 우리에게 말했다.

"말씀드려."

"캐디 누나가 우릴 여기로 데려왔어요." 제이슨이 말했다. "난 오고 싶지 않았어요."

아버지가 난롯가로 다가갔다. 낸시가 아버지를 올려다보았다. "레이첼 아주머니한테 가 있지 않을래?" 아버지가 물었다. 낸시는 두 손을 무릎 사이로 떨어뜨린 채 아버지를 쳐다보았다. "그 친구는 여기 없어." 아버지가 말했다. "있었다면 내가 봤을 거야. 아무도 없어."

"그 사람은 도랑에 있어요." 낸시가 말했다. "저쪽 도랑에서 기다리고 있어요."

"그럴 리 없어." 아버지가 그렇게 말하며 낸시를 바라보았다. "거기 있다는 걸 어떻게 알아?"

"흔적이 있어요." 낸시가 말했다.

"어떤 흔적?"

"제가 찾아냈어요. 집으로 들어왔을 때 식탁 위에서요. 돼지 뼈였어요. 피가 밴 살점이 묻어 있는. 등잔 옆에 놓여 있었어요. 그 사람은 여기 있다가 나간 거예요. 모두 여길 떠나면, 난 사라져 버릴 거예요."

"어디로 사라지는데요, 낸시?" 캐디가 물었다.

"난 고자질쟁이가 아니야." 제이슨이 말했다.

"그럴 리 없어." 아버지가 말했다.

"그 사람은 밖으로 나간 거예요." 낸시가 말했다. "지금은 창문으로 보고 있을 거예요. 다들 나가기를 기다리면서요. 그러면 난 사라져 버릴 거예요."

"그런 일 없어." 아버지가 말했다. "문 걸어 잠그고 널 레이첼 아주머니한테 데려다 줄게."

"소용없어요." 낸시가 말했다. 그녀는 더 이상 아버지를 보지 않았다. 하지만 아버지는 그녀를, 그녀의 길게 늘어뜨려진 흔들리는 손을 내려다보았다. "피해 봐야 소용없어요."

"그럼 네가 원하는 게 뭐야?" 아버지가 말했다.

"모르겠어요." 낸시가 말했다. "아무것도 할 수가 없어요. 그저 피하는 수밖에는요. 하지만 그것도 결국 소용없어요. 저한테 달려 있는 거 같아요. 제가 받아야 할 거면 받아야죠."

"뭘 받는다는 거예요?" 캐디가 물었다. "받아야 할 게 뭔데요?"

"아무것도 없어." 아버지가 말했다. "이제 자러 가자."

"캐디 누나가 여기로 데려왔어요." 제이슨이 말했다.

"레이첼 아주머니네로 가 있어." 아버지가 말했다.

"그래 봐야 소용없어요." 낸시가 말했다. 그녀는 팔꿈치를 무릎에 대고 기다란 두 손은 다리 사이로 늘어뜨린 채 불 앞에 앉아 있었다. "선생님 네 부엌에 있는다 해도 소용없어요. 아이들 방 마루에서 잠든다 해도 다음 날 아침 나는 피에……"

"쉿." 아버지가 말했다. "문을 잠그고 등잔을 꺼. 그리고 잠자리에 들어."

"어둠이 무서워요." 낸시가 말했다. "어두워지면 벌어질 일이 두려워요."

"등잔불을 켜놓은 채 여기 그냥 앉아 있겠다는 거야?" 아버지가 말했다. 그러자 낸시는 다시 예의 그 소리를 내기 시작했다. "아, 빌어먹을!" 아버지가 말했다. "이리 오너라, 얘들아. 잘 시간이 지났어."

"다들 가버리면, 난 사라지게 될 거야." 낸시가 말했다. 그녀의 말소리는 더 작아졌고, 얼굴은 더 평온해 보였다. 그녀의 두 손처럼. "어쨌든, 제 관 값은 러브레이디 씨한테 맡겨 두었어요." 러브레이디 씨는 흑인들의 보험을 모집하는 키가 작고 입성이 깨끗지 못한 남자인데, 매주 토요일 오전이면 50센트의 보험금을 수금하기 위해 흑인들의 오두막이나 그들이 일하는 백인들 집 부엌을 방문했다. 그와 그의 아내는 호텔에서 살았는데, 어느 날 아침 그의 아내는 스스로 목숨을 끊었다. 그들에겐 어린 여자아이가 하나 있었다. 그 뒤 그와 그의 아이는 사라져 버렸다. 1, 2주쯤 후에 그는 혼자 돌아왔다. 우리는 토요일 아침이면, 오솔길을 따라 내려갔다가 거리로 돌아오는 그를 보곤 했다.

"허튼소리 하지 마." 아버지가 말했다. "우린 내일 아침 우리 집 부엌에서 만날 테니까."

"무언가 보시긴 할 테죠." 낸시가 말했다. "하지만 무슨 일이 있었는지
는 하느님만 알 거예요."

VI

우리는 불 앞에 앉은 그녀를 두고 모두 일어섰다.

"와서 빗장을 걸어." 아버지가 말했다. 하지만 그녀는 꼼짝하지 않았
다. 그녀는 우리에게 눈길을 주지 않고 등잔과 난로 사이에 말없이 앉아
있었다. 오솔길로 얼마큼 들어서서 고개를 돌렸을 때, 열려 있는 문으로
그녀의 모습이 보였다.

"무슨 일이에요, 아빠?" 캐디가 물었다. "무슨 일이 일어나는 거예요?"

"아무 일도 일어나지 않아." 아버지가 말했다. 제이슨은 아버지의 등에
업혀 있어서 우리들 중에서 키가 가장 컸다. 우리는 도랑 쪽으로 내려갔
다. 나는 말없이 도랑 쪽으로 시선을 돌렸으나 달빛과 그림자가 뒤엉켜
있는 도랑은 잘 보이지 않았다.

"지저스가 만약 저기 숨어 있다면, 그 사람은 우리를 볼 수 있겠네요,
그죠?" 캐디가 말했다.

"그 사람은 없어." 아버지가 말했다. "오래전에 가버렸어."

"형이랑 누나가 날 여기로 데려왔어요." 제이슨이 높은 곳에서 말했다.
우리 옆에, 하늘을 등지고 있는 두 개의 얼굴을 가진 아버지가 서 있는
것 같았다. 그중 작은 얼굴이 말했다. "난 오고 싶지 않았는데."

우리는 도랑을 빠져나왔다. 여전히 낸시의 집이 보였고, 문은 열려 있
었다. 하지만 낸시의 모습은 더 이상 보이지 않았다. 그녀는 지칠 대로

지쳐서 문을 열어 놓은 채 불 앞에 앉아 있을 것이다. "난 지쳤어. 난 한 마리 깜둥이일 뿐이야. 하지만 그건 내 잘못이 아니야."

우리는 그렇게 말하는 그녀의 목소리를 들을 수 있었고, 노래인 것 같기도 하고 아닌 것 같기도 한 소리를 들을 수 있었다. "이제 우리 집 빨래는 누가 해요, 아빠?" 내가 물었다.

"난 깜둥이가 아니야." 제이슨이 아버지의 머리 위에서 말했다.

"넌 고자질쟁이야. 그리고 겁쟁이야. 뭔가가 튀어나오면 넌 깜둥이보다 더 겁을 먹을 거야." 캐디가 말했다.

"아니야." 제이슨이 말했다.

"넌 울어 버릴 거야." 캐디가 말했다.

"캐디." 아버지가 말했다.

"난 안 그래!" 제이슨이 말했다.

"겁쟁이 고양이." 캐디가 말했다.

"캔디스!" 아버지가 말했다.

붉은 나뭇잎
Red Leaves

I

인디언 두 사람이 농장을 가로질러 흑인 거주 지역으로 가고 있었다. 푸석한 벽돌로 쌓아 흰색 수성페인트로 말끔히 칠한 오두막들이 두 줄로 늘어서 있었다. 같은 씨족의 노예들이 살고 있는 그 집들은 맨발 자국들이 어지럽게 찍혀 있고 집에서 만든 장난감들이 먼지 속에 말없이 놓여 있는, 그늘이 드리워진 좁은 골목을 마주 보고 서 있었다. 그곳 어디에도 생명의 기미라곤 없었다.

"찾아야 할 텐데." 첫째 인디언이 말했다.

"못 찾을 거 같아요." 둘째 인디언이 말했다. 정오였지만 골목은 텅 비어 있었고, 오두막들의 문간도 썰렁하고 고요했다. 갈라진 틈을 회반죽으로 메운 굴뚝들 어디서도 밥 짓는 연기는 피어오르지 않았다.

"그래. 추장의 부친이 세상을 떠났을 때도 지금 같은 일이 벌어졌지."

"방금 어르신이 추장이라고 하신 분은, 이젠 전前 추장이 되었죠."

"그렇지."

첫째 인디언 이름은 '세 바구니'였다. 나이는 환갑쯤이었다. 둘 모두 배가 불룩한 땅딸막하고 단단한 체격을 가지고 있었고, 시민권자처럼 보였다. 커다란 머리통에 달린 크고 넙적한 흙빛 얼굴에는 아련한 평정이 깃들어 있어, 마치 안개 속에 서서히 나타나는, 시안이나 수마트라의 무너진 성벽에 조각된 불두佛頭 같았다. 태양은 제 일에 충실하게 맹렬한 햇살을 퍼부었고, 그만큼 그늘도 짙었다. 그들의 머리칼은 바짝 타들어 간 사막의 풀처럼 보였다. 세 바구니의 한쪽 귀에는 에나멜 코담배갑이 끼워져 있었다.

"내가 늘 하는 얘기지만, 이건 좋은 방법이 아니야. 옛날엔 이런 분리된 거주 지역도 없었고, 흑인도 없었어. 그땐 흑인도 그저 인간이었지. 그리고 그들의 시간은 그들의 소유였어. 그들이 시간을 가지고 있었다고. 이젠 그들은 땀 흘리기를 좋아해 일거리를 찾느라 대부분의 시간을 쓰고 있어."

"말이나 개처럼요."

"그들은 이 합리적인 세계에서 아무것도 아닌 존재가 된 것 같아. 땀 흘리는 것 외엔 그들을 만족시켜 주는 건 아무것도 없어. 그들은 백인들보다 더 해로워."

"추장도 그들을 위해 일을 찾아 줘야 하는 존재처럼 돼버렸잖아요. 이건 아니죠."

"제대로 말했군. 난 노예제도가 마음에 들지 않아. 좋은 방법이 아니야. 옛날엔 좋은 방법이 있었지. 지금은 없어."

"어르신도 옛날 방법이 어땠는지는 기억하지 못하시잖아요."

"난 그런 방법을 쓴 사람들 말을 내 두 귀로 똑똑히 들어 왔어. 그리고 그 방법대로 하려고 해왔고. 인간은 땀을 흘리려고 태어난 게 아니야."

"그건 그래요. 흑인들 살이 어떤지를 보면 알죠."

"그래, 시꺼멓지. 맛도 쓰고."

"드셔 본 거예요?"

"한 번. 그땐 젊었으니까, 지금보다 식성이 더 뻔뻔스러웠다고나 할까. 지금이야 다르지."

"그래요. 흑인들은 이제 식용으로 쓰기엔 너무 값어치 있는 존재가 되었죠."

"살이 너무 써서 싫었지."

"어쨌거나 식용으로 쓰기엔 너무 값어치 있는 존재가 돼버렸어요. 백인들이 이제 그들한테 말까지 줄 거예요."

그들은 좁은 길로 들어섰다. 나무와 헝겊과 깃털로 만든 신물神物 모양의 말 못하는 초라한 장난감들이, 녹슨 현관 계단 옆 흙먼지 속에 뼛조각과 조롱박 모양의 깨진 접시들 사이에 묻혀 있었다. 오두막 어디서도 소리가 들리지 않았으며 문간 어디서도 얼굴을 볼 수 없었다. 전날, 이세티베하가 죽은 뒤부터 그렇게 된 것이었다. 하지만 두 사람은 자신들이 찾아야 할 게 무엇인지 잘 알고 있었다.

그것은 이 흑인 거주 지역 중앙에 있는, 다른 것들에 비해 조금 큰 오두막에 있을 터였다. 그 오두막은 달이 특정한 모양을 띠는 기간이면 일몰 후 개울로 가서 북을 울리는 흑인들의 의식이 시작되는 곳이었다. 그래서 그들은 그 오두막에 작은 액세서리들, 수수께끼 같은 장식품들, 붉은 점토를 바른 막대기로 만든 신주들을 보관하고 있었다. 지붕 한가운데 뚫린 구멍 아래쪽 마룻바닥에는, 차갑게 식은 나뭇재와 아직 쓸 만한 철제 냄비가 얹힌 난로가 놓여 있었다. 창문은 모두 닫혀 있었다. 두 인디언들이 그 오두막에 들어섰을 때는 당당하던 햇볕이 물러난 때라 어둠 속에서 눈알을 굴리는 눈들의 움직임 말고는 아무것도 식별할 수 없었지만, 방 안이 흑인들로 가득 차 있는 것은 분명했다. 두 인디언은 방으로 들어가지 않고 대문 쪽에 서 있었다.

"아," 바구니가 말했다. "말했지만, 이건 좋은 방법이 아니야."

"저도 여기 있고 싶지 않아요." 둘째 인디언이 말했다.

"지금 자네가 맡고 있는 냄새는 검은 인간들에게서 풍기는 두려움의 냄새야. 우리 냄새와는 다르지."

"여기 있고 싶지 않아요."

"자네의 두려움에도 냄새가 있구먼."

"우리가 맡고 있는 냄새는 이세티베하 것일지도 몰라요."

"그래, 그 사람도 우리가 여기서 뭘 찾아야 하는지 알고 있지. 죽어 갈 때 이미 알고 있었지." 어두운 방 안에서 나온 흑인들의 눈빛과 냄새가, 그들 주위를 둘러쌌다. "너희도 알다시피 나는 세 바구니다." 바구니가 방에 대고 말했다. "우리는 추장의 명을 받고 왔다. 우리가 찾는 그자는 어디 있나?" 흑인들은 아무 말도 하지 않았다. 그들의 냄새가, 그들의 몸이, 여전히 뜨거운 공기 속을 밀물과 썰물처럼 들락거리는 것 같았다. 그들은 아득하고 신비로운 뭔가에 빠져 있는 듯했다. 그들 전체가 한 마리의 문어 같았다. 또한 거대한 나무 밑에 파묻혀 있는 뿌리들 같기도 하고, 한순간에 갈라지며 햇빛을 받지 못한 채 뒤엉켜 있던 악취 나는 생명들을 쏟아 내는 흙덩이 같기도 했다. "주목!" 바구니가 말했다. "우리의 임무가 무엇인지 알고 있지 않은가? 우리가 찾고 있는 그자는 어디로 갔나?"

"뭔가 궁리를 하고 있군요." 둘째 인디언이 말했다. "전 여기 있고 싶지 않아요."

"이들은 뭔가 알고 있어." 바구니가 말했다.

"이들이 그자를 숨기고 있는 것 같지 않아요?"

"아냐. 그자는 떠났어. 어젯밤에 종적을 감췄을 거야. 지금 추장이 된 분의 조부가 돌아가셨을 때도 이런 일이 일어났었지. 그자를 잡는 데 사흘이나 걸렸어. 사흘 동안 추장의 조부 둠은 땅 위에 누워 이렇게 말씀하셨지. '나의 말과 개는 보이는데 나의 노예는 보이지 않는구나. 너희들이 그자를 어떻게 했기에 내가 고요히 묻힐 수 없는 것이냐?'라고."

"그들은 죽는 걸 싫어하죠."

"그렇지. 그들은 어떻게든 생을 붙잡으려 해. 그게 우리를 항상 골치 아프게 만들지. 체면도 예의도 없는 종족들이야. 늘 골칫거리야."

"여기 있고 싶지 않다니까요."

"나도 마찬가지야. 하기야 흑인들은 야만인들이니, 그들이 관례를 존중하기를 기대해선 안 돼. 그래서 내가 이 방법은 안 된다고 하는 거야."

"맞아요. 그들은 생에 매달리려 해요. 추장과 함께 땅에 묻히느니 뙤약볕 아래에서 일하는 게 더 낫다고 생각할 거예요. 어쨌든 그자는 가 버렸군요."

흑인들은 아무 말도 하지 않았고, 어떤 소리도 내지 않았다. 하얀 눈자위 위로 눈동자만 굴릴 뿐이었다. 거칠면서도 잔뜩 주눅이 든 모습이었다. 그들의 냄새는 지독하고 맹렬했다. "그래요, 그들은 두려워하고 있어요." 둘째 인디언이 말했다. "이제 어떻게 하죠?"

"가서 추장과 얘기를 해봐야지."

"모케투베가 들어 줄까요?"

"그럴 수밖에. 내키지야 않겠지만, 그는 이제 추장이잖아."

"그래요. 그 사람이 추장이죠. 이제 하루 종일 붉은 굽이 달린 신발을 신을 수 있겠군요." 그들은 돌아서서 오두막을 나왔다. 오두막 출입구에 는 문틀만 있을 뿐 문은 달려 있지 않았다. 그곳 오두막들은 다 그랬다.

"그래, 이제 그가 신을 수 있게 됐군." 바구니가 말했다.

"예전에는 이세티베하 몰래 그 신발을 신었는데, 이제는 그의 것이 되 었네요. 그가 추장이 되었으니."

"이세티베하는 모케투베가 몰래 그 신발을 신는 걸 좋아하지 않았지. 그가 모케투베한테 한 말을 내가 직접 들어서 알고 있어. '네가 추장이 되면 신발은 너의 것이 될 것이다. 하지만 그때까지 그건 나의 신발이다' 라고 했지. 그런데 이제 모케투베가 추장이 됐으니, 그가 그걸 신을 수 있겠군."

"그래요." 둘째 인디언이 말했다. "이제는 그가 추장이니까요. 그는 이 세티베하 몰래 그 신발을 신어 보곤 했어요. 이세티베하가 그걸 정말로 알고 있었는지는 잘 모르겠네요. 어쨌거나 그가 그리 늙기도 전에 죽어 버렸으니, 신발은 모케투베 것이 되었네요. 이젠 그가 추장이니까요. 그 에 대해 어떻게 생각하세요?"

"아무 생각 없어." 바구니가 말했다. "자넨?"

"저도 그래요." 둘째 인디언이 말했다.

"좋아." 바구니가 말했다. "그게 현명한 거야."

II

추장의 처소는 참나무들로 둘러싸인 둔덕 위에 있었다. 처소의 앞부분은 1층 높이의 증기선 갑판실로 이루어져 있었다. 이세티베하의 부친인 둠이 노예들을 시켜 그 배를 삼나무로 만든 굴림대로 이곳까지 끌어오게 했었다. 12마일이나 떨어진 해안에서 이곳까지 배를 끌고 오는 데는 다섯 달이나 걸렸다. 당시 둠의 처소는 벽돌을 쌓아 만든 담으로만 이루어져 있었는데, 그는 그 담 옆에 배를 내려놓게 했다. 일등실 이름이 각각 금박으로 새겨져 있는 비늘살 문들 위의 로코코 식 아치형 처마돌림이, 지금은 비록 깨지고 벗겨졌으나 아직까지 당시의 화려함을 희미하게 드러내고 있었다.

둠은 혈족의 모계 쪽 세 자식 중 하나로 태어난, 부副추장에 불과했다. 청년 시절 그는 미시시피 북부에서 출발하는 화물선을 타고 뉴올리언스까지 가는 여행을 했다. 당시 뉴올리언스는 유럽에 속해 있었는데, 거기서 둠은 자신만큼이나 사회적 신분이 어정쩡한 슈발리에 쇠르 블론드 드 비트리라는 남자를 만났다. 둠은 그 후원자의 지도 감독하에 그 도시 강변 지대의 도박꾼들과 범죄자들 사이에서 추장으로, 즉 부계에 속한 토지 상속자로 행세했다. 슈발리에 드 비트리는 그를 '뒤 옴므'라고 불렀다. 그런 이유로 그가 '둠'이 된 것이다.

뻔뻔하고 속을 알 수 없는 점잖지 못한 얼굴을 가진 땅딸막한 인디언과 카론들레*의 친구이자 윌킨슨 장군**과도 절친한 것으로 알려진 파리의 신사, 그 둘은 어디에나 함께 나타났다. 그러던 어느 날 둘은 전설

---

*Francisco Luis Héctor de Carondelet(1748~1807). 스페인 제국의 장교. 몰타기사단 소속.
**James Wilkinson(1757~1825). 미국 독립혁명 때 활약했던 장군.

같은 소문을 남긴 채 그 낡고 수상한 소굴들에서 감쪽같이 사라져 버렸다. 둠이 도박에서 큰 돈을 땄다는 소문이었다. 그리고 한 젊은 여자와 관련된 소문도 있었는데, 둠이 꽤 부유한 서인도제도 가문의 딸인 그녀를 취해 버려, 남자 형제들이 총을 들고 그가 드나들던 소굴들을 뒤지고 있다는 소문이었다.

6개월 뒤에는 그 젊은 여자마저 사라졌다. 세인트루이스 정기선에 올라 하룻밤 만에 미시시피 강 북쪽의 목조 선착장에 도착한 그녀는, 깜둥이 하녀의 부축을 받으며 배에서 내렸다. 말 한 필과 수레를 가지고 나온 네 명의 인디언들이 그녀를 맞이했다. 그들은 사흘에 걸쳐 느리게 이동했는데, 그녀가 아기를 가진 몸이기 때문이었다. 농장에 도착한 그녀는 추장이 되어 있는 둠을 발견했다. 그는 자신이 어떻게 추장이 됐는지에 대해서는 한마디도 하지 않고, 그저 삼촌과 조카가 갑자기 세상을 떠났다고만 했다. 당시 그의 처소는 의욕 없는 노예들에 의해 지어진 벽돌 담벼락에 불과했다. 그 처소는 사슴들이 가축인 양 풀을 뜯고 있는 1만 에이커의 공원 같은 광활한 숲 한가운데 덩그러니 놓여 있었다. 세워진 버팀목에 이엉을 덮어 나눠진 방들에는 여기저기 뼛조각과 쓰레기가 가득했다. 둠과 여자는 이세티베하가 태어나기 직전에 그곳에서 혼인식을 올렸는데, 노예 상인이기도 한 순회 목사가 타고 온 노새의 안장에는 면으로 된 우산과 3갤런짜리 큰 위스키 병이 단단히 묶여 있었다. 그 후로 둠은 백인들이 그랬듯 더 많은 노예들을 그러모아 자신의 땅을 경작하게 했다. 하지만 노예들은 그에게 충분한 수확을 가져다주지 못했다. 노예들은 둠이 손님들을 위해 개와 경주를 벌이라고 할 때를 빼고는, 아프리카 밀림에서 살았던 그대로 너무나도 게으르게 살았기 때문이다.

둠이 죽었을 때 그의 아들 이세티베하는 열아홉 살이었다. 그가 대지의 상속자가 되었을 때 아무짝에도 쓸모없는 깜둥이 노예들의 수는 다섯 배나 불어 있었다. 최종 결정권은 추장인 이세티베하에게 있었지만, 그는 삼촌과 사촌들로 이루어진 지배층과 함께 금박으로 이름이 새겨져 있는 일등실 문들 아래 쪼그리고 앉아 깜둥이들에 대한 비밀 회의를 가졌다.

"그놈들을 먹을 수는 없어." 누군가가 말했다.

"왜 안 된다는 거지?"

"먹기에는 너무 많아."

"그건 그래." 세 번째 사람이 말했다. "일단 먹기 시작하면 다 먹어 치워야 하는데, 그렇게 많은 고기를 먹으면 몸에 해로워."

"사슴 고기나 마찬가지잖아. 해롭지 않을 수도 있어."

"어느 정도만 죽이면 돼요. 그놈들을 먹는 건 안 돼요." 이세티베하가 말했다.

그들은 한동안 그를 바라보았다. "어째서?" 첫 번째 사람이 물었다.

"맞아." 두 번째 사람이 말했다. "먹으면 안 돼. 그놈들은 값어치가 크니까. 우리가 그놈들 때문에 얼마나 고생을 했는데 그냥 먹어서 없애 버려? 그놈들을 부려 먹을 수 있는 방법을 찾아야 해. 우리도 백인들처럼 해야 한다고."

"어떻게 하면 그럴 수 있죠?" 이세티베하가 물었다.

"깜둥이들에게 더 많은 땅을 개간하게 해서 그들을 먹일 곡식을 수확하면 돼. 그러다 보면 깜둥이 애들이 태어날 거고, 그들이 자라면 팔아 치우는 거지. 그러니까 땅을 개간하고, 곡식을 심고, 깜둥이 애들을 기르고, 그런 다음엔 그들을 백인들에게 팔아 돈을 벌자는 거지."

"그 돈으로 뭘 할 건데?" 셋째 사람이 물었다.

그들은 한동안 생각에 잠겼다.

"차츰 알게 될 테지." 첫째 사람이 말했다. 그들은 웅크린 채로 생각에 잠겨 심각한 표정을 짓고 있었다.

"일을 시키자는 말이군." 셋째 사람이 말했다.

"깜둥이들을 일하게 하자고." 첫째 사람이 말했다.

"그래, 그렇게 하자고. 우리가 땀을 흘릴 순 없어. 땀구멍이 다 열리면서 축축해지잖아."

"그러면 거기로 밤공기가 들어가지."

"맞아. 일은 깜둥이들에게 시키자구. 그들은 땀 흘리는 걸 좋아할 것 같아 보여."

그때부터 그들은 깜둥이 노예들과 함께 땅을 일구고 곡식을 심기 시작했다. 이전까지 노예들은 지붕이 비스듬하게 덮인 커다란 돼지우리 같은 숙소에서 살았는데, 정말로 돼지우리를 방불케 하는 곳이었다. 하지만 농사를 짓기 시작하면서 막사와 오두막도 지어 각각의 숙소에 젊은 남녀 한 쌍을 살게 했다. 5년 후 이세티베하는 멤피스의 노예 상인에게 깜둥이 40명을 팔아넘기고 그 돈으로 외국 여행을 떠났는데, 그 여행을 주선한 것은 뉴올리언스 출신의 외삼촌 슈발리에 쇠르 블롱드 드 비트리였다. 그는 부분 가발과 코르셋을 착용한, 조심성 많은 이빨 빠진 노인이 되어 파리에 살고 있었는데, 놀란 듯이 찡그린 얼굴에는 슬픔이 배어 있었다. 그는 300달러를 꾼 답례로 어느 모임에 이세티베하를 데려갔다. 그로부터 1년 후 이세티베하는 금박 입힌 침대, 가지 모양의 장식 촛대 한 쌍, 그리고 붉은 굽이 달린 실내화 한 켤레를 가지고 처소로 돌아왔다. 장식 촛대는 퐁파두르 후작 부인이 그 촛대에 꽂힌 촛불 아래에서 머리를 빗는 동안, 루이 15세가 거울에 비친 그 모습을 보며 능글맞게 웃었다는 일화가 담긴 물건이었다. 실내화는 이세티베하에겐 너무 작았는데, 뉴올리언스에 도착하기 전까지는 그걸 신어 본 적이 없어 그렇게 작은 줄은 몰랐다.

박엽지에 싼 실내화를 가지고 처소로 돌아온 이세티베하는, 그 후 아들 모케투베와 놀 때를 제외하곤 그것을 언제나 삼나무 톱밥이 채워진 안장주머니에 넣어 두었다. 모케투베는 세 살이 되자 넓적하고 편평한 몽골족 얼굴이 나타나기 시작했는데, 이유를 알 수 없는 무기력만 드러내던 그 얼굴이 일변한 것은 그 실내화를 보고 나서부터였다.

모케투베의 모친은 멜론 밭에서 일하다가 이세티베하의 눈에 띄게 된 어여쁜 소녀였다. 낚시를 하러 개울로 가던 이세티베하는 걸음을 멈추고 한동안 그녀를 지켜봤다. 그 넓고 단단한 허벅지와 건강한 등허리와 평화로운 얼굴을. 어쩌면 이세티베하는 그 낯선 소녀를 바라보며 어머니를 떠올렸는지도 모른다. 자신을 열렬히 사모하는 남자와 도망친 그 도회 여인의 몸에 흐르던 흑인의 피와, 그녀가 일으킨 사건으로 인한 치욕을 떠올렸는지도 모른다. 이세티베하가 그 소녀와 마주친 바로 그해에 모케투베가 태어났다. 모케투베가 세 살이 되었을 때, 그는 처음으로 아버지의 실내화를 신어 보려고 했다. 어느 고요하고 무덥던 오후, 그 실내화를 신어 보려고 애를 쓰는 아들을 보며, 이세티베하는 조용히 미소를 지었다. 그 후로도 수년 동안 이세티베하는 아들이 실내화를 신으려고 낑낑대는 모습을 보며 웃어 댔다. 아들이 열어섯 살이 되지 그런 모습이 사라졌다. 몇 년 후, 이세티베하가 새로 맞이한 아내가 그에게 말했다. 아들이 그 신발을 훔쳐서 숨겨 놓았다고. 이세티베하는 웃음을 거두고는 여자를 내쫓았다. 그러고는 혼잣말을 했다. "혼자 사는 게 더 좋은 것 같군." 그는 모케투베를 불러 이렇게 말했다. "그 신발을 네게 주겠다."

그때 모케투베는 스물다섯 살이 되어 있었고 아직 미혼이었다. 그는 키가 작고 뚱뚱했다. 그리 크지 않은 아버지 이세티베하보다 15센티미터나 작았고 체중은 45킬로그램이나 더 나갔다. 게다가 일찍부터 피부 질환을 앓고 있어 창백하고 넓적한 얼굴에 탄력이라곤 없었으며 손과 발엔 수종이 번져 있었다. "그건 이제 네 것이라고." 이세티베하가 그를 응시하며 말했다. 하지만 모케투베는 집으로 들어가기 전에 딱 한 번 아버지를 바라보며 이렇게만 말했다.

"고맙습니다."

이세티베하는 아들을 바라보았지만, 아들의 시선이 어디를 향하고 있는지는 알 수 없었다. "실내화를 준다고 해도 아무렇지도 않느냐?"

"고맙습니다." 모케투베가 다시 말했다. 이세티베하가 코담배를 꺼내 냄새를 맡았다. 어떤 백인 하나가 입술에 코담배 가루를 묻힌 뒤 고무나무나 무궁화 잔가지를 이용해 이빨에 바짝 붙여 문지르는 방법을 그에게 가르쳐 준 적이 있었다.

"그런데 말이다," 이세티베하가 말했다. "인간은 영원히 살 수는 없다." 그러고는 아들을 바라보았는데, 아들은 그 무엇도 주시하지 않는 텅 빈 눈길을 하고 있었다. 그는 잠깐 생각에 잠겼다. 그가 반쯤 소리 높여 다음과 같이 말한 것을 제외하면 그가 무슨 생각을 하고 있는지 알 길이 없었다. "그래. 둠 할아버지의 숙부는 붉은 굽이 달린 신발을 가지고 있지 않았다." 그는 다시, 살이 뒤룩뒤룩 찐 굼뜬 아들을 보았다. "어쨌든, 인간은 뭔가를 하고 있다는 생각을 하기 마련이고, 아주 오랜 시간이 지날 때까지도 그게 뭔지 알지 못할 수도 있다." 그는 사슴 가죽으로 엮은, 비스듬히 기울어진 그물 의자에 앉아 있었다. "그분은 그걸 신어 볼 수조차 없었다. 그분과 난 둘 다 덩치가 비슷했으니까. 그분은 그걸 신어볼 수조차 없었지만, 그게 어디 내 잘못이겠니?"

그는 그로부터 5년을 더 살다가 세상을 떠났다. 그가 밤새 앓은 후에, 스컹크 가죽 조끼를 입은 의사가 그의 처소로 와서 꼬챙이를 불에 달구어 찔러 보았지만, 그는 정오가 되기 전에 죽었다.

그것이 바로 하루 전에 일어난 일이었다. 무덤이 파였고, 그 후 열두 시간 동안 사람들이 몰려왔다. 마차나 포차를 타고, 혹은 직접 말을 몰거나 걸어서. 구운 개고기와 옥수수와 콩 요리와 재 속에 넣어 익힌 참마를 먹기 위해, 그리고 장례식에 참가하기 위해서.

III

"사흘쯤 걸리겠군." 바구니가 다른 인디언과 함께 추장의 처소로 돌아오며 말했다. "그럼 음식이 충분하지 않을 거야. 전에도 그랬지."

다른 인디언의 이름은 루이스 베리였다. "냄새가 많이 날 것 같은데요, 이런 날씨면."

"그들은 늘 문제를 일으키지. 골칫거리일 뿐이야."

"사흘이나 걸리지 않을지도 모르죠."

"밀리 달아났어, 틀림없이. 추장이 땅속에 들어가기 전에 추장 냄새를 맡게 생겼군. 내가 맞는지 틀렸는지는 지켜보면 알게 될 거야."

그들은 계속 추장의 처소로 향했다.

"그는 이제 신발을 신을 수 있겠군요." 베리가 말했다. "이제 사람들 앞에서 당당히 신을 수 있겠어요."

“아직 한동안은 신을 수 없을 거야.” 바구니가 말했다. 베리가 그를 바라보았다. “수색 작업을 지휘해야 할 테니까.”

“모케투베가요?” 베리가 물었다. “그가 그렇게 할 거라고 생각해요? 말하는 것도 힘들어하는 그 사람이?”

“그럼 어쩌겠어? 제 아버지 몸에서 곧 냄새가 나기 시작할 텐데.”

“하긴 그래요.” 베리가 말했다. “신발 값도 갚아야 하니까요. 아버지한 테서 산 거나 마찬가지니까요. 어떻게 생각하세요?”

“어떻게 생각하냐고?”

“예, 어떻게 생각하시냐고요.”

“아무 생각도 없어.”

“저도 그래요. 이세티베하에겐 이제 신발이 필요 없으니 모케투베가 가져도 상관하지 않겠죠.”

“그래. 사람은 죽게 마련이니까.”

“이제 모케투베가 가지겠죠. 추장이니까요.”

나무껍질로 만들어진 현관 지붕은 껍질을 벗긴 삼나무 기둥에 의지해 증기선 갑판실 위로 높이 솟아 있었고, 날씨가 나빠 매어 놓은 노새와 말들은 자기들이 밟아 놓은 땅에 놓인 긴 의자에 그림자를 드리우고 있었다. 증기선 갑판 앞쪽 끝에는 노인 하나와 여자 둘이 앉아 있었다. 한 여자는 가금家禽 한 마리를 손질하고 있었고 다른 여자는 옥수수 알을 바르고 있었다. 노인은 뭐라고 얘기를 하고 있었다. 그는 기다란 리넨 천으로 된 프록코트에 비버 가죽으로 만든 모자를 쓰고 있었고, 발은 아무것도 신지 않은 맨발이었다.

“세상이 엉망이 돼가고 있어.” 그가 말했다. “백인들 땜에 망가지고 있다고. 우린 오랫동안 잘 살아왔어. 백인들이 우리를 속여서 깜둥이들을 떠넘기기 전까지는 말이야. 옛날엔 노인들은 그늘에 앉아 사슴 고깃국에 옥수수를 먹고 담배를 피우면서, 어떻게 하면 명예롭게 죽을지에 대해 얘기했었지. 근데 지금 우리 노인들은 뭘 하고 있어? 우리마저 무덤에 들어갈 때까지 땀이나 찔찔 흘리고 있어." 바구니와 베리가 갑판을 건너오는 동안 노인은 말을 멈추고 그들을 올려다보았다. 짜증이 잔뜩 서려 있는 그의 두 눈은 흐릿했고, 얼굴엔 잔주름이 자글자글했다. "노예가 또 달아났구먼." 노인이 말했다.

"예." 베리가 말했다. "달아났어요."

"난 알고 있었지. 내가 그럴 거라고 말했잖아. 3주는 걸릴 거야. 둠게서 돌아가셨을 때처럼. 두고 보면 알 거야."

"3일이었어요. 3주가 아니고요." 베리가 말했다.

"자네가 거기 있었던가?"

"아뇨." 베리가 말했다. "하지만 그렇게 들었어요."

"모르는 소리, 난 거기 있었어." 노인이 말했다. "3주 동안, 늪지대를 통과하고 가시덤불을 헤치면서……" 그들은 노인이 혼자 떠들도록 놔둔 채 자리를 떴다.

증기선의 객실은 이제 껍데기만 빼고 서서히 녹슬어 가고 있었다. 반들거리는 마호가니에 새겨진 신비로운 숫자들은 잠시 반짝거리다가 흐릿해졌고, 망가져 버린 창문들은 백내장에 걸린 눈동자처럼 보였다. 객실에는 씨앗이나 알곡이 든 자루 몇 개와 사륜마차의 구동 기어 앞머리가 놓여 있었다. 우이한 곡선 부위에 녹이 슨 두 개의 C스프링 축은 더 이상 아무것도 지탱할 수 없을 것 같았다. 한쪽 구석에 놓인 버드나무 우리 안에서는 새끼 여우 한 마리가 조용하고 쉼 없이 쳇바퀴를 오르내리고 있었다. 뼈만 남은 싸움닭 세 마리는 먼지 속에서 퍼덕대고 있었는데, 곰보 자국처럼 파인 땅바닥은 놈들의 말라붙은 똥으로 가득했다.

두 사람은 벽돌담을 지나 통나무로 지어진 큰 방으로 들어섰다. 한쪽 구석엔 분리된 사륜마차의 뒤꽁무니가 놓여 있었고, 버드나무 잔가지에 앉은 싸움닭들은 소리 없는 매서운 눈을 반짝거리며 창문 밖으로 대가리를 내밀고 닳아 빠진 벼슬을 까닥거리고 있었다. 바닥은 진흙으로 발라져 있었고, 벽에는 조잡한 쟁기 하나와 손으로 깎아 만든 노 두 개가 세워져 있었다. 이세티베하가 파리에서 가져온 금박 입힌 침대는 천장에 박힌 네 개의 사슴 가죽 끈에 매달려 있었는데, 매트리스도 스프링도 없는 십자형 그물 침대였다. 지금 그 침대에서 자고 있는 젊은 여자가 이세티베하의 마지막 아내였다. 그는 태어나면서부터 호흡에 문제가 있어, 밤이면 얇게 켠 판자로 만든 의자에 몸을 숙이고 앉아 있었다. 그렇게 겨우 서너 시간 잠들었다가 깨어나 어둠 속에서 계속 잠든 척하며 그녀를 지켜보곤 했다. 그녀는 리본 달린 그 금박 침대에서 살금살금 빠져나와 동이 틀 때까지 바닥에 깔린 누비 요 위에 누워 있다가 다시 조용히 침대로 돌아가 잠든 척했는데, 어둠 속에서 그런 그녀를 지켜보며 이세티베하는 소리 없이 웃곤 했었다.

10갤런짜리 위스키 통이 놓여 있는 한쪽 구석에는 두 개의 막대에 가지 달린 장식 촛대가 사슴 가죽 끈으로 단단히 묶여 있었다. 바로 그쪽, 진흙 화덕 맞은편에 놓인 얇은 판자로 만든 의자에 모케투베가 앉아 있었다. 155센티미터쯤 되는 키에 100킬로그램이 넘는 몸을 가진 그는 셔츠는 안 입고 브로드 천으로 된 프록코트만 걸치고 있었고, 둥글고 매끄러운 구릿빛 풍선 같은 배는 리넨 속바지 위로 불룩 솟아 있었다. 그의 발에는 붉은 굽이 달린 실내화가 꿰어져 있었다. 그리고 그의 의자 뒤에는 앳된 소년 하나가 술이 달린 종이로 만든, 펑커*와 비슷하게 보이는 부채를 흔들며 서 있었다. 눈을 감고 두 팔을 지느러미처럼 활짝 편 채 꼼짝 않고 앉아 있는 모케투베의 넙적하고 누런 얼굴에는, 심오하고 비극적이고 무기력한 기색이 가득했다. 바구니와 베리가 안으로 들어와도 그는 여전히 눈을 감고 있었다.

"아침부터 계속 신고 계셨나?" 바구니가 소년에게 물었다.

"네, 보시다시피요." 앳된 소년이 계속 부채질을 하며 대답했다.

"그렇군." 바구니가 말했다. 프록코트에 속바지 차림으로 가슴을 훤히 드러내 놓은 채 붉은 굽이 달린 자그마한 신발을 신고 있는 그의 모습은, 마치 말레이 반도의 신상神像처럼 보였다.

"저라면 방해하지 않을 거예요, 제가 여러분들이라면요." 앳된 소년이 말했다.

"내가 너라면 그러지 않지." 바구니가 말했다. 그와 베리는 쪼그려 앉았다. 앳된 소년은 부채질을 멈추지 않았다. "추장, 들으세요." 바구니가 말했다. 모케투베는 여전히 움직임이 없었다. "그가 사라져 버렸어요."

"제가 그랬잖아요." 소년이 말했다. "난 그 사람이 달아날 줄 알았어요. 말씀드렸잖아요."

바구니가 말했다. "그런 말을 한 게 네가 처음은 아니다. 어째서 너 같은 현명한 인간들이 나서서 미리 방비를 하지 못했는지 모르겠구나."

"그는 죽고 싶지 않은 거예요." 베리가 말했다.

"왜 그래야 할까?" 바구니가 물었다.

"어느 날 느닷없이 죽어야 할 이유가 없기 때문이겠죠." 앳된 소년이 말했다. "정확히는 모르겠지만요, 어르신."

*천장에 매달아 줄을 당겨 부치는 인도식 부채.

"입 다물어." 베리가 말했다.

"20년 동안 자기 종족들이 들판에서 땀을 흘릴 때, 그는 그늘에서 추장을 모셨어. 그런데 왜 죽고 싶어 하지 않는 거지? 땀을 흘리고 싶어 하지 않았을 때부터 그랬던 걸까?" 바구니가 말했다.

"빨리 끝날 텐데. 그리 오래 걸리지 않을 텐데." 베리가 말했다.

"그를 잡으면 그에게 그렇게 말해 보세요." 앳된 소년이 말했다.

"쉿!" 베리가 말했고, 쪼그려 앉은 그와 바구니는 모케투베의 얼굴을 들여다보았다. 그는 마치 죽은 것 같았다. 살로 뒤덮인 그는 숨도 살 안에서만 쉬는 것 같았다.

"들으세요, 추장." 바구니가 말했다. "돌아가신 이세티베하께서 땅에 묻히기를 기다리고 계십니다. 그런데 그분의 개와 말은 준비되어 있으나 그분의 노예는 달아났습니다. 그분께 공양을 바치던, 그분의 그릇에 담긴 음식을 나누어 먹던 그자가 달아났다고요. 이세티베하께서 기다리고 계시는데요."

"그렇습니다, 추장." 베리가 말했다.

"이런 일이 처음은 아닙니다." 바구니가 말했다. "추장의 조부 둠께서 대지의 입구에 누워 계실 때도 이런 일이 일어났었지요. 그분은 사흘을 그렇게 기다리시며 이렇게 말씀하셨지요. '나의 깜둥이는 어디에 있는가?' 그러자 추장의 부친 이세티베하께서 대답하셨지요. '제가 그를 찾아오겠습니다. 쉬고 계십시오. 제가 그를 데려와 아버님의 여행에 그를 동행시키겠습니다'라고요."

"그러셨지요." 베리가 말했다.

모케투베는 여전히 움직이지 않았고, 눈을 뜨지도 않았다.

"그런 후 이세티베하께서는 사흘 동안 그 깜둥이를 찾으러 다니셨습니다. 그 깜둥이를 데려올 때까지 음식을 가지러 오시지도 않았지요. 마침내 깜둥이를 붙잡아 와서 부친인 둠께 말했지요. '여기 아버님의 개, 아버님의 말, 아버님의 깜둥이가 있습니다. 이제 편히 쉬십시오.' 어제 세상을 떠나신 이세티베하께서, 그때 그렇게 말씀하셨습니다. 그리고 이제 이세티베하님의 깜둥이가 달아났습니다. 그분의 말과 그분의 개는 그분과 함께 기다리고 있지만, 깜둥이는 달아나고 없습니다." 바구니가 말했다.

"그렇습니다." 베리가 말했다.

모케투베는 여전히 눈을 감은 채 움직이지 않았다. 반듯하게 드러누운 그 괴물 같은 형상의 살 깊은 곳에 무력감이 깃들어 있어, 그 무엇에도 꿈쩍하지 않을 것 같았다. 두 사람은 그런 그의 얼굴을 지켜보며 계속 쪼그려 앉아 있었다.

"추장의 부친께서 새 추장이 되셨을 때도 이런 일이 있었고, 그때 이세티베하께서는 노예를 붙잡아 부친께서 기다리고 계신 대지의 입구로 데려오셨다고요." 모케투베의 얼굴은 여전히 눈도 깜빡하지 않았다. 잠시 뒤, 바구니가 말했다. "신발을 벗겨라."

앳된 소년이 신발을 벗겼다. 그러자 모케투베의 벌거벗은 가슴이 움직이기 시작했다. 마치 깊이를 알 수 없는 바다에 가라앉아 있던 살이 수면 위로 떠올라 생명을 되찾은 듯 가쁘게 숨을 몰아쉬기 시작했다. 하지만 그의 두 눈은 여전히 감겨 있었다.

베리가 말했다. "추상이 수색 작업을 이끄시겠죠?"

"그러시겠지." 바구니가 말했다. "추장이시니, 당연히 앞장서시겠지."

IV

이세티베하의 죽음을 지켜보았던 그의 깜둥이 노예는, 그날 종일 헛간에 숨어 있었다. 마흔 살의 그는 기니 출신이었다. 납작한 코에 머리는 조뺏하고 작았다. 눈은 불그스레했고, 각지고 널따란 치아 위의 잇몸은 푸른 기가 도는 붉은색이었다. 그가 노예 상인에게 팔려 카메룬을 떠난 것은 그 잇몸에 이빨이 다 채워지기도 전인 열네 살 때였다. 그는 이세티베하의 몸종으로 23년을 살았다.

전날, 그러니까 이세티베하가 몸져누웠던 날에 그는 해거름에 깜둥이 거주 지역으로 돌아갔다. 좁은 골목에는 이 집 저 집 저녁 짓는 연기가 피어오르고 있었고 평소처럼 고기 냄새와 빵 냄새가 풍기고 있었다. 여인들은 상을 차리고 있었고, 사내들은 그 골목 앞쪽에 모여 반짝이는 눈동자로 그를 지켜보고 있었다. 추장의 처소에서 나와 맨발로 언덕길을 내려오는 그는 평소와는 다른 황혼에 휩싸여 있었다.

"이세티베하는 아직 죽지 않았어." 마을 촌장이 말했다.

"죽지 않았다니, 누구 말씀입니까?" 몸종이 말했다.

제각각 나이가 다른 그들은 황혼 속에서 몸종과 닮아 보였지만, 원숭이의 데스마스크 같은 그들의 얼굴 뒤에는 헤아릴 수 없는 생각들이 봉인되어 있었다. 연기와 음식 냄새가 마치 다른 세계에서 온 것 같은 기이한 황혼에 싸인 골목길과 벌거벗은 깜둥이 아이들의 머리 위를 천천히 지나갔다.

"해가 완전히 진 후에도 그가 살아 있다면, 동이 틀 때까지 살아 있을 거야." 한 사람이 말했다.

"누가 그래?"

“그런 말이 있어.”

“그래. 그런 말이 있지. 어쨌거나 우린 한 가지만은 알고 있어.” 그들은 자신들 사이에서 눈을 반짝이며 서 있는 몸종을 바라보았다. 그는 훤히 드러난 가슴으로 천천히 깊게 숨을 쉬고 있었으며, 땀을 흘리고 있었다. “신은 알고 있어. 신은 알고 있다고.”

“북을 두드려서 알아보자.”

“그래. 북을 두드려서 알아보자.”

해가 지자 그들은 개울에 숨겨 둔 북을 울리기 시작했다. 왜 그러는지는 몰라도, 그들은 속이 빈 삼나무로 만든 북들을 축축한 개울 기슭의 진흙 속에 묻어 놓았다. 열네 살짜리 소년이 그걸 지켰다. 또래들보다 작고 말이 없는 아이였다. 그는 하루 종일 모기가 우글거리는 그곳에 쪼그려 앉아 있었다. 벌거벗은 몸에 진흙을 바르는 것 외엔 모기를 막을 방법이 없었다. 아이의 목에는 아직 검은 살점이 약간 붙어 있는 돼지 갈비뼈로 엮은 가방과, 나무껍질을 엮어 만든 비늘 모양의 목걸이 두 개가 걸려 있었다. 그렇게 쪼그려 앉아 지키고 있다 보면 아이의 뻣뻣해진 무릎 위로 침이 흘러내렸다. 아이는 알지 못했지만, 이따금 인디언들이 소리 없이 덤불을 헤치고 와서 뒤에서 한동안 아이를 바라보곤 했다.

해가 진 뒤부터 줄곧 헛간 다락에 숨어 있던 깜둥이 몸종의 귀에도 북소리가 들려왔다. 3마일쯤 떨어져 있었지만 그 둥둥거리는 소리는 마치 헛간 바로 아래에서 들리는 듯했다. 동시에 그의 눈앞에 구릿빛으로 이글거리는 모닥불과 그 곁을 들락거리는 검은 팔다리들이 보이는 듯했다. 그러나 그가 있는 곳에는 불도 빛도 존재하지 않았다. 그가 누워 있는 그 흙먼지 덮인 다락에 있는 것은, 태곳적에 쓰던 사각 도끼 모양의 서까래를 따라 바스락거리며 움직이는 쥐들이 전부였다. 거기서 보이는 빛이라곤 등을 동그랗게 말고 어린 사내애에게 젖꼭지를 물리고 있는 여인들의 축 늘어진 가슴을 비추는 모깃불이 다였다. 그녀들은 북소리도 의식하지 못하고 생각에 잠겨 있었다. 불이 생명을 의미했을 때부터 죽 그렇게 하고 있었던 것처럼 보였다.

이세티베하가 가지 달린 촛대와 천장에 매달린 침대 아래에서 여인들 사이에 누워 죽어 가던 증기선 안에도, 불이 지펴져 있었다. 깜둥이는 그 불에서 나는 연기를 보았었다. 해가 지기 직전에 스컹크 가죽 조끼 차림의 의사가 증기선을 떠나자, 갑파 뱃머리에 진흙을 바른 막대를 놓고 지핀 불이었다. "그는 아직 죽지 않았어." 깜둥이 몸종은 다락의 어둠 속에서 낮은 목소리로 자문자답하기 시작했다.

"누가 죽지 않았다고?"

"넌 이제 죽은 목숨이야."

"그래. 난 죽은 목숨이야." 그는 나직이 말했다. 그는 둥둥거리는 그 북들이 있는 곳에 있고 싶었다. 덤불을 헤치고 나가 어둠에 묻혀 잘 보이지 않는 야위고 번들거리는 벗은 몸으로, 그 북들에 둘러싸여 펄쩍거리고 있는 자신의 모습을 상상하기도 했다. 하지만 정말로 그럴 수는 없었다. 추장은 삶을 다 건너간 후 죽음 속으로 들어간 것이지만, 자신은 죽은 것도 아닌데 죽음 속으로 뛰어들어야 하기 때문이었다. 죽음이 한 인간을 데려가려 해도 그의 삶의 한쪽 끝만 붙잡을 수 있을 뿐이다. 죽음이 한 인간의 뒤에서 들끓고 있다 해도 삶은 여전히 계속된다. 서까래를 따라 돌아다니던 쥐의 발자국 소리가 돌연 잦아들었다. 한때 그는 쥐를 먹은 적이 있었다. 어린 시절, 미국을 향해 막 떠났을 때였다. 그를 포함한 노예들은 열대 지역을 지나는 배 안 90센티미터 높이의 갑판 사이 공간에서 90일을 지냈었다. 상갑판 쪽에선 술에 취한 뉴잉글랜드 출신

선장의 목소리가 들려오곤 했다. 감정이 실리지 않은 큰 목소리로 책을 읽는 소리였는데, 그는 10년 뒤에야 그 책이 성경임을 알게 되었다. 바로 그 갑판 사이 공간에 쪼그리고 앉아 그는 인간과 관계를 가지면서 교활한 팔다리와 눈을 버리고 공손해진 쥐들을 지켜보다가, 위협적인 손놀림으로 별 어려움 없이 놈들을 잡아 천천히 먹어 치웠다. 놈들이 얼마나 오랫동안 도망 다녔을까 궁금해하면서. 그 배 안에 있는 동안 그는 유니테리언 교회 집사였던 노예 상인이 준 하얀 옷만 줄곧 입고 있었다. 말은 자신의 모국어 말고는 할 줄 몰랐다.

지금 그는 인디언들이 백인들에게서 산 무명 바지만 입고 있었고, 엉덩이 부위에는 가죽끈으로 매단 부적이 달려 있었다. 그 부적은 이세티베하가 오래전 파리에서 사온 자개 코안경 반쪽과, 자신이 잡아먹은 독사의 두개골로 만든 것이었다. 그는 계속 헛간 다락에 누워 추장의 처소인 증기선을 지켜보면서 북소리에 귀를 기울이기도 하고, 그 북들에 둘러싸인 자신의 모습을 상상해 보기도 했다.

그는 그곳에서 밤을 지샜다. 다음 날 아침 그는 스컹크 가죽 조끼를 입은 의사가 다시 추장의 처소로 왔다가 노새를 타고 돌아가는 모습을, 노새의 발걸음이 일으킨 흙먼지마저 사라질 때까지 숨소리도 내지 않고 지켜보았다. 그러고는 자신이 여전히 숨을 쉬고 있음을 자각했다. 자신이 여전히 공기를 들이마시고 있는 것이, 여전히 공기를 필요로 하고 있는 것이 의아했다. 바깥의 동태를 살피며 조용히 엎드려 있는 그의 두 눈은 숨을 쉴 때마다 규칙적으로 반짝였다. 그때 추장의 처소 밖으로 나와 하늘을 올려다보는 루이스 베리의 모습이 보였다. 날은 이미 훤히 밝아 있었고, 주일 복장으로 차려입은 다섯 명의 인디언들이 증기선 갑판에 쪼그리고 앉아 있었다. 정오가 되자 인디언들의 수는 스물다섯 명으로 늘어났고, 오후가 되자 그들은 고기와 참마를 구울 구덩이를 팠다. 그 무렵 조문객들의 수는 거의 100여 명에 달해 있었는데, 모두가 유럽식 복장을 엄격하게 갖추어 입고 말없이 점잖게 기다리고 있었다. 깜둥이 몸종은 베리가 이세티베하의 암말을 마구간에서 끌어내 나무에 묶는 것을 지켜보았다. 베리는 이세티베하의 의자 곁에 엎드려 있곤 하던 늙은 사냥개도 데리고 나와 나무에 묶었다. 개는 앉아서 심각한 표정으로 사람들의 얼굴을 바라보다가, 울부짖기 시작했다. 녀석의 울부짖음은 해가 질 때까지 계속되었는데, 그 무렵 몸종은 이미 헛간 뒤쪽 벽을 타고 내려가 땅거미가 내려앉은 샘의 지류에 들어가 있었다. 그는 달리기 시작했다. 자신의 뒤편에서 울부짖는 사냥개 소리를 들으며. 그러다가 개울 가까이에서 다른 깜둥이와 마주치게 되었다. 달리는 깜둥이와 꼼짝하지 않는 또 한 명의 깜둥이는, 서로 다른 두 개의 세계를 가르는 경계에서 잠깐 동안 서로를 바라보았다. 어둠 속을 달리고 있는 그의 입은 굳게 다물어져 있었고, 주먹은 불끈 쥐어져 있었으며, 널따란 콧구멍에선 거친 콧김이 쉼 없이 뿜어져 나오고 있었다.

그는 이세티베하와 자주 사냥을 다녔기에 주변을 샅샅이 알고 있었다. 노새를 타고 이세티베하의 암말 곁에 바짝 붙어 여우나 살쾡이가 다니는 길을 따라가곤 했기에, 자신을 추적하는 자들만큼이나 길을 잘 알고 있었다. 그가 처음으로 그들을 본 것은 둘째 날 해가 지기 직전, 개울을 따라 30마일이나 달려와 파파야 숲에 엎드려 있을 때였다. 추적자는 두 사람이었다. 셔츠 차림에 밀짚모자를 쓰고 있었고, 바지는 단정하게 말아 겨드랑이에 끼고 있었다. 무기는 가지고 있지 않았다. 둘 다 중년이 넘은 나이에 배가 불룩하게 나와 있어선지 그다지 빨리 움직이진 못했다. 그가 엎드리고 있는 곳까지 오려면 열두 시간은 걸릴 것 같았다. "한

밤중까지는 쉬어야겠어." 그가 혼잣말을 했다. 그가 있는 곳은 농장과 가까운 곳이라 저녁 짓는 냄새가 났다. 얼마 동안 굶었는지 생각해 보니 서른 시간쯤이었다. "하지만 지금은 쉬는 게 더 중요해." 그는 다시 혼잣말을 했다. 파파야 숲에 드러누운 채 계속 그 말을 되뇌었다. 빨리 휴식을 취해야 한다는 조급함 때문에 그의 심장은 달릴 때만큼이나 쿵쾅거렸고, 그 바람에 쉬는 방법을 잊어버린 듯한 느낌이 들었다. 여섯 시간 동안 머리를 짜냈지만 쉬는 방법을 기억해 낼 수가 없었다.

어둠이 내리자마자 그는 다시 움직이기 시작했다. 쉬지 않고 이렇게 계속 걸음을 옮기는 것이 옳은 일인지 고민도 했었지만 다시 움직일 수밖에 없었다. 달리 갈 곳이 없기 때문이었다. 일단 움직이기 시작하자 속도를 최대한 높여 달리기 시작했다. 가슴이 터질 듯 숨이 차올랐고 넓게 벌어진 콧구멍 속으로 질식할 듯한 어둠이 밀려들었다. 한 시간가량 달렸을 때 그는 갑자기 방향을 잃고 걸음을 멈추었다. 잠시 뒤 북소리가 들리자 그의 심장이 다시 진정되어 갔다. 소리를 들어 보니 채 2마일도 안 되는 곳에 사람들이 있는 것 같았다. 그는 계속 북소리를 따라갔고, 마침내 매캐한 모깃불 냄새를 맡을 수 있었다. 그가 모깃불 주변에 둘러앉은 그들 가운데로 들어가도 북소리는 멈추지 않았다. 흑인 거주 지역 촌장만 콧구멍을 벌름거리며 헐떡이는 그에게로 다가왔다. 얼굴에 진흙을 바른 촌장은 마치 폐에서 흘러나온 듯한 광채로 번득이는 눈동자를 끊임없이 굴리고 있었다.

"우린 자넬 기다리고 있었네." 촌장이 말했다. "가게나, 당장."

"가라고요?"

"우선 요기를 한 후 떠나게나. 자네도 잘 알겠지만, 죽은 자는 산 자와 어울려 지낼 수 없네."

"네, 알고 있어요." 두 사람은 서로를 바라보지 않았다. 북소리는 계속 울리고 있었다.

"요기를 해야지?" 촌장이 말했다.

"배고프지 않아요. 오늘 오후에 숨어 있는 동안 토끼를 잡아먹었어요."

"그럼 익힌 고기를 가져가게나."

그는 나뭇잎에 싼 익힌 고기를 받아 들고는 개울로 뛰어들었다. 잠시 후 북소리가 멎었다. 그는 동이 틀 때까지 쉬지 않고 걸었다. "열두 시간 은 벌었어." 그가 혼잣말을 했다. "아니 더 많은 시간을 벌었는지도 몰라. 밤중에 산길을 따라 여기까지 온 거니까." 그는 쪼그리고 앉아 고기를 먹은 후 허벅지에 손을 닦았다. 그러고는 일어나 거친 무명 바지를 벗고 는 무릎을 껴안고 머리를 숙인 자세로 온몸에 — 얼굴과 팔, 몸통과 다 리에 — 진흙을 발랐다. 날은 사물이 분간될 정도로 밝아 있었다. 그는 습지로 이동해 쪼그린 자세로 잠이 들었다. 아무런 꿈도 꾸지 않았다. 자리를 옮긴 것은 천만다행이었다. 갑작스럽게 밝아지는 태양 빛에 깨어 나 보니, 자신을 추적하는 두 인디언의 모습이 눈에 들어온 것이다. 여전 히 바지를 둘둘 말아 겨드랑이에 끼고 있는 그들은, 그가 숨어 있는 반 대편에 서 있었다. 배가 불룩한 뚱뚱한 몸집에 늘어진 셔츠를 입고 밀짚 모자를 쓴 유순한 표정의 그들은, 약간 우스꽝스러워 보였다.

"이건 피곤한 일이야." 한 사람이 말했다.

"집에 돌아가서 그늘에 누워 쉬고 싶어요." 다른 사람이 말했다. "하지 만 추장이 대지의 입구에서 기다리고 있으니 할 수 없죠."

"그래." 그들은 조용히 주위를 둘러보았다. 둘 중 하나가 몸을 웅크려 셔츠에 달라붙어 있는 우엉을 떼내더니 말했다. "빌어먹을 깜둥이."

"맞아. 그들은 늘 우리한테 골칫거리였어."

이른 오후, 깜둥이 몸종은 나무 꼭대기에서 농장을 내려다보고 있었다. 각각 말과 개를 묶어 놓은 두 그루 나무 사이에 걸린 해먹에는 이세티베하의 시체가 놓여 있었고, 증기선 주변의 광장은 사람들이 타고 온 말과 마차, 노새와 수레, 그리고 승용마들로 가득했다. 밝게 빛나는 관목 숲에는 여자들과 어린아이들, 그리고 긴 외투를 걸친 노인들이 쪼그리고 앉아 있었고 그들 주위로 고기 굽는 연기가 천천히 피어오르고 있었다. 남자들과 다 자란 사내아이들은 그가 있는 산길 뒤편 개울로 내려갔을 것이고, 그들의 주일 복장은 조심스럽게 말려서 나뭇가지 사이에 쐐기처럼 박혀 있을 것이다. 그는 증기선의 객실 출입문 가까이에 모여 있는 한 무리의 남자들을 주시했다. 얼마 후 그들은 안으로 들어가 사슴 가죽과 감나무로 만든 들것에 모케투베를 태우고 나왔다. 나뭇잎 무성한 나무 꼭대기에 몸을 숨긴 그 깜둥이 제물은, 자신의 피할 수 없는 죽음을 내려다보는 심정으로 모케투베를 내려다보았다. 모케투베만큼이나 심오한 표정으로 그는 나직하게 속삭였다. "다음에는 저 사람도 떠날 거야. 15년 전에 죽은 남자처럼 저 사람도 세상을 떠날 거야."

오후가 중간쯤 지났을 때, 그는 인디언 하나와 마주쳤다. 두 사람은 늪에 놓인 통나무 다리 위에 서 있었다. 깡마른 그는 냉담한 표정에 지친 기색 없이 필사적인 모습인 반면, 뚱뚱한 몸집에 유순한 인상의 인디언은 한눈에 보기에도 마지못해 일을 수행하는 것처럼 무기력해 보였다. 인디언은 움직임도 소리도 없이 통나무 위에 서서, 늪으로 뛰어들어 기슭까지 헤엄쳐 가서 덤불 속으로 달아나는 깜둥이를 지켜보았다.

해가 지기 직전 깜둥이는 하류로 떠내려가고 있는 통나무 뒤편에 엎드려 있었다. 천천히 움직이고 있는 통나무 위로 개미들이 한 줄로 이동하고 있었다. 그는 그 개미들을 잡아 무심하게 먹어 치웠다. 마치 저녁 식사에 초대된 손님이 접시에 담긴 짭짜름한 견과류를 집어 먹듯이. 개미들도 맛이 짜서 입안에 지나치게 침이 고였지만, 그는 천천히 씹으며 통나무 위의 나머지 개미들의 행렬을 지켜보았다. 그 행렬은 죽음의 운명을 감지하지 못한 채 일탈 없이 꾸준하게 그에게 다가오고 있었다. 종일 아무것도 먹지 못한 그의 눈동자 가장자리는 벌겋게 충혈되어 있었다. 석양 무렵에는 개울 기슭에서 개구리 한 마리를 발견하고는 그쪽으로 기어갔는데, 묵직하고 느릿한 동작으로 지나가고 있던 독사가 갑자기 그의 팔뚝을 물어 버렸다. 서투른 공격이었지만 그의 팔에 두 개의 면도날이 지나간 듯한 자국이 남았다. 화가 난 그는 사지를 뻗은 채 드러누웠다. 한동안 화를 삭이지 못해 완전히 넋이 나간 듯했다. "잘하셨네요, 할아버지." 깜둥이가 그렇게 말하며 독사의 머리를 만지고는 자신의 팔뚝 상처를 다시 한 번 살펴보는데, 바로 그 순간 또다시 묵직하고 재빠르고 당황스러운 공격이 이어졌다. "정말로 죽고 싶지 않아." 그는 같은 말을 천천히 반복했다. "정말로 죽고 싶지 않다고." 마치 그렇게 말하기 전에는 살고 싶은 자신의 욕망이 얼마나 깊고 넓은지 몰랐다는 듯이, 그의 낮은 목소리는 놀란 기색을 띠고 있었다.

V

　모케투베는 이제 실내화를 신고 있었다. 들것에 비스듬히 기대 누워 오랜 시간 이동하는 동안에는 그것을 신을 수가 없었다. 그저 무릎에 간 사각형의 새끼 사슴 가죽 위에 놓고만 있었다. 물고기 비늘 같은 에나멜 가죽과 버클이 없는 신발 혀와 붉은색 굽을 가진, 이제는 부서질 듯 금이 가고 형체마저 온전치 못한 그 실내화는, 간신히 살아 있는 듯한 비만한 형상 위에 그렇게 고이 얹혀 있었다. 활기 넘치는 사람들은 긴 하루 내내 번갈아 그가 탄 들것을 든 채 지루하게 늪지대와 찔레 숲을 헤쳐 나갔었다. 살육이라는 업무, 그 범죄의 대상을 찾기 위해. 들것에 누운 모케투베는, 살아서는 자신의 불행을 응시했던 죽은 영혼들에 의해 재빨리 지옥으로 실려 가는 듯한 심정이었다.

잠시 휴식을 취한 뒤, 들것은 빙 둘러 앉은 사람들 가운데로 옮겨졌다. 모케투베는 여전히 미동도 하지 않았다. 두 눈은 굳게 감겨 있었고, 잠깐 동안이나마 평온해진 얼굴은 명징한 예지로 가득 차 있었다. 한동안 맨발이었던 그의 크고 보들보들한 수종 걸린 발에, 앳된 소년이 억지로 실내화를 신겨 주었다. 그러자 그의 얼굴에 다시 비극적이며 수동적인, 마치 소화불량 환자 같은 예민한 표정이 떠올랐다. 사람들은 다시 움직이기 시작했다. 타고난 무기력 때문인지 아니면 용기나 의연함 같은 왕다운 덕목 때문인지 흔들리는 들것 안에서도 그는 꼼짝 않고 소리도 내지 않았다. 잠시 후 사람들은 들것을 내려놓고, 땀이 방울방울 맺힌 그의 누렇고 석상 같은 얼굴을 바라보았다. 이제 잠시 후면 '세 바구니' 혹은 '두 부친을 섬겼던 자'라고 일컬어지는 인디언이 '신발을 벗겨라, 명예로우신 분의 발에서'라고 말할 것이다. 그러면 사람들은 실내화를 벗길 것이다. 그래도 모케투베의 얼굴은 변하지 않을 것이며, 그의 숨소리 역시 가늠할 수 없을 것이며, 아아아, 하는 희미한 소리만 파리한 입술을 들락거릴 것이나. 그리고 사람들은 급사들과 추적자들이 올라오는 동안 다시 쪼그려 앉아 있을 것이다.

"아직 못 잡았나?"

"네. 그는 동쪽으로 가고 있어요. 저물녘쯤 티파의 입구에 당도할 테고, 그러면 다시 되돌아오겠죠. 내일이면 녀석을 잡을 수 있을 거예요."

"그러길 바라야지. 쉽진 않겠지만."

"이제 사흘이 지났어요."

"둠께서 돌아가셨을 때도 딱 사흘이 걸렸지."

"하지만 그땐 늙은이였죠. 이번 놈은 젊어요."

"멋진 경주야. 내일 그놈이 잡힌다면, 난 말을 한 필 얻게 되지."

"아마 이기실 거예요."

"그렇겠지. 하지만 이런 일은 유쾌하지 않아."

그날 농장에 음식이 바닥나 버렸다. 그래서 조문객들은 집으로 돌아갔다가 다음 날 더 많은 음식을 가지고 돌아왔다. 일주일 이상 먹고도 남을 음식이었다. 바로 그날부터 이세티베하의 시체에서 냄새가 나기 시작했다. 정오가 가까워져 날씨가 더워지고 바람이 불자, 개울 상류에서 하류까지 먼 길을 오가던 추적자들도 그 냄새를 맡을 수 있었다. 하지만 그들은 그날도, 그다음 날도, 깜둥이를 잡지 못했다. 엿새째 되는 날 해거름에, 급사들이 들것이 놓인 쪽으로 다가와 핏자국을 발견했다면서 말했다. "그자가 다친 것 같아요."

"심하게 다친 건 아니어야 할 텐데." 바구니가 말했다. "수발을 들 수 없는 자를 이세티베하께 바칠 수는 없으니까."

"이세티베하께서 그자를 간호하고 보살피게 해서는 안 되지요." 베리가 말했다.

"아직은 잘 모르겠습니다." 급사가 말했다. "그자가 습지로 숨어 버려 파수꾼을 세워 두었습니다."

사람들은 다시 들것을 들고 걸음을 떼었다. 깜둥이가 들어간 습지는 한 시간 거리에 있었다. 흥분해서 서두르는 바람에 그들은 모케투베의 발에 아직 실내화가 신겨져 있음을 까맣게 잊고 있었다. 습지에 이르렀을 때야 그들은 혼절한 모케투베를 발견했다. 그들이 실내화를 벗기자 그의 의식이 돌아왔다.

어둠이 몰려들자 그들은 각다귀와 모기가 우글거리는 습지 근처에 동그랗게 모여 앉았다. 서쪽 하늘에 낮게 뜬 저녁별이 반짝였고 온갖 별자리들이 그들의 머리 위에서 원을 돌고 있었다. "그에게 시간을 주자구." 그들이 말했다. "내일도 또 다른 오늘이지."

"그래. 그에게 시간을 주자구." 그러고는 그들은 말을 멈추고 습지에 가라앉은 어둠을 응시했다. 잠시 후 어둠 속에서 급사가 나타났다.

"그가 습지에서 달아나려고 했어요."

"자네들이 막았군."

"네, 다시 습지로 들어간 상태예요. 저희 셋은 한동안 무서웠어요. 어둠 속에서 살금살금 기어가는 그의 냄새를 맡고 있는데, 뭔지 모를 다른 냄새도 나서요. 그래서 무서워하고 있는데, 갑자기 그자의 목소리가 들렸어요. 죽여 달라고 하더군요. 주위가 너무 어두워 그자의 얼굴은 보지 못했어요 그는 우리가 맡고 있는 냄새가 이틀 전 뱀에게 물려 부풀어 오른 자기 팔에서 나는 냄새라고 하더군요. 하지만 우리가 맡은 냄새는 그 냄새도 아니었어요. 붓기가 가라앉아 있었거든요. 그자가 우리한테 그 팔을 내밀어서 우리 모두 그 팔을 만져 봤어요. 어린애 것보다 크지 않았어요. 그는 팔을 잘라 버리게 도끼를 달라고 하더군요. 하지만 내일이면 마음이 달라질지 모르잖아요."

"그래. 내일 일은 아무도 모르지."

"그래서 우리가 잠시 당황하고 있는 사이에, 그자가 다시 습지로 돌아가더군요."

"잘했군."

"당황스러웠어요. 추장에게 말해야 할까요?"

"내가 추장을 보고 오지." 바구니가 그렇게 말하고는 자리를 떴다. 급사는 쪼그려 앉아 다시 깜둥이 얘기를 하기 시작했다. 바구니가 돌아왔다. "추장이 잘했다고 하셨네. 이제 자네 자리로 돌아가게."

급사는 자신이 보초를 설 곳으로 천천히 돌아갔고, 나머지 사람들은 들것 주위에 쪼그려 앉아 잠이 들었다. 자정이 지나면서 때때로 그들은 잠에서 깨었다. 어둠을 뚫고 그 깜둥이의 고함 소리와 혼잣말 소리가 들려왔기 때문이다. 새벽이 오자 그 소리는 잠잠해졌다. 하얀 학 한 마리가 날개를 퍼덕이며 날아올라 연황색 하늘을 가로질러 갔다. 바구니가 잠에서 깨어 말했다. "이제 가자. 오늘이 밝았어."

두 인디언이 시끄러운 소리를 내며 습지로 들어갔다. 깜둥이에게 이르기 전에 그들은 걸음을 멈추었다. 노랫소리 때문이었다. 온몸에 진흙을 바른 채 통나무 위에 앉아 노래를 부르고 있는 깜둥이의 모습이 그들의 눈에 들어왔다. 그들은 그의 노래가 끝날 때까지 근처에서 묵묵히 쪼그리고 앉아 있었다. 그는 떠오르는 태양을 향해 얼굴을 돌린 채 자신의 모국어로 노래를 부르고 있었다. 맑게 울려 퍼지는 그 목소리에는 사나움과 슬픔이 배어 있었다. "그에게 시간을 주자구." 인디언들은 그렇게 말하며 참을성 있게 기다렸다. 이윽고 노래가 멈추자 그들은 그에게로 다가갔다. 진흙이 말라붙은 얼굴로 그는 그들을 올려다보았다. 그의 두 눈은 벌겋게 충혈되어 있었고, 각지고 짧은 이빨을 덮은 그의 입술은 갈라져 있었다. 그의 얼굴 위에서 가면처럼 너덜거리는 진흙은, 마치 떨어져 나간 살점처럼 보였다. 그는 왼팔을 가슴 높이로 들고 있었는데, 검은 진흙이 달라붙은 팔꿈치 아래쪽은 형체를 알아볼 수 없었다. 그들은 그에게서 나는 코를 찌르는 악취를 맡을 수 있었다. 그는 계속 팔을 든 채, 한 인디언이 자신의 몸에 손을 댈 때까지 조용히 그들을 지켜보았다. "가지." 인디언이 말했다. "여태 훌륭하게 도망 다녔으니 수치스러워하지 말게나."

VI

그들이 농장 근처까지 왔을 때 희미하게 아침이 밝기 시작했다. 그때부터 깜둥이는 눈알을 굴리기 시작했는데, 마치 말의 눈알처럼 보였다. 밥 짓는 아궁이에서 나오는 연기가 마당과 증기선 갑판 위에 쪼그려 앉은, 밝고 뻣뻣하고 화려한 옷을 차려입은 여자들과 아이들과 노인들의 머리 위를 지나갔다. 급사들이 이세티베하의 시신은 물론 그의 말과 개까지 추장의 처소에서 멀리 떨어진 곳에 파놓은 무덤가로 옮긴 상태였지만, 처소에 모여 있는 사람들도 시신 냄새를 맡을 수 있었다. 모케투베가 들것에 실려 비탈을 올라가자 사람들도 무덤으로 향하기 시작했다.

그들 중 깜둥이의 키가 가장 커서, 진흙이 묻은 그의 머리통이 사람들 위로 불쑥 솟아 있었다. 엿새 동안의 필사적인 도주에 지친 듯 그는 숨을 쉬는 것도 어려워 보였다. 행렬의 속도는 느렸지만, 그의 가슴은 가쁘게 오르내리고 있었다. 또한 그는 마치 장님처럼 계속 눈알을 굴려 대고 있었고, 흰 이빨을 드러내며 입을 벌리고 있었다. 그의 기친 숨소리가 더욱 커지자 사람들은 걸음을 멈추고 뒤를 돌아보았다. 그들의 손에 고기 조각이 쥐어져 있는 것을 보자, 깜둥이는 거칠고 주눅 든 눈동자를 더욱 쉴 새 없이 굴렸다.

"우선 요기를 좀 하겠나?" 바구니가 물었다. 그는 두 번이나 똑같은 질문을 해야 했다.

"예, 그래요. 뭘 좀 먹고 싶어요."

행렬은 다시 추장의 처소로 방향을 틀었고, 입에서 입으로 이런 말이 퍼지기 시작했다. "그가 우선 요기를 하려나 봐."

증기선에 도착하자 바구니가 말했다. "앉게나." 깜둥이가 갑판 가장자리에 앉았다. 그는 여전히 숨을 몰아쉬고 있어 가슴이 오르내렸으며, 눈동자는 쉼 없이 이편에서 저편으로 움직였다. 그는 시력을 싱실했기 때문이 아니라 모든 희망이 사라졌기 때문에 아무것도 볼 수 없는 상태였다. 그는 입안으로 음식을 넣고 씹어 댔다. 하지만 그저 씹기만 했지 삼키지는 못했다. 입에서 빠져나온 반쯤 씹힌 음식이 턱과 가슴으로 흘러내려, 한동안 그는 씹는 것을 멈추고 그냥 앉아 있었다. 벌거벗은 몸은 진흙에 덮여 있었고, 무릎에는 음식이 담긴 접시가 놓여 있었으며, 씹던 음식들로 가득 찬 입은 벌어져 있었고, 커다란 눈은 쉼 없이 희번덕거렸다. 사람들은 가쁘게 숨을 몰아쉬는 그를 묵묵히 지켜보며 끈질기게 기다렸다.

"이제 가지." 바구니가 말했다.

"물 좀 주세요." 깜둥이가 말했다. "물을 마시고 싶어요."

우물은 흑인 거주 지역 쪽 비탈길 아래에 있었다. 그 비탈길에 한낮의 그림자가 드리워지는 시간이, 그 깜둥이에겐 평화의 시간이었다. 이세티 베하가 점심 식사를 기다리며 조는 시간부터 점심을 먹고 다시 긴 잠에 든 시간까지가. 그 시간이면 그는 부엌 문가에 앉아 음식을 준비하는 여자들과 수다를 떨곤 했다. 그녀들은 저녁 짓는 연기가 까만 인형 같은 아이들 위로 지나갈 때까지 그 조용하고 평화로운 골목길 맞은편의 누군가와 이야기를 나누곤 했었다.

"가지." 마침내 바구니가 말했다.

껑충한 키의 깜둥이가 두 인디언들 사이에 끼어 걸음을 떼자, 조문객들도 이세티베하와 말과 개가 기다리고 있는 곳을 향해 움직이기 시작했다. 깜둥이는 쉴 새 없이 머리를 움직이고 가슴을 들썩이며 걸었다. "아, 물 마시고 싶다고 했지?" 바구니가 말했다.

"네." 깜둥이가 그렇게 대답하며 추장의 처소와 흑인 거주 지역을 내려다보았다. 오늘은 그 어디에도 밥 짓는 연기가 보이지 않았고, 문가에 보이는 얼굴도 없었으며, 골목에서 헐떡이는 아이들도 없었다. "여기를, 이 팔뚝을 물었어요. 한 번, 두 번, 세 번이나. 그래서 내가 '잘했어요, 할아버지'라고 말했어요."

"이제 가지." 바구니가 말했다. 깜둥이가 다시 걸음을 뗐다. 무릎을 들어 올리는 그의 자세는 마치 쳇바퀴를 굴리고 있는 것 같았다. 그의 눈은 여전히 말의 그것처럼 희번덕거리고 있었다. "아 참, 물을 마시고 싶다고 했지?" 바구니가 말했다. "이제 마시게나."

사람들이 우물에 있는 바가지로 물을 퍼서 그에게 건네주었다. 그는 여전히 눈을 희번덕거리며 그 바가지를 진흙이 말라붙어 있는 얼굴 쪽으로 기울였다. 그의 목울대가 움직이자 바가지 양쪽에서 새어 나온 물이 턱과 가슴으로 떨어졌다. 그 물길이 멈추자 바구니가 말했다. "가지."

"잠깐만요." 그는 이번에는 자신이 직접 물을 퍼 눈알을 굴리며 바가지를 얼굴 쪽으로 기울였다. 그의 목울대가 움직이자 삼켜지지 못한 물이 턱 아래로 흘러내렸다. 사람들은 참을성 있게, 엄숙하게, 점잖게, 인정사정없이 기다렸다. 조문객들이나 종친들이나 유복친들이나. 그의 가슴에 더 이상 물이 흘러내리지 않는데도 그는 빈 바가지를 더욱 기울였다. 그의 검은 목이 얼마 남지 않은 물을 필사적으로 삼키고 있을 때, 그의 가슴에 묻어 있던 진흙이 발밑으로 떨어져 부서졌다. 텅 빈 바가지 안에서 그의 가쁜 숨소리가 새어 나왔다. 학 ― 학 ― 학 ―.

"가지." 바구니가 그렇게 말하며 깜둥이가 들고 있던 바가지를 우물가에 내려놓았다.

곰
The Bear

I

한 남자가 있었고, 이번엔 개도 한 마리 있었다. 곰 올드벤과 분 호건벡까지 치면 두 마리의 야수와 두 명의 남자가 있는 셈이었다. 분은 샘 파더스와 일정 부분 혈통의 유사성을 가지고 있긴 하지만 어디까지나 분의 몸에 흐르는 건 평범한 부족민의 피였으며, 오염되지 않은 순수함을 지닌 것은 샘과 올드벤, 그리고 잡종견 라이언뿐이었다.

소년은 열여섯 살이었다. 지난 6년 동안 그는 한 남자를 스승으로 모시며 사냥술을 배웠다. 그 세월 동안 그는 최고의 이야기를 들었다. 황야에 대한, 그 어떤 문서에 기록된 땅보다 더 오래된 크고 울창한 숲에 대한 이야기였다. 그것은 그 땅을 자신이 구입했다고 믿을 정도로 얼빠진 어느 백인 남자, 그 땅이 자신에게 불하된 것이라고 우길 만큼 무모한 어느 인디언, 역시 그 땅이 자기 것이 아니란 걸 알면서도 자기 것이라고 우긴 드 스페인 소령, 역시 자신의 것이 아니란 걸 잘 알면서도 그 땅을 드 스페인 소령에게 넘긴 늙은 토머스 서트펜, 또한 역시 자기 것이 아니란 걸 알면서도 그 땅을 늙은 서트펜에게 넘긴 치카소 족 인디언 추장 이케모투베보다 더 나이 든 황야에 대한 이야기였다. 또한 그것은 남자들에 대한, 백인도 흑인도 붉은 피부의 소유자도 아닌 그저 남자들에 대한, 의지와 견뎌 내는 배짱과 겸손과 생존의 기술을 가지고 있는 사냥꾼들에 대한 이야기이기도 했으며, 또한 그들과 나란히 있을 때 더욱 도드라져 보이는 사냥개와 곰과 사슴 들이 황야의 내부에서 규제되고 강요되는, 어떤 후회도 자비도 허용되지 않는 태고로부터 내려온 엄격한 규율에 따라 벌이는 끊임없는 투쟁에 관한 이야기, 즉 최고의 사냥, 최고의 호흡, 최고의 경청에 대한 이야기였다. 그 이야기는 도시의 집 서재나 농장 사무실 벽에 걸린 총과 짐승의 머리와 가죽 같은 확실한 전리품들 사이에서, 혹은 (가장 멋진 경우로) 여전히 온기가 남아 있는 고기를 통째로 걸어 놓은 야영지 오두막의 통나무가 타오르는 난롯가에서, 오두막이나 난로가 없다면 길게 펼쳐 놓은 방수포 앞 타오르는 장작더미에서 솟구치는 연기를 마셔 가며 낮고 묵직하고 신중한 목소리로 읊조리는 사냥꾼들의 꼼꼼한 회상기와 추억담이었다. 그런 장소에는 늘 술병이 놓여 있었기에, 소년의 눈에는 여자나 소년이나 어린아이는 못 마시는, 오직 사냥꾼들만 마시는 그 갈색 술 안에, 가슴과 두뇌와 용기와 교활함과 스피드가 멋지고 격렬하게 뒤얽히는 사냥의 순간이 정제되어 있는 것처럼 보였다. 그 술은 그들이 쏟아 낸 피가 아니라 불멸하는 야생의 영혼이 고인 것, 또한 그 야생에서 요령과 힘과 스피드라는 미덕을 얻으려는 이교도의 용렬하고 근거 없는 바람에서 마시는 것이 아니라, 그 미덕을 찬양하며 정중하게, 심지어 겸허하게 마시는 음료처럼 보였다. 그리하여 열여섯 살 12월의 아침을 위스키로 시작하는 것은, 소년에게는 자연스럽고도 아주 적합한 일로 여겨졌다.

　모든 것이 아주 오래전에 시작됐다는 것을 소년은 뒤늦게야 깨달았다. 그 모든 것은 그의 나이가 두 자리 수가 된 지 얼마 되지 않았던 어느 날, 겸손과 인내심만 갖춘다면 혼자 힘으로 황야의 사냥꾼이라는 명성과 지위를 얻을 수 있을 거라며 사촌형 매캐슬린이 처음으로 그를 깊은 숲 속 야영지로 데려갔을 때 이미 시작되었다. 그리고 그는 그때 이미 거의 100평방마일이나 되는 영역 안에서 마치 살아 있는 인간처럼 스스로의 힘으로 하나의 명확한 이름을 얻은, 덫에 걸려 한쪽 발이 일그러진 우람한 늙은 곰을, 한 번도 직접 본 적은 없는 그놈을 알고 있었다. 놈이 곡물 창고를 부수고 들어가 안을 들쑤셔 놓고, 새끼 돼지는 물론 다 자란 돼지와 송아지까지 숲으로 끌고 가 게걸스럽게 먹어 치우고, 덫과 올가미를 헤집어 놓고, 개들을 찢어 죽이고, 놈의 코앞에서 산탄총이나 소총을 쏴도 마치 어린애가 대롱으로 발사한 완두콩 같은 효과밖에 없다는 얘기가 오래된 전설처럼 떠돌았다. 빠르지는 않지만 무자비하고 맹렬하게 돌진하는 거대한 그 털북숭이가 남긴 파괴의 잔해로 이루어진 회랑은 소년이 태어나기도 전에 이미 만들어져 있었기에, 놈의 모습은 놈과 마주치기 전부터 이미 소년의 뇌리에 박혀 있었다. 인적 없는 숲에서 놈의 일그러진 발자국을 발견하기 전에도, 소년의 꿈속에는 이미 놈의 모습이 우뚝 솟아 있었다. 붉은 눈알의 그놈이 악의를 가지고 있어서라기보다는 그저 너무도 커서, 그 앞에선 개들도 으르렁거리지 못했고 말들도 놈을 밟아 뭉개려 하지 못했으며 총도 아무 소용이 없었다.

놈의 덩치는 그 드넓은 숲조차 좁게 여겨질 만큼 컸다. 소년은 자신의 감각과 두뇌로는 도저히 아우르지 못하는 사실을, 황야가 불행한 운명을 맞게 되리라는 사실을, 직감적으로 알아차리고 있었다. 황야라는 이유로 그 땅은 이미 쟁기와 도끼를 든 두려움에 찬 인간들에 의해 변방부터 끊임없이 야금야금 뜯어먹히고 있었다. 그 땅에서 늙은 곰은 이름을 얻었지만, 정작 거기 사는 무수한 인간들은 서로의 이름을 모른 채 살아가고 있었다. 그런 황야에 사는 곰은 언젠가는 죽게 되어 있는 한 마리 짐승일 뿐 아니라 오래전에 죽어 버린 시간을 달리고 있는 시대착오적인 천하무적 불굴의 용사였다. 황야는 그 자체로 지난 야생의 시대를 극단적으로 표현하고 있는 환영이자 전범이었다. 그 커다란 황야에 비하면 코끼리 발목 높이밖에 오지 않는 피그미 족 같은 인간들이, 분노 어린 공포로 그 땅을 마구 훼손하고 있었다. 그곳에 늙은 곰이 있었다. 놈은 새끼도 없이 홀아비로 살아가는, 죽음조차 면제받은, 외롭지만 무엇에도 굴하지 않는 존재였다. 늙은 아내를 빼앗기고도 자신의 모든 자식들보다 오래 살아남았던 트로이의 왕 프리아모스처럼.

아직은 어린아이에 불과해서 사냥꾼의 일원이 되려면 앞으로 3년, 2년, 이제 1년 하며 손가락을 꼽던 시절, 소년은 해마다 11월이면 사촌 형 매캐슬린과 테니의 아들 짐과 샘 파더스가 마차에 사냥개들과 침구류와 식량과 총기들을 싣고 울창한 삼림지대 빅바텀으로 출발하는 모습을 지켜보곤 했다(훗날 샘은 아예 그 야영지로 거처를 옮겼다). 소년의 눈에 그들은 곰이나 사슴을 죽이러 사냥을 떠나는 게 아니라, 그저 곰과 연례 상견례를 치르러 가는 것처럼 보였다. 2주쯤 지나면 그들은 어떠한 노획물도 가죽도 없이 돌아오곤 했다. 소년도 그런 것을 기대하지 않았다. 그들이 마차에 곰이 아닌 다른 짐승의 가죽이나 머리를 싣고 돌아오지나 않을까 우려해 본 적도 없었다. 그는 3년 뒤, 2년 뒤, 1년 뒤엔, 자신이 지금처럼 되어 있을 거라고, 자신의 총으로 곰을 쓰러뜨릴지도 모른다고 중얼거려 본 적도 없었다. 그저 숲에서 견습 기간을 충실히 마치고 나면 사냥꾼이 될 자격 정도는 갖추게 될 거라고, 일그러진 곰 발자국을 찾아보라는 지시 정도는 받을 수 있을 거라고 여길 뿐이었다. 그리고 그때조차 자신은 11월에 2주 동안 치러지는 늙은 곰의 맹렬한 불멸을 기념하는 연례 야외극 행사에서 사촌형, 드 스페인 소령, 콤슨 장군, 월터 유얼, 분, 겁을 먹어 으르렁거리지도 못하는 사냥개들, 곰을 피 흘리게 하지 못하는 엽총과 소총과 더불어 또 한 명의 사소한 등장인물에 지나지 않으리라 생각하고 있었다.

마침내 소년에게도 때가 왔다. 사촌형과 드 스페인 소령과 콤슨 장군과 함께 4인용 사륜마차에 탄 채, 아직은 빙점을 상회하는 11월의 빗줄기 사이로 훗날 늘 보게 되고 마침내 뇌리에 각인될 황야를 보게 된 것이다. 한 해가 저물어 가는 11월의 해거름 녘에 바라보는, 끝없이 늘어선 높다란 장벽 같은 울창하고 어두컴컴한 숲은, 도저히 뚫고 들어갈 수 없을 것 같았다. (마차를 탄 샘이 그 숲 안에서 기다리고 있다는 사실을 알고 있음에도 불구하고, 소년은 그 안으로 어떻게 들어가야 할지 전혀 감이 잡히지 않았다.) 태초의 옆구리를 야금야금 파먹어 들어간 인간들의 마지막 흔적이 남겨진 개활지의 끝, 그 빈 줄기만 남은 면화와 옥수수 사이를 빠져나가다가는 우스꽝스럽게 오그라들 것 같아 주눅이 들어 멈춘 듯한 사륜마차는, 끝도 없이 펼쳐진 광활한 바다 위에서 흔들리고 있는 고독한 작은 배 같았다(물론 소년은 바다라는 것을 몇 년 뒤 더 자라서야 보게 된다). 하지만 숲은 조금씩 소년을 받아들였다. 조금씩 육지로 다가간 배를 마침내 받아 주는 항구처럼. 샘은 콧김을 내뿜는 참을성 많은 노새들 뒤편 마부석에, 누비 담요를 두른 채 앉아 있었다. 소년은 샘의 도움을 받아 토끼 같은 조그마한 짐승들을 쫓으며 남성으로서의 수습 과정을 시작했듯이, 진정한 남성이 되기 위한 수련기도 샘과 함께 그렇게 시작한 것이었다. 샘은 자신이 두르고 있는 깜둥이들이나 쓰는 허접한 누비 담요를 소년에게도 걸쳐 주고는, 마차를 몰기 시작했다. 10야드 앞까지는 존재하지도 않았던 길이 갑자기 꿈처럼 열리며 그들을 소리도 없고 빛도 없는 공간으로 나아가게 하는 듯했다.

그 순간, 그 열 살짜리 소년은 자신의 탄생을 목격하고 있는 듯한 느낌을 받았다. 그다지 낯설지 않은, 이전에 꿈속에서 경험한 모든 일을 현실에서 다시 겪고 있는 것 같았다. 드디어 야영지가 보였다. 거기 서 있는 방갈로는 봄이 되어 강물이 높아져도 잠기지 않도록 기둥 위에 지어져 있는, 여섯 개의 방을 갖춘 페인트칠이 안 된 건물이었다. 하지만 소년은 야영지를 보기 전에도 그것이 어떻게 생겼는지 벌써 알고 있었다. 소년은 그 방갈로 안에 짐을 풀면서 자신만의 정돈된 무질서를 빠르게 세워 나갔는데, 그 몸놀림이 얼마나 익숙한지 마치 그런 상황을 예견한 듯했다. 그 후 2주 동안 소년은 조잡하고 급조된 음식을 먹었다. 모양도 잡히지 않은 시큼한 빵이나 전에는 냄새조차 맡은 적 없던 사슴, 곰, 칠면조, 너구리 같은 야생동물 고기를 먹었다. 그것들은 사냥꾼으로 시작해서 나중엔 요리사도 겸하게 된 남자들이 먹고 만드는 요리였다. 소년은 다른 사냥꾼들처럼 시트도 없이 거친 담요 안에서 잠이 들었다. 그리고 매일 잿빛의 여명 속에서 샘 파더스와 함께 자신들에게 할당된 감시대에 섰다. 짐승들이 지나다니는 길목에 세워진 그곳은, 짐승들이 가장 잡히지 않는 불리한 곳이었다. 하지만 그것 역시 소년은 예상했었다. 처음부터 사냥개가 달려가는 소리를 들을 수 있으리라고는 감히 희망하지도 않았다. 그러다 세 번째 아침을 맞았을 때, 그는 그 소리를 들었다. 어디서 나는지는 잘 알 수 없는, 분명치 않은 으르렁거리는 소리를. 처음 들어 보는 소리였지만, 소년은 그것이 수많은 개들이 일제히 달려나가는 소리임을 단번에 알 수 있었다. 그는 그 으르렁거리는 소리들 속에서 사촌형의 개 다섯 마리 소리를 구별해 낼 수 있었다. "자, 이제," 샘이 말했다. "총을 약간 비스듬하게 들고 공이치기를 뒤로 당긴 채 가만히 서 있어."

하지만 아직은 소년의 때가 아니었다. 그는 바로 일주일 전에 열 살이 된 어린 소년이었지만, 겸손과 인내심이 필요함을 알고 있었다. 상황은 찰나에 끝났다. 푸르스름한 연기 색깔의 수사슴은 몸을 쭉 뻗으며 달아나 버렸고, 개들이 짖는 소리도 멀리 사라져 버렸다. 하지만 숲의 잿빛 고독은 여전했다.

어두컴컴한 숲과 흐릿한 아침 햇살을 가르며 두 발의 총성이 울렸다. "이제 공이치기를 도로 올려." 샘이 말했다.

그는 시키는 대로 하고는 말했다. "할아버지도 아셨죠?"

"제때 총을 쏘지 못했을 땐 어떻게 해야 하는지 배워야 해. 곰이든 사슴이든 잡을 기회를 놓치면 사람이나 개가 죽을 수도 있거든."

"어쨌든 그놈은 아니라는 걸 아셨잖아요. 다른 곰도 아니었고요. 사슴이었어요."

"그래." 샘이 말했다. "사슴이었지."

둘째 주로 접어든 어느 날 아침, 소년은 다시 개들이 짖어 대는 소리를 들었다. 이번엔 샘의 말이 떨어지기도 전에, 아주 길고 무거운 성인용 총을 그가 가르쳐 준 대로 해놓았다. 전과 달리 소리가 아주 희미한 것으로 보아 개들과 사슴이 지난번만큼 가깝게 있지는 않다는 것을 알았음에도 불구하고. 바로 그때, 먼저 공이치기를 당겨 놓고 사방이 가장 잘 보이는 곳에서 꼼짝하지 말고 있으라고 가르쳐 준 샘이 그의 곁으로 다가왔다. "자, 들어 봐." 그가 말했다. 소년은 귀를 기울였다. 그것은 떠다니는 냄새를 쫓아 일제히 힘차고 빠르게 달려가는 개들의 소리가 아니었다. 한 옥타브 높게 혼란스럽게 울부짖는, 망설임이나 비굴함 이상의 무언가가 담겨 있는, 소년으로서는 아직 알 수 없는 무언가가 깃들어 있는 소리였다. 히스테리나 절망의 극한에 이르러 비애에 잠긴 인간이 내는 목소리를 닮은 그 소리는 사라지기까지 오랜 시간이 걸렸으며, 사라진 후에도 가느다란 메아리를 남겼다. 이번에는 소리 이전에 연기 색깔의 형체가 도망치는 것을 볼 수 없었던 소년은, 자신의 어깨에 닿는 샘의 숨소리를 들었다. 그 늙은 남자는 아치 모양으로 벌어진 콧구멍으로 숨을 들이마시고 있었다.

"올드벤이야!" 그가 낮은 소리로 외쳤다.

샘은 소리가 잦아든 쪽으로 천천히 고개를 돌릴 뿐 꼼짝하지 않았고, 그의 콧구멍은 아치를 그렸다 무너뜨렸다 하며 얕은 숨을 계속 몰아쉬고 있었다. "하아," 하고 그가 입을 열었다. "뛰지도 않아. 걷고 있어."

"하지만 여기까지 왔어요!" 소년이 소리를 질렀다. "여기까지요!"

"놈은 해마다 그러지." 샘이 말했다. "전에 애시랑 분이 말하더군. 놈이 여기까지 오는 건 어린 곰들에게 도망치라고, 사냥꾼들이 떠날 때까지는 여기 있지 말라고 경고하기 위해서라고. 정말 그럴지도 모르지." 소년의 귀에는 더 이상 아무 소리도 들리지 않았지만 샘은 계속 천천히 머리통을 돌렸고, 마침내 소년의 눈엔 그의 뒤통수만 보였다. 샘은 다시 고개를 돌려 소년을 내려다보았다. 그 얼굴은 웃음을 머금을 때를 제외하곤 무표정하고 심각한, 소년이 익히 알고 있는 얼굴이었으며, 방금 전까지 그 늙은 남자의 눈에 깃들어 있던 어둡고 사나운 열정과 오만의 빛은 서서히 잦아들고 있었다. "놈은 개나 사람은 물론 다른 곰들도 상관 안 해. 그저 누가 여기 왔는지, 올해는 어떤 새로운 자가 야영지에 나타났는지, 그자가 총은 제대로 쏠 수 있는지, 계속 여기 머무를 수 있는 자인지 아닌지, 그리고 사람이 총을 가지고 올 때까지 왈왈거리며 자기를 붙잡아 놓을 수 있는 개가 있는지 없는지를 보려고 온 거야. 놈은 곰들의 왕이니까, 족장이니까." 이제 빛이 완전히 잦아든 그의 눈은, 소년이 알고 있는 평소의 눈으로 돌아와 있었다. "놈은 개들이 강까지 쫓아오도록 내버려 둘 거야. 그러고는 집으로 돌려보낼 거야. 우리도 가는 게 좋겠어. 개들이 어떤 꼴을 하고 야영지로 돌아오는지 보자고."

그러나 개들이 먼저 돌아와 있었다. 소년과 샘은 쪼그리고 앉아 컴컴한 주방 아래쪽을 들여다보았다. 거기 개 열 마리가 찍소리도 못하고 웅송그리고 있었다. 어둠 속에서 눈알을 굴리고 있던 개들의 눈에서 빛이 사라지자 소년은 그때까지 한 번도 맡아 본 적 없는, 개나 다른 짐승의 냄새와는 다른 악취를 맡을 수 있었다. 오후가 한창일 무렵 열한 번째 사냥개가 돌아왔고, 샘이 그 암캐의 너덜거리는 귀와 상처 난 어깨에 테레빈유와 차축에 바르는 윤활유를 발라 주었다. 소년과 테니의 아들 짐은 주눅이 들어 낑낑거리지도 못하며 떨고 있는 그 개를 내려다보았다. 처참하고 고통스럽게 짖어 댔던 사냥개들 앞에는 고독과 야생을 제외하고는 생명이라고 아무것도 없었을 테니, 개들이 몸에 묻혀 온 악취는, 잠깐 몸을 숙여 암캐의 오만함을 가볍게 토닥거려 준 왕아의 냄새일 것이라고 소년은 생각했다. "딱 사람 같아." 샘이 말했다. "사람 같다고. 이 암캐는 용감해져야 자신이 계속 개로 불릴 수 있다는 걸 알았던 거야. 그래서 어떤 일이 벌어질지 알았으면서도 용기를 냈던 거야."

　언제인지 몰라도 샘은 사라져 버렸다. 소년이 알아차렸을 때는 그가 떠난 후였다. 그로부터 사흘 동안 아침에 일어나 식사를 하고 나와도, 샘은 기다리고 있지 않았다. 그래서 소년은 혼자 감시대까지 가서 샘이 가르쳐 준 대로 서 있었다. 사흘째 아침, 소년은 개들이 냄새를 쫓아 빠른 속도로 맹렬하게 달려 나가는 소리를 다시 들을 수 있었고, 배운 대로 총의 공이치기를 당겼다. 하지만 사냥꾼들이 휩쓸고 지나가는 소리를 듣고만 있었다. 그로선 아직 준비가 되어 있지 않았기 때문이었다. 인내와 겸손으로 자신의 모든 생애를 황야에 바치겠다는 결심을 했음에도 불구하고, 2주라는 턱없이 짧은 시간 안에 그 준비를 마칠 수는 없었기 때문이었다. 그는 다시 한 발의 총성을, 상황을 집약해 알려 주는 월터 유얼의 소총에서 만들어진 단발음을 들었다. 이제 남의 도움 없이 감시대를 찾아가고 야영지로 돌아올 수도 있는 그는, 혼자서 사촌형이 준 나침반을 사용해 수사슴을 잡아 놓고 기다리고 있는 월터에게 가보기로 했다. 그곳에 도착하니, 개들은 월터가 던져 준 사슴 내장에 와글거리며 몰려 있었다. 말을 타고 온 드 스페인 소령과 테니의 아들 짐을 빼고는, 소년이 가장 먼저 도착한 것이었다. 심지어 피 냄새도 곰 냄새도 아랑곳하지 않는다는 외눈박이 노새에 탄 애시 영감이 도착하기도 전이었다.

　그런데 그 노새를 타고 온 것은 애시 영감이 아니라 샘이었다. 샘이 돌아온 것이었다. 샘은 소년이 식사를 다 마칠 때까지 기다렸다가, 소년을 그 외눈박이 노새에 태우고는 자신은 다른 노새에 탔다. 그러고는 둘은 빠르게 어두컴컴해지는 오후를 뚫고 길도 바큇자국도 없는 곳을 지나 세 시간을 넘게 달려갔고, 마침내 소년은 이제껏 본 적 없는 전원의 영역 속으로 들어섰다. 그제야 소년은 샘이 왜 피 냄새에도 야생동물 냄

164

새에도 동요하지 않는 외눈박이 노새에 자신을 태웠는지 이해할 수 있었다. 샘이 탄 멀쩡한 노새는 갑자기 걸음을 멈추더니, 샘이 내린 뒤에도 뱅글뱅글 맴을 돌며 달아나려 했다. 샘이 고삐를 틀어쥐고 부드러운 목소리로 구슬려도, 녀석은 매어 놓기도 힘들 정도로 몸을 비틀어 대며 마구 날뛰었다. 하지만 성하지 않은 노새는 소년이 땅으로 내려올 때까지 가만히 서 있었다. 바로 그때, 그 사위어 가는 겨울 오후에, 소년은 견고하고 육중한 원시림의 어둠 속에서 썩은 통나무에 새겨진 흉측한 발톱 자국과, 그 옆의 축축한 흙 속에 찍힌 발가락이 두 개밖에 없는 일그러진 거대한 발자국을 발견했다. 소년은 샘 곁에 서서 그것을 말없이 내려다보았다. 그제야 소년은 그날 아침 숲에서 들려온 사냥개들 소리 속에 깃들어 있던 것이 무엇이었는지, 주방 아래쪽에서 냄새를 풍기며 옹송그리고 있던 개들의 몸속에 있던 것이 무엇이었는지 알 수 있었다. 그것은 자기 안에도 있는, 짐승인 개의 몸속에 있는 그것과 그리 다르지 않은, 열망을 소극적으로 만들어 버리는 그 무엇이었다. 그것은 의심이나 공포와는 달랐다. 시간이 무화되어 버린 숲에서 느껴지는 그것은, 자신의 연약함과 무력함, 즉 비굴함이었다. 갑자기 입안에 쇳내 나는 침이 고이며 머릿속인지 배 속인지가 순식간에 딱딱하게 오그라드는 것 같았는데, 중요한 것은 그것이 아니라 그 순간 깨달아진 사실이었다. 언제부터인가 자신의 귓전에서 달리는 소리를 내고 자신의 꿈속에도 나타나던, 또한 사촌형과 드 스페인 소령과 연로한 콤슨 장군의 귓전에서도 달리는 소리를 내고 그들의 꿈속에도 나타났음에 분명한 그 곰이, 언젠가는 반드시 죽는 한 마리 동물에 불과하다는 사실이었다. 그들이 해마다 11월이면 사냥을 나가면서도 정말로 곰을 죽이려는 의도는 없었던 것은, 곰이 죽지 않는 존재라서가 아니라 그들 스스로가 놈을 죽일 수 있다는 희망을 품지 못했기 때문임을, 소년은 처음으로 알게 되었다. "내일 해요." 소년이 말했다.

"내일 시도해 보자는 말이냐?" 샘이 말했다. "우리한텐 아직 개가 없어."

"열한 마리나 있잖아요." 소년이 말했다. "월요일엔 녀석들이 그 곰을 쫓기도 했잖아요."

"그래, 넌 그 소리를 들었지." 샘이 말했다. "보기도 했고. 하지만 아직 우리한텐 개가 없어. 딱 한 마리면 되는데, 그게 없단 말이야. 어쩌면 그런 개는 어디에도 존재하지 않을지도 몰라. 놈을 잡을 수 있는 유일한 다른 방법은, 놈이 총을 제대로 쏠 줄 아는 누군가에게 우연히 달려드는 거야."

"그 누군가가 저는 아니겠죠." 소년이 말했다. "월터 아저씨거나 소령님, 아니면……"

"그럴 수도 있겠지." 샘이 말했다. "내일 단단히 살펴봐라. 놈은 영리해. 그래서 이렇게 오랫동안 목숨이 붙어 있는 거야. 놈이 만약 포위를 당해 누군가를 집어 던져야 한다면, 놈은 널 선택할 거다."

"왜요?" 소년이 말했다. "놈이 날 어떻게 알고……" 소년은 거기서 말을 멈추었다. "할아버지 말씀은 놈이 벌써 절 알고 있다는 건가요? 제가 빅바텀에 처음 왔다는 걸, 아직 어디에 자리를 잡아야 하는지조차 모르……" 소년은 다시 말을 멈추고는 샘을 바라보았다. 약간 풀이 죽었을 뿐, 그리 놀란 건 아니었다. "놈이 살펴보고 있었던 게 저였군요. 여러 번 지켜볼 필요도 없었겠죠."

"내일 정신 바짝 차리고 지켜봐." 샘이 용기를 주었다. "이제 야영지로 돌아가는 게 좋겠다. 더 어두워지면 돌아가는 데 더 오래 걸릴 테니까."

다음 날 아침 그들은 보통 때보다 세 시간 일찍 출발했다. 이번에는 자칭 야영지 전문 요리사인 애시 영감도 함께였다. 그는 드 스페인 소령이 이끄는 사냥꾼 일행을 위해 요리를 하는 걸 제외하면 하는 일 없이 그저 황야에 서 있기만 했었다. 그러다가 2주 전만 해도 황야를 본 적도 없던 소년조차 사냥개의 찢어진 귀와 상처 난 어깨, 땅바닥에 찍힌 일그러진 곰 발자국에 다른 사람들과 같은 반응을 보이자 자기도 따라나선 것이었다. 그들은 걸어서 이동하지 않았다. 걷기엔 너무 먼 거리였다. 마차에는 소년과 샘, 그리고 애시 영감이 사냥개들과 함께 탔고, 소년의 사촌형과 드 스페인 소령, 콤슨 장군과 분, 월터와 테니의 아들 짐은 각각 짝을 지어 말에 탔다. 2주 전 첫날 아침에 그랬듯이 잿빛 새벽 햇살 속에서 샘은 소년에게 한 감시대를 가리키며 거기 서 있으라고 했고, 자신은 다른 곳으로 떠나 버렸다. 소년에게 지급된 총은 너무 컸다. 소년이 가질 수 있다고 꿈도 못 꿨던, 드 스페인 소령 소유의 뒤로 장전하는 후장총이었다. 소년은 이곳에 도착한 첫날 딱 한 번, 총의 반동을 배우고 총알을 재장전하는 법을 익히려고 그 총에 종이 총알을 장전해 나무 그루터기를 쏘아 본 적이 있었다. 바로 그 총을 들고 소년은 커다란 유칼립투스를 등진 채로 서 있었다. 그 나무 옆에는 등나무 숲에서 흘러나와 작은 빈터를 가로질러 다시 등나무 숲으로 흘러드는, 검고 고요한 늪의 지류가 있었다. 등나무 숲에서 흑인들이 '주 하느님 새'라고 부르는 커다란 딱따구리가 죽은 나무를 쪼아 대는 소리가 들려왔다. 소년이 지금 서 있는 감시대는 2주 동안 매일 아침 익숙해진 감시대의 장소만 다를 뿐, 그 외의 것은 다를 바가 없었고 느껴지는 외로움과 고립감도 똑같았다. 그곳은 샘 파더스의 치카소 족 시조가 몽둥이와 돌도끼, 뼈 화살을 들고 처음 들어와 주위를 살펴본 이래 아무것도 달라진 것이 없었다. 약하고 겁 많은 인간들은 그곳의 무엇 하나 바꾸어 놓지 못했다. 자국이나 홈집 하나 내지 못했다. 다만 지금 달라진 점이 있다면 그곳에 소년이 있다는 사실이었다. 주방 아래쪽에 잔뜩 풀이 죽어 옹송그리고 있던 개들의 냄새를 맡은, 샘의 말대로 개로 불리기 위해 한 번은 용감해져야만 했던 암캐의 너덜거리는 귀와 옆구리를 본, 그리고 썩은 통나무 옆에 찍힌 곰의 발자국을 본 소년이 있다는 사실이었다. 소년의 귀에 사냥개 소리는 전혀 들리지 않았다. 분명 아무 소리도 들리지 않았다. 딱따구리가 나무를 쪼는 소리도 이젠 멈춰 있었다. 그제야 소년은 곰이 자신을 보고 있다는 것을 깨달았다. 보이지는 않았지만, 놈이 등나무 숲속이나 자신의 뒤에서 자신을 지켜보고 있음을 소년은 알 수 있었다. 개들이 옹송그리고 있던 주방 아래쪽을 들여다봤을 때처럼 다시 쐿내 나는 침이 고였다. 소년은 결코 쏠 수 없을 거라는 사실을 인정할 수밖에 없는, 아무짝에도 소용없는 총을 꽉 붙든 채 꼼짝 않고 서 있었다.

그러다가 곰이 사라졌다. 그러자 딱따구리의 나무 쪼는 소리가 느닷없이 다시 시작됐다. 멈추었을 때도 느닷없이 멈췄던 것처럼. 잠시 뒤 겁먹은 개들의 소리도 들려왔지만, 녀석들은 그의 곁으로는 오지 않았다. 1, 2분 정도 들리던 그 소리가 사라지자, 소년은 자신이 들은 소리가 개들의 소리였는지 확신할 수가 없었다. 만약 그 개들이 곰에게 달려들었다면, 그건 아마 다른 곰이었을 것이다. 바로 그때, 샘이 등나무 숲에서 나와 늪의 지류를 건너왔다. 그의 뒤엔 어제 곰에게 상처를 입었던 암캐가 마치 걸음마를 배우듯 절뚝거리며 따라오고 있었다. 암캐는 소년 쪽으로 다가오더니, 그의 다리에 기대 몸을 웅크리고는 바들거렸다. "저는 놈을 보지 못했어요. 보지 못했다고요." 소년이 말했다.

"알아." 샘이 말했다. "놈은 널 봤겠지. 하지만 넌 놈의 소리도 못 들었을 거야. 그렇지?"

"예." 소년이 말했다. "저는……"

"놈은 영리해." 샘이 말했다. "지독하게 영리하지." 소년의 다리에 기댄 채 끊임없이 떨고 있는 암캐를 내려다보고 있는 샘의 눈동자 속에서, 소년은 또다시 그 어둡고 음울한 번쩍임을 보았다. 암캐의 긁힌 어깨에는 밝은 산딸기 빛깔의 피 몇 방울이 맺혀 있었다. "놈은 너무 커. 놈을 감당할 개도 아직 우리에겐 없고. 하지만 언젠가는 생길 거야."

다음이, 그다음이, 그리고 또 그다음이 있을 것이었다. 소년은 고작 열 살이었다. 그는 시간이 생성하고 그것이 다시 시간이 되는 지옥의 어둠 속에 서 있는 둘을 볼 수 있을 것만 같았다. 죽음을 비껴난 늙은 곰과, 그 죽음을 조금은 맛본 자신의 모습을. 이제 소년은 옹송그리고 있던 개들에게서 풍겼던 냄새가 무엇이었는지, 그때 자신의 입에서 느껴지던 맛이 무엇이었는지 깨달았다. 마치 한 소년이나 청년이, 많은 남자들의 사랑을 받았고 또 그들을 사랑하기도 한 여인과 우연히 대면하거나 그녀의 침실로 들어가게 되었을 때, 아직은 물려받지 못한 사랑과 열정과 경험이라는 유산이 자신에게 있음을 순식간에 인식하게 되는 것처럼, 그도 그렇게 순식간에 다음 기회가 있음을 깨달았다. 그래, 난 놈을 보아야만 해. 그는 두려움도 희망도 아닌 감정으로 그렇게 생각했다. 난 놈을 꼭 보아야만 해. 그리고 그 생각은 이듬해 여름 6월의 어느 날, 현실이 되었다. 그때 그들은 드 스페인 소령과 콤슨 장군의 생일을 축하하기 위해 다시 야영지에 모였다. 한 명은 9월생이고 다른 한 명은 그보다 거의 30년이나 먼저 한겨울에 태어났지만, 매년 6월이면 그 두 사람은 매캐슬린, 분, 월터 유얼을(그리고 그때부터는 소년도) 불러 야영지에서 함께 2주를 보냈다. 낚시도 하고, 다람쥐나 칠면조 사냥도 하고, 밤이면 개들을 데리고 나가 너구리나 살쾡이도 쫓으면서. 하지만 정확히 말하자면, 낚시를 하고 다람쥐를 잡고 너구리와 살쾡이를 쫓는 것은 분과 흑인들이었다(그리고 그때부터는 소년도). 왜냐하면 검증된 사냥꾼들은, 그러니까 드 스페인 소령과 연로한 콤슨 장군(장군은 그 2주 내내 브런즈윅 스튜가 끓는 엄청나게 큰 냄비 앞의 흔들의자에 앉아 그 스튜를 젓기도 하고 맛도 보면서, 애시 영감과 그 스튜의 요리법을 놓고 입씨름을 벌이거나 테니의 아들 짐이 양철 국자에 따라 주는 위스키를 마시며 보냈다)은 물론 젊은 축에 속하는 매캐슬린과 월터 유얼도, 내기나 사격술 시험을 위한 야생 수컷 칠면조 사냥 말고는 다른 일은 하찮게 여겼기 때문이었다.

그래서 사촌형 매캐슬린은 물론 다른 사람들도 소년이 다람쥐 사냥을 하고 있다고 생각했다. 사흘째 저녁까지 소년은 샘 파더스도 그렇게 생각하리라 믿고 있었다. 매일 아침 소년은 아침 식사를 한 뒤 야영지를 떠나곤 했다. 그는 이제 자신의 새 후장총을 가지고 있었는데, 크리스마스 선물로 받은 것이었다. 그는 그 후로 그 총을 거의 70년 동안, 두 쌍의 총열과 발사 장치와 개머리판까지 모두 새것으로 바꿔 원래대로인 것은 방아쇠울밖에 없을 때까지 사용하게 된다. 방아쇠울에는 그와 매캐슬린의 이름, 그리고 1878년의 어느 날짜가 은도금으로 새겨져 있었다. 소년은 늪의 조그만 지류 옆에서 지난가을 아침에 자신이 서 있었던 자리를 찾아냈다. 거기 서 있는 나무를 보고 알 수 있었다. 그는 나침반을 이용해 그 주변을 탐색했다. 그는 숲에 밝은 사람보다 더 잘 스스로를 가르치고 있었지만, 자신이 무엇을 하고 있는지조차 모르고 있었다. 사흘째 되는 날 그는 맨 처음 곰의 발자국을 보았던 썩은 통나무까지 찾아냈다. 그것은 이제 거의 완전히 바스러져, 일종의 격정적인 자기 포기를 통해 믿을 수 없는 속도로 치유되면서 자신이 생겨났던 흙으로 돌아가고 있었다. 초록의 여름 숲은 빽빽하게 서 있는 나무들 때문에 11월의 잿빛 숲보다 더 어두웠고 바람 한 점 불지 않았다. 정오의 태양 빛도 땅에 그저 얼룩덜룩한 무늬만 만들어 낼 뿐이었다. 완전히 말라 본 적 없는 그 땅 위로 뱀들이 기어 다녔는데, 얼룩덜룩한 몸통 때문에 움직이기 전까지는 뱀인지 알 수도 없었다. 소년은 첫날보다 둘째 날 더 늦게 야영지로 돌아왔고, 사흘째 되는 날에는 마침내 저녁 어스름이 되어서야 돌아왔다. 소년은 나무 울타리가 쳐진 헛간을 지나가다, 헛간에 가축을 몰아넣고 있는 샘과 마주쳤다. "넌 아직 일러." 샘이 말했다.

발길을 멈춘 소년은, 한동인 이 무 말도 하지 못했다. 그러다가 조용히, 마치 조그만 개울에 한 소년이 만들어 놓은 작은 둑이 조용히 무너지듯이 말을 터뜨렸다. "맞아요. 그래요. 하지만 이제 어떻게 해야 하죠? 전 늪의 지류까지 내려갔었어요. 그 통나무도 찾아냈어요. 전……"

"잘했구나. 놈이 널 지켜봤겠군. 놈의 발자국은 못 봤니?"

"전……" 소년이 말했다. "전…… 그 생각은 미처……"

"문제는 총이야." 샘이 말했다. 울타리 옆에 꼼짝 않고 서 있는 그는, 흑인 노예와 치카소 족 인디언 추장의 자식으로 태어난 그 늙은이는, 낡고 빛바랜 작업복에 예전엔 노예 표시였으나 이제는 자유의 상징이 된 배지가 붙어 있는 너덜너덜한 5센트짜리 밀짚모자를 쓰고 있었다. 드 스페인 소령이 황야를 넘겨받았을 때 그 땅을 긁어 만든 빈터와 집과 헛간과 거기 딸린 조그만 부지까지, 야영지는 모두 어스름 속에, 원시림의 어둠 속에 잠겨 있었다. 총이었어. 소년은 생각했다. 총이 문제였어. "선택은 네가 하는 거야." 샘이 말했다.

다음 날 아침 소년은 햇살이 비치기도 전에, 애시 영감이 주방 바닥의 누비 담요 안에서 깨어나 불을 지피기도 한참 전에, 식사도 하지 않고 야영지를 떠났다. 나침반과 뱀을 걸어 넬 때 쓸 막대기 하나만 가지고. 거의 1마일 정도는 나침반을 보지 않고 갈 수 있었다. 그런 후 소년은 어두워서 잘 보이지 않는 나침반을 손에 쥔 채 통나무 위에 앉았다. 그가 움직일 땐 멈춰 있던 비밀스러운 밤의 소리들이 다시 종종걸음을 치며 내달리다가, 마침내 영원히 멈추기라도 한 듯 사라져 버렸다. 부엉이들도 울음을 멈춘 채 아침을 깨우는 새들에게 숲을 넘겨주었다. 잿빛의 젖은 숲으로 빛이 비쳐 들기 시작하자 비로소 나침반이 보였다. 그는 소리 하나 내지 않고 빠르게 나아갔다. 깨달음에 이르려면 아직 멀었지만 그는 차츰차츰 숲에 밝은 사람으로 성장해 가고 있었다. 코앞에 자신의 발자국 소리에 놀라 잠자리에서 뛰쳐나온 암사슴과 새끼 사슴이 보였다. 어미 뒤에서 덤불에 부딪히며 달아나는 하얀 꼬리의 새끼 사슴은, 생각보다 훨씬 빨랐다.

그는 샘이 가르쳐 준 대로 바람을 거슬러 제대로 곰을 추적하고 있었지만, 지금 중요한 건 그게 아니었다. 총을 두고 왔다는 것이 중요했다. 스스로의 의지로 총을 단념한 것은 무슨 책략도 아니었고 모종의 행운을 기대한 선택도 아니었다. 다만 고대로부터 내려온 사냥꾼과 사냥감 사이의 규율과 균형을 거스르고서라도, 지금껏 침범할 수 없었던 미지의 곰의 영역 속으로 들어가기 위해 취한 조건일 뿐이었다. 그는 겁먹지도 않을 것이었다. 아주 짧은 순간이나마 공포에게 자신을 완전히 내어주지는 않을 것이었다. 피와 피부, 내장과 뼈, 그리고 기억 이전의 까마득한 기억까지 다 사라지는 순간이 온다 해도, 보잘것없지만 명료하고 흔들림 없는 평정심만은 유지할 것이었다. 자신과 지금 자신이 쫓고 있는 곰 사이에 다른 점이 있다면, 또한 자신과 앞으로 거의 70년 동안 쫓게 될 다른 곰들과 사슴들 사이에 다른 점이 있다면, 오로지 그 평정심뿐이었다. 샘은 말했었다. "두려워하는 건 괜찮다. 그건 어쩔 수 없으니까. 하지만 겁을 집어먹지는 마라. 숲에 사는 어떤 것도 네가 막다른 길로 몰지만 않으면, 혹은 네게서 겁쟁이 냄새만 맡지 않으면, 너를 해치려 들지 않을 거야. 용감한 사람이 겁쟁이를 두려워하듯 곰이나 사슴도 그러니까."

정오 무렵 소년은 늪의 지류를 훨씬 지나 생소하고 이질적인 야생의 풍경 속으로 들어와 있었다. 이제껏 나침반뿐 아니라 아버지에게서 물려받은 비스킷 두께의 무겁고 오래된 은색 시계에도 의지해 놈을 추적했었다. 야영지를 떠난 것은 아홉 시간 전이었다. 다시 아홉 시간이 지난다면 그 한 시간 전에 어둠이 내릴 것이었다. 그는 걸음을 멈추었다. 나침반이 보이지 않아 통나무에 앉았던 이후로 처음 쉬는 것이었다. 그는 소매로 얼굴에 흐르는 땀을 닦았다. 그는 겸손하고 평화롭게 그리고 후회 없이, 자신의 의지로 총을 두고 왔었다. 하지만 그것만으로는 충분치 않은 것 같았다. 소년은 황야의 높다란 초록빛 그늘 속에서, 마치 길 잃은 아이처럼 잠시 서 있었다. 그러고는 황야에 시계와 나침반을 넘겨주기로 했다. 그것을 가지고 있는 한 자신은 오염된 존재이기 때문이었다. 그는 아래위가 붙은 자신의 작업복에 끈과 고리로 연결되어 있던 나침반과 시계를 풀어, 그것들을 옆에 서 있는 나무 아래의 덤불에 걸어 놓고는 그 옆에 막대기를 기대 놓은 뒤 숲으로 들어섰다.

길을 잃었다는 사실을 알아챘을 때, 그는 샘이 가르쳐 주고 연습시킨 그대로 했다. 즉 짐승의 냄새를 놓친 사냥개가 하는 식으로, 지금 있는 곳에서 한 방향으로 크게 원을 그리며 자신이 왔던 길을 찾아보았다. 마지막 두세 시간 동안은 그다지 빨리 걷지 않았고, 더구나 나침반과 시계를 나무 아래 덤불에다 걸어 놓은 뒤로는 훨씬 느리게 걸었다. 그러니 그 나무가 그리 멀리 있지 않을 거라고 생각해 아주 천천히 걸으며 나무를 찾아보았다. 생각보다 빨리 나무 한 그루가 나타나자 다가가 보았다. 하지만 그 나무 아래엔 덤불이 없었고 당연히 나침반도 시계도 보이지 않았다. 소년은 샘이 가르쳐 주고 연습시켰던 다음 방법을 사용했다. 즉 아까와는 반대 방향으로 더 크게 원을 그리며 돈 것이다. 그렇게 하면 아까 그린 원과 지금 그린 원의 교차 지점 어딘가에서 자신이 남긴 발자국을 찾을 수 있으리라 생각했지만, 어디에도 자신의 발자국은 물론 다른 발자국이나 흔적도 없었다. 아직 당황한 것은 아니었지만 그의 걸음은 점점 빨라졌다. 심장의 고동도 조금 빨라졌지만, 아직 충분히 강하고 규칙적이었다. 나무를 또 하나 발견했으나 이번에도 그 나무는 아니었다. 그 곁에 처음 보는 통나무 하나가 쓰러져 있었고, 그 너머에 어딘가에서 배어 나온 물기로 축축해진 자그마한 습지가 있었다. 그 습지에서 샘이 가르쳐 주고 연습시킨 방법을 다시 한 번 써본 뒤 통나무에 걸터앉은 순간, 소년의 눈에 곰 발자국이 들어왔다. 그 일그러진 발자국이 젖은 땅 위에 찍혀 있었다. 발자국이 파인 곳으로 물이 흘러들어 가장자리가 지워지기 시작했다. 눈길을 들자 그다음 발자국이 보였다. 시선을 위로 옮길 때마다 하나씩 발자국이 나타났다. 소년은 서두르지도 달리지도 않고, 자신 앞에 저절로 나타나는 듯한 발자국과 보조를 맞추어 나아갔다. 그렇게 보조를 맞추지 않으면 그 발자국은 물론 자신마저 영영 잃어버릴 것만 같았다. 빠르고 강렬하게 뛰는 심장 고동을 느끼며 의심도 두려움도 없이 지치지 않고 맹렬히 발자국을 따라가던 그 앞에, 갑자기 조그만 빈터가 나타났다. 이곳저곳의 황야들이 소리 없이 달려와 덩어리로 합쳐진 듯한 그곳에, 소년이 찾고 있던 그 나무와 덤불과

한 줄기 햇살에 반짝이는 나침반과 시계가 있었다. 그리고 곰이 있었다. 어디에 숨어 있다가 튀어나와 모습을 드러낸 것이 아니었다. 그냥 거기, 미동도 없이, 바람 한 점 없는 정오의 뜨거운 초록 얼룩 속에 붙박여 있었다. 소년이 꿈속에서 보았던 것만큼 크지는 않았지만, 예상했던 것만큼은 컸다. 햇살로 얼룩덜룩한 그림자 속에 있어 정확한 윤곽이 보이지 않아 더욱 커 보이는 그놈이, 소년을 바라보고 있었다. 그러다가 놈이 움직였다. 서두르지 않고 작은 빈터를 가로질렀다. 잠깐 동안 태양의 직사 광선 속으로 들어갔다가 빠져나오더니, 다시 멈추어 어깨 너머로 소년을 돌아보았다. 그런 다음 가버렸다. 숲으로 걸어 들어간 것이 아니라 사라져 버린 듯했다. 언젠가 소년은 지느러미를 전혀 움직이지 않는 거대한 늙은 농어가 깊고 어두운 저수지 속으로 가라앉는 것을 본 적이 있었는데, 바로 그 물고기처럼 놈은 황야 속으로 가라앉은 듯했다.

II

　그래서 소년은 라이언을 증오하고 두려워했어야 했다. 그때 그의 나이는 열세 살로, 이미 수사슴을 사살해 샘 파더스가 얼굴에 놈의 뜨거운 피로 표지를 그려 주기도 했었다. 이듬해 11월에는 곰도 한 마리 사살했다. 하지만 그런 영예를 거두기 전에도 소년은 같은 경험을 가진 어른들만큼 숲 전문가가 되어 있었다. 숲에 관한 한 어지간한 어른들보다 나았던 것이다. 야영지로부터 반경 25마일 안에, 그가 모르는 곳은 한 군데도 없었다. 늪의 지류와 산마루, 표지목들과 소로들까지, 그 안에 있는 어디에라도 사람들을 데려가고 데려올 수 있었고, 샘 파더스조차 본 적 없는 사냥꾼으로도 알고 있었다. 수사슴을 죽인 것은 야영지에 온 지 3년째 되던 가을이었다. 혼자서 수사슴의 잠자리를 발견해 사촌형 몰래 월터 유얼의 소총을 빌려 그곳에서 새벽까지 엎드려 기다리고 있다가, 돌아오는 녀석을 죽였다. 샘이 가르쳐 준, 치카소 족 인디언 선조들의 사냥법대로.

이제 소년은 늙은 곰의 발자국을 자신의 발자국보다 더 잘 알아보았다. 일그러진 발의 발자국뿐 아니라 성한 발의 발자국까지. 세 개의 성한 곰 발자국이 찍혀 있어도, 그중 어느 것이 늙은 곰의 발자국인지 보는 즉시 구별할 수 있었다. 발자국의 크기 때문만은 아니었다. 소년이 훤히 아는 50마일 안에는 나란히 찍혀 있을 때야 크기를 구분할 수 있는, 비슷한 크기의 곰 발자국들이 많았지만, 늙은 곰의 발자국에는 뭔가 다른 것이 있었다. 예전에는 샘 파더스가 소년의 선생이고 토끼와 다람쥐가 뛰노는 뒷마당이 소년의 유치원이었다면, 이제는 그토록 오랜 세월 배우자도 자식도 없이 살아가고 있는, 마치 저 스스로 잉태되어 태어난 존재인 듯한 그 늙은 수곰이 소년의 교수이고 그 곰이 달리는 황야가 소년의 대학이었다.

소년은 이제 마음만 먹으면 야영지로부터 10마일, 5마일, 때로는 그보다 더 가까운 곳에서도 언제든 놈의 일그러진 발자국을 찾아낼 수 있었다. 소년은 지난 3년 동안 감시대에서, 놈의 흔적을 쫓으며 짖어 대는 사냥개들의 소리를 두 번 들을 수 있었다. 우연히 곰과 마주친 개들이 거의 광란에 빠진 인간처럼 높고 처참하게 짖어 대는 소리를 듣기도 했다. 한번은 월터 유얼의 소총을 들고 스틸 헌팅*을 나갔을 때, 돌풍에 쓰러

*개를 쓰지 않고 천천히 사냥감을 추적하거나 한 자리에서 가만히 사냥감이 지나가기를 기다리는 사냥법.

176

진 나무들 사이로 생긴 기다란 통로를 지나가고 있는 놈을 직접 목격하기도 했다. 그때 놈은 나무들의 몸통과 뒤엉킨 가지 사이를 지나간다기보다는 마치 기관차처럼 돌진하고 있었다. 그 속도가 쓰러진 나무들 사이를 헤치고 지나가지 않고 그냥 훌쩍 뛰어넘어 버리는 사슴처럼 빨라서, 도무지 믿어지지 않을 정도였다. 그제야 소년은 놈을 따라잡아 궁지에 몰아넣으려면 엄청난 용기만이 아니라 크기와 스피드를 갖춘 개도 필요함을 깨달을 수 있었다. 그의 집에는 조그만 개 한 마리가 있었다. 흑인들이 쥐 잡는 꼬마 개라고 불렀던 잡종견으로 크기는 쥐보다 그다지 크지 않을 만큼 작았지만, 용감무쌍하고 뚱배짱으로 가득한 녀석이었다. 그는 6월 어느 날 녀석을 데리고 숲으로 갔다. 그 잡종견의 머리에 부대를 씌워 안고 나온 소년은, 목줄을 채운 사냥개 한 쌍을 데리고 나온 샘 파더스와 약속이나 한 듯 마주쳤다. 그리고 둘은 같이 바람 부는 오솔길에 매복해 있다가 그 늙은 곰을 기습했다. 워낙 가까이에서 기습을 당해 궁지에 몰린 놈은 갑자기 몸을 돌려 버렸는데, 소년은 놈이 그랬던 이유가 찢어지게 발작적으로 짖어 대는 잡종견 소리 때문이었음을 나중에야 깨달았다. 놈은 커다란 삼나무에 등을 기대며 두 발로 일어섰는데, 마치 멈추지 않고 키가 점점 자라나는 광경을 보고 있는 듯했다. 사냥개 두 마리는 잡종견에게 동화되어 필사적인 용기를 얻은 듯했는데, 소년은 잡종견이 계속 찢어지는 소리로 짖을 것임을 깨닫고는 총을 내팽개치고 달려 나가 미친 듯 제자리를 맴돌고 있는 그 작은 개를 움켜잡았다. 그 순간 자신의 봄이 곰의 아래에 들어와 있는 것이 느껴졌고, 콧속으로 강렬하고 뜨겁고 고약한 곰 냄새가 밀려들었다. 소년은 완전히 나자빠져 저 높이 마치 벼락처럼 우뚝 솟아 있는 놈을 올려다보았다. 그 모습이 너무도 친숙해서 기억을 떠올려 보니, 바로 어렸을 적 꿈속에서 보았던 곰의 모습 그대로였다.

　바로 그때 곰이 사라졌다. 놈이 가는 모습을 보지도 못했는데. 소년은 일어나 무릎을 꿇고 앉아 제정신이 아닌 꼬마 개를 두 손으로 붙든 채 두 사냥개의 풀 죽은 소리가 점점 멀어지는 것을 듣고 있었다. 잠시 후 샘이 다가와 총을 조용히 내려놓고는, 소년을 바라보았다. 그러고는 말했다. "놈을 두 번째로 보았구나. 이번엔 총을 가지고 있었잖아. 절호의 기회였는데."

　소년은 잡종견을 붙든 채로 일어섰다. 소년의 팔에 안긴 녀석은 여전히 미친 듯 짖어 대고 있었고, 멀어지는 사냥개들의 소리에 귀를 쫑긋하며 마치 전기가 통한 듯 스프링처럼 튀어 나가려고도 했다. 소년은 숨을 약간 몰아쉬며 말했다. "할아버지도 총을 가지고 있었잖아요. 그런데 왜 놈을 쏘지 못했어요?"

　샘은 그 말을 듣지 못한 듯 손을 뻗어 소년의 팔에 안겨 있는 조그만 개를 쓰다듬었다. 더 이상 사냥개 소리는 들리지 않았지만 녀석은 여전히 그쪽으로 귀를 세운 채 짖어 대고 있었다. "놈은 갔어." 샘이 말했다. "그러니 이제 그만 좀 쉬어라. 다음 기회가 올 때까지." 샘은 조그만 개가 잠잠해질 때까지 계속 토닥거려 주며 말했다. "넌 우리가 바라는 사냥개에 거의 근접한 녀석이구나. 체구는 크지 않지만 말이야. 우린 아직 적합한 사냥개를 발견하지 못했어. 영리한 것보다는 체구가 큰 게 더 중요하지만, 그보다 더 중요한 건 용기지." 그는 꼬마 개의 머리에서 손을 떼고는 곰과 사냥개가 사라져 간 숲을 응시하며 서 있었다. "언젠가 누군가는 놈을 잡게 되겠지."

　"전 알아요." 소년이 말했다. "놈을 잡는 건 우리 둘 중 하나여야 한다는 걸요. 곰이 더 이상 버티고 싶어 하지 않는 그날이 마지막 날이 될 수 있도록 기다려 줄 수 있는 건 우리 둘뿐이니까요."

그래서 소년은 라이언을 증오하고 두려워했어야 했다. 네 번째 여름, 즉 소년이 드 스페인 소령과 콤슨 장군의 생일 잔치에 네 번째로 초대되어 숲으로 들어온 어느 날 저녁, 샘이 말과 노새들을 마구간으로 몰아넣다가 소령의 암말이 봄에 낳은 수망아지가 사라졌음을 발견했다. 하지만 그는 미친 듯 날뛰는 암말을 마구간으로 들여놓는 일밖에는 할 수 없었다. 처음에는 암말을 끌고 밖으로 나가 어디서 자식과 헤어지게 됐는지 알아보려 했으나, 암말은 전혀 말을 듣지 않았다. 암말은 숲이라면 어느 곳이든, 어느 방향으로로든 바라보려 하지 않았다. 마치 아무것도 볼 수 없게 된 듯 겁에 질려 미친 듯 날뛸 뿐이었다. 그러고는 빙글빙글 돌다가 갑자기 샘에게로 달려들었다. 마치 그가 최종 공격 목표라는 듯, 그가 사람, 그것도 오래 알아 온 사람이라는 것을 전혀 모르는 듯. 샘은 그런 암말을 겨우 붙잡아 마구간으로 몰아넣었다. 암말은 평소에는 가지 않던 길에 들어섰다가 무슨 일을 당한 것 같았는데, 샘이 그 말의 발자국을 쫓아 그 길을 찾기에는 날이 너무 어두워져 있었다.

샘은 야영지 숙소로 와서 드 스페인 소령에게 말했다. 틀림없이 큰 짐승의 짓이고, 망아지는 어딘가에 죽어 있을 거라고. 누구나 알 수 있는 사실이었다. "분명 퓨마 짓이야." 콤슨 장군이 샘의 말을 듣자마자 내뱉었다. "지난 3월에 암사슴과 새끼 사슴을 해친 바로 그놈 짓일 거야." 샘은 가축들이 겨울을 잘 나고 있는지 점검하려고 정기적으로 야영지에 들르던 분 호건벡을 통해, 어떤 짐승이 암사슴의 목을 찢어 놓고 힘없는 새끼 사슴의 숨통까지 끊어 놓았다는 소식을 드 스페인 소령에게 전했었다.

"샘은 그게 퓨마였다고 하지는 않았어요." 드 스페인 소령이 콤슨 장군에게 말했다. 샘은 아무 말도 하지 않고 그들이 식사를 하는 동안 소령 뒤에서 알 수 없는 표정으로, 마치 그들이 얘기를 멈추어 집으로 돌아갈 수 있기를 바라는 표정으로 서 있었다. 샘의 눈은 아무것도 보지 않는 듯했다. "물론 퓨마는 암사슴도 새끼 사슴도 덮칠 수 있어요. 하지만 암말이 옆에 버젓이 있는데 망아지를 덮칠 배짱을 가진 퓨마는 없어요. 그건 올드벤 짓이에요." 드 스페인 소령이 그렇게 말하더니 이번에는 샘을 향해 입을 열었다. "놈에게 실망했는걸. 룰을 어겼어. 놈이 그런 짓을 하리라고는 생각해 본 적이 없는데. 놈이 니와 매개슬린의 사냥개들을 죽인 적도 있지만 그건 괜찮아. 우리가 개들을 쓰는 건 놈과 맞서기 위해서니까. 그렇게 서로 경고를 주고받은 거지. 하지만 이번엔 놈이 내 집으로 들어와 내 재산을 파괴한 거라고. 사냥철도 아닌데 말이야. 올드벤은 룰을 위반했어, 샘." 여전히 샘은 아무 말도 않고 드 스페인 소령의 말이 끝날 때까지 그냥 서 있었다. "내일 말 발자국을 따라가 보면 알게 되겠지." 소령이 덧붙였다.

　잠시 후 샘은 그 자리를 떠났다. 그는 야영지가 아니라 거기서 4분의 1마일쯤 떨어진 늪가에 있는, 손수 지은 조그만 집에서 살고 있었다. 조 베이커의 오두막과 흡사하지만 좀 더 튼튼하고 오밀조밀한 집이었다. 집 옆에는 통나무로 지은 튼튼한 헛간도 하나 있었는데, 거기엔 새끼 돼지를 먹일 옥수수가 저장되어 있었다. 다음 날 아침 야영지 숙소에서 일어난 사람들은, 샘이 또 와 있는 것을 발견했다. 그는 망아지를 찾았다고 했다. 사람들은 아침 식사도 거르고 망아지가 있는 곳으로 갔다. 마구간에서 채 500야드도 안 되는 숲 속에 3개월짜리 망아지가 드러누워 있었다. 목이 뜯기고 내장이 나오고 넓적다리도 군데군데 뜯어 먹힌 모습으로. 그냥 쓰러진 게 아니라 물어뜯기다가 내던져진 듯했다. 하지만 목에 고양잇과 동물의 이빨이나 발톱 자국이 없는 걸로 봐서, 퓨마 짓은 아닌 것 같았다. 땅에 난 말 발자국을 보아하니, 암말이 어제저녁 샘 파더스에게 그랬던 것처럼 자신을 공격한 짐승 앞에서도 원을 그리며 미친 듯 돌다가 자포자기 심정으로 놈에게 달려든 것 같았다. 하지만 정체모를 녀석의 발자국을 보니, 녀석은 그런 암말에게 달려들지도 않고 단지 서너 걸음 떼는 것만으로 암말을 멈추게 한 것 같았다. 콤슨 장군이 말했다. "맙소사, 늑대였군!"

이번에도 샘은 여전히 입을 떼지 않았다. 사람들이 무릎을 꿇고 발자국을 확인하고 있는 동안, 소년은 샘을 지켜보았다. 샘의 얼굴은 의미심장한 기색을 띠고 있었다. 의기양양함이나 기쁨, 희망과는 다른 기색을. 훗날 어른이 되어서야 소년은 그것이 무엇인지 깨달았다. 샘은 바닥에 발자국을 찍어 놓은 정체 모를 짐승이 무엇인지, 봄에 암사슴의 목을 찢어 버리고 새끼 사슴의 숨통을 끊어 버린 것이 무엇인지 알고 있었던 것이다. 그날 아침 샘의 얼굴에 어려 있던 것은 어떤 예지였다. 그는 반가웠던 거야, 하고 소년은 훗날 자라서 혼잣말로 중얼거리게 된다. 그는 나이가 들 만큼 들어 있었어. 자식들도, 친구들도, 세상 어디에서 다시 마주치게 될 혈육도 없었지. 설사 그런 사람들이 있었다 해도 그는 그들과 가까이 지낼 수도, 대화를 나눌 수도 없었을 거야. 이미 70년이나 그렇게 혼자 살아온 깜둥이였으니까. 자신의 인생이 막을 내리고 있다는 것이 오히려 기뻤을 거야.

사람들은 야영지로 돌아가 아침을 먹고는 총과 사냥개들을 챙겨 다시 죽은 망아지가 있는 곳으로 갔다. 오랜 시간이 지난 뒤, 소년은 그들도 심사숙고했더라면 망아지를 죽인 게 무언지 샘 파더스처럼 알 수도 있었을 거라는 생각이 들었다. 하지만 사람들이 잘못된 판단을 합리화하고 그것을 근거로 행동하는 모습을 본 것은, 그때가 처음도 마지막도 아니었다. 분이 다리를 쩍 벌린 채 죽은 망아지 위에 서서 망아지에게 몰려든 개들에게 허리띠를 휘두르자, 개들은 뒤로 물러나 정체 모를 짐승의 발자국들에 코를 박고 킁킁거렸다. 아직 쥐뿔도 모르는 어린 개 한 마리가 한 번 짖자, 다른 개들이 마치 그 정체 모를 짐승의 냄새를 찾았다는 듯 얼마쯤 달려 나갔다. 그러다가 걸음을 멈추고는 사람들을 돌아보았는데, 당황한 기색은 없었지만 뭔가 의문스럽다는 표정이 '이제 어떡하죠?' 하고 묻는 것 같았다. 그러고는 다시 분의 쩍 벌린 다리 아래에 있는 망아지에게로 달려들었고, 분은 다시 허리띠를 휘둘렀다.

"냄새가 이렇게 빨리 사라지다니." 콤슨 장군이 말했다.

"어미가 있는 자리에서 망아지를 죽일 정도면 엄청나게 큰 늑대였을 텐데, 냄새조차 남기지 않았네요." 드 스페인 소령이 말했다.

"귀신이었을지도 모르죠." 월터 유얼이 말했다. 그는 테니의 아들 짐을 바라보며 다시 말했다. "그렇지 않아, 짐?"

사냥개들은 더 이상 냄새를 쫓지 않으려 해서, 드 스페인 소령은 샘을 시켜 추적하게 했다. 100야드 밖에서 샘이 그 짐승의 흔적을 찾아냈고, 사람들은 개를 데리고 거기로 갔다. 또다시 어린 개가 짖어 댔지만, 그것은 사냥감을 찾아낸 사냥개의 짖음이 아니라 자신의 영역을 침범당한 시골 개의 짖음임을 알아챈 사람은 아무도 없었다. 콤슨 장군이 자기 눈에는 겨우 다람쥐나 사냥할 줄 아는 애송이들로 보이는 소년과 분, 그리고 테니의 아들 짐에게 말했다. "오늘 아침에는 개들을 데리고 다녀야 한다. 놈이 이 주변을 돌아다니고 있을 거야. 죽은 망아지로 아침 식사를 하려고. 그러다가 너희들과 마주칠지도 모르잖아."

하지만 그런 일은 일어나지 않았다. 소년은 아까 몇몇 사람들이 끈에 묶인 사냥개들을 데리고 숲으로 들어갈 때 샘이 어떤 표정을 지었는지를 떠올려 보았다. 사냥개들이 올드벤을 찾아내도 콧구멍만 벌렁거릴 뿐 아무 표정도 짓지 않던 그 인디언의 얼굴에, 미소가 퍼져 있었다. 사람들은 다음 날에도 그 짐승의 새 흔적을 찾겠다는 기대로 사냥개를 데리고 망아지 시체가 있는 숲으로 들어갔는데, 도착했을 땐 망아지는 사라지고 없었다. 다음 날 아침, 샘이 숙소에 와 있었다. 사람들이 아침을 다 먹을 때까지 기다렸다가 그가 말했다. "가시죠." 샘은 사람들을 데리고 자신의 조그만 오두막 아래쪽에 있는 옥수수를 저장하는 헛간으로 갔다. 사람들이 그 안을 들여다보니, 망아지 시체를 미끼로 사용하는 덫과 문이 설치되어 있었다. 샘이 옥수수를 치우고 만들어 놓은 것이었다. 통나무 벽 틈으로 안을 들여다보던 사람들의 눈에, 권총의 총신과 비슷한 색깔의 한 마리 짐승이 보였다. 놈은 웅크린 자세도 서 있는 자세도 아니었다. 공중에 붕 떠서, 문 너머에 있는 사람들을 향해 달려들고 있었다. 육중한 몸이 가공할 힘으로 문에 부딪치자 문이 문틀과 벌어지며 덜커덕거렸다. 무엇인지 알 수 없는 그 짐승은 마루에 닿는가 싶기도 전에 다시 문으로 몸을 날렸다. "물러서요." 샘이 말했다. "저놈 목이 부러지기 전에요." 사람들이 벽에서 물러난 뒤에도 문에 부딪치는 육중한 소리는 계속 들려왔고, 그럴 때마다 문이 요란하게 덜커덕거리는 소리도 따랐다. 그러나 그 짐승은 어떤 소리도 내지 않았다. 으르렁거리지도, 울부짖지도 않았다.

"저건 대체 뭔가?" 드 스페인 소령이 물었다.

"갭니다." 샘이 말했다. 그는 콧구멍을 연신 벌렁거리고 있었고 흐릿한 눈은 맹렬하게 이글거리고 있었다. 소년이 난생처음 숲에서 맞았던 아침에도, 샘은 곰을 쫓는 사냥개들을 보며 저런 눈빛을 하고 있었다. "그 개요."

"그 개라니?" 드 스페인 소령이 물었다.

"올드벤을 잡을 개요."

"개는 무슨 얼어 죽을." 드 스페인 소령이 말했다. "차라리 저놈보다는 올드벤을 내 식구로 두는 게 낫겠군. 저 녀석을 쏴버려."

"안 됩니다." 샘이 말했다.

"저 녀석은 길들이지 못해. 저런 녀석이 어떻게 자네를 무서워하겠나?"

"길들이고 싶은 마음은 없습니다." 샘이 말했다. 소년은 또다시 그의 콧구멍과, 사나운 빛이 어린 그의 두 눈을 바라보았다. "저나 누구를 두려워하는 것보다는 길들여지는 게 낫겠지만, 저 녀석은 두려워하지도 길들여지지도 않을 겁니다."

"대체 저 녀석을 가지고 뭘 하려고?"

"두고 보십시오." 샘이 말했다.

둘째 주 내내 사람들은 아침마다 샘의 헛간으로 갔다. 헛간 지붕에는 몇 개의 널을 뜯어내 만든 구멍이 나 있었는데, 그 구멍에 망아지 시체를 묶은 줄이 꿰어져 있었다. 개가 그 망아지에게 달려들었을 때 덫이 떨어지면서 줄에 묶인 시체는 위로 끌어 올려졌다. 매일 아침 사람들은 샘이 지붕의 구멍을 통해 물 한 동이를 내려다 주는 것을 지켜보았다. 그러는 동안에도 개는 지치지도 않고 문으로 덤벼들었다가 뒤로 물러서 다시 덤벼들었다. 하지만 녀석의 목구멍에서는 여전히 아무런 소리도 나지 않았고, 문으로 덤벼들 때도 광분의 기미는 전혀 보이지 않았다. 그저 차갑고 음울한, 결코 굴하지 않는 투지만 보일 뿐이었다. 그 주 후반에 들어서자 녀석은 더 이상 문으로 달려들지 않았다. 약해져서도 아니었고, 문이 절대 부숴지지 않을 거라고 체념해서도 아니었다. 그저 달려들기 싫어졌기 때문이었다. 그렇다고 나자빠져 있지도 않았다. 어느 누구도 녀석이 드러누워 있는 걸 본 적이 없었다. 녀석은 그저 가만히 서 있었다. 사람들은 그제야 그 개를 제대로 볼 수 있었다. 아주 크고 힘이 센 경비견 마스티프와 덩치 큰 테리어 종류인 에어데일의 피가 섞여 있고, 그 외에도 10여 종의 피가 섞인 잡종 같았다. 어깨 높이가 30인치 이상 되고 체중은 90파운드쯤 나가 보였다. 차가운 황색 눈에 잘 발달된 가슴을 가진 녀석의 몸통은 푸르스름한 총신처럼 신비로운 빛깔이었다.

2주가 다 지나자, 사람들은 야영지에서 철수할 준비를 했다. 그러나 소년은 사촌형에게 남아 있게 해달라고 간청해 허락을 받았다. 사람들이 떠나자 소년은 샘 파더스의 오두막으로 거처를 옮겼다. 매일 아침 소년은 샘이 헛간 지붕의 구멍을 통해 물 한 동이를 내리는 걸 지켜보았다. 그 주가 끝나 가던 어느 날, 마침내 개가 지쳐 쓰러졌다. 녀석은 간신히 일어나 반쯤은 비틀거리고 반쯤은 기어 물 양동이로 가서 물을 마시고는 다시 쓰러졌다. 어느 날 아침 녀석은 더 이상 물 양동이로도 가지 못했다. 마룻바닥에서 제대로 몸을 일으키지도 못했다. 샘은 짤막한 막대기를 들고 헛간으로 들어갈 준비를 했다. "잠시만요." 소년이 말했다. "제가 총을 가져올⋯⋯"

"아니다." 샘이 말했다. "녀석은 이제 움직일 수 없어." 그의 말대로 녀석은 움직이지 못했다. 샘이 녀석의 머리와 여윈 몸을 건드리는 동안 녀석은 모로 누운 채 누런 눈알만 보이고 있었다. 그 눈에는 사나운 기색도 일말의 악의도 담겨 있지 않았다. 차갑고 냉담한 적의가 서려 있긴 했지만, 그건 거의 본능에 가까웠다. 녀석은 샘도, 통나무 벽 틈새로 지켜보고 있는 소년도 바라보지 않았다.

이제 샘은 녀석에게 먹이를 주기 시작했다. 첫날 그는 죽을 핥아 먹을 수 있도록 녀석의 머리를 들어 주었다. 밤에는 개가 다가갈 수 있는 위치에 고기가 든 죽 그릇을 놓아두었다. 이튿날 아침 그릇은 깨끗이 비워져 있었고, 녀석은 배를 깔고 엎드려 있다가 샘이 들어오자 고개를 들었다. 그러더니 어떤 변화도 보이지 않는 차가운 두 눈으로 여전히 아무 소리도 내지 않은 채 그에게 달려들었다. 하지만 녀석은 몸이 아직 회복되지 않아서인지 제대로 목표를 조준하지 못하고 비틀거렸고, 샘은 그 틈을 타 막대기로 녀석을 내리치며 헛간에서 빠져나왔다. 그러고두 녀석은 2주 동안 굶은 녀석답지 않게 다시 문을 향해 거칠게 몸을 날렸다.

그날 정오에 누군가가 야영지 쪽 숲에서 부산스럽게 튀어나왔다. 분이었다. 그는 통나무 벽 틈새로 그 무시무시한 개를 다시 살펴보았다. 배를 깔고 엎드린 채 고개를 쳐들고 있는 녀석은 아무것도 보지 않는 누런 두 눈을 졸린 듯 껌벅였지만, 불굴의 투지와 무너지지 않는 정신만은 여전했다. 분이 말했다. "저 녀석을 풀어 줘서 올드벤을 잡으러 가게 하는 게 낫겠어. 그럼 곰이 녀석에게 달려들겠지." 그러고는 이마가 불룩 튀어나온, 햇볕에 탄 붉은 얼굴을 소년에게로 돌리며 말했다. "너는 네 물건들을 챙겨. 네 사촌형 캐스가 너보고 집으로 오래. 말을 먹어 치우는 괴물과 함께 있는 바보짓은 이제 그만하래."

분이 빌려 온 노새 한 마리가 야영지에 매어져 있었고 산기슭에는 그 노새가 끌 마차가 기다리고 있었다. 소년은 그날 밤 집으로 돌아갔고, 사촌형 매캐슬린에게 그 개 얘기를 해주었다. "샘은 다시 녀석을 굶길 거래. 헛간 안에 들어가 녀석을 만져도 아무 문제 없으면 그때 다시 먹이를 줄 거래. 그 후에도 그래야 한다면 다시 굶길 거래."

"왜 그러는 거지?" 매캐슬린이 말했다. "그래서 어쩌겠다는 거야? 천하의 샘도 그 야수를 길들이진 못해."

"우린 녀석이 길들여지길 원하는 게 아니야. 녀석이 그대로이기를 원해. 우리가 녀석에게 원하는 건, 그 헛간을 나올 수 있는 유일한 방법을 스스로 알아내는 거야. 거기서 나오려면, 샘이든 누구든 사람 말에 따라야 한다는 걸 녀석이 깨닫기를 원하는 거야. 녀석이야말로 올드벤을 붙들어 놓을 수 있는 개야. 우린 녀석에게 이미 이름까지 붙여 놨어. 라이언이라고."

그리고 마침내 11월이 되어 그들은 다시 야영지로 갔다. 콤슨 장군, 드 스페인 소령, 매캐슬린, 월터, 분, 그리고 소년은 마당에 부려 놓은 총과 침구와 음식 상자들 사이에 서서, 공터로부터 오솔길을 따라 올라오는 샘 파더스와 라이언을 지켜보았다. 아래위가 붙은 낡은 작업복에 가죽 부츠, 해진 양가죽 코트를 입고 한때는 소년의 아버지 것이었던 모자를 쓴 인디언 노인네 곁에서, 그 무시무시한 개는 위엄 있는 얼굴로 보조를 맞추며 걷고 있었다. 사냥개들이 그들을 맞으려고 달려 나가다가 우뚝 멈추었다. 아직 천지 분간 못하는 어린 개만 라이언에게로 계속 달려가 알랑거렸다. 라이언은 녀석을 덥석 물지 않았다. 걸음을 멈추지도 않았다. 마치 곰처럼 그저 앞발 하나로 밀어 어린 개를 5, 6피트가량 굴려 버렸다. 그리고는 마당으로 들어서 졸린 눈을 껌벅거리며 아무것도 보지 않고 서 있었다. 분이 "세상에, 세상에ㅡ. 녀석 좀 만져 봐도 돼요?"라고 말하는 동안에도 녀석은 누구에게도 눈길을 주지 않았다.

"만져도 괜찮아." 샘이 말했다. "녀석은 신경 쓰지 않아. 어떤 것도, 누구도 상관하지 않아."

소년은 분이 라이언을 만지는 모습을, 머리를 쓰다듬고는 곁에 무릎을 꿇고 앉아 녀석의 뼈와 근육을 만지며 힘을 가늠해 보는 것을 지켜보았고, 그로부터 2년 동안 그런 모습을 지켜보았다. 둘이 그러고 있을 때면 라이언은 마치 여자 같았다. 아니, 분이 여자 같았다는 게 더 맞을 것이다. 크고, 위엄 있고, 졸린 듯 보이는 그 개는 샘의 말처럼 사람이든 무엇이든 상관하지 않았고, 개 이상의 존재로 보였다. 사납고 무표정하고 냉정한 얼굴의, 인디언의 피가 조금 섞인 사내 분은, 정신은 어린애 수준에 불과했다. 분이 샘과 애시 영감으로부터 라이언에게 먹이를 주는 역할을 인계받은 후, 소년은 녀석이 먹는 동안 분이 차가운 비를 맞으며 주방 옆에 쪼그리고 앉아 있는 모습을 목격하곤 했다. 녀석은 다른 개들과 함께 먹지 않았고, 잠자리도 같이하지 않았다. 사실 사람들은 이듬해 11월까지 녀석이 어디서 자는지 정확하게 알지 못했는데, 그저 샘 파더스의 오두막 옆 개집에서 자겠거니 짐작만 하고 있었다. 그러다가 어느 날 우연히 매캐슬린이 녀석의 잠자리에 관한 무슨 말을 샘에게 했고, 샘이 다시 그 말을 소년에게 전했다. 그리고 바로 그날 밤 소년과 드 스페인 소령과 램프를 든 매캐슬린은, 분이 자고 있는 자그마하고 좁고 통풍도 안 되는 뒷방으로 들어갔다. 그 방은 분의 씻지 않은 몸과 젖은 사냥복에서 풍기는 퀴퀴한 냄새로 가득했다. 반듯이 누워 코를 드르렁거리던 분은 숨이 막혀 깨어났는데, 그 곁에 있던 라이언이 머리를 들고 차갑고 졸린 황색 눈으로 그들을 바라보았다.

"젠장, 분," 매캐슬린이 말했다. "당장 이 녀석을 끌어내. 녀석은 내일 아침 올드벤을 쫓아야 하는데, 밤새도록 네 냄새를 맡으면 스컹크나 쫓아가지 않겠어?"

"내 코는 냄새를 아무리 맡아도 이상 없었는데." 분이 말했다.

"네 코는 중요하지 않아." 드 스페인 소령이 말했다. "너한테 곰을 쫓으라고 하진 않을 테니까. 저 녀석을 끌어내. 다른 개들이 있는 숙소 아래로 데려가."

분은 주섬주섬 일어나며 말했다. "녀석은 제 면전에서 하품이나 재채기를 하거나, 절 건드리는 개는 무조건 숨통을 끊어 버릴 거예요."

"그런 일은 없을 거야." 드 스페인 소령이 말했다. "어떤 개도 그런 모험은 하지 않을 테니까. 아마 자지도 못할걸? 어서 이 녀석을 끌어내. 난 내일 이 녀석의 코가 멀쩡하기를 원하니까. 작년에는 올드벤이 이 녀석을 바보로 만들었지만, 올해는 그런 일은 없어야 해."

부스스한 머리에 때에 절은 기다란 속옷 차림의 분은, 신발 끈도 묶지 않은 채 라이언을 데리고 밖으로 나갔다. 나머지 사람들은 앞방으로 돌아와 다시 포커를 시작했다. 탁자에는 매캐슬린과 드 스페인 소령의 패가 놓여 있었다. 잠시 후 매캐슬린이 말했다. "제가 돌아가서 다시 확인해 볼까요?"

"아니야." 드 스페인 소령이 말했다. 그러고는 월터 유얼에게 "콜," 하고 외치더니 다시 매캐슬린에게 말했다. "확인하고 싶다면 하되 나한테 결과를 말해 줄 필요는 없다. 늙어 가는 티가 나타나기 시작하는 마당에, 내 명령이 지켜지지 않았다는 사실까지 확인하고 싶지는 않아. 알아도 굳이 확인까지 하고 싶지는 않다고." 그러고는 월터 유얼에게 말했다. "원 페어, 낮은 쪽."

"얼마나 낮은데요?" 월터가 물었다.

"아주 낮아." 드 스페인 소령이 말했다.

쌓아 둔 누비이불과 담요 사이에 누워 있던 소년은, 라이언이 벌써 분의 침대로 돌아와 있으리라는 걸 알았다. 그날 밤은 물론 다음 날 밤에도, 그 뒤로 이어질 11월의 숱한 밤들에도, 다음 해의 11월 밤에도 라이언은 분의 옆에서 잠이 들 것이었다. 소년은 생각했다. 샘 할아버지가 무슨 생각을 하고 있는지 궁금해. 아무리 분이 백인이라도, 자기가 녀석을 데리고 있겠다고 하면 그만일 텐데. 소령님이나 매캐슬린 형에게 자기가 맡게 해달라고 부탁할 수도 있고. 맨 처음 라이언과 접촉한 건 샘 할아버지고, 그건 라이언도 알고 있잖아. 하지만 한참 뒤 어른이 된 후 그는 깨달았다. 분이 녀석을 맡은 것도 괜찮았다는 것을, 아니 그게 제대로였다는 것을. 샘은 추장의 핏줄이고, 분은 그냥 평민인 사냥꾼일 뿐이니, 분이 개들을 돌보는 게 맞았다.

라이언이 올드벤을 쫓는 사냥개 무리를 이끌게 된 아침에, 낯선 사람 일곱 명이 야영지에 나타났다. 난데없이 불쑥 나타난 그들은 말라리아가 들끓는 습지에 사는 바짝 마른 사내들이었다. 그들은 일렬로 덫을 만들어 놓고 너구리를 잡거나, 습지 주변에서 목화밭이나 옥수수밭을 일구며 살고 있었다. 입성은 샘 파더스보다 나을 게 없었으며, 테니 아들 짐의 것만큼도 좋아 보이지 않는 낡은 소총과 엽총을 가지고 있었다. 날이 밝으면서 내리기 시작한 차가운 보슬비를 맞으며 그들은 마당 한쪽에 군소리 없이 쪼그리고 앉아 있었다. 잠시 뒤 샘 파더스가 드 스페인 소령에게, 지난여름과 가을 내내 혼자, 아니면 두셋씩 짝을 지어 저들이 야영지로 몰래 들어왔다는 귀띔을 해주고는 잠깐 동안 아무 말 없이 라이언을 바라보다가 자리를 떴다. "안녕하십니까, 소령님. 당신이 오늘 아침에 저 파란 개를 데리고 발가락 두 개짜리 늙은 곰을 사냥한다는 얘기를 들었습니다. 당신이 반대하지 않는다면 우리도 가서 지켜보고 싶습니다. 우리가 놈에게 총을 쏘지는 않을 겁니다. 우리한테 덤벼들지만 않는다면."

"좋으실 대로." 드 스페인 소령이 말했다. "쏴주면 더 좋소. 그리고 놈은 우리 곰이라기보다는 당신네들 곰이라고 하는 게 맞지."

"틀린 말은 아닙니다. 난 놈이 배불리 먹을 만큼 옥수수를 나눠 줬지요. 3년 전에 놈이 먹어 치운 새끼 돼지는 말할 것도 없고."

"나도 내 걸 나눠 줬어요." 다른 사람이 말했다. "곰에게만은 아니지만." 드 스페인 소령이 그를 바라보았다. 그는 씹는담배를 우물거리다가 침을 뱉었다. "어린 암송아지가 지난해에 놈에게 당했어요. 쓸 만한 녀석이었는데. 녀석의 마지막 모습은, 꼭 지난 6월 놈에게 당한 당신네 망아지 같았어요."

"오호." 드 스페인 소령이 말했다. "어쨌든 환영하오. 내 사냥개들 앞에서 게임이 벌어지면, 지체 말고 쏘시오."

하지만 그날 아무도 올드벤을 쏘지 못했다. 놈을 본 사람조차 없었다. 100야드 안에 있는 작은 빈터에서 개들이 놈에게 뛰어오르기는 했었다. 소년이 열한 살이던 여름에 놈과 마주쳤던 바로 그곳에서. 소년은 거기서 4분의 1마일도 채 안 되는 곳에 있었기에 개들이 달려드는 소리를 들을 수 있었지만, 라이언이 그 무리 안에 있는지 없는지는 가려낼 수 없었다. 하지만 그는 라이언이 그 무리에 끼어 있지 않을 거라고, 왠지 그렇게 믿고 싶었다. 올드벤을 쫓는 사냥개들의 속도가 전보다 훨씬 빠르다는 사실도, 그들의 짖는 소리가 더 이상 히스테릭한 높고 얇은 소리가 아니라는 사실도, 그의 잘못된 믿음을 바로잡아 주기에는 충분하지 못했다. 그날 밤, 샘이 라이언은 추적하면서도 절대 울부짖지 않을 거라는 얘기를 해준 뒤에야 소년은 비로소 자신의 믿음이 틀렸음을 수긍했다. "녀석은 올드벤의 목덜미를 붙고서야 으르렁거리는 소리를 낼 거야." 샘이 말했다. "하지만 결코 소리 높여 짖어 대진 않을 거야. 2인치 두께의 문으로 달려들 때도 짖지는 않았잖아. 그게 바로 녀석에게 푸른 개의 피가 흐르고 있다는 증거야. 그 개 이름이 뭐더라?"

"에어데일." 소년이 말했다.

라이언은 아까 정말 그 무리 안에 있었지만, 위치가 곰에게 달려들기엔 강과 너무 가까웠었다. 밤 11시경에 라이언과 함께 돌아온 분은, 라이언이 한 번 올드벤을 궁지로 몰아넣었는데 다른 개들이 감히 달려들지 못해 올드벤이 강으로 달아나 몇 마일 아래까지 헤엄쳐 달아났다고 단언했다. 그리고 자신과 라이언은 둑을 따라 10마일이나 내려가 강을 가로질러 반대편 둑까지 가면서 계속 놈을 찾아보았으나, 날이 너무 어두워져 더 이상 추적하지 못했다고 했다. 그리고 자신들이 강을 건넌 얕은 여울에서 놈의 흔적을 찾지 못한 걸 보면, 놈이 그 여울 너머까지 계속 헤엄쳐 간 것 같다고 했다. 그러고는 다른 사냥개들을 욕하며 애시 영감이 가져다준 저녁밥을 먹어 치우고는 잠자리로 갔다. 얼마 뒤 소년은 천둥 같은 코 고는 소리가 들리고 퀴퀴한 냄새가 풍기는 조그만 방의 문을 열었다. 크고 육중한 개가 분의 베개에 기대고 있던 고개를 들고는 한동안 소년을 향해 눈을 껌벅거리더니 다시 고개를 떨구었다.

다시 이듬해 11월이 돌아왔고 그 2주의 마지막 날, 그러니까 올드벤을 위해 관례적으로 비워 두는 바로 그날, 열 명이 넘는 낯선 방문객들이 찾아왔다. 이번에는 습지 사람들뿐 아니라 도회지 사람들도 몇 명 있었다. 카운티 청사가 있는 제퍼슨 같은 큰 도시 사람들이 라이언과 올드벤에 대한 소문을 듣고, 그 거대한 푸른 개와 발가락 두 개짜리 늙은 곰의 대결을 지켜보러 온 것이었다. 그들 중 몇몇은 바로 전날 가게에서 산 사냥복과 부츠만 착용하고 있을 뿐, 총은 아예 없었다.

이번엔 라이언이 강에서 5마일 이상이나 떨어진 데서 올드벤에게 덤벼들어 놈을 궁지에 몰아넣었는데, 다른 사냥개들도 필사적으로 경쟁하듯 합세했다. 거기서 아주 가까운 곳에 있던 소년은 개들의 소리는 물론

분이 흥분해 내지르는 소리도 들었다. 또한 콤슨 장군이 발사한 두 발의 총성도 들었다. 하나는 다섯 발들이 산탄총의 총성이었고, 다른 하나는 단발총의 총성이었는데, 말이 날뛰어서 강제로 끌어당겨야 할 정도로 지근거리에서 올드벤을 향해 쏜 것이었다. 다시 사냥개들 소리가 들려오자 소년은 곰이 도망쳤음을 알 수 있었다. 소년은 폐가 터질 듯 숨을 몰아쉬며 넘어질 듯 휘청거리는 다리로 총소리가 난 곳으로 달려갔다. 도착하니 올드벤에 의해 숨통이 끊긴 사냥개 두 마리가 보였다. 콤슨 장군의 총알에 맞은 곰의 핏자국도 보였지만, 소년은 그것을 따라 더 달려갈 수는 없었다. 그는 나무에 등을 기댄 채 가쁜 호흡과 날뛰는 심장박동을 진정시키며, 저 멀리 사라지는 개들의 소리를 들었다.

그날 밤 야영지에는 숲에서 온종일 길을 잃고 헤매다가 샘 파더스에 의해 구조된, 새 사냥복과 부츠 차림의 다섯 명의 손님이 여전히 공포에 휩싸인 채 머물고 있었다. 소년은 야영지 숙소에서 나머지 이야기, 즉 라이언이 다시 한 번 그 곰을 멈추게 해 궁지로 몰아넣은 얘기를 들었다. 그때 다른 사냥개나 말들은 놈에게 접근할 엄두도 못 냈으나, 야생동물의 피 냄새 따위는 상관하지 않는 외눈박이 노새는 계속 놈에게 다가갔다고 했다. 그런데 그 노새에 타고 있던 사람이 하필 이제껏 아무것도 명중시킨 적이 없는 분이었다. 분은 펌프식 연발총을 다섯 번이나 쏘았지만 한 발도 명중시키지 못했고, 그사이 올드벤은 또 다른 사냥개의 숨통을 끊어 놓고는 다시 한 번 달아나 강으로 사라졌다고 했다. 그 뒤에도 분과 라이언은 둑을 따라 멀리까지 쫓아갔으나, 강을 건넜을 때 벌써 어둠이 내리기 시작했고 그 후 채 1마일도 못 가 완전히 어두워졌다고 했다. 그 어둠 속에서 라이언이 강에서 나온 올드벤의 몸에서 떨어진 듯한 핏자국을 찾아내 광분했으나, 다행히도 녀석이 끈에 묶여 있었기에 분이 노새에서 내려 육탄전을 벌인 끝에 녀석을 야영지로 데려올 수 있었다고 했다. 그러나 이번에는 분은 다른 사냥개들을 욕하지 않고, 흙투성이인 채로 기진맥진해서 숙소 문가에 서 있었다. 거대한 괴물 석상 같은 그의 얼굴은 비극적이면서도 여전히 놀라움에 휩싸여 있었다. "놈을 놓쳐 버렸어요." 그가 말했다. "25피트도 안 되는 거리에서 다섯 번이나 쏘았는데도 놈을 못 잡다니."

"그래도 피를 흘리게는 했잖아." 드 스페인 소령이 말했다. "콤슨 장군이 놈의 피를 뽑아냈잖아. 여태 그런 적도 없었는데, 그것만 해도 어딘가."

"하지만 전 놈을 맞히지 못했어요." 분이 말했다. "다섯 번 다 맞히지 못했다고요. 라이언이 정면으로 절 노려봤어요."

"신경 쓰지 말게." 드 스페인 소령이 말했다. "끝내주게 멋진 시합이었고, 어쨌거나 우린 녀석을 피 흘리게 했네. 내년엔 콤슨 장군이나 월터에게 외눈박이 케이티를 타라고 해야겠어. 그러면 놈을 잡을 수 있을 거야."

그때 매캐슬린이 물었다. "라이언은 어딨지, 분?"

"샘 아저씨 오두막에 두고 왔어." 분이 말했다. 그는 뒤돌아 문을 나서며 말했다. "난 녀석과 잘 자격이 없는 놈이니까."

그래서 소년은 라이언을 증오하고 두려워했어야 했다. 그러는 것이 마땅했다. 그러나 그는 그러지 못했다. 소년은 무언가 숙명적인 일이, 아직 자신은 모르는 무슨 일이 시작될 것임을 느꼈다. 아니, 이미 시작된 것 같았다. 마지막 장이 무대 위에 펼쳐지고 있는 듯했다. 그것은 뭔가가 끝나 가고 있음을 의미했지만, 자신이 할 수 있는 것은 아무것도 없었다. 다만 그게 무슨 일이든 슬퍼하지 않을 거라는 것만은 알 수 있었다. 소

년은 자신이 그 일의 일부가 된 자격을 가지게 된 것을, 아니 그 일을 목
격할 수 있었던 것 자체를 겸허하고 자랑스럽게 받아들일 것이었다.

Ⅲ

　12월이었다. 그해 12월은 소년의 기억 속에서 가장 추운 12월이었다.
그들은 2주에서 나흘이나 지나도록 야영지에 머물고 있었다. 날씨가 풀
려서 라이언과 올드벤의 시합이 재개되기를 기다리면서. 그러고 나면 야
영지에서 철수해 집으로 돌아갈 예정이었다. 곰을 구경도 못한 채 날씨
가 풀리기를 기다리며 흘려보낸 며칠 동안 그들은 포커 게임 외엔 아무
것도 하지 않았다. 위스키가 바닥나자, 소년과 분은 술을 더 가져오기
위해 드 스페인 소령이 양조업자 셈스 씨에게 쓴 쪽지와 여행 가방을 챙
겨 멤피스로 떠나게 되었다. 드 스페인 소령과 매캐슬린이 소년도 딸려
보낸 것은, 분이 적어도 몇 병 정도는 온전히 갖고 돌아올 수 있게 하기
위한 조치였다.
　테니의 아들 짐이 3시에 소년을 깨웠다. 그는 오싹한 한기를 느끼며
재빨리 옷을 입었는데, 많이 춥지는 않았다. 불이 벌써 화로 속에서 지
글거리며 타고 있었기 때문이다. 하지만 엄동에는 혈액순환과 심장 박
동이 느리고 잠도 푹 자지 못하기에 몸 상태가 온전하지는 못했다. 새벽
이 오려면 아직 세 시간은 남은 그 밤중에 숙소에서 주방 건물까지 쇠
처럼 얼어붙은 땅을 건너가니, 강렬한 어둠이 혓바닥과 입천장을 지나
폐 깊숙한 곳까지 흘러드는 느낌이었다. 난로의 온기로 창문에 뿌연 김
이 서린 주방으로 들어서니, 분은 벌써 식탁 앞에 앉아 접시에다 코를

박고 아침을 먹고 있었다. 음식을 씹어 대는 푸르스름한 턱에는 까슬까
슬한 수염이 돋아 있었다. 얼굴은 언제 세수를 했는지 꼬질꼬질했고, 말
갈기 같은 거친 머리칼은 언제 빗질을 했는지 엉망으로 헝클어져 있었
다. 치카소 족 인디언 할머니를 가져 4분의 1쯤은 인디언인 그는 이따금
자신의 몸에 이방인의 피가 섞여 있다는 사실에 주먹을 쥐며 분통을 터
뜨렸지만, 위스키에 취했을 땐 자신의 아버지는 온전한 치카소 족 혈통
의 추장이었고 어머니도 반은 백인이었다며 역시나 주먹을 불끈 쥐곤
했다. 그의 키는 무려 195센티미터나 되었으나 정신 상태는 어린이이에
불과했다. 심장은 말처럼 튼튼했고, 못생긴 얼굴에는 지혜도 심술도 너
그러움도 사악함도 부드러움도, 그 어떤 것도 담겨져 있지 않은 단춧구
멍보다 작은 냉정한 눈이 박혀 있었다. 소년은 이제껏 그렇게 못생긴 얼
굴은 본 적이 없었다. 누군가가 축구공보다 조금 큰 호두에 망치로 이목
구비를 새긴 뒤, 붉은 칠을 해놓은 것 같았다. 인디언의 적색 피부보다
밝은 톤의 그 붉은빛은 위스키 때문이기도 하겠지만, 행복에 겨워 미친
듯 밖으로 돌아다닌 결과이기도 했다. 그 얼굴에 잡힌 주름들도 40년
인생이 만들어 놓은 것이라기보다는 밖으로 돌아다니다가 햇살에 눈을
찌푸리거나, 어두운 등나무 숲에 숨은 사냥감을 살피느라 눈을 찡그린
탓 같았다. 날이 밝기를 기다리며 11월이나 12월의 차가운 땅바닥에 드
러누워 잠을 자는 동안, 모닥불이 그 주름들을 바짝 익혀 놓았으리라.
그에게 시간이란 그저 가르고 지나가는 공기와 같아서, 나이 듦과는 무
관했다. 그는 용감하고 충직했지만 부주의하기도 해서 믿음직스럽지는
못했다. 직업도 기술도 없는 그는 악덕과 미덕을 동시에 지니고 있었는
데, 전자는 음주벽이요 후자는 드 스페인 소령과 매캐슬린에 대한 절대
적이고 의심 없는 충성심이었다. 언젠가 드 스페인 소령은 이렇게 말했

다. "가끔은 그 둘 모두를 미덕이라고 부르고 싶다네." 그러자 매캐슬린이 말했다. "둘 다 악덕이기도 하죠."

고기 냄새 때문인지 머리맡을 지나는 발자국 소리 때문인지 개들은 잠에서 깨 있었고, 소년은 녀석들의 소리에 귀 기울이며 아침을 먹었다. 라이언이 다른 개들에게 딱 한 번, 짧고 위압적으로 자신의 덩치와 힘과 용기에 걸맞은 소리를 질렀다. 최고의 사냥꾼도, 멍청이만 없다면 모두에게 딱 한 번만 지시를 내린다. 개들 중에 더 이상 멍청이는 없었다. 지난해 올드벤이 마지막 멍청이의 숨통을 끊어 놓았기 때문이었다.

테니의 아들 짐이 안으로 들어온 것은 분과 소년이 식사를 다 마쳤을 때였다. 그는 설거지를 하러 들어온 것이었고, 그들 둘을 목재 운송 열차 선로까지 데려다 줄 마차는 애시 영감이 몰겠다고 자청한 상태였다. 둘은 그 선로에 도착하면 깃발로 신호를 보내 운송 열차에 탈 예정이었다. 소년은 애시 영감이 마차를 몰겠다고 자청한 이유를 알고 있었다. 그가 분을 괴롭히는 것을 여러 번 봐왔기 때문이었다.

날은 차가웠고, 마차 바퀴가 요란한 소리를 내며 얼어붙은 땅 위를 굴렀다. 딱딱하게 굳은 하늘에 별빛이 초롱초롱 빛났다. 소년은 추위 때문에 몸을 떨진 않았다. 하지만 마차의 움직임 때문에 몸이 천천히 지속적으로 흔들리고 있었다. 배에는 여전히 뜨뜻한 음식이 가득 차 있었는데, 계속 그렇게 몸이 흔들리다 보니 위장이 축 늘어지는 기분이었다. "이런 날 아침엔 사냥을 나가지 않겠죠?" 소년이 말했다. "오늘 같은 날엔 개들 코도 얼어붙을 테니까요."

"라이언만 빼고." 애시 영감이 말했다. "라이언에겐 코는 필요 없으니까. 곰만 있으면 되니까." 그는 마대 자루로 발을 감싸고 주방 바닥에 깔려 있던 누비 담요를 머리에 뒤집어쓰고 있었는데, 희미한 별빛 아래 드러난 그 모습은 소년이 이제껏 한 번도 본 적 없는 형상이었다. "녀석은 1천 에이커 빙판을 지나서도 곰을 쫓아갈 거야. 놈을 잡아챌 수도 있을 걸. 다른 개들은 곰을 쫓아가는 라이언을 뒤따라가지도 못할 거야."

"다른 개들한테 대체 무슨 문제가 있다고 그래요?" 분이 물었다. "대체 아저씨가 뭘 안다고 그래요? 조막만 한 땔감 나무 베러 나오는 것 빼면, 주방 밖으로 나오지도 않으면서."

"다른 개들한테 문제가 있다는 게 아니야." 애시 영감이 말했다. "녀석들이야 그냥 놔두면 문제없이 잘 살겠지. 그 녀석들을 보고 있으면 어떻게 하면 나도 저렇게 평생 내 한 몸 건사하며 살 수 있을까 궁금한 지경인걸."

"어쨌거나, 오늘 아침엔 사냥을 나가지 않을 거예요." 분이 말했다. 그의 거친 목소리는 확신에 차 있었다. "소령님이 저랑 아이크가 돌아올 때까진 나가지 않을 거라고 약속했어요."

"오늘은 날씨가 풀릴 거야. 보들보들해질 거라고. 밤엔 비도 올 거야." 그렇게 말한 뒤 애시 영감은 누비 담요로 얼굴을 온통 가린 채 낄낄거리며 웃어 댔다. "서둘러라, 노새들아!" 그가 고삐를 당기자 노새들이 앞으로 확 뛰쳐나가며 마차를 몇 피트쯤 끌고 가다가 다시 속도를 늦추며 보폭을 좁혀 걸었다. "그런데, 소령이 왜 자네들을 기다려 줘야 하는지 이유를 알고 싶군. 그 사람에게 필요한 건 라이언이라고. 자네가 곰이나 다른 짐승을 잡아 야영지로 돌아왔다는 말은 내 들어 본 적이 없는걸."

이제 분이 애시 영감한테 욕을 퍼붓겠지. 어쩌면 한 대 칠지도 몰라. 소년이 생각했다. 하지만 분은 그러지 않았다. 전에도 주먹질을 한 적은 없었다. 분이 4년 전에 총질을 한 적은 있었다. 남에게 빌린 권총으로, 제퍼슨 시내 거리에서 흑인에게 다섯 발을 쏜 적이 있었다. 하지만 그때도 가을

198

에 올드벤을 쏘았을 때처럼 총알이 다 빗나갔었다. 소년은 앞으로도 분이 애시 영감을 때리지 않을 것임을 실은 잘 알고 있었다. "신에게 맹세컨대," 분이 말했다. "오늘 밤 내가 돌아올 때까지는 라이언이나 다른 개를 데리고 사냥을 나가는 일은 없을 거예요. 나한테 약속했다니까요. 노새들한테 채찍질이나 해요, 계속 좀 치라고요! 내가 얼어 죽길 바라는 거예요?"

목재 운송 열차 선로에 도착한 그들은 불을 피웠다. 얼마 뒤 목재 운송 열차가 숲을 헤쳐 나오자, 분이 푸르스름하게 밝아 오는 동쪽 하늘 아래서 깃발을 흔들었다. 잠시 후 분과 차장과 제동수는, 훗날 사람들이 설리반과 킬레인, 더 훗날엔 뎀프시와 터니 같은 헤비급 권투선수들에 대해 얘기를 나누게 되듯이, 라이언과 올드벤에 대해 얘기를 나눴다. 소년은 따뜻한 승무원 칸에서 잠이 들었다. 완충장치가 되어 있지 않은 승무원 칸이 기울어져 덜커덩거릴 때마다 소년의 몸도 이리저리 흔들렸는데, 그 와중에도 그들의 얘기 소리는 고스란히 그의 귀에 들어왔다. 올드벤이 죽인 새끼 돼지와 송아지, 놈이 뒤죽박죽으로 만들어 놓은 헛간, 놈이 부서뜨린 덫과 올가미들, 그리고 놈의 몸속에 박혀 있을지 모르는 납탄에 관한 이야기들이었다. 그들의 얘기는 다 그 늙은 곰에 대한 것이었다. 지난 40년 동안 덫에 발이 망가진 다른 곰들은 '두 발가락'이나 '세 발가락' 혹은 '절름발이'라 불리던 땅에서, 인간 남자도 마다하지 않을 올드벤이라는 이름을 얻은, (콤슨 장군이 곰의 수령이라 지칭한) 그 유일무이한 곰에 관한 얘기만 떠들어 내고 있었다.

그들이 호크스에 도착한 것은 해가 뜰 무렵이었다. 사냥복을 입은 그들은 따뜻한 승무원 칸에서 나왔다. 분의 얼룩 묻은 군복 바지, 진흙투성이 부츠, 면도하지 않은 지저분한 턱은 호크스에선 그리 눈에 띄지 않았다. 본 선로에서 갈라져 나온 측선 가에 늘어서 있는 제재소, 물자 보급소, 두 개의 상점, 가축을 싣고 내리는 가축 상하차장에서 일하는 사람들 역시 부츠에 군복 바지 차림이었기 때문이다. 곧 멤피스 행 열차가 들어왔다. 분은 선머슴 같은 신문팔이 소녀에게서 당밀 바른 팝콘 세 봉지와 맥주 한 병을 샀고, 소년은 팝콘을 으적으적 씹어 대는 소리를 들으며 다시 잠에 빠졌다.

멤피스에 도착하자 분의 행색은 도드라져 보였다. 높다란 건물과 견고한 포장도로, 멋진 마차들과 천도마차들, 빳빳하게 풀 먹인 칼라와 넥타이 차림의 남자들 앞에 서니, 그의 부츠와 군복 바지는 더욱 지저분하고 초라해 보였고, 수염은 더 꾀죄죄해 보였으며, 인상마저 더욱 험악하게 보였다. 숲 밖으로 나오지 말았어야 할 모습이었다. 그를 아는 누군가가, 가령 드 스페인 소령이나 매캐슬린이 '걱정 마세요. 저 사람은 아무도 해치지 않습니다'라고 말을 해줘야 할 것 같았다. 이빨 사이에 긴 팝콘을 빼내려고 연신 혓바닥을 움직거리며 버터 바른 유리처럼 반들반들한 역사 바닥을 통과하는 그는, 두 다리를 쩍 벌리고 엉덩이를 쑥 뺀 자세로 걷고 있었다. 얼굴에 돋은 까끌하고 푸르스름한 수염은, 마치 새로 장만한 총의 총신에 난 줄질 자국 같았다. 그들 눈에 첫 번째 술집이 보였다. 문이 닫혀 있는데도 소년의 콧속으로 톱밥 냄새와 오래 묵은 술냄새가 밀려드는 것 같았다. 분은 기침을 하기 시작했다. 왜 그런지 족히 1분은 그렇게 기침을 해댔다. "우라질 감기," 그가 말했다. "대체 어디서 걸렸을까."

"역사 안에서겠죠." 소년이 말했다.

분은 다시 기침을 해대더니, 걸음을 멈추고 소년을 바라보며 물었다. "뭐라고?"

"야영지를 떠날 때도 괜찮았고 기차에서도 괜찮았잖아요." 그렇게 말하는 소년을 분이 눈을 깜박거리며 바라보았다. 그러고는 깜박임을 멈추고 기침도 하지 않은 채, 나직한 목소리로 말했다.

"1달러만 빌려 줘. 제발. 가지고 있잖아. 넌 돈이 생겨도 늘 쓰지 않고 갖고 있잖아. 네가 짠돌이란 얘기는 아니고, 보아하니 사고 싶은 것도 없는 것 같아서 하는 소리야. 내가 열여섯 살 때는 내 손에 1달러 지폐가 들어오면 은행 이름 읽을 시간도 없었지." 그가 조용히 말했다. "1달러만 줘, 아이크."

"아저씨, 소령님하고 약속했잖아요. 매캐슬린 형하고도요. 야영지로 돌아간 때까진 안 그러겠다고."

"그랬지." 분은 참을성 있는 목소리로 나직하게 말했다. "겨우 1달러로 뭘 하겠니? 네가 더 빌려 줄 리도 없고."

"잘 아시네요." 소년 역시 나직한 목소리로 말했다. 소년은 차가운 표정을 짓고 있었지만, 분에게 화가 난 건 아니었다. 예전의 일을 생각하고 있었다. 그날 분은 주방의 딱딱한 의자에서 코를 골며 자다가 시계를 확인하고는 소년과 매캐슬린을 깨워 제퍼슨까지 17마일을 마차를 몰아 멤피스 행 기차에 올랐었다. 멤피스에서 아직 고삐를 매본 적도 없는 텍사스 산 야생 얼룩 망아지를 본 소년은, 매캐슬린을 설득해 경매에서 4달러 75센트에 그 망아지를 사서 얌전한 암말 두 마리 사이에다 넣고 가시철사를 둘러 집으로 데려왔었다. 망아지는 껍질 간 옥수수를 한 번도 본 적이 없는지 그걸 먹으려 하지 않았다. 벌레로 여기는 것 같았다. 분은 이제 망아지가 고분고분해졌다며(당시 소년의 나이는 열 살이었고, 분은 평생을 열 살짜리 애처럼 사는 사람이었다) 깜둥이 넷을 데려와 녀석을 붙들게 하고 머리에 자루를 덮어씌운 후, 뒤로 끌고 가서 바퀴 두 개짜리 낡은 수레에다 매고는 마구를 걸었다. 그러고는 소년과 함께 수레에 올라타고는 말했다. "됐어. 이제 돼도 돼." 그러자 깜둥이들 중 하나가 — 테니의 아들 짐이었다 — 망아지 머리에 씌운 자루를 벗기고 잽싸게 물러섰다. 그러자마자 눈 깜빡할 사이에 수레가 열린 대문 기둥에 부딪치면서 첫 번째 바퀴가 빠져나갔고, 그 순간 분이 소년의 목덜미를 낚아채 길가의 도랑으로 내던졌다. 소년은 이후의 상황은 부분적으로밖에 보지 못했다. 나머지 바퀴 하나는 옆문을 부술 듯 때린 뒤 뒷마당을 가로질러 현관 복도로 튀어 올랐고, 수레에서 뜯겨져 나간 파편들이 길 여기저기 흩어졌다. 땅바닥에 배를 댄 채 여전히 고삐를 꽉 쥐고 있던 분은 자욱한 먼지를 날리며 빠르게 사라졌다. 결국 고삐는 끊어졌고, 이틀 뒤 7마일쯤 떨어진 곳에서 발견된 망아지 목에는 여전히 멍에와 굴레가 걸려 있어 한꺼번에 두 개의 목걸이를 두른 공작 부인처럼 보였다. 소년은 그때 생각을 하며 분에게 1달러를 주었다.

"그래야지." 분이 말했다. "추우니까 너도 들어가자."

"춥지 않아요." 소년이 말했다.

"레모네이드쯤은 마실 수 있잖아."

"마시고 싶지 않아요."

분이 들어가자 술집 문이 닫혔다. 이제 해는 중천에 떠 있었다. 애시 영감은 밤에 비가 올 거라고 했지만 날은 화창했고, 어느새 따뜻해져 있었다. 내일은 사냥을 나갈 수 있을 것 같았다. 숲으로 들어가면 가슴이 벅차오르는 느낌은, 그곳에 들어간 첫날부터 지금까지 조금도 변함이 없었다. 앞으로 아무리 더 오래 사냥을 하고 추격전을 벌이더라도 그 느낌은 변하지 않을 터였다. 최고의 호흡과 겸손과 자신감도 잊지 않을 것이었다. 사냥 생각은 거기서 멈추어야 했다. 그의 마음은 벌써 기차역으로 돌아가 남쪽으로 향하는 첫 기차에 올라타고 있었기 때문이었다. 그래서 사냥 생각은 그쯤에서 멈추어야 했다. 거리는 부산스러웠다. 그는 짐수레를 끄는 덩치 큰 노르망디 산 페르슈 말을 눈여겨보았다. 멋진 코트를 차려입은 남자들과 모피를 걸친 발그레한 얼굴의 여자들이 멋진 마차에서 내려 기차역으로 들어가고 있었다. (소년과 분은 아직 기차역에서 두 번째 건물에 있었다.) 20년 전 소년의 아버지는 포러스트* 사령관 휘하의 사토리스 대령이 이끄는 기병대의 일원으로 말을 타고 멤피스로 들어와 메인 가를 거슬러 올라가, (전하는 얘기에 따르면) 북군 장교들이 가죽 의자에 앉아 밝은색 높다란 타구에 침을 뱉고 있는 가요소 호텔 로비로 들어갔다가 털끝 하나 다치지 않고 나왔다……

소년의 뒤에서 술집 문이 열렸다. 분이 손등으로 입을 닦으며 말했다. "좋았어. 이제 가서 볼일을 보고 이 빌어먹을 동네를 뜨자고."

둘은 양조장으로 가서 가방을 채웠는데, 분은 언제 어디서 챙겼는지 다른 술병도 하나 가지고 있었다. 셈스 씨가 주었을 게 뻔했다. 그 술병은 해가 질 무렵 호크스에 도착했을 때 바닥이 났다. 양조장에서 출발할 때만 해도 두 시간 안에 호크스 행 기차를 탈 수 있을 것 같았다. 드스페인 소령과 매캐슬린이 꼭 그러라고 분에게 명령했고, 소년을 함께 보낸 것도 그 명령을 지키게 하기 위해서였다. 그래서 그들은 곧장 기차역으로 돌아갔다. 분은 그곳 화장실에서 첫 모금을 들이켰다. 제모를 쓴 한 남자가 다가와 여기선 술을 마시면 안 된다고 하려다가, 분의 얼굴을 보고는 아무 말 않고 가버렸다. 그다음에 분은 식당으로 들어가 테이블

---

*Nathan Bedford Forrest(1821~1877). 노예무역, 목화 농장 등으로 돈을 모으고 남북전쟁이 터지자 남부군 기병 장군으로 활약했으며, 남북전쟁 마지막 해인 1865년에는 흑인 테러 조직 KKK를 창설한 악명 높은 인물.

아래에서 물 잔에 술을 몰래 따르다가 지배인(여자였다)으로부터 여기선 술은 안 된다는 얘기를 듣고는 다시 화장실로 갔다. 라이언과 올드벤을 알지도 못하고 그놈들 얘기를 듣고 싶어 하지도 않는 깜둥이 종업원과 식당 손님들에게 그놈들에 대해 주절주절 떠들어 댔던 분은, 화장실에 다녀오더니 불현듯 동물원 얘기를 꺼냈다. 3시에 호크스 행 기차가 또 하나 있으니 동물원에 갔다 오자는 것이었다. 그러다가 다시 화장실로 가서 한 모금 들이켜고 오더니, 바로 다음 기차를 타고 돌아가서 라이언을 데리고 여기로 오자고 했다. 아이스크림과 손가락 모양의 카스텔라를 먹는다는 동물원 곰들과 싸움을 붙여 보자면서.

그러다가 둘은 애초에 타려던 첫 기차를 놓치고 말았다. 하지만 소년은 3시 기차에는 무사히 분을 태워 상황을 수습했다. 기차에 탄 분은 그때부터 화장실이 아니라 복도에서 대놓고 술을 마시며 듣고 싶어 하지도 않는 사람들에게 라이언에 대해 떠들어 댔다. 하지만 누구도 여기선 술을 마셔선 안 된다는 말을 하지 못했다. 기차역 화장실 남자가 그랬듯이.

저물녘 호크스에 도착했을 때, 분은 잠들어 있었다. 소년은 그를 깨워 내리게 하고 기차에서 여행 가방도 끌어 내린 다음, 제재소 배급소에서 그에게 저녁을 좀 먹이기까지 했다. 덕분에 숲으로 돌아가는 목재 운송 열차의 승무원 칸에 올랐을 때, 분은 술이 깬 상태였다. 붉게 물들어 있던 하늘은 어느새 어둑해졌는데, 그날 밤에는 땅이 얼어붙을 것 같지는 않았다. 완충장치가 없는 승무원 칸은 연신 덜커덩거렸고, 분과 제동수와 승무원이 다시 라이언과 올드벤 얘기에 빠져 있는 동안 소년은 벌겋게 달아오른 난로 뒤에 앉아 잠이 들었다. 제동수와 승무원은 고향 사람이라, 분의 얘기에 맞장구를 칠 수 있었다. "날이 흐린 걸 보니 땅이 풀릴 거야." 분이 말했다. "내일 라이언이 놈을 잡게 되겠군."

물론 놈을 잡는 건 라이언이나 다른 누군가이지 분일 리는 없었다. 분이 이제껏 다람쥐보다 큰 것은 맞혀 본 적 없다는 사실은 누구나 다 알고 있었다. 단 하나 예외가 있다면, 그가 깜둥이 남자를 쏘았던 날 총알이 빗나가 맞힌 어느 깜둥이 여자였다. 드 스페인 소령의 깜둥이 마부에게서 빌린 총으로 분은 10피트도 안 되는 곳에 서 있는 덩치 큰 깜둥이 남자를 다섯 발이나 쐈지만, 총알은 다 빗나갔다. 깜둥이도 우편 주문으로 산 1달러 50센트짜리 권총을 꺼냈지만 찰칵 찰칵 찰칵 찰칵 찰칵, 다섯 번 소리만 낼 뿐 발사가 되지 않았다. 분이 쏜 빗나간 총알들은 두꺼운 판유리 한 장을 깨뜨렸고 우연히 옆을 지나가던 깜둥이 여자의 다리도 맞혀 버렸다. 그 바람에 매캐슬린과 드 스페인 소령이 카드 뽑기를 해 전자가 판유리 값 45달러를, 후자가 다리 보상금을 물어야 했다. 올해 들어 사냥을 나간 첫날 아침에 수사슴 한 마리가 분의 머리를 훌쩍 뛰어넘고 지나가자, 소년은 분의 오래된 펌프식 연발총이 뺑, 뺑, 뺑, 뺑, 뺑, 하고 다섯 번 울리는 소리를 들을 수 있었다. 뒤이어 분의 목소리도 들려왔다. "빌어먹을, 놈이 그쪽으로 가! 막아! 놈을 막으라고!" 잠시 후 소년은 수사슴이 남긴 발자국과 함께, 거기서 스무 걸음도 안 되는 곳에 떨어져 있는 다섯 개의 탄피를 볼 수 있었다.

그날 저녁 야영지로 돌아와 보니, 제퍼슨에서 온 손님 다섯 명이 와 있었다. 베이어드 사토리스 씨와 그의 아들, 콤슨 장군의 아들, 그리고 또 다른 두 사람이. 이튿날 새벽 잠에서 깬 소년이 창밖을 내다보니, 애시 영감의 예상대로 회색빛 하늘에서 가랑비가 떨어지고 있었고, 10년 동안 올드벤에게 옥수수와 새끼 돼지와 송아지까지 바쳐야 했던 습지 사람들 20여 명이 쭈그리고 앉아 있었다. 그들의 모자와 사냥복과 바지는 도시에서라면 깜둥이들조차 내다 버리거나 태워 버릴 정도로 낡아 빠진 것들이었는데, 그나마 가죽 부츠는 튼튼하고 온전했다. 그들이 든 총도 푸른빛이 다 사라진 낡은 것이었고, 몇 명은 아예 총이 없었다. 숙소 안 사람들이 아침을 먹는 동안 10여 명이 더 도착했는데, 말을 타고 온 사람들도 있고 걸어서 온 사람들도 있었다. 그들 대부분은 야영지 13마일 아래에 있는 벌목장과 호크스 제재소에서 일하는 일꾼들이었고, 유일하게 총을 가진 한 사람은 목재 운송 열차의 승무원이었다. 그래서 그날 아침 드 스페인 소령은 전쟁이 끝나 가던 1864~1865년에 자신이 거느렸던 병사들과 비슷한 수의 사람들을 이끌고 숲으로 들어가야 했다. 몇몇이 무장하지 않았다는 점만 빼면 그때와 비슷한 상황이었다. 그들 모두가 마당에 다 들어가지 못해 몇몇은 길에 나와 있었는데, 바로 그 길에 암말에 탄 드 스페인 소령이 있었다. 지저분한 앞치마를 두른 애시 영감이 카빈 소총에 기름칠한 탄약통을 밀어 넣고는, 총을 소령에게 올려 주었다. 소령이 탄 말의 등자 옆에는 개라기보다는 말이라고 해야 할 만큼 거대한 푸른색 개가 위엄 있는 표정으로 서 있었다. 졸린 듯 껌벅거리는 그 황색 눈은 여느 때처럼 아무것도 쳐다보지 않았고, 분과 테니의 아들 짐이 목줄로 붙들고 있는 사냥개들의 짖는 소리에도 아무런 반응을 하지 않았다.

"오늘 아침엔 콤슨 장군께서 케이티를 타시지요." 드 스페인 소령이 말했다. "지난해에 장군께서 곰을 피 흘리게 하셨는데, 그때 저 노새에 타고 계셨더라면 분명……"

"아닐세." 콤슨 장군이 말했다. "노새든 말이든 무얼 타고 숲을 헤치고 다니기엔 난 너무 늙어 버렸네. 게다가 지난해에도 난 곰을 놓쳤지 않은가. 오늘 아침엔 그냥 감시대에나 가 있겠네. 케이티에는 저 소년을 태우게."

"아니, 잠깐만요." 매캐슬린이 말했다. "아이크는 앞으로 얼마든지 곰 사냥을 할 기회가 있어요. 다른 사람에게……"

"아니야." 콤슨 장군이 말했다. "나는 아이크가 케이티를 탔으면 하네. 저 아이는 자네나 나보다 숲에 대해 더 잘 알고 있어. 10년 후면 월터만큼이나 훌륭한 사냥꾼이 될 거야."

자신의 귀를 의심할 수밖에 없었던 소년은, 드 스페인 소령의 말에 겨우 정신을 차려 짐승의 피 냄새에 아랑곳하지 않는 그 외눈박이 노새에 올라탔다. 그 위에서 내려다보니, 소령의 말 옆에서 미동도 없이 서 있는 개가 평소보다 훨씬 더 커 보였다. 머리통은 거대했고, 가슴은 소년의 것만큼이나 널찍했다. 푸른 가죽에 덮인 근육은 그 누가 만져도 움찔하지 않았는데, 온몸으로 피를 흘려보내는 놈의 심장이 그 누구도 사랑하지 않기 때문이었다. 라이언은 말과 비슷한 체중과 스피드를 가졌지만, 또한 말이 따라올 수 없는 용기와 의지와 욕망도 가지고 있었다. 단순히 사냥감을 추적해 숨통을 끊어 놓겠다는 의지와 욕망이 아니라, 상상 가능한 모든 육체적 한계를 견뎌 내겠다는 의지와 욕망이었다. 순간 라이언이 소년을 쳐다보았다. 괜스레 짖어 대는 사냥개들 너머 소년을 바라보는 서늘하고 나른한 녀석의 눈은, 영락없이 깊이도 비열함도 관대함도 정다움도 사악함도 깃들지 않은 분의 눈과 닮아 보였다. 녀석이 고개도 돌리지 않고 그 눈을 무심히 껌뻑였을 때야 소년은 녀석이 자신을 보고 있는 게 아님을, 여전히 아무것도 보지 않음을 알 수 있었다.

잠시 후 곰의 포효가 들렸다. 샘과 테니의 아들 짐이 노새와 말의 잔등에 안장을 얹고 있는 사이, 이미 라이언은 사라져 버렸다. 소년은 다른 사냥개들도 코를 킁킁거리며 갈팡질팡하다가 멀리 가버리는 것을 지켜보았다. 소년과 드 스페인 소령이 출발하자 샘과 테니의 아들 짐도 각자 탈것에 올라 그들을 따랐다. 얼음이 녹아 축축한 숲 속을 채 200야드도 못 갔을 때, 처음으로 사냥개 울음소리가 들렸다. 높고 처절한, 거의 인간의 것에 가까운 그 소리는 이제 소년의 귀에 익숙했다. 사냥개들 소리에 음침하던 숲이 요란하게 깨어나고 있었다. 소년의 눈에 아무 소리도 내지 않고 달리고 있는 푸른 개가 보이는 듯했다. 곰 역시 보이는 듯했다. 4년 전 그날, 사냥개들 앞에서 쓰러진 나무들 사이를 가로지르며 믿을 수 없는 속도로 누새들까지 따돌리던 그 덜북숭이 기관차의 모습이. 그때 한 발의 산탄총 소리가 들렸고, 희미한 웅성거림도 들렸다. 그들은 숲을 가로질러 빠르게 내달리다가, 한 사람을 지나쳤다. 방금 전 총을 쏜 깡마른 습지인이었다. 손을 뻗어 방향을 가리키는 그의 벌어진 입속에서 썩은 이빨들이 보였다.

사냥개들의 울음소리가 심상치 않다고 느끼며 200야드 앞의 녀석들을 바라보았다. 마침 곰이 몸을 돌렸고, 라이언이 지체하지 않고 놈에게 달려들었다. 곰이 녀석을 옆으로 쳐내고는 짖어 대는 사냥개들에게로 뛰어들어 한 마리를 때려죽인 뒤 뒤돌아서 도망쳤다. 개들이 줄을 지어 놈을 쫓았고, 소년의 일행도 거기 섞여 들었다. 드 스페인 소령과 테니의 아들 짐이 지르는 고함 소리와, 개들의 방향을 바꾸려고 짐이 휘두르는 채찍 소리가 울려 퍼졌다. 이제 소년은 샘 파더스와 단둘이 각각 노새를 타고 달리고 있었다. 사냥개 한 마리가 라이언의 뒤를 쫓고 있었는데, 바로 1년 전 천지도 모르고 날뛰던 어린 녀석으로 여전히 분별력이 없어 보였다. 저런 게 용기일지도 몰라. 소년이 생각했다. "오른쪽." 샘이 그의 뒤편에서 말했다. "오른쪽으로 달려. 가능한 한 놈을 강에서 멀어지게 몰아야 해."

이제 그들은 등나무 숲으로 들어섰다. 소년은 그 안의 길만은 샘만큼이나 잘 알았다. 그들은 낮게 자란 나무들을 빠져나와 거의 정확하게 입구를 찾아냈다. 길은 숲을 가로질러 강 위쪽으로 높게 펼쳐진 산등성이로 이어져 있었다. 월터 유얼의 소총에서 발사된 단조로운 총성이 들렸고, 이어 두 발이 더 발사되었다. "신경 쓸 거 없어." 샘이 말했다. "사냥개 소리가 들려. 계속 가."

그들은 계속 전속력으로 노새를 몰았다. 가지들이 쉭쉭 소리를 내며 그들을 때리는 지붕 없는 등나무 터널을 빠져나가 활짝 열린 산등성이로 뛰어올랐다. 잿빛 여명 속 산 아래를 흐르는 탁하고 누런 강물은 가만히 고여 있는 것 같았다. 이제 소년의 귀에도 사냥개 소리가 들렸다. 그것은 달리고 있는 소리가 아니라 미친 듯 짖어 대는 높은 소리였다. 분이 강둑 가장자리를 따라 달려가고 있었는데, 고삐로 만든 줄에 매달린 낡은 엽총이 그의 등짝에서 덜거덕거리며 흔들리고 있었다. 갑자기 그는 몸을 돌려 사나운 표정으로 샘과 소년에게로 달려오더니, 소년이 타고 있는 노새 뒤쪽에 올라타며 말했다. "저 망할 놈의 배가 하필이면 강 건너편에 있다니! 놈은 건너가 버렸어! 놈을 쏠 수가 없었어! 라이언도 저 조그만 사냥개 녀석도 놈한테 너무 바짝 붙어 있었거든. 달려!" 그는 부츠 뒤축으로 노새의 옆구리를 때리며 다시 말했다. "달리라고!"

강둑으로 내려간 그들은 축축한 땅에 연신 미끄러지면서 버드나무를 헤치고 강물 속으로 뛰어들었다. 차가운 강에 들어가도 소년은 소름이 돋지도 물이 차갑게 느껴지지도 않았다. 헤엄치는 노새 양쪽으로 분과 소년이 있었는데, 소년은 한 손으로는 안장 머리를, 한 손으로는 총을 물 위로 들어 올려 잡고 있었다. 샘은 그들 뒤편에 있었다. 개들도 강을 건너고 있었다. 노새보다 헤엄 속도가 빠른 녀석들은 노새가 강 가운데에 이르기도 전에 반대편 강둑으로 기어올랐다. 그들이 출발했던 강둑 쪽에서 드 스페인 소령의 외침 소리가 들려 돌아보니, 테니의 아들 짐이 탄 말이 물로 뛰어드는 게 보였다.

그들 앞에 놓인 숲에서, 비를 가득 머금은 공기와 뒤엉긴 요란하고 떠들썩한 소리가 들렸다. 그 소리는 그들 뒤편 강둑에 부딪혀 메아리쳤다. 이 땅에서 한 번이라도 사냥을 해본 개들이 죄다 모여들어 곰을 향해 짖어 대고 있는 것 같았다. 소년은 물 밖으로 나온 노새의 등에 한쪽 다리를 올렸다 분은 다시 타려 하지 않았다. 소년이 노새를 타고 강둑으로 올라가는 동안, 분은 한쪽 등자를 잡고 따라왔다. 낮은 덤불을 헤치고 나가자, 나무에 등을 기댄 채 뒷발로 일어서 있는 곰이 보였다. 사냥개들이 우렁차게 짖어 대며 놈을 에워싸고 있었고, 라이언이 다시 한 번 땅을 박차며 뛰어올랐다.

이번에는 곰이 녀석을 쳐내지 못했다. 둘은 마치 연인처럼 끌어안고는 함께 나뒹굴었다. 소년은 노새에서 내렸다. 엽총의 공이치기 두 개는 다 당겨 놓은 상태였지만, 그의 눈에 보이는 거라곤 뒤엉긴 사냥개들 몸의 점무늬밖에 없었다. 곰이 몸을 일으키고 나서야 소년은 놈을 볼 수 있었다. 분이 뭐라고 소리쳤지만, 무슨 말인지 알아들을 수는 없었다. 라이언은 반쯤 일어난 곰의 목을 문 채 매달려 있었고, 그 와중에도 곰은 발 하나로 사냥개 한 마리를 쳐내 5, 6피트 밖으로 날려 버렸다. 마침내 완전히 일어선 곰은 앞발 두 개로 라이언의 복부에 갈퀴질을 하기 시작했다. 그때 분이 달려 나갔다. 소년의 눈에 그의 손에 쥐어진 번득이는 칼이 보였다. 그는 걸리적거리는 사냥개들을 걷어차며 계속 달려가 마치 노새에 타듯 곰의 등에 올라탔다. 그러고는 두 다리로 곰의 배를 단단히 조인 채 왼팔을 라이언이 물고 있는 곰의 목덜미로 뻗었다. 그 순간,

칼이 번쩍 빛났다.

 칼은 그렇게 단 한 번 내리꽂혔다. 곰과, 그 목덜미에 매달려 있는 개와, 두 다리를 쩍 벌린 채 곰의 등에 달라붙어 곰의 목에 꽂힌 칼을 탐침처럼 돌려 대고 있는 사람은, 마치 한 덩어리의 조각상 같았다. 그러다가 분의 무게 때문에 곰의 몸이 뒤로 젖혀지자 그들은 한꺼번에 쓰러졌다. 분은 맨 아래쪽에 깔렸지만, 곰이 등을 일으키자마자 곧바로 빠져나와 다시 등에 올라타 두 다리로 곰의 몸통을 조였다. 그때까지 계속 칼을 움켜쥐고 있던 그가 다시 팔과 어깨를 움직여 칼을 더 깊숙이 밀어넣고 있는 것이 보였다. 곰은 사람과 개를 매단 채로 몸을 일으켜 세웠다. 그러고는 숲을 향해 몸을 돌려 두세 걸음 옮기더니, 요란한 소리를 내며 쓰러졌다. 그냥 주저앉은 것이 아니라 마치 거대한 나무처럼 쿵 쓰러져, 순간 사람과 개와 곰이 한꺼번에 튕겨 오르는 것 같았다.

 소년과 테니의 아들 짐이 앞으로 달려갔다. 분은 곰의 머리 곁에 무릎을 꿇은 채 앉아 있었다. 그의 왼쪽 귀는 너덜거렸고, 외투 왼쪽 소매는 떨어져 나갔으며, 오른쪽 부츠는 무릎에서 발등까지 찢어져 있었다. 가랑비에 희석된 밝은 빛깔의 피가 그의 다리와 손과 팔, 그리고 사나움이 사라지고 침착해진 그의 얼굴 옆쪽으로 흘러내리고 있었다. 모두가 힘을 합해 곰의 목덜미에 박혀 있는 라이언의 아가리를 비틀며 떼냈다. "살살 좀 해, 빌어먹을." 분이 투덜거렸다. "내장이 몽땅 튀어나온 거 안 보여?" 그는 외투를 벗더니, 테니의 아들 짐에게 나직한 음성으로 말했다. "배를 이쪽 상가로 대워. 강둑에서 100야드쯤 떨어져 있을 거야. 아까 내가 봤어." 테니의 아들 짐이 몸을 일으키더니 자리를 떴다. 잠시 후, 테니의 아들 짐이 고함을 쳤기 때문인지 그냥 우연히 그랬는지는 알 수 없지만, 소년이 고개를 돌렸다. 바로 그때 소년은 발자국이 어지럽게 찍혀 있는 진흙 위에 얼굴을 박은 채 꼼짝 않고 엎드려 있는 샘 파더스를 발견했다. 그 위로 테니의 아들 짐이 구부정하게 몸을 숙이고 있었다.

노새가 그를 내팽개친 건 아니었다. 분이 달려 나가기 시작했을 때 샘은 이미 노새에서 내려와 있던 것을, 소년은 똑똑히 기억하고 있었다. 그에게 무슨 일이 일어난 것인지 알 수 있는 흔적도 없었다. 소년과 분이 그의 몸을 돌려 눕히자, 그는 조 베이커와 얘기를 나눌 때 쓰던 말로 몇 마디를 뱉었다. 하지만 전혀 움직이지는 못했다. 테니의 아들 짐이 강 쪽으로 내려가 배를 끌어다 대고는, 큰 소리로 강 건너편에 있는 드 스페인 소령을 불렀다. 분이 자신의 사냥용 외투로 감싼 라이언을 배로 날랐고, 나머지 사람들은 샘을 배에 실었다. 그러고는 일행은 다시 돌아와 테니의 아들 짐이 가지고 있던 가죽끈으로 곰을 묶어 그 끈을 외눈박이 노새의 안장 머리에 건 뒤, 곰을 배로 끌고 가서 실었다. 말 한 마리와 노새 두 마리는 테니의 아들 짐이 강을 헤엄쳐 끌고 오기로 했다. 배가 반대편 강둑에 닿기도 전에 배에서 뛰어내린 분은, 뱃머리를 잡으려고 기다리고 있는 드 스페인 소령을 지나쳐 갔다. 소령은 올드벤을 바라보며 조용히 말했다. "이거 참." 그러고는 물속으로 들어가 몸을 기울여 샘의 몸을 만졌다. 샘이 그를 올려다보며 조 베이커와 얘기할 때 쓰던 오래된 말로 뭐라고 우물거렸다. 소령이 물었다. "어떻게 된 일이야?"

"모르겠어요, 소령님." 소년이 말했다. "노새 때문은 아니에요. 다른 무엇 때문도 아니에요. 샘 할아버지는 분 아저씨가 곰에게 달려갈 때 이미 노새에서 내려와 있었어요. 잠시 후 고개를 들어 보니 할아버지가 땅바닥에 쓰러져 있었어요." 분이 강 중간쯤에 있는 테니의 아들 짐에게 외치는 소리가 들렸다.

"어서 오라고, 빌어먹을! 노새가 필요하단 말이야!"

"노새로 뭘 하려고?" 드 스페인 소령이 물었다.

분은 소령을 쳐다보지 않고 대답만 했다. "호크스로 가려고요. 의사를 데려와야죠." 나직한 음성이었다. 빗물에 흐려진 피가 계속 흐르고 있는 그의 얼굴은 여전히 침착했다.

"자네에게도 의사가 필요한 것 같군." 드 스페인 소령이 말했다. "테니 아들 짐에게……"

"빌어먹을," 하고 분이 소령의 말을 끊더니 그에게로 몸을 돌렸다. 그의 표정은 여전히 침착했지만 목소리는 높아져 있었다. "저 녀석 내장이 다 쏟아져 나온 게 안 보여요?"

"분!" 드 스페인 소령이 외쳤고, 두 사람은 서로의 얼굴을 응시했다. 분은 소령보다 머리 하나는 더 컸다. 소년의 키도 이제 소령보다 더 자라 있었다.

"의사를 데려올 겁니다." 분이 말했다. "저 녀석 내장이……"

"알았네." 드 스페인 소령이 말했다. 테니의 아들 짐이 물 밖으로 나왔다. 말과 두 눈이 다 멀쩡한 노새는 어느새 올드벤의 냄새를 맡았는지, 강둑으로 올라서자 요동을 치며 날뛰었다. 그 녀석들에게 속수무책으로 끌려가던 테니의 아들 짐이 겨우 녀석들을 진정시켜 강둑에 매었다. 드 스페인 소령이 단춧구멍에 매달아 놓았던 나침반을 풀어 테니의 아들 짐에게 주며 말했다. "호크스로 곧장 가게. 가서 크로포드 박사를 모시고 오게. 봐줘야 할 사람이 둘이라고 알려 주고. 내 암말을 타고 가. 길은 찾을 수 있겠지?"

"예, 소령님." 테니의 아들 짐이 말했다.

"좋아. 어서 가." 그러고는 소령은 소년에게 고개를 돌려 말했다. "노새 두 마리랑 말을 데리고 마차가 있는 곳으로 가서, 마차를 몰고 오거라.

우린 배를 타고 갈 테니, 쿤 다리에서 만나자. 찾아올 수 있겠지?"

"예, 소령님." 소년이 말했다.

"좋아. 출발해."

마차가 있는 곳까지 와서야, 소년은 자신이 얼마나 먼 거리를 달려왔는지 깨달았다. 노새 두 마리는 봇줄로 묶어 마차 앞에 세우고 말은 말고삐에 달린 줄로 마차 뒷문에 매니, 어느새 오후가 되어 있었다. 소년이 쿤 다리에 닿았을 때는 어둠이 내리고 있었고, 배는 이미 도착해 있었다. 소년은 배가 보이기도 전에, 아니 강물이 제대로 보이기도 전에 기우뚱한 마차에서 고삐를 쥔 채 뛰어내려 노새 쪽으로 갔다. 그런 뒤 몸을 뒤척거리는 눈이 멀쩡한 노새의 재갈과 귀를 틀어잡은 채 발뒤꿈치를 땅에 단단히 박고서, 분이 강둑으로 올라올 때까지 버텼다. 마차 뒤에 매달려 있던 말은 어느새 줄을 끊고 야영지 쪽으로 난 길을 따라 사라져 버렸다. 분과 소년은 마차의 방향을 돌리고 노새들을 묶은 줄을 풀었다. 소년이 눈이 멀쩡한 노새를 100야드쯤 떨어진 곳에 매어 놓는 사이에, 분은 라이언을 마차에 실었다. 배 안에 누워 있던 샘은 사람들의 부축을 받으며 간신히 강둑 위로 올라와 마차로 다가왔다. 그런 다음 마차에 오르려는데, 분은 그가 제 발로 올라올 때까지 기다려 주지 않고 그를 번쩍 들어 자리에 앉혔다. 다른 사람들은 올드벤을 묶은 줄을 외눈박이 노새의 안장에 걸어 놈을 강둑 위로 끌어 올린 다음, 마차 뒷문을 열고 마차 바닥과 땅 사이에 나무 기둥 두 개를 걸쳐 놓은 뒤 놈을 마차 안으로 끌어 올렸다. 소년이 매어 둔 성한 노새를 데려오자, 분이 자꾸만 달아나려는 녀석을 마차에 매려고 한바탕 실랑이를 벌였다. 분에게 얼굴을 한 대 맞은 후에야 녀석은 부들부들 떨며 제자리에 섰다. 그러자 마치 하루의 일과가 끝나기를 기다렸다는 듯 빗줄기가 떨어지기 시작했다.

그들은 빛 하나 없는 어둠을 뚫고 야영지로 향했다. 불빛이 보이기 전부터 그들은 뿔나팔 소리와 출처를 알 수 없는 총소리에 의지해 방향을 잡을 수 있었다. 샘의 오두막이 가까워지자, 샘은 일어나려고 하며 다시 조상들의 오래된 말로 중얼거렸다. 이번엔 무슨 말인지 알아들을 수 있었다. "날 내려 줘. 내려 달라고."

"저 사람은 불을 피울 수가 없어." 소령이 말했다. "계속 가!" 그가 날카롭게 쏘아붙였다.

하지만 샘은 죽을힘을 다해 일어나려 하며 말했다. "날 내려 줘요, 주인님. 내 집에 들어가게 해달라고요."

결국 마차는 섰고, 분이 먼저 내렸다. 그는 이번에도 샘이 제 발로 설 때까지 기다려 주지 않고 그를 오두막 안까지 들어다 날랐다. 드 스페인 소령은 난로에 남아 있는 불씨로 종잇조각에 불을 붙여 등잔을 켰다. 분이 샘을 침대에 누이고 부츠를 벗기자, 소령이 담요를 덮어 주었다. 소년은 거기 없었다. 마차가 멈추자 올드벤 냄새에 다시 날뛰기 시작한 눈성한 노새를 붙들고 있어야 했기 때문이다. 그래서 오두막 밖에 있었던 소년은 샘의 시선이 자기 곁에 있는 사람들을 지나, 오두막을 지나, 죽은 곰과 죽어 가는 개를 지나, 저 먼 곳을 응시하고 있을 거라는 생각이 들었다. 일행은 샘의 오두막을 출발해, 길게 울려 퍼지는 뿔나팔 소리와 총소리를 향해 계속 나아갔다. 그 소리들은 제각각 무겁게 드리워진 공기 중 어딘가에 머물러 있다가 어딘지 모를 곳에서 한데 어울리는 것 같았다. 이윽고 창문에 불빛이 어른거리는 숙소에 도착했다. 분은 피범벅이지만 지극히 침착한 얼굴로 외투에 감싼 것을 안고 안으로 들어갔다. 그는 퀴퀴한 냄새가 나고 시트도 깔려 있지 않은 자신의 초라한 침대에, 피로 물든 외투에 싸인 라이언을 내려놓았다. 여자처럼 능숙한 솜씨를 가진 애시 영감조차 평평하게 다듬을 수 없었던 그 침대에.

호크스 제재소 주재 의사는 이미 도착해 있었다. 분은 의사에게 라이언을 먼저 봐달라면서 자신은 건드리지도 못하게 했다. 의사는 클로로포름은 라이언에게 위험하다며 드 스페인 소령과 분에게 각각 머리와 다리를 붙들고 있으라고 하고는, 마취 없이 녀석의 터진 복부를 꿰맸다. 하지만 녀석은 그 무엇도 바라보지 않는 황색 눈을 뜬 채 꼼짝도 않고 누워 있었다. 새 사냥복을 입은 사람들도 힌 사냥복을 입은 사람들도, 분의 몸과 옷에서 나는 냄새로 가득한 그 통풍 안 되는 방에 누워 있는 라이언을 조용히 지켜보았다. 뒤이어 의사는 분의 얼굴과 팔다리를 깨끗이 닦고 소독한 다음 붕대를 감아 주었다. 그러고는 등불을 든 소년을 따라 샘 파더스의 오두막으로 향했다. 매캐슬린과 드 스페인 소령과 콤슨 장군도 따라왔다. 테니의 아들 짐이 불을 지핀 난로 앞에 쪼그리고 앉아 졸고 있었다. 샘은 분이 뉘어 준, 드 스페인 소령이 담요를 덮어 준 상태 그대로였는데, 두 눈을 뜨고서 한 사람 한 사람을 둘러보다가 매캐슬린이 그의 어깨를 만지며 "샘, 의사가 상태를 확인하고 싶어 해요"라고 말하자, 담요 밖으로 두 손을 꺼내 셔츠 단추를 더듬거리기 시작했다. 매캐슬린이 "잠깐만요. 우리가 해줄게요"라고 말하자 손을 멈추었고, 사람들이 샘의 옷을 벗겨 냈다. 털이 거의 없는 구릿빛 몸, 늙은 사내의 몸이 드러났다. 숲에서 벗어난 지 한 세대도 안 되는 야생의 인간이, 자식도 친족도 동족도 하나 없는 노인이, 거기 누워 있었다. 그의 두 눈은 뜨여 있었지만 누구를 바라보는 건 아니었다. 의사가 그를 진찰하고 담요를 덮어 준 뒤 청진기를 가방에 넣었다. 샘 또한 죽음을 맞으리라는 사실을 아는 사람은 소년밖에 없었다.

"지친 겁니다." 의사가 말했다. "쇼크일 수도 있고요. 저 나이에 12월의 강을 건넜잖아요. 괜찮아질 겁니다. 하루나 이틀쯤 침대에서 쉬게 하세요. 돌봐 줄 사람이 있나요?"

"있습니다." 드 스페인 소령이 말했다.

그들은 숙소로 돌아왔다. 퀴퀴하고 좁은 방에선 분이 아직도 손으로 라이언의 머리를 받치고 있었다. 녀석을 한 번도 본 적 없던 사람들도 조용히 그 방으로 들어가 녀석을 보고 나왔다. 이윽고 새벽이 되자, 사람들은 모두 올드벤을 보려고 마당으로 나갔다. 부릅뜬 두 눈, 포효하듯 젖혀진 입술, 그 아래 닳아 빠진 이빨, 발가락이 잘려 나간 발, 오래된 총알들(산탄총과 엽총의 총알은 물론 원형 탄알까지 무려 52알)이 딱딱하게 덩어리를 이루고 있는 가죽, 그리고 마침내 놈의 숨을 끊어 놓은 분의 칼이 박혔던 왼쪽 어깨 아래쪽 구멍까지, 놈의 최후가 거기 누워 있었다. 애시 영감이 설거지통 바닥을 숟가락으로 두드려 아침 식사 시간을 알렸다. 사람들이 아침을 먹는 동안, 주방 아래에 모여 있는 개들은 아무 소리도 내지 않았다. 소년의 기억으론, 처음 있는 일이었다. 늙은 곰은 비록 죽어 마당에 누워 있어도 개들에겐 라이언이 없으면 맞설 수 없는, 여전한 공포의 대상이었던 것이다.

비는 밤새 그쳐 있었다. 오전이 반쯤 지나자 엷은 햇살이 비치기 시작하며 안개와 구름이 빠르게 흩어졌고, 대기와 땅이 데워졌다. 미시시피주의 12월에 나타나는, 인디언 서머* 중에서도 인디언 서머에 해당하는 날이 될 듯했다. 라이언은 현관 복도 밖 햇실 길 드는 곳에 옮겨져 있었다. 분의 생각이었다. "저 녀석은 원래 집 안에 있기 싫어했잖아. 그래

---

*가을에서 겨울로 접어든 때에 한동안 비가 오지 않고 날씨가 따뜻한 기간.

서 내가 늘 억지로 밀어 넣었잖아." 그는 그렇게 말하고는 라이언을 건드리지 않고 옮기려고 쇠지레를 침대 아래쪽 판자에다 끼워 넣고 매트리스째 놈을 들어냈고, 사람들은 그 매트리스를 복도 바깥으로 들고 나와 숲이 정면으로 보이는 곳에 놓아둔 것이었다.

잠시 뒤 소년과 의사와 매캐슬린과 드 스페인 소령이 샘의 오두막으로 건너갔다. 이번엔 샘의 두 눈이 감겨져 있었다. 숨소리가 워낙 조용해서 눈으로는 그가 숨을 쉬고 있는지 확인하기 힘들었다. 하지만 의사는 청진기도 꺼내지 않고, 그를 건드려 보지도 않고 말했다. "괜찮군요. 감기도 안 걸렸어요. 그저 푹 쉬는 겁니다."

"쉰다고요?" 매캐슬린이 물었다.

"예. 늙은 사람들은 종종 이렇게 쉽니다. 그러고 나서 한숨 더 늘어지게 자거나 위스키 한 잔을 털어 넣고는, 다시 움직이기 시작하죠."

그들은 숙소로 돌아왔다. 사람들이 몰려들기 시작했다. 우선 덫을 놓아 사냥을 하고 키니네와 너구리와 강물을 먹고 살아가는 깡마른 습지인들이 몰려왔다. 늙은 곰은 늪지대 가까이에서 옥수수를 심고 목화밭을 일구며 살아가는 그 농사꾼들의 밭과 곡물 창고와 돼지우리를 샅샅이 뒤지곤 했었다. 야영지 벌목꾼들과 호크스 제재소 일꾼들도 왔다. 또한 늙은 곰에게 자신의 사냥개를 잃어 본 적이 있거나, 놈을 잡는 덫이나 함정을 설치해 보았거나, 놈에게 총알을 박아 넣은 적이 있는 도시 사람들도 왔다. 말이나 마차를 타고, 혹은 도보로 온 그들은, 마당에 있는 곰을 본 다음 숙소 앞까지 가서 거기 누워 있는 라이언을 구경했다. 좁은 마당은 거의 100여 명에 가까운 사람들로 북적거렸다. 그들은 따뜻하고 나른한 햇살 아래 쪼그려 앉거나 서서 조용조용 얘기를 나누었다. 이제는 세상을 떠난 사냥개와 곰과 사슴과 사냥꾼 들에 대해. 엄청난 덩치의 푸른 개는 이따금 눈을 떠 잠시 숲 쪽을 바라보았다. 사람들의 말을 듣기 위해서가 아니라 숲의 기억들을 새기기 위해, 혹은 숲이 여전히 거기 있는지 확인하기 위해서인 듯했다. 녀석은 저물녘에 숨을 거두었다.

드 스페인 소령은 그날 밤 야영지를 폐쇄하라고 했다. 사람들은 라이언을 숲으로 옮겼다. 아니 정확히 말하면 분이 옮겼다. 전날 밤 의사가 도착하기 전까지 누구도 라이언에게 손대지 못하게 한 것처럼, 이번에도 아무도 못 만지게 하고는 침대에서 가져온 누비 담요로 라이언을 싸서 자신이 직접 숲으로 옮겼다. 소년과 콤슨 장군과 월터는 물론, 밤중에 말이나 마차를 타고 떠나야 할 호크스 사람들과 그보다 더 멀리서 온 사람들, 그리고 숲 속 오두막으로 삼삼오오 흩어질 습지인들 등 50여 명이 등불이나 불붙인 소나무 가지를 들고 분의 뒤를 따랐다. 분은 무덤을 팔 때도, 거기에 라이언을 누이고 흙으로 덮을 때도, 아무도 거들지 못하게 했다. 소나무 가지 불에서 피어나는 연기가 겨울나무의 가지들 사이를 빠져나가는 동안, 콤슨 장군은 무덤 머리맡에 서서 죽은 인간을 기리듯 추도사를 읊조렸다. 그러고 나서 그들은 야영지로 돌아왔다. 드 스페인 소령과 매캐슬린과 애시 영감이 침구들을 모두 말아서 묶어 둔 상태였다. 노새들은 마차에 매여 숲 밖을 바라보며 서 있었고, 짐은 모두 그 마차에 실려 있었다. 주방의 화로는 싸늘하게 식어 있었고, 차가워진 음식과 빵이 차려져 있는 식탁에서 유일하게 따뜻한 건 커피밖에 없었다. 드 스페인 소령과 매캐슬린이 그 주방에서 식사를 하고 있을 때, 소년이 달려 들어왔다. "철수한다고요?" 소년이 소리쳤다. "왜요? 전 안 갈 거예요."

"안 돼." 매캐슬린이 말했다. "우린 오늘 밤 다 떠나야 해. 소령님께서 집으로 돌아가길 원하셔."

"싫어!" 그가 말했다. "난 여기 있을 거야."

"넌 월요일부터 다시 학교에 가야 해. 벌써 일주일이나 결석했으니 따라잡으려면 월요일까지 열심히 해야 할 거야. 샘은 괜찮아. 너도 크로포드 박사님이 하신 말씀 들었잖아. 샘이 좋아질 때까지 분이랑 짐이 남아 있을 거야."

소년은 숨을 몰아쉬었다. 나머지 사람들도 모두 안에 들어와 있었다. 소년은 거의 미칠 듯한 심정으로 사람들을 재빨리 훑었다. 분은 새 술병을 쥐고 있었다. 병을 거꾸로 들고 손의 두툼한 부분으로 술병 바닥을 치고는 이빨로 코르크를 뽑은 후 술을 목구멍으로 부었다. 그러고는 말했다. "그래, 넌 학교로 돌아가야 해. 안 그러면 캐스보다 내가 먼저 네 엉덩짝을 걷어차 내쫓아 버릴 거야. 네가 열여섯이든 육십 먹은 노인네든 쫓아내 버릴 거라고. 학교를 다니지 않으면 네가 어떤 빌어먹을 곳에 있게 될 것 같아? 학교를 안 다녔다면 네 형 캐스는 지금 어디 있을 것 같아? 나도 학교 구경 못 했다면 어떤 곳에 있었을 것 같아?"

소년은 다시 매캐슬린을 바라보았다. 마치 주방에 이렇게 많은 사람들이 숨을 쉬고 있어 공기가 부족하다는 듯, 소년은 숨을 헐떡거렸다. "이제 겨우 목요일이야. 말 한 마리만 남겨 주면, 일요일 밤에 그걸 타고 집으로 돌아갈게. 아니, 일요일 낮에 갈게. 못 했던 공부는 일요일 밤에 다 따라잡을 수 있어, 매캐슬린 형." 그는 포기하지 않고 말했다.

"안 된다고 했잖아." 매캐슬린이 말했다. "앉아서 저녁이나 먹어. 우린 곧……"

"가만, 캐스." 콤슨 장군이 나섰다. 소년은 콤슨 장군의 손이 자신의 어깨에 놓였을 때야 그가 곁에 와 있음을 알아차렸다. "무슨 일이니, 얘야?" 그가 물었다.

"저는 남아야겠어요." 그가 말했다. "남아야 해요."

"알았다." 콤슨 장군이 말했다. "남도록 해라. 수업 한 주 더 빠졌다고, 돈 받고 선생질하는 인간들이 책갈피에 끼적거려 놓은 걸 못 들었다고 성적이 떨어진다면, 아예 학교를 관두는 게 낫지. 그리고 캐스 자넨, 입 다물어." 안 그래도 매캐슬린은 입을 다물고 있었지만 장군은 그렇게 말했다. "한 발은 농장에, 다른 한 발은 은행에 걸쳐 둔 주제에. 이 아인 자네들의 빌어먹을 사토리스, 에드먼즈 가문이 제 살 궁리 찾으려고 농장과 은행을 만들기 훨씬 전부터 숲에 살았던 옛 사람들처럼, 이 숲을 잘 알아. 그리고 이 숲을 두려워하기는 해도 겁먹지는 않아. 그래서 우리가 총을 쏠 수 있는 거리까지 다가가지도 못한 그 곰을 보겠다는 일념으로 나침반을 들고 낯선 길을 10마일이나 걸어가 기어코 곰을 보고는 다시 나침반에 의지해 어둠을 더듬어 돌아올 수 있었다고. 신에게 맹세컨대 농장이니 은행 따위가 존재할 이유와 까닭이 이보다 더 나은 거라고 할 순 없어. 그런데 얘야, 네가 남으려는 이유는 말해 주지 않을 생각이냐?"

그는 여전히 그건 설명할 수 없었다. "그냥 남아 있어야만 해요."

"알았다." 콤슨 장군이 말했다. "먹을 건 넉넉히 남겨 놓을 테니 괜찮을 거다. 그리고 매캐슬린이랑 약속했듯이 일요일에는 집으로 돌아가는 거다. 일요일 밤이 아니라, 일요일 낮에."

"예, 장군님." 그가 말했다.

"이제 됐으니 앉아서 식사들 하게." 콤슨 장군이 말했다. "곧 출발해야 해. 집에 도착하기 전에 추워질 테니까."

사람들은 다시 식사를 하기 시작했다. 짐이 실린 마차는 이미 출발 준비를 마친 상태니 모두 마차에 오르기만 하면 되었다. 분이 농부의 마구간이 있는 길까지 태워 주면 거기 준비된 4인용 사륜마차로 갈아타고 떠날 것이었다. 하늘을 배경으로 마차 옆에 서 있는 분의 실루엣은 마치 터번을 두른 아프가니스탄 사람처럼 보였다. 거기 있는 누구보다 키가 큰 그는 술병을 기울이더니 거기서 입술을 떼자마자 빈 병을 그대로 던져 버렸다. 빈 술병은 빙글빙글 돌다가 희미한 별빛 속으로 반짝이며 사라졌다. "갈 사람들은 우라질 마차에 타시고," 그가 말했다. "안 갈 사람들은 빌어먹을 길에서 좀 비키셔!" 사람들이 마차에 올랐다. 분이 콤슨 장군 옆자리에 앉자 마차가 움직이기 시작했다. 마차는 두텁게 쌓인 어둠을 뚫고 가다가 소년의 시야에서 완전히 사라졌다. 하지만 땅바닥에 파인 바큇자국을 넘을 때마다 나무 바퀴가 삐거덕거리는 소리는 한참 동안이나 들렸다. 그 소리마저 들리지 않게 되었을 때도, 거친 목소리로 음정도 맞지 않게 고래고래 불러 대는 분의 노랫소리는 여전히 들렸다.

그들이 떠난 것은 목요일이었다. 그리고 토요일 아침에 테니의 아들 짐이 6년 동안 한 번도 숲을 떠난 적 없던 매캐슬린의 사냥용 말을 타고 야영지를 떠났다. 그날 오후 늦게 매캐슬린이 지친 말을 몰고 농장 입구를 통과해, 소작인들과 품팔이꾼들에게 다음 주 식량을 나눠 주는 보급소로 갔다. 그러고는 말을 매고 마구를 채울 동안 기다려야 하는 드 스페인 소령의 사륜마차가 아니라 바로 출발할 수 있는 농장 마차로 갈아탔다. 꾸벅꾸벅 조는 테니의 아들 짐을 뒷자리에 태우고 마차를 몰아 제퍼슨까지 간 그는, 드 스페인 소령이 부츠를 신고 외투를 입는 동안 기다렸다가 소령을 태우고 어둠 속을 30마일이나 달려갔다. 일요일의 먼동이 트자, 그와 소령은 대기하고 있던 노새와 암말로 갈아타고 밀림을 벗어나 라이언을 묻은 낮은 구릉으로 올라갔다. 채 다져지지 않은 야트막한 무덤에는 분의 삽 자국이 아직 남아 있었고, 그 너머엔 네 개

의 기둥 안에 갓 베어 낸 어린 나무들을 쌓아 만든 제단이 보였다. 담요
로 말아 놓은 무언가가 올려져 있는 그 제단과 무덤 사이에 분과 소년
이 쪼그리고 앉아 있었다. 붕대를 풀어 햇살에 그대로 드러난 분의 얼굴
엔 올드벤의 발톱에 찢긴 길고 우툴두툴한, 굳은 콜타르처럼 보이는 상
처가 나 있었다. 분이 벌떡 일어나 목표물을 한 번도 명중시켜 본 적 없
는 낡은 총으로 다가오는 사람들을 막아 보려 했지만, 매캐슬린은 노새
가 걸음을 멈추기도 전에 쇠등자에서 발을 빼고 뛰어내려 분에게로 걸
어갔다.

"물러서." 분이 말했다. "신에게 맹세컨대, 저 사람 털끝 하나라도 건드
렸다간 가만있지 않을 거야. 물러서라고, 매캐슬린." 하지만 매캐슬린은
빠르지만 서두르지 않는 걸음으로 다가갔다.

"캐스!" 드 스페인 소령이 매캐슬린을 불렀다. 그러고는 분에게 말했다.
"분! 너, 이 자식!" 그때 앉아 있던 소년이 재빨리 몸을 일으켰고, 매캐슬
린은 계속 멈추지 않고 무덤까지 걸어와 재빠르지만 서두르지 않는 손
놀림으로 분이 든 총의 중간쯤을 거머쥐었다. 매캐슬린과 분은 라이언
의 무덤을 사이에 두고 같은 총을 동시에 쥔 채 마주 보며 서 있게 된
것이다. 매캐슬린보다 머리 하나는 더 큰 분의 탈진한 얼굴에는 거무스
름한 야수의 발톱 자국 아래로 고집과 당혹감과 괴로움이 나타나 있었
다. 이 드넓은 숲 전체, 황야 전체에 자기 혼자 숨 쉴 공기도 부족하다는
듯 분은 가슴을 들썩이며 힘겹게 숨을 몰아쉬고 있었다.

"총 놔요, 분." 매캐슬린이 말했다.

"빌어먹을 꼬맹이 놈이……" 분이 말했다. "내가 네 손에서 이걸 뺏을
수도 있다는 걸 몰라? 이걸로 네 녀석 목을 감아 버릴 수도 있다는 걸
몰라?"

"알아요." 매캐슬린이 말했다. "총 내려놔요, 분."

"이 사람이 원한 거야. 이 사람이 우리한테 이렇게 해달라고 했다고. 어떻게 해야 하는지도 정확히 알려 줬어. 맹세컨대, 이 사람을 옮기면 가만있지 않겠어. 우린 그가 하라는 대로 했고, 귀찮은 놈들이 살쾡이처럼 덤비지 못하게 여기 앉아 이렇게 지키고 있는 거야. 그러니 맹세컨대……" 그때 총이 매캐슬린의 손에 넘어갔고, 그는 총을 비스듬히 기울이고 미끄럼판을 위아래로 움직여 다섯 알의 총알을 뽑아냈다. 첫 알이 미처 땅바닥에 닿기도 전에 마지막 알까지 빠르게 뽑아낸 뒤 뒤쪽으로 총을 내던질 때까지, 그의 눈은 분의 얼굴을 한순간도 놓치지 않았다.

"분, 당신이 그를 죽인 거예요?" 매캐슬린이 물었다. 그때 분이 몸을 움직였다. 돌아서서 마치 술 취한 사람처럼 움직이던 그는, 잠깐 동안은 눈조차 멀어 버린 사람처럼 손을 뻗어 더듬거리며 커다란 나무 쪽으로 갔다. 그러고는 나무에 다다르기도 전에 멈칫하더니 두 손을 던지듯 내밀어 나무를 붙잡고는 몸을 돌려 머리와 등을 나무에 기대고 섰다. 나무의 몸통에 등을 기대고 선 그의 거칠고 지친 얼굴엔 상처 자국이 역력했고, 가슴은 무겁게 들썩거렸다. 여전히 그에게서 눈을 떼지 않으며 뒤따라온 매캐슬린은, 분의 눈을 정면으로 응시하며 다시 물었다. "당신이 그를 죽인 거냐고요."

"아냐!" 분이 말했다. "아니라고!"

"사실대로 말해요." 매캐슬린이 말했다. "그 사람이 나한테 그렇게 해달라고 했다면 나도 그랬을 테니까." 그때 소년이 걸음을 옮기더니 두 사람 사이에 서서, 매캐슬린을 바라보았다. 소년의 눈에서 샘처럼 터진 눈물이 땀처럼 온 얼굴을 덮고 있었다.

"분 아저씰 놔둬!" 소년이 소리쳤다. "씨발! 그냥 놔두라고!"

IV

그리고 그는 스물한 살이 되었다. 이제 자신의 생각을 말할 수 있는 나이가 된 것이다. 그와 그의 사촌형 매캐슬린이 지금 나란히 서 있는 곳은, 황야가 아닌 길들인 땅, 그가 물려받기로 되어 있는 땅이었다. 그 땅은 그의 조부 캐로더스 매캐슬린이 총 없이 사냥하던 야생 부족들로부터 백인의 돈으로 사들여 길들이고 지배한 땅이었다. 아니 그 노인이 자신이 길들이고 지배한다고 믿었던 땅이었다. 그 땅의 숲을 밀어 내고 표면을 14인치나 파낸 뒤 곡물을 심어 피땀으로 재배한 사람들의 생사 여탈권을 그 노인이 쥐고 있었기 때문이다. 그 노인은 자신이 그 땅을 사들여 거기서 무언가를 얻기 위해 돈을 지불했기에, 그 땅의 수익이 자기 것이 되는 것이 아주 타당하다고 믿었다. 또한 그 수익으로 자신의 아이들, 즉 자신의 자손과 상속자들을 기를 수 있었다는 것도 아주 잘 알고 있었다. 그는 그 땅을 자신이 계속 가질 수 있고 자손에게도 물려 줄 수 있다고 믿고 싶어 했다. 왜냐하면 그 강하고 냉혹한 남자는 속으로 자신이 가진 자만심과 자부심과 권력이 미래에는 사라질지 모른다는 회의를 품고 있었고, 자기 자식들도 하찮게 여겼기 때문이었다. 속으로 그런 생각을 했던 것은 그 노인만이 아니었다. 그 어떤 문서에 기록된 땅보다 더 넓고 오래된 황야 중 고작 일부를 자기 것인 양 여기고 있는 드 스페인 소령도, 그 땅에 대한 권리를 드 스페인 소령에게 돈을 받고 판 토머스 서트펜 노인도, 그 땅을 논인지 덤주인시 무엇인지를 받고 토머스 서트펜 노인에게 판 치카소 족 추장 이케모투베도 과거에 다 그런 생각을 했었다.

추구하고 욕망하는 마음이 아니라 포기의 마음으로 그가 사촌형과 함께 있는 곳은, 농장의 식량 보급소였다. 그곳은 그가 거부하고 포기할 길들여진 땅의 심장부는 아닐지언정 명치는 되는 곳이었다. 들판 위에 불길한 전조처럼 서 있는 그 보급소는 회랑이 있는 정사각형 목조 건물로, 1865년에 남북전쟁이 끝났거나 말았거나 여전히 노동자들을 노예 취급하고 있었다. 그 건물에는 코담배와 감기약과 연고를 광고하는 현수막들과 함께 깜둥이들의 곱슬머리를 쫙 펴주고 색도 밝게 바꿔 준다는 물약 광고 현수막도 걸려 있었다. 백인들이 만드는 그 물약은 지난 200년 동안 족쇄를 채워 깜둥이들을 부려 먹은 깃도 모자라 나시 100년을 더 피비린내 나는 내전을 치른다 해도 그들에게 완전한 자유를 허용할 리 없는 바로 그 인종을 닮게 만드는 약이었다.

그와 그의 사촌형은 오래 묵은 치즈와 소금에 절인 고기, 등유와 마구에서 풍기는 냄새들에 둘러싸여 있었다. 선반에는 담배와 작업복, 약병과 실, 나사들이 놓여 있었고, 바닥에는 밀가루와 거칠게 빻은 옥수숫가루, 당밀과 못이 담긴 크고 작은 통들이 놓여 있었으며, 벽에 박힌 못에는 밭갈이 말의 고삐와 쟁기걸이, 멍에, 봇줄 사슬이 걸려 있었다. 책상 위 선반에는 매캐슬린이 작성한 장부들이 있었는데, 거기에는 때를 최대한 늦춰 산, 일꾼용 식량과 보급품과 장비의 지출 내역이 적혀 있었다. 하지만 그 지출은 매년 가을 목화를 솜으로 만들어 팔면 당장 소득으로 돌아오게 되는 것이었다. (지출과 소득이라는, 진실처럼 연약하고 적도처럼 만질 수 없는 두 가닥의 실은, 그러나 땀을 쏟으며 목화를 수확하는 사람들에겐 생명 줄이나 다름없었다.) 그 장부들 옆에는 크기와 모양이 어설프고 구식인 오래된 장부들도 있었는데, 그 안의 누렇게 삭은 속지에는 남북전쟁이 일어나기 20년쯤 전에 그의 아버지 테오필러스와 그의 삼촌 애모디어스가 쓴 빛바랜 글씨가 적혀 있었다. 캐로더스 매캐슬린 소유의 노예들을, 적어도 명목상으로는 해방시켰던 기록이었다.

"포기라," 매캐슬린이 말했다. "포기하겠단 말이지. 야생 짐승들이나 그보다 더 야만적인 인간들만 살았던 황야가 기회의 땅이 될 것임을 아시고 어떻게든 구입하고 차지하고 소유하신 후 어떻게든 옛날에 처음 허가받은 토지 권리증을 근거로 이 땅을 자손들에게 유증하려 했던 분의 직계 자손인 네가, 이 땅을 개간해 물려줄 재산으로 바꾸셔서 자손들을 편하고 안전하고 자랑스럽게 살게 해주신 분의 이름과 업적을 영원히 기려야 할 네가? 넌 단순한 자손이 아니라 그분 아들에게서 태어난 마지막 3대손이야. 거기에 비하면 난 그저 그분 딸에게서 이어진 캐로더스 가문의 4대손, 그분의 관용과 호의가 없었다면, 또 내 할머니가 그분 업적을 자랑스러워하지 않으셨다면, 매캐슬린이란 이름을 가질 수도 없었던 놈에 불과하고. 그런데 넌 그분이 남기신 유산과 유물을 거부하겠다고?"

그러자 그가 말했다. "난 이 땅을 거부하는 게 아니야. 내 것이 아닌데 거부하고 말고가 어딨어. 이 땅은 아버지 것도 버디 삼촌 것도 아니었으니 내가 물려받을 수 있는 것도 거부할 수 있는 것도 아니야. 할아버지 것도 아니었어. 애초에 이케모투베가 할아버지나 다른 누군가에게 팔 수 있는 것이 아니었으니까. 이 땅은 이케모투베의 아버지나 할아버지가 이케모투베에게 재산으로 물려줄 수 있는 것도 아니었으니까. 이케모투베가 이 땅을 돈을 받고 팔 수 있는 재산으로 인식한 순간, 이 땅은 영원히 그의 것도, 그의 아버지 것도, 그의 할아버지 것도 될 수 없게 되었어. 그러니 돈을 주고 이 땅을 산 사람은 아무것도 사지 않은 거나 마찬가지야."

"아무것도 사지 않았다?"

"아무것도 사지 않았어. 성경에 보면 하느님이 천지 만물을 어떻게 창조하셨는지 나와 있잖아. 하느님은 땅을 만드시고, 보시고, 잘 되었다고 하시고 난 뒤 인간을 만드셨어. 땅을 먼저 만드시고, 말 못하는 짐승들로 그 땅을 채우시고, 그런 다음 그 땅과 땅 위의 짐승들을 보살필 감독자로서 인간을 만드신 후 그에게 땅에 대한 종주권을 주셨어. 하느님이 인간에게 허락하신 그 권리는, 땅을 쪼개서 각자 대대손손 영원히 아무도 침범할 수 없는 것으로 만들리는 소유권이 아니야. 형제애로 땅을 공동으로 가지고 보존하라는 권리야. 그 대가로 하느님이 요구하신 건 연민과 겸손, 관용과 인내, 그리고 빵을 얻기 위해 흘리는 땀이 전부였어. 형이 뭐라고 할지 난 알아. 그럼에도 불구하고 이 땅은 할아버지께서……"

매캐슬린이 끼어들었다.

"그래, 그럼에도 불구하고 이 땅은 그분 소유라고 말하려 했어. 그리고 할아버지가 땅을 처음으로 소유한 사람도 아니었어. 네가 말한 성경에도 나와 있듯이 인간은 에덴에서 추방되었고, 그 이후 땅을 소유했던 사람들은 많아. 할아버지는 첫 번째도 두 번째도 아니었어. 하느님이 선택하셨던 아브라함과 그 아브라함에게서 땅을 빼앗은 자들로 이어지는 그 지루하고 지리멸렬한 연대기를 읽어 보면 알 수 있잖아. 그 500년 동안 세상의 반이 하나의 도시에 예속되어 있었어. 마치 할아버지가 살아 계셨을 때 이 농장과 농장에 속한 생명들이 모두 이 보급소의 장부들에 재산으로 기록되어 그분께 예속되어 있었던 것처럼. 그다음 천 년은 어땠어? 지난 시대의 질서가 무너지자 사람들은 조각난 땅덩어리를 두고 다투기 시작했고 그 조각들을 다 차지하고 나자, 속절없이 저물어 가는

구시대가 먹다 버린 뼈다귀까지 차지하려고 서로 으르렁거렸지. 그 싸
움이 끝난 건 뜬금없이 튀어나온 달걀* 하나가 새로운 대륙을 발견했
을 때였지. 그러니 내 말 잘 들어. 무슨 일이 어찌 되었든, 할아버지가 이
땅을 사셨고 차지하셨어. 어쨌거나 그분이 이 땅을 지키고 유지하고 물
려주셨어. 그렇지 않다면 왜 네가 여기 서서 포기하느니 거부하느니 하
고 있겠어? 네가 이럴 수 있을 때까지 50년 동안 할아버지는 이 땅을
가지셨고, 지키셨어. 그러는 동안 결정권자이시며 건설자이시며 심판자
이신 하느님은 그걸 묵인하신 거고. 안 그래? 내려다보고 계셨으니 알고
계셨을 거잖아. 적어도 아무것도 하지 않으신 건 분명해. 그냥 보시기만
하고 아무것도 하지 않으셨어. 아예 보시지 않았을지도 모르지. 보실 마
음조차 없으셔서. 왜 그러셨을까? 심술이 나서? 노쇠해서? 아니면 눈이
머셔서?"

그러자 그가 말했다. "빼앗기신 거지."

"뭐?"

"이 땅을 빼앗기신 거라고. 노쇠해지신 것도 아니고 묵인하신 것도 아
니고 눈이 머신 것도 아니야. 분명히 지켜보고 계셨어. 내 말 들어 봐. 에
덴을 빼앗긴, 가나안을 빼앗긴 사람들은 서로의 것을 빼앗고 또 빼앗았
어. 그렇게 500년 동안, 자기가 살지도 않는 땅을 빼앗아 차지한 자들이
로마의 매음굴에서 노닥거렸어. 그리고 다음 천 년 동안은, 그 지주들의
땅을 빼앗으려고 북쪽 숲에 살던 야생의 인간들이 내려왔지. 그 지주들
이 마구 강간한 땅을 다시 강간하려고 말이야. 형 말대로, 수절없이 저
물어 가는 구시대가 먹다 버린 뼈다귀까지 차지하려고 서로 으르렁거

---

*신대륙을 발견한 콜럼버스를, 그가 달걀 세우기 내기에서 이긴 것에 빗대어 달걀로 표현
한 것.

리면서 하느님의 이름을 모욕했어. 그러자 하느님은 보잘것없는 달걀 하나를 내려 주시어 인간이 서로에게 겸손하고 서로를 연민하고 용서하며 자랑스러워할 수 있는 국가를 건설할 새로운 대륙을 찾게 하셨어. 할아버지가 이 땅의 소유자가 되신 건, 하느님이 노쇠했거나 모른 척했거나 눈이 머셨기 때문이 아니라 그것을 허락하셨기 때문이야. 그러라고 명령하셨고 그것을 지켜보신 거야. 왜냐하면 하느님은 이케모투베의 아버지 이세티베하, 아니 이세티베하의 아버지가 이 땅을 차지하기 전부터 인간의 땅은 이미 저주받았다고 생각하셨기 때문이야. 연민과 겸손과 용서와 인내를 실천하라고 우리 할아버지의 조상인 백인들을 이 신대륙에 보내시기 전부터, 그들이 돛 가득 저물어 가는 구세계의 오염된 바람을 싣고 오기 전부터, 인간의 땅은 이미 오염되어 있다고 생각하셨기 때문이야."

"하."

"하느님은 이케모투베 가문이 계속 이 신대륙을 차지하는 한, 인간의 땅에 걸린 저주를 풀 어떤 기대도 품을 수 없다는 걸 아셨던 거야. 그래서 이 신대륙에서 이케모투베의 피를 몰아내고 백인의 피를 수혈하려 하셨던 거야. 그래야 처음 인간의 땅에 소유라는 저주를 건 백인들이 그들 스스로 그 저주를 풀 수 있으니까. 그래야 그 저주를 푸는 행위가 정의라는 이름의 복수를 넘어서는 그 무엇이 될 수 있으니까……"

"하."

"……그래서 백인의 피를 사용하려 하신 거야. 의사들이 열로 열을 다스리고, 독으로 독을 없애듯, 악을 멸하기 위해 악을 불러오신 거야. 할아버지를 고를 수밖에 없으셨던 이유도 있으셨을 거야. 할아버지는 하느님의 목적에 봉사하기엔 너무 일찍 태어났지만, 3대까지 퍼져 나갈 그

자손들 중 누군가는 그 목적을 이루리라는 것을 아셨던 거야. 그 누군가는 자신의 피조물들 중 일부라도 자유롭게 하리라는 걸 아셨던 거야……."

매캐슬린이 말했다. "네가 늘 인용하는 성경에 나오는 그 함의 자식들* 말이지?"

그러자 그가 말을 이었다. "성경엔 하느님이 직접 하신 말씀들도 적혀 있지만 그분의 말씀이라고 전해지는 기록도 있어. 지금 형이 무슨 생각을 하는지 알아. 내겐 이게 진리이고 너한텐 저게 진리인데, 무엇을 진리라고 선택할 수 있냐고 말하고 싶겠지? 선택할 필요는 없어. 가슴이 이미 알고 있으니까. 성경은 현자들에게 진리를 선택하라고 쓰인 것이 아니라, 모두가 가슴으로 읽으라고 쓰인 거야. 현자들에겐 성경이 필요하지 않을 수도 있고 아예 가슴이 없을지도 몰라. 하지만 아무것도 가진 것 없는 이 땅의 불우하고 비천한 사람들은 성경을 가슴으로 읽을 수밖에 없어. 하느님을 위해 성경을 쓴 사람들은 진리만을 썼을 뿐이고, 진리는 하나이며, 그것은 가슴을 울리는 것이야."

그러자 매캐슬린이 말했다. "하느님을 위해 하느님의 책을 쓴 사람들 중에서도 때로는 거짓을 말하는 자들이 있었어."

"맞아. 그들은 인간이었으니까. 하지만 그들은 복잡하게 뒤얽힌 마음, 뒤얽히고 상처받은 마음들로부터 진리를 향한 마음을 솎아 내 그것만을 쓰려고 애썼지. 그들이 옮겨 적은 하느님의 말씀은 너무도 단순했어. 그들조차 놀랄 정도로. 하느님이 그렇게 친숙한 일상용어로 그들에게

---

*흑인을 가리킨다. 성경 창세기 10장에는 노아의 세 아들 셈, 야벳, 함에 대한 이야기가 나온다. 그중 함은 어느 날 술에 취해 벌거벗고 잠이 든 아비를 보고 수치스럽게 여겼다가 노아로부터 '아들이 종이 되리라'는 저주를 받게 된다. 그리하여 함의 아들 가나안과 그의 자식들은 종이 되는데, 바로 그들이 흑인의 조상이라고 알려져 있다.

말씀하신 데에는 이유가 있었어. 자신의 말을 전할 자로 선택될 만큼 자신과 가까운 인간들도 마음속의 열망과 욕망과 증오와 두려움을 극복해야만 자신의 말을 이해할 수 있다는 걸 아셨으니까. 하물며 그런 그들로부터 하느님의 말씀을 전해 들어야 하는 인간들은 도대체 얼마나 많은 것을 극복해야 진리에 다다를 수 있을까?"

그러자 매캐슬린이 말했다. "넌 네 생각을 증명할 때든 내 말을 반박할 때든 성경을 펼치는구나. 하지만 난 네 질문에 모르겠다고 답하지는 않겠어. 넌 자신 있게 대답했지. 가슴이 다 알고 있다고. 어쩌면 네가 옳을지도 몰라. 오류가 없고 명확한 가슴이라면 진리에 도달하는 데 시간이 걸릴 것도 없겠지. 그런데 넌 하느님의 목적이 이루어질 때까지 캐로더스 할아버지로부터 너까지 3대가 걸렸다고 말했지만, 사실 2대도 채 걸리지 않았어. 네 아버지 벅 삼촌과 버디 삼촌부터 이미 달랐으니까. 그 2세대가 끝나기도 전에, 네 주장에 따르면 인간이 저주를 걸어 더럽혀진 이 땅엔 수천 명의 벅과 버디가 있었어. 1865년의 일*은 말할 것도 없고."

그러자 그가 말했다. "맞아. 아버지와 버디 삼촌 말고도 많은 사람들이 있었지." 그는 장부들이 있는 책상 위 선반 쪽은 눈길도 주지 않았는데, 그건 매캐슬린도 마찬가지였다. 두 사람 모두 그럴 필요가 없었다. 그의 상상 속에서 그 긁히고 갈라진 가죽 표지의 장부들은 한 권씩 차례로 책상 위로 떠올라 신의 제단이나 보좌 앞에 펼쳐진 것 같았다. 그렇게 드러난 누렇게 삭은 종이 위에는 부당한 제도와, 그에 대한 최소한의 개선을 보장하는 글이 쓰여 있었다. 그 빛바랜 갈색 잉크의 글이 담

---

*1865년 남북전쟁이 노예해방을 주장했던 북군의 승리로 끝났음을 가리킨다.

긴 장부는, 원래의 먼지로 되돌아가기 전에 전지전능하신 분께서 마지막으로 열람하시고 숙고하시고 기억하실 수 있도록 그렇게 펼쳐져 있는 것 같았다.

그 장부의 앞쪽에 휘갈겨 쓴 글씨는 할아버지의 것이었고, 뒤쪽 글씨는 아버지와 삼촌 것이었다. 아버지와 삼촌 모두 예순 살이 될 때까지 독신으로 지내면서 아버지는 농장과 농사일을, 삼촌은 집안일과 요리를 맡았다. 이들 쌍둥이 형제 중 아버지가 결혼을 해 그를 낳은 후에도 삼촌은 여전히 자기가 맡은 일을 계속했다.

아버지를 땅에 묻자마자 쌍둥이 형제는 아버지가 원대한 포부를 가지고 짓기 시작했으나 그때까지 거의 헛간이나 다름없던 저택에서 나와, 둘이 함께 지은 방 하나짜리 통나무집으로 옮겨 와 살았다. 그러면서 차츰 방 개수를 늘려 갔는데, 둘이 힘을 합쳐도 하기 힘든 들보 올리기 작업을 할 때 등을 제외하곤, 노예들이 목재에 손도 못 대게 했다. 아버지가 남긴, 창문들을 판자나 곰이나 사슴 가죽으로 가려 놓은 저택에는 노예들을 살게 했다. 저물녘이면 두 형제 중 농사일을 맡은 벅이 중대를 해산하는 선임하사처럼 깜둥이들을 죽 세워 놓고는, 사람으로 치면 태아도 되지 못한 그 저택에 그들을 어른 아이 할 것 없이 마구 몰아넣었다. 질문도 저항도 청원도 하지 못하는 노예들을 그렇게 삼켜 넣은 그 집은, 캐로더스 매캐슬린 노인의 끝없는 허영심을 그때야 간파한 듯 놀라 굳어 버린 모습이었다. 벅은 저택 안으로 들어가는 노예들의 머릿수를 속으로 세고는, 짐승의 가죽을 벗길 때 쓰는 칼만큼이나 긴 수제 못으로 문을 걸어 잠갔다. 그 못은 다른 때에는 문고리에 묶는 짤막한 사슴 가죽 끈에 매달려 있었다. 창문들 반은 그저 구멍에 불과했고 뒤쪽 출입구에는 문짝도 제대로 붙어 있지 않았다는 그 저택에 관한 이야기는, 그로부터 50년 후 벅의 아들 아이크가 충분히 자랐을 때에도 설화처럼 떠돌았다. 거기 갇혀 있던 노예들이 그곳을 빠져나와 순찰대를 피해 달빛 비치는 길을 걸어 다른 농장으로 몰래 드나들었고, 마침내 백인 쌍둥이가 20여 명의 깜둥이들과 암묵적인 신사협정을 맺어 새벽에 그 저택의 문에 건 못을 빼낼 때까지는 깜둥이들의 수를 다시 확인하지 않았다는 얘기가.

그 쌍둥이들의 필체는 나란히 놓고 자세히 비교해야 겨우 구분할 정도로 비슷했다. 심지어 장부의 같은 페이지에 쓰어 있는 두 사람의 글씨도 구분하기 어려웠다. 둘 다 열 살짜리 어린애 필체에다 틀리는 맞춤법도 똑같았기 때문이다. (미시시피 북부 황야 지역이라 해도, 1830~1840년대는 이미 구두 거래를 하는 시기가 아니어서 그들은 할 수 없이 장부에 기록을 남긴 듯하다.) 장부에는 캐로더스 매캐슬린이 물려받았거나 사들인 노예들 즉 로시어스와 피비와 투시더스와 유니스와 그들의 자손들에 대한 기록, 그리고 그에게 땅을 팔았던 치카소 족 추장 이케모투베에게 걸음이 빠른 잡종 거세마를 주고 데려온 샘 파더스와 그의 모친에 대한 기록, 또한 쌍둥이 중 하나인 애모디어스가 이웃과 포커를 쳐서 딴 테니 비첨에 대한 기록이 적혀 있었다. 베드퍼드 포러스트가 장군이 되기 전 일개 노예 상인이었을 때, 테오필러스가 그로부터 산 정신이 좀 이상한 퍼시벌 브라운리에 대한 기록도 있었다. 그도 애모디어스도 구입하게 된 명확한 이유를 설명하지 못하는 노예였다. (1년이 채 되지 않는, 아니 7개월도 안 되는 기간 동안의 사항들이 장부 한 장에 기록되어 있었는데, 그가 알고 있는 아버지의 필체였다.)

퍼시벌 브라운리, 26세, 점원 겸 경니. 콜드워터에서 N. B. 포러스트로부터 1856년 3월 3일 265딸라를 주고 구입.

그 아래쪽, 같은 필체로

1856년 3월 5일. 경니 불가. 글 일글 줄 모름. 지 이름은 썻지만 그것도 내가 쓴 거 보고 씀. 받갈이 가능하다 하나 그러케 보이지 안음. 오늘 1856 년 3월 5일에 바테 보내 봤음.

그리고 같은 필체로

1856년 3월 6일. 받갈이도 불가. 목사가 되고 십다고 말하는 거 보믄 가축을 데리고 물가로 가서 물을 멕이는 건 할 수 있을 듯.

그리고 이번엔, 같은 페이지에 두 개의 필체가 함께 있을 때는 구별할 수 있는 삼촌의 필체로

1856년 3월 23일. 물도 못 메김. 한 번에 한 마리만 겨우 메김. 인연 끈 어야겠음.

다시 처음 필체로

1856년 3월 24일, 어떤 바보가 이놈을 살까?

두 번째 필체로

1856년 4월 19일. 아무도 안 사지. 두 달 전 콜드워터 시장에서 니가 헛짓을 한 거임. 난 절때로 팔자고 말한 일 업슴. 그냥 나주는 게 남는 장사일 거임.

처음 필체로

1856년 4월 22일. 내가 이놈 본전을 꼭 뽑을 거심.

두 번째 필체로

1856년 6월 13일. 겨우 1년에 1딸라일 테니 265딸라면 265년 걸리겠네. 누가 그놈 해방쯩에 싸인을 할까?

다시 처음 필체로

1856년 10월 1일. 노새 조세핀 다리 골절 되서 총으로 싸 죽임. 마구깐 엉망, 깜둥이 엉망, 모든 게 엉망. 100딸라 손애.

그리고 같은 필체로

1856년 10월 2일. 그냥 나줌. 매캐슬린 형제 지출: 265딸라.

다시 두 번째 필체

1856년 10월 3일. 테오필러스 매캐슬린 지출: 깜둥이 265딸라, 노새 100딸라, 합계 365딸라. 놈이 아직 안 갓슴. 아버지가 여기 계셔씀 어찌 해쓸까?

처음 필체로

1856년 10월 3일. 개자식이 안 떠날 거 가틈. 아버지는 어찌 해쓸까?

두 번째 필체로

1856년 10월 29일. 놈 이름 바까 줌.

처음 필체로

1856년 10월 31일. 머라고 바깠는데?

두 번째 필체로

1856년 크리스마스. 스핀트리어스.

장부의 페이지가 넘어가 해가 바뀔수독, 이 노예들의 실체가 드러나 그들의 고통스럽고 복잡하게 얽힌 삶도 그림자를 벗기 시작했다. 묵인하에 일반적으로 저질러진 정의롭지 못한 일과 오랜 시간 느릿느릿 이루어진 보상뿐 아니라, 결코 묵인될 수도 없고 보상도 이루어지지 않았던 특정한 비극까지 모든 것이 거기에 기록되어 있었다. 새 장부의 새 페이지에 쓰인 글씨는 한눈에도 아버지 것임을 알 수 있었다.

아버지 루시어스 퀸터스 캐로더스 매캐슬린 사망. 1772년 캘리나에서 태어나 1837년 미시시피에서 돌아가셨음. 1837년 6월 27일 사망 후 무덤.

로스커스, 캘리나에서 할아버지가 키움. 나이 모름. 1837년 6월 27일 그냥 풀어 줌, 떠나기 시러함. 1841년 1월 12일 사멍 후 무딤.

로스커스의 처 피비. 캘리나에서 할아버지가 구입. 50살이라고 말함. 1837년 6월 27일 풀어 줌. 떠나기 시러함. 1849년 8월 1일 사망 후 무덤.

투시더스. 로스커스와 피비 아들, 1779년 캘리나에서 출생. 1837년 6월 28일 아버지 유언대로 10에이커 주려 했으나 거절. 1837년 6월 28일 A. 매캐슬린과 T. 매캐슬린이 주는 현금 200딸라도 거절. 남아서 일하며 돈을 벌고 시퍼함.

그리고 그 아래 다섯 페이지에 걸쳐 거의 그만큼의 햇수 동안, 매일매일 쌓이는 투시더스의 임금에서 그에게 느릿느릿 지급된 음식과 의복에 대한 ― 당밀과 고기와 거칠게 빻은 곡식 가루, 싸지만 질긴 셔츠와 데님 바지와 신발, 그리고 간헐적으로 지급된 비옷과 방한복 ― 비용을 공제하고 남은 액수가 꾸준히 기록되어 있었다. (자신의 소유주 백인으로부터 영원히 해방되었지만 바로 그 해방으로 인해 기억이 계속되는 동안 결코 해방될 수 없었던 그 흑인 노예의 모습이, 그의 눈에 훤히 보이

는 듯했다. 보급소로 들어와 백인 주인의 아들에게 자신의 잔고가 적힌
장부를 보여 달라고 해봐야 읽을 수도 없었던, 농장을 영원히 떠나 17
마일 떨어진 제퍼슨에서 살 수 있으려면 얼마나 더 오래 일해야 하는지
를 물어서 그 대답을 들어도 그게 맞는 대답인지 아닌지 알아볼 방법
조차 없었던 남자였을 것이다.) 펜으로 그은 두 줄과 함께 그에 관한 마
지막 기록이 남아 있었다.

　　1841년 11월 3일 현금 200딸라 받은 투시더스 매캐슬린 1841년 12월
제퍼슨에서 대장간을 차림. 1854년 2월 17일 사망 후 무덤.
　　1807년 아버지가 650딸라를 주고 뉴올리언스에서 산 유니스, 1809년
투시더스와 겨론. 1832년 크리스마스에 물에 빠져 주금.

　　그런 다음에 다른 필체가, 그 새 장부에서는 처음 등장하는 삼촌의
필체가 나타났다. 삼촌은 주방과 집안일 담당이었다. 그가 태어나기 16
년 전부터 그의 아버지와 삼촌을 알고 있었던 매캐슬린은, 온종일 주방
화덕 앞에서 음식을 만들거나 그 앞 흔들의자에 앉아 있던 모습으로 삼
촌을 기억했다.

　　1833년 6월 21일. 그 여자는 스스로 물에 빠져 자살한 거심.

　　그리고 처음 필체로

　　1833년 6월 23일. 우라질, 깜둥이가 자살해따 소린 난생처음 들음.

그리고 다시 두 번째 필체가, 날짜만 다를 뿐 마치 고무도장으로 찍은 듯 앞의 것과 똑같은 내용을 침착하게 반복했다.

1833년 8월 13일. 그 여자는 스스로 물에 빠져 자살한 거심.

당시 열여섯 살이던 그는 이렇게 생각했었다. 그런데 왜? 왜 그랬을까? 그가 보급소에 혼자 있었던 것은 그때가 처음도 아니었고 그 친숙하고 오래된 장부를 본 것도 그때가 처음 온 아니었다. 하지만 아주 어린아이였을 때도 그랬고, 글을 읽을 줄 알았던 아홉 살이나 열 살, 열한 살 때에도 책등과 표지가 닳히고 갈라진 그 장부들을 그저 올려다보기만 했을 뿐 특별히 펼쳐 보고 싶다는 마음은 가진 적이 없었다. 다만 연대순으로 이해하기 쉽게 기록되었을 그 장부의 내용이 지루하긴 하겠지만, 백인들뿐 아니라 흑인들까지 포함된 그의 가문의 피와 살이 담겨져 있을 것이기에 얻을 게 많으리라 생각하기는 했었다. 또한 그 기록은 피부색이나 소유자의 명의와 상관없이 그들 모두가 대대손손 같이 소유하고 사용한 땅에 관한 내용이기에, 언젠가는 펼쳐 보리라고 생각했었다. 나이를 먹은 뒤 어느 꽤나 지루한 날에 펼쳐 보리라고. 그 오래된 장부에 담긴 일들이 모두가 끝나 버린 일, 돌이킬 수도 변할 수도 없는 일, 그래서 새삼 누구에게 해가 될 수도 없는 일이 되어 버렸을 때에. 그리고 그는 열여섯 살이 되었고, 장부를 뒤지기도 전에 그 안에서 무엇을 찾게 될지 알고 있었다. 매캐슬린이 잠들어 있던 자정 넘은 시각에 그의 방에서 보급소 열쇠를 빼내 보급소의 문을 따고 들어가 문을 잠근 다음 누군가가 놓고 간 등불을 켜자, 가라앉아 있던 퀴퀴하고 차가운 공기가 새삼 코를 찔렀다. 누렇게 삭은 종잇장 위로 몸을 기울이며 그가 생각한

240

것은 그녀가 '왜' 물에 빠져 자살했는지가 아니라 삼촌이 자살했다고 한 것에 대해 아버지가 품었음이 분명한 의문, 즉 '왜 버디가 그녀가 자살했다고 생각할까?'였다. 그다음 페이지에서 그는 자신이 찾게 되리라 예상한 것을 발견했다. 하지만 그건 이미 알고 있던 내용이었고 의문에 대한 답은 아니었다.

투시더스와 유니스의 딸 토마시나, 다들 토미라고 부른 여자가 1810년에 태어남. 1833년 6월, 애 나타가 죽어 무더 줌. 별들이 떠러진 해.

그다음도 역시 답이 되진 못했다.

투시더스와 유니스의 딸 토미의 아들 터얼이 별들이 떠러진 1833년 6월 태어남. 아버지 유언.

그러고는 아무것도 없었다. 그 사람 임금이 얼마였고 음식과 의복비를 제한 금액은 얼마였는지도, 사망과 매장에 대한 기록도 일절 없었다. 그가 백인 이복형들보다 오래 살았고, 그들 다음으로 장부를 기록한 매캐슬린은 사망에 관한 것들은 기록 항목에 포함시키지 않았기 때문이다. '아버지 유언'이라는 글귀는 전에도 본 적이 있었다. 캐로더스 할아버지가 직접 남긴 기록은 글씨가 배배 꼬여 자식들 것보다 훨씬 알아보기 힘들었고, 맞줌법도 더 나을 세 없어서 명사와 동시 첫 글자가 거이 다 대문자로 되어 있고 구두점이나 문장 구성에도 전혀 신경 쓰지 않은 문장이었다. 결혼도 하지 않은 여자 노예에게서 얻은 아들에게 1천 달러의 유산을 반드시 성인이 된 뒤 지급하라는 내용도 그는 참 무신경하게 별다른 설명 없이, 그렇다고 애매모호하지도 않게 딱 그렇게만 기록해 놓았다. 그런 기록을 남겨, 그는 명백한 증거가 있는 것도 아니고 스스로 인정한 적도 없는 자기 행동의 결과를 자기 재산으로 처리하지 않고 자식들에게 떠넘겼다. 결국 부친이 저지른 사고에 대한 벌금을 자식들이 무는 꼴이 된 것이다. 그 돈은 자기 명예를 위해 침묵을 지켜 달라고 주는 뇌물이라고도 할 수 없었는데, 그 돈이 지급될 때는 자신이 죽은 뒤일 것이기에 지키고 말고 할 명예도 없기 때문이었다. 성인이 된 후 지급하라는 조건이 달린 1천 달러라는 돈은, 그런 명령을 내린 그에게도 그걸 나중에 받게 될 깜둥이에도 당장은 현실이 아니었다. 그것은 그가 경멸스럽게 내던져 주는 낡아 빠진 모자나 한 켤레 신발과 마찬가지였고, 깜둥이 노예는 그걸 받게 될 스물한 살 때까지 돈이 무엇인지 만져 보지도 배우지도 못한 채 속절없는 세월을 흘려보내야 했다. 그는 생각했다. 깜둥이를 '내 아들'이라고 부르느니 그 돈을 지불하고 마는 게 더 싸게 먹힌다고 생각했겠지. '내 아들'이라는 게 단순히 두 단어로 된 글자가 아닌데도 말이야. 아니, 어쩌면 할아버지한테도 사랑이라는 게 있었을지 몰라. 사랑엔 여러 종류가 있으니까. 할아버지에게도 사랑이라고 부를 만한 뭔가가 있었을 거야. 적어도 오후나 밤에 침 뱉을 때 쓰는 타구는 아니었을 거야. 한 노인이 있었다. 오랜 시간 홀아비로 살아온, 이제 인생이 한 5년쯤 남아 있던 노인에게, 집은 그저 적적하고 지루하게 여겨졌을 것이다. 아들들도 중년이 넘었는데 결혼하지 않고 있었기 때문이다. 농장은 잘 굴러가고 있어서 돈은 충분했다. 겉으로 드러난 악행들조차 그 밑으로 숨길 수 있을 만큼. 그리고 한 여자가 있었다. 결혼도 하지 않은 젊은 여자가. 아기를 낳았을 때 그녀는 고작 스물세 살이었다. 아마도 처음엔 외로워서, 싱싱한 목소리가 집 안을 떠돌아다니는 게 좋아서, 노인은 그녀를 불러들였을 것이다. 그는 여자의 모친에게 그녀를 보내 매일 아침 바닥을 쓸고 침대를 정리하게 하라고 지시했을 것이고, 모친은 묵묵히 받아들였을 것이다. 어쩌면 모친은 그런 지시를 예상했거나 계획하고 있었을지도 모른다. 그녀를 외동딸로 둔 모친은, 자기 부부는 들일을 하는 일꾼이 아닌 데다 남편과 남편의 부모는 그 백인 남자가 부친에게서 물려받은 노예이기에 다른 노예들과는 다르다고 생각하고 있었다. 더구나 그 모친을 사가지고 온 사람은, 말이나 증기선으로 여행하던 시절 300마일이 넘는 뉴올리언스까지 가서 신붓감으로 그녀를 사가지고 온 사람은, 바로 그 백인 남자였다.

기록은 거기서 끝나 있었다. 낡아서 곧 바스러질 것은 장부가 저절로 넘겨지는 동안, 그는 생각했다. 자기 딸을, 자신의 딸을…… 아니야, 아니야, 아무리 그분이라 해도. (당시엔 홀아비도 아니었던) 그 백인 남자가, 그의 아들들만큼이나 바깥나들이를 싫어했던 그 남자가, 노예가 더 필요한 상황이 아니었음에도 불구하고 뉴올리언스까지 그 먼 길을 가서 그녀를 사온 것이었다. 토미의 아들 터얼은 그가 열 살이었을 때까지 살아 있었기에, 그는 곰곰 기억을 더듬어 보았다. 터얼은 그의 아버지뿐 아니라 그의 어머니인 토미로부터도 얼마큼은 백인의 피를 받은 듯한 외모를 가지고 있었다. 그리고 터얼이 태어난 지 50년 후인 어느 날 한밤중에 퀴퀴한 냄새가 풍기는 차가운 보급소 안에서 그을음이 피어오르는 노란 등불 아래 누렇게 삭은 장부를 내려다보고 있으니, 그의 눈앞에 크리스마스 날 차가운 상 속으로 걸어 들어가는 여자의 모습이 보이는 듯했다. 6개월 후 자신의 딸과 자신의 연인(그녀에겐 첫사랑이었을 거야, 첫사랑, 하고 그는 생각했다) 사이에 아기가 태어날 것임을 알았던 그녀는 외로웠고, 슬픔조차 느끼지 못할 정도로 결연했을 것이다. 이전에 이미 밀음과 희망을 거부해야만 했던 그녀는, 그날은 비애와 절망도 간단히 물리치려고 자신만의 의식을 치르듯 강물로 들어갔을 것이다.

거기까지가 그들 기록의 전부였다. 다시 장부들을 뒤져 볼 필요는 없었기에 그렇게 하지 않았다. 그들의 사위어 가는, 돌이킬 수 없는 이야기들로 가득 찬 누렇게 삭은 페이지들은, 열여섯 살의 그날 그렇게 자신의 탄생만큼이나 명백한 사실로 영원히 그의 의식의 일부로 남게 되었다.

테니 비첨. 21세. 1859년에 애모디어스 매캐슬린이 휴버트 비첨 씨로부터 포커를 쳐서 땄음. 콜 안 하고 바로 스트레이트로 트리플을 이겼을 거임. 1859년, 토미의 아들 터얼과 겨론.

그녀가 자유의 몸이 된 날짜는 적혀 있지 않았다. 왜냐하면 그녀와 그녀의 살아남은 아이 중 첫째 아이를 자유의 몸으로 풀어 준 것은, 보급소의 벅 매캐슬린과 버디 매캐슬린이 아니라 워싱턴에서 온 낯선 사람이었기 때문이다. 사망 날짜와 매장 날짜도 적혀 있지 않았는데, 그 쌍둥이 형제 다음으로 장부 기재를 맡은 매캐슬린은 부고 관련 사항은 기재하지 않았고 또한 (그가 장부를 들춰 보았던) 1883년에는 그녀가 아직 생존해 있었기 때문이었다. 그녀는 살아남은 막내 아이가 자식을 낳을 때까지 살았다.

애모디어스 매캐슬린 비첨. 토미의 아들 터얼과 테니 비첨의 아들. 1859년 태어나 1859년 주금.

그다음부터의 글씨는 전부 그의 삼촌 것이었다. 그의 아버지는 자신

244

의 이름도 제대로 쓸 줄 모르는 노예 상인이었던 자가 지휘하는 기병대의 일원이 되었기 때문이었다. 이때부터의 기록은 한 줄도 못 채울 만큼 짤막했다.

1862년, 토미의 아들 터얼과 테니 사이에서 딸.

그다음 줄 기록 역시 한 줄도 되지 않았고, 성별조차 표시되어 있지 않았다. 그 이유를, 그는 추측할 수 있었다. 1863년 당시 열세 살이었던 매캐슬린이 후에 기억을 더듬어 그때는 빅스버그뿐 아니라 아주 많은 지역이 굶주렸다고 말한 적이 있기 때문이었다.

1863년, 토미의 아들 터얼과 테니 사이에서 아이.

그리고 같은 필체로 살아남은 아이에 대한 기록이 쓰여져 있었는데, 마치 무자비한 캐로더스 노인의 귀신이 사라질 때까지 인내한 끝에 결국 아이를 굶주림으로부터 구해 낸 테니의 성과 같았다. 그 기록은 다른 기록들보다 훨씬 명확하고 완전하고 정성을 기울인 문장으로 철자법도 신경 써 쓰여져 있었다. 그 기록을 남긴 사람은, 자신의 쌍둥이 형제가 집에 없는 동안 요리도 하고 부모 없는 열네 살짜리 친척 아이도 보살피고 농장도 경영해야 했던, 여자로 태어났으면 딱 좋았을 그 사람은, 자기 노예들에게서 태어난 아이가 이름이 생길 때까지 살아남아 준 사실에서 새로운 희망의 싹을 발견했으리라.

제임스 투시더스 비첨. 토미의 아들 터얼과 테니 비첨 사이에서 태어난 아들. 1864년 12월 29일 태어났고, 산모와 아기 모두 건강. 부모는 아기 이름을 테오필러스라고 부르기를 원했지만 이전 아이들도 부모 원대로 애모디어스 매캐슬린과 캘리나 매캐슬린이라고 불렀다가 둘 다 죽었기에 바꾸자고 설득. 오전 2시에 태어남. 산모와 아기 모두 건강.

더 이상의 내용은 없었다. 그러다가 그가 장부를 들춰 보던 때로부터 2년이 지나 거의 성인이 되었을 때, 그는 캐로더스 노인이 자신의 깜둥이 자식들에게 유산으로 주라고 한 돈을 가지고 테네시 주에 갔다가 목적을 이루지 못하고 돌아오게 된다. 그가 가져갔던 돈은 어릴 때 살아남은 세 명의 아이들이 차례차례 자라나 의사를 표현할 수 있는 나이가 되자, 그들의 백인 삼촌들이 그들이 성인이 되면 각각 1천 달러씩을 지급하려고 마련해 두었던 돈의 일부였다. 그리하여 1864년에 태어난 사람 치고(소년이 태어난 1867년을 기준으로 해도 마찬가지지만) 남들의 기대나 본인 희망보다 훨씬 오래 살아남은 한 남자에 대한 기록이 담긴 그 페이지는, 아버지나 삼촌이나 매캐슬린 형과는 다른 필체를 가진, 철자법을 제외하고는 할아버지의 필체와 너무도 닮은 그의 필체로 다음과 같이 마무리될 것이었다.

제임스 투시더스 비첨이 1885년 12월 29일, 그의 21세 생일날 밤 한 순간에 사라짐. 아이작 매캐슬린이 테네시 주 잭슨까지 추적했지만 놓침. 1886년 1월 12일, 유산 중 3분의 1인 그의 몫 1천 달러는 신탁관리인 매캐슬린 에드먼즈에게 반환됨.

하지만 열여섯 살의 그날 밤에는 아직 그 기록이 없었고, 다시 그의 아버지의 필체가 나타났다. 자신의 늙은 사령관이 군인도 노예상도 아니게 된 그 무렵의 어느 날, 아버지는 다시 한 번 기록을 남겼고 그것이 마지막이었다. 당시 아버지는 류머티즘을 앓고 있어 필체가 전보다 훨씬 알아보기 힘들어 거의 해독 불능이었고, 철자법도 구두점도 깡그리 무시하고 있었다. 자신으로 하여금 깜둥이 노예를 사도록 굴복시킨 유일한 사람이자 경영에서도 자신을 패퇴시킨 유일한 사람의 휘하에서 지낸 4년이, 그에게 믿음과 희망뿐 아니라 맞춤법마저 허망한 것으로 보이게 만든 듯했다.

1869년, 소폰시바 양, b와 tt의 딸.

하지만 매캐슬린의 말대로, 왼손으로나마 장부에 이렇게 기록을 남긴 것을 보면 그의 아버지가 신념과 의지까지 잃었던 것은 아니었으리라. 그가 만 한 살일 때 아버지가 쓴 이 기록이, 아버지가 남긴 마지막 기록이었다. 그 후 아버지와 삼촌은 열두 달도 되지 않는 사이에 차례로 세상을 떠났고, 그로부터 5년 후 루카스가 태어났다. 그리고 그 이후 1886년에 그는 어떤 일을 목격하는데, 그 일에 관한 기록은 자신이 직접 쓰게 된다. 그해 소폰시바의 나이는 그보다 두 살 어린 열일곱 살이었는데, 해가 막 질 무렵 보급소로 들어온 매캐슬린이 "저 친구가 폰시바와 결혼하고 싶다네"라고 말했다. 매캐슬린 뒤편에 낯선 얼굴이 서 있었는데, 매캐슬린보다 키가 크고 매캐슬린을 비롯해 그가 아는 엔간한 백인 남자들보다 훨씬 잘 차려입은 사내였다. 그 사내는 백인의 태도로 방으로 들어와 백인의 태도로 서 있었다. 매캐슬린을 뒤따른 것은, 그가 자기보다 피부가 희어서가 아니라 그가 이곳 사람이라 길을 잘 알기 때문이라고 말하는 듯한 태도였다. 그 사내는 백인의 자세로 얘기하면서 딱 한 번 매캐슬린 너머로 그를 빠르고 날카롭게 바라봤을 뿐 그 뒤론 관심 없다는 듯 눈길을 주지 않았다. 조바심치는 태도가 아니라 그저 시간이 없는 성숙하고 침착한 백인 남자의 태도였다. "폰시바하고 결혼을? 폰시바랑?" 그가 그렇게 소리쳐도 그 사내가 눈길을 주지 않자 그는 입을 다문 채 매캐슬린과 그 깜둥이 사내가 나누는 대화에 귀를 기울였다.

"아칸소에서 살겠다고? 그렇게 말했나?"

"그렇소, 내 재산이 거기 있소. 내 농장이."

"재산? 농장? 자네 거라고?"

"그렇소."

"말끝이 짧군. 그렇게 생각하지 않나?"

"나보다 나이 많은 사람에겐 안 그러니 하오체로 만족하시오."

"알겠어. 자넨 북부 출신이지?"

"그렇소. 어릴 때부터."

"그래 봐야 자네 아버진 노예였어."

"한때는."

"어떻게 아칸소에 농장을 가질 수 있었지?"

"불하받았소. 아버지가 미합중국 정부로부터 군 복무의 대가로."

"그렇군, 양키 군대에 있었군." 매캐슬린이 말했다.

"미합중국 군대였소." 낯선 사내가 맞받았다. 그때 그가 다시 매캐슬린 등에 대고 소리를 질렀다.

"형, 테니 아줌마를 부르자구! 내가 가서 아줌마를 데려올게! 내가 가서……" 하지만 매캐슬린은 그를 얘기에 끼워 주지 않았다. 낯선 사내조차 그가 말해도 그에게 눈길을 돌리지 않았다. 둘은 마치 그가 없다는 듯 다시 얘기를 나누기 시작했다.

"보아하니 작심하고 온 것 같은데 뭣하러 귀찮게 나한테 허락을 구하나?" 매캐슬린이 말했다.

"허락을 구하는 게 아니오." 낯선 사내가 입을 뗐다. "당신이 가장으로서 그녀를 한 사람의 가족으로 인정한다면 그럴 마음도 있지만, 허락을 구하러 온 것은 아니오. 난……"

"그만해!" 매캐슬린이 말했다. 하지만 낯선 사내는 꿈쩍도 않고 자기 할 말을 계속했다. 매캐슬린을 무시해서도 그의 말을 듣지 못해서도 아니었다. 다만 그 상황에서 반드시 필요한 말을, 변명도 정당화도 아닌 말을, 매캐슬린이 듣든 말든 하고 있는 것이었다. 마치 자신의 독백을 자신이 귀담아듣는 것처럼. 두 사람은 바짝 붙어 있지는 않았지만 검투라도 벌인다면 칼끝이 서로 닿을 거리에서, 등을 꼿꼿이 편 채 마주 서서 높지도 않고 감정도 실리지 않은 목소리로 간결하게 말을 주고받았다.

"……난 그저 당신에게 알리는 거요. 당신이 그녀 집안의 가장이기에 미리 고지를 하는 거요. 나는 예우도 모르는 남자는 아니니까. 게다가 당신의 방법대로, 당신이 보고 배운 대로……"

"그만! 이 정도면 충분해!" 매캐슬린이 말했다. "그러니 저물기 전에 여길 떠나." 하지만 그 사내는 여전히 꿈쩍도 않고 초연하고 냉담한 표정으로 매캐슬린을 응시했다. 마치 매캐슬린의 눈동자에 비친 조그마한 자신의 모습을 지켜보는 것처럼.

"가야겠죠," 하고 사내가 말했다. "어찌 됐든 여긴 당신 집이니까. 그리고 당신의 방식으로…… 아니, 상관없소. 당신 말대로 이제 그만하겠소." 사내는 문 쪽으로 돌아섰다. 몇 초 정도 걸음을 멈추더니 다시 걸음을 떼며 말했다. "편히 생각하시오. 그녀에게 잘할 테니." 그러고는 사내는 사라졌다.

"헌데 폰시바가 저 사람을 어떻게 알아?" 소년이 소리쳤다. "난 저 사람에 대해선 들어 본 적도 없어! 그리고 폰시바는, 태어나서 교회 외엔 어디 가본 적도 없……"

"하!" 매캐슬린이 입을 열었다. "열일곱 살짜리 여자애들이 남자를 어떻게 만나는지는 부모라도 알 수 없어. 결혼하겠다니 차라리 운이 좋다고 해야지." 이튿날 아침 그들 둘은 가버렸다. 폰시바가 사내를 따라간 것이다. 매캐슬린은 다시는 그녀를 보지 못했고, 그 역시 마찬가지였다. 왜냐하면 그가 다섯 달 후 마침내 찾아낸 여인은, 그가 알고 있던 그 여자애가 아니었기 때문이다. 그는 1년 전 테니의 아들 짐을 찾으러 나섰다가 허탕을 쳤을 때처럼 전대에다 유산 3천 달러의 3분의 1에 해당하는 금화를 넣고 그녀를 찾으러 나섰다. 그들은 떠나면서 테니에게 주소를 남겼고 3개월 뒤에는 편지도 왔지만, 편지를 쓴 건 매캐슬린의 아내 앨리스에게 읽고 쓰는 법을 배운 폰시바가 아니라 사내였다. 편지에 찍힌 소인은 사내가 테니에게 남긴 주소와는 달랐다. 그는 기차를 타고 갈 수 있는 곳까지 가서 역마차를 빌려 탔고, 그 뒤에는 기운 좋은 말이 끄는 마차를 빌렸고, 다시 기차를 타고 한동안 갔다. 어느새 그는 경험 많은 여행가에 노련한 수색견이 되어 있었다. 이번엔 성공을 거두고 싶었다. 실패하고 싶지 않았다. 끝나지 않을 듯 지루하게 이어지는 12월의 진흙길을 터덜터덜 걷고, 밤이면 호텔에서, 때로는 술집이라고 해야 할 길가의 조잡한 통나무집 여관에서, 때로는 낯선 이의 오두막이나 헛간의 건초 더미에서 외롭게 잠을 청하면서도, 전대에 감춘 금화 때문에 함부로 옷조차 벗지 못했다. 마치 신분을 감춘 채 여행길에 올랐던 동방박사라도 된 듯했다. 그를 이끈 것은 희망이 아니라 오직 죽살이치는 분투였다. 그런 자신에게 그는 이렇게 중얼거렸다. "그 애를 찾아야 해. 그래야만 해. 하난 이미 놓쳤잖아. 이번엔 반드시 찾아야 해." 그리고 그는 해냈다. 진흙이 가슴팍까지 튄 빌린 말을 타고 몸을 웅크린 채 느릿느릿 떨어지는 차가운 빗속을 가다가 그는 보았다. 흙으로 만든 굴뚝이 꽂힌 외딴 통나무집 하나를. 그것은 길도 없고 울타리도 쳐져 있지 않은 황량한 휴경지와 황야의 밀림 속에, 내리는 비에 곧 무너져 돌무더기로 변해 버릴 것처럼 서 있었다. 거기에는 헛간도, 마구간도, 그 흔한 닭장조차 없었다. 있는 거라곤 달랑 어설픈 손으로 뚝딱 지은 통나무집 한 채뿐이었다. 서투르게 잘라 아무렇게나 쌓아 놓은 땔감은 겨우 하루치에 불과했고, 말을 타고 나타난 그에게 짖어 대는 비루먹은 개 한 마리 보이지 않았다. 언젠가는 농장이 될 수 있을지 몰라도 아직은 어림없는 얘기였다. 농장이 되려면 수년에 걸친 고되고 끈질긴, 지칠 줄 모르는 노동과 희생을 바쳐야 할 것 같았다. 그는 비틀린 문틀에 기묘하게 매달려 있는 부엌문을 밀어젖히며 조리용 화덕의 불조차 꺼진 그 차가운 어둠 속으로 들어섰다. 잠시 후 엉성하게 만든 식탁 뒤편 벽 모서리에 등을 기댄 채 웅크리고 앉은, 그가 보아 왔던 얼굴과는 완전히 달라진 커피색 얼굴을 보았다. 그가 태어난 곳에서 100야드도 떨어지지 않은 곳에서 태어났고 몸속엔 그와 동일한 피가 얼마쯤 흐르고 있는 그녀는, 이제 예고도 없이 말을 타고 나타난 백인을 보면 무조건 커다란 채찍이나 총을 든 순찰대원이라고 생각하는, 영락없는 이 땅의 흑인 노예가 되어 있었다. 그는 그 오두막에서 딱 하나밖에 없는 방으로 들어섰다. 그 방 난로 앞 흔들의자에, 그 사내가 책을 읽으며 앉아 있었다. 남아 있는 양이 하루치도 안 되는 땔감이 타고 있는 난로 앞에서 그 집의 유일한 의자인 흔들의자에 앉아 있는 사내는, 다섯 달 전 보급소에 들어섰을 때처럼 목회자풍 복장을 입고 금테 안경을 쓰고 있었다. 사내는 그를 올려다보더니 자리에서 일어섰다. 그때 그는 사내의 안경에 렌즈가 끼워져 있지 않다는 사실을 발견했다. 사내는 울타리도 없고 길도 없는, 가축우리조차 없는 진흙투성이 황량한 벌판 한가운데에서 그 알 없는 안경을 낀 채 책을 읽고 있었던 것이다. 승리에 도취한 군대를 따라 남부까지 온 북부인들의 그 터무니없는 망상과 끝 모를 탐욕과 어리석음이, 사내의 옷과 살갗에서 끊임없이 냄새를 풍기고 있었다.

"안 보여요?" 그가 소리쳤다. "안 보이냐고요. 이 땅이 모두, 남부 전체가, 저주받은 땅이란 걸 몰라요? 백인이건 흑인이건, 여기서 젖을 빨고 자란 우리 모두가 그 저주 아래 놓여 있다는 걸 모르겠어요? 이 땅에 서린 저주가 우리 같은 백인들이 가져온 거라고 쳐요. 어쩌면 바로 그 때문에 그 후손들이 저항하지도 싸우지도 못한 채 저주가 풀릴 때까지 그저 견디며 살아가야 하는지도 모르죠. 그런 다음엔 당신 같은 사람들에게 차례가 돌아가겠죠. 우린 우리 것을 걷어차 버렸으니까. 그러나 아직은 아니에요. 아직은 때가 아니라고요. 그걸 모르겠어요?"

사내가 일어났다. 그가 입고 있는 목회자 복장은 아직 해진 데는 없었지만 예전처럼 말끔하지는 않았다. 한 손에는 읽던 부분에 손가락을 끼운 채 책을 들고 있었고, 다른 한 손에는 마치 지휘자가 지휘봉을 잡듯 알 없는 안경을 쥐고 있었다. 두 손 모두 일을 놔버린 손이었다. 사내는 끝 모를 어리석음과 터무니없는 희망으로 가득 찬 침착하고 낭랑한 목소리로 말했다. "네가 틀렸어. 너희 백인들이 이 땅에 가져온 저주는 이제 사라졌어. 비워지고 치워졌어. 우리는 새로운 시대를, 우리 선조들이 꿈꾸던 자유와 해방과 만민 평등의 시대를 보고 있어. 이 땅이야말로 새로운 가나안……"

252

"자유라고요? 무엇으로부터의 자유인데요? 일로부터? 가나안이라고요?" 그는 팔을 활짝, 거의 난폭할 정도로 활짝 젖혔다. 그러자 외풍이 심하고 축축하며 온기라곤 없는, 깜둥이의 퀴퀴한 냄새로 가득한 그 볼품없는 방 안에서 마주 보며 선 그들 앞에, 땅을 갈 쟁기도 뿌릴 씨앗도 없는, 마구간도 없고 가축 한 마리도 없는 텅 빈 들판이 그대로 펼쳐지는 듯했다. "여기 어느 구석에 가나안이 있단 말입니까?"

"좋지 않은 시기에 왔을 뿐이야. 지금은 겨울이잖아. 이맘때에 누가 농사를 지어?"

"그렇군요. 그러니 땅을 놀리고 있는 동안 저 여자는 당연히 먹지도 입지도 못하고 버텨야겠군요."

"내겐 연금이 나와." 사내가 말했다. 마치 '난 은혜를 받은 몸이야'라거나 '난 금광을 소유하고 있어'라고 말하는 것 같았다. "더구나 내겐 아버지 몫의 연금도 떨어져. 매달 초하룻날 나와. 오늘이 며칠이지?"

"11일요." 그가 말했다. "그러니까 20일이 더 남았군요. 그때까지는 어쩔 셈이죠?"

"집에 아직 먹을 게 남아 있어. 미드나이트*에 내 연금 수표를 물건으로 교환해 주는 장사꾼이 있는데, 그 사람한테서 외상으로 받아 온 거지. 나 대신 연금을 관리하라고 그 사람한테 권한을 주었으니까 피차간에……"

"알겠어요. 그런데 남은 식량으로 20일을 버티지 못하면요?"

"돼지 한 마리도 남아 있어."

"어디에요?"

<hr>

*미시시피 주 험프리스 카운티에 있는 자치구.

"바깥에." 사내가 말했다. "여기선 겨울 동안 알아서 찾아 먹도록 가축들을 풀어 놓고 키워. 가끔씩은 안 돌아오기도 하지만 문제 될 건 없어. 족적을 따라가면 찾을 수……"

"그렇군요!" 그가 큰 소리로 말했다. "문제 될 게 없군요. 어쨌거나 연금 수표가 있으니까. 미드나이트에 있는 그 장사꾼이 당신 연금 수표를 현금으로 바꿔서 자기 알아서 먹을거리 값을 제하고도 남는 돈이 있다면 그건 나중에 당신 것이 되니까. 그 이전에 먹을 게 떨어지면 돼지를 잡아먹고. 그런데 돼지를 못 잡으면, 그땐 어쩔 거죠?"

"그때쯤이면 거의 봄이 되어 있을 테지." 사내가 말했다. "봄이면 뭘 할 건지 난 계획을 다……"

"봄 이전에 1월이 오겠죠." 그가 말했다. "그러고는 2월이 올 거고 그다음에 3월, 그러고도 보름은 지나야……" 거기까지 말하고 그는 다시 부엌으로 건너갔다. 그때까지 꼼짝하지 않고 있던 여자는 아예 숨조차 쉬지 않는 듯했다. 그냥 눈만 그를 향해 있을 뿐 살아 있는 것 같지도 않았다. 그가 한 걸음 더 다가가도 물러설 곳이 없었던 그녀는 계속 꼼짝하지 않고 있을 수밖에 없었다. 좁고 야위고 흐릿한 커피색 얼굴 속에 박힌, 깊이를 알 수 없는 잉크 빛깔의 두 눈이 그를 주시하고 있었다. 하지만 그 눈은 무언가를 알리려 하지도 알려 하지도 희망하려 하지도 않았다. "폰시바." 그가 말했다. "폰시바, 괜찮아?"

"난 자유야." 그녀가 말했다.

미드나이트에는 여관, 마차 대여소, 큰 가게(그곳이 연금 수표를 맡아 현금으로 바꿔 주는 은행 같은 역할을 하는 것 같았다), 조그만 가게, 그리고 술집과 대장간이 있었다. 하지만 거기엔 버젓이 은행도 따로 하나 있었다. 그는 은행으로 들어갔다. (실제 하는 일을 보면 소유주임에 분명한) 은행장은 예전에 포러스트의 수하였던 인물로, 미시시피에서 옮겨 온 이주민이었다. 그는 여드레 전 집을 나선 뒤 처음으로 금화가 든 전대를 풀어 놓고는, 연필과 종이를 가져와 3과 12를 곱한 수로 1천을 나누어 보았다. 1천 달러면, 한 달에 3달러씩 28년 동안 쓸 수 있는 돈이었다. 28년 동안 그녀가 적어도 굶어 죽지는 않는다는 얘기였다. 은행장은 매달 15일에 믿을 만한 사람 편으로 그녀에게 돈을 전달하겠다고 약속했다.

그는 집으로 돌아왔고, 그것으로 끝이었다. 1874년에는 아버지와 삼촌 두 분 모두 세상을 떠나셨고, 오래된 장부들은 아버지가 1869년에 마지막 기록을 남긴 후에는 다시는 책상 위 선반에서 꺼내지지 않았기 때문이다. 다만 그가 다음과 같이 적어서 완결해 놓을 수는 있었을 것이다.

루카스 퀸터스 캐로더스 매캐슬린 비첨. 토미의 아들 터얼과 테니 비첨 사이에서 태어나 생존한 자식들 중 마지막 아들. 1874년 3월 17일생.

하지만 굳이 그렇게 할 필요는 없었다. 그의 이름은 루시우스 퀸터스 등등이 아니라 그냥 루카스 퀸터스였다. 루시우스라고 불리기를 거부한 것은 아니고 그저 이름에서 제외했을 뿐이었다. 네 개의 이름 중 세 개는 그냥 쓴 걸 보면 그 이름을 부정한 것도 일부러 빼버린 것도 아니었다. 하지만 그 이름 하나를 빼는 바람에 이름 전체가 교체된 것처럼 보였다. 백인 남자에게서 물려받은 이름이 아니라 자기만의 이름, 자기 혼자 지은 이름처럼 보였다. 즉 루카스는 혼자 태어나 스스로에게 이름을 부여한, 자기 자신의 조상이 되어 버린 것이다. 비록 낡은 장부에는 기록되어 있지 않지만, 캐로더스 영감처럼 되어 버린 것이다.

그리고 그것으로 끝이었다. 1874년에 소년이었던 그는 1888년에 스물한 살 성인이 되어 자신이 물려받기로 되어 있던 땅을 거부하고 부정함으로써 자유의 몸이 되었다. 1895년에 그는 누군가의 남편이긴 하지만 아버지는 아닌, 홀아비는 아니지만 아내는 없는 사람이 되어 있었다. 오래전에 이미 인간은 자유로울 수 없으며, 설사 자유롭다 해도 그것을 감당할 수 없음을 깨달은 남자가 되어 있었다. 결혼한 후 그는 제퍼슨 시에 있는, 날림으로 지은 단층집에 살았다. 장인이 물려준 것이다. 어느 날 아침 멤피스에서 발행되는 신문을 읽고 있는데, 방문 앞에 루카스가 서 있는 게 보였다. 그는 신문에 찍힌 날짜를 보면서 생각했다. 저 친구 생일이군. 오늘이 저 친구 스물한 살 생일이야. 루카스가 말했다. "캐로더스 어르신이 남기신 나머지 돈은 어디 있죠? 그걸 가져야겠어요. 전부 다." 그것으로 끝이었다.

다시 매캐슬린이 말하고 있었다.*

"말하는 사람도 듣는 사람도 헛갈리는 그런 진실을 벅과 버디 삼촌뿐 아니라 많은 사람들이 더듬어 찾으려 했어. 그래서 1865년에 그렇게 된 거고."

그러자 그가 말했다. "충분하지 않았어. 아버지나 버디 삼촌뿐 아니라 다음 3대도 진실을 더듬어 찾으려 충분히 노력하지 않았어. 하느님께서 아무리 살펴봐도 다른 대안이 없어 선택하신 할아버지의 집안 3대도, 충분히 노력하지 않았던 거야. 하지만 하느님은 계속 뜻을 이루려고 노력을 기울이셨어. 형이 뭐라고 할지 알아. 인간을 손수 만드신 분이기에

*이 장(4장) 초입의 상황, 즉 스물한 살이 된 아이작과 그의 사촌형 매캐슬린이 보급소에서 대화를 나누는 상황으로 돌아간 것.

256

그분은 더 이상 그 존재에게 희망을 품을 수 없다는 것도 아셨을 거라고, 인간에 대해 자긍심도 슬픔도 없으셨으니 희망도 품지 않으셨을 거라고 말하고 싶겠지. 하지만 하느님은 인간에게 희망을 품게 되기를 기다리셨어. 그들을 살아 움직이게 하셨기 때문이 아니라, 그들과 함께 오랜 세월 근심하셨기 때문이야. 또한 하늘에서 쫓겨나 미궁처럼 이해할 수 없는 세계, 지옥까지 생긴 그 세계에 살면서도 인간들 하나하나가 어떻게 높아지고 깊어질 수 있는지를 이미 알고 계셨기 때문이야. 그들을 인정하지 않으면 어느 곳엔가 자신과 대등한 존재가 있다는 걸 인정해야만 하는데, 그렇게 되면 자신은 더 이상 유일무이한 신이 아니게 되는 것이기에, 결국 저 외롭고 높은 천국에서 자신이 한 일에 대한 책임을 지셔야만 했던 거야. 그래도 공허하게 끝날 거라는 사실을 아마 알고 계셨을 거야. 하지만 자신이 손수 만든 인간이라는 존재가, 무엇이든 할 수 있는 존재라는 것도 아셨을 거야. 왜냐하면 모든 것을 포함하는 근원적인 절대성으로 그들을 빚으셨고, 그들 하나하나가 언제 어떻게 그렇게 되는지조차 모르는 채 희열에 들떴다가 초라한 몰락에 이를 때까지 낱낱이 지켜보셨으니까. 그러고는 마침내 그들 모두가, 하느님 본인이 최선이라고 고르고 선택하신 인간들조차, 결국 할아버지 같은 사람들이라는 걸 알게 되셨지. 그리하여 그때부터 그분이 기대하신 건, 희망하신 게 아니라 기대하신 건, 벅과 버디 삼촌 같은 사람들이었을 테지. 그들로도 충분하지 않다면 그다음의 3대째를 기대하셨을 테고. 그래 봐야 그 3대는 벅과 버디 삼촌 정도도 되시 못했지만……"

매캐슬린이 "아," 하고 신음을 토해 냈다.

그가 말했다. "하느님이 만약 할아버지 안에서 아버지와 버디 삼촌을 보셨다면 당연히 나도 보셨을 거야. 아브라함 시대보다 훨씬 나중에 태어나 제물로 바쳐지기를 거부한 이삭, 자신을 바치려 하는 아버지도 없기에 제단을 거부할 수 있는 이삭을 말이야……"

그러자 매캐슬린이 말했다. "그건 거부가 아니라 도피야."

"맞아, 도피. 그리고 어느 날 하느님은, 몇 년 전 오후 형이 바로 이곳에서 폰시바의 남편에게 했던 말을 그대로 하셨어. 그만! 이 정도면 충분해!라고. 격분하신 것도 아니시고, 그날 형처럼 지긋지긋해지셔서도 아니시고, 그냥 이 정도면 됐다!라고 생각하신 거야. 그리고 마지막으로 이 땅을 내려다보셨어. 인간을 만드신 이후 마지막으로 흰 빈 더 이 땅을 바라보신 거야. 자신이 내려 준 사냥할 숲과 낚시할 강과 씨를 뿌릴 비옥한 밭과 그 씨가 싹을 틔우는 풍성한 봄과 그것이 곡식으로 풍성하게 자라는 긴 여름과 그 곡식을 거두는 고요한 가을과 인간과 짐승이 쉴 수 있는 짧고 맑은 겨울이 있지만, 그 어디에서도 희망은 볼 수 없는 이 땅 남부를. 그러고는 눈을 돌려 그 너머 마땅히 희망이 있어야 할 곳으로, 동쪽으로 북쪽으로 서쪽으로 끝없이 펼쳐진 곳을 바라보셨어. 형이 속절없이 저물어 가는 저녁이라고 말했던 바로 그 구세계에서 온 사람들을 위해 손수 마련해 주신 자유와 해방의 피난처, 안식의 땅을. 그리고 거기서 노예 상인의 부유한 자손들, 남자나 여자나 할 것 없이 죄다 나긋나긋한 인간들이, 치를 떨며 빽빽 소리를 질러 대던 흑인들을 새장에 담아 집으로 가져오는 브라질 산 마코앵무새의 또 다른 표본이나 견본쯤으로 여기던 그들이, 따뜻하고 밀폐된 홀에서 공포스럽고 잔혹한 행위에 대한 해결안을 통과시키는 현장을 지켜보셨어. 또한 정치인들이 표를 달라고 벼락처럼 외쳐 대는 모습과, 설교사들이 약장수 공연 같은 집회를 열어 셔토쿼* 수강료를 벌어들이며 자신들의 잔혹하고 부당한 행위를 관세나 은화나 불멸의 가치로 호도하는 모습을 보셨어. 그들이 그런 행사에 흑인들을 고용해 족쇄를 채우고 노예의 상징인 넝마를 입히고, 맥주를 퍼주고, 현수막을 내걸고, 구호를 외치는 것으로도 모자라 유황불이 타오르는 지옥 운운하며 요술과 톱 연주까지 펼치는 모습도 보셨어. 그리고 그들이 새로운 상품을 생산하고, 목화에서 솜을 틀어 실을 뽑는 기계를 만들고, 그것들을 실어 나르는 자동차와 배를 만들려고 공장에서 쉼 없이 돌리는 톱니바퀴들을 보셨지. 그리고 세금과 운반비와 판매 대금을 긁어모으는 자들도 보셨어. 하느님은 그들 모두가 자신의 피조물이기에 그들을 버리실 수도 있었어. 그들은 자신의 도움으로 구세계를 탈출해 나왔을 때도, 자신이 열어 주고 이끌어 준 안식처이며 피난처인! 이 신세계에 있을 때도, 또한 붉게 물든 마지막 저녁 그저 차갑게 식어 가는 바윗돌이 될 때에도, 자신이 만든 피조물에 불과하니까. 하지만 그 모든 공허한 음향과 무익한 분노 가운데 하나의 침묵이 존재했어. 큰 소리로 외치고 발악하는 그 모든 자들 가운데 오직 한 사람만은, 참혹하고 끔찍한 것은 시작이든 끝이든 그저 참혹하고 끔찍할 뿐이라고 믿을 정도로 단순하고 그 믿음을 실행에 옮길 만큼 순수했어. 그는 배우지도 못했고 말도 없는 사람이었어. 어쩌면 그저 바빠서 얘기할 시간이 없었는지도 모르지만. 하나같이 감언이설과 간청으로 하느님을 괴롭히다 못해 호소와 위협까지 하며 못살게 구는 동안, 그는 자신이 앞으로 하려는 일에 대한 어떤 것도 하느님께 미리 알리려 하지 않았어. 하지만 하느님은 전지전능하신 분이기에 그 사람이 문지방 위 사슴뿔에서 조상 대대로 내려오는 머스깃 징총을 끌어 니리는 걸 보셨고, 그래서 그분이 내 이름도 브라운이다, 하고 말씀하시자 그 사람은 그리하여

*1874년에 시작되어 20세기 중반까지 명맥을 유지했던, 미국의 성인 대상 교육 운동.

그 이름이 저의 것이 되었습니다, 라고 말했지.* 하느님이 그렇다면 그 이름은
나의 것이거나 너의 것일 수가 없구나. 왜냐하면 나는 그 일에 반대하기 때문이
니라, 하시자 그 사람은 저도 반대하나이다, 하고 말했지. 하느님이 크게 기
뻐하시며 그렇다면 그 총을 가지고 어디를 가려 하느냐? 하시자 그 사람은
오직 한 문장으로만 대답하여 그분을 깜짝 놀라게 만들었지. 희망도 자
랑도 슬픔도 모르시는 그분이 물으셨어. 그렇다면 의회와 위원회와 의원들
은 무엇이란 말이냐? 의사록, 동의와 제청, 의사 진행은 왜 있느냐? 그러자 그
사람이 말했어. 저는 그런 것들에 반대하지 않습니다. 그들은 옳습니다. 충분한
시간이 있다면 말입니다. 저는 우리가 단지 백인이기 때문에 강자가 되고 그들이
단지 깜둥이이기 때문에 약자가 되어 서로 속박하고 속박당하는 것을 반대할 뿐
입니다. 그러자 그분은 다시 한 번 이 남부 땅을 돌아보셨어. 이 땅을 위
해 많은 것들을 베풀어 주신 분이니 다시 한 번 이 땅을 구원하고 싶으
셨겠지……"

매캐슬린이 대꾸했다. "뭐라고?"

"자신의 피조물인 남부 사람들을 여전히 아끼셨기에 다시 한 번 그들
을 돌아보셨다고."

매캐슬린이 말했다. "우리를 돌아보셨다고? 우리에게로 고개를 돌리셨
다고?"

"남부 남자들의 아내와 딸들은 노예들이 몸져누우면 적어도 그들을
위해 수프와 젤리를 만들어 주고, 겨울에도 진흙밭을 지나 냄새가 코
를 찌르는 오두막으로 들어가 그 냄새를 고스란히 맡으며 찾아온 병이

---

*존 브라운John Brown(1800~1859)을 의미한다. 미국 코네티컷 주 출신의 노예해방론자로, 캔
자스를 노예제에서 자유로운 주로 만들기 위해 반란을 계획, 병기 창고를 습격했다 체포되
어 처형되었다. 그의 죽음은 노예해방을 원하는 모든 사람들에게 정신적인 자극이 되었다.

물러갈 때까지, 난로의 불이 꺼지지 않게 지켜봐 주었지. 그리고 그들이 아주 위중한 병에 걸렸을 때는 농장의 저택으로 데려가 손님들을 재우는 방에 누이고 보살펴 주기도 했겠지. 가축이 병에 걸리면 그렇게 하듯이. 하지만 그걸로는 충분하지 않았어. 그래서 자신이 만든 그들에게 자랑도 희망도 가지지 않았듯 슬픔 또한 가지지 않으셨던 하느님은, 슬픔 없는 목소리로 중얼거리셨어. 저자들은 고통을 당하지 않고는 아무것도 배울 수 없고, 피로써 분명히 보여 주지 않으면 기억하지 못해라고.”

그러자 매캐슬린 형이 말했다. “어느 날 오후 애슈비 사령관*이 모친의 먼 친척 언니들인지 지인들인지를 방문하려고 말을 타고 가다가 우연히 작은 교전이 벌어지고 있는 곳을 지나게 되어, 말에서 내려 진홍색 안감을 댄 망토를 벗어 흔들며 이제껏 본 적도 없는 한 줌의 군인들을 이끌고 가다가, 격오지의 숙달된 소총 부대원들이 잠복하고 있다는 사실을 까맣게 모른 채 그들의 참호 앞을 지나가게 되는 일을 겪었지. 그런가 하면 후방에 주둔해 있던 한 양키군 장교가 누군가가 시가를 말아 피우고 아무렇게나 버린 종이를 술집 바닥에서 발견했는데, 그게 하필 리 장군**의 작전 문서였지. 그때는 이미 리 장군이 샤프스버그 전방에서 병력을 나누어 버린 후였는데 말이야. 잭슨 장군***은 또 어떤 일을 겪었는데? 플랭크 로드에 있던 그는, 양키 장교 조지프 후커가 남군의 공격을 전혀 예상하지 못하고 있을 때 부대를 측면으로 세워 놓고 무자비한 공격을 펴부을 심산으로 밤이 오기를 기다리고 있었어. 챈슬러스빌이 훤히 보이는 곳에 앉아 럼주를 마시며 리 장군의 군대를 함몰

<hr>

*Turner Ashby, Jr(1828~1862). 남북전쟁 당시 남군의 기병대 사령관.
**Robert Edward Lee(1807~1870). 남북전쟁 당시 버지니아 주 남군을 이끌었던 지휘관.
***Thomas Jonathan Jackson(1824~1863). 남북전쟁 당시 남군의 지휘관으로, 리 장군의 심복이었다.

시켰다는 전보를 링컨에게 타전하고 있는 조지프 후커의 눈앞으로, 혼비백산이 된 양키들을 몰아넣는 장면을 상상하면서. 그런데 위관급 장교들에 둘러싸여 있던 그는, 칠흑 같은 어둠을 뚫고 난데없이 날아온 아군 순찰병의 총알에 맞아 버렸어. 그래서 그의 다음 계급인 스튜어트가 지휘를 맡게 되었는데, 그는 마치 태어나면서부터 말을 타고 장검을 휘두른 것처럼 용감했고, 전쟁의 무자비한 폭력성과 어리석음을 제외하곤 전쟁에 대해서 모르는 것이 없었지. 하지만 그는, 리 장군이 적장 조지 미드에 대해 무지했던 바람에 세미터리 산마루에 잠복해 있던 핸콕에게 당하고 있는 동안, 엉뚱하게도 펜실베이니아를 공격하고 있었어. 그리고 게티스버그에 주둔하고 있던 롱스트리트 장군 역시 잭슨 장군과 마찬가지로 어둠 속에서 오발된 자기 부하의 총에 맞아 말에서 떨어졌어. 그런데도 하느님께서 우리를 돌아보셨다고? 우리에게로 고개를 돌리셨다고?"

그가 말했다. "그렇지만 잭슨, 스튜어트, 애슈비, 모건, 포러스트가 아니었다면 누가 남부 사람들을 싸우게 만들 수 있었을까? 중부와 중서부의 농부들을 생각해 봐. 수십 에이커나 수백 에이커가 아닌 그저 몇 에이커의 땅에서 노예 없이 제 손으로 농사를 지었던, 목화나 담배나 사탕수수 따위는 재배하지 않았던, 많은 걸 필요로 하지 않고 더 많은 걸 갈구하지도 않았던, 태평양 해안으로 옮겨 갈 마음으로 두 세대 이상 한곳에 머무르지도 않고 옮겨 가다가 황소가 죽거나 수레 축이 망가져 버리는 갑작스러운 불운을 당하면 그 자리에 그대로 멈춰 정착했던 그 사람들을 말이야. 그리고 땅조차 소유하지 않고 물의 무게와 돌아가는 바퀴의 비용만으로 모든 걸 측정하던 뉴잉글랜드의 기계공들과, 여전히 대서양 건너편을 돌아보고 회계 사무소를 통해서만 대륙과 연결되어 있던 소견머리 좁은 장사꾼과 선주들도 있었지. 그리고 신중한 안목이 부족해서 황야에다 도시를 세우겠다고 무모하게 설쳐 대던 인간들도 있었고. 그리고 합리적으로 사고할 줄 몰라 땅이 버려지기만을 기다리고, 아주 먼 서부로 사람들을 옮겨 주는 기차와 증기선은 물론 공장, 기계, 사람들이 세 들어 사는 공동주택까지 닥치는 대로 저당 잡는 은행가들도 있었어. 그리고 제때에 이해하고 경계하고 예견하는 안목과 여유를 가지지 못한 사람들도 있었지. 그리고 보스턴에서 태어났든 아니든 보스턴에서 자란 독신녀들과 그들 윗대로도 줄줄이 이어지는, 비판하는 글을 쓰기 위해 펜대를 잡는 것 말고는 굳은살이 박이는 게 뭔지도 모르는 사람들이 있었지. 천국 외에는 부자들이 모여 사는 비콘 힐밖에 바라지 않는 사람들도 있었고. 개척자들을 무턱대고 따라나섰던 왁자지껄한 무리들은 두말할 것 없고. 고함을 질러 대던 정치가들, 달콤한 합창으로 하느님의 종을 자처하는 인간들도……”

“잠깐, 잠깐만 기다려 봐.” 매캐슬린이 말했다.

하지만 그는 계속 말을 이었다. “내 말 좀 더 들어 봐. 난 지금 우리 집안의 가장에게, 나 자신도 잘 이해되지 않는, 그래도 내가 꼭 해야 할 일에 대해 설명을 하려는 거야. 그걸 정당화하려는 게 아니라 최대한 설명하려는 것뿐이야. 내가 말할 수 있는 건, 이유는 모르겠지만 왠지 그렇게 해야 한다는 걸 알겠다는 거야. 그래야 남은 인생을 평화롭게 살 수 있을 거야. 하지만 형은 이 집안의 가장이야. 그 이상이지. 난 오랫동안 아버지를 그리워할 필요가 없었어. 물론 형은 형의 아들이 그리웠을 테지만…… 다시 말을 잇자면 현금을 끌어다 주고 어음을 할인해 주는 업자들, 학교의 남자 교사들, 자격도 없으면서 가르치고 이끌려 드는 자칭 선생들, 여벌의 셔츠도 없으면서 흰 셔츠만 입고 다니는 글도 제대로 알지 못하는 얼치기 교양인들, 한쪽 눈으로는 자기를 보고 다른 쪽 눈으로는 끊임없이 타인을 살피는 자들을, 그들이 아니었다면 누가 싸움터로 가도록 만들었을까? 누가 그들을 공포와 두려움에 싸인 채 서로 어깨를 맞대고 한 방향으로 얼굴을 돌리게 하고 잠시 동안이나마 입까지 닫게 만들 수 있었겠어? 북부 사람들은 전쟁이 끝나고 2년이 지난 뒤에도, 백인 남자들을 모두 합쳐 봐야 그들의 큰 도시 하나도 채우지 못하는 남군에게 다시 유린되고 약탈될까 봐, 수도를 다른 곳으로 옮겨야 한다고 심각하게 제안했어. 북부인들을 그렇게 공포에 떨게 할 수 있는 사람이 그들 말고 누가 있겠어? 버지니아 주 셰넌도어 계곡 전투에서 잭슨 장군은 자신을 잡으려고 달려드는 세 개의 부대를 도망을 치는 건지 공격을 하는 건지 알 수 없게 만들었고, 스튜어트 장군은 단일 무장 부대로는 가장 큰 규모의 부대를 이끌고 적의 후방을 살피려고 이 대륙을 샅샅이 돌아다녔지. 존 모건 장군은 좌초된 군함을 향해 기병대를 이끌고 달려들었고. 다른 누가, 땅은 열 배나 넓고, 병력은 백 배나 많고, 자원은 천 배나 풍부한 군대를 상대로 전쟁을 선포할 수 있었을까? 전쟁에서 이기기 위해 필요한 것은 통찰력도 민첩함도 정치도 외교도 돈도 심지어 고결함도 기본적인 계산력도 아니고, 대지에 대한 사랑과 용기라는 걸 믿었던 그들이 아니었다면 누가 그런 일을 할 수 있었겠어."

"고결하고 용맹한 혈통과 말을 탈 수 있는 능력도 필요하지." 매캐슬린이 말했다. "그걸 빼면 안 되지." 이제 저녁이 찾아와, 바람 없는 고요한 10월의 노을 속으로 장작 연기가 구불구불 피어오르고 있었다. 목화는 오래전에 따서 씨를 발라 놓았고, 수확한 옥수수를 실은 마차들이 묵묵히 견뎌 내는 대지를 가로지르며 온종일 들판과 창고 사이에 긴 행렬을 이루고 있었다. "그래, 하느님이 원하신 게 그거였을지도 모르지. 적어도 그런 상황을 보게 되셨고." 이제 그의 눈에 누렇게 삭아 스러져 가는, 어떤 해도 끼치지 못하는 장부 속의 페이지들이 넘겨지는 장면은 떠오르지 않았다. 대신 좀 더 가혹했던 시절의 연대기가 떠올랐다. 그것은 매캐슬린이 열네 살, 열다섯 살, 열여섯 살이었을 때 직접 목격했던 일들이자 그가 물려받은 이야기이기도 했다. 노아의 손주들이 직접 목격하지 못했어도 대홍수를 물려받았듯이. 그것은 어둡고 혼탁한, 그리고 피로 흥건히 적셔진 시간 속에서 세 개로 갈라진 종족 서로에게만이 아니라 새로운 땅에, 잃은 사람이나 얻은 사람이나 언제든 거기서 떠날 수 있다는 이유로 그들이 얻게 된, 그들이 만들고 대를 이어 물려주며 살아 내야 할 곳에 적응하려 했던 이야기였다. 하룻밤 사이에 어떤 경고도 준비도 없이, 어떻게 받아들이고 견뎌야 하는지 훈련도 되어 있지 않은 상태에서 느닷없이 자유와 평등을 얻게 된 첫 번째 종족은, 철부지거나 너무 오랫동안 억압되어 왔다가 갑작스레 자유가 밀어닥쳤기 때문이 아니라, 그저 자유를 그릇 사용하는 인간의 본성 때문에 자신들에게 주어진 자유를 제대로 사용하지 못했다. 거기에 대해 그는 생각했다. 자유와 방종을 구별하기 위해서는 고통을 통해 배우게 되는 지혜 이상의 무언가가 반드시 필요해. 참정권이 변칙이며 역설일 뿐이라는 조건을 고수하기 위해 4년 동안 전쟁을 벌였다가 패배한 두 번째 종족은, 자유를 무조건적으로 반대해서 싸운 것이 아니었다. 인간들이(장군들도 정치가들도 아닌, 그냥 인간들이) 원래 현상 유지나 아이들에게 필요한 더 나은 미래를 위해서라는 이유로 늘 싸우다가 죽어 갔기 때문에 전쟁을 벌인 것이었다. 그리고 마지막으로, 마치 두 종족 간의 쓰라린 증오와 공포로도 충분하지 않다는 듯, 세 번째 종족이 나타났다. 희한하게도 그들은 자신들과 피부색도 비슷하고 타고난 피도 비슷한 사람들보다는, 전혀 다른 피부색에 전혀 다른 피를 가진 사람들과 오히려 더 가까웠다. 그들은 다른 종족들의 특성을 집약시켜 놓은 존재 같았지만, 약탈과 노략질에 대한 광포한 의지 하나를 제외하면 다른 종족들과 현저하게 달랐다. 그 종족은 전투에 나가긴 했으나 싸움터를 졸졸 따라다니기만 하면서 싸우지는 않았던, 그러면서도 승전의 수혜를 고스란히 받았던 중년의 병참 장교와 종군 매점의 상인들, 군용 담요와 군화와 수송용 노새를 거래하던 거간꾼들의 자식들로 구성되어 있었다. 그들은 비록 축복받은 존재들은 아니었지만 충분히 안전하고 보호받는 삶을 살다가 죽어 갔다. 그들의 다음 세대들은 자신들이 해방시켜 줬다고 여기는 흑인들과, 작고 볼품없는 농장을 둘러싸고 격렬한 경제적 경쟁을 벌이게 될 터였다. 노예 상속을 거부한 것으로 알려져 있는 그들은 실은 거부할 노예조차 없었던 백인의 자손들이었고, 3대쯤 오게 되면 다시 예전으로 돌아가 쇠락한 작은 카운티에 둥지를 틀고 이발사와 자동차 수리공과 보안관 대리와 제분공과 방직공과 화력발전소의 화부로 살아가며, 처음엔 평상복 차림이었지만 나중엔 복면을 뒤집어쓴 정식 복장을 갖추고서 암호를 쓰고 불타오르는 기독교 상징물을 지닌 채 자신의 선조들이 구원에 나섰던 인종들에게 폭력을 가하는 무리를 이끌었다. 그 밖에도 인간의 비참함에 투자하고 돈과 정치와 토지로 속임수를 벌이는 이름 모를 무리들도 있었는데, 재앙이 있는 곳엔 늘 그들이 있었고, 하늘의 축복 따위가 없이도 그들은 메뚜기처럼 제 몸을 보호하는 데는 탁월했다. 쟁기질이나 도끼질로 땀을 흘리지도 않고 호강을 누리다가 마치 조상도 없이, 죽어 갈 육체도 가지지 않고, 심지어 열정이나 하다못해 정욕에 의해 생겨난 것도 아닌 존재들처럼 홀연히 사라져 버렸다. 반면에 유대인들은 2천 년이 지나는 동안 어떤 보호도 받지 못한 채 나타났다. 그들은 스스로를 보호하거나 보호를 구하는 습성에서 벗어나 메뚜기들만큼의 결속력도 없이 고독한 존재로 살아왔으며, 이것이 일종의 용기로 비쳐질 수 있었던 것은 그들이 이 땅에 온 것이 단순한 약탈을 위해서가 아니라 영원히 이방인이나 축복받지 못한 존재로 살아갈지언정 자손들이 정착해서 버텨 낼 수 있는 곳을 찾아 주기 위한 것이었기 때문이다. 그들은 서쪽 세계를 정복했다는 동화의 주인공이 된 복수를 당하며, 지난 스무 번의 세기 동안 줄곧 따돌림을 받으며 살아왔다. 매캐슬린은 그 시절의 일들을 실제로 본 적이 있었지만, 나이가 거의 여든이 된 후에도 자신이 직접 보았는지 그냥 들었을 뿐인지 확신하지 못했다. 여자들은 문을 걸어 잠근 채 아이들을 껴안고 웅크리고 있고, 무장한 사내들은 흰옷에 가면을 뒤집어쓴 채 적막한 길을 말을 타고 달리던, 그 불빛도 없던 황량한 땅의 외떨어진 커다란 나무에는, 증오보다는 자포자기와 절망으로 희생된 흑인과 백인의 시체가 외롭게 걸려 흔들리고 있었다. 투표소에서는 한 손엔 아직 잉크가 마르지 않은 펜을 들고 다른 한 손에는 투표 용지를 들고 있던 남자들이 총에 맞아 죽어 갔다. 또한 자신의 공민증 문서에 엉성하게 십자가를 그려 사인을 한 미합중국 제퍼슨 시의 집행관이었던 시키모라는 사내는 예전에 노예였는데, 전 주인이 의사 겸 약재상이었다는 사실과는 전혀 관계없이 노예 시절에 주인의 에틸알코올을 훔쳐다가 물로 희석해서 500밀리그램짜리 병에 담아 약국 뒤편의 커다란 플라타너스 아래 몰래 묻어 놓고 팔아먹곤 했던 것과, 백인의 피가 반이나 섞인 그의 누이동생이 연방 헌병대 부사령관의 애첩이었다는 사실이 겹쳐져 그렇게 높은 지위에 오를 수가 있었다. 이때 갑자기 매캐슬린이, 어디를 보라는 말도 없이 한 손을 번쩍 들었는데, 어디를 가리킨 건 아니었다. 특별히 장부가 얹힌 선반은 아니었지만 책상이 있는 쪽이었는데, 백인 사내가 책상에 앉아 덧셈과 곱셈과 뺄셈을 하는 동안 무거운 구두를 신고 서 있던 사람들의 20년 세월이 만들어 놓은 닳은 발자국의 흔적이 남아 있는 보급소 구석 자리였다. 그건 그의 눈으로 직접 보았던 것이라 다시 눈길을 돌릴 필요가 없었으며, 남군이 항복을 하고 23년, 노예해방이 선언된 지 24년이 지난 지금도 여전히 지켜보고 있는 자국이었다. 이제 새로운 장부들은 캐로더스 할아버지나 심지어 그의 아버지와 버디 삼촌조차 상상하지 못했을 정도로 많은 이름들이 빠른 속도로 채워지며 권수를 늘려 가고 있었다. 새로운 이름들과 그 이름들에 짝을 이루는 얼굴들 가운데서 아버지와 삼촌이 알아볼 수 있을 만한 오래전의 이름들과 얼굴들은 자취를 감추었거나 세상을 떠났다. 토미의 아들 터얼은 죽었고, 장부에 기장도 못하고 농사도 지을 줄 몰랐던 측은할 정도로 농장과는 어울리지 않았던 퍼시벌 브라운리는 마침내 제대로 어울리는 자리를 찾아 떠났다가 소년의 아버지가 농장을 비웠던 1862년에 다시 나타나 소년의 삼촌이 진상을 밝혀내기 전까지 적어도 한 달 정도 농장에서 살았는데, 그사이에 그는 깜둥이들을 상대로 부흥회를 열고 설교를 하고 그 매력적인 고음으로 노래를 가르치더니 어느 날 갑자기 연방 기병대의 추격을 피해 전속력으로 달아났고, 순회 중인 육군 경리관의 수행단에 끼어서 세 번째이자 마지막으로 다시 모습을 나타냈다. 수행단 중 두 사람이 4인승 마차를 타고 제퍼슨을 통과하고 있던 바로 그때에(1866년이었다) 소년의 아버지는 우연히도 광장을 가로지르고 있었는데, 한적한 전원의 풍경 속을 빠르게 내달리는 마차와 두 승객을 보는 순간, 소년의 아버지는 아내가 집을 비운 사이 아내의 몸종과 짧은 불륜 여행을 떠나는 남편을 보고 있는 듯한 느낌을 받았다. 마침 슬쩍 돌아간 브라운리의 눈길이 자신의 옛 주인과 마주쳤고, 그는 마치 앙큼 떠는 여자 같은 시선을 소년의 아버지에게 던지고는 모든 것이 끝났다는 듯 느닷없이 마차에서 뛰어내려 이번엔 아주 영원히 모습을 감추어 버렸다. 그로부터 20년 후 매캐슬린이 우연히 그의 소식을 들었다. 늙고 비대해진 그가 뉴올리언스 고급 사창가의 부유한 포주가 되어 있다는 것이었다. 또한 테니의 아들 짐도 사라졌고, 어디에 있는지 아무도 몰랐다. 아칸소의 폰시바는 매달 그녀 앞으로 나오는 3달러를 받으며 알 없는 안경에 프록코트를 입고 봄에 할 일을 계획만 하는 유식한 남편과 살고 있었다. 남은 건 루카스뿐이었다. 캐로더스 할아버지의 어둡고 치명적인 피를 받은 마지막 생존자. 남자로 그 피를 받은 아이들은 이제 모두 사라져 버리고, 소년마저도 거부한 채 탈출의 끈을 놓지 않으려는 지금, 남은 건 루카스뿐이었다. 열네 살의 소년 루카스가 매캐슬린이 날마다 선반에서 내려 기록하는 먼지 하나 내려앉지 않은 말끔하게 제본된, 200년 동안 써왔지만 완성되지 못했고 다시 100년을 더 써도 끝나지 않을 새 장부에 등장하려면 아직 6년은 더 기다려야 했다. 어떤 한 지역 전체가 집약되어 있는 연대기가 쌓이고 겹쳐서 이루어진 남부 전체, 남북전쟁에서 항복하고 23년, 혹은 노예해방을 선언하고 24년의 역사 — 당밀과 거친 곡식 가루와 고기, 신발과 밀짚모자와 작업복, 밭갈이 말의 고삐와 목에 거는 고리와 말굽 나사와 U자형 갈고리를 구입하는 데 느릿느릿 지출되던 돈들이 매년 가을이면 목화가 되어 돌아오던 — 속에서 진실처럼 약하고 적도처럼 만져 볼 수 없는 지출과 소득이라는 두 가닥의 실은 끊어질 듯 약했지만, 목화를 생산해 내는 사람들의 인생과 그들의 땀이 떨어진 대지를 연결하는 데는 밧줄만큼 튼튼했다.

그리고 그가 말했다. "맞아. 잠깐 동안, 아주 잠깐 동안만 그들을 묶어 두려 하셨지. 한 세대 동안, 어쩌면 그 자식 세대까지만, 아무리 멀어도 그 자식의 자식 세대까지만. 영원히 묶어 둘 수도 없어. 그들은 버텨 낼 거니까. 그들은 우리보다 더 오래 살아남을 거야. 왜냐하면 그들은……" 그가 말을 멈춘 것은 아니었다. 스스로만 감지할 정도로 아주 잠시 머뭇거렸을 뿐이었다. 땅을 물려받기를 거부하려는, 도망치려는 행위가 (그것이 자신의 현실이자 진실한 욕구라 하더라도) 매캐슬린 형에게조차 함부로 말할 수 없는, 정당하지 못한 일로 느껴졌다. 왜냐하면 도망쳐 봤자 자신은 결국 사아하고 회개하지 않았던 그 늙은이와 별반 다를 바 없는 인간이라는 생각이 들었기 때문이다. 여자를 소유물 취급해서 나이가 차면 집으로 불러다가 자신의 아이를 갖게 해놓고는 열등한 인종이라는 이유로 내버리고, 자신의 손으로 지불하지도 못할 1천 달러의 유산을 아이 앞으로 남긴 그 늙은이를, 두려워했던 것 이상으로 닮아 있다는 생각이 든 것이다. "맞아. 하느님은 원해서 그렇게 하신 것이 아니라 그렇게 하셔야만 했던 거야. 왜냐하면 그들은 견뎌 낼 테니까. 그들은 우리보다 더 나은 존재들이었어. 우리보다 더 강하고. 그들이 악했다면 그것은 백인들에게서 습득한 것이거나 백인의 억압이라는 상태가 그들에게 가르쳐 준 악이었을 뿐이야. 지각없고, 무절제하고, 회피하는 그들의 습성은 게으름이 아니었어. 백인들이 그들에게 부과했던 것을 모면하려는 몸짓이었어. 그들은 지위를 강화하거나 편안해지려 한 것이 아니라, 단지 그들 자신의……"

"그래, 계속해 봐. 난잡한 성, 폭력, 우유부단, 부족한 자제력, 내 것과 네 것을 구별하지 못하는 무능……" 매캐슬린이 말했다.

그가 말했다. "그걸 어떻게 구별할 수 있었겠어? 200년 동안이나 내 것이란 게 존재하지도 않았는데. 그렇지 않아?"

매캐슬린이 말했다. "그래. 계속해. 그들에게 미덕은 있었나?"

"있었지. 그들 자신. 그들의 인내심."

"그런 건 노새도 있어."

"연민과 아량과 관용과 신뢰와 자식에 대한 사랑……"

매캐슬린이 받았다. "그런 건 개들도 가지고 있지."

그가 말을 이었다. "자기 자식이든 아니든, 흑인이든 아니든 사랑하는 것. 그들의 사랑은 백인에게서 배운 것도 아니고 백인들의 억압으로부터 생겨난 것도 아니야. 아주 오래전에 그들의 자유로운 아버지들로부터 받은 거야. 우리는 누려 보지 못한……" 그러고는 그는 매캐슬린의 눈을 들여다보았다. 그 눈을 바라보는 것만으로도 7년 전의 여름날이, 야영지에서 돌아온 지 거의 일주일 후였던 그날이 생각났다. 그때 그는 샘 파더스가 매캐슬린에게 야영지에서 있었던 일을 얘기해 줬다는 것을 모르고 있었다. 그것은 늙은 곰에 관한 이야기였다. 그 곰은 단지 살아남기 위해서 난폭하고 거칠었던 것이 아니라, 해방과 자유에 대한 맹렬한 선망과 긍지로 인해 거칠었다. 그 곰은 자신에 대한 위협을 공포나 경고가 아닌 거의 기쁨으로 받아들였다. 그리고 해방과 자유를 맛보기 위해 스스로를 위험에 빠뜨리고, 그것을 지키고 보존하기 위해 자신의 늙었지만 강한 뼈와 살을 유연하고 민첩하게 유지했다. 그것은 또한 한 노인의 이야기였다. 깜둥이 노예와 인디언 추장 사이의 아들이었던 그는 고통을 통해 겸손을 배우고 인내를 통해 자긍심을 배운 종족의 연대기를 한 손에 이어받고, 그 누구보다 그 땅에서 오랫동안 살아온 종족의 연대기를 다른 한 손에 이어받고 태어났다. 하지만 이제는 늙고 자식도 없는 깜둥이 이방인과 불굴의 정신을 가진 늙은 야생 곰이 나누는 고독한 형제애 속에서만 존재할 뿐이었다. 또한 그것은 한 소년에 대한 이야기였다. 소년은 숲에서 능숙하고 가치 있는 자가 되기 위해 겸손과 자긍심을 습득하길 원했지만, 그것을 습득하기도 전에 지나치게 능숙해지고 빨라져 버린 자신을 발견하고는 두려워했다. 어느 날 소년은 겸손과 자긍심 따위는 안중에도 없는 한 노인의 손에 이끌려 간 곳에서 늙은 곰과 조그만 잡종견을 보게 되었고, 그들을 통해 겸손과 자긍심 중 하나만 얻으면 그 둘 모두를 가질 수 있다는 사실을 깨달았다. 여러 종류의 피가 섞인 이름 없는 그 잡종견은, 다 자랐지만 6파운드도 나가지 않았다. 어디에도 자신보다 더 작은 것이 없었기에 위험한 존재일 수도 없었고, 짖어 봐야 소음일 뿐이니 사나운 존재일 수도 없었고, 무릎을 꿇고 굽실거리려 해봐야 이미 땅바닥에 붙어 있는 것이나 마찬가지니 겸손할 수도 없었고, 그림자가 비칠 정도도 되지 않아 누구도 다가와 정체를 확인하려고도 하지 않았으니 자긍심 따위를 가질 수도 없었고, 불멸의 영혼이란 건 없다 해도 천국조차 알지 못했으니, 용감하게 짖기만 할 뿐이었다. 그래 봐야 사람들은 소음이라고만 생각했지만. "그런데 넌 쏘지 못했어," 하고 매캐슬린이 말했다. "얼마나 가까이 있었는데?"

"나도 모르겠어." 그가 말했다. "곰의 뒷다리 안쪽에 커다란 숲진드기 하나가 붙어 있는 건 봤어. 내가 본 건 그거였어. 그리고 그때 내겐 총이 없었어."

"하지만 넌 총을 갖고 있을 때도 쏘지 않았다고 하더라." 매캐슬린이 말했다. "왜 그랬어?" 하지만 매캐슬린은 대답을 기다려 주지 않고 일어나더니, 소년이 2년 전에 잡았던 곰의 가죽과 소년이 태어나기 전에 자신이 쏘아 죽였던 더 큰 곰의 가죽을 밟으며 방을 가로질렀다. 그러고는 소년이 처음으로 사냥한 수사슴의 우뚝 솟은 머리 아래편 책장으로 걸어가더니, 책을 한 권 들고 돌아와서 자리에 앉아 그 책을 펼쳤다. 그러고는 "들어 봐," 하더니 다섯 개의 시구를 큰 소리로 읽고는 손가락을 끼운 채 책을 덮더니 고개를 들고 말했다. "좋아, 다시 들어 봐."

하지만 이번엔 한 구절만 읽고는 책을 덮고 탁자 위에 올려놓았다. "그녀는 흐려질 수 없도다, 그대 비록 지복을 누릴 순 없다 하여도" 하고 매캐슬린이 읊조리기 시작했다. "영원히 그대는 사랑할지니, 또한 그녀는 어여쁘도다."*

"한 여자에 대한 얘기군." 그가 말했다.

"분명 뭔가에 대해 얘기하고 있지." 매캐슬린이 말했다. 그러고는 말을 이었다. "그가 말하는 건 진리에 대한 거야. 진리는 하나고 변하지 않아. 그리고 가슴에 닿는 모든 걸 감싸 안지. 명예와 자긍심과 연민과 정의와 용기와 사랑을. 이제 알겠니?" 그는 알 수 없었다. 왠지 진리는 그것보다는 더 단순할 것 같았다. 진리란, 가까이 갈 수도 없지만 더 멀어질 수도 없기에 더 이상 슬픔에 젖어 한탄할 필요조차 없는 젊은 남자와 여자에 대한 책에 적힌 이야기보다는 더 단순할 것만 같았다. 그는 늙은 곰에 대해 들어 왔었고, 마침내 그것을 사냥할 수 있을 만큼 덩치가 커져 있었으며, 4년 동안 쫓아다니다 드디어 총을 든 채 그것과 맞닥뜨렸다. 그러나 그는 총을 쏘지 못했다. 조그만 개 때문이었다. 하지만 그는 그 조그만 잡종견이 곰이 있는 곳까지 20야드를 달려 나가기 훨씬 이전에 방아쇠를 당길 수 있었으며, 샘 파더스 역시, 올드벤이 뒷발로 버티고 선 채 그들의 머리 위로 한없이 솟아오르던 그 영원히 계속될 것 같던 순간, 얼마든지 방아쇠를 당길 수 있었다…… 그는 거기서 생각을 멈추었다. 그때까지 여전히 뭐라고 떠들고 있던 매캐슬린이 그를 살폈다. 그의 목소리, 그의 말은 그들을 에워싼 황혼처럼 고요했다. "용기와 명예와 자긍심과 연민, 그리고 정의와 자유에 대한 사랑, 그것들이 마음을 움직여 진리가 되는 거야. 이제 알겠니?" 황혼이 지고 있던 7년 전의 그때 그 말이 여전히 그의 귀에 생생히 들려왔다. 그때보다 더 크게 들리지도 않았는데, 그 말은 앞으로도 계속 들릴 것이기에 더 크게

* '아름다움이 진리요, 진리는 아름답다, 이것만이 전부다'라는 마지막 구절로 유명한, 존 키츠의 시 「그리스 항아리에 바치는 송가」.

들릴 필요는 없었다. 그는 그저 입술을 살짝 들어 올린 엷고 쓸쓸한 미소를 지으며 매캐슬린의 두 눈을 바라보기만 하면 되었다. 그의 일족이며, 거의 그의 아버지이기도 한 매캐슬린은 구시대에 속하기엔 너무 늦게 태어났고, 신시대에 속하기엔 너무 일찍 태어난 사람이었다. 그들 두 사람은 이제 그들의 유산, 마취도 하지 않고 수술을 받은 짐승처럼 낮게 엎드려 숨을 몰아쉬고 있는 어둡고 황폐한 땅을 배경으로, 서로에게 이방인이 되어 나란히 서 있었다.

"끝났어…… 결국 이 땅은 어쩔 수 없이 홀로 저주를 받은 게로군."

그러자 그가 말했다. "저주받았지." 그때 또다시 매캐슬린이 한쪽 손을 들었다. 말없이 그가 가리킨 쪽은 딱히 장부가 놓인 쪽은 아니었다. 마치 환등기가 그 좁은 시야에 잡힌 수없이 많은 자잘한 것들을 찰나의 화면 안에 집약해 보여 주듯, 그 미세하고 재빠른 손짓은 장부들은 물론 농장 전체를 황혼에 물든 비좁고 어수선한 방 안으로 불러들이는 것 같았다. 그 손짓에는 대지가, 들녘과 들녘이 상징하는 모든 것들이, 목화의 씨를 바르고 파는 것, 그 목화를 심고 기르고 수확하고 씨를 바르는 노동의 대가로 먹이고 입히고 크리스마스 때면 얼마간 현금을 주는 남자와 여자들, 기계와 노새와 그들이 쓰는 장비와 그들이 쓰는 비용과 유지비와 교체비들 모두가 담겨 있었다. 거기에는 복잡하게 뒤얽힌, 부정한 토대 위에 건축된, 그리고 무자비한 탐욕과 때로는 사람에게만이 아니라 유익한 짐승에게까지 가했던, 여전히 효과를 발휘하고 능률을 올려 주는 노골적인 만행으로 우뚝 세워진 농장의 대저택 또한 포함되어 있었다. 농장은 여전히 굳건할 뿐 아니라 토대를 넓히고 덩치를 불려 나갔다. 어린아이에 불과했던 매캐슬린이 열 명 중 하나도 살아남기 힘들었던 20년 전의 참담한 혼돈을 견디며 일구어 놓은 그 농장은, 매캐슬린이 있는 한, 그리고 설사 성이 에드먼즈로 바뀐다 해도 그의 자손들이 이어지는 한 효율적인 능률을 올리며 굳건히 쉬지 않고 덩치를 불려 나갈 터였다. 그가 말했다. "맞아, 끝났어. 땅이 아니라 우리가 말이야. 혈통과 이름, 피부색과 명칭까지. 에드먼즈는 모계 쪽이 백인이지만 아버지의 이름을 따르지 않을 수가 없어. 비첨은 부계의 서열은 높지만 흑인이니 마음에 드는 이름을 아무거나 갖다 쓸 수 있었고, 그런다고 누구도 뭐라 하지 않았지. 아버지의 이름만 갖다 쓰지 않으면……"

그러자 매캐슬린이 말했다. "내가 지금 무슨 말을 하려는지 너도 알 거라고 생각하지만 한 번만 더 내 말을 들어 봐. 또 한 명이 더 있잖아. 3대째 남자, 서열이 가장 높은 유일한 적자에 백인이고, 매캐슬린이란 성도 가지고 있는, 아버지에서 아들로, 다시 아들로 이어진……"

그때 그가 말을 끊으며 말했다. "난 자유의 몸이야." 그러자 매캐슬린은 이번엔 아무런 손짓도 하지 않았다. 삭아 가는 장부를 들먹이지도 않았고, 농장의 풍경을 환등기의 영상처럼 펼쳐 보여 주지도 않았다. 다만 진실처럼 견고하고 악처럼 냉혹하며 삶 그 자체보다 더 긴, 연약하면서도 강인한 실을 떠올리게 했다. 그 실은 기록과 유산 너머로 뻗어 나가, 캐로더스 할아버지도 들어 본 적 없는, 뼈와 살이 땅속에 묻힌 이들의 욕정과 열망, 희망과 꿈과 비애에 그를 묶는 것 같았다. 그가 말했다. "그것들로부터도 자유로워."

그러자 매캐슬린이 받았다. "너는 네 시대로부터 하느님에게 선택받은 거라고 생각해. 나는 그렇다고 인정해. 벅과 버디 삼촌도 그들이 시대로부터 선택받았는지 모르지. 하느님은 곰 한 마리와 노인 한 사람과 4년이란 시간을 너에게 가져다주었어. 그리고 넌 거기에 다다를 때까지 14년이 걸렸고, 올드벤도 그만큼, 어쩌면 더 많은 시간이 걸렸을지 모르고, 그

리고 샘 파더스는 70년 이상의 시간이 걸렸어. 그리고 남은 건 너뿐이
야. 이제 얼마나 더 걸려야 할까? 얼마나 더?"

그가 말했다. "오랜 시간이 걸리겠지. 그렇지 않을 거라고 말한 적은
없어. 하지만 좋아질 거야. 그들은 견뎌 낼 테니까……"

그러자 매캐슬린이 말했다. "어쨌든, 너는 자유로워질 거라는 거지? 아
니, 그렇지 않을 거야. 지금도, 앞으로도, 우리가 그들로부터, 그들이 우
리로부터, 결코 자유로워지지는 못해. 그래서 나도 거부할 거야. 너의 말
이 진실이라 해도 난 부정할 거야. 그렇게 할 수밖에 없어. 내가 그럴 수
밖에 없다는 걸 너도 알 거야. 난 나니까. 난 언제나, 내가 태어난 대로,
늘 살아온 대로의 나로 남을 거야. 그리고 나보다 더 많은 내가 있어. 나
같은 사람은 얼마든 있어. 네가 '하느님의 첫 번째 계획'이라고 부른 그
실패한 계획이 진행될 때 수많은 벅과 버디 삼촌이 있었듯이."

그러자 그가 말했다. "나 같은 사람들도 많아."

"그렇지 않아. 너 같은 사람은 오직 너뿐이야. 넌 이케모투베 추장이
할아버지께 땅을 팔 수 있다고 생각하는 순간, 땅에 대한 영원한 그의
소유권이 중단되어 버렸다고 말했어. 제대로 진행되었다면 그 뒤 이 땅
은 이케모투베의 아들인 샘 파더스의 소유가 되었겠지. 그럼 샘 파더스
는 누구에게 이 땅을 물려줬을까? 네가 아닐까? 어쩌면 분이 공동 상속
자가 될 수도 있었겠지. 그 사람이 삶을 물려준 건 아니지만, 적어도 끝
내게는 해주었으니까."

그러자 그가 말했다. "맞아. 샘 파더스는 내게 자유를 주었어." 그렇게
말한 아이작 매캐슬린은, 아직 아이크 삼촌이 아니었다. 세월이 흐른 후
에야 그는 시골 아이들의 삼촌이자 누구의 아버지도 아닌 존재로, 제퍼
슨의 좁고 어수선하며 난방도 되지 않는 하숙집에서 살게 된다. 재판이

열리는 기간에는 배심원들이 머물곤 했지만 대개는 떠돌이 말 장수와 노새 거간꾼이 묵어가던 하숙집 그의 방에는, 신상품 목공 세트와 매캐슬린이 선물해 준 그의 이름이 음각된 산탄총과 콤슨 장군의 나침반(장군이 세상을 떠난 뒤에는 은으로 도금한 뿔도 포함된다)과 철제 침대와 매트리스, 그리고 60년 넘게 매년 가을 숲으로 가져가게 될 담요와 밝은 빛깔의 주석 커피포트가 있었다.

그의 대부인 휴버트 비첨 외삼촌으로부터 물려받은 물건도 하나 있었다. 건장한 체격의 그는 허풍이 심하고 큰 소리로 떠들어 대는 어린애처럼 순진한 사람이었다. 1859년에 버디 삼촌이 바로 그와의 포커 게임에서 이겨, 나중에 토미의 아들 터얼이 아내로 맞이한 테니(장부 속에 '콜 안 하고 바로 스트레이트로 트리플을 이겼을 거임. 1859년, 토미의 아들 터얼과 겨룸'이라고 적혀 있다)를 땄었다. 그가 남긴 유산은 최후의 심판에 직면해 죽음의 공포로 곱아든 연약하고 떨리는 손으로 끼적거린 창백한 문장이나 구절이 아니라, 묵직하며 심지어 흔들면 소리도 나는 엄연한 하나의 '물건', 즉 은잔이었다. 금화가 가득 채워진 그 은잔은 포장용 삼베로 싸여 있었으며, 밀랍으로 봉인된 후 외삼촌의 반지 인장까지 찍혀 있었다. 휴버트 외삼촌이 돌아가시기 전(아직 건재하던 때), 그러니까 그가 아직 그 '물건'에 대한 절대권을 가지기 한참 전에, 그것은 하나의 전설이자 가정을 지키는 수호신 중 하나였다. 그의 아버지와 휴버트의 누이(그의 어머니)는 결혼한 뒤 저택에 들어가 살았다. 캐로더스 할아버지가 시작은 했지만 마무리는 짓지 못한 그 엄청난 동굴에 남아 있던 깜둥이들을 모두 내보내고, 그의 어머니가 가져온 지참금으로 창문과 문짝 정도를 수리한 뒤 들어가 산 것이다. 버디 삼촌은 쌍둥이 형제가 손수 지은 오두막을 떠나지 않겠다고 고집을 부렸다. 결과적으로 그의 어머니가 저택에 들어가서 살자고 한 것이 버디 삼촌을 떼놓기 위해서였는지 정말로 그 저택에 살고 싶었기 때문이었는지는 누구도 알 수 없는 일이 되어 버렸다. 그가 태어나고 2주가 지난 뒤 어머니가 그를 안고 처음으로 아래층에 내려온 1867년 어느 날 밤, 휴버트 외삼촌이 주방의 식탁을 깨끗이 치우고는 등잔을 환하게 밝히고 그 은잔을 내려놓았다. 그의 엄마와 아빠와 매캐슬린과 그를 안고 있던 테니가 — 버디 삼촌을 빼고는 가족 모두가 — 지켜보는 가운데, 외삼촌이 그 은잔에 밝게 빛나는 금화를 하나씩 하나씩 소리 내어 떨어뜨린 뒤 삼베로 잔을 싸매고는 녹인 밀랍으로 입구를 봉했다. 그러고는 매캐슬린 말에 의하면 '그를 찍소리 못하게' 했던, 버디 삼촌 말에 의하면 '그를 떠받들고 살았던' 누이가 떠나 혼자 살게 된 집으로 그것을 가지고 돌아갔다. 버디 삼촌은(당시는 미시시피의 암흑 시대였다) 그 집의 깜둥이들은 거의 다 떠나 버렸다고, 천하의 비첨조차 원치 않는 몇몇만 남아 있다고 말하곤 했다. 하지만 개들은 남아 있었는데, 버디 삼촌은 사냥개 네로가 여우를 쫓는 동안 비첨은 바이올린을 연주하더라고 말하기도 했었다.

그의 가족은 그 은잔을 보러 휴버트 외삼촌 집에 들르곤 했다. 그의 엄마가 강력히 제안하면 4인승 사륜마차를 타고 그 집으로 가곤 했는데, 그럴 때도 매번 버디 삼촌은 제외되어 매캐슬린이 버디 삼촌을 돌봐주기 위해 같이 남곤 했다. 버디 삼촌의 건강이 나빠졌던 어느 해 겨울부터는 그의 엄마와 테니만 토미의 아들 터얼이 모는 마차를 타고 외삼촌 집으로 갔는데, 그때 이후의 일은 그도 기억할 수 있다. 22마일 떨어진 이웃 카운티에 있던 외삼촌 집에는, 매캐슬린의 기억에 의하면 두 개의 똑같이 생긴 문기둥이 서 있었고, 아직 덜 자란 소년이 그 기둥에 올라가 여우 사냥 때 쓰는 뿔나팔을 불어서 아침과 점심과 저녁 식사 시간을 알렸다고 한다. 그리고 누구든 그 소리를 듣고 들어오려고 하면, 그 소년이 기둥에서 내려와 문을 열어 주었다고 한다. 웃자란 풀들로 무성한 너저분한 입구엔, 문짝조차 붙어 있지 않았다. 하지만 그의 엄마는 사람들에게 그 집을 워릭 백작네라고 부르도록 강요했는데, 진실이 승리를 거두고 정의가 죽지 않았다면 자신의 오빠는 당연히 백작으로 불려야 하기 때문이라고 했다. 페인트칠이 되어 있지 않은 그 집은 겉으로 보기엔 변한 게 없는 듯했지만 내부는 갈 때마다 넓어지는 것 같았는데, 자단목과 마호가니와 호두나무로 만든 멋진 가구들이 점점 줄어들기 때문이라는 걸 눈치채기엔 그는 당시 너무 어렸었다. 그 가구들이 있었다는 사실은 오직 어머니의 눈물 어린 한탄과 이따금 집으로 돌아올 때 마차 뒤나 지붕에 싣고 온 소품들에서 확인할 수 있을 뿐, 그의 기억에는 없었다. (다만 그가 기억하고 있는 게 있었다. 섬광처럼 지나간 짧은 순간, 그의 두 눈으로 직접 본 것이었다. 비질도 되어 있지 않은 누추한 현관에서 분노에 찬 엄마가 찢어질 듯 높은 소리로 "내 드레스! 내 드레스마저!"라고 외치는 장면이었다. 그 순간 닫혀지던 문 뒤편으로 토미의 아들 터얼의 피부보다 조금 더 밝은 얼굴색의 젊은 여자가 보였다. 그녀의 빙그르르 돌아가는 실크 가운과 반짝거리며 흔들리던 귀고리는 유령처럼 재빨리 사라져 버렸지만, 천박하고 부도덕해 보였던 그 모습은 아직 어린아이에 불과했던 그에게도 숨 막힐 듯한 흥분과 상상을 불러일으켰다. 그는 그 순간, 거의 60년 동안 외삼촌 안에 깃들어 있던 영원히 소멸되지 않는 청춘과 평화롭고 순수하고 완전하게 맺어진 듯했다. 스치듯 보았던 그 이름 모를 부정한 혼혈 여인의 육체에 의해서. 드레스, 얼굴, 귀고리는 순식간에 사라졌고, 외삼촌의 목소리가 들렸다. "밥해 주는 여자야! 새로 온 식모라고! 나도 밥은 먹고 살아야지, 안 그래?"

외삼촌의 얼굴 역시 놀란 표정이었지만, 거기엔 소년 같은 순진함과 무모함도 깃들어 있었다. 그들이 몸을 돌려 앞쪽 현관 복도로 나가자 외삼촌이 괴로움과 당황스러움이 역력한 얼굴로 용기를 못 내면 고집이라도 피워 보겠다는 듯 말했다. "저 사람들은 이제 자유로운 몸이야! 저들도 우리와 똑같은 사람이라고!" 그러자 그의 엄마가 말했다. "그래서? 그래서 그런 거야? 여긴 우리 어머니 집이야! 더러워! 불결해!" 그러자 외삼촌이 다시 말했다. "빌어먹을! 시비, 적어도 저 여자에게 짐 꾸릴 시간은 줘." 그렇게 끝이 났다. 요동치던 고함 소리는 물론 모든 것이 끝났다. 그와 테니는 한때 응접실로 쓰던 텅 빈 방에 앉아 있었는데, 그 방의 덧문 없는 깨진 유리창을 바라보고 있던 테니의 그 형언하기 힘든 표정이 그의 기억에 아직도 남아 있다. 그들은 거기 앉아 삼촌의 아내나 마찬가지였던 여자가 패잔병처럼 허둥거리는 걸음으로 황급히 길을 내려가는 모습을 지켜보았다. 아주 잠깐밖에 보지 못했던 이름 모를 여인의 얼굴과 뒷모습을. 남성용 오버코트 아래에서 풍선처럼 부풀어 팔랑거리는 드레스, 무릎에 끊임없이 부딪히는 낡고 무거운 여행용 가방, 정말이지 딱 퇴각하는 패잔병의 모습으로 인적이 끊어진 텅 빈 오솔길을 걸어가고 있는 그녀의 앳된 모습은, 외로워 보이긴 했지만 여전히 흥분과 상상을 불러일으켰다. 문제의 드레스를 난공불락의 요새에서 탈취한 비단 군기처럼 몸에 두르고 있던 그녀의 모습은 그의 기억에서 결코 잊히지 않았다.)

삼베에 싸여 있는 잔은, 자물쇠가 채워진 찬장 속 선반 위에 놓여 있었다. 자물쇠를 푼 휴버트 외삼촌은 그것을 들어 올려 사람들에게 전해 주었다. 그의 엄마와 아빠에게, 매캐슬린과 테니에게도. 그는 무게를 가늠해 보고 흔들어서 소리도 들어 보라고 종용했다. 그을음과 먼지와 모르타르와 굴뚝 청소를 할 때 떨어진 재들이 벽돌 사이에 어지럽게 들러붙은 지저분하고 차갑게 식은 난로 앞에 두 다리를 쩍 벌리고 서 있던 휴버트 외삼촌은, 여전히 우렁우렁한 목소리에 여전히 순진하고 여전히 어디에도 굴하지 않는 태도였다. 그리고 그 후로 오랫동안, 외삼촌은 오직 그의 손에만 그 잔을 올려 주었다. 찬장의 문을 따고 잔을 꺼내서는 그의 손에만 올려 주었고, 외삼촌이 요구한 대로 그가 그것을 흔들어 보고 소리를 들어 보는 것을 내려다보고 있다가, 그에게서 잔을 받아 다른 사람들이 만져 보겠다고 하기 전에 서둘러 다시 찬장에 넣은 뒤 문을 잠근다는 사실을, 그는 아무도 눈치채지 못했다고 믿고 있었다. 그리고 얼마의 세월이 흘러, 기억도 할 수 있게 되고 합리적으로 사고할 수도 있을 만큼 자랐을 때, 그는 여전히 묵직하고 찰캉거리는 소리를 내는 그 삼베 꾸러미에 뭔가 들어 있다는 건 알았지만 그게 무엇인지, 무슨 대단한 것이 들어 있는지는 알 수 없었다. 다시 또 시간이 흘러 버디 삼촌이 세상을 떠나고, 마침내 거의 75년 만에 처음으로 해가 뜬 뒤에도 침대에 누워 있게 된 그의 아버지가 "가서 그 빌어먹을 잔을 갖고 오너라. 그래야 한다면 빌어먹을 비첨도 데려오고,"라고 말했을 때에도, 그는 거기에 무슨 대단한 게 들어 있는지 알지 못했다. 외삼촌은 언제부턴가 그의 손에도 그 잔을 올려 주지 않았고, 그의 어머니와 매캐슬린과 테니 앞을 지나가며 그것을 흔들어 찰캉거리는 소리를 내면서 "들리지? 들었지?"라고 말했다. 그럴 때 그의 표정은 여전히 순수했고, 여전히 당황까지는 아니지만 놀란 듯한 기색이었고, 어디에도 굴하지 않는 태도 역시 여전했다. 그리고 그의 아버지와 버디 삼촌이 모두 세상을 떠난 뒤의 어느 날, 아무런 이유나 어떤 징조도 없이, 외삼촌과 (라파예트*를 본 적이 있다고 주장했던, 10년쯤 지나면 신을 만난 기억이 있다고 주장할 거라고 매캐슬린이 빈정거렸던) 테니의 증조할아버지가 함께 살며 요리도 하고 잠도 자던 집이, 화염에 휩싸이고 말았다. 소리 없이 타오른 그 불길은 삽시간에 벽과 마루와 천장을 태워 버렸다. 해가 뜰 무렵에는 외삼촌의 아버지가 60년 전에 지었던 그 모습 그대로 있던 것이 해가 질 무렵엔 하얀 잿가루와 온기를 머금은 숯으로 변해 있었고 그 위로 연기를 뿜지 않는 네 개의 시꺼멓게 그을린 굴뚝만 솟아 있었다. 그래서 두 노인은, 매캐슬린의 기억에 의하면 그 집 마구간에 마지막으로 남아 있던 늙은 암말을 타고 22마일을 가서 누이의 집 대문에 닿았다. 한 사람은 사슴 가죽 끈에다 묶은 여우 사냥용 뿔나팔을 목에 걸고 있었고, 다른 한 사람은 셔츠로 감싼 삼베 꾸러미를 들고 있었다. 밀랍으로 봉한 물건이 담긴 그 황갈색 꾸러미가 예전에 놓여 있던 곳과 거의 흡사한 선반 위에 놓이는 것을 외삼촌은 반쯤 열린 문을 잡은 채 지켜보고 있었다. 손 하나가 벽장의 문고리를 잡고 있는 동안 발 하나는 문을 지탱하고 있었고, 반대편 손에는 열쇠가 쥐어져 있었으며, 뭔가 절박한 표정이 깃든 얼굴과는 달리 당황하지 않고 어디에도 굴하지 않으며 그다지 놀란 것 같지도 않은 태도는 여전했다. 반쯤 열린 문 안쪽에 서서 원래의 것보다 높이는 거의 세 배가 커지고 너비는 반으로 줄어든 삼베 꾸러미를 말없이 올려다본 뒤 돌아섰을 때 눈에 들어온 한 장면이 그의 뇌리에 남아 있었는데, 엄마의 것도 테니의 그 불가사의한 표정도 아닌, 비위가 몹시 상하고 뭔가 믿을 수 없는 일이 벌어졌다는 듯한 매캐슬린의 어둡게 가라앉은 매부리코 얼굴이었다. 그 뒤 어느 날 밤, 사람들이 그를 깨우더니 반쯤 잠에 취해 있던 그를 등잔불 아래로 데리고 갔다. 이

*Marquis de Lafayette(1757~1834). 미국 독립전쟁에 참전했던 프랑스의 군인이자 정치가.

제는 익숙해진 약품 냄새가 나는 방이었는데, 그것 말고도 뭔가 다른 냄새가 풍겨 나오고 있었다. 한 번도 맡아 본 적 없는 그 냄새가 콧속으로 스며드는 순간 그는 그것이 무언지를, 그리고 영원히 잊히지 않을 거라는 사실을 알았다. 여전히 순수하고 불멸하는 소년의 기운을 드러내고 있는 지치고 일그러진 얼굴이 베개에 얹힌 채 놀라고 당황한 표정으로 그를 바라보고 있었다. 그러면서 무슨 말을 하려 했다. 매캐슬린이 노인에게로 다가가 침대에 몸을 기대고는 기름때가 자르르 흐르는 끈에 매달린 커다란 철제 열쇠를 잠옷 위로 벗겨 낼 때까지. 그래, 그래, 라고 노인의 두 눈이 말하고 있었다. 매캐슬린은 열쇠에 달린 끈을 잘라 내서 그 열쇠로 찬장을 열었다. 그러고는 거기 있는 꾸러미를 침대로 가져갔다. 여전히 노인의 두 눈은 그에게 뭐라고 얘기하려 했다. 꾸러미를 받아 든 노인은 아직 그게 다가 아니라는 듯, 꾸러미를 내주면서도 거기서 두 손을 떼지 못했다. 노인의 두 눈은 어느 때보다도 다급히 그에게 뭔가를 말하려 했지만 끝내 하지 못했다. 그가 열 살이 되고 어머니도 돌아가신 뒤, 매캐슬린이 말했다. "너도 이젠 절반은 컸어. 그러니 열어 봐도 될 거야." 그가 말했다. "안 돼. 스물한 살에 열어 보라고 하셨어." 마침내 그가 스물한 살이 되던 날, 매캐슬린이 말끔하게 닦인 주방 식탁 한가운데로 환하게 밝힌 등잔을 들고 왔다. 그러고는 식탁 위에 꾸러미를 놓고, 꾸러미 옆에는 칼을 꺼내 내려놓고는 예의 그 엄숙하고 못마땅한, 그리고 의심에 가득 찬 표정으로 뒤쪽으로 물러섰다. 그는 15년 전 하루 사이에 완전히 모양이 변해 버린, 흔들면 얇고도 가볍지만 아름답지는 않은 찰캉거리는 소리를 내는 삼베 꾸러미를 집어 들었다. 그러고는 어지럽게 엉킨 줄들 한가운데에 반짝이는 칼날을 찔러 넣자, 외삼촌의 비첨 가문 문장이 찍힌 혹처럼 불룩한 밀랍이 윤기 나는 식탁 위로 우르르 떨어져 내렸다. 겹겹이 주름진 올이 굵은 삼베가 풀리자, 그 한 가운데에 얼룩 하나 묻어 있지 않은 새것 같은 주석 커피포트가 드러났고, 그 안에 한 움큼의 구리 동전과 함께 둔탁한 소리를 내던 것들이 들어 있었다. 그것은 쥐 한 마리가 집을 지을 수 있을 만큼이나 넉넉하게 쌓여 있는, 조그맣게 접힌 종잇조각들이었다. 질 좋은 아마포 종이와 깜둥이들이 쓰던 줄이 그어져 있는 거친 종이, 너덜너덜하게 찢겨진 장부 속지와 신문 귀퉁이, 새 작업복에서 떼어 냈을 종이 상표 같은 것들이었다. 어느 것에나 날짜와 서명이 적혀 있었다. 가장 이른 날짜는 21년 전 지금과 똑같이 생긴 등잔이 켜진 지금과 똑같은 방 똑같은 탁자 위에서 외삼촌이 삼베에다 은잔을 넣고 봉인했던 때로부터 채 6개월이 지나지 않은 날짜였다.

나는 조카 아이작 비첨 매캐슬린에게 금화 다섯(5) 냥을 빚졌으므로, 5퍼센트의 이자 지급을 명시한 약속어음을 차용증서에 포함한다.

휴버트 피츠휴버트 비첨

1867년 11월 27일, 워릭 저택에서

그것을 보고 그가 말했다. "어쨌든 외삼촌도 그 집을 워릭이라고 불렀네." 적어도 한 번은 그런 셈이었다. 몇 번 더 그랬는지는 알 수 없었지만. 차용증서는 더 나왔다.

1867년 12월 24일, 아이작에게 금화 2냥의 차용증서 발행. H.Fh.B.

1868년 1월 1일, 아이작에게 차용증서. 금화 1냥. H.Fh.B.

그 뒤에도 다시 다섯 냥짜리가 있었고, 세 냥짜리, 한 냥짜리, 또 한 냥짜리가 나왔다. 그러고는 한참 뒤에 적은, 꿈처럼 근사한 변상 방법을 담은 종잇조각이 나왔다. 그것은 단지 돈을 빌린 일에 대한 것이지 상처를 입혔다거나 신뢰를 배신한 데 대한 변상의 의미는 아니었다. 어디까지나 그는 동업자였기 때문이었다.

차용증서. 비첨 매캐슬린이나 그의 상속인에게 금화 스물다섯(25) 냥을 빌림. 본 차용증서와 앞서 쓴 모든 차용증서에 대해 연간 20퍼센트의 이자를 복리로 지급할 것을 약속하는 어음을 발행함. 금일 1873년 1월 19일.

비첨

장소는 적혀 있지 않았다. 하지만 일자와 서명은 되어 있었다. 이름은 없이 달랑 성만으로 된 서명은 마치 예전 영국의 거만한 백작 리처드 네빌이 네빌이라고 휘갈겨 쓴 듯 이름이라기보다는 무슨 단어처럼 보였다. 거기까지 마흔세 냥에 대한 차용증서가 발행된 것으로 알고 있었던 그에게 빚이 모두 쉰 냥이라는 소문은 전혀 받아들일 수 없는 것이었지만, 사실 그래야 아귀가 맞았다. 한 냥, 다시 한 냥, 또 한 냥, 그리고 한 냥, 이후 마지막으로 세 냥, 그리고 삼베 꾸러미를 가지고서 그의 집에서 살기 위해 온 날 이후의 날짜가 적힌 마지막 차용증서가 있었다. 거기에 적힌 글씨가 떨리는 듯 보이긴 했지만 기가 꺾인 노인네의 글씨는 아니었다. 그의 사전에 기가 꺾인다는 건 있을 수 없는 일이어서 그저 피곤 때문이었을 것이고, 겉으로 보기에 피곤해 보였을지는 몰라도 여전히 무엇에도 굴하지 않는 태도가 녹아 있는 글씨였다. 그리고 마지막 차용증서가 가진 간결함은 체념에 의한 것이 아니라, 마치 간략히 언급하거나 의견을 표명할 때처럼, 그저 약간의 놀라움이 담겨 있었다. 결코 많이는 아니었다.

은잔 하나. 휴버트 비첨.

매캐슬린이 말했다. "어쨌거나 넌 구리 동전을 잔뜩 받았구나. 그런데 그 동전들이 진귀해지거나 가보가 되려면 한참을 기다려야 할 테니, 그냥 그 돈을 쓰는 게 낫겠다." 식탁 곁에 말없이 서서 커피포트를 평화롭게 바라보고 있던 그의 귀에, 매캐슬린의 목소리는 들리지 않았다. 그리고 그 커피포트가 그 후 어느 날 밤 제퍼슨 시의 얼음장처럼 차가운 좁은 방에, 불 지피지 않은 난로 위 선반에 놓여 있을 때, 매캐슬린이 모자와 코트를 벗지도 않고 선 채(침대가 아니곤 앉을 곳도 없었다) 침대 위에다 둥글게 만 지폐 뭉치를 던졌다. 그러자 그가 말했다.
"이건 형이 빌려 주는 걸로 해." 그러자 매캐슬린이 말했다.
"그럴 순 없어. 난 너한테 돈을 빌려 주고 말고 할 사람이 아니니까. 다음 달부터는 갖다 주지 않을 거니까 네가 직접 은행에 가서 찾아." 그때도 그의 귀에는 매캐슬린의 말소리가 들리지 않았다. 매캐슬린은 자신과는 친족이며 거의 아버지와 같았지만, 그러나 이제 그에게 혈족이란 의미가 없었다. 궁극적으로는 부모와 자식들조차 혈족이 아닌 것이다.
그가 말했다. "말을 타고 17마일을 가기엔 날씨가 너무 추워. 여기서 자고 가."
그러자 매캐슬린은 "네가 저기 있는 네 집에서 자려 하지 않는데 내가 내 집에서 꼭 자야만 하는 이유가 뭐지?"라고 말하곤 가버렸다. 그는 녹

하나 슬지 않고 얼룩 하나 묻지 않은 반짝이는 주석 커피포트를 바라보면서 한 인간이 (가령, 아이작 매캐슬린이) 만들어지기 위해 얼마나 많은 것들이 필요한지 다시 한 번 생각해 보았다. 그리고 그 인간의 (가령, 아이작 매캐슬린의) 정신이 모든 질료들 가운데서 자신을 형성하기 위한, 복잡하게 에두르긴 하지만 제대로 된 길을 선택해 마침내 그를 이루어 냈을 때, 자신들이 그를 형성했다고 믿고 있던 사람들(그의 아버지와 버디 삼촌과 그들 누이의 아비가 되는 매캐슬린 가의 아비들, 그리고 휴버트 외삼촌과 휴버트 외삼촌의 누이에게 아비가 되는 비첨에게 또 아비가 되는 사람들)에게 던지는 놀라움만이 아니라 아이작 매캐슬린 자신에게도 발현되는 경이로움에 대해 생각했다.

빌린 돈이라고 생각하고 그것을 썼지만 사실 그 돈을 쓰지 않을 수도 있었다. 드 스페인 소령이 자신의 집에 있는 남는 방에서 원하는 만큼 살라고 제안했고, 늙은 콤슨 장군은 한술 더 떠 자신의 방에서 기거하는 것은 물론이고 침대도 함께 쓰자고 했기 때문이다. 다만 드 스페인 소령과는 달리 그는 조건을 달았다. "내 침대를 같이 쓰도록 해. 하지만 이번 겨울이 다 가기 전에 난 이유를 알아야겠다. 너한테 그 이유를 들어야겠어. 네가 땅을 포기했다는 게 믿어지지가 않아. 겉으로는 그렇게 보인다마는, 난 내 두 눈으로 숲에 있던 널 똑똑히 지켜봤기에, 그렇게 보이건 말건 네가 포기했다는 것이 도무지 믿어지지 않는단 말이다." 빌린 돈으로 그는 하숙비와 한 달치 세를 지불하고 목수 일에 필요한 연장을 구입했는데, 단지 손재주가 좋아서라기보다는 저부터 손을 써서 생활해야겠다는 생각을 갖고 있었기 때문이다. 하지만 그런 정도일 뿐이라면 말을 돌보는 일을 할 수도 있었고 나사렛 예수를 그럴듯하게 흉내 낼 수도 있었지만, 그렇게 하는 건 마치 젊은 노름꾼이 전날 게임에서 자신을 이겼던 늙은 노름꾼이 입고 있던 점무늬 옷을 구입하는 거나 마찬가지였다. 다만 그는 (겸손으로 포장하는 따위의 오만, 자신을 굽히는 척하는 위선을 행하지 않고, 자신이 먹을 빵을 꼭 벌고 싶다는 소원이 있어서가 아니라 빵과 빵 이상의 뭔가를 위해 그렇게 해야 했으므로) 나사렛 예수가 당신의 인생과 목적을 위해 목수 일을 하는 게 좋다는 사실을 발견하고 그 일을 선택했다면 아이작 매캐슬린에게도 그것이 적합한 일이 될 거라고 생각한 것이다. 그럼에도 불구하고 아이작 매캐슬린이 목적하는 바는 표면적인 동기로 보면 아주 단순했지만 그리 쉽게 납득이 되는 것도 아니었고 앞으로도 마찬가지일 것 같았다. 그리고 자신의 삶에 필요한 것들을 굴욕스럽지 않게 꾸려 나가고 있던 그에게 만약 자신을 구원할 수 있는 방법이 따로 있었다면, 나사렛 예수도 아닌 자신이 그 방법을 외면했을 리는 없었을 터였다. 어쨌거나 목수 일로 그는 빌린 돈을 갚을 수 있었다. 그런데 그는 매캐슬린이 돈 뭉치를 침대 위에 던져 준 이후, 매달 30달러의 돈이 자신의 계좌로 들어오고 있다는 사실을 까맣게 잊고 있었다. 이즈음 그에게 동업자가 하나 생겼는데, 재주는 있었지만 하느님 따위는 쳐다도 안 보는 불경스러운 알코올 중독자였다. 1862년에서 1863년까지 찰스턴에서 밀항선을 만들던 사람이었는데, 그 뒤에 얼마간 배에서 목수로 일하다가 제퍼슨에 모습을 드러낸 건 2년 전이었다. 아무도 그 사람이 어디서 왜 왔는지 알지 못했는데, 알코올중독으로 인한 극심한 망상증으로 감방에서 좋은 시절을 허비한 사람이기도 했다. 두 사람이 은행장의 마구간 지붕을 새로 얹는 일을 해준 후(다시 감방에 들어간 노인은 여전히 그 일을 자축하고 있었다), 그가 품삯을 받으러 은행으로 갔을 때 은행장이 이렇게 말했다. "자네한테 돈을 줄 게 아니라 오히려 내가 빌려야 할 판이네." 그제야 그는 지난 일곱 달 동안 자그마치 210달러의 돈이 쌓였다는 사실을 처음으로 알게 되었고, 거기에 첫 번째 목수 일로 받은 품삯까지 더해져 은행을 떠날 때 그의 계좌에는 220달러가 들어 있었다. 빌린 돈 240달러에 맞추려면 20달러만 더 보태면 되었다. 그 뒤 차곡차곡 불려 나가 잔고가 330달러에 이르렀다. 잔고를 확인한 뒤 그가 말했다. "송금 좀 하겠습니다." 그러자 은행장이 말했다. "그럴 순 없어. 매캐슬린이 해주지 말라고 했네. 혹시 다른 이름 쓰는 건 없나? 계좌를 하나 더 만들 수도 있는데 말이야." 하지만 그는 그럴 필요성을 못 느꼈다. 동전과 은화와 지폐들은 손수건에 꽁꽁 싸서 커피포트에 넣고는 18년 전 테니의 증조부가 워릭에서 올 때 가지고 왔던 낡은 셔츠에 말아서 캐로더스 할아버지가 캐롤라이나에서 가지고 오셨던 쇠를 씌운 트렁크에 넣어 두었다. 그걸 알고 하숙집 여주인이 기겁을 했다. "세상에나, 트렁크를 잠그지도 않아! 게다가 외출할 때 방문도 안 잠가!" 그는 그 방에서 첫 밤을 보내던 날 매캐슬린을 바라보았던 그 평화로운 눈길로 그녀를 보았다. 그녀는 비록 그에게 돈을 받지만 그를 돌봐 주고 있으니 친족과 다름없었고, 그런 사람은 비록 때때로 상처를 주더라도 친족보다 더 나은 사람일 수 있기 때문이다.

　그리고 이제 그에겐 아내도 있었다. 그는 감방에서 노인을 빼내 하숙방으로 데려온 뒤 노인을 술에서 깨게 하느라고 24시간 동안 구두도 벗지 못했는데, 드디어 노인을 일으켜 세우고는 음식을 먹이는 데까지 성공했다. 그런 후에 낡은 헛간 공사를 끝내고 결혼을 한 것이다. 노인의 외동딸이었다. 몸집이 조그만 여자였지만 희한하게도 실제보다 커 보였는데, 아마도 군인처럼 단단한 몸과 검은 두 눈, 하트 모양과 흡사하게 생긴 열정적인 얼굴 때문인 듯했다. 그녀는 그들이 일하는 농장으로 와서 노인이 마름질해 놓은 목재를 톱으로 썰고 있는 그를 거의 온종일 지켜보았다. 그녀가 물었다. "아빠가 당신에 대해서 말해 줬어요. 저 농장이 당신 거라던데, 정말 그래요?"

그가 대답했다. "매캐슬린 형의 것이기도 하죠."

그러자 그녀가 다시 물었다. "그분한테 농장의 반을 남긴다는 유언장이 있었나요?"

그가 말했다. "유언장 같은 건 필요하지 않아요. 형의 할머니가 내 아버지의 누이였으니까요. 우린 같은 형제에게서 난 사람들이죠."

그러자 그녀가 말하기 시작했다. "그래도 6촌 간일 뿐이고, 그건 변할 리가 없죠. 하지만 그런 게 뭐 문제 될 게 있겠어요." 그리고 그들은 결혼을 했다. 결혼은 새로운 세상이었다. 그가 물려받은 모든 유산과 같이 결혼 또한 그에게 물려진, 땅으로부터 나와 땅을 넘어서지만 여전히 땅에 속하는 유산이었다. 그의 유산들은 모두 땅의 기나긴 연대기에 속했고, 사람들 모두가 그 땅에서 살려면 공유하고 서로서로 나누어 가져야만 한다. 그러는 동안 그들은 하나가 되는 것이다. 적어도 아주 잠깐 동안일지라도, 그동안만큼은 바꿀 수도 없고 돌이킬 수도 없이 하나가 되는 것이다. 여전히 그들은 그가 세를 얻은 하숙방에서 살았지만 거기서 오래 지낼 생각은 아니었다. 신혼의 빛줄기에 둘러싸여 벽도 없고 지붕도 없고 마루도 없는 듯 느껴지던 그 방을 그는 매일 아침 떠나 밤이 되어 돌아왔다. 그녀의 아버지는 시내에 이미 땅을 구해 자재들을 가져다 놓았는데, 그와 그의 동업자 노인 둘이서 집을 지을 요량이었다. 일테면 그건 그녀의 아버지가 그녀에게 주는 지참금이자, 그들 세 사람이 그녀에게 건네는 결혼 선물인 셈이었다. 방갈로가 완성되고 이사 갈 준비가 될 때까지 그녀가 모르게 하려 했지만 누군가 그녀에게 알려 준 모양이었다. 그녀의 아버지도, 그의 동업자도 아니었다. 한동안은 그녀의 아버지가 술기운에 발설했을 거라고 생각했지만 아니었다. 그러던 어느 날 그는 일을 마치고 집으로 향했다. 씻고 나서 저녁을 먹으러 내려가기 전에 잠시 쉴 시간이 있겠구나 생각하면서, 방으로 들어섰다. 그 방은 그와 그녀가 나이를 먹어 열정이 사라진 뒤에도 여전히 빛줄기로 기억될 곳이기에 단순한 하숙방이 아니었다. 그가 그녀의 얼굴을 본 순간, 그녀가 말했다. "앉아요." 두 사람은 침대 가장자리에 걸터앉았지만 아직 만남의 키스도 나누지 않은 상태였다. 그녀의 긴장한 얼굴엔 두려움이 깃들어 있었고, 어떤 열기에 휩싸인 그녀의 목소리는 알지 못할 기대감에 부풀어 커다랗게 울려 나왔다. "사랑해요. 제가 당신 사랑한다는 거 알죠? 언제쯤 이사 가요?"

그러자 그가 "난…… 글쎄…… 잘 모르겠는데…… 누가 그런 얘기를……" 하고 더듬거리자 그녀의 뜨거운 손바닥이 맹렬하게 다가와 찰싹 소리가 날 정도로 그의 입을 막더니 입술을 눌렀다. 손가락이 그의 뺨을 거칠게 누르다가 그가 겨우 말을 할 수 있을 정도의 틈을 주었다.

"농장이요. 우리 농장. 당신의 농장."

그가 "난……" 하고 말하는 순간 다시 손이, 손가락과 손바닥이 그의 입을 막았다. 손을 제외하곤 아무것도 닿지 않았는데도 그의 몸에 그녀의 체중이 모두 실린 것 같았다. 그녀는 "아뇨! 그게 아니고요!" 하고 난 뒤, 자신의 손가락으로 그의 입안에 들어 있는 말들이 잦아드는지를 감지하는 듯했다. 그러고 나서야 다시 숨을 쉴 수 있도록 틈을 주고는, 속삭이는 목소리로 사랑과 놀라운 기대를 들려준 뒤, 그가 말할 수 있도록 다시 손바닥의 힘을 풀었다.

"언제예요?"

그러자 그가 입을 열었다. "난……" 그때 그녀가 손을 떼며 뒤로 물러나 등을 보이며 돌아서더니 고개를 숙였다. 다시 들려온 그녀의 목소리는 너무도 고요해서 순간적으로 그가 기억하고 있던 그녀의 목소리가 아닌 것처럼 느껴졌다. "일어나서 눈을 감고 돌아서 있어요." 그가 어리둥절해 있는 사이에 다시 그 말이 반복되었고, 그제야 그는 일어나서 눈을 감았다. 아래층에서 저녁 식사 시간을 알리는 종소리가 들려왔고, 다시 나직한 목소리가 흘러나왔다. "문을 닫아요." 그는 문을 닫으며 이마를 차가운 나무에 댔다. 눈을 감고 있었으므로 그는 자신의 심장이 뛰는 소리를 들을 수 있었다. 그 소리는 그가 몸을 움직이고 난 뒤에야 멈추었다. 다시 아래층에서 종소리가 울렸고, 그는 그 소리가 그들을 부르는 소리임을 알았다. 그는 침대가 삐걱이는 소리를 듣고 몸을 돌렸다. 그는 이전까지 그녀의 벗은 몸을 본 적이 없었다. 보여 달라고 한 적은 한 번 있었다. 그가 그녀의 벗은 몸을 보고 싶었던 것은 그녀를 사랑하기 때문이었지만, 그 후로는 두 번 다시 그런 말을 하지 않았다. 밤이 되면 그녀는 입고 있던 옷 위에다 잠옷을 껴입고는 옷을 벗었는데 그때도 그는 고개를 돌리고 있었다. 아침에도 똑같았다. 그녀는 잠옷을 입은 채로 안에다 옷을 입은 다음에 잠옷을 벗었고, 여전히 그는 고개를 돌린 채였다. 그리고 그녀는 등불을 끄기 전에는 침대의 자기 곁에 못 눕게 했으며, 푹푹 찌는 여름에도 시트로 몸을 모두 가린 뒤에야 그가 자신에게로 돌아눕는 것을 허락했다. 하숙집 여주인이 계단을 올라와서 문을 두드리며 그들의 이름을 불렀지만, 그녀는 침대 이불 위에 여전히 누운 채로 꼼짝하지 않았다. 베개에 얹힌 머리만 옆으로 돌리고는 아무 소리도 듣지 않고, 아무 생각도, 그의 생각조차 하지 않는 듯했다. 하숙집 여주인이 가고 나자 그녀가 말했다. "옷을 벗어요." 그녀의 고개는 여전히 돌려진 채로였다. 아무것도 보지 않고, 아무 생각도 하지 않고, 아무것도, 심지어 그조차 기다리는 것 같지 않았다. 그녀의 손이 마치 저절로 움직이듯 그리고 눈이 달려 있기라도 한 듯 그의 손목을 잡았다. 그가 침대 가에서 걸음을 잠깐 멈추려 하던 바로 그 순간이었다. 그래서 그는 멈추지 않고 단지 방향만 바꾸어서 몸을 숙였다. 그를 이끌던 그 손과 그녀가 이윽고 하나가 되어 움직였다. 몸의 방향을 바꾸는 그 움직임은 경험에 의한 것이 아니라 완전히 타고난 것이었으며, 남자보다 배는 나이를 먹은 여인의 그것처럼 느껴졌다. 그녀는 이제 그를 응시하면서 한 손으로 몸을 숙이고 있는 그를 아래로 끌어당겼다. 그는 움직이는 걸 보지도 느끼지도 못했는데 어느새 그녀의 손바닥이 자신의 가슴에 닿아 있었다. 겉으로는 아무것도 하지 않고 힘도 들이지 않는 듯했지만 가슴에 닿은 그녀의 손이 더 이상 무너지지 않도록 지탱하고 있었다. 이제 그녀는 그를 바라보지도 않았고, 그럴 필요도 없었다. 순결한 여인이며 아내인, 이미 욕정에 사로잡힌 모든 남자들을 보아 왔던 그녀의 몸은 이제 완전히 바뀌어 있었다. 단 한 번밖에 본 적 없는 그녀의 몸은 지금은 또 달라진 것 같았다. 남자라는 것이 생겨난 이후 자신의 의지로 몸을 누이고 몸을 연 모든 여인의 육체가 하나로 모아진 것 같았다. 그리고 어디선가, 스러지는 듯하면서도 끊이지 않는 속삭임이 들려왔다.

"약속해 줘요."

그가 "약속?" 하고 되물었다.

"농장." 그의 몸이 움직였다. 이니, 벌써 움직인 후였다. 그의 가슴에 놓여 있던 그녀의 손이 다시 한 번 그의 손목으로 내려와 손목을 쥐었다. 그녀의 팔은 마치 팔과 손이 고리로 꿰어져 한 가닥 철사에 연결되어 있는 듯, 손가락 힘만 조금씩 강해질 뿐, 여전히 여유 있게 늘어뜨려져 있었다. 그가 손가락의 힘에 저항하며 손목을 빼려 하자 그녀의 손이 조여 졌다. "안 돼." 그가 말했다. "안 된다고." 그녀는 여전히 그에게서 고개를 돌리고 있었지만 변화가 느껴졌다. 다만 그 손만은 여전했다. "안 돼. 그 런 약속은 하지 않을 거야. 하지 않을 거라고. 절대로." 그래도 그녀의 손 은 여전했다. 그의 마지막 말이 흘러나왔다. 그는 단호하게 말하려고 애 썼지만 여전히 다정한 어투였다. 그리고 그는 생각했다. 그녀는 이미 많은 걸 알고 있구나. 읽을거리라고는 없는 야영지에서 사내들로부터 숱하게 들어 왔 던 것들보다 더 많은 걸. 여자들은 태어나면서부터 이미, 옅네 살이나 열다섯 살 먹은 소년이 우물쭈물 겁에 질려 떨어 대는 그 일에 싫증이 나 있는지도 몰라. "난 그럴 수 없어. 절대로. 기억해 둬." 그래도 그녀의 손은 여전히 지치 지 않았고 꺾일 기세도 없었다. 알았어, 하고 속으로 말하고는 그는 생 각했다. 그녀는 길을 잃었어. 길을 잃은 채로 태어난 거야. 그래, 우리는 모두 그 렇게 태어났지. 그러고는 그는 생각을 멈추었다. 알았어, 하고 속으로 말 하는 것조차 멈추었다. 그것은 그가 꿈꾸어 온 것과 전혀 같지 않았고, 남자들의 음담과도 판이했으며, 그런 것들을 되새길 시간조차 없이 끝 나 버렸다. 그러고는 채워지지 않는 갈증을 안은 채로 태초의 해변에 드 러누워 하염없이 시간을 흘려보냈다. 그녀는 다시금 그보다 나이가 배 나 많은 몸짓으로 그에게서 몸을 돌리더니 떨어졌다. 첫날밤 그녀는 울 음을 터뜨렸었는데 베개에 얼굴을 묻고 있는 그녀를 보고 그는 이번에 도 그녀가 울고 있는 줄 알았다. 그런데 깔깔거리는 웃음과 함께 베개 속에서 목소리가 나왔다. "이게 다예요. 이번이 마지막이라고요. 이번에 당신이 말한 그 아들이란 걸 갖지 못한다면, 당신은 내게서 아들을 얻 지 못할 거예요." 텅 빈 하숙방을 등진 채 옆으로 돌아누운 그녀의 웃음 소리는 멈추지 않고 이어졌다.

V

그는 목재 회사가 숲으로 들어와 벌목 작업을 시작하기 전 한 차례 더 야영지로 갔다. 드 스페인 소령은 더 이상 그곳에 오지 않았다. 하지만 사람들에게 언제든 야영지 내의 숙소를 사용할 수 있게 했고, 내키는 곳에서 마음껏 사냥할 수 있도록 허용했다. 샘 파더스와 라이언이 죽은 마지막 사냥이 끝나고 닥친 겨울, 콤슨 장군과 월터 유얼은 그들이 합자할 수 있는 사업을 고안해 냈는데, 예전 사냥 멤버들과 클럽을 만들어 야영지와 숲에서의 사냥권 임대 사업을 하자는 것이었다. 틀림없이 어딘지 모르게 어린애 같은 구석이 있는 노장군의 머리에서 나왔을 그 계획은 분 호건벡이 냈어야 어울릴 법한 것이었다. 소년조차 그 계획을 듣자마자 속임수에 근거한 사업임을 깨달을 수 있었다. 표범을 바꿀 수 없다면 얼룩무늬라도 바꾸겠다는 식의 근거도 없고 허황되기만 한 희망에 매캐슬린마저 한동안은 동조하는 듯했다. 사람들은 일단 드 스페인 소령을 설득해 야영지로 돌아오게 하면 그가 마음을 달리 먹을 거라 생각했다. 하지만 소년은 소령이 야영지로 오지 않을 것임을 알 수 있었다. 그리고 소년의 예상대로 되었다. 소년은 드 스페인 소령이 거절할 때 무슨 일이 벌어졌는지는 알지 못했다. 그는 그 얘기가 꺼내진 자리에 있지 않았고, 매캐슬린도 그에 대해 얘기해 주지 않았다. 6월이 돌아와 드 스페인 소령과 콤슨 장군의 생일 잔치 기간이 가까워지는데도 누구 하나 그에 대해 일언반구도 없었고, 11월이 되었을 때도 누구 하나 드 스페인 소령의 숙소를 사용하겠다는 말을 하지 않았다. 그러자 애시 영감이 분명 소령에게 얘기해 주었을 거라고 확신했음에도 불구하고, 소년은 소령이 사냥 사업에 대해 알고나 있는 건지 헷갈리기 시작했다. 그와 매캐슬린과 콤슨 장군(그것이 장군의 마지막 사냥이었다), 그리고 월터와 분과 테니의 아들 짐과 애시 영감은 짐을 실은 마차 두 대에 나누어 타고 이틀에 걸쳐 거의 40마일을 가서 전에는 한 번도 본 적 없는 어떤 산골 너머까지 가서 2주 동안 텐트를 치고 지냈다. 그리고 이듬해 봄이 왔을 때 그들은 드 스페인 소령이 멤피스의 한 목재 회사에 벌목권을 팔았다는 얘기를 들었다(소령으로부터 직접 들은 것은 아니었다). 6월의 어느 토요일 그와 매캐슬린은 시내에 나갔다가 드 스페인 소령의 사무실에 들렀다. 넓고 통풍도 잘되고 벽이 책으로 가득한 2층 방 한쪽 끝의 활짝 열린 창문으로 누추한 뒷골목의 상점들이 훤히 내려다보였고, 반대편 창문으로는 난간이 설치된 발코니 아래로 광장의 전경이 보였다. 커튼이 드리워져 있는 벽감에는 삼나무 물통, 설탕이 담긴 주발, 숟가락, 손잡이 없는 텀블러 잔, 버들가지 바구니에 싸인 커다란 위스키 병이 놓여 있었다. 책상 위쪽 천장에는 대나무와 종이로 만든, 줄을 당기면 움직이는 인도식 부채 펑카가 매달려 있었는데, 입구 쪽의 비스듬히 기울어진 의자에 앉아 있는 애시 영감이 그 줄을 당기고 있었다.

"당연히," 드 스페인 소령이 운을 뗐다. "애시는 여길 잠시 벗어나서 숲으로 갈 거야. 마누라 데이지가 만든 음식을 먹지 않아도 되는 그곳으로 말이지. 만날 투덜거려. 누구 같이 갈 사람 또 있나?"

"없습니다, 소령님." 소년이 말했다. "제 생각엔 어쩌면 분 아저씨도……" 분이 호크스에서 보안관으로 일한 지가 6개월이나 된 때였다. 드 스페인 소령이 목재 회사의 협조를 구해 그를 그 자리에 앉힌 것이었다. 절충이라고 하는 게 더 맞을지도 몰랐다. 목재 회사로서도 벌목 강도 두목 분보다는 보안관 분이 훨씬 나을 것이다.

"그래," 드 스페인 소령이 말했다. "오늘 그 친구한테 전보를 치겠네. 호크스에서 만날 수 있을 거야. 애시 영감은 기차로 보내고 음식도 가져가게 할 테니까, 너는 그냥 말을 타고 가기만 하면 돼.”

“알겠습니다, 소령님. 감사합니다.” 소년은 그렇게 말하고는, 다시 자신의 목소리를 들었다. 자기가 하게 되리라고 전혀 생각지 못했던 말을 하고 있는. 하지만 왠지 그런 말을 하게 되리라는 걸 줄곧 알고 있었던 듯도 했다. “혹시 소령님께서도……” 거기서 그는 말을 끊어 버렸다. 왜 그랬는지는 알 수 없었다. 소령 때문은 아니었다. 소령은 그의 말이 끝날 때까지 가만히 기다리고 있었기 때문이다. 소령은 서류가 펼쳐져 있는 책상 쪽으로 시선이 돌렸지만, 움직인 건 아니었다. 소년이 사무실로 들어섰을 때부터 소령은 손에 서류를 든 채 그 책상 앞에 앉아 있었다. 소년은 선 채로 티 하나 없는 윤기 도는 셔츠에 차분한 색깔의 고급 브로드 양복을 걸친 키 작고 적당히 살이 찐 잿빛 머리칼의 그를 바라보았다. 부츠를 신고 진흙이 잔뜩 묻은 코르덴 바지를 입은, 면도도 하지 않은, 안장에 낡은 윈체스터 카빈이 걸쳐진 털이 수북하고 뒷다리가 미끈한 힘이 넘치는 암말에 올라타 있던 평소 모습과는 너무도 달랐다. 그의 발치에는 거대한 푸른 개가 동상처럼 미동도 없이 서 있었는데, 2년 전 마지막 사냥에서 보았던 그 둘의 모습은 마치 오랜 연인이나 오랜 동업자 사이처럼 보였었다. 드 스페인 소령은 더 이상 고개를 들지 않았다.

“아냐. 난 아주 바쁠 거 같아. 하지만 행운은 빌어 주마. 뭘 잡으면 한 마리쯤 가져다주렴. 새끼 다람쥐라도.”

“예, 소령님,” 그가 말했다. “그렇게 할게요.”

그는 암말에 올랐다. 태어나면서부터 그가 직접 기르고 버릇도 고쳐 준 세 살짜리 암망아지였다. 자정이 조금 지나 집을 떠난 그는 여섯 시간 동안 말이 땀을 흘리지 않을 정도의 속도로 달려 호크스에 도착했다. 호크스에는 목재 운반용 열차가 들어오는 조그만 환승역이 있었는데, 그곳에만 가면 그는 아직도 그곳이 드 스페인 소령의 땅 같았다. 소령이 철도의 측선과 화물 적재 플랫폼과 보급소가 있는 그 땅을 목재 회사에 팔아 버린 지가 꽤 여러 해 전인데도. 그는 미리 경고를 듣고 마음의 준비까지 하고 왔음에도 불구하고 자신의 눈에 비친 광경을 보자 충격과 슬픔이 밀려들었다. 2, 3에이커에 달하는 부지에는 새로운 재제소가 이미 반이나 지어져 있었고, 새것 특유의 연하고 밝은 색의 철로와 부식을 방지하려고 콜타르를 칠한 침목이 몇 마일이나 될 듯 늘이시 있었으며, 철사로 둘러친 울타리와 노새 200마리는 너끈히 먹일 수 있을 듯한 여물통, 그리고 노새를 몰고 온 사람들이 묵을 텐트도 까마득히 멀리까지 펼쳐져 있었다. 소년은 최대한 신속하게 자신의 암말을 살피고는 마구간에 매어 놓고, 뒤 한 번 돌아보지 않고 목재 운반용 열차의 승무원 칸에 올랐다. 그러고는 앞쪽에 벽처럼 버티고 선, 일단 들어서기만 하면 다시금 자신을 완전히 감추어 줄 황야에 시선을 고정한 채 어디로도 고개를 돌리지 않았다.

　얼마 뒤 그가 탄 조그만 열차가 요란한 소리를 내며 움직이기 시작했다. 연기가 빠르게 휘감기며 뿜어졌고, 차량 사이의 연결기들이 당겨지는 철커덩거리는 소리들이 철로를 따라 뒤쪽으로 옮아 갔다. 승무원 칸이 흔들리기 시작하면서 휘감겨 오르던 연기도 철컹거리는 깊고 느린 소리 속으로 잦아들었다. 그는 열차의 앞머리가 선로에서 처음이자 유일하게 완전한 곡선을 그리며 황야로 사라지는 모습을 지켜보았다. 끌려가고 있는 열차의 기다란 꽁무니는 숲으로 기어 들어가는 작고 거무죽죽한 독 없는 뱀 같았다. 그를 태운 열차는 철컹거리는 소리를 내며 다시 한 번 전속력으로, 마을이 도끼에 찍히지 않았던 시절 그대로의 모습으로 선로 양편에 거대한 쌍둥이 벽처럼 서 있는 황야 속으로 빠져 들고 있었다. 한때 열차는 해를 끼치는 존재가 아니었다. 채 5년이 되지 않은 어느 날, 월터 유얼은 지금처럼 흔들리는 승무원 칸에서 뿔이 여섯 갈래로 뻗친 수사슴을 총으로 쏘아 맞힌 적이 있었다. 이 열차에 얽힌 반쯤 자란 곰 얘기도 있었다. 그 곰이 장난치는 강아지처럼 엉덩이를 들어 올린 채 철로 사이에 개미나 벌레 같은 게 있나 보려고 땅을 파대고 있을 때 30마일 떨어진 벌목장으로 첫 운행에 나선 열차가 달려오고 있었다. 어쩌면 곰은 그때 기이하게 생긴 정사각형의 통나무 대열을, 얼핏 봐서는 어디서 시작되어 어디에서 끝나는지 모르겠는 그 대열을 바라봤는지도 모른다. 대체 하룻밤 사이에 어떻게 생겨났나 궁금해 하면서. 어쨌거나 땅을 파고 있던 곰은 브레이크를 밟아 15피트 앞에서 가까스로 멈춘 열차가 요란하게 기적을 울려 대자 놀라서 미친 듯이 달아나더니, 맨 먼저 맞닥뜨린 나무를 부여잡고 오르기 시작했다. 성인 남자의 허벅지보다 그다지 굵지 않은 어린 물푸레나무였는데, 곰은 올라갈 수 있는 데까지 올라가 제동수가 철로 바닥에 깔린 돌들을 집어 던지는 동안 마치 사람처럼(여자처럼) 두 팔 사이에 얼굴을 파묻고 있었다. 세 시간 뒤 열차가 목재를 싣고 돌아 나올 때 곰은 나무에서 반쯤 내려와 있다가 또다시 올라갈 수 있는 데까지 올라가 기차가 지나가는 동안 내내 나무에 매달려 있었다. 오후에 다시 열차가 벌목장으로 갈 때도, 해거름에 돌아 나올 때도, 곰은 여전히 나무에서 내려오지 않았다. 분이 열차 승무원에게서 그 곰 얘기를 들은 것은 마차를 몰고 호크스로 와서 밀가루 한 통을 사고 난 정오 무렵이었는데, 분과 애시는 — 둘 다 지금보다 20년은 젊던 시절이었다 — 그 얘기를 듣고는 아무도 곰에게 총질을 못하도록 그 나무 아래에 앉아 밤을 새웠다. 다음 날 아침 드 스페인 소령이 목재 운반용 열차를 호크스에 붙들어 놓았는데, 해가 지기 직전에야 물 한 모금 먹지 못한 채 거의 서른여섯 시간을 버티던 곰이 나무에서 내려왔다. 분과 애시 영감만이 아니라 드 스페인 소령과 콤슨 장군과 월터와 당시 열두 살이던 매캐슬린까지 그 광경을 지켜보았다. 매캐슬린이 그에게 들려준 얘기에 의하면, 사람들은 모두 나무에서 내려온 곰이 곧바로 그들이 서 있는 물웅덩이로 와서 물을 먹을 거라고 예상했지만, 곰은 웅덩이 부근에서 잠깐 멈춰 그들을 쳐다보고 다시 웅덩이를 내려다보다가 물은 먹지 않고, 앞다리와 뒷다리 두 개씩을 한꺼번에 움직이는 곰 특유의 자세로 땅바닥에 나란히 두 줄을 만들며 달려가 버렸다고 한다.

　당시의 열차는 해를 끼치는 존재가 아니었다. 이따금은 야영지에서도 목재 운반용 열차가 지나가는 소리를 들을 수 있었다. 가끔이었고, 그 소리가 들리는지 안 들리는지 누구도 귀를 기울이지 않았다. 그들은 가볍게 덜컹거리며 빠르게 달려가는 무개열차의 조그만 기관차가 땅콩 볶는 기계처럼 연기를 뿜으며 울리던 높은 기적이 메아리도 남기지 않고 음울하고 무심한 황야로 잠겨 들던 소리를 듣곤 했다. 황야로부터 나올 때의 열차는 그다지 빠르지도 않고 소리도 크지 않았는데, 증기를 아끼려고 기적도 울리지 않고 태곳적 숲의 면전에다 공허하고 소란스럽고 유치한 허영심으로 가득 찬 가녀린 연기를 퐁퐁 뿜으며 허겁지겁 기어가는 모습은 마치 장난감 기차를 보는 듯했다. 가야 할 곳도 가려는 목적도 없이 목재를 실어 나르지만 황야의 어디에도 흉터 하나 흠집 하나 내지 못했던 그 열차는 지지치도 않고 쉬지도 않고 모래를 실어 나르는 어린아이의 장난감 차 같았으며, 빠르게 움직이기는 했지만 장난감 차가 짐을 싣고 부리고 다시 실어 나르게 하는 신의 손놀림에 비한다면 그다지 빠르다고 할 수 없는 속도였다. 그러나 이제는 상황이 달라졌다. 열차는 기관차와 승무원 칸까지, 예전 그대로였다. 기관사와 제동수와 차장도, 2년 전 어느 날 분이 열네 시간 동안 술에 취했다가 깼다가를 반복하며 이튿날 올드벤에게 무슨 일이 일어날지 장황하게 떠벌릴 때 곁에서 듣고 있던 바로 그 사람들이었다. 그때도 여전히 달리는 열차 양편으로는 어떤 것도 통과할 수 없고 무엇에도 영향받지 않는 거대한 숲의 쌍둥이 벽이 세워져 있었고, 열차는 그 고대의 역사를 그대로 간직한 지대 사이에 뚫린 철길을, 사냥꾼들에게 쫓긴 수사슴이 건너가다가 다치기도 했던 그 철길을 달리곤 했다. 한쪽 숲에서 솟아오른 사슴이 ― 땅에서 사는 짐승이니 땅에서 솟아올랐어도 다시 땅으로 돌아올 수밖에 없지만 ― 반대편 숲으로 어디 한 군데 다치지도 않고 건너가는 것을, 몸을 세 배나 늘이며 침목과 레일이 깔린 철둑길을 화살처럼 단숨에 뛰어넘는 것을 본 게 한두 번이 아니었다. 그럴 때의 털빛은 파리해 보일 정도로 엷어졌는데, 육체적 고통도 정신적 고뇌도 사라져 버리는 완전한 정지와 절대적 움직임 사이의 어딘가에서, 크기와 모양뿐 아니라 색깔마저 바람의 색으로 변하는 엄청난 화학적 변화가 일어나는 듯한 인상을 받았다. 하지만 이제 열차는(열차만이 아니라 그 자신도, 열차를 보아 왔던 눈과 그것을 기억하는 머리만이 아니라 가없이 맑게 불어오는 바람 속으로 병실과 죽음의 냄새를 퍼트리는 환자복 같은 자신의 옷까지) 운이 다한 황야 속으로, 도끼질이 본격적으로 이루어지기도 전에, 채 완공되지 않은 새 복재소와 채 다 놓이지 않은 레일과 침목의 어두운 그림자와 암울한 징조를 끌어들이는 것처럼 보였다. 그리고 그는 이제 알 것 같았다. 오늘 아침 호크스의 정경을 보자마자 느껴졌지만 미처 말로 표현할 수 없었던 것이 무엇이었는지를. 그것은 드 스페인 소령이 숲으로 오지 않은 이유, 자신도 더는 숲으로 오지 않을 이유에 대한 자각이었다.

이제 목적지에 가까이 와 있었다. 기관사가 기적을 울리기도 전에 알 수 있었다. 그때 애시 영감과 마차가 보였다. 고삐는 언제나처럼 제동 지렛대에 감겨 있을 것이다. 드 스페인 소령이 그렇게 하지 말라고 8년 동안이나 그와 입씨름하던 장면들이 고스란히 떠올랐다. 열차의 속도가 느려지면서 느슨해졌던 연결기들이 다시 철컹거리며 부딪치는 소리가 열차 뒤편으로 이어졌다. 승무원 칸이 마차 옆을 천천히 지나길 때 그는 총을 들고 재빨리 뛰어내렸다. 차장이 기관사에게 신호를 보내려고 창밖으로 몸을 기울였다. 승무원 칸은 여전히 느릿느릿 기어가는 듯했지만 기관차가 연기를 뿜어내며 지르는 소리는 이미 가파르게 상승하는 박자에 맞추어 메아리도 울리지 않는 황야로 번져 나갔고, 연결기들이 부딪혀 철컹거리는 소리가 다시 한 번 열차 뒤편으로 이어졌으며, 이윽고 열차 맨 뒤편 승무원 칸도 속도를 높여 나갔다. 그러고는 열차는 시야에서 사라졌다. 처음부터 존재하지 않았던 듯 더 이상 소리도 들리지 않았다. 우뚝 솟은 황야는 어디에도 관심을 기울이지 않고 생각에 잠긴 채, 영원히 스러지지 않을 초록으로 물들어 있었다. 어떤 목재소보다 오래되고, 어떤 철도의 지맥보다 긴 황야가 거기 그렇게 존재하고 있었다. "분은 아직 안 왔어요?" 그가 물었다.

"웬걸, 나보다 먼저 왔어." 애시 영감이 말했다. "어제 호크스에 도착해 보니, 내가 바로 출발할 수 있도록 짐을 다 실은 마차를 대기시켜 놨더라고. 밤에 야영지에 들어갔을 땐 숙소 계단에 앉아 있었고. 아마도 오늘 아침 날이 밝자마자 숲으로 들어갔을 거야. 유칼립투스 나무 있는 데까지 갈 거라고, 거기서 만나자고 너한테 전하라더라." 물론 그는 그곳

이 어딘지 알고 있었다. 커다란 유칼립투스는 숲 바로 바깥쪽 오래된 빈
터에 외따로 떨어져 서 있었다. 그 빈터에서 1년 중 다람쥐를 가장 많이
볼 수 있는 때가 바로 이 무렵이었다. 발소리를 죽이고 살금살금 기어가
다가 빈터로 갑자기 뛰어들면, 가끔은 열 마리도 넘는 다람쥐를 그 안에
서 잡을 수 있었다. 다람쥐가 그 안에 들어오면 함정에 걸린 거나 마찬
가지였다. 근처에 달아날 만한 다른 나무가 없기 때문이었다. 그는 마차
에 타지 않기로 했다.

"제가 알아서 갈게요." 그가 말했다.

"그럴 거라고 생각은 했었어." 애시 영감이 말했다. "너 주려고 총알 한
상자 갖고 왔어." 영감이 상자를 내려놓고 제동 지렛대에 감아 놓았던
고삐를 풀기 시작했다.

"소령님이 그렇게 하지 마시라고 몇 번이나 말씀하셨잖아요." 소년이
말했다.

"뭘 하지 말랬다고?" 애시 영감이 되묻고는 말했다. "분 호건벡한테 가
거든, 한 시간 안에 식사가 차려질 거라고 전해 줘. 먹고 싶으면 와서 먹
으라고."

"한 시간이라고요?" 그가 말했다. "아직 9시도 안 됐어요." 그는 시계를
꺼내서는 애시 영감의 얼굴 쪽으로 내밀었다. "보세요." 애시 영감은 시
계를 볼 생각도 하지 않았다.

"그건 도시의 시간이야. 넌 지금 도시에 있지 않아. 숲에 있어."

"해를 좀 보세요."

"해를 봐도 달라질 건 없어." 애시 영감이 말했다. "너나 분 호건벡이나
밥을 먹고 싶다면 내가 말한 시간에 오는 게 좋을 게야. 장작을 패야 해
서 부엌일을 다 끝내 놓아야 한다고. 그리고 발밑 조심해. 뱀들이 기어

다니니까."

"알겠어요." 그가 말했다.

그러고는 그는 숲으로 들어갔다. 혼자는 아니었지만 외로웠다. 외로움이 여름의 초록빛으로 그를 감싸고 있었다. 숲은 변한 것이 없었다. 그것은 시간의 흐름과 무관했다. 여름의 초록, 가을의 타는 듯한 붉음과 빗줄기, 겨울의 강철 같은 추위와 눈이 시간의 흐름과 무관하게 변하지 않듯이……

소년이 수사슴의 숨통을 끊어 샘이 그의 얼굴에 뜨거운 피로 표지를 그려 주었던 오래전 아침, 야영지로 돌아오니 애시 영감이 불만에 가득 찬 껌벅거리는 눈으로 그를 바라보며 믿을 수 없다고 분노까지 터뜨렸다. 결국 매캐슬린이 나서서 소년이 사슴을 잡은 게 사실이라고 확인시켜 주어야 했다. 그날 밤 애시 영감이 난로 뒤에 앉아 아무도 가까이 오지 못하게 소리를 질러 대서 테니의 아들 짐이 식사 준비를 해야만 했다. 그러더니 다음 날에는 새벽 1시 반에 아침 식사를 차려 놓고 사람들을 깨웠다. 마침내 드 스페인 소령이 화가 머리끝까지 나서 욕을 퍼붓자 애시 영감은 험상궂은 표정으로 소리를 질러 대며 응수를 했는데, 그때 영감의 솔직한 심정이 드러났다. 숲으로 들어가서 사슴을 쏘아 보고 싶다는 정도가 아니라, 꼭 그렇게 하고 말겠다는 거였다. 그러자 드 스페인 소령이 말했다. "맙소사, 허락 안 했다간 밥을 우리가 지어 먹게 생겼는걸." 월터 유얼도 맞장구를 쳤다. "아니면 자정에 일어나서 애시가 만든 아침을 먹든가요." 소년은 이미 수사슴을 잡았기에 고기가 필요할 때가 아니고는 이번 사냥에선 다시 총을 쏘아선 안 되었다. 그래서 자신의 총을 애시 영감에게 넘겼더니, 드 스페인 소령이 나서서 소년의 총은 분에게 주고 애시에게는 분의 들쭉날쭉한 펌프식 연발총을 넘겼다. 산탄 두 발도 주었지만 애시 영감은 "나한테도 총알은 있수다" 하고 심술을 부렸다. 그러면서 내보인 게 네 개였는데 하나는 사슴을 쏠 때 쓰는 산탄이었고, 하나는 토끼를 쏠 때 쓰는 3번 총알, 나머지 두 개는 새잡이용이었다. 그러면서 그 하나하나를 가지게 된 사연을 늘어놓았는데, 그는 그때의 애시 영감의 표정은 물론 드 스페인 소령과 월터와 콤슨 장군의 표정까지 기억하고 있었다. 애시 영감은 이렇게 떠들어 댔었다. "발사가 되냐고? 머잖아 그렇게 될 거요! 이건 콤슨 장군이 주신 건데, 8년 전에 커다란 수사슴을 맞히신 후에 곧바로 총에서 꺼내 주셨지." 산탄 얘기였다. "그리고 이건…… 여기 이 애보다 나이가 더 먹었고!" 토끼잡이용 총알 얘기였다. 그날 아침 애시 영감은 혼자서 장전을 했는데, 말한 순서와는 반대로 새잡이, 토끼잡이, 그다음에 수사슴용 산탄을 넣어 산탄이 총신에 가장 먼저 들어가도록 해놓았다. 소년은 총 없이 사냥에 나섰다. 그와 애시 영감은 개들이 일제히 짖어 댈 때까지 드 스페인 소령과 테니의 아들 짐의 말 곁에 붙어서 개들과 함께 걸었다. 개들이 경쾌하게 짖어 대는 소리는 눈이 날리는 대기를 휘감으며(그날은 눈이 내렸다) 순식간에 사라져 버렸는데, 조용하고 쉼 없이 내리는 눈이 미처 생기지도 못한 메아리를 자신의 가벼운 수많은 몸들로 감춰 버리는 듯했다. 드 스페인 소령과 테니의 아들 짐도 흥분에 휩싸여 소리를 지르며 순식간에 숲 속으로 사라져 버렸다. 그러고 나자 문제가 해결되었음을, 그는 애시 영감이 마치 직접 얘기해 준 것처럼 분명히 알 수 있었다. 노인은 이제 자신도 사슴 사냥을 해봤다고 느끼고 있었고, 따라서 어린 소년이 사슴을 잡은 것도 용서할 수 있었다. 그들은 돌아서서 내리는 눈발을 헤치며 숙소로 걸음을 옮겼다. 애시 영감이 "이제 어떡하지?" 하고 묻자 그가 "이쪽으로 가요"라고 말해서 그쪽으로 방향을 잡게 된 것이다. 야영지에서 불과 1마일도 떨어지지 않은 곳이었지만 소년이 앞장섰다. 애시 영감은 지난 20년 동안 해마다 2주 동안 야영지에서 보냈지만 주변 지리를 제대로 모른다는 것을 그는 알고 있었기 때문이다. 하지만 그것도 잠시, 애시 영감이 분의 연발총을 갖고 있다는 게 자꾸만 신경이 쓰여 결국 그는 영감을 앞세우고 뒤따라갔다. 애시 영감은 걸음을 떼어 놓으며 연신 떠들어 댔다. 나이 먹은 남자의 못 말릴 독백은 자신이 지금 어디쯤에 있는 거냐는 물음에서 시작해 숲에 대한 얘기로 옮겨 갔고, 다음엔 야영으로, 야영 얘기를 꺼냈으니 야영 음식으로, 그러고는 아예 모든 음식에 대해 주절거리다가 요리법으로, 그러고는 자기 아내의 요리법으로 나아갔다. 자신의 늙은 아내에 대한 간단한 얘기를 마치자 지체하지 않고 드 스페인 소령 옆집에 새로 온 옅은 피부색의 유모에 대해 한참 주절거렸는데, 그녀가 자신에게 꼬리를 쳐서 큰일이라면서 자꾸 그러면 자신이 얼마나 나이 먹은 노인네인지 알려 줘야 하는데 아내가 온종일 자신을 지켜보는 통에 그러기도 힘들다고 했다. 그와 애시 영감은 등나무와 찔레로 빽빽한 숲을 헤치며 짐승들이 지나다니는 길을 걷고 있었다. 그 길만 벗어나면 야영지에서 반경 4분의 1마일 안이었다. 앞에 커다란 통나무가 하나 쓰러져 있었는데, 수다에 열중해 있던 영감이 그것을 넘다가 발이 꼬여 넘어지려는 순간, 한 살쯤 되었을까 싶은 어린 곰이 통나무 너머로 불쑥 고개를 들더니 일어났다. 앞다리를 팔처럼 가슴에 대고 앞발을 힘없이 내려뜨린 모습이, 마치 기도를 하려고 두 손을 얼굴 앞에 모았다가 깜짝 놀란 것처럼 보였다. 얼마큼의 시간이 흐르고 애시 영감의 총이 경련을 일으키듯 치켜 올라갔을 때, 그가 말했다. "아직 총신에 총알이 들어가지 않았어요. 펌프를 당겨서 공기를 채워요." 하지만 이미 방아쇠가 딸깍 소리를 낸 뒤였다. 그가 다시 말했다. "공기를 채우라고요. 총신에 총알이 들어가지 않았다고요." 그러자 애시는 펌프질을 하는 동작을 하고는 다시 얼마쯤 기다린 뒤 곰을 겨냥하고는 방아쇠를 당겼다. 그가 다시 말했다. "공기를 채워요. 펌프!" 그러고는 약실에서 빠져나온 산탄이 무겁게 회전하며 등나무 숲으로 날아가는 것을 지켜보았다. 이번엔 토끼잡이 총알일 테지, 하고 그는 생각했고, 총이 발사되었다. 다음엔 새잡이용이지, 라고 생각하며 이번에는 펌프를 당기라는 말을 하지 않았는데, 그는 소리를 지르지 않을 수 없었다. "쏘지 말아요! 쏘지 말라고요!" 하지만 때는 이미 늦어 있었다. 가볍고 메마르고 사악한 딸깍, 하는 방아쇠 소리가 들린 것이다. 그가 소리를 지르기 전에 이미 방아쇠가 당겨진 것이다. 곰이 몸을 돌리더니 앞발을 땅으로 떨구고 는 네 발로 사라져 갔다. 남은 건 통나무와 등나무 숲, 하염없이 내리는 벨벳 같은 눈뿐이었다. 애시 영감이 물었다. "이제 어쩌지?" 그가 대답했다. "이쪽 길이에요. 가요." 그러고는 다시 길을 따라 내려갔다. 애시 영감이 "탄피들을 찾아야 돼"라고 말하자 그가 "빌어먹을, 어서 가기나 해요"라고 말했다. 하지만 애시 영감은 통나무에 총을 기대 놓고 돌아서서 허리를 구부린 채 등나무 뿌리 사이를 더듬었다. 그가 그쪽으로 가서 몸을 숙여 탄피들을 찾아낼 때까지 그렇게 했다. 두 사람이 몸을 일으킨 순간, 2미터쯤 떨어진 통나무에 기대 놓고 까맣게 잊어버 렸던 총이 요란한 소리를 내며 불을 뿜더니 잠잠해졌다. 그는 총을 가져와서 펌 프를 당겨 열기에 미라처럼 말라붙은 마지막 총알을 꺼내 애시 영감에게 주고는, 자신이 총을 들고 야영지까지 갔다. 그러고는 총을 분의 침대 뒤편 구석에 세워 놓았다.

여름과 가을과 눈의 겨울과 촉촉이 물기를 머금은 봄은 영원히 순서 를 어기지 않고 이어질 것이다. 죽음을 초월해 태초부터 이어져 온 자연 은 그를 낳아 어른이 되어 가는 지금까지 키운 어머니였으며, 그가 존경 했고 귀 기울였으며 사랑했고 잃었을 땐 상심에 빠졌던 영혼의 아버지, 깜둥이 노예와 치카소 족 인디언 추장 사이에서 태어난 노인에게도 어 미와 아비였다. 그도 언젠가는 결혼하게 될 것이었고, 따라서 그와 그의 아내 또한 잠시 반짝했다가 사라지는, 생래적으로 영원할 수 없는 실체 없는 광휘의 명멸을 경험하게 될 터였다. 그리고 그들은, 육체와 육체가 더 이상 대화를 나눌 수 없는 시간이 찾아왔을 때 명멸해 간 그 광휘의 기억에 의지할 것이었다. 적어도 기억만은 살아 있기에. 그러나 그때도 여전히 숲은 그의 정부情婦이며 아내일 것이었다.

그는 유칼립투스 나무로 가지 않았다. 오히려 그곳에서 멀리 떨어진 곳으로 가고 있었다. 한때는, 그리 오래전은 아니지만, 그가 동반자 없이 숲에 오는 것을 사람들은 허락하지 않았다. 그로부터 얼마 후, 자신이 모르는 것이 얼마나 많은지 알게 되자 스스로가 동반자 없이 이곳에 오는 것을 엄두도 내지 못했다. 다시 얼마의 시간이 흐른 후, 자신이 아는 것과 모르는 것을 어렴풋하게나마 구별하게 되자, 그는 나침반에 의지해 혼자 숲을 통과하는 시도를 해볼 수 있었다. 자신에 대한 믿음이 커졌기 때문이 아니라, 어떤 상태에 놓여 있든 개의치 말고 나침반을 믿어 보라는 생각을 매캐슬린과 드 스페인 소령과 월터와 콤슨 장군이 그의 뇌리에 깊이 심어 줬기 때문이었다. 이제 그는 나침반도 사용하지 않고 그저 태양의 위치만으로, 거의 무의식적으로, 언제든 축적 지도상에서 실제 자신이 있는 지점을 100피트 오차 범위 안에서 짚어 낼 수 있었다. 그리고 어김없이, 그가 예상한 거의 그 순간에, 대지의 높이가 조금씩 높아지기 시작했다. 그는 드 스페인 소령이 팔지 않고 남겨 둔 조그만 땅의 모서리에 목재 회사 측량사가 박아 놓은 네 개의 콘크리트 말뚝 중 하나를 지나, 그 네 개의 말뚝이 한눈에 내려다보이는 둔덕 꼭대기에 섰다. 소멸 자체가 발기와 사정과 수태와 탄생이 들끓는 분투의 과정이라 죽음이 존재하지 않는 그곳에서, 생명 없는 그 말뚝들만 놀라울 만치 이질적인 모습으로 겨울 속으로 하얗게 풍화되어 가고 있었다. 두 번의 겨울이 땅을 나뭇잎으로 덮고 두 번의 봄이 홍수를 불러와, 두 개의 무덤은 자취조차 찾을 수 없었다. 하지만 그 무덤들을 찾으러 이 먼 곳까지 오는 사람이라면 묘석 따위가 없어도, 샘 파더스가 가르쳐 주었듯 나무가 서 있는 모양만으로 그곳을 찾을 수 있을 터였다. 사냥용 칼로 찔러 보다가(그저 그것이 아직 있는지 확인이나 하려고) 그는 거의 단번에 둥근 양철 윤활유 상자를 찾아냈다. 발가락이 훼손된 올드벤의 말라붙은 발이 담겨져 있고, 그 아래엔 라이언의 유골이 놓여 있는 상자를.

그는 굳이 그것을 파보려 하지 않았다. 이태 전 일요일 아침에 매캐슬린과 드 스페인 소령과 분이 샘의 주검을 누이고 그의 사냥용 뿔나팔과 칼과 담배 파이프를 함께 묻은 무덤도, 굳이 땅을 헤치며 찾아보려 하지 않았다. 그럴 필요를 못 느꼈다. 어쩌면 그곳을 밟고 지나왔는지도, 그 위에 서 있는지도 몰랐다. 그렇다 해도 상관없었다. 샘은 오늘 아침에 내가 이 숲에 있게 될 거라는 걸 알고 있었을 거야. 내가 오기 훨씬 이전에. 그는 그렇게 생각하며 한 나무로 걸어갔다. 매캐슬린과 드 스페인 소령이 그와 분을 발견한 날, 샘을 눕혀 놓았던 제단의 한쪽 끝을 지지하고 있던 나무였다. 그 나무의 몸통에 못을 박아 매달아 놓았던 또 다른 양철 윤활유 통은 비바람에 녹슬어 있었는데, 그것 역시 이질적인 모습이긴 해도 무엇이든 품어 안는 황야의 조화로운 보편성 속에 이미 스며들어 있었다. 그 텅 빈 통은 어떤 소리도 내지 않았다. 그날 그가 넣어 두었던 음식과 담배는 사라진 지 오래였고, 그가 지금 주머니에서 꺼내 넣어 두려는 담뱃잎과 화려한 색상의 새 스카프와 샘이 즐겨 먹던 박하사탕이 담긴 조그만 종이봉투도 언젠가는 그렇게 사라져 텅 빈 통만 남을 것이다. 그것들은 그가 등을 보이며 돌아서기 무섭게 사라질지도 모르지만, 그러나 그것은 그저 사라지는 것이 아니라 이 비밀스럽고 햇볕도 들지 않는 자리에 우아한 요정 같은 발자국을 남길 무수한 생명들로 바뀔 것이다. 그 생명들은 나뭇가지와 잎들 뒤에 가만히 숨어, 그가 걸음을 옮겨 그곳을 벗어날 때까지 지켜보고 있을 것이다. 그는 발길을 완전히 멈추지는 않고 잠깐씩 쉬면서 그 둔덕을, 라이언의 주검도 샘의 주검도 없으므로 죽은 자의 거처가 아닌 그곳을 벗어났다. 그들은 땅속에 단단히 붙들려 있는 것이 아니라 땅속에 자유로이 놓여 있었다. 아니, 땅의 일부가 되었다. 그들은 무수한 부분들로 흩어져 있지만 어둠에서 새벽으로, 다시 어둠으로, 다시 새벽을 지나면서 나뭇잎과 잔가지에서 부스러기들로, 공기와 태양과 비에서 이슬과 밤으로, 도토리와 이파리에서 다시 도토리로 끝없이 진행되는 과정 속에서 모두 하나였다. 그리고 올드벤도, 올드벤 또한 그 과정 속에 있었다. 그러니 그들은 놈에게 발을 돌려줄 것이다. 어김없이 돌려줄 것이다. 그러면 그 오랜 도전과 추적도 끝날 것이고, 거칠게 뛰던 심장도, 분노도, 난폭하게 찢긴 살에서 흐르던 피도 멈출 것이다. 바로 그때, 그의 발길이 얼어붙듯 멈추며, 불현듯 애시 영감이 헤어지며 했던 경고가 떠올랐다. 꼼짝 않고 멈춘 한 발에 체중을 싣고 다른 쪽 발을 들어 올리려는 순간, 애시의 목소리가 실제로 들리는 듯했다. 그는 숨을 멈춘 채, 아이작 매캐슬린이란 존재가 생겨나기도 전인 까마득한 옛날부터 존재해 왔던 날카롭고 섬뜩한 무언가가 틈입해 오는 것을 느꼈다. 그가 고개를 숙였을 때 느낀 것은 순수한 공포였을 뿐, 겁을 먹은 것은 아니었다. 그 녀석은 아직 똬리를 틀고 있진 않았고, 쉭쉭거리는 소리도 내지 않았다. 다만 아주 빠르게 수축하여 옆으로 몸을 틀어 하나의 고리 모양을 만들어 내고는 머리를 쳐들고 살짝 뒤쪽으로 물러났는데, 놀라게 하려거나 위협을 하려는 것 같지는 않았다. 길이가 6피트는 넘는 것 같은 녀석의 머리는 그의 무릎 높이까지 올라와 있었고, 그와 녀석 사이의 거리는 땅에서 그의 무릎까지의 길이도 안 되었다. 녀석은 이제 늙어, 젊은 날의 화려했던 무늬는 녀석이 기어 다니고 몸을 숨기는 이 황야의 단조로운 조화에 순응하며 퇴락해 가고 있었다. 지상에서 가장 오래도록 저주받아 온, 고독하고 치명적인 뱀에게서 뿜어져 나오는 냄새가 그의 콧속으로 스멀스멀 기어들고 있었다. 썩은 오이 냄새 같기도 하고 다른 부패한 무언가의 냄새 같기도 했다. 모든 지식과 오래된 권태와 방랑과 죽음을 떠올리게 하는 냄새였다. 이윽고 녀석이 움직였다. 하지만 머리는 움직이지 않았다. 수직까지는 아니지만 꼿꼿하게 쳐든 그 머리는 녀석이 그로부터 미끄러지며 멀어져 갈 때도 꼼짝하지 않았다. 얼핏 보면 땅 위로 세운 머리와 몸통의 3분의 1만 녀석의 전부 같았고, 그것이 질량과 균형의 법칙으로부터 벗어나 두 발로 자유로이 움직이는 것 같았다. 그럴 수밖에 없었던 것이, 마치 걸어가는 듯 보이는 머리와 세워진 몸통 뒤편으로 흐르듯 움직이는 그림자 같은 것이 모두 한 마리 뱀의 몸이라는 사실이 보고도 믿기지 않았기 때문이다. 뱀은 그렇게 멀어지다가 완전히 모습을 감추었다. 그는 마침내 다른 쪽 발을 땅에 내려놓았다. 그러고는 저도 모르게 한 손을 올렸다. 마치 6년 전 어느 오후, 그를 황야로 데려와 유년기를 마감하는 의식을 치러 주었던 샘처럼. 그때 샘의 입에서 흘러나왔던 말이 미처 깨닫지 못하는 사이 그의 입에서 흘러나왔다. "추장이시여." 그는 샘이 쓰던 그 고대의 언어로 말했다. "할아버지."

그 소리가 정확히 언제부터 시작됐는지는 알 수 없었다. 그가 소리를 인식하기 몇 초 전에 이미 그 소리를 들은 것 같았기 때문이다. 마치 누군가가 총신으로 철길을 계속 내려치고 있는 듯한 크고 육중한 소리였다. 빠르지는 않았지만 뭔지 모를 격분에 싸인 듯한 소리였다. 그렇게 내려치는 사람은 강인하고 진지할 뿐 아니라 얼마큼은 광기를 지녀 자일 것 같았다. 그러나 그가 내려치는 것이 목재 운반용 철길일 리는 없었다. 철길은 적어도 2마일은 떨어져 있었는데, 소리는 300야드 안에서 나는 것 같았기 때문이다. 바로 그때, 그는 그 소리가 어디서 들려오는지를 깨달았다. 그 사람이 누구인지 무엇을 하고 있는지는 알 수 없었지만, 그 사람은 분이 만나자고 한, 유칼립투스가 서 있는 빈터 가장자리 쪽에 있었다. 그때까지는 총을 들고 사냥감이 없나 땅과 나무를 면밀히 살피며 걷던 그가, 이제 총에서 총알을 빼내고 찔레 덩굴과 덤불을 쉽게 지날 수 있도록 총을 뒤로 기울인 채 걸음을 옮겼다. 거리가 좁혀질수록 쇠와 쇠가 끊임없이 맹렬히 부딪치는 기이하고 신경질적인 그 소리는 점점 더 커져 갔다. 숲에서 벗어나 오래된 빈터로 들어서자 외롭게 서 있는 유칼립투스 나무가 정면으로 보였다. 놀란 다람쥐들의 움직임 때문에 나무도 살아 움직이는 것처럼 보였다. 이 가지에서 저 가지로 날듯이 뛰는 다람쥐들의 수가 마흔에서 쉰 마리는 되는 것 같았는데, 그 바람에 나뭇잎들이 미친 듯 흔들리며 나무 전체가 거대한 초록의 소용돌이를 일으켰다. 혼자, 혹은 두세 마리씩 아래로 내려오던 다람쥐들도, 친구들이 일으킨 그 광란의 소용돌이에 빨려든 듯 곧장 다시 나무 위로 올라갔다. 그때 그는, 고개를 숙인 채 나무 몸통에 기대앉아 무릎 위에 올려진 뭔가를 신경질적으로 두드리고 있는 한 남자를 보았다. 분이었다. 그가 손에 들고 있는 것은 분해된 총의 총신이었고, 그것이 때려 대고 있는 것은 약실이었다. 총의 나머지 대여섯 개 부분들은 그의 주변 여기저기에 널브러져 있었다. 그는 땀이 흐르는 시뻘건 호두 같은 얼굴을 무릎에 올려놓은 약실 쪽으로 기울인 채, 총신으로 그것을 끊임없이 내려치고 있었다. 마치 포기를 모르는 광인처럼. 그는 누가 나타났는지 확인하려고도 하지 않았다. 여전히 계속 내려치며, 소년을 향해 숨이 막힐 듯한 거친 목소리로 고함을 질러 댈 뿐이었다.

"여기서 나가! 건드리지 마! 아무것도 건드리지 마! 다 내 거야!"

와시

Wash

　서트펜은 산모와 아기가 누워 있는 초라한 침상을 내려다보고 있었다. 오그라진 판벽 틈새로 들어온 새벽 햇살이, 연필로 그린 사선처럼 집 안으로 떨어지고 있었다. 그 햇살은 그의 쩍 벌어진 다리에서 한 번 꺾였다가 그의 손에 들린 채찍을 넘어 산모의 고요한 옆얼굴을 비추고 있었다. 산모는 뜻 모를 시무룩한 눈길로 그를 올려다보고 있었다. 아기는 깨끗이 빤 해진 강보에 싸여 그녀 곁에 누워 있었다. 그들 뒤편에 깜둥이 노파 하나가, 불이 꺼져 메마른 연기만 피어오르는 난로 곁에 쪼그리고 앉아 있었다.

　"음, 밀리. 네가 암말이 아니라는 게 유감스럽구나. 암말이었다면 마구간에 근사한 산실을 마련해 줬을 텐데." 서트펜이 말했다.

　침상 위의 소녀는 여전히 꼼짝하지 않고 그저 냉담한 눈길로 그를 올려다보았다. 방금까지 치른 산고로 파리해진 그녀의 얼굴엔 침울하고 읽어 내기 힘든 감회가 서려 있었다. 서트펜이 몸을 움직이자 연필로 그은 듯한 햇살들이 환갑에 이른 그의 얼굴을 잘게 쪼갰다. 그는 쪼그리고 앉아 있는 깜둥이 노파에게 나직한 음성으로 말했다. "오늘 아침에 그리젤라가 망아지를 낳았어."

"수놈이에요, 암놈이에요?" 깜둥이 노파가 물었다.

"수놈이지. 우라지게 근사한 수놈…… 애는 뭐지?" 그는 채찍을 든 손으로 침상 위를 가리켰다.

"쟤는 딸이에요."

"하," 서트펜의 입에서 김빠지는 소리가 흘러나왔다. "수망아지 놈은 우라지게 근사하더군. 1861년에 내가 타고 다니던 로브 로이와 판박이야. 그 녀석 기억하지?"

"그럼요, 주인님."

"허 참." 그는 침상으로 눈길을 돌렸다. 소녀가 여전히 자신을 바라보고 있는지는 알 수 없었다. 그는 다시 한 번 채찍 든 손으로 침상을 가리키며 말했다. "애들한테 필요한 게 있으면 뭐든 다 해줘. 있는 거 뭐든 다 써서." 그러고는 덜렁거리는 출입문을 열고 나와 계단을 내려가 고약한 냄새를 풍기는 우거진 잡초 위로 발을 내려놓았다. (그 잡초들을 베려고 석 달 전 와시가 그에게서 빌려 갔던 커다란 녹슨 낫이, 현관 모퉁이에 세워져 있었다.) 말이 대기하고 있었다. 와시가 말고삐를 잡고 있었다.

서트펜 대령이 양키들과 전투를 하러 떠났을 때, 와시는 같이 가지 않았었다. "난 대령님 집안과 깜둥이들을 돌봐야 해." 누가 물어볼 때나 아닐 때나 그는 그렇게 주절거리곤 했었다. 비쩍 마른 몸에 말라리아를

앓아 창백한 얼굴과 의뭉스러운 눈을 가진 그는, 딸 하나에 여덟 살 손녀딸까지 있었지만 당시 서른다섯 정도밖에 되지 않았었다. 그가 참전하지 않은 이유로 떠벌리고 다니는 말이 거짓말임은 마을에 남은 열여덟 명에서 오십 명 사이의 남자들 대부분은 알고 있었지만, 그중에는 그의 말이 사실이라고 확신하는 사람도 있었다. 서트펜 부인이나 그 집 노예들에게 확인할 필요조차 없다면서. 하지만 와시와 서트펜 농장 사이에 얽힌 연줄이라고 해봐야 서트펜 대령이 자신의 소유지 안에 있는 강변 저지대의 남루한 판잣집에 그를 살게 허락한 것뿐이었다. 그 집은 서트펜이 총각 때 낚시 막사로 지었던 곳으로, 와시가 거주를 허락받았을 때 이미 끔찍한 꼴을 하고 있었다. 나이 들고 병든 들짐승들이나 죽기 전에 물을 마시러 들어올 법한 곳이었다.

서트펜의 노예들도 와시가 참전하지 않은 이유를 듣고는 폭소를 터뜨렸다. 그 후로 공공연하게 그를 비웃었고, 그가 보지 않는 데선 그를 백인 쓰레기라고 부르기도 했다. 그 낡은 낚시 막사와 습지 사이에 놓인 길에서 그를 만날 때면 이렇게 묻기도 했다. "뭣 땜에 참전을 안 했다고요, 백인 양반?"

그러면 그는 발길을 멈추고는, 자신을 둘러싼 검은 얼굴과 흰 눈자위와 비웃음을 머금은 이빨을 둘러보며 말했다. "나한텐 돌봐야 할 딸과 가족이 있다고. 썩 비키지 못해, 이 깜둥이들아!"

"깜둥이들?" 그들이 그의 말을 따라했다. "깜둥이들이라고?" 그들에게서 웃음이 터져 나왔다. "누가 우릴 깜둥이라고 부르는 거지?"

"그래. 나한테는 가족을 맡기고 떠날 깜둥이 하나 없었어."

"당신에게는 깜둥이는커녕, 대령님이 차마 우리에게도 살라고 하지 못하실 저 판잣집 말고는 아무것도 없잖아요."

그는 그들에게 저주를 퍼붓고 때로는 땅바닥에 떨어져 있는 막대기를 주워 그들에게 달려들기도 했다. 그럼 그들은 조금 물러나긴 했지만 다시 그를 빙 둘러싸고 시꺼먼 조롱의 웃음을 보냈다. 그들은 그가 숨을 헐떡이며 무기력감과 화에 휩싸인 이후에야 그를 떠나곤 했다. 한번은 이런 일도 있었다. 서트펜의 저택 뒷마당에서 벌어진 일이다. 테네시 산맥과 빅스버그로부터 패전 소식이 들리고 셔먼 장군*의 군대가 농장을 지날 때마다 깜둥이들이 그들을 따라 나서던 때에, 서트펜 부인이 사람을 보내, 와시에게 뒷마당에 남부산 머루나무를 심으라고 했다. 그래서 저택으로 들어오던 그는, 부엌으로 통하는 계단을 올라가던 깜둥이 하녀의 눈에 띄었다. 그 여자가 돌아서서 말했다. "거기 서요, 백인 양반. 당장 멈추라고요. 당신은 이 안으로 들어올 수 없어요. 대령님이 계실 때도 그랬잖아요?"

그 말은 사실이었지만 그는 자존심이 상했다. 또한 그는 스스로 안으로 들어가지 않았을 뿐, 자신이 원했다면 서트펜은 허락했을 거라고 믿어 의심치 않았다. "깜둥이들이 나더러 들어오라 말라 하는 건 참을 수가 없어." 그는 혼잣말로 중얼거렸다. "하지만 나 때문에 대령님께서 깜둥이들에게 욕을 하시게 해선 안 되지." 그가 그토록 서트펜 대령을 믿는 이유가 있었다. 집 안에 아무도 없는 일요일 같은 때에는 서트펜이 안으로 들어오라고 해서 함께 시간을 보낸 적이 있기 때문이었다. 그는 서트펜이 혼자 있는 걸 견디지 못하기에 들어오라고 했다는 것을 알고 있었지만, 어쨌거나 두 사람이 머루밭에서 오후를 함께 보내곤 한 것은 분명한 사실이었다. 물동이 하나를 사이에 두고 서트펜은 해먹에 누워,

*William Tecumseh Sherman(1820~1891). 미국 남북전쟁 당시 남군으로부터 '악마'라고 불렸던 북군 장군.

와시는 기둥에 기대앉아, 커다란 술병에 든 술을 주거니 받거니 했었다. 두 사람은 같은 나이에 생일도 비슷했지만, 누구도 둘을 동년배라고 생각하지 않았다(와시에겐 손녀까지 있었지만, 서트펜에겐 그때까지 학교에 다니던 어린 아들이 있었기 때문이리라). 주중이면 와시는 잘생긴 검은 종마를 타고 농장을 돌아다니는 근사한 서트펜의 모습을 바라보곤 했는데, 그럴 때면 가슴이 평온해지며 자부심에 차곤 했다. 성경이 신의 저주로 태어난 짐승이자 노예라고 가르쳤던 깜둥이들이 자신보다 더 좋은 집에 살며 더 좋은 옷을 입고 있는 현실은, 언제나 자신을 조롱하는 검은 웃음들로 둘러싸여야만 하는 현실은, 그에게는 한낱 꿈이나 환상처럼 여겨졌다. 자신의 고독한 우상이 검은 종마를 타고 달리고 있는 순간만이, 모든 인간은 하느님의 형상대로 지어졌다는 성경 구절이 구현되는 듯한 그 순간만이, 그에게는 현실이었다. 그럴 때면 그는 중얼거렸다. "근사하고 자랑스러운 분이야. 하느님이 지상에 내려와 말을 타게 된다면, 바로 저분과 같은 모습이기를 원하실 거야."

서트펜은 남북전쟁이 끝난 1865년에 검은 종마를 타고 고향으로 돌아왔다. 10년은 늙은 모습이었다. 아내는 세상을 떠났고 같은 해에 아들마저 전사한 상태였다. 폐허가 된 농장으로 돌아온 그에게 남은 것은 리 장군이 직접 써 준 표창장뿐이었다. 딸은 그가 15년 전 다 쓰러져 가는 낚시 막사에서 살게 해주었던 와시로부터 도움을 받아 겨우겨우 살고 있었다. 그를 맞이하는 와시의 모습은 변함이 없었다. 몸은 여전히 깡말라 있있고, 창백한 얼굴에선 나이 든 티가 나지 않았으며, 약간의 수줍음과 비굴함이 깃든 의뭉스러운 시선과 얼마간의 붙임성도 여전했다. "어서 오세요, 대령님." 와시가 말했다. "그들이 우릴 죽였지만, 아직 우리가 완전히 진 건 아니죠?"

그것은 향후 5년 동안 그들이 나누게 될 대화의 핵심 주제였다. 그때
부터 그들은 도자기 주전자에 담긴 싸구려 위스키를 함께 마셨는데, 전
처럼 머루밭 그늘에서는 아니었다. 서트펜이 큰길가에 차린 조그만 가
게 뒤편이었다. 벽을 따라 선반이 붙어 있는 그 가게에서 서트펜은 흑인
들이나 와시 같은 가난한 백인들을 상대로 등유, 식료품, 싸구려 사탕,
조잡한 구슬 목걸이, 리본 등을 팔았고 와시가 점원이자 배달부 노릇을
했다. 한때는 검은 종마(그 말은 아직 살아 있었고, 놈이 사는 마구간
은 주인이 사는 집보다 더 말끔하게 수리되어 있었다)를 몰고 10마일에
이르는 자신의 비옥한 농장을 돌아보았던, 전쟁에서는 용감하게 부대
를 이끌었던 남자가, 도보로 혹은 비쩍 마른 노새를 타고 온 손님들과
10센트나 25센트짜리 푼돈을 놓고 홍정을 벌이곤 했다. 그러다가 화가
머리끝까지 뻗치기라도 하면, 손님들을 모두 내쫓아 버리고는 아예 가게
문까지 걸어 잠갔다. 그러고는 술 주전자를 들고 와시와 함께 뒤뜰로 나
갔다. 해먹에 드러누운 서트펜은 거만한 말투로 혼자 주절거렸고, 와시
는 기둥에 기대앉아 깔깔거렸다. 그러다가 두 사람 모두 뭔가에 걸터앉
았는데, 물론 서트펜은 자신의 개인용 의자에 앉았고, 와시는 상자든 통
이든 손에 잡히는 것을 끌어다가 앉았다. 하지만 그것도 잠시, 이내 전쟁
에서 패한 분에 못 이긴 서트펜은 벌떡 일어나 팔을 마구 흔들어 대며
말했다. 당장에라도 권총을 차고 자신의 검은 종마에 올라타 워싱턴으
로 달려가 링컨과 셔먼의 목을 따겠다고. 하지만 그때는 이미 링컨은 죽
고 없었고 셔먼 장군은 그저 일개 시민일 뿐이었다. "놈들 명줄을 따버
릴 테야!" 그는 고래고래 소리를 질렀다. "놈들을 개처럼 쏴 죽여 버릴 테
야."

　"쏴버려요, 대령님. 쏴버리세요." 와시는 쓰러지려는 서트펜을 부축하

며 그렇게 맞장구를 치고는 제일 처음 눈에 띄는 마차를 세워 그를 태
우기도 하고, 가장 가까운 이웃집까지 1마일을 걸어가 빌려 온 마차에
그를 태우기도 했다. 그렇게 서트펜을 그의 집 앞까지 데려가 말을 다루
듯 살살 달래 대문까지 걸어가게 했다. 서트펜의 딸은 말없이 대문을 열
고 그들을 맞았다. 몇 년 전부터 와시는 서트펜의 집 안으로 들어갈 수
있었다. 한때는 유럽에서 들여온 조각상들이 놓여 있던 대문 위 채광창
은 판자로 막혀 있었다. 와시는 그 대문을 지나, 올이 다 풀린 벨벳 카
펫을 가로질러, 흰색 페인트가 바래진 난간 사이의 계단을 올라갔다. 그
러고는 침실로 들어가 침대에 자신의 짐을 부려 놓았다. 그맘때면 어둠
이 깔리고 있었고, 그는 사지를 쭉 뻗은 짐의 옷을 벗기고는 아무 말 없
이 침대 곁 의자에 앉아 있었다. 얼마쯤의 시간이 흐르면 서트펜의 딸
이 문가로 다가왔고, 그러면 그는 말했다. "이제 다 됐어요. 걱정할 거 아
무것도 없어요, 주디스 양."

더 어두워지면 그는 침대 곁 마룻바닥에 드러누웠다. 잠을 청하려는
건 아니었다. 머지않아 ― 때로는 자정 전에 ― 침대 위의 남자가 몸을
뒤척이며 신음 섞인 말을 할 것이기 때문이었다. "와시?"

"여기 있습니다, 대령님. 다시 주무세요. 우린 아직 지지 않았어요, 그
렇죠? 저하고 대령님이면 놈들을 쳐부술 수 있어요."

당시 와시는 이미 손녀딸이 허리에 리본이 달린 옷을 입은 것을 본
상태였다. 손녀는 열다섯 살이었지만 또래 중에 성숙한 편에 속했다. 그
는 그 옷이 어디에서 난 것인지 알고 있었다. 손녀딸이 침울하고 겁먹은
표정으로 거짓말을 늘어놓아도 소용없었다. 3년 동안 매일같이 본 종류
의 옷이기 때문이었다. 손녀딸이 거짓말을 하다가 한 번 대담한 반항까
지 하자, 그는 말했다. "이제 됐다. 대령님이 너한테 그런 옷을 주고 싶어

하시면 그저 감사히 받으면 돼."

그는 평온했다. 그 옷을 보았을 때도, 손녀딸이 주디스 양이 그 옷을 만드는 걸 거들어 주었다며 뭔가 감추려는 듯 반항적이고 겁먹은 표정을 지었을 때도. 하지만 같은 날 오후 가게 문을 닫은 후 서트펜을 쫓아 뒤뜰로 나가는 그의 표정은 무척이나 어두웠다.

"위스키 통을 가져오게." 서트펜이 명령했다.

"잠시만요." 와시가 말했다. "잠시만 시간을 주세요."

서트펜은 그 옷을 부인하지는 않았다. "그런데 그게 어쨌다는 건가?" 서트펜이 되물었다.

와시는 거만하게 쏘아보는 서트펜의 눈을 바라보며 나직이 말했다. "저는 20년이나 대령님을 알고 지냈습죠. 여태까지 대령님의 명령을 거역해 본 적이 없어요. 하지만 저도 이제 환갑이 다 됐습니다. 그리고 그 아인 고작 열다섯 살 먹은 계집애고요."

"내가 그 아이한테 몹쓸 짓이라도 했다는 얘긴가? 내가, 자네만큼 늙어 빠진 내가?"

"대령님이 보통 사람이었다면 저도 대령님을 그저 늙어 빠진 노인네라고 생각했겠지요. 그리고 늙었든 젊었든 남자에게서 받은 물건을 제 손녀딸이 가지고 있는 것도 허용하지 않았을 겁니다. 하지만 대령님은 다르죠."

"어떻게 다르지?" 서트펜의 질문에 와시는 아무 말 없이 예의 의뭉스럽고 냉랭한 눈으로 그를 바라만 보았다. "대체 자네가 날 두려워하는 이유가 뭔가?"

이제 와시의 눈길에 더 이상의 의문은 담겨 있지 않았다. 그것은 평온하고 고요했다. "두려움 같은 건 없습니다. 대령님은 용감하시니까요. 대령님께선 인생의 어느 한 순간, 어느 하루, 반짝 용감해지셔서 리 장군 한테서 표창장을 받으신 게 아닙니다. 대령님의 용감성은 대령님의 호흡, 삶 자체니까요. 그게 바로 대령님만의 개성입니다. 다른 누가 증명해 주고 말고 할 필요도 없지요. 따라서 대령님이 다루시고 가르치시는 모든 것들은, 그게 사내놈이든, 무지한 계집아이든, 사냥개든, 온전하리라는 것을 저는 알고 있습니다."

그러자 갑자기 서트펜이 퉁명스러운 표정으로 고개를 돌려 버렸다. 그러고는 날카롭게 말했다. "술통이나 가져와."

"물론입죠, 대령님." 와시가 말했다.

그리고 그로부터 2년이 흘러 맞은 그 일요일 새벽, 3마일이나 걸어가서 데려온 깜둥이 산파가 덜렁거리는 문짝이 붙은 현관을 지나 손녀딸이 울부짖으며 누워 있는 방으로 들어서는 것을 지켜보면서도, 와시의 마음은 여전히, 염려가 없는 건 아니었지만 평온했다. 그는 사람들이 뭐라고 지껄여 대는지 잘 알고 있었다. 얼마 전부터 농장 오두막의 깜둥이들도, 온종일 가게 주변을 어슬렁거리는 백인들도, 세 사람을 조용히 주시하고 있었다. 서트펜과 와시, 그리고 하루가 다르게 뻔뻔스럽고 반항적이 되어 가는 와시의 손녀딸을, 그들은 마치 무대 위의 배우를 보듯 구경하고 있었다. 그는 생각했다. '난 저 인간들이 뭐라고 쑥덕거리는지 알아. 그 말소리가 들리는 듯해. 와시 존스가 드디어 늙은 서트펜의 멱살을 잡았이, 20년이나 걸렸지만 결구엔 해냈어, 라고 하겠지.'

동이 틀 무렵부터 그의 집 덜렁거리는 문틈으로 희미한 불빛과 함께 손녀딸의 목소리가 시계 소리처럼 쉼 없이 흘러나왔다. 그러는 사이 그는 서서히 두려움에 젖으며 당황하기 시작했다. 그때 그의 머릿속에 난

데없이 말발굽 소리가 들리더니, 속도를 줄인 멋지고 자랑스러운 종마에 탄 멋지고 자랑스러운 남자의 형상이 또렷하게 드러났다. 그러고는 허둥대던 생각에서 벗어나 너무도 또렷하게 드러난 그 모습은 의심할 여지도 굳이 설명할 필요도 없는, 자신의 인간미로 모든 악행들을 초월한, 의심할 바 없는 존재로 홀로 우뚝이 드러났다. '그는 자신의 아들과 아내를 죽였던, 자신의 깜둥이 노예들을 끌고 갔던, 자신의 땅을 유린했던 모든 북군들보다 더 큰 존재이고, 자신을 시골에서 조그만 가게나 꾸려 가게 만든 이 땅보다 더 큰 존재이며, 성경에 적힌 그 쓰디쓴 독배처럼 자신의 입술을 적신 신의 거부拒否보다 더 큰 존재야. 그런데 지난 20년 그런 그와 함께하면서도, 어찌하여 나는 그로부터 가르침도 받지 못하고 그로 인해 무엇 하나 바뀌지 않았을까? 아마도 내 그릇이 그의 것만큼 크지 않고, 내겐 멋지게 달릴 말도 없었기 때문일 거야. 하지만 느리게나마 나아가긴 했지. 그와 함께라면, 그가 내게 뭘 해야 하는지 알려 주기만 한다면, 난 뭐든 할 수 있어.'

날이 밝아 왔다. 문득 문가에 서서 자신을 바라보고 있는 늙은 깜둥이 산파가 보였다. 그제야 그는 손녀딸의 신음 소리가 멈추었음을 깨달았다. "계집아이예요. 그한테 하고 싶은 말 있으면 가서 하세요." 산파는 그렇게 말하고는 집 안으로 들어가 버렸다.

"계집아이라." 그는 산파의 말을 되뇌었다. "계집아이라고." 그의 눈앞에 다시 한 번, 당당한 자세로 말을 타고 있는 서트펜의 모습이 떠올랐다. 말발굽 소리도 들렸다. 그는 유황빛 하늘 아래서 오랜 세월 전쟁터에서 휘두른 칼을 차고 총탄에 찢어진 낡은 깃발을 흔들고 있는 화신 같았다. 처음으로 서트펜이 자신과 다를 바 없는 늙은이라는 생각이 들었다. '계집아이란 말이지.' 그는 황망해하며 생각했다. 그러고는 어린애처럼 들떠서 생각했다. '그래요, 대령님. 이렇게 제가 증조할애비가 될 때까지 목숨이 붙어 있으니, 개꼴은 면한 셈이죠.'

그는 집으로 들어갔다. 뒤꿈치를 들고 어색하게 걷는 그는, 마치 더 이상 거기 살 수 없게 된 사람처럼 보였다. 그는 막 이 세상에 나와 숨을 쉬고 울음을 터뜨린 아이가, 분명 자신의 핏줄인 그 아이가, 자신을 배제시켜 버린 존재처럼 여겨졌다. 그의 눈에 들어온 것은 부대 자루를 깐 침상 위에서 탈진한 채 누워 있는 손녀딸의 흐릿한 얼굴뿐이었다. 그때 난롯가에 쪼그리고 앉아 있던 깜둥이 산파가 말했다. "이왕 소식을 알릴 거면 당신이 직접 가서 알리는 게 낫지 않겠어요? 이제 날도 밝았는데."

하지만 그럴 필요는 없었다. 석 달 전에 마당의 잡초를 베려고 빌린 커다란 낫이 세워져 있는 현관 모퉁이를 돌기도 전에, 서트펜이 늙은 종마를 타고 다가오는 모습이 보였다. 그는 서트펜이 소식을 듣고 왔을 거라고는 생각하지 않았다. 일요일 아침 이 시간이면 서트펜은 으레 이곳으로 왔기 때문이다. 그는 서트펜이 말에서 내릴 때까지 기다렸다가 고삐를 건네받고는, 비쩍 마른 얼굴에 힘겨운 승전을 알리는 얼빠진 표정을 지으며 말했다. "여자애를 낳았어요, 대령님. 대령님께서 저처럼 늙은이가 아니셨다면 제 신세가 초라하게 느껴질 뻔……" 서트펜이 그를 지나 집으로 들어가 버리자 그는 입을 다물었다. 그가 걸음을 떼기도 전에 서트펜의 말소리가 들렸고, 그는 숨통이 꽉 막히는 듯했다.

해가 떠오르고 있었다. 늘 보던 미시시피의 이른 일출이었지만 마치 낯선 하늘, 낯선 풍경 속에 서 있는 것 같았다. 늘 보던 그 풍경이 악몽처럼 느껴졌다. '내가 환청을 들은 거야.' 그는 가만히 생각했다. '그래, 환청이야.' 하지만 그 목소리는, 그 친숙한 목소리는, 여전히 그의 귓속으로 멈추지 않고 흘러들고 있었다. 그 목소리는 깜둥이 산파에게 그날 아침에 태어난 망아지 얘기를 들려주고 있었다. '일찍 일어난 이유가 그거였군. 초산이란 게 그걸 얘기했던 거야. 나나 내 손녀와는 상관없는 얘기였던 거야. 하기야, 자기 자식이 초산을 했다 해도 이렇게 일찍 일어나진 않았을 거야.'

서트펜이 그 집에서 나와 잡초 위로 걸음을 내디뎠다. 젊었을 적 걸음과는 다른 무겁고 신중한 걸음걸이였다. 그는 와시를 정면으로 쳐다보지 못하며 말했다. "다이시가 머물면서 돌봐 줄 걸세. 자넨 아무래도……" 그때 와시가 자신을 응시하고 있다는 걸 눈치채고는 하던 말을 멈추고 이렇게 물었다. "무슨 일이야?"

"대령님 말씀은……" 와시는 마치 귀머거리가 된 듯했다. 귓속으로 파고드는 억양 없는 자신의 목소리가 오리 소리처럼 들렸기 때문이다. "저 아이가 암말이었으면 마구간에다 좋은 자리를 마련해 줄 수 있었다는 겁니까?"

"그게 왜?" 서트펜이 되물었다. 와시가 몸을 약간 구부정하게 하고서 그를 향해 다가오자, 그의 두 눈이 마치 오무렸다 폈다 하는 주먹처럼 가늘어졌다 커졌다 했다. 서트펜은 너무도 놀라 한동안 꼼짝하지 않은 채, 지난 20년 동안 자신의 종마만큼이나 자신에게 충실했던 사내를 지켜보았다. 또다시 그의 두 눈이 가늘어졌다 커졌고, 그의 몸은 제자리에 가만있는데도 뒤쪽으로 물러난 것처럼 보였다. "물러서." 그가 화들짝 소리를 질렀다. "내 몸에 손댈 생각 마."

"몸이 아니라 마음에 손을 대드릴 겁니다, 대령님." 와시는 높낮이 없는, 그지없이 조용하고 온화한 목소리를 흘리며 그에게 다가갔다.

서트펜이 말채찍을 쥔 손을 들어 올렸다. 늙은 깜둥이 산파가 땅속 요정 같은 검은 얼굴을 덜렁거리는 문틈에 바짝 붙인 채 밖을 훔쳐보고 있었다. "물러서, 와시." 서트펜이 그렇게 말하며 채찍을 휘둘렀다. 늙은 깜둥이 산파가 염소처럼 민첩하게 잡초 가득한 풀밭으로 뛰어들었다. 서트펜의 채찍이 다시 한 번 와시의 얼굴을 후려치자, 그의 무릎이 꺾였다. 또다시 다가가는 와시의 손에는 3개월 전 서트펜에게서 빌린, 이제 서트펜에겐 쓸모없는 커다란 낫이 쥐어져 있었다.

와시가 집으로 들어가자, 부대 자루가 깔린 침상에 누운 손녀딸이 몸을 뒤척이며 신경질적으로 그에게 말했다. "무슨 일이에요?"

"무슨 일이냐니, 아가야?"

"방금 밖에서 무슨 소리가 들렸어요."

"아무것도 아니야." 그가 부드럽게 말하며 무릎을 굽혀 그녀의 뜨거운 이마에 어색하게 손을 올렸다. "뭐 필요한 거 없니?"

"물 한 모금만 주세요." 그녀가 투덜거리듯 말했다. "한참 전부터 물 한 모금 못 마시고 이렇게 누워 있었는데 아무도 줄 생각을 안 하니."

"알았어." 그가 달래듯 말하고는 뻣뻣한 몸을 일으켜 바가지에다 물을 떠 왔다. 그러고는 자기 팔에 손녀의 머리를 받치고 물을 먹인 후 손녀를 도로 뉘었다. 그는 아기에게로 돌아눕는 손녀를 돌처럼 굳은 얼굴로 지켜보았다. 잠시 뒤 그는 소리 없이 울고 있는 그녀를 보았다. "이제 됐다, 그만해." 그가 말했다. "나라면 울지 않을 거다. 다이시 할멈이 초산인데도 건강한 여자애를 낳았다고 하잖니. 이제 다 끝났어, 다 끝났다고. 애 낳은 게 울 일은 아니잖니."

하지만 그녀는 나직하고 침통한 울음을 이어 갔다. 그는 다시 일어나 한동안 언짢은 표정으로 침상을 내려다보며, 자신의 아내가 그렇게 누워 있었고 자신의 딸이 다시 그렇게 누워 있던 때를 생각했다. "여자들이란 참…… 그렇게 아기를 낳고 싶어 하다가도 막상 낳으면 운단 말이지. 출산이란 건 정말 모를 일이야. 남자들은 다 그럴 테지." 그러고는 그 자리를 떠나 창가에다 의자 하나를 끌어다 놓고 앉았다.

햇볕 가득한 기나긴 오전 내내, 그는 그렇게 창가에 앉아 기다렸다. 이 따금 자리에서 일어나 뒤꿈치를 들고 침상으로 가보곤 했다. 손녀는 침울하고 고요하고 지친 얼굴로 잠들어 있었다. 아기는 갈고리처럼 구부린 그녀의 팔에 싸여 있었다. 그는 다시 의자로 돌아와 왜 이렇게 오래 걸리는지 의아해하다가, 비로소 오늘이 일요일임을 깨달았다. 한 백인 소년이 그의 집 모퉁이를 돌다가 시체를 보고 깜짝 놀라 비명을 지르며 창가에 앉은 와시를 바라봤을 때는, 오후가 절반쯤 지났을 때였다. 와시는 그 소리를 듣고 의자에서 일어나 다시 뒤꿈치를 들고 침상으로 갔다.

손녀딸이 깨어 있었는데, 아마도 소년의 비명 소리 때문인 듯했다. "밀리야," 그가 입을 뗐다. "배 고프지?" 그녀는 대답 없이 고개를 돌려 버렸다. 그는 난로에 불을 피우고는 전날 집으로 가져왔던 음식을 데웠다. 돼지비계와 식은 옥수수빵이었다. 퀴퀴한 냄새가 나는 커피포트에 물도 데웠다. 음식을 접시에 담아 갖다 줘도 그녀는 먹으려 하지 않았다. 그는 혼자 묵묵히 음식을 먹어 치웠다. 그러고는 그릇들을 원래 있던 자리에 갖다 놓고는 창가로 돌아갔다.

그제야 사람들이 말과 총과 개들을 거느리고 모여드는 것이 감지되었다. 호기심과 복수심으로 가득 찬, 서트펜과 한통속인 인간들이었다. 그들은 와시가 서트펜의 집 머루밭까지만 들어갈 수 있었을 때, 서트펜의 식탁에 앉아 있던 자들이었다. 또한 전투에서 하급자들을 가르치고, 용맹한 군인에게 하사되는 장군의 표창장을 받았으며, 그 옛날에는 멋진 말들을 타고 멋진 농장을 거만하고 오만하게 가로지르던, 존경과 희망의 상징인 동시에 절망과 비애를 안겨 주던 자들이었다.

그들이 원하는 것은 그가 달아나는 것이었다. 하지만 그는 달아나기는커녕 오히려 그들에게 달려들고 싶었다. 지금 달아나는 것은 허풍을 떨어 대는 그들에게서 벗어나 그들과 다를 바 없는 악의 그림자 속으로 날아드는 일에 불과했다. 그는 세상이 온통 그들과 같은 인간들로 득시글거린다는 것을 잘 알고 있었고, 달아난다 해도 너무 늙어 그다지 멀리 달아나지 못할 것임도 알고 있었다. 수없이 달아나고 아무리 멀리 달아난다 해도 결국 그들을 벗어날 수 없을 것이었다. 환갑에 이른 사내는 뛰어 봐야 그저 그들 코앞일 뿐, 삶의 질서와 규칙을 결정하는 그들의 땅을 벗어난다는 건 불가능했다. 전쟁이 끝나고 5년이 흐른 지금에야, 그는 양키 군대가 어떻게 최고의 용기와 명예와 자긍심을 지녔다는 이유로 남군으로 선발된 자들을 때려눕힐 수 있었는지 알 것 같았다. 자신도 참전했더라면 그들의 실체를 더 빨리 알았을지도 모른다. 하지만 그들의 실체를 더 빨리 알았다 한들 자신의 인생에서 무엇이 달라졌을까? 이전의 자기 삶의 기억들을 과연 그 5년 동안 견디며 살아 낼 수 있었을까?

이제 날은 황혼을 향해 저물고 있었다. 아기는 울음을 멈추지 않았다. 그는 부대 자루가 깔린 침상으로 가서 아기를 달래고 있는 손녀딸을 보았다. 그녀의 얼굴은 여전히 멍하고 침울했으며, 헤아리기 힘든 표정을 담고 있었다. 그가 물었다. "아직 배가 안 고파?"

"먹고 싶지 않아요."

"먹이야 할 텐데."

그녀는 입을 꾹 다문 채 아기만 바라봤다. 의자로 돌아오니 해가 져 있었다. 그는 생각했다. '질질 끌 수는 없어.' 그는 호기심과 복수심에 찬 그들이 아주 가까이에 있다는 걸 느낄 수 있었고, 그들의 분노와 그들의 어두운 마음속을 흐르는 믿음을 읽을 수 있었다. 그들은 이렇게 쑤군거리고 있을 것이다. 늙은 와시 존스가 마침내 굴러떨어졌군. 그자는 서트펜을 손아귀에 넣었다고 생각했겠지만, 서트펜은 그를 바보로 만들어 버렸어. 대령이 제 손녀딸과 결혼을 하든가 돈이라도 쥐어 줄 줄 알았겠지만, 대령이 거절해 버린 거야. "아니에요. 난 그런 걸 바란 적 없어요, 대령님!" 그가 큰 소리로 외쳤다. 자신의 목소리에 스스로 놀란 그가 재빨리 손녀에게로 고개를 돌렸다. 그녀는 그를 응시하고 있었다.

"지금 누구한테 한 얘기예요?" 그녀가 물었다.

"아무것도 아니야. 생각하던 말이 불쑥 튀어나왔을 뿐이야."

그녀의 얼굴이 다시 뜻 모를 표정을 띠며 침울하게 가라앉았다. 잠시 후 그녀가 말했다. "그 정도로는 안 돼요. 저 너머 집까지 들리려면, 그 사람 귀에까지 들리려면, 더 크게 말해야 해요. 하지만 크게만 말한다고 그 사람이 여기로 오진 않아요. 다른 게 필요해요."

"알았다. 아무 걱정 마라." 그는 속으로 계속 서트펜 대령에게 말했다. '제가 아무것도 바라지 않았다는 걸 대령님은 아시잖아요? 저는 대령님이 살아 계시는 동안 대령님께 바라는 것도 요구하는 것도 없었어요. 그럴 필요가 없었으니까요. 그럴 필요가 뭐가 있었겠어요? 리 장군께서 손수 표창장까지 써 주신 용감한 분을 와시 존스 같은 인간이 따지고 의심한다는 게 말이나 되는 소린가요?' 그는 생각을 이어 갔다. '전쟁이 끝났을 때 한 명도 고향으로 돌아오지 않았더라면 더 좋았을지 몰라. 아니, 그 사람 같은 부류나 나 같은 부류나 애초부터 태어나지 않았어야 했어. 또 다른 와시 존스가 불 속에 던져진 나무껍질마냥 쪼그라드는 자신의 일생을 지켜보느니, 우리 모두가 이 땅에서 꺼지는 게 더 나을 거야.'

그는 그 후 평온해졌다. 느닷없이 또렷한 말발굽 소리가 들렸고, 이어서 등불과 사람들과 불빛에 번들거리는 총신이 보였다. 그러나 그는 미동도 하지 않았다. 이제 세상은 완전한 어둠에 덮여 있었고, 집을 둘러싸는 사람들 목소리와 덤불이 바스락거리는 소리가 들렸다. 등불이 점점 가까이 다가오자 잡초 밭에 쓰러져 있는 말없는 시체가 불빛에 드러났고, 말들이 높다란 그림자를 만들어 냈다. 한 남자가 말에서 내려 몸을 굽혀 등불로 시체를 비추었다. 그의 손에는 권총이 쥐어져 있었다. 그가 몸을 일으키고는 집을 정면으로 바라보며 말했다. "존스."

"여기 있어요." 와시가 창가에서 조용히 말했다. "누굽니까? 소령님입니까?"

"밖으로 나와."

"그래야죠." 그가 나직한 목소리로 말했다. "그런데 손녀딸을 돌봐야 해요."

"그 아인 우리가 돌볼 테니, 거기서 나와."

"알았어요, 소령님. 잠깐만 기다리세요."

"불을 켜. 등에 불을 붙이라고."

"알았어요. 잠시만 기다려 주세요." 그들은 그의 목소리가 집 안쪽으로 물러나는 것은 들을 수 있었지만, 그가 푸줏간에서 쓰는 칼을 숨겨 놓았던 굴뚝 틈새로 재빨리 걸음을 옮기는 건 볼 수 없었다. 그가 면도날처럼 벼려 놓은 그것은 그의 누추한 집에서, 그의 보잘것없는 인생에서, 유일하게 자부심을 느끼게 해주는 물건이었다. 그가 침상으로 다가가자 손녀딸이 말했다.

"누구예요? 등불을 켜세요, 할아버지."

"불은 필요 없단다, 얘야. 1분도 걸리지 않을 테니까." 그렇게 말하며 그는 무릎을 굽혀 손녀가 있는 쪽을 더듬으며 속삭였다. "어디 있니?"

“여기잖아요.” 그녀가 짜증스럽게 말했다. “내가 어딨겠어요? 뭐 하시려고……” 그의 손이 그녀의 얼굴에 닿았다. “뭘 하시려는…… 할아버지! 할아……”

“존스!” 소령인 보안관의 목소리였다. “거기서 나와!”

“잠깐만요, 소령님.” 그가 말했다. 그러고는 일어나 재빨리 움직였다. 그는 어둠 속에서도 등유가 든 통을 찾을 수 있었다. 통에 등유를 가득 채운 지가 이틀도 안 된다는 사실이 막 떠올랐다. 5갤런은 너무 무거워 나중에 말로 옮기려고 거기다 두었던 것이었다. 난로에는 아직 탄이 남아 있었다. 게다가 덜렁거리는 집 자체가 불쏘시개와 같았다. 탄, 난로, 벽들이 한 덩어리의 푸른 불꽃이 되어 타올랐다. 밖에 있던 사람들의 눈에, 그 불꽃을 등진 채 커다란 낫을 치켜들고 말 쪽으로 달려오는 그의 모습이 보였다. 그들이 허둥거리며 뒷걸음질치는 말들을 불이 솟는 집 쪽으로 끌고 가는 사이에도, 낫을 치켜든 채 그들을 향해 달려드는 비쩍 마른 형상이 또렷이 보였다.

“존스!” 보안관이 고함을 질렀다. “멈춰! 멈추지 않으면 쏜다. 존스! 존스!” 하지만 그 비쩍 마른, 분노에 휩싸인 형상은 튀어 오르는 불티와 이글거리는 화염을 등진 채 다가오고 있었다. 커다란 낫을 치켜든 그것은 울부짖음은커녕 소리 하나 내지 않고, 불길에 번들거리는 말의 눈동자와 번쩍거리며 흔들리는 총신들 너머 그들을 향해 거침없이 돌진해 오고 있었다.

반전
Turnabout

I

그 미국인은 두꺼운 핑크색 베드퍼드 천으로 된 제복을 입고 있지는 않았다. 그의 바지는 무늬 없는 능직 천으로 되어 있었고, 윗도리는 멜빵 달린 장교용 벨트 아래로 끝자락이 나와 있어 마치 권총집 달린 벨트 아래로 끝자락이 나와 있는 영국 헌병복 같아 보였다. 그는 간편한 각반에, 런던의 고급 양복점에서 파는 부츠가 아니라 중년 남자들이 신는 편한 구두를 신고 있었다. 구두와 각반, 벨트는 서로 어울리지 않았다. 가슴에 달린 공군 기장記章에는 날개만 덜렁 달려 있었다. 하지만 날개 사이의 훈장 리본은 좋은 리본이었고, 견장도 대위를 나타내는 두 줄짜리였다. 그는 키가 큰 편은 아니었다. 홀쭉한 얼굴에 매부리코, 조금 지쳐 보이는 총명한 눈을 가지고 있었다. 스물다섯 살은 넘어 보였는데 파이베타카파* 회원은 아닌 듯했고, 스컬 앤드 본스** 소속이나 로즈 장학생일 듯싶었다.

그와 마주 선 사람들 중 하나는 그를 전혀 볼 수 없었다. 미군 헌병의 부축을 받고 겨우 서 있는 그는 완강한 턱을 가진 헌병과는 대조적인 모습이었다. 만취 상태로 흐느적거리는 그의 길고 가는 다리는 그를 가장무도회의 소녀처럼 보이게 했다. 큰 키에 열여덟 살쯤 되어 보이는 그의 불그레한 얼굴에는, 푸른 눈과 여자 같은 입술이 달려 있었다. 두꺼운 모직 더블 재킷에는 방금 튄 흙탕물이 묻어 있었으며, 거기 달린 단추는 일그러져 있었다. 그의 금발 위에는 영국 해군 사관의 제모가 허세를 부리듯 삐딱하게 얹혀 있었다.

"무슨 일인가, 상병?" 미군 대위가 물었다. "뭐가 잘못된 건가? 저 친구는 영국군이니 그쪽 헌병에게 맡기는 게 나을 걸세."

"이 사람을 알고 있습니다." 힘겹게 숨을 몰아쉬는 헌병이 말했다. 여자 같은 몸매의 영국군 청년이 보기보다 무겁거나 생각보다 상태가 더 엉망인 듯했다. "일어서요!" 헌병이 말했다. "장교님들입니다!"

그러자 영국 청년이 몸을 가누려고 애쓰며 눈에 힘을 주었다. 하지만 이내 비틀거리며 두 팔로 헌병의 목을 끌어안았다. 겨우 경례를 붙였지만, 오른쪽 귀에 갖다 붙인 그 손이 곧 흔들리더니 몸도 다시 비틀거렸다. 그가 말했다. "건배―, 장교님. 성함이 혹시 비티 아니신가요?"

"아닐세." 대위가 말했다.

"아," 영국 청년이 말했다. "제가 착각했군요. 기분 나쁘신 건 아니죠?"

*대학 우등생 친목회.
**예일 대학 비밀 단체.

"기분 나쁠 건 없네." 대위가 나직이 말했다. 하지만 그의 시선은 헌병을 향해 있었다. 다른 미군이 말했다. 그는 중위로, 대위와 마찬가지로 조종사였지만 대위보다는 어려 보였다. 그가 입은 윗도리도 칼라만 빼고는 영국 헌병복 같았지만, 그는 대위와는 달리 핑크색 바지에 런던 부츠를 신고 있었다.

"이 친구는 해군 햇병아립니다." 그가 말했다. "여기 햇병아리들은 밤새도록 쏘다니죠. 대위님은 자주 와보지 않으셔서 모르시겠지만."

"그래." 대위가 말했다. "얘기는 들은 적이 있네. 이제야 기억이 나는군." 그는 북적거리는 거리를 — 어느 유명한 카페 바로 앞이었다 — 확인하듯 둘러보았다. 군인들, 시민들, 여자들이 쉴 새 없이 걷고 있는 광경이 어디선가 본 듯한 인상을 풍겼다. 그가 다시 시선을 헌병에게로 돌려 말했다. "저 친구 군함으로 데려갈 수 있겠나?"

"대위님께서 말씀하시기 전부터 그 생각을 하고 있었습니다만," 헌병이 입을 뗐다. "이 사람 말로는 어두워진 뒤엔 승선할 수가 없다는군요. 일몰 때 배를 치워 버린답니다."

"배를 치워?"

"일어나요, 사관!" 헌병이 축 늘어진 자신의 짐짝을 추켜올리며 거칠게 내뱉었다. "대위님과 마찬가지로 저도 그게 무슨 뜻인지 모르겠습니다. 이 사람 말로는 부두 밑에다 치워 놓는다는데, 밤중에 부두 밑으로 들어간 배는 이튿날 썰물 때까지는 다시 꺼낼 수 없다는군요."

"부두 밑으로? 배를? 무슨 뜻이지?" 그는 이번엔 중위에게로 시선을 옮기며 말했다. "수상 오토바이 같은 걸 말하는 건가?"

"그런 거 같습니다." 중위가 말했다. "대위님도 보신 적이 있겠지만, 그런 걸 론치라고 하죠. 함선에 탑재하는 위장 선박이라고나 할까요? 항구를 오르내리면서 돌아다니죠. 대위님도 그걸 타고 다니는 친구들을 보셨을 겁니다. 종일 그러고 다니다가 밤이 되면 뭍으로 나와서 흥청거리다가 잠이 들죠.”

“아,” 대위가 입을 열었다. “난 그 보트들이 부함장들의 론치인 줄 알았네. 자네 말이 맞다면 사관들이 그걸 타고 무슨 일을 하는 모양인데……”

“저도 잘 알지는 못합니다만 아마도 이 함선에서 저 함선으로 뜨거운 물 같은 걸 옮기지 않을까 싶습니다. 아니면 빵이나 냅킨 같은 걸 공급하는 역할을 하는지도 모르죠.” 중위가 말했다.

“말도 안 돼.” 대위가 말했다. 그의 눈길이 다시 영국 청년에게로 옮아갔다.

“어쨌거나 이 동네는 그렇습니다.” 중위가 말했다. “밤새도록 도시가 이런 놈들로 북적거려요. 그러니 헌병들이 공원에서 아이들을 챙기는 유모처럼 이런 친구들을 챙기기에 바쁘죠. 어쩌면 프랑스에서 론치를 제공했을지도 모르죠. 대낮에도 이런 놈들이 거리를 빈둥거리며 돌아다닐까 봐.”

“아하, 그럴듯하군.” 대위가 말했다. 하지만 그는 그런 말은 들어 본 적도 없었고 믿지도 않았다. 그는 영국 청년을 바라보며 말했다. “아무튼 이 친구를 이런 꼴로 내버려 둘 순 없잖아.”

영국 청년은 다시 몸을 추스르려고 애쓰며 말했다. “염려 놓으십시오. 걱정하지 않으셔도 됩니다.” 그는 또록또록하고 밝은, 거의 명랑한 목소리로 아주 정중하게 말했다. “엉망으로 보이시겠지만, 저는 괜찮습니다. 이런 일이 한두 번도 아니고요. 프랑스 당국에 압력을 넣어야겠어요. 그들이 기분 좋게 찾아온 젊은이들한테 번듯하게 즐길 만한 데를 제공해야 하지 않겠습니까?"

"이 친구 머릿속엔 온통 즐길 생각밖에 없군요." 헌병이 험하게 말했다. "아주 자기 세상이군."

그때 다섯 번째 남자가 다가왔다. 영국 육군 헌병이었다. "뭡니까?" 그가 말했다. "어떻게 된 거죠? 무슨 일입니까?" 그러다가 미군들의 견장에서 계급을 알아보고는 경례를 붙였다. 영국 청년이 그 목소리 쪽으로 고개를 돌려 그를 빤히 바라보더니 말했다.

"오, 안녕, 앨버트."

"이게 무슨 꼴이야, 호프 군?" 영국군 헌병이 말했다. 그러고는 어깨 너머로 미군 헌병을 보며 말했다. "이번엔 무슨 일이야?"

"별거 아니야." 미군이 말했다. "전투가 벌어진 건 아니라구. 어쨌거나 난 미국인이니 이 영국 친구는 자네가 맡게."

"무슨 말인가, 상병?" 대위가 물었다. "저 친구가 무슨 문제를 일으킨 건가?"

"문제랄 건 없죠." 미군 헌병이 영국군 헌병에게로 고개를 돌리며 말했다. "그냥 개똥지빠귀처럼 몇 마디 짹짹거렸을 뿐이니까요. 조금 전에 세 구역 뒤에서 이 거리 쪽으로 오는데, 부두 쪽에서 나온 트럭들이 길에 늘어서서 못 가고 있더라고요. 운전수들은 무슨 일이냐며 앞쪽에 대고 고함을 지르고 있고요. 그래서 앞쪽으로 가보니까, 운전수 10여 명이 길 한복판에 나와서 무슨 회의라도 하듯 둘러서 있더군요. 무슨 일이냐고 물었더니, 길을 비켜 주더군요. 그때 길바닥에 드러누워 있는 이 햇병아리를 봤고요."

"대영제국의 사관에게 햇병아리라니, 심하군." 영국군 헌병이 말했다.

"그래, 말조심하게, 상병." 대위가 말했다. "그래서 자네가 이 사관을 발견한 뒤……"

"거리 한복판에서 빈 양동이를 베개 삼아 자고 있었던 겁니다. 그러다가 깨서도 계속 드러누워 자기가 꼭 일어나야 하냐고, 꼭 비켜야 하냐고, 안 비키면 어쩔 거냐고 운전수들에게 시비를 거는 거예요. 트럭은 돌아갈 수도 있고 비켜 갈 수도 있지만, 자기는 다른 길로 갈 수 없다면서요. 그 길이 자기 길이라면서요."

"자기 길이라고?"

영국 청년은 얘기를 듣고 신이 난 듯 즐겁게 말했다. "제 숙소라고요. 아무리 전쟁 중인 비상시국이라도 명령은 지켜야 하잖아요. 숙소는 제비뽑기로 정해지는데, 제가 바로 그 길을 뽑은 겁니다. 불법점유를 한 게 아니라고요. 이 옆 거리는 제이미 워더스푼의 숙소지만, 거긴 트럭이 다녀도 상관없어요. 제이미는 아직 그 숙소를 사용하지 않을 테니까요. 그는 불면증이거든요. 그래서 운전수들한테 트럭을 그쪽으로 몰고 가라고 한 겁니다. 이제 아시겠죠?"

"이 얘기가 맞나, 상병?" 대위가 물었다.

"방금 말씀드린 그대롭니다. 이 친구는 일어날 생각은 안 하고 계속 드러누워 시비를 걸었습니다. 육전법규집陸戰法規集을 갖고 오라고 하면서……"

"영국군 법규집 말이로군." 대위가 말했다.

"거기서 그 길에 대한 권리를 갖고 있는 게 자신인지 트럭인지 살펴보라더군요. 그때 제가 이 사람을 일으켜 세워 이곳으로 데려온 겁니다. 그게 전부입니다. 이제 대위님께서 허락하신다면 대영제국의 유모에게 이 사람을 넘겨주……"

"그렇게 하게, 상병." 대위가 말했다. "이제 가보게. 이 친구는 내가 지켜

336

볼 테니." 헌병이 경례를 붙이고는 떠났다. 이제 영국 청년은 영국 헌병의 부축을 받았다. "혼자 데려갈 수 있겠나?" 대위가 물었다. "이 친구 숙소가 어디지?"

"숙소가 있는지 없는지도 정확히 모르겠습니다, 대위님. 저희는…… 동이 틀 때까지 술집 부근에서 이런 친구들을 자주 보곤 하죠. 아마도 숙소를 사용하지 않는 것 같습니다."

"자네 말은, 이런 친구들은 함선 소속이 아니란 건가?"

"글쎄요, 대위님. 굳이 말하면 함선 소속이긴 하겠죠. 하지만 어지간히 졸리지 않으면 그곳으로 가진 않을 것 같은데요."

"알겠네." 대위가 그렇게 말하더니 다시 헌병을 바라보며 물었다. "대체 이런 친구들이 모는 건 어떤 보트들인가?"

이번엔 영국 헌병이 즉각적이고 단호하며 억양 없는 말투로 대답했다. 마치 문을 닫아거는 것처럼. "전 아무것도 모릅니다, 장교님."

"그렇군. 어쨌거나 이번에는 이런 꼴을 하고 해가 뜰 때까지 술집을 전전할 순 없을 거야."

"술집을 뒤져 보면 뒷자리 어딘가에 이 사람 누일 곳을 찾을 수 있을 겁니다." 헌병이 말했다. 하지만 대위는 그의 말을 무시하고, 카페의 불빛이 포도 위로 흘러내리는 거리를 건너다보았다. 영국 청년은 어린애처럼 눈치도 보지 않고 볼썽사납게 입을 쩍 벌리며 하품을 했다.

대위가 헌병에게로 고개를 돌려 말했다.

"저기로 건너가서 내 운전병을 좀 불러다 주겠나? 호프 군은 내가 데리고 있겠네."

헌병이 자리를 떴다. 보가드 대위는 영국 청년의 겨드랑이에 손을 넣고 그를 부축했다. 젊은이는 또다시 졸린 아이처럼 하품을 해댔다. "정신 차리게." 대위가 말했다. "곧 차가 올 거야."

"그러죠." 영국 청년이 하품을 하며 말했다.

II

자동차에 올라 두 미국인 사이에 끼어 앉자, 청년은 이내 어린아이처럼 평화롭게 잠이 들었다. 하지만 30분을 달려 소형 비행장에 도착하자, 깨어나서 꽤 생생한 목소리로 위스키가 있느냐고 물었다. 부대 식당으로 들어섰을 때는 불빛에 몇 번 눈을 껌뻑일 뿐, 멀쩡해 보였다. 하지만 군모는 여전히 비딱했고, 윗도리 단추는 제 구멍에 끼워져 있지 않았으며, 목에 두른 비단 머플러는 더럽기 짝이 없었다. 거기 수놓인 자수는 보가드 대위 짐작으로는 유명 예비학교 클럽의 표지인 듯했다.

그가 흐릿하기는커녕 생생하고 맑고 명랑하기까지 한 목소리로 "아," 하는 소리를 내자, 식당 안 사람들이 일제히 고개를 돌려 그를 쳐다보았다. "좋군요. 위스키는 어딨죠?" 그는 같이 차를 타고 온 미군 중위의 뒤를 새잡이 사냥개처럼 졸래졸래 따라가 구석의 바로 직행했다. 보가드 대위는 몸을 돌려 식당 반대편 끝으로 걸어갔다. 군인 다섯 명이 앉아 카드를 치고 있었다.

"저 친구 어느 제독 함선 소속이야?" 첫 번째 군인이 물었다.

"스카치 해군 소속인 거 같아."* 보가드가 말했다.

두 번째 군인이 손님을 올려다보며 말했다. "아, 저 친구 시내에서 본

---

*위스키를 찾은 영국 사관을 스카치위스키에 비유한 말.

적이 있어. 처음부터 못 알아본 건 똑바로 서 있었기 때문이야. 늘 길바닥에 자빠져 있는 꼴만 봤거든."

첫 번째 군인이 "오호," 하며 다시 청년을 돌아보았다. "그 친구들 중 하난가?"

"물론이지. 자네도 봤잖아. 길가에 널브러져 있다가 헌병들에게 양쪽 겨드랑이를 잡혀 끌어 올려지던 친구들 중 하나잖아." 두 번째 군인이 말했다.

"맞아, 그들 중 하나가 맞군." 첫 번째 군인이 말했고, 그들 모두가 영국 청년을 바라보았다. 그는 바에 서서 커다란 소리로 즐겁게 떠들어 대고 있었다. "그 친구들 하나같이 저 친구 같았지." 첫 번째 군인이 덧붙였다. "열일곱이나 열여덟쯤 됐을 거야. 조그만 보트를 타고 늘상 항구를 들락거리지."

"그게 그 친구들이야?" 세 번째 군인이 말했다. "그 친구들이 육군 여성 보조 부대를 지원하는 해군들이라고? 맙소사, 입대하는 게 아니었어. 이놈의 전쟁이 어떻게 돌아가는 건지."

"알 수가 있나." 보가드 대위가 말했다. "아무튼 그 친구들도 그냥 돌아다니는 건 아닐 테지."

하지만 그들은 그의 얘기에 귀를 기울이지 않고 그저 손님만 쳐다봤다. "저 녀석들은 시계처럼 살아." 첫 번째 군인이 말했다. "해가 진 뒤에는 저 녀석들을 보면 시간을 알 수 있지. 그런데 이해가 안 되는 건 밤마다 저 꼴이 되고도 다음 날 아침이면 어김없이 전함을 구별해 낸다는 거야."

"함선에 전달할 메시지를 접수하면 말이야." 다른 군인이 말했다. "그 사본을 한 장씩 나눠 가지고는 나란히 세워 놓은 론치들을 타고 출발

하는 걸 거야. 그렇게 항구를 돌아다니는 거지.”

“그것 말고도 뭔가 할걸.” 보가드 대위가 말했다.

그가 그 뭔가에 대해 막 얘기하려는 차에 청년이 잔을 든 채 바에서 그들 쪽으로 다가왔다. 걸음걸이는 흐트러지지 않았지만 두 눈이 반짝거리는 얼굴엔 취기가 올라 있었고, 다가오는 내내 큰 소리로 명랑하게 주절거렸다.

“자, 한 잔들 쭉 마시……” 그가 말을 뚝 끊더니 사람들의 가슴을 유심히 살폈다. “오호, 여러분들 모두 공군들이시군요. 굉장하군요! 멋져요!”

“그럼, 멋지지.” 누군가가 말했다.

“하지만 위험하기도 하죠. 안 그래요?”

“괜찮아. 우리가 테니스공보다는 조금 빠르니까.” 다른 군인이 말했다. 손님이 밝고 상냥하며 열의에 찬 눈으로 그를 보았다.

또 다른 군인이 재빨리 말했다. “보가드 말로는 배를 지휘한다던데.”

“배라고 하기는 좀 그렇지만, 그렇게 말해 주시니 고맙네요. 그리고 전 지휘를 하진 않습니다. 지휘관은 로니죠. 계급이 저보다 약간 높으니까요. 나이도 많고요.”

“로니?”

“예. 맞아요. 괜찮은 햇병아리죠. 하지만 나이가 많아요. 좀팽이고요.”

“좀팽이라고?”

“끔찍할 정도로요. 아마 들으셔도 믿지 않으실 겁니다. 제가 연기를 발견하고 망원경만 들어도 방향을 틀어 버리니까요. 시종일관 돛대가 겨우 보일 정도의 거리를 유지해요. 제가 비버라고 못하게요. 덕분에 어제까지 2주 동안 두 마리를 뺏겼답니다.”

미군들이 서로의 얼굴을 바라보며 말했다. “비버라고 못한다니?”

"일종의 놀이예요. 바스켓 마스트*를 발견하면 비버! 하고 외치는 거예요. 하지만 에르겐스트라세는 쳐주지 않아요."

탁자에 둘러앉아 있던 군인들이 다시 서로의 얼굴을 바라보았다. 보가드 대위가 말했다. "자네나 로니가 바스켓 마스트가 달린 배 한 척을 볼 때마다 비버라고 외친다는 얘기군. 알겠어. 그런데 에르겐스트라세는 또 뭔가?"

"독일 전함이죠. 지금은 포획해서 부정기 화물선으로 쓰고 있습니다. 그 배의 앞쪽 돛대가 얼핏 보면 바스켓 마스트처럼 보이죠. 활죽이나 철선들이요. 제가 보기엔 아주 닮은 것 같진 않은데, 로니는 꼭 닮았다고 하죠. 그걸 보고 비버라고 외친 적이 있어요. 배가 정박지를 떠나서 이동하고 있을 때, 제가 그걸 보고 로니한테 그렇게 외친 거죠. 그때 더이상 에르겐스트라세는 쳐주지 말자고 결정한 거예요. 이제 이해가 되시죠?"

"오호," 테니스공 얘기를 했던 군인이 말했다. "그러니까 자네하고 로니란 친구가 론치를 타고 다니면서 비버 놀이를 한단 말이군. 음, 자네들은 대체……"

"제리." 보가드가 그의 말을 끊었다. 손님은 미동도 없이 여전히 미소 띤 얼굴로 말을 하던 사람을 내려다보았다.

제리도 여전히 손님을 바라보며 말했다. "자네랑 로니란 친구의 보트는 선미가 노란색인가?"

"선미가 노란색이냐뇨?" 영국 청년이 되물었다. 미소는 사라졌지만 표정은 여전히 밝았다.

*다량의 철선으로 엮어 만들어 마치 바구니처럼 보이는 돛대.

"지휘관이 둘인 보트에는 선미를 노란색이나 어떤 색으로 칠할 것 같아서."

"아," 손님이 말했다. "버트와 리브스는 사관이 아닙니다."

"버트와 리브스라." 제리가 혼잣말하듯 말했다. "그들도 타고 있단 말이군. 그들도 비버 놀이를 하나?"

"제리," 하고 보가드 대위가 다시 불렀다. 제리의 시선이 그를 향했다. 보가드가 고개를 살짝 까딱이며 말했다. "이리 좀 오게." 제리가 일어났고, 두 사람은 좀 떨어진 곳으로 갔다. "그만 좀 하지그래." 보가드가 말했다. "저 친군 아직 어린애라고. 자네도 저 나이 땐 비슷했잖아? 예배 시간에 늦지만 않으면 되는 철부지였잖아."

"하지만 우리 나라는 4년째 전쟁을 끄는 짓 따위는 하지 않았어." 제리가 말했다. "우린 여기서 돈을 쓰면서 때마다 포격을 당하고 있어. 우리 전쟁도 아닌데. 우리가 아니었다면 저 친구들은 열두 달 동안 제식훈련만 하고 있었을……"

"그만해." 보가드가 말했다. "자넨 꼭 자유차관*을 팔아 대는 것 같군."

"저 친구들 꼴이 무슨 축제라도 벌이는 것 같잖아. 자네도 들었잖아? 신이 나서 지껄여 대는 소리를 말이야." 제리의 목소리는 노래하는 가성처럼 높아져 있었다. "그러고는 우리한테는 위험하기도 하지 않냐고 되묻잖아."

"쉬―잇." 보가드가 말했다.

"딱 한 번만 항구에서 저 친구와 로니라는 친구를 맞닥뜨렸으면 좋겠어. 런던에 있는 항구든 다른 항구에서든. 다른 것도 필요 없어. 제니**

---

*제1차 세계대전 중 미국 정부가 5회에 걸쳐 발행한 자유 공채.
**훈련용 비행기.

한 대만 있으면 돼. 아니, 제니가 아니라도 괜찮아. 날개 모양 부낭 한 쌍이 달린 자전거 한 대만 있어도 저 친구한테 전쟁이 어떤 건지 보여 줄 수 있다고, 제기랄!"

"알았으니 이제 그만하게. 저 친구 곧 갈 테니까."

"저 친구를 어디로 데려갈 생각이야?"

"아침에 비행기로 데려갈 생각이네. 하퍼가 앉는 앞자리에다 태워 보려고. 루이스 식 경기관총을 다룰 줄 안다더군. 보트에도 그게 달려 있는데, 그걸로 700야드 밖에 있는 항로 표지등을 쏘아 떨어뜨린 적이 있다더군."

"맘대로 해. 자네 일이니까. 어쩌면 저 친구가 자넬 능가할지도 모르지."

"나를 능가해?"

"비버 놀이에서 말이야. 그러고 나서 로니랑 한 판 붙겠군."

"어쨌건 저 친구한테 전쟁 맛을 좀 보여 줄 걸세." 보가드가 그렇게 말하며 손님 쪽을 바라보았다. "저 친구 나라 국민들이 3년 넘게 전쟁에 시달리고 있는데, 저 친구는 게임하는 대학 2학년짜리 같잖아." 그러면서 다시 제리의 눈치를 살폈다. "하지만 이제 그를 가만 내버려 두게."

두 사람이 탁자 쪽으로 향하자 손님의 커다랗고 명랑한 목소리가 들려왔다. "로니가 먼저 망원경을 집어 들면 로니는 가까이 다가가서 볼 수가 있어요. 하지만 제가 먼저 집어 들면 로니가 방향을 틀어 버리니까 제기 볼 수 있는 건 연기뿐이죠. 정말 지독한 좀팽이예요. 하지만 에르겐슈트라세는 더 이상 포함시키지 않아요. 실수로 그걸 보고 비버라고 외치면, 두 점을 빼버려요. 이번에 로니가 실수하면 동점이 될 텐데."

Ⅲ

　새벽 2시가 될 때까지 영국 청년은 미군들을 상대로 쾌활하고 순진하고 즐거운 목소리로 잘도 떠들어 댔다. 1914년 열여섯 번째 생일에 아버지가 보내 주기로 약속한 스위스 여행 대신 가정교사와 함께 웨일스로 가야만 했던 얘기도 들려주었다. 거기서 자신과 가정교사는 꽤 높은 산에도 올라갔는데, 그 풍경도 스위스만큼이나 멋졌다고 자신 있게 말했다. 물론 스위스가 더 낫다고 생각하는 사람의 심기를 건드릴 정도로 예의에 어긋난 말투는 아니었지만. "어쨌든 땀도 엄청 흘렸고, 숨도 굉장히 찼어요." 미군들은 약간은 완고하고 약간은 냉정한 손윗사람 티를 내면서 놀라움을 감춘 채 그의 말을 들었다. 하지만 얼마 전부터 한 사람씩 자리에서 일어나 밖으로 나가더니 비행복을 챙겨 입고 헬멧과 보안경을 가지고 돌아왔다. 그들 앞으로 커피 잔들이 담긴 쟁반이 놓여지자, 비로소 손님은 얼마 전부터 바깥 어둠 속에서 들려온 것이 비행기 엔진 소리임을 깨달았다.

　이윽고 보가드 대위도 자리에서 일어났다. "날 따라오게." 그가 말했다. "자네가 입을 옷을 줄 테니까." 부대 식당에서 나오자 엔진 돌아가는 소리가 천둥 소리처럼 크게 들렸다. 날이 어두워 아스팔트 활주로가 눈에 보이지 않았기에, 일직선으로 층을 이루고 있는 비행기들의 청록색 불빛들은 마치 허공 중에 떠 있는 듯했다. 그들은 소형 비행장을 가로질러 보가드 대위의 막사로 갔는데, 맥기니스 중위가 간이침대에 걸터앉아 비행 부츠를 신고 있었다. 보가드는 아래위가 붙은 비행복을 끌어 내려 간이침대 너머로 던지며 말했다. "이걸 입게."

　"이런 걸 꼭 껴입어야 하나요?" 손님이 물었다. "그렇게 오래 걸리나

344

요?”

“그럴걸.” 보가드가 말했다. “입어 두는 게 좋을 거야. 올라가면 춥거든.”

손님이 비행복을 집어 들더니 말했다. “제가 말씀드렸을 텐데요. 로니와 저는 내일, 아니 오늘 할 일이 있다고요. 제가 조금만 늦어도 로니는 절 기다려 주지 않을 거예요.”

“차 마실 시간 전까지는 돌아올 거야.” 부츠를 신느라 꽤 바빠 보이는 맥기니스 중위가 말했다. “약속하지.” 영국 청년이 중위를 바라보았다.

“몇 시까지 돌아와야 하는 건가?” 보가드 대위가 물었다.

“아, 제시간에 돌아올 거 같은데요.” 영국 청년이 운을 뗐다. “시간이야 로니가 결정하겠지만, 조금 늦는 정도야 기다려 주겠죠.”

“그렇겠지.” 보가드가 말했다. “옷이나 입게.”

“그러죠.” 청년이 말했다. 미군 둘이서 옷 입는 걸 도와주었다. “비행은 한 번도 해본 적이 없어요.” 그가 즐겁게 재잘거렸다. “산 위에서보다는 당연히 더 멀리까지 볼 수 있겠죠?”

“어쨌거나 많은 걸 보게 되겠지.” 맥기니스가 말했다. “마음에 들 거야.”

“당연히 그렇겠죠. 로니가 기다려 주기만 하면 좋을 텐데. 아무튼 신나겠죠. 그래도 위험하기는 하겠죠?”

“이봐,” 맥기니스가 말했다. “농담하는 거야?”

“그 여물통 좀 닫으시지, 맥.” 보가드 대위가 말했다. “가지. 커피 좀 챙겨 갈 텐가?” 그렇게 말하며 그는 손님을 보았지만 대답을 한 건 맥기니스였다.

“됐습니다. 커피보다 더 좋은 게 있죠. 커피는 날개에다 보기 싫은 얼룩만 남기잖아요.”

“날개에요?” 영국 청년이 물었다. “왜 커피가 날개에 묻어요?”

"그만두라고 했어, 맥." 보가드가 말했다. "가자구."

그들은 다시 비행장을 가로질러 불빛들이 투덜거리듯 반짝이며 둑을 이루고 있는 곳으로 향했다. 가까이 다가가자 손님의 눈에도 핸들리 페이지*의 윤곽이 선명하게 보이기 시작했다. 그 모양은 마치 침대차가 완성되지 않아 골격만 남은 마천루 1층 바닥에 기울어진 채 좌초된 듯 보였다. 손님은 아무 소리도 내지 않고 그것을 바라보다가, 예의 그 밝고 흥미로운 목소리로 말했다.

"순양함보다 큰데요. 여기 한꺼번에 다 타진 않겠죠? 절 속이진 마세요. 전에도 본 적이 있으니까요. 보가드 대위님과 전 여기 타고, 맥 중위님은 다른 분이랑 다른 비행기에 타겠죠? 그렇죠?"

"아니." 맥기니스가 말했다. 보가드는 보이지 않았다. "여기 한꺼번에 다 탈 거야. 커다란 종달새 같지 않나? 아니, 독수리가 낫겠군. 그렇지?"

"독수리보다는," 손님이 중얼거렸다. "제가 말했잖습니까. 순양함이라고요. 날아다니는 순양함."

"여기." 맥기니스가 손을 뻗어 무언가를 내밀었다. 영국 청년의 손에 차가운 무언가가 더듬어졌다. 병이었다. "속이 울렁거릴 때 한 모금 마시게, 알겠나?"

"아, 속이 울렁거리게 되나 보죠?"

"누구나 그래. 비행의 일부지. 그게 멈추게 해줄 거야. 하지만 효과가 없을 때도 있지. 무슨 뜻인지 알겠나?"

"그래요? 정말 그래요?"

"밖에다가는 안 되네. 밖에다 토하면 안 된다고."

*영국의 항공기 설계·제조의 개척자 핸들리 페이지의 이름을 딴 비행기.

"밖에다는 안 된다고요?"

"보가드 대위와 내 얼굴로 날아들게 돼. 그러면 앞이 보이지 않아 끝장이야. 끝. 알겠나?"

"그럼 그럴 땐 어쩌죠?" 그들은 마치 공모자들처럼 조용하고 간결하고 엄숙하게 말했다.

"고개를 처박아. 그럼 해결돼."

"아, 그렇군요."

보가드가 돌아와 맥기니스에게 말했다. "저 친구한테 앞좌석으로 들어가는 법을 가르쳐 주게." 맥기니스가 먼저 발판을 밟고 서더니, 손님을 기체 안으로 들여보냈다. 기체 앞쪽이 기울어져 있고 통로가 좁아 기어서 들어갈 수밖에 없었다.

"저기까지 계속 기어가게." 맥기니스가 말했다.

"꼭 개집에 들어가는 거 같군요." 손님이 말했다.

"바로 그렇지." 맥기니스가 맞장구를 쳤다. "계속 가게." 그는 몸을 구부리고는, 청년이 재빠르게 기어가는 소리를 들었다. "거기 루이스 식 경기관총이 있을 거야." 그는 통로에다 대고 말했다.

손님이 대답했다. "찾았습니다."

"곧 총기 하사가 와서 장전이 됐는지 확인해 줄 거야."

"장전이 되어 있는데요." 손님이 그렇게 말하기가 무섭게 기관총이 발사되었다. 짧게 딱딱 끊어지는 폭발음과 동시에, 비행기 앞쪽 지상에서 최고조의 고함 소리가 들려왔다. "염려 붙들어 매십시오." 영국 청년이 말했다. "발사하기 전에 총구를 서쪽으로 돌렸으니까요. 그쪽 뒤로는 해병대 사령부랑 미군 여단 본부 외엔 아무것도 없습니다. 로니와 전 어디로 가기 전에 항상 이런 식으로 쏴봅니다. 너무 성급했다면 죄송합니다.

아, 그런데 말이죠," 그가 덧붙였다. "제 이름은 클로드라고 합니다. 아직 말씀드리지 않은 것 같아서요."

지상에 있던 보가드와 다른 두 명의 장교가 뛰어왔다. "서쪽으로 쏘았다고?" 한 장교가 물었다. "빌어먹을, 저 녀석이 서쪽이 어딘지 어떻게 알아?"

"저 친구 해군이잖아." 다른 장교가 말했다. "들었잖아."

"기관총사수이기도 하고." 보가드 대위가 말했다.

"그게 사실이었으면 좋겠군." 처음 장교가 말했다.

IV

보가드는 자기 자리에서 10피트 앞쪽에 있는, 기체 맨 앞의 둥근 사격석에서 불룩 튀어나온 머리를 유심히 살펴보고 있었다. "저 친구가 기관총을 쐈단 말이지?" 그가 곁에 있는 맥기니스에게 말했다. "삽탄도 스스로 하고."

"글쎄 말입니다." 맥기니스가 말했다. "자기가 기관총사수란 걸 명심하고, 가정교사랑 웨일스로 등산 갔을 때처럼 들뜨지 않아야 할 텐데요."

"데리고 오지 말 걸 그랬나." 보가드가 말했다. 맥기니스는 대답하지 않았다. 보가드는 조종간을 약간 잡아당겼다. 앞쪽의 사격석에서 손님의 머리가 쉬지 않고 까닥거리는 것이 보였다. "폭탄 좀 쏟아야겠군." 보가드가 말했다. "아닌 밤중에 홍두깨 꼴 당하겠지만, 제 나라가 4년씩이나 혼란에 빠져 있는데 포격하는 걸 한 번도 보지 못했다는 건 부끄러운 일이야."

"오늘 밤에 구경하겠군요. 고개를 똑바로 들고 있을 수만 있다면요."
맥기니스가 말했다.

하지만 청년은 고개를 돌리는 짓 따위는 하지 않았다. 목표지에 이르러 맥기니스가 폭탄 분리 장치 쪽으로 기어 내려갈 때도 미동조차 하지 않았다. 탐조등에 발견되어 보가드가 다른 비행기들에 신호를 보낸 뒤 두 개의 엔진을 최고가속으로 올려 포탄을 뚫고 급강하할 때조차, 청년의 고개는 움츠러들지 않았다. 탐조등 불빛을 받으며 바깥으로 삐죽 나와 있는 청년의 얼굴은 마치 조명을 받은 무대 위의 배우 같았고, 표정은 천진난만한 어린아이만큼이나 밝고 유쾌했다. 보가드는 생각했다. '하지만 저 친구는 루이스 기관총을 쏘고 있어. 그것도 아주 정확하게.' 앞쪽에 있던 비행기가 사라지자 보가드는 시야가 확보되는지 주시하면서, 폭탄을 떨어뜨리기 위해 대기하고 있는 맥기니스에게 오른손을 들어 올려 준비 신호를 보냈다. 그리고 그가 그 손을 내리자, 엔진 소음 속에서 안전핀이 벗겨지는 딸각 소리와 함께 휘파람 소리 같은 폭탄 떨어지는 소리가 들렸다. 육중한 짐을 벗어 던진 비행기는 탐조등을 피하며 상향 비행을 계속했다. 하지만 한동안 다시 고사포를 뚫고 나가기에 바빴다. 그때 영국 청년이 한쪽으로 몸을 쑥 빼내더니 오른쪽 날개 뒤편의 이착륙 장치를 내려다보았다. '저 친구 책 좀 읽은 것 같군.' 대위는 그렇게 생각하며 편대비행을 유지하기 위해 몸을 돌려 뒤편을 살폈다.

얼마 뒤 상황이 모두 종료되자 고요에 가까운 어둠이 평화롭게 펼쳐졌다. 들리는 건 오직 엔진 소리밖에 없었다. 맥기니스 중위가 자신의 조종석으로 기어 와서 앉더니 신호탄 권총을 발사하고는, 일어서서 어지러운 탐조등이 여전히 허공을 베어 내고 있는 뒤쪽을 한참 바라다보았다. 그러고는 다시 자리에 앉았다.

“오케이,” 하고 보가드가 말했다. “네 대 모두 무사하군. 이제 돌아가지. 그나저나 영국 해군께서는 어디 계시나? 설마 폭탄 투하 장치에다 그 친굴 매달아 놓은 건 아니겠지?” 앞쪽 사격석이 비어 있었기 때문이다. 총총히 뜬 별들을 배경으로 희미한 그림자만 어른거릴 뿐, 기관총 외엔 아무것도 보이지 않았다.

“그럴 리가요.” 맥기니스가 말했다. “아, 저기 있군요. 보이시죠? 머리가 바깥쪽으로 쑥 나와 있잖아요. 젠장, 바깥에다 토하지 말라고 했는데! 다시 돌아왔군요.” 손님의 머리가 다시 보였다. 하지만 또 보이지 않았다.

보가드 대위가 말했다. “좀 가만있으라고 해. 30분 안에 우리 앞에 독일 놈들 비행대가 몰려올 거라고 전해 주라구.”

맥기니스가 몸을 통로 입구로 구겨 넣으며 소리를 질렀다. “자리로 돌아가!” 하지만 청년의 몸은 여전히 튀어 나갈 듯 밖으로 빠져나가 있었다. 둘은 마치 두 마리 개처럼 서로를 바라보며 목청이 터지도록 소리를 질러야 했는데, 천에 싸인 한쪽 엔진이 여전히 닫히지 않은 채 소음을 내고 있기 때문이었다. 영국 청년의 가늘지만 높은 소리가 터져 나왔다.

“폭탄!”

“맞아, 폭탄이야.” 맥기니스가 소리를 질렀다. “폭탄 맞다고! 빌어먹을 놈들한테 실컷 먹였다고! 자리로 돌아가! 10분이면 놈들 비행기가 프랑스 하늘에 꽉 차 있을 거야! 자리로 돌아가서 기관총을 잡으라고!”

청년의 새된 목소리가 다시 엔진음 위로 희미하게 들려왔다. “폭탄이요! 괜찮겠어요?”

“맞아! 맞다고! 괜찮으니까 기관총 쪽으로 돌아가란 말이다, 미친놈아!”

맥기니스가 다시 조종석으로 기어 와서 말했다. “제자리로 돌아갔어요. 잠시 저랑 교대하실래요?"

"좋지." 보가드 대위가 대답하며 맥기니스에게 조종간을 넘겼다. "엔진을 좀 달래 줘. 날이 밝자마자 놈들이 나타날 테니까."

"알겠습니다." 맥기니스가 그렇게 말하며 조종간을 급히 조작하다가 말했다. "오른쪽 날개에 문제가 있는 것 같습니다. 나중에 살펴봐야겠어요. 보이세요? 전 지금 우측 보조날개와 소방향타를 써서 날고 있어요. 느껴지시죠?"

보가드가 잠깐 다시 조종간을 잡으며 말했다. "미처 몰랐군. 철선에 문제가 있나. 고사포에 맞은 것 같진 않지만, 그래도 살펴보게."

"알겠습니다." 맥기니스가 다시 조종간을 잡으며 말했다. "저 친구는 내일…… 아니 오늘 돌려보내야겠죠?"

"그래야지. 약속했으니까. 어린 친구한테 상처를 줄 순 없지."

"대위님도 저 친구랑 같이 가시지 그래요? 콜리어한테도 만돌린을 들고 따라오라고 하세요. 그쪽 함선도 타보시고 거기서 노래도 불러 보시면 좋잖아요."

"어쨌거나 돌려보내야지." 보가드가 말했다. "날개를 좀 올려."

"올렸습니다." 맥기니스가 말했다.

30분쯤 지나자 동이 트기 시작했다. 하늘은 회색이었다. 곧바로 맥기니스가 말했다. "훗, 새까맣게 몰려오네요. 저길 좀 보세요! 9월의 모기떼 같군요. 저 친구랑 더 이상 비버 놀이를 하고 싶진 않은데. 했다면 저 친구, 고약한 로디한테 비버 한 마리를 빼앗겼을 테고…… 조종간 잡으실래요?"

V

8시에 그들은 영국해협 해안 가까이에 있었다. 보가드 대위가 방향타를 조종해 바람 속으로 부드럽게 진입하자, 비행기가 속도를 늦추며 천천히 하강했다. 긴장한 그의 얼굴에 약간의 피로가 묻어 있었다.

맥기니스 역시 피곤한 얼굴에 수염이 자라나 있었다.

"저 친구 지금 뭘 보고 있는 거죠?" 맥기니스가 말했다. 영국 청년은 사격석 우측으로 가서 밖으로 몸을 빼내고 오른쪽 날개 아래쪽을 살펴보고 있었다.

"안 보이니 모르겠는걸." 보가드가 말했다. "포탄 구멍이라도 생겼나." 그는 좌측 엔진을 끄며 말했다. "정비공들한테 보여야겠군."

"저 친구 위치에서는 보였을 것 같은데요." 맥기니스 중위가 말했다. "아까 뒤쪽에서 날아오는 예광탄을 보는 것 같았어요. 그냥 바다를 보고 있었는지도 모르겠지만. 하지만 바다라면 고향에서도 실컷 봤을 텐데." 그때 보가드 대위가 착륙을 위해 수평 저공비행에 들어갔다. 기수가 빠르게 들리는가 싶더니 기체가 굽이치는 물결을 지나 모래밭으로 내려앉고 있었다. 하지만 여전히 영국 청년은 몸을 바깥으로 내놓은 채 고개를 돌려 아래 우측 날개 쪽을 관찰하고 있었다. 넋이 나간 듯 열중해서 바라보는 그의 얼굴엔 어린애 같은 호기심이 어려 있었다. 비행기가 완전히 멈출 때까지 관찰을 계속했다. 엔진 소리가 뚝 그치자 어색한 고요 속에서 그가 통로를 기어 나오는 소리가 들렸다. 두 조종사가 뻣뻣해진 몸을 구부리며 조종석에서 기어 나왔을 때, 그가 예의 밝고 열정에 찬 얼굴로 소리 높여 말했다.

"아, 정말이지 멋졌어요! 끝내줬어요! 저도 괜찮지 않았나요? 거리도 끝내주게 맞췄고요. 로니가 봤어야 하는 건데! 아, 정말 멋졌어요! 그런데 폭탄이 우리가 쓰는 거랑은 다른가 봐요. 공기에 닿자마자 터지고 그러진 않나 봅니다."

두 미군이 그를 바라보고 있었다. "뭐가 뭔지 모르겠지?" 맥기니스가 물었다. "폭탄도 굉장하지? 장담하는데, 평생 잊지 못할 거야. 자네도 이제 그 황홀감을 알게 됐군!"

그러다가 맥기니스의 목소리가 잦아들면서 말했다. "폭탄?" 그러고는 두 조종사는 서로의 얼굴을 바라보다가 동시에 말했다. "오른쪽 날개!" 그런 다음 두 사람은 마치 하나인 것처럼 발판에서 뛰어내렸다. 손님도 그들을 따랐다. 그들은 비행기를 빙 돌아가서 오른쪽 날개 사이를 쳐다보았다. 둥그런 바퀴 옆에 무거운 추처럼 매달려 있는 폭탄이 모래에 닿을 듯 늘어져 있었다. 모래 위로 바퀴와 폭탄 끝이 끌린 자국이 나란히 나 있었다. 그들 뒤편에서 어린아이 같은 영국 청년의 목소리가 들려왔다.

"무서워 죽는 줄 알았어요. 말씀드리려고 하다가, 저보다 더 잘 아실 것 같아서요. 멋진 솜씨였어요. 정말 훌륭했어요. 아, 정말 평생 잊지 못할 거예요."

VI

착검한 상태의 소총을 든 해병 하나가 보가드를 부두에 정박해 있는 보트까지 안내해 주었다. 부두는 텅 비어 있었다. 부두 끝에 이르러서야 그 보트가 보였다. 기름이 잔뜩 묻은 작업복 차림의 사람 둘이 허리를 구부린 채 일하고 있다가, 잠시 일어나 보가드를 슬쩍 보고는 다시 허리를 구부렸다.

길이 30피트에 폭이 3피트가량 되는 조그만 보트였다. 회녹색으로 위장칠이 되어 있었다. 앞쪽 4분의 1이 갑판이었는데 두 개의 뭉툭한 배기용 굴뚝이 비스듬하게 꽂혀 있었다. 보가드는 생각했다. '맙소사, 갑판이 몽땅 엔진이라면……' 갑판 바로 뒤에 조타석이 있었다. 그의 눈에 커다란 타륜 하나와 계기판이 보였다. 흘수선에서 상갑판 윗면에 이르는 건현 위쪽이 1피트가량 솟아 있었고, 선미의 갑판이 시작되는 곳에서 갑판 후단을 가로질러 반대편 뱃전 아래쪽을 돌아 다시 선미까지, 열려 있는 선미 폭만 제외하고는 위장칠이 된 견고한 차폐막이 설치되어 있었다. 조타석 정면에 있는 차폐막에는 지름 8인치 정도의 구멍이 눈알처럼 뚫려 있었다. 그는 선미 회전판 위에 장착된, 길고 좁고 조용하고 무자비한 기관총을 바라보다가, 다시 정면을 노려보는 외눈 같은 구멍이 뚫린 차폐막을 바라보며 생각했다. '이건 강철이군. 강철로 만들어졌어.' 수면 위로 드러난 배 부분은 높이가 1야드 정도밖에 되지 않았다. 그는 무척이나 진지한 표정을 하고 있다가, 감기라도 걸린 듯 참호용 방수 외투를 여미며 단추를 채웠다.

그는 뒤에서 자신을 부르는 소리에 돌아섰다. 소형 비행장에서 온 전령 하나가 소총을 든 해병 옆에 서 있었다. 전령은 종이로 싼 제법 큰 꾸러미 하나를 들고 있었다.

"맥기니스 중위님이 대위님께 전하는 겁니다." 전령이 말했다.

보가드가 꾸러미를 받자 전령과 해병은 돌아갔다. 그는 꾸러미를 풀었다. 거기엔 몇 가지 물건들과 휘갈겨 쓴 쪽지 하나가 들어 있었다. 노란색 비단 쿠션 하나와, 빌렸을 게 뻔한 일본제 양산, 그리고 빗과 두루마리 화장지였다. 쪽지에는 다음과 같이 적혀 있었다.

사진기는 어디에 있는지 찾을 수 없었고, 콜리어스는 만돌린을 빌려 주지 않음. 하지만 빗으로 충분히 로니를 구슬릴 수 있지 않을까 생각됨.

맥

그 물건들을 바라보는 보가드의 표정은 여전히 뭔가를 골똘히 생각하는 듯 진지했다. 그는 그 물건들을 다시 종이에 싸서 부두에 접한 물가까지 나가 조용히 물에다 떨어뜨렸다.

보트 쪽으로 돌아가던 중 그는 다가오는 두 사람을 발견했다. 그는 청년을 금세 알아보았다. 큰 키에 홀쭉한 그는 이미 수다에 빠져 있었으며, 자신보다 키가 작은 옆 사람에게로 고개를 약간 숙인 채 걷고 있었다. 그와 나란히 터덜터덜 걷고 있는 사람은 두 손을 호주머니에 넣은 채 파이프를 물고 있었다. 청년은 여전히 두꺼운 모직 더블 재킷 위에 뻣뻣한 방수복를 입고 있었지만, 머리에는 삐딱하게 썼던 군모 대신 때에 찌든 방한모를 쓰고 있었다. 그 방한모는 등 뒤에까지 길게 드리워져 있어 마치 버누스*에 달린 두건처럼 보였는데, 그가 말을 할 때마다 그 드리워진 자락이 응답이라도 하듯 들썩거렸다.

"아, 안녕하세요!" 100야드쯤 앞에서 그가 말했다.

하지만 보가드 대위가 지켜보고 있는 것은 그 청년 옆에 있는 사내였다. 살면서 저렇게 신기하게 생긴 사람은 처음 본다고 생각하고 있었다. 굽은 어깨에 아래쪽을 보는 듯 숙여진 얼굴은, 어딘지 모르게 멍청해 보이기도 했다. 키는 청년에 비하면 머리 하나는 작았다. 불그레한 얼굴에 담긴 시무룩한 표정을 보니, 꽤나 까다로운 사람일 것 같았다. 스무 살

*아랍인들이 입는 두건이 달린 긴 겉옷.

사내가 잠을 자는 동안에도 스물한 살로 보이기 위해 무척 애를 쓴 듯
한 얼굴이었다. 사내는 목 위까지 올라오는 스웨터에 작업복 바지를 입
고 있었다. 그 위에 가죽 재킷을, 다시 그 위에 땟국물이 잘잘 흐르는 발
뒤꿈치까지 내려오는 해군 장교용 외투를 입고 있었는데, 한쪽 견장은
떨어져 있었고 단추도 달려 있는 게 없었다. 머리엔 앞뒤로 챙이 달린
격자무늬 사냥모자를 쓰고 있었고, 모자 밖으로 빠져나온 더러운 스카
프는 교수형 밧줄처럼 양쪽 귀와 목을 감고 왼쪽 귀 아래에 매듭지어져
있었다. 팔꿈치까지 주머니 속에 넣고 어깨와 고개를 구부린 자세는, 영
락없이 교수형에 처해진 늙은 마녀의 형상이었다. 이빨 사이에는 짤막
한 브라이어 파이프가 거꾸로 물려 있었다.

"이 사람이 로니예요!" 청년이 크게 말했다. "로니, 이분이 보가드 대위
님이야."

"안녕하시오?" 보가드가 말했다. 상대는 말없이 그저 손만 빼내 힘없
이 앞으로 내밀었다. 굳은살이 박인 차갑고 단단한 손이었다. 그는 보가
드를 일별하고는 말없이 시선을 돌려 버렸다. 그 순간 보가드는 그 시선
속에 뭔가가 있음을, 명멸하는 뭔가가 있음을 느꼈다. 마치 열다섯 살
소년이 공중 곡예사를 바라볼 때의 은밀하면서도 호기심 가득한 존경
의 염 같았다.

하지만 그는 말은 한마디도 하지 않고 고개를 숙인 채 자리를 떴다.
보가드는 그가 바닷속으로 뛰어들까 봐 염려라도 하듯, 보트가 있는 부
두 끝으로 사라지는 모습을 끝까지 지켜보았다. 보트의 엔진이 켜지는
소리가 들려왔다.

"우리도 타야 해요." 청년이 말했다. 그는 보트가 있는 곳으로 걸음을
옮기더니 갑자기 우뚝 멈추며 보가드의 팔을 잡고 낮은 목소리로 말했

다. "저길 보세요! 보이세요?" 그의 목소리는 작지만 흥분에 싸여 있었다.

"뭐가?" 보가드 역시 속삭이며 오랜 습관대로 고개를 앞뒤로, 위아래로 움직였다. 청년은 그의 팔을 힘껏 거머쥐며 항구 건너편을 가리켰다.

"저기, 저쪽이요! 에르겐슈트라세예요. 다시 왔어요." 항구 건너편에 녹이 잔뜩 슬고 선체가 심하게 휘어진, 낡은 배 한 척이 정박해 있었다. 조그맣고 별 특징 없어 보이는 그 배 앞쪽의 돛대는, 철선과 활죽들이 한 덩어리로 뒤엉긴 것이 정말로 청년에게서 들었던 바스킷 마스트라는 것과 닮아 있었다. 곁에 서 있던 청년이 깔깔거리며 웃더니 말했다.

"로니도 봤을 거라고 생각하세요?"

"글쎄." 보가드가 말했다.

"오, 신이여! 그 친구가 저걸 보고 비버를 외치면, 우린 동섬이 됩니다! 오, 제발 외치게 해주세요! 이제 가시죠." 그는 그렇게 말하며 다시 걸음을 옮기며 계속 깔깔거렸다. "조심하세요. 사다리가 엉망이니까요."

청년이 먼저 내려가자, 보트 안에 있던 수병 둘이 일어나더니 경례를 붙였다. 로니의 모습은 보이지 않았고, 선미로 통하는 조그만 승강구를 꽉 메우고 있는 청년의 등만 보였다. 보가드 대위가 조심스럽게 사다리를 내려간 후 말했다.

"맙소사, 매일 이걸 오르내린다는 말인가?"

"끔찍하죠?" 청년이 유쾌한 목소리로 말했다. "하지만 아시다시피 이런 상태로도 전쟁을 지속하고 있죠." 비좁은 선체는 보가드의 체중이 실리자 기우뚱거렸다. "배가 수면에 겨우 떠 있는 것 같죠?" 청년이 말했다. "하지만 잔디밭에 이슬만 좀 내려도 뜰 배예요. 종잇조각처럼 물에 딱 붙어서 쭉 나가죠."

"그래?"

"물론이죠. 걱정하실 거 없어요."

보가드는 이해가 되지 않았지만, 자세를 잡고 제대로 앉느라 바빴다. 실린더가 불룩 튀어나온 자리를 제외하고는, 갑판에는 조타석에서 선미까지 앉을 만한 자리가 없었기 때문이다. 로니의 모습이 나타났다. 그는 타륜 뒤편에 앉아 계기판 쪽으로 몸을 구부리고 있었다. 그는 어깨 너머로 돌아보면서도 아무런 말이 없었다. 기름때 묻은 얼굴은 의문으로 가득 차 있었지만. 청년의 얼굴에는 이젠 아무런 표정이 담겨 있지 않았다.

"좋아." 청년이 그렇게 말하며 수병 하나가 서 있는 앞쪽을 바라보며 물었다. "출항 준비는 됐어?"

"그렇습니다." 수병이 말했다.

"닻줄을 풀어." 청년이 그렇게 말하자 선미 아래의 물이 끓어오르듯 가르릉거리는 소리를 내며 보트가 방향을 바꾸었다. 청년이 보가드를 내려다보며 말했다. "이제 멍청한 짓을 하러 가야겠네요. 하지만 간단하게 끝나는 일이에요. 멍청한 제독도 알 수가 없는……" 그의 얼굴이 다시 친밀하고 염려하는 표정으로 바뀌며 말했다. "그런데, 춥지 않으세요? 옷을 드릴 생각을 못하고 있었……"

"난 괜찮네." 보가드가 말했다. 하지만 청년은 이미 자신의 방수 코트를 벗은 뒤였다. "아니, 아니야." 보가드가 만류했다. "난 안 입어도 돼."

"그럼 추워지면 말씀하세요."

"그래, 그렇게 하지." 그는 자신이 걸터앉아 있는 실린더를 내려다보았다. 거대한 화로를 반으로 잘라 바닥에다 나사로 고정시켜 놓은 것처럼 보였다. 길이 20피트에 두께는 2피트가 넘었고, 제일 높이 솟아오른 부분이 뱃전 높이 정도 되었다. 실린더와 배 가장자리 사이에 사람 하나가 걸어 다닐 수 있는 공간이 있었다.

358

"저기 있는 건 뮤리얼입니다." 청년이 말했다.

"뮤리얼?"

"예. 그 전 배는 애거사였죠. 제 고모님 이름을 붙인 겁니다. 로니와 제가 맨 처음 탔던 배는 '이상한 나라의 앨리스'라고 불렀죠. 로니와 제가 하얀 토끼였던 거죠. 재밌죠?"

"아, 자네하고 로니가 전에 탔던 보트가 세 척인가 보군."

"네." 청년은 그렇게 대답하며 몸을 웅크리며 속삭였다. "저 친구는 아직 못 본 거 같아요." 다시 환하게 밝아진 그의 얼굴에는 고소해하는 표정이 어려 있었다. "돌아왔을 때도 있나 잘 보세요."

"에르겐슈트라세 말이지? 알겠네." 보가드는 그렇게 말하며 선미 쪽을 돌아보며 생각했다. '맙소사, 이젠 항해를 떠나는 수밖에 없군……' 뱃전에서 바라보니 항구가 뒤쪽으로 달아나는 것처럼 보였는데, 그 속도는 핸들리 페이지가 지상을 벗어나 날아오르는 것만큼이나 빨랐다. 방파제 안쪽 바다에 있음에도 불구하고, 보트는 첫 번째 파도 꼭대기에서 다음 파도에 이르기까지 크게 튕기듯 요동쳤다. 보가드의 손은 여전히 자신이 앉아 있는 실린더 덮개 위에 놓여 있었다. 그는 다시금 실린더를 내려다보았는데, 그것은 로니가 앉아 있는 조타석에서 선미 쪽까지 경사지게 뻗어 있었다. "이 보트 안에 공기가 가득 차 있는 것 같군." 그가 말했다.

"뭐라고요?" 청년이 물었다.

"공기가 차 있는 것 같다고. 공기가 보트를 높이 날아오르게 하는 것 같아."

"그렇군요. 정말 그런 것 같아요. 그런 생각은 못했는데." 그는 버누스 두건 같은 방한모를 흩날리며 다가와서 보가드 옆에 앉았다. 두 사람의 머리가 차폐막 꼭대기에 닿을 듯했다.

항구는 선미에서 점점 멀어지다가 모습을 감추었다. 보트가 파도에 높이 솟구쳤다가 다시 물 위로 떨어졌고, 앞뒤로 흔들리다가 멈추었다가 다시금 솟구쳐 떨어져 내렸다. 총탄이 쏟아지듯 보트 안으로 물이 쏟아졌다. "이 방수 코트를 입으세요." 청년이 말했다.

보가드는 대꾸하지 않고 밝은 얼굴로 주위를 둘러보았다. "항구를 빠져나왔군. 그렇지?" 그가 조용히 물었다.

"그렇죠…… 이걸 입으세요."

"고맙지만 괜찮네. 정말 괜찮아. 파도는 곧 잠잠해질 것 같아."

"맞아요. 파도가 곧 방향을 바꿀 겁니다. 그러면 괜찮아질 거예요." 잠시 후 정말로 파도의 방향이 바뀌자 보트의 움직임이 훨씬 부드러워졌다. 파도가 뱃전에 부딪쳐 보트가 마구 흔들리는 일은 더 이상 일어나지 않았다. 이제 보트는 파도의 아랫면을 타고 오를 때 한층 속도를 높여 날아올랐는데, 다음 파도로 기우뚱하게 넘어갈 때는 속이 메스꺼웠다. 하지만 보트는 여전히 날아가듯 내달렸다. 보가드는 처음 보트 안을 살펴보았을 때의 그 차분한 눈길로 선미를 바라보며 말했다. "이제 동쪽으로 갈 모양이군."

"약간 북쪽에 걸쳐서요." 청년이 말했다. "승선감이 좀 나아졌죠?"

"그렇군." 보가드가 말했다. 이제 보트 뒤편에는 텅 빈 바다와, 보트가 지나가며 만들어 놓은 물이 들끓고 휘몰린 자취와, 그것을 배경으로 걸려 있는 기관총의 섬세한 바늘 모양 가늠쇠와, 말없이 고물에 웅크리고 앉은 수병 둘 외엔 아무것도 없었다. "그래, 확실히 부드러워졌어." 그러고는 덧붙였다. "얼마나 더 가는 거지?"

청년이 그에게 바짝 다가앉았다. 그러고는 기대에 잔뜩 부푼 은밀하고 자랑스럽고 낮은 목소리로 말했다. "로니의 쇼가 펼쳐질 거예요. 대위님에 대한 감사의 표시로요. 그 친구가 생각해 낸 거죠. 사실 제가 해야 하는 건데. 하지만 저 친구가 저보다 나이도 많고 계급도 높아서 대신 예의를 표하는 거예요. 노블레스 오블리주, 신분이 높으니 자신이 책임지고 앞장선 거죠. 대위님이 해주신 일을 오늘 아침 저 친구한테 얘기해 주자 저 친구가 생각해 낸 겁니다. 제가 말했거든요. '내가 비행장에 갔었어. 내 눈으로 똑똑히 봤어.' 그러자 저 친구가 그러더군요. '비행기를 탄 건 아니잖아.' 그래서 제가 그랬죠. '물론 탔지.' 그랬더니 저 친구가 '얼마나 멀리 갔어? 뻥칠 생각 말고,' 하더군요. 그래서 제가 '아주 멀리까지 밤새도록' 하니까, 저 친구가 '밤새도록 날았다면 베를린까지 갔겠군' 하더군요. 그래서 제가 '잘 모르겠지만 아마 _그럴걸_' 했더니 저 친구가 생각해 낸 겁니다. 아시다시피 저 친구는 저보다 나이도 많고, 답례를 제대로 해본 경험도 많죠. 저 친구가 그러더군요. '베를린까지 비행기로 가는 건 재미없어. 보트로 갔다 오는 게 재밌지.' 제가 '그분을 베를린까지 모시고 갈 순 없어. 너무 멀어. 길도 모르잖아' 하니까 저 친구가 총알처럼 빠르게 말하는 거예요. '그럼 킬*까지 가면 되겠네'라고요."

"뭐라고?" 전혀 움직임이 없던 보가드의 온몸이 튕기듯 올라왔다. "킬까지? 이 보트로?"

"당연하죠. 로니는 고약하긴 해도 똑똑해요. 지체 없이 말하더군요. '제브류헤**도 별 재미 없어. 그분을 위해서 우린 최선을 다해야 해.' 그러더니 로니가 외쳤죠, '베를린이었다고? 신이시여, 베를린이었답니다!'라고요."

*독일 슐레스비히홀슈타인 주의 주도.
**벨기에 서북부의 항구도시.

“잘 들어.” 보가드 대위가 몸을 돌려 청년을 정면으로 바라보았다. 그의 표정은 무척이나 엄숙했다. “이 보트의 임무는 뭔가?”

“임무요?”

“이 보트가 무슨 일을 하냐고.” 그러고는 자신이 던진 질문에 대한 대답을 스스로 알아낸 듯, 그는 실린더 덮개 위에 손을 올려놓으며 말했다. “이 보트에 뭐가 있나? 어뢰가 있나?”

“대위님께서 아실 거라고 생각했는데요.” 청년이 말했다.

“아냐.” 보가드가 말했다. “난 몰랐네.” 그의 목소리는 멀리서 들려오는 메마른 귀뚜라미 소리 같았다. “발사는 어떻게 하지?”

“발사요?”

“보트에서 어떻게 발사하는 거냐고. 좀 전에 해치가 열릴 때 엔진이 보이더군. 이 실린더 끝 앞쪽에 말일세.”

“아,” 하고 청년이 입을 열었다. “거기 있는 장치를 당기면 어뢰가 선미 쪽으로 빠져나갑니다. 추진기는 물에 닿는 순간 돌아가기 시작하는데, 그러면 어뢰가 발사 준비를 마친 거죠. 그런 뒤에 신속하게 보트의 방향을 바꾸면 어뢰가 발사됩니다.”

“그러니까 자네 말은……” 하다가 보가드는 말을 멈추었다. 잠시 뒤 그의 목소리가 다시 청년에게로 날아들었다. “자네 말은, 어뢰를 발사할 방향을 정하고 거기에 맞춰서 보트를 움직이면 발사 준비가 되는 거고, 보트를 황급히 돌리면 그 비켜난 자리로 어뢰가 지나가게 된다는 얘긴가?”

“역시 대위님은 제대로 알아들으시네요.” 청년이 말했다. “로니한테도 그럴 거라고 말했었죠. 공군이시니까요. 비행기보다는 시시하게 느껴지시겠지만, 이번에는 저희가 최선을 다할게요. 여긴 바다니까요. 어쨌든 대위님께서는 잘 이해하실 거라고 생각했습니다."

"이보게." 보가드가 입을 뗐다. 그의 말소리는 청년의 귀에 지극히 낮게 들렸다. 보트는 파도를 가를 때마다 요동치며 날았지만, 그는 미동도 없이 조용히 앉아 있었다. 하지만 속으로는 독백을 하고 있었다. '계속해. 저 친구에게 계속 물어봐. 그런데 뭘 물어보지? 그래, 어뢰를 발사하기 전에 함선에 얼마나 가까이 가는지 물어봐야겠군.' 그가 예의 낮은 목소리로 말했다. "로니에게 좀 말해 주게. 자네가 그 친구에게…… 말을 좀……" 목소리가 제대로 나오지 않자 그는 말을 멈추었다. 그러고는 꼼짝하지 않고 앉아서 말이 제대로 나올 때까지 기다렸다. 청년이 몸을 숙인 채 그의 얼굴을 바라보다가, 염려하는 목소리로 말했다.

"저, 대위님께서 마음이 불편하신 듯하네요. 보트가 낮게 가라앉아 있다 보니."

"그게 아닐세." 보가드가 말했다. "난 그저…… 자네들에게 킬로 가라는 명령이 떨어진 건가?"

"아, 아닙니다. 명령은 로니만 할 수 있죠. 저희는 그저 보트를 되돌려 놓기만 하면 돼요. 이건 대위님을 위한 선물입니다. 감사의 표시죠. 로니 생각이었어요. 하늘을 나는 것보다야 시시할 테지만요. 혹시 다른 원하는 데라도 있으세요?"

"그래, 좀 더 가까운 곳이면 좋겠네. 알다시피 난……"

"그렇군요. 알겠습니다. 전시엔 휴가가 없죠. 로니에게 말하겠습니다." 청년이 그렇게 말하고는 배의 앞쪽으로 갔다. 보가드는 가만히 앉아 있었다. 보트는 길게 급강하를 하며 내달리고 있었다. 보가드가 선미 쪽을, 획획 지나가는 바다와 하늘을 가만히 바라보았다.

'맙소사!' 그는 생각했다. '이걸 낼 수 있겠어? 이걸 낼 수 있겠냐고.'

청년이 돌아왔다. 보가드는 더러워진 종잇장 같은 낯빛으로 청년을 바라보았다. "이제 됐습니다." 청년이 말했다. "킬에는 가지 않기로 했습니다. 근처에 사냥하기에 더 좋은 곳이 있을 거예요. 무슨 뜻인지 이해하시죠? 로니도 대위님은 알아들으실 거라고 하더군요." 그는 그렇게 말하고는 갑자기 주머니를 뒤지더니 병을 하나 꺼냈다. "여기요. 어젯밤에 저한테도 병을 주셨잖아요. 그거랑 똑같은 효과를 낼 겁니다. 속을 달래주는 덴 그만이죠."

보가드는 병에 든 것을 한 모금 마시고 병을 다시 건네주었지만, 청년은 서설하며 말했다. "근무 중엔 안 돼요. 대위님 부대랑은 달라요. 여긴 여기 법대로 해야죠."

보트는 여전히 내달렸다. 해는 이미 서쪽으로 기울고 있었다. 하지만 보가드는 시간 감각도 거리 감각도 잃어버린 상태였다. 그는 로니의 맞은편 차폐막에 뚫린 구멍 밖으로 드러난 하얀 바다와, 타륜에 얹힌 로니의 손과, 화강암처럼 튀어나온 그의 턱과, 불도 붙이지 않고 거꾸로 물고 있는 그의 파이프만 보았다. 보트는 쉼 없이 내달렸다.

그때 청년이 몸을 기울이더니 그의 어깨를 건드렸다. 그는 반쯤 일어섰다. 청년이 손가락으로 어딘가를 가리켰다. 석양을 배경으로 2마일쯤 떨어진 곳에 선박 한 척이 ― 저인망 어선처럼 보이는 ― 정박해 있는 것이 보였다. 높다란 돛대가 펄럭이고 있었다.

"등대선이다! 적의 배다!" 청년이 소리쳤다. 보가드는 낮고 평평한 방파제를 볼 수 있었다. 항구의 초입이었다. "물길이다!" 청년이 다급하게 고함치며 좌우로 팔을 내저었다. "기뢰다!" 그의 목소리가 바람에 휩쓸려 돌아왔다. "저 지독한 게 사방에 뿌려져 있어요. 우리 밑에도 있고요. 재밌죠?"

VII

방파제에 거대한 파도 하나가 부딪치고 있었다. 보트가 한 파도에서 다음 파도로 건너뛰며 허공에 떠 있는 동안, 엔진은 뿌리째 뽑혀 나가려는 듯 몸부림을 쳐댔다. 하지만 보트의 속도는 전혀 줄지 않았다. 방파제 끝자락을 통과하고 있을 때, 보트는 마치 돛새치처럼 방향타 위에 거의 똑바로 곧추서 있는 듯했다. 방파제는 1마일쯤 떨어져 있었다. 그곳에서 작고 희미한 불빛들이 반딧불처럼 반짝거리기 시작했다. 청년이 몸을 기울이며 말했다. "엎드리세요. 기관총입니다. 무의식적으로라도 움직이면 안 돼요."

"난 뭘 해야 되지?" 보가드가 소리쳤다. "나도 뭘 해야겠어."

"용감한 병사시군요! 우리도 저 자식들한테 한 방 먹여야죠. 마음에 드실 겁니다."

몸을 웅크린 보가드 대위는 흥분한 표정으로 청년을 올려다보며 말했다. "기관총을 쏘면 되잖아!"

"그럴 테니 염려 마세요." 청년이 그렇게 말하고는 뒤를 보며 소리쳤다. "1회 초 공격을 해야겠어. 우린 방문 팀이니까 우리가 먼저 해야지!" 청년은 다시 전방을 주시했다. "저기 있네요, 보이시죠?" 그들은 이제 항구 안으로 들어가 있어서 계류장이 훤히 보였다. 거대한 화물선이 닻을 내리고 정박해 있었다. 선체 한가운데에 거대한 아르헨티나 국기가 페인트로 그려져 있었다. "자리로 돌아가 계세요!" 청년이 그에게 소리쳤다. 그러고 나서 잠시 후, 로니가 처음으로 입을 열었다. 훨씬 부드러워진 물길 위로 속도를 늦추지 않고 배를 모는 동안 머리 한 번 움직이지 않던 로니의 돌출된 턱과 물고 있는 파이프가 살짝 흔들리는가 싶더니, 그의 입술 한쪽에서 다음과 같은 한마디가 쑥 튀어나왔다.

"비버!"

스스로 '내 장치'라고 부르는 것 위로 몸을 숙이고 있던 청년은, 경악과 분노가 뒤섞인 얼굴을 벌떡 들었다. 전방을 주시하고 있던 보가드는 우현을 가리키고 있는 로니의 손을 따라갔다. 1마일쯤 떨어진 곳에 정박한 경순양함이었다. 보가드가 그 배의 바스켓 마스트를 눈으로 확인하는 순간, 화물선의 기관총 총알이 불을 뿜으며 날아들었다. "아, 빌어먹을!" 청년이 소리쳤다. "젠장, 네가 이셨어, 로니! 이제 3점 차로 벌어졌어!" 그렇게 말하는 청년은 벌써 장치로 몸을 숙인 뒤였고, 그의 얼굴은 다시 밝고 복잡하지 않은 표정으로 돌아갔다. 그는 뭔가 노리는 듯한 기색이었는데, 긴장하지 않은 채 그저 조용히 때를 기다릴 뿐이었다. 다시 보가드의 시선이 전방을 향했고, 방향타 위에 곧추선 듯한 보트가 무서운 속도로 화물선을 향해 곧게 달려 나갔다. 로니는 타륜 위에 한 손을 올려놓고, 반대편 손을 머리 위쪽까지 높이 치켜들었다.

보가드는 그 손이 영원히 떨어지지 않을 것처럼 느껴졌다. 그는 앉지도 못하고 엉거주춤한 자세로 웅크린 채, 마치 영화 속의 기관차처럼 빠르게 다가오는 페인트로 그려진 국기를 적막한 공포에 휩싸여 지켜보고 있었다. 다시 기관총 소리가 이번에는 뒤편의 순양함에서 뿜어져 나왔고, 화물선도 함포를 쏘아 댔다. 보가드의 귀는 이미 먹먹해져 그 어떤 소리도 들리지 않았다.

"맙소사, 맙소사, 제발!" 보가드가 외쳤다.

그 순간 로니의 손이 떨어졌고, 다시금 보트가 방향타 위에서 팽그르르 돌았다. 보가드는 물줄기가 일어서며 회전하는 것을 보았다. 그는 선체가 화물선의 옆구리와 부딪힐 거라고 예상했다. 하지만 그렇게 되진 않았다. 보트는 긴 접선接線 위를 급히 벗어났다. 그는 보트가 화물선을 놓아두고 넓게 시야를 확보하며 바다 쪽으로 향하기를 기다렸다. 그때 갑자기 순양함 생각이 떠올랐다. '일단 우리가 화물선에서 벗어나면 순양함 현측에서 일제사격이 일어나겠지.' 이번에는 다시 화물선과 어뢰 생각이 났다. 그래서 화물선 쪽으로 고개를 돌렸는데, 보트가 다시 화물선을 요절내려고 물보라를 일으키며 돌아서고 있다는 사실을 깨달았다. 오금이 저렸다. 그는 화물선 갑판에 있는 사람들의 얼굴을 확인할 수 있을 정도로 선미 턱밑에까지 물보라를 일으키며 달려 나가는 것을 꿈을 꾸는 듯 지켜보았다. '이 사람들은 발사에 실패했고, 그래서 그 어뢰를 낚아채서 다시 발사하려고 달려가고 있는 거야.' 그는 멍한 상태에서 그렇게 생각했다.

청년의 손이 그의 어깨에 닿는 순간에야 그는 자기 뒤편에 사람이 있다는 것을 깨달았다. 청년의 무척이나 침착한 목소리가 들려왔다. "로니 의자 밑에 크랭크가 하나 있습니다. 그걸 저한테 건네주시면……"

그는 그것을 찾아내 건네주었다. 그는 꿈결인 듯 생각했다. '맥은 선상에 전화기가 한 대 있다고 말하곤 했었지.' 그는 청년이 그걸로 뭘 하려는 것인지 당장 확인하려고 하지 않고, 고요하고 적막한 공포에 휩싸인 채 로니와 그가 물고 있는 차가운 파이프와 최고속으로 화물선 주위를 빙글빙글 돌고 있는 보트를 지켜보았다. 화물선이 얼마나 가까이 있는지 그 배의 철판에 박힌 리벳 못까지 다 보였다. 그는 거칠고 찡그린 얼굴로 보트의 후미를 바라보았다. 그의 눈에 크랭크로 무언가를 하고 있는 청년의 모습이 보였다. 그는 뱃전 옆 튜브 아래에 있는 조그만 권양기를 수리하고 있었다. 청년이 고개를 들고 보가드의 얼굴을 보며 밝게 외쳤다. "아까는 발사가 되지 않았어요!"

"발사가 안 됐다고?" 보가드가 고함쳤다. "어뢰가?"

청년과 수병 하나가 튜브 아래 놓인 권양기 쪽으로 몸을 숙인 채 무척이나 분주히 일을 하고 있었다. "그래요, 고장인 것 같습니다. 늘 있는 일이죠. 기술자가 있으면 좋겠지만…… 어쨌거나 늘 일어나는 일입니다. 끌어당겨서 다시 발사를 시도해 봐야죠."

"그런데 불룩 튀어나온 거, 뇌관 아닌가?" 보가드가 소리쳤다. "여전히 튜브 안에 있잖아. 그래도 괜찮겠지?"

"물론이죠. 하지만 이제 작동할 겁니다. 장전이 된 상태거든요. 추진기가 돌아가기 시작했으니까요. 이번엔 깔끔하게 떨어뜨려야죠. 우리가 멈추거나 속도를 늦추면 이 녀석은 우릴 삼켜 버릴 겁니다. 튜브 안으로 도로 넣어야겠어. 빙고! 문제없지?"

보가드는 정신없이 돌아가는 회전목마처럼 보트가 맴을 돌자 몸에 잔뜩 힘을 주며 뒤뚱뒤뚱 돌아섰다. 그들 앞에 높다랗게 서 있는 화물선은, 영화 속 트릭 장면처럼 발 뒤축으로 뱅글뱅글 도는 것 같았다. "권양기를 나한테 맡겨 주게!" 그가 소리쳤다.

"침착해!" 청년이 말했다. "너무 급하게 끌어당기면 안 돼. 튜브 머리 안으로 바짝 밀어 넣어야 해. 빙고! 늘 하던 일이니 저희한테 맡겨 두십시오. 송충이가 솔잎을 먹어야죠, 안 그렇습니까?"

"허, 그렇지." 보가드가 말했다. "그래, 물론이지." 마치 누군가가 그의 입을 빌려 말하는 것 같았다. 그는 사람들 곁에서 몸을 숙인 채 두 손을 차가운 튜브 위에 힘주어 얹었다. 그의 속은 펄펄 끓고 있었지만, 바깥은 몹시도 차가웠다. 청년이 튜브 앞쪽으로 몸을 숙인 채 스패너로 가볍게 실린더를 두드린 다음 마치 시계 수리공처럼 귀를 대고 되돌아오는 소리에 세심하게 귀를 기울이는 동안, 짧고 매끈한 1인치 길이의 반원을 그리며 권양기를 돌리고 있는 수병의 뭉툭하고 나뭇결처럼 우툴두툴한 손을 보았을 때, 그는 온몸에 소름이 돋는 것 같았다. 보트는 미친 듯 빠르게 회전하며 달려 나갔다. 보가드 대위는 누군가의 입과 두 손 사이에서 구불구불 뽑혀져 나오는 길게 늘어진 실을 보았고, 그 실이 자신의 입에서 흘러나오고 있음을 깨달았다.

그에게는 더 이상 청년의 목소리가 들리지 않았고, 그가 일어선 것이 보이지도 않았다. 그저 보트가 똑바로 일어서 자신을 튜브가 있는 쪽으로 내동댕이친다는 느낌을 받았을 뿐이었다. 수병은 선미로 되돌아가 있었고, 청년은 다시 자신의 장치로 가서 몸을 웅크리고 있었다. 무릎을 꿇고 있던 보가드는 속이 뒤집히는 것 같았다. 그는 보트가 다시 원을 그렸을 때 보트 안에 있다는 사실조차 느끼지 못했고, 화물선 때문에 조심하던 순양함이 다시 기관총을 발사했을 때도, 같은 이유로 포격을 할 수 없었던 화물선이 다시 포격을 시작했을 때도 그 소리를 들을 수 없었다. 보트가 페인트로 그려진 거대한 국기 앞으로 기관차가 달리는 속도로 달려 나갈 때도, 그리고 로니가 쳐든 손이 떨어지는 순간에도, 그는 아무것도 느끼지 못했다. 하지만 어뢰가 발사되었다는 사실만은 알 수 있었다. 보트가 재빨리 방향을 바꿨기 때문이다. 그는 급상승 비행에 돌입할 때의 추격기 앞머리처럼 보트의 뱃머리가 하늘로 솟구치는 것을 보았다. 다시 위장이 뒤틀렸다. 그는 튜브 너머로 고꾸라지며 자신이 내뿜은 분출물을 보지도 못했고, 터져 나오는 폭발음을 듣지도 못했다. 그저 자신의 외투 자락을 누군가가 끌어당기고 있나는 것만 느낄 뿐이었다. 수병이 외쳤다. "걱정 마세요, 대위님. 제가 잡고 있어요."

VIII

어떤 음성과 어떤 손이 그를 깨웠다. 그의 몸은 반은 좁은 우현의 통로에, 반은 튜브 위에 엎어져 있었다. 꽤 오래 그렇게 있었던 듯했다. 생각해 보니 아까 누군가가 옷을 덮어 준 듯했다. 하지만 그때 그는 머리도 들 수 없었다. "난 괜찮네. 자네나 돌보게"라고 말했었지만.

"걱정 마십시오." 청년이 말했다. "이제 부두로 돌아갈 겁니다."

"미안하게 됐네. 난……" 보가드가 얼버무렸다.

"아닙니다. 망할 놈의 이 야트막한 보트 때문이죠. 익숙해질 때까진 위장이 뒤틀리게 돼 있어요. 로니도 저도, 처음엔 다 그랬습니다. 매번요. 하지만 위장을 꽉 붙들어 주는 게 있죠. 여기." 병이었다. "마셔 두면, 위장에 아주 좋아요. 생각보다 엄청나게."

보가드가 병에 든 액체를 들이켰다. 그러자 곧 속이 편해지고 따뜻해지는 것 같았다. 얼마 뒤 누군가의 손길이 느껴졌을 때, 그는 자신이 깊은 잠에 빠졌음을 깨달았다.

다시 청년의 모습이 보였다. 그가 입고 있는 두꺼운 모직 더블 재킷은 쪼그라들었는지, 그에게 너무 작았다. 소매 아래로 그의 길고 가느다란, 여자 것 같은 손목이 서늘한 푸른빛을 띤 채 드러나 있었다. 그때 보가드는 그 옷이 지금 자신의 몸을 덮고 있음을 깨달았다. 하지만 보가드가 미처 입을 열기 전에, 청년이 몸을 숙여 낮은 소리로 속삭였다. 기쁨이 넘쳐흐르는 얼굴로. "저 친구는 눈치 못 챘어요!"

"뭘?"

"에르겐슈트라세요! 저 친구는 그게 이쪽으로 왔다는 걸 아직 모르고 있어요. 세상에, 이대로 간다면 1점 차로 줄겠어요." 그는 보가드의 얼굴을 밝고 열망 가득한 눈으로 지켜보았다. "비버, 아시잖아요. 기분이 좀 좋아지셨나요?"

보가드가 몸을 일으켜 튜브에 걸터앉았다. 항구의 입구가 코앞에 있었다. 보트는 느리게 움직였다. 어둠이 내리고 있었다. 그가 조용히 말했다. "종종 이러기도 하는 건가?" 청년이 그를 바라보았다. 보가드가 튜브를 어루만지며 말했다. "발사에 실패하기도 하냐고."

"아, 그럼요. 그래서 권양기를 갖고 다니는 거죠. 얼마 전부터요. 처음 보트는 그렇게 불발된 어뢰 때문에 하루 만에 폭발해 버렸죠. 그래서 권양기를 둔 겁니다."

"허지만 그래도 같은 일이 벌어질 수 있을 것 같은데. 내 말은, 권양기가 있어도 보트가 폭발할 수도 있다는 거지."

"물론 그럴 수 있죠. 보트를 타고 나갔다가 돌아오지 못할 수도 있죠. 가능한 일입니다. 하지만 저희들은 아닙니다. 끄떡없어요."

"그래, 그럴 테지." 보가드가 말했다. 그들은 항구로 들어섰다. 계속 빠르게 움직이던 보트는 점점 속도를 떨어뜨리며 부드럽게 어둠이 들어찬 정박지로 건너갔다. 다시 청년이 몸을 기울이며 신이 난 목소리로 속삭였다.

"한마디도 마세요! 한마디도!" 그러고는 자리에서 일어나 목소리를 높였다. "어이, 로니." 로니는 고개를 돌리지 않았지만 보가드는 그가 귀를 기울이고 있다는 걸 알 수 있었다. "아르헨티나 화물선 놀랍지 않았어? 아까 봤던 거 말이야. 그게 어떻게 우리 옆을 지나살 수 있었시? 틀림없이 여기서도 정박했을 거야. 프랑스에 팔 밀을 싣고 왔는지도 몰라." 그는 거기서 말을 멈추고, 하늘을 떠난 천사의 얼굴을 가진 마키아벨리처럼 음흉하게 말을 이었다. "생각해 봐. 우리가 여기서 수상한 선박을 본

게 몇 달쯤 되었지?" 그는 다시 몸을 기울이고는 낮게 속삭였다. "이제, 보세요!" 하지만 로니의 머리는 전혀 움직이지 않았다. "하지만, 저 친구는 보고 있어요!" 청년이 거의 들리지 않는 소리로 속삭였다. 정말 로니는 보고 있었다. 고개는 전혀 움직이지 않는 채로. 그때 보가드의 시야에 잡힌 것이 있었다. 어둠이 들어찬 흐릿한 하늘을 배경으로, 포획된 독일 함선의 돛대가 희미하게 드러난 것이다. 그 순간 로니의 팔이 쑥 올라가며 파이프를 꽉 문 입술로 서늘하게 말했다.

"비버!"

청년이 스프링이 팅겨 나가듯, 사슬에서 풀린 개가 튀어 나가듯, 펄쩍 뛰며 소리쳤다. "오호, 네가 졌어! 네가 속았다고! 저건 에르겐슈트라세야! 야호, 이제 한 점 차야!" 그는 단숨에 보가드를 뛰어넘어 가서 로니를 내려다보며 말했다. "알겠어?" 보트는 천천히 부두를 향해 다가갔고, 엔진이 꺼졌다. "로니, 이제 한 점 차인 거 맞지?"

보트가 물결을 따라 흔들렸다. 수병이 다시 갑판 앞쪽으로 와 있었다. 로니가 세 번째이자 마지막으로 입을 열었다. "그렇군."

IX

보가드가 말했다. "스카치위스키 한 병 주게. 그게 최고지. 포장을 잘 해주게. 시내까지 가야 하니까. 그리고 이걸 전해 줄 책임감 있는 친구가 하나 필요해." 책임감 있는 친구가 오자 보가드가 말했다. "이건 어떤 젊은 친구한테 주는 걸세." 그러고는 꾸러미를 가리키며 말했다. "트웰브 아워스 가에 그 친구가 있을 거야. 트웰브 아워스 카페 근처에 있는 거리 말이야. 그 친구는 배수구에 처박혀 있을지도 몰라. 그 친구를 찾을수 있을 걸세. 키가 6피트쯤 되지. 영국군 헌병이면 누구나 자네를 그친구한테 데려다 줄 거야. 만약 그 친구가 잠들어 있다면 깨우진 말게.그냥 거기 앉아서 그 친구가 일어날 때까지 기다리게. 그런 다음 그 친구한테 이걸 주게. 보가드 대위가 주는 거라고 하고.”

X

약 한 달 뒤, 영국군 관보 한 장이 미군 소형 비행장에 잘못 날아들었다. 거기에는 사상자 명단이 적혀 있었다.

행방불명: 어뢰 보트 1001호. 해군 장교 후보생 R. 보이스 스미스와 L. C. W. 호프, R. N. R., 갑판장 조수 버트와 이등수병 리브스. 영국해협 함대, 경어뢰 분대. 연안 순찰 임무 수행 중 귀대하지 못함.

그로부터 얼마 되지 않아 미 공군 사령부에서도 공보를 발행했다.

일반적 임무를 훨씬 능가하는 발군의 용기를 발휘한 대위 H. S. 보가드와 그의 승무원, 중위 대럴 맥기니스와 비행 기관총사수 와츠와 하퍼는정찰기의 호위도 없이 주간 폭격에 참가, 적전선 수 마일 후방의 탄약 창고를 폭격. 여기에 더하여, 우세한 적 공군의 포위망을 뚫고 잔여 폭탄으로 블랭크의 적 군단사령부를 급습하고 진지 일부를 괴멸시킨 후 전원 무사 귀환.

사실 공보에는, 만약 보가드 대위가 작전에 실패하고 귀환했다면, 즉시 군사 법정에 서야 했을 거라는 단서가 붙었어야 했다.

폭탄 안전핀 쪽으로 내려가 있던 맥기니스가 그에게 소리를 칠 때까지, 그는 남은 두 개의 폭탄을 싣고 장군들이 식사 중인 대저택을 향해 핸들리 페이지를 몰고 급강하했었다. 그는 지붕의 기와들 하나하나가 선명하게 보일 때까지 폭탄 투하 신호를 주지 않았다. 그러다가 그의 손이 떨어졌고, 그는 비행기를 급상승시켰다. 요란한 소리를 내는 비행기의 조종긴을 잡은 채로 그는 입술을 떼 슈욱, 하고 숨을 내쉬며 생각했다. '오, 신이여! 저기에 모두가, 적군이고 아군이고 할 것 없이 장군들과 제독들과 대통령들과 왕들 모두가 모여 있다면 얼마나 좋겠나이까!'

여왕이 있었네
There was a Queen

I

　엘노라는 자신의 오두막에서 올라와 저택의 뒤뜰로 들어섰다. 사각형의 이 거대한 저택과 부속 건물들은 존 사토리스가 캐롤라이나로부터 이주해 와서 지은 이후 거의 100년 동안 졸린 듯 평화롭게 서 있었다. 존 사토리스는 이 집에서 죽었고, 그의 아들 베이어드와 베이어드의 아들 존도 여기서 죽었다. 존의 아들 베이어드, 즉 마지막 베이어드는 이 집에서 죽지 않았지만, 역시 이 집 땅에 묻혔다.

　결국 이제 이곳에 남은 고요함은 여자들의 고요함이었다. 부엌을 향해 뒤뜰을 가로지르던 엘노라는, 10년 전 이맘때 자신의 이복동생(베이어드의 아버지를 포함해 누구도 알지 못하는 사실이었다)인 늙은 베이어드가 뒤쪽 현관을 쿵쿵 오르내리며 깜둥이 남정네들과 안장을 얹은 암말이 있는 마구간을 향해 소리를 질러 대던 것을 기억했다. 하지만 이제 그는 세상을 떠났고, 그의 손자인 베이어드 역시 스물여섯 살에 죽었으며, 깜둥이 남정네들도 떠나 버렸다. 엘노라 어머니의 남편 사이먼 또한 뒤뜰에 묻혔고, 엘노라의 남편 캐스피는 절도죄로 복역 중이며, 그녀의 아들 조비는 빌 스트리트의 멋진 옷을 입고 싶다며 멤피스로 가버렸다. 결국 이 저택에 남은 건 아흔 살의 노구를 창가의 휠체어에 앉혀 놓고 정원을 바라보고 있는 1대 존 사토리스의 누이 버지니이와 젊은 베이어드의 미망인 나르시사와 그녀의 아들뿐이었다. 캐롤라이나에서 살던 시절 가족 중 가장 어렸던 버지니아 뒤프레는 1869년 입고 있던 옷차림 그대로 미시시피로 왔다. 캐롤라이나 집 창문에서 떼낸 색유리 몇 장과 꽃 몇 송이, 그리고 포트와인 두 병이 담긴 바구니를 들고. 그리고 그녀는 이 집에서 자신의 오빠가 죽는 것을 보았고, 그다음엔 조카가, 그다음엔 조카의 자식들이, 그다음엔 조카의 자식들의 자식 둘이 죽는 것을 보았다. 이제 나이 든 남자라곤 없는 이 집에서 버지니아는 조카의 손자의 미망인과 그녀의 아들 벤보와 함께 살고 있었다. 버지니아는 베이어드 가의 마지막 자손인 벤보를, 프랑스에서 살해당한 아이 삼촌의 이름인 조나라고 불렀다. 이 집에 속한 깜둥이들로는 부엌일을 하는 엘노라와 그녀의 아들 아이섬, 그리고 그녀의 딸 새디뿐이었다. 아이섬은 농사일을 했고, 새디는 버지니아의 침대 곁에 놓인 간이침대에 자면서 그녀를 아기처럼 보살폈다.

하지만 문제 될 건 없었다. '난 그녀를 돌볼 수 있어.' 엘노라는 뒤뜰을 가로지르며 생각했다. "도움 같은 건 필요치 않아." 큰 키에 조그맣고 뾰족한 보기 좋은 머리통을 가진 커피색 피부의 그녀가 말했다. 누가 들으라고 큰 소리로 말한 건 아니었다. "이건 사토리스 가문의 일이니까. 대령님은 숨을 거둘 때 이렇게 될 줄 아셨던 거야. 그래서 노부인을 돌보라고 나한테 직접 말씀하셨던 거야. 낯선 사람한테 그녀를 맡기지 말라는 뜻이셨어." 그녀는 자신이 평소보다 한 시간이나 일찍 이 집으로 건너오게 된 이유를 생각하고 있었다. 오후가 중간쯤 지났을 때 자신의 오두막에서 분주하게 일하고 있던 그녀는, 젊은 베이어드의 미망인인 나르시사와 열 살짜리 소년이 풀밭을 가로지르는 것을 보았다. 그녀는 문가로 나와서, 그 소년과 흰옷 입은 젊은 여자가 따가운 오후 햇살을 받으며 개울을 향해 내려가는 것을 지켜보았다. 하지만 그녀는 그들이 어디로, 왜 가는지 궁금해하지 않았다. 백인이었다면 그들 일을 궁금해했을지 몰라도, 그녀는 혼혈이었다. 그 집안의 장손이 살아 있을 때에도 그의 부인 나르시사가 내리는 명령에 귀 기울이며 그녀를 바라보던 엘노라의 얼굴에는, 고요하고 엄숙한 경멸이 드러나 있었다. 이틀 전 나르시사가 멤피스에 하루이틀 다녀올 테니 노부인을 돌보라고 말했을 때에도, 그녀는 그런 표정을 지으며 생각했었다. '그 일이 내가 늘 하던 일이 아니었던 것처럼 말하는군. 여기 온 뒤로 당신이 누굴 위해 한 일은 거의 없어. 우린 당신이 필요치 않아. 그러니 누굴 위해 일했다는 생각 따위는 꿈에도 하지 마.' 하지만 그녀는 그런 말을 입 밖에 내진 않았다. 그렇게 생각만 할 뿐, 입을 꾹 닫고 나르시사의 여행 준비를 도와주고 읍내 기차역으로 떠나는 마차까지 지켜보았다. '돌아올 필요 없어.' 멀어지는 마차를 보며 그녀는 생각했었다. 떠날 때도 왜 여행을 가는지 말하지 않았던 나르시사는 오늘 아침 돌아와서도 아무 말이 없었다. 그러다가 엘노라는 이른 오후 자신의 오두막 문가에서, 따가운 6월의 햇볕이 쏟아지는 풀밭을 가로지르는 여자와 소년을 본 것이다.

"그래, 어딜 가든 그 여자 일이니까 상관없어." 엘노라는 부엌 계단을 오르며 크게 말했다. "미스 제니를 깜둥이들밖에 없는 이 집에 홀로 남겨 두고 멤피스로 떠난 것도 그 여자 일일 뿐이야." 그녀는 여전히 큰 소리로 주절거렸다. "그 여자가 떠났을 때 놀라지도 않았어. 돌아온 게 놀랍지. 아니야, 그것도 놀랄 일이 아니야. 이 집안에 들어온 이상, 절대 떠나지 않을 거야." 그러고는 적의도 열의도 없이 태연하게 역시나 큰 소리로 덧붙였다. "쓰레기야. 읍내의 쓰레기."

그녀는 부엌으로 들어갔다. 딸 새디가 식탁에 앉아 접시에 남긴 차가운 순무 잎을 집어 먹으며 손때 묻은 패션 잡지를 보고 있었다. "왜 여기 있어?" 그녀가 말했다. "미스 제니가 부르면 들을 수 있게 저쪽에 가 있어야지."

"미스 제니한텐 필요한 게 없어." 새디가 말했다. "창가에 앉아 있기만 하잖아."

"미스 나르시사는 어디 있어?"

"몰라." 새디가 말했다. "보리랑 나가더니 아직 안 돌아왔어."

엘노라는 뭐라고 투덜거렸다. 그러고는 발을 꼼지락거려서 끈이 묶여 있지 않은 신발을 벗고 부엌을 나갔다. 그녀는 정원에서 건너온 꽃향기와 6월의 오후가 뿜어내는 온갖 졸린 소리들로 가득한, 천장 높은 복도를 지나 서재 문을 열었다. 창가 휠체어에 노부인이 꼿꼿하게 등을 편 채 앉아 있었다. (내리닫이창의 창문은 올려져 있었는데, 창문이 내려지는 겨울이면 거기 끼워진 캐롤라이나에서 가져온 색유리의 좁은 가장자리 안에 있는 노부인의 얼굴과 상체가 초상화를 연상시켰다.) 그녀는 섬세한 콧날과 빛바랜 벽처럼 하얗게 센 머리칼을 가진, 마르고 고결한 자태의 여인이었다. 어깨에는 하얀 모직 숄이 걸쳐져 있었는데, 검은 드레스와 대비되는 흰 머리칼보다는 덜 희게 보였다. 미동도 없이 창밖을 내다보고 있던 그녀의 활처럼 흰 옆얼굴은, 엘노라가 들어서자 고개를 돌렸다. 질문을 담은 표정이었다.

"애들이 아직 돌아오지 않았군, 그렇지?" 그녀가 물었다.

"아직요, 부인." 엘노라가 그렇게 말하며 휠체어로 다가갔다.

노부인이 다시 창밖으로 고개를 돌렸다. "이해가 되질 않아. 나르시사가 갑자기 돌아다니는 게. 마차를 타고……"

엘노라가 휠체어로 와서 말했다. "대단하죠." 싸늘하고 나직한 음성이었다. "게으르기 그지없는 여자가."

"마차를 타고……" 노부인이 말했다. "하지만 넌 그녀를 그런 식으로 말하면 못써."

"전 사실 외엔 아무것도 말하지 않아요." 엘노라가 말했다.

"마음에만 담아 둬. 그녀는 베이어드의 아내야. 사토리스 가문의 여자라고."

"그 여잔 결코 사토리스 가문의 여자가 될 수 없어요." 엘노라가 말했다.

노부인은 여전히 창밖을 내다보고 있었다. "마차를 타고 갑자기 멤피스로 떠나 이틀 밤이나 보내고 돌아오다니. 애랑 단 하룻밤도 떨어져 지낸 적이 없었는데, 이틀씩이나 애 혼자 밤을 보내게 하다니. 그러고는 느닷없이 돌아와서 땡볕에 애를 데리고 숲으로 가다니. 애가 엄마랑 함께 있고 싶어 해서 데려간 건 아니야. 네 생각엔 엄마가 없는 동안 애가 엄마를 보고 싶어하는 것 같던?"

"아뇨." 엘노라가 말했다. "사토리스 집안 남자들은 누구도 보고 싶어하지 않죠."

"물론이지." 노부인이 창밖을 내다보며 말했다. 엘노라는 휠체어 약간 뒤쪽에 서 있었다. "그 애들이 풀밭 너머까지 갔어?"

"모르겠어요. 안 보이는 곳까지 계속 가던걸요. 개울 쪽으로."

"개울로? 세상에나, 뭐 때문에?"

엘노라는 대답하지 않았다. 그녀는 휠체어 뒤편에서 마치 인디언처럼 꼿꼿하게 서 있었다. 오후가 기울고 있었다. 태양은 창문 아래 정원 건너편으로 떨어지고 있었고, 재스민 향기의 물결이 방으로 스며들고 있었다. 짙고 달콤한, 지독하게도 달콤한 향기였다. 창가의 두 여자는 미동도 없었다. 한 사람은 휠체어 안에서 살짝 몸을 앞으로 내밀고 있고, 깜둥이 여자는 약간 뒤에서 기둥에 새겨진 여인상처럼 꼿꼿하게 서 있었다.

여자와 소년이 정원으로 들어선 것은 정원이 구릿빛을 띠기 시작할 때였다. 휠체어에 앉아 있던 노부인의 몸이 갑자기 앞으로 쏠렸다. 엘노라에게 그 모습은 마치 무기력한 육체를 벗어나 새처럼 정원으로 날아가 아이를 맞으러 갈 듯한 자세로 보였다. 앞으로 약간 더 다가서니 애정 넘치고 친밀하며 모든 것을 잊은 듯한 노부인의 얼굴이 보였다. 두 사람이 정원을 건너 거의 집에 닿았을 때 노부인이 휙 돌아보며 말했다. "어쩐 일이지? 저 애들이 젖었어! 옷을 좀 봐. 쟤들이 옷을 입은 채로 개울로 들어갔었나 봐."

"전 가서 식사 준비를 해야겠어요." 엘노라가 말했다.

II

부엌에 들어간 엘노라는 상추와 토마토를 준비하고, 정말 필요할 때가 아니면 이름조차 입에 올리지 않는 그 여자가 굽는 방법을 가르쳐 준 (옥수수빵도 비스킷도 아닌 정체불명의) 빵을 썰었다. 아이섬과 새디는 벽에 기대 놓은 두 개의 의자에 앉아 있었다. "그녀한테 감정 같은 건 전혀 없어." 엘노라가 말했다. "난 깜둥이고 그녀는 백인이지. 하지만 내 깜둥이 자식들이 그녀보다 이 집안과 더 관계가 깊고, 행실도 더 나아."

"엄마나 미스 제니나 이 집에 미스 제니 이후엔 아무도 태어나지 않은 것처럼 생각하지."

"누가 태어났어?" 엘노라가 반문했다.

"미스 제니는 미스 나르시사랑 아무 탈 없이 지내." 아이섬이 말했다. "뭐라고 해야 할 사람은 노부인이야. 그런데 노부인은 뭐라고 안 하시잖아."

"그건 미스 제니가 품위 있는 분이기 때문이야." 엘노라가 말했다. "그게 이유야. 그리고 너희들은 아무것도 몰라. 늦게 태어나서 본 게 없으니까. 모든 걸 아는 건 그녀뿐이야."

"내가 보기엔 미스 나르시사도 누구 못지않게 품위 있는 사람 같은데?" 아이섬이 말했다. "미스 제니와 다를 바 없이."

엘노라가 갑자기 식탁에서 몸을 움직이자 아이섬이 벌떡 일어나 의자를 빼고 엄마가 지나갈 수 있도록 길을 내주었다. 그녀는 찬장에서 접시만 꺼내 다시 토마토가 있는 식탁으로 돌아왔다. "사토리스 가문에서 태어나든 다른 가문에서 태어나든 중요한 건 행실이야." 그녀는 딱딱하고 억양 없는 목소리를 흘리며 유연하고 날렵한 갈색 손을 움직였다. 두 여자에 대해 얘기할 때 그녀는 따로 구분하지 않고 둘 나 '그녀'라고 했고, 그것이 미스 제니를 지칭할 때도 거의 어조를 바꾸지 않았다. "그녀는 그 먼 길을 혼자 힘으로 걸어서 여기까지 오셨어. 북군들로 가득 찬 시골길을 지나서 말이야. 나이 든 존 주인님을 빼곤 모두 돌아가셨거나 죽임을 당해서 캐롤라이나에서 200마일이나 떨어진 이곳 미시시피까지……."

"캐롤라이나에서 여기까지 200마일이 훨씬 넘을걸." 아이섬이 말했다. "학교에서 배웠어. 2천 마일은 될 거야."

엘노라의 손은 멈추지 않았다. 그녀는 아이섬의 말을 듣지 못한 것 같았다. "북군들은 전쟁에서 그녀의 아버지와 남편을 죽이고, 그녀가 어머니와 살던 캐롤라이나 집에 불까지 질렀어. 그래서 그녀는 혼자서 미시시피로 온 거야. 그녀에게 남은 유일한 혈육을 찾아서. 그 겨울에 이 저주받은 땅으로 온 그녀가 가지고 있었던 건, 바구니에 담긴 몇 줌의 꽃씨와 와인 두 병과 색유리뿐이었어. 늙은 존 주인님이 그 색유리를 서재 창에 다셨지. 그녀가 그 유리를 통해 캐롤라이나를 보고 싶어 했거든. 그녀가 도착한 건 크리스마스 저녁이었고, 존 주인님과 자식들, 그리고 우리 엄마가 현관에서 기다리고 있었어. 그녀는 존 주인님이 번쩍 들어 내려 줄 때까지 고개를 빳빳이 든 채 마차에 앉아 있었지. 그들은 키스조차 하지 않았어. 존 주인님이 '그래, 제니,' 하시자 그녀도 '그래요, 조니'라고만 했어. 그런 다음 주인님이 그녀의 손을 잡고 집으로 들어가서 다른 사람들이 엿보지 못하는 곳으로 데려가셨지. 그러자 그녀는 울음을 터뜨리기 시작했어. 늙은 존 주인님이 그녀를 안아 주셨지. 4천 마일이나 되는……."

"여기서 캐롤라이나까지 어떻게 4천 마일이야?" 아이섬이 말했다. "2천 마일밖에 안 돼. 교과서에 그렇게 나와 있어."

엘노라는 여전히 아이섬의 말에는 주의를 기울이지 않았고, 손길도 멈추지 않았다. "그렇게 먼 거리가 너무 힘들었기에 울었던 거야. 그러고는 말했지. '난 우는 데 익숙하지 않아. 그러니 이제 울지 않을 거야. 그럴 시간도 없을 거고. 망할 놈의 양키들'이라고." 다시 찬장으로 걸어가는 엘노라의 모습은, 고요한 부엌을 가득 채웠던 그녀의 목소리가 맨발로 소리 없이 걸어 나온 것 같았다. 그녀는 다른 접시를 끄집어 내리고는 식탁으로 돌아와 다시 토마토와 상추 사이로 분주하게 손을 놀리며 자신이 먹을 수 없는 음식을 만들어 냈다. "그런데 어떻게 그녀가 (여기서 그녀는 나르시사를 가리킨다는 사실을 애들 둘은 알고 있었다) 보따리를 싸서 멤피스로 놀러 갔다가 올 수 있어? 깜둥이들 말고는 아무도 없는 이 저택에 그녀를 이틀 밤이나 홀로 남겨 두고 말이야. 사토리스 가문에 시집와서 10년씩이나 사토리스 음식으로 배를 채웠으면서도, 보따리를 들고 떠돌아다니는 깜둥이처럼 멤피스로 가버리다니. 왜 가는지 말 한마디 없이 말이야."

"엄마는 미스 제니는 엄마가 아니면 아무도 돌볼 수 없다고 했잖아." 아이섬이 말했다. "어제도 그렇게 말했잖아. 그러니 그녀가 돌아오든 말든 상관없다고."

엘노라는 크지는 않지만 거칠고 깔보는 듯한 음성으로 말했다. "그녀가 돌아오지 않을 리가 있겠어? 베이어드한테 시집오려고 5년씩이나 작당을 벌인 그녀가? 베이어드가 전쟁터로 나간 뒤 내내 미스 제니한테 수작을 부렸던 그녀가? 내가 그 꼴을 다 지켜봤지. 일주일에 두세 번씩 찾아오는 그녀를 미스 제니는 품위 있는 방문객으로 대우해 주셨지만, 난 알고 있었어. 그녀가 무슨 꿍꿍이로 찾아오는 건지. 난 쓰레기 같은 인간들의 정체를, 그들이 고상한 척하는 수법을 알고 있었으니까. 품위 있는 사람들은 그걸 못 알아봐. 바로 그 품위 때문에. 하지만 난 알 수 있지."

"그럼 그녀의 아들 보리도 쓰레기겠네." 아이섬이 말했다.

이번에는 엘노라가 고개를 돌렸다. 하지만 아이섬은 그녀가 입을 떼기 전에 어느새 의자에서 벗어나 있었다. "입 닥치고 저녁 식사 시중들 준비나 해." 그녀는 아이섬이 손을 씻으러 싱크대로 가는 걸 지켜보았다. 그러고는 식탁으로 돌아가 붉은 토마토와 연한 압생트 빛의 상추 사이로 기다란 갈색 손을 재바르게 놀렸다. "필요한 거지," 하고 그녀가 말했다. "그건 보리의 필요도 아니고, 그녀의 필요도 아니야. 그건 죽은 사람들의 필요야. 늙은 존 주인님의 필요, 대령님의 필요, 그리고 미스터 존과 베이어드의, 죽은 자의, 거기에 대해선 아무것도 할 수 있는 게 없는 자들의 필요란 말이야. 필요가 있어야 할 곳이 바로 거기야. 내가 말하려는 게 바로 그거야. 휠체어에 앉아 계신 그녀와 여기 부엌에 있는 나 외엔, 그걸 아는 사람은 아무도 없어. 난 그녀한테 별 감정은 없어. 그저 품위 있는 사람은 그 품위에 맞게 살고, 품위 없는 사람은 또 그렇게 산다는 거야. 이제 윗도리를 입어. 식사 준비가 끝났으니까."

III

휠체어에 앉은 그녀는 몸을 창문 앞으로 내민 채 여자와 아이가 정원을 가로지른 뒤 집 모퉁이를 돌아 사라지는 모습을 지켜봤었다. 그들이 집으로 들어와 서재 문 앞을 지나 계단을 올라가는 소리를 들으면서도, 줄곧 정원을 내려다보았다. 캐롤라이나에서 가져왔을 땐 성냥보다 크지 않았던 씨앗들이 튼튼한 관목으로 자라 있는 그곳을. 조카와 결혼해 아들을 낳은 그 여자와 처음 친해진 것은 그 정원에서였다. 1918년 젊은 베이어드와 그의 형 존이 여전히 프랑스 전선에 머물고 있었을 때,

아직은 존이 전사하기 전일 때, 정원에서 꽃을 돌보고 있으면 읍내에 사는 나르시사가 찾아오곤 했다. 일주일에 두세 번씩. '베이어드랑 이미 결혼을 약속한 상태였지만 내겐 아무 말도 하지 않았었지.' 노부인은 생각했다. '하긴 내게 말하는 법이 거의 없었으니까.' 그녀는 근 5년이나 들어가 보지 못한 정원으로 땅거미가 지는 것을 내려다보며 생각에 잠겼다. '하지만 때론 궁금하기도 했어. 그렇게 말이 없는데 어떻게 베이어드랑 사귀고 약혼까지 할 수 있었을까 하고. 어쩌면 편지를 간직하고 있듯이, 그렇게 어떤 공간을 채우고 있었던 건지도 모르겠군.' 베이어드의 귀향이 임박해 있던 어느 날, 나르시사는 두어 시간쯤 있다가 돌아갈 때가 다 되어서야 그녀에게 편지를 보여 주었다. 익명의 누군가가 쓴, 미친 소리로 가득한 외설적인 편지였다. 그녀는 그 편지를 베이어드의 할아버지한테 보여 주고 발신자를 찾아 벌을 주자고 했지만, 나르시사는 그러기를 거절했다. "제가 태워 버리고 잊으면 돼요." 나르시사가 말했다. "물론 이건 네 일이다만 그냥 보고 있을 수만은 없구나. 여자는 남자의 희롱에 가만있어선 안 돼. 그게 편지라 할지라도. 신사라면 누구든 그에 상응하는 조치를 취해야 한다고 생각할 게다. 게다가 네가 어떤 행동을 보여 주지 않으면 그 인간은 또 네게 편지를 보낼 게다." 그러자 나르시사가 말했다. "그럼 제가 사토리스 대령님께 보여 드리도록 할게요." 그녀는 고아였고, 오빠도 프랑스 전선에 나가고 없었다. "하지만 누군가가 저를 그런 식으로 생각하고 있다는 걸 어떤 남자에게도 알리고 싶지 않아요. 제 마음 모르시겠어요?" 그러자 노부인이 말했다. "아니, 난 누가 내게 그런 생각을 품고 있다면 일단 온 세상에 그 사실을 알릴 게다. 그렇게 혼을 내주는 거지. 처벌하지 않고 내버려 두는 것보단 그게 낫지 않겠니? 하지만 어디까지나 이건 네 일이지." "편지를 태우고 잊겠어요." 나르시사가 말했다. 그 뒤 베이어드가 돌아왔고, 얼마 있지 않아 그들이 결혼 해 나르시사가 저택으로 들어오게 됐다. 그리고 그녀는 임신을 했는데, 아이가 태어나기도 전에 베이어드가 그만 비행기 사고로 사망하고 그의 할아버지인 늙은 베이어드도 세상을 떠나고 말았다. 그로부터 2년 뒤, 그녀가 조카며느리에게 더 이상 그 편지는 오지 않느냐고 묻자 그렇다 는 대답이 돌아왔다.

그렇게 그들은 조용히, 남자 없는 저택에서 여자들만의 삶을 이어 왔다. 죽은 삼촌의 이름으로 불리는 아이와 함께. 이따금 그녀는 나르시사 에게 재혼할 것을 종용하곤 했지만 그녀는 조용히 거절했다. 그런데 일 주일 전에 나르시사가 저녁 식사에 손님을 초대했다. 손님이 남자라는 사실을 알게 된 노부인은, 한동안 자신의 휠체어에 정물처럼 앉아 생각 했다. '이제야 때가 왔구나. 진작 그랬어야지. 그녀는 젊잖아. 자리보전이 나 하는 노파랑 계속 홀몸으로 살면 안 되지. 그래, 그녀를 나처럼 살게 하진 않을 거야. 그녀한테 그런 기대를 해서도 안 돼. 그녀는 우리 사토 리스 혈족도 아니잖아. 그 수많은 멍청하고 오만한 유령들과는 다르잖 아.' 손님이 왔다. 그녀는 휠체어를 밀고 가서 저녁 식탁에 앉고서야 그 를 보았다. 머리가 벗어진, 영리해 보이는 얼굴의 젊은 남자였다. 파이베 타카파 클럽*의 열쇠가 그의 시곗줄에 달려 있었다. 그녀는 그 열쇠에 대해선 몰랐지만 그가 유대인임은 단번에 알아차렸다. 그가 그녀에게 말을 걸자 그녀의 분노는 격분으로 변해 마치 뱀의 공격을 받은 듯 휠체 어를 뒤로 젖혔는데, 얼마나 세게 젖혔는지 휠체어가 식탁 뒤로 밀려 날 정도였다. "나르시사, 이 양키가 여긴 무슨 일이냐?"

*미국 대학 우등생 클럽.

촛불이 놓인 식탁에 앉은 세 얼굴들은 모두 딱딱하게 굳어 버렸다. 그때 남자가 입을 열었다. "부인, 부인 같은 여성들이 전장에서 저희와 맞섰더라면 양키들은 하나도 남아 있지 않았겠군요."

"그런 말을 해줄 필요는 없네, 젊은이." 그녀가 말했다. "자네 할아버지가 상대한 게 남자들이었다는 게 운이 좋았던 건 사실이지만." 그런 뒤 그녀는 저녁을 먹지 않고 아이섬을 불러 휠체어를 밀게 하여 식탁을 떠났다. 이후 그녀는 자신의 침실에 불도 못 켜게 하고 나르시사가 보낸 음식 쟁반도 돌려보냈다. 그녀는 손님이 떠날 때까지 어두운 창가에 앉아 있었다.

그 일이 있고 사흘 후 니르시사는 출산 후 한 번도 떨어지지 않았던 아이를 두고 갑자기 멤피스로 떠났다가 이틀 후에 돌아왔다. 떠날 때처럼 돌아와서도 아무 말이 없었다. 그리고 방금 노부인은 개울에 들어갔다 나온 듯 옷이 흠뻑 젖은 그녀와 소년이 정원을 가로지르는 것을 본 것이다.

무얼 하고 왔는지 노부인에게 말해 준 것은 소년이었다. 소년은 옷을 갈아입고 방으로 들어왔다. 머리카락은 말끔히 빗질되어 있었지만 아직 물기가 남아 있었다. 아이가 방으로 들어와 휠체어 가까이로 올 때까지 그녀는 아무 말도 하지 않았다. "개울에 들어갔었어요." 소년이 말했다. "하지만 수영을 한 건 아니에요. 그냥 물속에 들어가 있었어요. 엄마가 수영할 수 있는 물이 어디 있냐고 해서 거길 갔던 거예요. 그런데 엄마는 수영을 하지 않았어요. 아무래도 수영을 할 줄 모르는 것 같아요. 우린 그냥 옷을 입은 채 물속에 들어가 있었어요. 엄마가 그렇게 하고 싶어 해서요."

"아," 노부인이 입을 열었다. "아, 그래. 재밌었겠구나. 엄마도 곧 내려올 거니?”

“예, 할머니. 옷을 다 갈아입으면요.”

“그래…… 저녁 먹기 전에 나가 놀고 싶으면 그러려무나.”

“할머니가 원하시면 여기 그냥 있겠어요.”

“아니다. 나가 놀아라. 무슨 일 있으면 새디를 부르면 돼.”

“알겠어요.” 아이가 방을 떠났다.

해가 지면서 창문이 서서히 흐릿해졌다. 노부인의 은빛 머리도 찬장 위에 얹힌 움직임 없는 물건처럼 흐릿해지고 있었다. 창틀에 끼워진 빛바랜 색유리는 풍성하고 고요한 꿈을 꾸는 듯했다. 그녀는 휠체어에 앉은 채 계단을 내려오는 조카며느리의 발자국 소리를 들었다. 그녀는 그 젊은 여인이 방으로 들어설 때까지 조용히 창밖을 내다보고 있었다.

그녀는 하얀색 옷을 입고 있었다. 체격이 큰 삼십대의 그녀는 영웅적인 인물의 동상 같은 위용을 드러내며 저녁빛에 감싸여 있었다. “불 켤까요?” 그녀가 물었다.

“아니다.” 노부인이 말했다. “아직은 아니다.” 그녀는 사원 기둥 속의 여인상이 생명을 얻어 기둥에서 빠져나오듯 멋지게 하얀 옷을 휘날리며 안으로 들어오는 젊은 여자를 지켜보며, 미동도 없이 허리를 꼿꼿이 세운 채 휠체어에 앉아 있었다. 여자가 의자에 앉으며 입을 뗐다.

“그때 그 편……”

“잠깐.” 노부인이 말했다. “재스민, 재스민 향기가 맡아지니?”

“예. 그……”

“기다려라. 늘 하루 중 이 시간에 이 향기가 나기 시작한단다. 올 여름이 쉰일곱 번째 해구나. 6월 이맘때면 향을 내기 시작하지. 내가 캐롤라이나에서 재스민 씨를 바구니에 담아 가져왔단다. 첫해 3월에 뿌리 주

388

위에다 신문지를 태우면서 밤을 새웠던 기억이 나는구나. 향기가 맡아지지?"

"예."

"만약에 결혼 얘기라면, 난 이미 5년 전에 너한테 말했었다. 널 비난하지 않을 거라고. 젊은 나이에 자식만 바라보고 홀몸으로 사는 건 힘들지. 네가 나처럼 살지 않는다고 널 비난하진 않을 거라고, 난 말했었다. 기억나지?"

"예. 그런 게 아니고요."

"아니라고? 그럼 뭐지?" 노부인이 허리를 펴고 머리를 약간 뒤로 젖혔다. 심오한 기품이 흐르는 그녀의 갸름한 얼굴이 저녁빛에 싸여 있었다. "난 널 비난하지 않겠다고 말했었다. 날 염려할 필요도 없다. 내 삶은 이제 끝났으니까. 더 필요한 게 없으니까. 깜둥이들만으로 충분해. 알아듣겠니?" 여자는 아무 말도 없이, 미동도 없이, 고요히 앉아 있었다. 그들의 음성은 그들의 입에서, 그들의 고요하고 흐릿한 얼굴에서 나오는 것이 아니라, 그들 사이에 내려앉은 땅거미에서 나오는 것 같았다. "이제 말하거라." 노부인이 말했다.

"그 편지, 13년 전의 그 편지, 잊진 않으셨겠죠? 베이어드가 프랑스에서 돌아오기 전에, 저희가 결혼을 약속했다는 사실을 모르셨을 때 제가 할머님께 그 편지들 중 하나를 보여 드렸잖아요. 할머님은 저한테 그 편지를 사토리스 대령에게 보여 주고 편지를 보낸 사람을 벌해야 한다고 말씀하셨죠. 제가 그러지 않겠다고 하자, 여사는 이름도 모르는 사람으로부터 연애편지를 받으면 안 된다고 하셨고요."

"그랬지. 그런 편지를 보낸 사람을 벌하지 않고 놔두는 것보다는 온 세상에 알리는 게 낫다고 했지. 하지만 넌 편지를 태워 버리겠다고 했고.”

“거짓말이었어요. 가지고 있었어요. 열 통도 넘게 가지고 있었어요. 여자 운운하신 말씀 때문에 말씀드릴 수가 없었어요.”

“아.” 노부인의 입이 벌어졌다.

“그래요, 모두 간직하고 있었어요. 아무도 찾을 수 없는 곳에 숨겨 두면 된다고 생각했었죠.”

“이따금 그것들을 꺼내 다시 읽어 봤겠구나.”

“전 그것들을 제대로 숨겼다고 생각했었죠. 그런데 베이어드와 결혼한 다음 날 밤 누군가 읍내의 저희 집에 침입했어요. 사토리스 대령님의 은행 직원이 은행 돈을 훔쳐 달아난 바로 그날 밤에요. 기억하시죠? 저는 다음 날 아침에 편지가 없어졌다는 걸 알았어요. 누가 그 편지를 보냈는지도 짐작할 수 있었고요.”

“그랬구나.” 노부인이 말했다. 그녀는 여전히 미동도 없었고, 어둠에 흐릿해지는 머리카락은 마치 은색의 정물 같았다.

“그렇게 그 편지들이 세상으로 나갔어요. 한동안 미칠 것 같았죠. 그걸 읽은 사람들이, 남자들이, 거기 적힌 제 이름뿐 아니라 그걸 읽고 또 읽으며 찍힌 제 눈 자국까지 알아봤을 거라는 생각이 들었어요. 전 황폐해졌죠. 베이어드와 신혼여행을 하는 중에 이미 황폐해지고 말았어요. 전 그에게만 집중할 수가 없었어요. 마치 세상 모든 남자들과 한꺼번에 잠자리를 하는 것 같았어요.

하지만 그 후 12년 동안 전 모두 이겨 냈다고 생각했어요. 제겐 보리가 있으니까요. 그것들이 세상에 나가 있다는 사실에도 익숙해졌고, 어쩌면 그것들이 없어져 버렸을 거라고 생각하며 안심했었어요. 이따금 기억날 때도 있었지만 어떻게든 보리가 절 지켜 줄 거라고, 그것들이 내게 다시 오게 되는 걸 보리가 막아 줄 거라고 생각했어요. 여기 살면서 보리와 할머님께 잘하기만 하면요. 그런데 어느 날 오후에, 12년이나 지나서, 한 남자가 절 찾아왔어요. 며칠 전 여기서 저녁을 먹은 그 유대인 남자가요."

"아, 그랬구나." 노부인이 말했다.

"그 사람은 연방수사국 요원이었어요. 연방수사국은 아직도 은행 돈을 훔친 자를 추적하고 있다더군요. 어쨌거나 그 요원이 제 편지들을 갖고 있었어요. 12년이나 그 사건을 수사하면서 은행원이 달아나던 날 밤 흘렸거나 내버린 그것들을 보관하고 있었던 거예요. 그리고 마침내 절 찾아온 거예요. 제가 그를 분명 알고 있다고 생각한 거예요. 그 남자가 그런 편지까지 보낸 여자였으니까요. 그를 기억하시죠? '나르시사, 이 양키는 누구니?'라고 물으셨잖아요."

"그래, 기억해."

"그 남자가 그 편지를 갖고 있었던 거예요. 12년 동안이나요. 그 사람은……"

"갖고 있었다고?" 노부인이 말했다. "갖고 있었다고?"

"네, 이젠 제가 갖고 있지만요. 그 사람 말이, 그 편지들을 아직 워싱턴 본부로 보내지 않아 자기 외엔 아무도 보지 못했다고 하더군요. 그리고 이젠 누구도 읽을 수 없게 됐고요." 그녀가 잠깐 말을 끊고 차분히 숨을 골랐다. "아직 이해하지 못하시겠죠? 그 사람은 그 편지들에서 얻을 수 있는 정보는 다 얻었지만, 어쨌든 증거품이라 수사본부에 보내야 한다고 했어요. 제가 아무리 돌려 달라고 해도, 그렇게만 말했어요. 그래서 전 그 사람에게, 멤피스에서 최종 결정을 해달라고 했죠. 그 사람이 왜 멤피스냐고 묻자 이유를 설명해 줬어요. 전 그 사람이 돈을 준다고 편지들을 돌려주진 않을 거라는 걸 알고 있었어요. 그래서 멤피스로 갈 수밖에 없었어요. 전 보리와 할머님을 위해서라면 어디로든 갔을 거예요. 그게 전부예요. 남자들은 모두 똑같잖아요. 좋은 사람이든 나쁜 사람이든 다 바보들이잖아요." 그녀는 나직이 숨을 쉬었다. 그러고는 깊이, 아주 편안하게 하품을 하고는 눈앞에 있는 움직이지 않는 흐릿한 은빛 머리를 응시했다. "그래야만 했어요. 그게 그것들을 돌려받을 수 있는 유일한 방법이었어요. 다른 방법이 있었다면 그 방법을 썼겠지만요. 이제 그것들은 제 손에 있어요. 이번엔 정말 태워 버릴 거예요. 그 누구도 더는 볼 수 없을 거예요. 그 사람도 떠들어 댈 수 없을 거예요. 그럴 거예요. 그것들이 존재했었다는 사실이 알려지면 그 사람도 곤란해질 테니까요. 이제 그것들을 태워 버릴 거예요."

"그랬구나." 노부인이 말했다. "그래서 네가 집으로 돌아와서 조니를 데리고 개울로 들어갔었구나. 그 흐르는 물에, 미시시피의 초원 뒤편에 있는 그 요단강에."

"그것들을 돌려받아야만 했어요. 아시겠어요?"

"그래, 그래." 노부인은 휠체어에 붙박인 듯 반듯하게 앉아 있었다. "우리 여자들은 참 불쌍한 바보들이지…… 조니!" 그녀가 날카롭고 위압적으로 외쳤다.

"왜요?" 젊은 여자가 물었다. "뭘 드시려고요?"

"아니야." 노부인이 대답했다. "조니를 불러. 모자를 가져오라고 해." 젊은 여인이 일어났다. "제가 갖고 올게요."

"아니다. 조니가 갖고 와야 해."

젊은 여자는 상대를, 흐릿한 은빛 왕관을 머리에 쓴 채 휠체어에 꼿꼿이 앉은 늙은 여인을 물끄러미 내려다보았다. 그러고는 방을 나섰다. 노부인은 여전히 움직임이 없었다. 그녀는 소년이 조그맣고 까만 오래된 보닛을 들고 방으로 들어올 때까지 어둠 속에 앉아 있었다. 노부인은 이따금 속이 상할 때면 그 모자를 갖다 달라고 해서 정수리에 얹고 창가에 앉아 있곤 했다. 소년이 보닛을 그녀에게 건넸다. 소년의 엄마도 소년 옆에 서 있었다. 이제 완전히 어둠이 내려 있어, 머리를 제외하곤 노부인의 모습이 보이지 않았다. "이제 불을 켤까요?" 젊은 여자가 물었다.

"아니다." 노부인이 말했다. 그녀는 정수리에 보닛을 얹었다. "너희들은 저녁 먹으러 가거라. 난 좀 더 앉아 있을 테니. 가거라, 둘 다." 그들은 노부인의 말대로 그녀를 남겨 두고 방을 나갔다. 머리칼에 비친 한 줄기 빛으로만 알아볼 수 있는 가녀리고 꼿꼿한 형상이, 빛바랜 캐롤라이나 색유리가 끼워진 창문 앞 휠체어에 앉아 있었다.

IV

여덟 번째 생일 이후로 소년은 돌아가신 할아버지가 앉던, 식탁 맨 끝 자리에서 식사를 했다. 하지만 오늘 밤 소년의 엄마는 그 원칙을 바꾸려 했다. "우리 둘만 있으니 이리 와서 내 곁에 앉아." 소년은 머뭇거렸다. "괜찮아. 싫으니? 어젯밤 멤피스에선 정말 외로웠단다. 너도 엄마가 없어서 외로웠지?"

"제니 할머니랑 잤어요." 소년이 말했다. "재밌게 보냈어요."

"이리로 와."

"네." 소년이 자신이 앉은 의자를 끌고 그녀 옆으로 갔다.

"더 가까이," 하면서 그녀는 의자를 바짝 끌어당겼다. "다시는 그런 일

없을 거야. 절대로. 알았지?" 그녀는 소년의 손을 잡으며 몸을 기울였다.

"뭘요? 개울에 들어가는 거요?"

"다시는 서로 떨어지지 않을 거라고."

"전 외롭지 않았어요. 재밌게 보냈다니까요."

"다시는 떨어지지 않기로 약속해. 약속해 줘, 보리." 소년의 이름은 벤보, 그녀의 성을 따서 붙인 거였다.

"알았어요."

두꺼운 황마 재킷을 입고 식사 시중을 들고 있던 아이섬이 부엌으로 돌아갔다.

"그녀는 식사하러 오시지 않았니?" 엘노라가 물었다.

"응, 엄마." 아이섬이 말했다. "아직 창가에 계셔. 어둠 속에. 식사를 하고 싶지 않다고 말씀하셨어."

엘노라의 눈길이 새디에게로 건너갔다. "아까 네가 서재에 갔을 때 그 사람들 뭐하고 있던?"

"노부인이랑 미스 나르시사? 얘기하고 계셨지."

"식사하시라고 전하러 갔을 때도 얘기 중이셨어." 아이섬이 말했다. "내가 말했잖아."

"알아." 엘노라가 말했다. 그녀의 목소리는 날카롭지는 않았지만 부드러운 것도 아니었다. 단호하고, 우직하고, 냉랭할 뿐이었다. "무슨 얘기를 하던?"

"몰라, 엄마." 아이섬이 말했다. "백인들 얘기 엿듣지 말라고 가르친 게 누군데."

"무슨 얘기를 하더냐고, 아이섬." 엘노라가 엄하고 단호하게, 명령하듯 그를 노려보았다.

"결혼 얘기를 하는 것 같았어. 미스 제니가 '오래전에 난 널 비난하지 않을 거라고 했었다. 아직 젊으니 네가 결혼을 했으면 싶다. 나처럼 살지 마라'라고 했어."

"그 여자가 결혼하려고 작정을 했네." 새디가 말했다.

"누가 결혼을 해?" 엘노라가 말했다. "그녀가 결혼을? 뭣 땜에? 여기서 가지고 있는 걸 포기하고? 말도 안 돼. 지난주에 여기서 무슨 일이 있었는지 알아봐야……" 그녀가 문득 말을 멈추고는, 무슨 소리를 듣는 듯 문 쪽으로 고개를 돌렸다. 식당에서 젊은 여자의 목소리가 흘러나오고 있었다. 하지만 엘노라가 들으려는 건 그 너머 무언가의 소리였다. 그녀는 부엌을 나갔다. 서두르지는 않았지만, 그녀의 길고 소리 없는 발걸음은 그녀를 탈것에 태워 무대 밖으로 내가는 것 같았다.

그녀는 식탁에 앉은 두 사람이 눈치채지 못하게 조용히 식당 문을 지나 어두운 복도로 나갔다. 지나갈 때 문틈으로 보니 여자가 소년에게 몸을 기울여 무슨 얘기를 하고 있었다. 엘노라는 소리 없이 걸었다. 그녀의 몸은 어둠에 잠겨, 얼굴만 공중에 떠다니는 것 같았다. 두 눈동자는 엷은 백색을 띠고 있었다. 갑자기 그녀가 걸음을 멈추었다. 서재에 이르기도 전에, 소리 없이 걸음을 멈추었다. 어둠에 잠긴 그녀의 얼굴에 박힌 두 눈에서 갑자기 엄청난 인광이 뿜어져 나왔다. 그녀는 잦아드는 소리로 노래하듯 읊조리기 시작했다. "오 주여, 오 하느님." 큰 소리는 아니었다. 그녀는 다시 몸을 움직여 재빨리 서재로 다가가 안으로 눈길을 던졌다. 어두운 창가에, 가냘프지민 꼿꼿한 노부인이 미동도 없이 앉아 있었다. 90년 동안의 생명이 사라지기 전, 한 줄기 빛이 그녀의 흰 머리 주위를 잠깐 밝혔다가 사라졌다. 엘노라는 잠시 서재를 둘러보고는, 돌아서서 예의 재빠르고 소리 없는 걸음으로 식당으로 향했다. 여자는 여전히 소년에게로 몸을 기울인 채 얘기를 하고 있었다. 엘노라가 왔다는 건 전혀 눈치채지 못했다. 엘노라는 양쪽 어느 문설주에도 몸을 기대지 않은 채 문가에 우뚝 서 있었다. 그녀의 얼굴엔 아무런 표정도 담겨 있지 않았다. 누구를 보는 것 같지도 않았고, 누구에게 말을 하려는 것 같지도 않았다.

"얼른 가보는 게 좋을 것 같네요." 그녀는 우직하고, 냉랭하며, 단호한 목소리로 말했다.

브로치
The Brooch

I

　전화가 그를 깨웠다. 허둥거리며 잠에서 깬 그는 옷과 슬리퍼를 더듬었다. 그는 잠을 깨기 전에 이미 자기 침대 옆의 또 다른 침대는 비어 있음을 알고 있었다. 전화기는 어머니가 지난 5년 동안 침대에 똑바로 기대 누워 있는 아래층 방 바로 앞에 있었다. 집 안에서 일어나는 모든 일을 언제나 듣고 있는 어머니는 전화 소리도 들었을 게 뻔했기에 그는 일어나면서 이미 늦었다는 걸 알고 있었다.

　남편 없이 홀로 사는 어머니에게 그는 하나뿐인 자식이었다. 그가 대학에 입학해 고향을 떠나야 했을 때 그녀도 함께 떠났다. 그가 졸업할 때까지 4년 동안, 둘이서 버지니아 주 샬럿빌에서 집을 얻어 살았다. 그녀는 부유한 상인의 딸이었다. 남편은 어느 해 여름 소개장 두 통을 들고 마을에 나타난 순회 외판원이었다. 소개장 하나는 목사 앞으로, 다른 하나는 그녀의 아버지 앞으로 되어 있었다. 3개월 뒤, 그 순회 외판원 보이드와 부유한 상인의 딸은 결혼했다. 그는 그해에 자신의 일을 접고 아내 집으로 이사했다. 그는 변호사들이나 목화 재배업자들과 함께 호텔 앞에 죽치고 앉아 있다가, 여자들이 지나가면 모자를 벗고 갈색 얼굴을 드러내며 호기롭게 거들먹거렸다. 이듬해에 아들이 태어났다. 그로부터 6개월 뒤, 보이드는 떠났다. 그가 홀연히 떠나며 남긴 쪽지에는 이렇게 적혀 있었다. 침대맡에 앉아 가게에서 모아 온 실 꾸러미를 빈 실패에 감고 있는 그녀를 더 이상은 참고 지켜볼 수가 없다고. 그녀의 아버지는 그녀에게 혼인을 무효화하고 아들의 이름을 바꾸라고 했지만 그녀는 동의하지 않았다. 남편의 소식은 다시는 들을 수 없었다.

부유한 상인이 세상을 떠나자 딸과 손자가 모든 재산을 물려받았지만, 손자는 일고여덟 살 이후 소공자풍 아동복은 입지 못했으며 열두 살 때는 주중에도 아이가 아니라 난쟁이처럼 보이는 옷을 입었다. 어머니가 그렇게 입힌 덕분에 그는 오랫동안 또래들과 사귈 수도 없었다. 몇 년 후 어머니는 학생들이 라운드 재킷이나 안전모를 쓰고 다녀도 뭐라고 하지 않는 남학교를 찾아냈다. 하지만 그때는 이미 아들이 더 이상 난쟁이로 보이지 않는, 4년의 대학 생활을 위해 둘이서 샬럿빌로 이사 갈 무렵이었다. 아들은 단테의 작품 속에 나오는 등장인물처럼 보였다. 아버지보다 약간 말랐지만, 그의 갈색의 잘생긴 얼굴을 얼마간 닮아 있었다. 그는 샬럿빌에서도, 다시 돌아온 미시시피 시골 마을에서도, 거리를 지나다가 여자들과 마주치면, 어머니가 곁에 없을 때조차 15세기 우화에 나오는 젊은 수사나 천사 같은 표정을 띠며 얼른 고개를 돌려 버리는 청년이었다. 하지만 어머니가 중풍으로 쓰러지고 얼마 되지도 않아, 그녀의 친구들이 아들의 소문을 가지고 그녀의 침대로 달려왔다. 아들이 결혼까지 생각하며 사귀고 있는 여자가 있는데, 그녀의 어머니도 그들이 결혼할 거라고 생각한다는 것이었다.

그 여자의 이름은 에이미였고, 열차 사고로 목숨을 잃은 철도 승무원의 딸이었다. 그녀는 이모가 운영하는 하숙집에서 살고 있는 무척이나 발랄하고 대담한 성격의 여자였다. 훗날 그녀가 얻게 되는 평판은 그녀가 나쁜 짓을 해서가 아니라, 남부의 조그만 시골 마을이 가진 우둔하고 계급의식에 찌든 편견 때문에 불이 아니라 연기만 보고 내려진 것이었디. 그녀는 늘 이런저런 무도회에 초대되긴 했지만 그녀의 이름은 나이 든 부인들에겐, 즉 그녀의 남편감들을 낳은 쇠퇴해 가는 오래된 가문 출신의 딸들에겐 그저 하찮은 단어에 불과했다.

그래서 그때부터 아들은 현관문을 통과해 어머니가 늘 똑바로 침대에 기대 누워 있는 방을 지나 어둠에 싸인 계단을 올라가 자신의 방으로 들어가는 그 모든 과정을 조용히 해내는 몇 가지 기술들을 익혔다. 하지만 어느 날 밤에는 그 기술이 먹히지 않았다. 집으로 들어갔을 때 어머니 방 문 위쪽에 달려 있는 채광창은 늘 그렇듯 어두웠다. 설사 채광창에 불빛이 비쳤다 해도, 그날 오후 어머니 친구들이 전화로 에이미에 관한 얘기들을 떠들어 댄 이후 어머니가 다섯 시간이나 침대에 똑바로 기대앉아 어둠 속에서 보이지 않는 문을 응시하고 있었다는 사실을 그가 알 도리는 없었다. 언제나처럼 신발을 벗어 들고 조용히 들어가려 했는데, 그가 현관문을 닫기도 전에 어머니가 그의 이름을 불렀다. 목소리를 높이지도 않고 딱 한 번만.

"하워드."

어머니 방 문을 여는 순간 침대 곁 탁자 위의 등에 불이 들어왔다. 그러자 등 옆에 놓여 있는 시계와 함께 시체 같은 얼굴이 보였다. 2년 전 손을 움직일 수 있게 되자 어머니가 한 첫 번째 행동은 그 시계를 멈추게 한 것이었다. 그는 두툼한 몸집의 어머니가 자신을 지켜보고 있는 침대로 다가갔다. 그녀의 머리카락은 완전히 하얗게 세어 있었고, 쇠기름 빛깔 얼굴에 달린 어두운 눈 안에는 동공도 홍채도 없는 것 같았다. "무슨 일이에요? 아프세요?" 그가 물었다.

"가까이 오거라." 어머니의 말에 그는 가까이 다가갔다. 두 사람은 서로의 얼굴을 바라보았다. 그제야 그는 무슨 일인지 알 것 같았다. 이미 예상했던 일이었다.

"누가 어머니한테 떠들어 댔군요." 그가 말했다. "그 늙다리들이요."

"그 말이 송장이라는 말처럼 들려 기분이 좋구나." 그녀가 맞받았다. "이제 안심이 되는구나. 네가 송장들을 우리 집으로 데려오진 않을 테니까."

"우리 집이 아니라 어머니 집이라고 하셔야죠."

"그럴 필요까지야 없지. 그저 한 여자가 사는 집일 뿐이지." 그들은 환자의 방에 시들한 빛을 쉼 없이 비추고 있는 등을 사이에 두고 서로를 바라보았다. "너도 남자니 나무라지는 않겠다. 놀라지도 않았어. 그저 네가 웃음거리가 되기 전에 미리 경고를 해두는 것뿐이야. 집과 마구간을 혼동해선 안 돼."

"마구간이라 — 하아!" 그는 한 걸음 뒤로 물러서 그의 아버지처럼 호기롭게 거들먹거리는 몸짓으로 문을 열어젖히며 말했다. "허락받았다고 혼동하지 말라는 말이겠죠." 그러고는 문을 닫지도 않고 나갔다. 그녀는 베개에 기대앉은 채로 어두운 복도를 바라보며, 그가 에이미에게 전화를 걸어 내일 당장 결혼하자고 말하는 것을 들었다. 그는 다시 문가에 나타나 거들먹거리는 투로 "허락받았다고 혼동하지 않을게요"라고 말하고는 문을 닫아 버렸다. 조금 뒤 어머니는 방의 불을 껐다. 방 안으로 새벽빛이 비쳐 들었다.

그러나 다음 날 그들은 결혼하지 않았다. "겁이 나요." 에이미가 말했다. "당신 어머니가 무서워요. 어머니께서 저에 대해 뭐라고 하세요?"

"몰라. 어머니한테 당신에 대해 얘기한 적은 없으니까."

"절 사랑한다는 말도 하지 않았나요?"

"그게 무슨 상관이야? 결혼하자고."

"그럼 어머니와 거기서 같이 사는 거가요?" 두 사람은 서로의 얼굴을 바라보았다. "당신이 일을 해서 우리 집을 가지는 건 어때요?"

"뭣하러 그래? 난 돈은 충분히 가지고 있어. 집도 크고."

"그래도 어머니 집이잖아요. 돈도 어머니 것이고요."

"내 것이 될 거야. 언젠간 우리 것이 될 거고."

"자, 다시 춤춰요." 그들이 있는 곳은 그녀의 하숙집 거실이었고, 그녀는 그에게 춤을 가르치려고 애썼다. 하지만 그는 좀처럼 배우지 못했다. 음악도 그에게는 그저 소음에 불과한 듯 그의 춤을 이끌어 내지 못했다. 그녀의 몸의 감촉이 그를 조화롭게 움직이지 못하게 하는 것일 수도 있었다. 결국 그는 춤을 배우지 못했지만, 그녀를 데리고 컨트리클럽 무도회에 갔다. 이때 사람들은 다들 그들이 약혼한 사이임을 알고 있었다. 그럼에도 불구하고 그녀는 잔디밭 부근 수자상에서 다른 남자들과 춤을 추었다. 그는 다른 남자와 춤을 추고 술을 마신 것에 대해 그녀에게 따지고 싶었다.

"여기서 나가서 나랑 술 마셔. 그러면서……"

"우린 약혼한 사이잖아요. 약혼자랑 무슨 재미로……"

"그래?" 매번 거절당할 때마다 온순하게 받아들이던 그가, 이번에는 그러지 않고 그녀를 정면으로 바라보며 말했다. "나랑 있으면 뭐가 재미없다는 거지?" 그가 그녀의 어깨를 움켜쥐자 그녀는 잠깐 뒤로 물러나며 말했다.

"아, 아파요!"

"아프겠지. 나랑 있으면 뭐가 재미없다는 거야?"

그러다가 다른 커플이 다가오자 그는 그녀를 놓았다. 그로부터 한 시간쯤 뒤 중간 휴식 시간에, 그는 비명을 지르며 저항하는 그녀를 어두운 차에서 끌어내 이제는 텅 비어 있는, 샤프롱*들만 극장 관객들처럼 줄지어 서 있는 댄스홀을 가로질러서 빈 의자로 갔다. 그러고는 거기 앉아 그녀를 무릎 위에 올려놓고 엉덩이를 때렸다. 그날 날이 밝자 두 사람은 자동차를 타고 20마일이나 가서 다른 마을에서 결혼식을 올렸다.

그날 아침 에이미는 보이드 부인에게 "어머니"라고, 처음이자 마지막으로 불렀다(딱 한 번 예외가 있었는데 너무 놀라 충격에 빠져, 혹은 너무 기뻐서 어쩔 줄 몰라 그렇게 불렀을 것이다). 바로 그날 보이드 부인은 형식적으로나마 에이미에게 브로치를 선물했다. 오래되고 세련되지 못한 것이었지만 값은 꽤 나가는 물건이었다. 그는 에이미가 브로치를 방으로 가져와, 선 채로 물끄러미 그것을 바라보는 모습을 지켜보았다. 지극히 차갑고 지극히 속을 알 수 없는 표정이었다. 그러고는 서랍을 열고 손가락 두 개로 그것을 집어 내려놓은 다음, 그 손가락들을 허벅지로 끌어왔다.

---

*젊은 여자가 사교장에 나갈 때 따라가 보살펴 주는 사람으로, 대개 나이 든 부인이다.

"가끔은 하고 있어야 할 거야." 하워드가 말했다.

"아, 그럴 거예요. 감사의 표시를 해야죠. 걱정 마요." 한동안 그녀는 그것을 하고 다녔다. 그의 눈에는 그녀가 기뻐하며 그것을 달고 다니는 것처럼 보일 만큼 자주 달았다. 하지만 얼마 안 있어 그는 그녀가 기뻐서가 아니라 그것이 자신과 어울리지 않는다는 것을 악의적으로 보여 주기 위해 달고 다닌다는 사실을 깨달았다. 한번은 일주일 내내 체크무늬면 앞치마의 가슴께에 그것을 달고 다니기도 했다. 그녀는 보이드 부인 앞에서는 그것을 늘 달고 있었고, 하워드와 함께 옷을 차려입고 나가는 길에 어머니 방에 들어가 잘 주무시라는 인사를 할 때도 항상 그것을 달고 있었다.

그들은 2층에서 기거했다. 1년 뒤 그곳에서 아기가 태어났다. 그들은 보이드 부인에게 보여 주려고 아기를 데리고 아래층으로 내려갔다. 그녀는 베개에 얹힌 머리를 돌려 딱 한 번 아기를 보고는 말했다. "아, 그러고 보니 내가 바깥사돈을 본 적이 없구나. 내가 기억하기론 말이다. 하지만 그때 난 기차를 타고 다니는 걸 그다지 좋아하지 않았지."

"저 늙은…… 저 늙은이가……" 에이미는 몸을 떨며 하워드에게 매달려 울부짖었다. "저 여자는 왜 저렇게 날 미워하는 거죠? 내가 뭘 잘못했길래? 우리 이 집에서 나가요. 당신 일할 수 있잖아요."

"어머니가 언제까지 사시진 않아."

"아뇨, 당신 어머닌 그럴 거예요. 영원히 살 거라고요. 날 증오하면서."

"그렇지 않아." 하워드가 말했다. 이듬해에 아기가 죽었다. 또다시 에이미가 이 집에서 나가 살자고 그를 졸랐다.

"어디든 가요. 어떻게 살든 난 상관없어요."

"안 돼. 거동이 불편한 어머니를 두고 갈 순 없어. 당신은 다시 밖으로 나돌 거잖아. 춤도 추러 다니고. 그러다 보면 좋아지겠지."

"그래요. 난 나돌아 다닐 거예요. 여기선 견딜 수가 없으니까." 그녀가 나직이 말했다.

한 사람은 '당신'이라고 했고, 다른 한 사람은 '나'라고 했다. 둘 중 누구도 '우리'라고 하지 않았다. 그리하여 토요일 밤이면 에이미는 혼자 외출했다. 그녀가 옷을 차려입으면 하워드도 오버코트를 입고 — 가끔은 코트를 팔에 걸치고 — 스카프까지 하고는 계단을 내려와 보이드 부인 방 앞에서 멈췄다가 함께 밖으로 나갔다. 하지만 하워드는 에이미가 운전하는 차가 떠나는 것을 지켜본 후, 다시 집 안으로 들어와 신발을 벗어 든 채 살금살금 불빛이 비치는 채광창 앞을 지나 계단을 올라갔다. 총각 시절 때 그랬던 것처럼. 그러다가 자정이 가까워지면 다시 스카프와 오버코트를 걸치고 계단을 내려가 여전히 불이 밝혀진 채광창을 지나 현관으로 나가, 차를 몰고 올 에이미를 기다렸다. 그러고는 같이 집으로 들어와 보이드 부인의 방을 들여다보며 주무시라고 인사를 했다.

어느 날 밤, 새벽 1시가 되었는데도 그녀가 돌아오지 않았다. 그 11월의 밤에 슬리퍼에 잠옷 차림으로 현관에 나가 한 시간이나 기다렸더니 그녀가 돌아왔다. 보이드 부인의 채광창에 불빛이 보이지 않아, 그들은 그 앞에서 걸음을 멈추지 않았다.

"어떤 여자들이 내 시곗바늘을 돌려 놨지 뭐예요." 그녀는 그렇게 말하며 그를 보지도 않고 옷을 벗고는 브로치를 떼내 다른 보석들과 함께 화장대 위에 던졌다. "바보처럼 왜 거기 나와서 기다려요?"

"다음번에 또 그들이 시곗바늘을 돌려 놓지 않으면 나도 그러지 않을 거야."

그녀는 갑자기 일체의 동작을 멈추고는 어깨 너머로 그를 응시했다.

"무슨 뜻이에요?" 그녀가 물었다. 그는 그녀를 보고 있지 않았다. 그는 자기 옆으로 다가온 그녀를 듣고 느꼈다. 그녀는 그의 어깨를 매만지며 말했다. "하워드?" 그는 미동도 하지 않았다. 그녀가 그를 확 끌어당기자 서로의 무릎이 부딪쳤다. 그녀가 거칠게 울부짖었다. "우리한테 무슨 일이 일어난 거죠?" 그녀는 제멋대로 그에게 부딪치며 말했다. "이게 뭐냐고요, 무슨 꼴이냐고요." 그는 그녀를 달랬다. 그 뒤 그들은 각자의 침대로 들어갔다(벌써부터 침대를 따로 쓰고 있었다). 잠시 후, 그는 그녀가 자신의 침대로 건너오는 소리를 들었다. 그녀는 어둠 속에서 다시 한 번 거칠고 제멋대로 그에게 몸을 던졌다. 하지만 그건 여자가 아니라 어린아이의 몸짓이었다. 그녀는 그를 갑싸 안으며 속삭였다. "당신은 날 믿을 필요 없어요, 하워드! 당신은 그럴 수 있어요! 그럴 수 있다고요! 날 믿지 말아요!"

"그래, 알고 있어." 그가 말했다. "괜찮아. 다 괜찮다고." 그 뒤부터 그는 자정 직전이면 혼자 스카프와 오버코트를 걸치고 계단을 내려가 불이 밝혀져 있는 채광창을 지나 현관문을 요란하게 열고 닫은 후, 어머니가 등을 베개에 기대고 무릎 위에 펼쳐진 책을 읽고 있는 방으로 들어갔다. 그러면 보이드 부인은 이렇게 말하곤 했다.

"벌써 돌아왔니?"

"네. 에이미는 올라갔어요. 뭐 필요한 거 없으세요?"

"됐다. 잘 자거라."

"주무세요."

그런 다음 그는 2층으로 올라가 침대로 들어가 얼마 뒤 잠이 들곤 했다. 하지만 가끔은 무기력한 지성에서 비롯된 고요하고 숙명적인 비관에 빠져 이렇게 중얼거리곤 했다. 이런 상태가 영원히 지속될 리는 없어. 어느 날 밤에는 무슨 일이 일어나고 말 거야. 어머니가 에이미를 간파하고 말 거라고. 그럼 에이미가 어떻게 할지 난 알고 있어. 하지만 난 어떻게 해야 하지? 사실 그는 자신이 어떻게 해야 할지 알고 있었다. 그의 마음의 중심은 그 답을 확실히 알고 있었다. 하지만 그는 그것을 무시했다. 지성이 그 답을 묻어 버리지도 말고 도망치지도 말라고 했지만, 그는 또 바로 무시해 버렸다. 그러자 무기력한 지성이 속삭였다. 주어진 상황, 처해진 환경에서 무엇을 하게 되는지 아는 사람은 아무도 없지. 아니, 다른 현명한 자라면 결론을 내릴 수도 있겠지. 하지만 너는 그리지 못해. 다음 날 아침이면 자기 침대에 누워 있는 에이미를 볼 수 있었고, 그렇게 날이 밝으면 지성도 사라졌다. 그러나 이따금 낮에도 지성이 돌아올 때가 있었다. 그러면 그는 자신의 인생을 무심하게 돌아보면서 그들 두 사람이 만든 모든 과오를, 그들 둘이 결코 채울 수 없었던 결핍을 생각하곤 했다. 그는 다시 혼잣말을 했다. 나는 어머니가 뭘 할 건지 알고 있고 에이미가 내게 뭘 요구할 건지도 알고 있어. 그리고 내가 그 요구에 따르지 않을 거라는 것도 알고 있어. 하지만 그러고 나면 난 뭘 하지? 하지만 그런 혼잣말을 오랫동안 하지는 않았다. 어쨌든 지금까지는 아무 일도 일어나지 않았고, 토요일까지는 엿새라는 긴 날들이 남아 있기 때문이었다. 이제 그에겐 무기력함만 남아 있었다. 지성조차 남아 있지 않았다.

II

시끄럽게 울려 대는 전화 소리에 잠에서 깼을 때 그는 옆 침대가 비어 있다는 사실을 이미 알고 있었으며, 아무리 잽싸게 전화기가 있는 곳으로 간다 해도 이미 늦었다는 사실 역시 알고 있었다. 그는 슬리퍼를 찾는 것을 포기하고 얼음처럼 차가운 계단을 달려 내려가 어머니 방의 불이 밝혀진 채광창을 바라보며 수화기를 들었다. "하워드, 미안해요. 나 마사 로스예요. 귀찮게 해서 미안해요. 하지만 에이미가 걱정할까 봐서요. 집에 돌아오니 그게 차에 있더라고요. 에이미에게 알려 줘요."

"네." 그가 말했다. "그게 차에 있다고요."

"네, 우리 차에 있어요. 에이미가 자동차 열쇠를 잊어버려서 우리가 집 앞 길모퉁이에 내려 줬어요. 우리 집에 가서 햄이랑 계란 프라이를 먹고 가라고 해도 에이미는……" 갑자기 수화기 저편의 소리가 사라졌다. 그는 차가운 수화기를 귀에 댄 채 귀를 기울였지만 침묵만이, 숨을 들이마시는 것 같은 일종의 실망감만이 가득할 뿐이었다. 그것은 본능적이고 여성적이며 자기 보호적인 무엇이었다. 그 끊김은 끊김이라고도 할 수 없을 정도로 이내 되살아났지만, 목소리는 공허하고 부드럽고 침착하게 바뀌어 있었다. "에이미는 자고 있나 보네요."

"네, 자고 있습니다."

"아, 정말 미안해요, 잠을 깨워서. 하지만 에이미가 너무 걱정할 거 같아서요. 당신 어머니 거, 가족 거잖아요. 하지만 물론, 아직 에이미가 찾지 않으면 굳이 알려서 귀찮게 할 필요는 없겠죠." 전화 소리가 웅웅거렸다. "내가 전화했다거나 무슨……" 다시 전화 소리가 웅웅거렸다. "여보세요, 하워드?"

"됐습니다." 그가 말했다. "오늘 밤은 아내를 귀찮게 하고 싶지 않네요. 아침에 전화하세요."

"예, 그럴게요. 귀찮게 해서 미안해요. 어머니께서 깨지 않으셨기를 바랄게요."

그가 수화기를 내려놓았다. 한기가 느껴졌다. 방문 안쪽에는 쇠기름 빛깔의 얼굴, 속을 알 수 없는 어두운 눈이 있을 것이다. 에이미가 해진 면실 같다고 했던 하얀 머리칼을 가진 어머니가, 다시 움직일 수 있게 된 손으로 작동을 중지시킨 시계 옆 베개 위에 꼿꼿하게 앉아 있을 것이다. 얼음처럼 차가운 마룻바닥을 디디고 있는 그의 발가락이 오그라들었다. 문을 열고 들어가니 손에 닿을 듯 가까이에 걸려 있는 자신의 사진이 보였다.

"에이미가 아직 안 들어왔구나." 보이드 부인이 말했다.

"아뇨, 자고 있어요. 우리가 언제 들어왔는지 아시잖아요. 에이미가 마사 로스 집에 귀고리 하나를 놓고 와서 마사가 전화를 한 거예요."

하지만 그녀는 그의 말을 믿지 않는 게 분명했다. "에이미가 지금 집에 있다고 맹세할 수 있어?"

"물론이죠. 에이미는 자고 있어요. 말씀드렸잖아요."

"그럼 내려와서 내게 밤 문안하라고 해라."

"말도 안 돼요. 안 그럴 거예요."

두 사람은 침대 발판 너머로 서로를 바라보았다.

"내 말을 거역하겠다는 거냐?"

"예."

두 사람은 꽤 오래 서로를 바라보았다. 그러다가 그가 발길을 돌리기 시작했다. 그는 지켜보는 어머니의 눈길을 느낄 수 있었다. "얘기를 돌리는 걸 보니, 에이미가 브로치를 잃어버렸구나."

그는 대답하지 않고 문을 닫으며 잠깐 그녀를 바라봤다. 두 사람은 이상할 정도로 닮은, 피에 대한 무서울 정도로 철저한 반감을 가진, 숙명적으로 화해할 수 없는 적이었다. 그는 방을 떠났다.

그는 침대로 돌아와 불을 켜고 슬리퍼를 찾아 신고는, 난로로 가서 타고 남은 재 위에 숯을 얹어 깬 다음 불씨 안으로 밀어 넣었다. 벽난로 선반 위에 놓인 시계는 1시 20분 전을 가리키고 있었다. 난로의 불이 타오르자 떨리던 몸이 진정되었다. 그는 침대로 돌아가 불을 껐다. 가구와 화장대 위의 거울과 작은 유리병들 사이로, 그리고 에이미와 자신의 사진이 끼워져 있는 큰 은색 액자 두 개와 비어 있는 작은 은색 액자 하나가 놓인 서랍장 위로 난로 불빛이 비치고 있었다. 그는 그냥 누워 있었다. 아무 생각도 하지 않았다. 예전에 딱 한 번, 조용히 이렇게 생각한 적이 있다. 다 끝장나면 내가 무엇을 해야 할지 알게 될 거야. 깨닫게 될 거야. 그러고는 더 이상 생각하지 않았었다.

집은 여전히 완강한 메아리 같은 전화벨 소리로 가득 차 있는 것 같았다. 얼마 뒤 벽난로 선반 위에 놓인 시계 소리가, 작지만 끊임없이 차갑게 째깍거리는 그 소리가, 그의 귓속으로 파고들기 시작했다. 그는 불을 켜고 베개 옆 탁자에 놓인 책을 집어 코앞에다 펼쳤다. 하지만 시계가 만들어 내는 소리로 인해 글자들에 집중할 수가 없었다. 결국 그는 일어나 벽난로 선반으로 걸어갔다. 시곗바늘은 이제 2시 30분을 가리키고 있었다. 시계를 멈추고 책을 난로 앞으로 가져와 얼굴을 벽 쪽으로 향한 채 책을 읽기 시작하자 비로소 글자들에 집중할 수 있었다. 그는 흐르는 시간에 신경 쓰지 않고 책을 읽어 나갔기에, 자신이 읽기를 멈추고 갑자기 고개를 든 것이 얼마쯤 후였는지 알 수 없었다. 어떤 소리도 들리지 않았지만, 그는 에이미가 집으로 들어왔음을 알 수 있었다. 왜인지는 몰라도 분명 알 수 있었다. 그는 숨을 죽이고 미동도 하지 않은 채 놓아두었던 책을 다시 집어 들고 기다렸다. 그때 에이미의 말소리가 들렸다. "어머니, 저예요."

그녀가 '어머니'라고 했어. 그는 여전히 꼼짝하지 않은 채 생각했다. 그녀가 또 '어머니'라고 불렀어. 잠시 후 그는 읽고 있던 페이지를 펼친 채로 책을 엎어 놓았다. 발자국 소리를 죽이지 않고 자연스럽게 방을 가로질러 문을 열었을 때, 에이미가 보이드 부인의 방을 막 나서는 것이 보였다. 그녀는 계단을 오르고 있었다. 그녀의 슬리퍼 굽이 만들어 낸 날카롭고 부자연스러운 소리가 어둠에 싸인 집 안에 울려 퍼졌다. 그는 생각했다. 어머니가 그녀를 불렀을 때 그녀는 몸을 굽혀 다시 슬리퍼를 신어야 했을 거라고. 그녀는 아직 그를 보지 못한 채 계속 계단을 올라오고 있었다. 계단에 드리워진 희미한 불빛에 드러난 그녀의 얼굴이 모피코트의 깃에 견주어 그저 흐릿한 꽃잎과도 같이, 그녀가 막 모습을 드러낸 얼어붙은 밤의 장밋빛이 어린 투명한 향기가 그가 기다리고 있는 곳으로 쉼없이 올라오고 있었다. 그러고는 그녀는 계단 맨 위에 서 있는 그를 보았다. 그 찰나와도 같은 순간에 그녀는 죽은 듯 멈추었다가 그를 지나 침실로 들어가며 말했다. "너무 늦었죠? 로스 부부랑 같이 있었어요. 그 사람들이 날 모퉁이에다 내려 줬어요. 내가 자동차 열쇠를 클럽에서 잃어버렸거든요. 어머닌 아마 차 소리에 깨셨을 거예요."

"아니. 어머닌 벌써 깨어 있었어. 전화가 왔었거든."

그녀가 벽난로 곁으로 가서 코트를 입은 채 불을 쬐려고 손을 내밀었다. 마치 그의 말을 못 들은 것처럼. 불빛에 비친 그녀의 얼굴은 장밋빛이었고, 그녀의 몸에선 그녀보다 먼저 계단을 올라왔던 냉기 냄새가 나고 있었다. "이런 일이 일어날 거라고 생각했었어요. 어머니 방엔 이미 불이 켜져 있더군요. 내가 현관문을 열었을 때 우린 이미 끝장난 거예요. 어머니가 '에이미니?' 하셔서 '저예요, 어머니,' 하고 대답하자 '이리들어오렴,' 하시더군요. 내가 미처 집으로 들어오기도 전에요. 방으로 들어가니 어머니가 그 흐릿한 눈으로, 그 한 해나 지난 솜 더미에서 한 움큼 뽑은 솜 같은 머리칼을 하고서 말하더군요. '물론 넌 이해하겠지. 당장 이 집을 떠나야 한다는 걸 말이다. 잘 자거라,' 하고요."

"12시 30분부터 어머니는 줄곧 깨어 있었어. 하지만 난 당신이 벌써 들어와 자고 있다고 우겼고, 다음은 운에 맡겼지. 그것밖에 할 수 있는 게 없었어."

"그 뒤로 한숨도 안 주무신 거예요?"

"그래. 12시 반에 전화가 온 이후로."

그녀는 여전히 벽난로 앞으로 손을 내민 채 장밋빛으로 물든 모피 코트의 어깨 너머로 밝지만 무거운, 무심하면서도 은밀한 연민이 담긴 눈빛으로 그를 바라보았다. "전화가 왔다고요? 여기로? 12시 반에? 정말 구역질 나네요…… 하지만 상관없어요." 그녀는 마치 몸이 따뜻해지기를 기다렸을 뿐이라는 듯, 이제 그를 향해 몸을 돌렸다. 벌어진 두툼한 코트 사이로 얇고 반짝이는 드레스가 보였다. 그녀에겐 아름답다고 할 만큼의 기품이 있었다. 그녀의 얼굴은 매달 쏟아지는 잡지 표지에 실리는 판에 박힌 듯 똑같은 얼굴들과는 달랐다. 수 마일에 이르는 영화필름에 찍히는, 중성적인 자극을 일깨우는 형체나 모양도 아니었다. 그것은 오래도록 변하지 않고 영원히 지속되는 완벽한 여성의 특질을 가지고 있었다. 팔을 들어 올린 채 그에게로 다가오는 그녀에게선 원시적인 뻔뻔스러움과 무모함마저 느껴졌다. "그래요! 나도 운에 맡겼어요!" 그에게 팔을 두른 그녀는 상체를 젖혀 그의 얼굴을 들여다보며 승리에 도취한 얼굴로 말했다. 그녀의 얼어붙었던 향기는 녹아내려 따스한 여인의 향기를 뿜어냈다. "어머니가 '당장'이라고 말했어요. 그러니 우린 떠날 수 있어요. 알겠어요? 이해하겠어요? 우린 떠날 수 있다고요. 돈은 어머니에게 다 드려요. 모두 다 가지시라고 해요. 우린 상관없을 거예요. 당신이 할 일을 찾으면 돼요. 어디서 어떻게 살든 난 상관하지 않아요. 이제 여기서 저 여자랑 살 필요 없어요. 저 여자는 그러니까…… 스스로 당신을 놓아 준 거예요. 아, 자동차 열쇠를 잃어버렸지. 그래도 무슨 상관이에요? 걸어가요. 저 여자 것은 아무것도 가져가지 말고, 우리가 이 집으로 걸어와서 결혼 생활을 시작했듯이, 걸어서 나가요."

"지금?" 그가 말했다. "오늘 밤에?"

"그래요! 그녀는 당장이리고 말했어요. 그러니 오늘 밤에 떠나야 해요."

"안 돼." 그가 말했다. 그게 다였다. 그것은 질문에 대한 답도 아니고 다른 의사 표시도 아닌, 그저 거부일 뿐이었다. 하지만 여전히 그에게 팔을 두르고 있는 그녀에게 그 거부는 효과가 없었다. 단지 그녀의 표정만 변화시켰다. 아직 공포로 화하기 전의 그 표정은 믿을 수 없다는 듯한 아이 같은 표정이었다. "당신 말은, 가지 않겠다는 건가요? 계속 저 여자를 떠나지 않겠다는 거예요? 오늘 밤엔 호텔로 갔다가 내일은 당신만 돌아오겠다는 뜻인가요, 아니면 오늘 밤에도 나랑 같이 호텔에 가지 않겠다는 건가요? 나 혼자 거기 두고 당신은……" 그녀가 그를 붙잡고 그의 눈을 응시하고는 말을 이었다. "가만, 가만있어 봐요. 뭔가 이유가 있군요. 뭔가…… 뭔가 있어요." 그녀가 소리를 질렀다. "뭔가 있어! 전화가 왔다고 했죠? 12시 반에." 그녀는 그를 붙든 손에 힘을 꽉 주고 바늘 끝처럼 날카로운 눈으로, 격분에 싸여 그를 응시했다. "그거였군요. 그 때문이었어요. 전화해서 내 얘기를 한 게 누구였어요? 말해요! 어서 말해요! 내가 설명해 줄게요. 말하라고요!"

"마사 로스였어. 그녀가 막 모퉁이에다 내려 줬다고 했지."

"거짓말이야!" 그녀는 마사라는 이름이 나오는 게 겁나기라도 한 듯 즉시, 지체하지 않고 소리를 질렀다. "그 여자가 거짓말한 거예요! 그들이 날 집에 데려다 주긴 했지만, 시간이 좀 일러서 함께 우선 그들 집으로 가서 햄과 계란 프라이를 먹기로 했어요. 그래서 난 프랭크한테 전화를 해서 그들 부부랑 같이 갔어요. 프랭크가 증명해 줄 거예요! 그 여자가 거짓말을 한 거라고요! 그들이 길모퉁이에 날 내려 준 건 불과 몇 분 전이었다고요!"

그녀가 그를 바라보았다. 그들은 한동안 꼼짝 않고 서로를 노려보았다. 그러다가 그가 말했다. "브로치는 어딨지?"

"브로치?" 그녀가 되물었다. "무슨 브로치요?" 하지만 그는 이미 코트 아래에서 위쪽으로 움직이는 그녀의 손을 보고 있었다. 게다가 그녀는 완전히 포기하고 울음을 터뜨리기 직전의 어린아이처럼 입술을 벌리고 있었다. 그녀는 완전히, 절망적으로 무너지며 어린아이처럼 헐떡이며 울음 섞인 목소리로 말했다. "하워드! 난 당신처럼 이러지 않았을 거야! 이러진 않았을 거야! 이러진 않았을 거라고!"

"됐어." 그가 말했다. "쉿, 그만. 쉿, 에이미. 어머니가 들으셔."

"알았어요." 그러나 그녀는 방금 두 눈이 아니라 얼굴의 모든 땀구멍에서 일시에 물을 쏟아 낸 듯 기이하게 일그러진 얼굴로 그를 바라보았다. 이제 그녀는 아무 생각도 하지 않고, 어떤 주제나 상황도 얼버무리지 않고, 지항도 부정도 하지 않고 나오는 대로 쏟아 냈다. "당신이 몰랐더라면 나랑 같이 떠났을까요?"

"아니, 그래도 안 갔을 거야. 난 어머니를 떠나지 않을 거야. 어머니가 돌아가실 때까지는 이 집을 떠나지 않을 거야. 난 그럴 수 없어. 난……"

그들은 서로를 바라보았다. 그녀는 마치 그의 눈동자 속에 그녀가 아니라 아래층의 마분지 같은 얼굴이 — 헝클어지고 지저분한 흰머리와 사납고 무자비한 두 눈이 — 비치는 양, 자신의 모습은 그저 맹목적인 무엇, 단호하고 꺾이지 않으며 모든 고통을 대신해 희생당한 듯한 기질에 의해 완전히 지워져 버린 양, 그의 눈을 지그시 바라보았다.

"그래요." 그녀가 말했다. 그녀는 어딘가에서 얇은 천을 꺼내 번진 마스카라를 의식하며 조심스럽게 눈물을 닦기 시작했다. "저 여자가 이겼어요. 저 여자는 저기 침대에 누운 채로 우리를 이겨 버렸네요." 그녀는 돌아서서 옷장으로 걸어가 작은 여행 가방을 꺼냈다. 그러고는 거기 탁자 위에 놓인 반짝거리는 물건들을 집어넣은 다음 서랍을 열었다. "오늘 밤에 모두 가져갈 순 없어요. 다시 와서……"

그도 움직였다. 사진이 끼워져 있지 않은 조그만 액자가 놓인 서랍장에 있는 지갑에서 지폐를 꺼내 그녀의 손에 쥐어 주었다. "얼마 안 되지만 내일까지 쓸 돈은 될 거야."

"그래요." 그녀가 말했다. "나머지 내 물건들도 챙겨서 보내 줄 거죠?"

"그럼." 그가 말했다. 그녀는 지폐를 접어 만지작거렸다. 그녀는 그를 보지 않았다. 그는 그녀가 돈을 내려다보는 것이 아니라면 어디를 보고 있는지 알 수 없었다. "돈 넣을 지갑 같은 거 없어?"

"있어요." 그녀가 말했다. 하지만 그녀는 계속 접힌 지폐만 만지작거렸다. 여전히 그것을 내려다보지도 않으면서. 마치 아무런 가치도 없는 물건을 아무 생각 없이 집어 들고 있는 것 같았다. 돈을 의식하지 못하는 게 분명했다. "그래요, 저 여자가 이겼어요. 저 여자는 언젠가 사람들이 와서 들어낼 때까지 저 침대에서 저렇게 꼼짝 않고 있을 테죠. 브로치도 도로 가져갈 거고요. 저 여자가 우릴 이겼어요." 그러다가 그녀는 울음을 터뜨리기 시작했다. 이번엔 말할 때처럼 조용하게 울었다. "내 어린 아기." 그녀가 말했다. "내 사랑하는 어린 아기."

그는 더 이상 소리를 죽이라고 말하지 않았다. 그녀는 일어서서 간신히 미소 띤 얼굴로 그를 바라보며 씩씩하게 눈물을 닦아 냈다. 정성스럽게 했던 화장이 눈물에 번져 있는 그녀의 수척한 얼굴에는, 눈물 뒤의 피로와 평화가 어려 있었다. "늦었네요." 그녀가 그렇게 말하며 허리를 굽혔지만 그가 먼저 가방을 집어 들었다. 그들은 나란히 계단을 내려갔다. 불이 밝혀진 채광창이 보였다.

"차를 몰고 갈 수 없어서 안됐군." 그가 말했다.

"클럽에서 열쇠를 잃어버려서…… 하지만 정비소에 전화를 해뒀으니 내일 아침에 가져다줄 거예요."

그는 전화를 걸어 택시를 불렀고, 그들은 택시가 올 때까지 복도에서 기다렸다. 이따금 나직한 소리로 이야기를 나누면서. "가자마자 자는 게 좋을 거야."

"그래요. 피곤해요. 춤을 많이 췄거든요."

"음악은 어땠어? 좋았어?"

"음, 잘 모르겠지만 그랬겠죠. 춤에 빠져 있을 땐 음악이 좋은지 안 좋은지 잘 몰라요."

"맞아. 그런 거 같아." 그때 택시가 왔고, 그들은 밖으로 나가 택시 쪽으로 걸어갔다. 그는 잠옷에 실내복 차림이었다. 얼어붙은 땅은 쇳덩이처럼 단단했고, 별들이 반짝이는 하늘은 눈이 부실 정도였다. 그는 그녀가 차에 오르는 것을 도와주었다.

"이제 들어가요." 그녀가 말했다. "코트도 안 입었잖아요."

"알았어. 아침 일찍 당신 물건들 챙겨서 호텔로 갈게."

"너무 일찍은 말고요. 이제 얼른 들어가요." 그녀는 이미 코트로 몸을 감싸고 등받이에 기대어 있었다. 그는 이미 감지하고 있었다. 침실로 돌아가는 순간, 그녀가 방금 다시 한 번 발산했던 여인의 따스한 내음은 결국 연약하고 덧없으며 쓸쓸한 향기로 차갑게 얼어붙어 버릴 것임을. 택시는 떠났고, 그는 돌아보지 않았다. 현관문을 닫고 들어오자 어머니가 그를 불렀다. 하지만 그는 멈추지 않았다. 문 쪽으로 눈길도 돌리지 않고 계단을 올라갔다. 그 죽은 자의 것 같은 억양 없고 결코 잠들지 않는 위압적인 목소리가 닿지 않는 곳을 향해. 벽난로는 꺼져 가고 있었다. 거울과 반들반들하게 닦인 가구에서 반사된 장밋빛 불빛은, 평화롭고 고요하고 따뜻했다. 펼쳐진 책은 여전히 의자 위에 엎어져 있었다. 그는 그것을 집어 들고 두 개의 침대 사이에 놓인 탁자로 가서 셀로판 봉투를 찾아냈다. 한때는 파이프를 닦는 데 썼으나 지금은 책갈피로 쓰는 그것을 읽던 부분에다 끼워 놓고는 책을 내려놓았다. 그 책은 코트 주머니에 들어갈 만한 크기의 모던 라이브러리 시리즈 중 하나인 『그린 맨션』*이었다. 그 책이 그의 눈에 띈 것은 사춘기 시절이었다. 당시 그는 그 소설에서 세 사람의 탐험가가 존재하지 않는 리올라마를 찾아다니는 부분만 골라 읽었다. 마치 소년들이 성애물이나 외설물을 은밀히 탐독하듯이. 그는 자신이 찾고 있던 것이 동굴을 상징한다는 사실을 알지 못한 채 리마와 함께 동굴을 찾아 헐벗은 산을 오르고, 리마가 가졌던 것과 똑같은 탈출의 욕구와 욕망을 통해 마침내 자신의 동굴에서 탈출하며, 냉정하기만 할 뿐 슬픔을 모르는 달빛 아래서 그를 기다려 주지조차 않았던, 성냥불만큼이나 덧없고 연약한 그녀의 뒤를 따라 그녀가 안주하고 있던 동굴을 지나갔던 것이다. 일종의 다급하고 절망적인 즐거

*W. H. 허드슨이 쓴 이국적인 연애소설로, 한 여행가가 베네수엘라 남부의 정글을 탐험하다가 그곳에 사는 '리마(리올라마)'라는 여자를 만나 사랑에 빠지는 얘기.

움에 싸여 있던 그는, 그녀가 신비로운 존재가 아니라 육체를 지닌 실제의 존재라고 믿을 만큼 순진했다. 그러나 그에게 그녀는 육체적으로 범할 수 없는 미완성의 존재였다. 그런 생각은 흔히 젊은이들이 그렇듯, 그 역시 자신이 통과한 (그래서 믿음이 된) 것들, 자신이 읽은 것들에 대해 자신의 과오는 존재하지 않는다는 평화로운 절박함으로 정당화되고 옹호되었다. 결혼 후에 한동안 읽지 않았던 그 책을 다시 손에 잡은 것은, 아이가 죽고 에이미의 토요일 밤 외출이 시작되면서부터였다. 그때부터는 그토록 찾아 읽던 리오라마와의 여행 부분은 읽지 않고 오직 (자신이 혼자라는 사실을 안 지상의 유일한 인간이었던) 아벨이 아무도 들어가 본 적 없는 새소리 가득한 금지된 숲을 떠도는 대목만 읽었다. 그는 서랍장으로 다가가 지갑을 넣어 둔 서랍을 열고 한동안 가만히 서 있었다. 그의 손은 서랍 가장자리에 얹혀 있었다. "그래, 내가 하려는 일은 언제나 올발라. 그랬던 거 같아." 그가 평온하게 소리 높여 말했다.

복도 끝에 있는, 결혼 후 새로 지은 욕실은 열기로 가득했다. 아까 에이미를 위해 전기 난로를 켜놓았기 때문이다. 그곳은 그가 위스키를 보관해 두는 장소이기도 했다. 그가 술을 마시기 시작한 것은 어머니가 중풍으로 쓰러진 후로, 그때부터는 자신의 삶이 자유로워질 줄 알았었다. 이 욕실에다 2갤런짜리 위스키 병을 숨겨 두기 시작한 것은, 아이가 죽은 후부터였다. 그곳은 어머니의 방에서 꽤 떨어져 있었지만, 그래도 그는 문틈을 수건으로 꼼꼼히 틀어막았다. 그러다가 도로 수건을 빼내고는 침실로 가서 에이미의 새 깃털로 만든 침대보를 벗겨 내서 욕실로 가져왔다. 그러고는 다시 수건으로 문틈을 막고 문 전체를 침대보로 가렸다. 하지만 그러고도 그는 만족하지 못하고 우두커니 선 채 땅딸막한 작은 물건 하나를 골똘히 생각했다. (춤을 배울 생각을 포기한 후 그는 아무것도 하지 않았고, 술도 계속 마셔 댄 탓에 젊은 이탈리아 수사 같던 외모는 더 이상 남아 있지 않았다.) 그 물건은 바로 권총이었다. 그의 손에 그것이 느슨히 쥐어져 있었다. 그는 주위를 둘러보기 시작했다. 그의 시선이 욕조 가장자리에 접혀져 있는 목욕 깔개 위로 떨어졌다. 그는 자신의 손과 총을 모두 그 깔개로 감싼 다음 뒤쪽 벽을 겨누고는 방아쇠를 당겼다. 깔개에 감싸인 총이 낸 소리는 크지 않았지만, 그는 가만히 서서 들릴 거라고 예상되는 어떤 소리에 귀를 기울였다. 하지만 아무 소리도 들리지 않았다. 문을 열고 조용히 복도로 나가 어머니 방의 불 꺼진 채광창이 보이는 계단 앞까지 가도 어떤 소리도 들리지 않았다. 그는 조용히, 이제는 귀를 기울이지 않고, 귓전을 맴도는 차갑고 무기력한 추리를 들으며, 다시 계단 앞을 떠나 욕실 쪽으로 갔다. 네 아버지와 같은 것은, 너 역시 둘 중 어느 한쪽과 함께 살 수 없다는 거야. 하지만 네 아버지와 다른 것은, 그들 없이 살아갈 수도 없다는 거야. 그는 나직한 목소리로 자신에게 "그래, 맞는 것 같아. 내가 아는 것보다 우리를 더 잘 알고 있었던 것 같군" 하고 말하고는 다시 욕실 문을 닫아걸고 수건으로 문틈을 꼼꼼하게 틀어막았다. 하지만 이번에는 침대보를 문에 걸지 않고 그것을 뒤집어쓰고는 쪼그려 앉았다. 그런 다음 파이프를 물듯 이빨 사이로 총구를 밀어 넣은 후 두껍고 부드러운 침대보로 자신의 머리를 허둥지둥 감쌌다. 벌써 숨이 막혀 오기 시작했기 때문이었다.

마르티노 박사
Dr. Martino

휴버트 재러드는 세인트루이스의 어느 집 크리스마스 파티에서 루이스 킹을 만났다. 오클라호마 집으로 돌아가던 길에, 유전을 소유한 부잣집 자식에 예일대 학생이라는 후광을 지닌 자신을 보고 싶어 한다는 동급생 누이의 소원을 들어주기 위해 잠깐 들른 것이었다. 어쩌면 그건 순전히 스스로에게 건 주문이거나 그렇게 믿은 데 불과했을지 몰랐다. 그는 세인트루이스에서 이틀 정도 머문 뒤 밤을 도와 털사로 달려가 어머니와 크리스마스를 보내고 일주일쯤 뒤에 돌아와 '내 습지의 천사와 좀 더 놀 거야'라는 마음을 품고 있었다. 돌아오는 기차에서 그는 그녀에 대한 생각에 푹 빠져 있었다. 마르고, 예민하며, 가무잡잡한 피부를 가진 여자였다. '미시시피에서 나오려는 거야' 하고 그는 생각했다. '그녀는 미시시피를 너무 잘 아니까. 미시시피의 습지에서 나서 자란 아이잖아.' 그는 성적 매력에 빠져 있는 건 아니었다. 그런 데 빠져 혼자 끙 끙 앓는 바보짓은 하고 싶지 않았다. 그는 뉴헤이븐에서 3년을 사는 동안 명망 있는 클럽의 회원으로 돈에 주려 본 적이 없었다. 게다가 루이스는 얼마간 중성적인 성향을 갖고 있었다. 하지만 그의 그런 생각은 아직은 명확히 파악된 특질은 아니었다. 예일대 학생에 유전을 소유한 부잣집 아들이라는 조건, 그 보이는 것 이상의 독보적인 능력이 처음엔 거의 통하지 않는 것 같았는데, 그래서 내적 변화에 대한 믿음을 갖고 그것을 열정적으로 추구했기에, 성적 매력 따위에 빠지지 않을 수 있었다. 그런 기대와 탐색이 그가 처음으로 간파해 낸 것의 전부였으며, 지체 없이 그는 그것을 받아들였다.

일견 그의 생각은 틀리지 않았다. 그는 저녁 식사 때 그녀를 처음 보았다. 그녀는 건너편에 앉아 있었다. 그들은 아직 서로 소개를 받지 않은 상태였는데 그로부터 10분 뒤 그들은 식탁을 떠났고, 그녀가 그에게 말을 걸어왔으며, 다시 10분 뒤 그들은 그 집을 빠져나와 그녀가 일러준 주소로 택시를 타고 갔다.

그 비밀스러운 일에 관한 한, 그는 자신이 겪고 경험한 것만으로는 어떻게 그런 일이 일어날 수 있는지 스스로를 납득시킬 수 없었다. 아마도 그는 그녀를 바라보는 것만으로도 정신이 없었을 것이다. 또한 보이는 것 이상의 예민한 기대 심리가 그의 젊음과 외모와 유전과 예일대 학생이라는 조건을 초월한다는 사실을 막 알기 시작했을 터였다. 왜냐하면 그녀가 건네준 주소는 조명이나 음악이 있는 곳은 분명 아니었기 때문이며, 그의 곁에 앉은, 모피에 싸여 몸매를 볼 수 없었던 그녀의 호흡은 꺼져 가는 담뱃불을 살리려 할 때의 그것보다 더 빠르게 증발해 버렸기 때문이었다. 그는 어둠에 싸인 집들과 초라한 거리를 내다보고 있었다.

"우리 어디로 가는 거죠?" 그가 물었다.

그녀는 대답하지 않았고, 그를 바라보지도 않았으며, 자리만 앞으로 약간 당겨 앉았다. 그러다가 잠시 후 말했다. "엄마가 오는 걸 원치 않는 사람에게로요."

"당신 어머니요?"

"저랑 파티장에 같이 있었어요. 못 보셨군요."

"아, 그래서 거기서 빠져나온 거군요. 괜히 우쭐했었네요. 난 또 나 때문이라고 생각했죠." 그녀가 다시 작고 예민한 몸을 당겨 앉고는 어두운 집들을 응시했다. 반은 주택이고 반은 조그만 가게들로 채워진 구역을 지나고 있었다. "그러니까 당신 어머니께서 그 사람이 당신을 찾아오는 걸 허락하지 않는다는 말인가요?"

그녀는 대답은 안 했지만 몸을 앞으로 기울였다. 갑자기 그녀가 유리문을 두드리며 말했다. "여기예요, 기사 아저씨!" 그녀가 뒤편 구석에서 숨소리도 내지 않고 냉랭한 얼굴로 앉아 있던 재러드에게로 고개를 돌렸다. "미안해요. 께름칙한 트릭이었다는 거 알아요. 하지만 어쩔 수 없었어요."

"무슨 소리," 하고 재러드가 말했다. "천만에요."

"께름칙한 건 사실이죠 뭐. 하지만 정말 그럴 수밖에 없었어요. 이해해 주셨으면 좋겠네요."

"물론이죠." 재러드가 말했다. "이따가 제가 다시 여기로 와서 데려갈까요? 혼자서 파티장으로 돌아가는 건 좋을 것 같지 않아서요."

"저랑 같이 들어가요."

"같이요?"

"네. 괜찮을 거예요. 당신이 이해하기 힘들다는 거 알아요. 하지만 괜찮을 거예요. 당신도 같이 들어가요."

그가 그녀의 얼굴을 바라보았다. "당신이 진심으로 하는 말이란 거 알지만," 그가 말했다. "난 안 들어가는 게 좋을 거 같네요. 기대를 저버리게 하고 싶지 않아서요. 시간을 정해 주세요. 데리러 올게요."

"절 못 믿겠어요?"

"그럴 리가요. 내 일이 아니라는 생각이 들어서예요. 난 오늘 처음 당신을 만났잖아요. 당신을 도와줄 수 있어서 기뻐요. 내일 떠나야 하는 게 아쉬울 정도로요. 하지만 당신을 도와줄 사람은 얼마든지 만날 수 있을 거예요. 들어가요. 다시 돌아올게요."

그렇게 떠난 그는 두 시간이 지나 돌아왔다. 그녀는 문 안쪽에서 줄곧 기다리고 있었던 게 틀림없었다. 택시가 채 멈추기도 전에 문을 열고 계단을 뛰어 내려와 그가 미처 내리기도 전에 택시에 올라탔기 때문이다. "고마워요. 당신은 친절해요. 정말 친절해요." 그녀가 말했다.

택시가 음악이 흘러나오고 있는 집의 주차장 입구 아래쪽에 멈추었을 때, 두 사람 다 곧바로 내리려 하지 않았다. 누구도 먼저 움직이려 하지 않았다. 잠깐의 시간이 흐른 뒤 그들은 키스를 했다. 그녀의 입술은 정물처럼 차가웠다. "당신이 좋아요," 그녀가 말했다. "당신을 좋아해요."

그 주가 지나기 전에 재러드는 그녀에게 한 번 더 도와주겠다고 제의했지만 그녀는 정중히 거절했다. "왜 그래요?" 그가 물었다. "그 사람을 다시 만나고 싶지 않아요?" 하지만 그녀는 말을 하려고 하지 않았는데, 그는 그 무렵에 킹 부인을 만났었고 혼잣말로 "저 나이 든 여자가 어쨌든 날 쫓고 있어" 하고 중얼거렸다. 그는 곧바로 그걸 알아챘다. 그는 그것이 예의 자신의 유전과 예일대 학생이라는 후광에 기인한 것임을 받아들였다. 왜냐하면 뉴헤이븐에서 3년을 사는 동안 그는 어떤 계급의식도 갖고 살지 않았고, 축구 시합에 출전한 적도 없었으며, 그 자신 딸을 가진 모든 엄마들의 당연한 먹잇감이라는 믿음을 저버릴 만한 어떤 행동도 하지 않았기 때문이었다. 하지만 그는 도망치지 않았다. 몇 날의 저녁들이 지난 뒤 루이스가 다시 아무 말 없이 사라져 버렸고, 그것이 거무칙칙한 거리의 그 조용한 집으로 가기 위해 누군가를 이용한 위장전술이었다는 걸 알고 난 뒤에도 그는 마찬가지였다. "그래, 이제 끝났어." 그는 자신에게 말했다. "이제 끝난 거야." 하지만 그는 여전히 그곳을 벗어나지 않았는데, 그녀가 다음번에도 누구든 이용해 먹을 거란 생각이 들었기 때문이었다. "어쨌든 그녀는 엄청나게 신경을 쓰고 있는 거야." 그는 그렇게 혼잣말을 했다.

뉴헤이븐으로 돌아왔을 때 그는 루이스로부터 춘계 무도회에 오겠다는 약속을 받아 냈다. 킹 부인도 함께 올 거라는 것을 알았지만 그는 신경 쓰지 않았다. 어느 날 그는 갑자기 자신이 들떠 있다는 것을 깨달았고, 그 이유를 알고 있었다. 루이스에겐 돌봐 줄 사람이 필요하다는 것을 알고 있었고, 또 그렇게 믿고 있었기 때문이다. 또한 아직 여자에게 사랑한다는 말을 들어 본 적도 없고 해본 적도 없는 자신이, 두 여인 중 하나에게 이미 완전히 굴복해 버렸기 때문이었다. 그는 보이는 것 이상의 특질과 세인트루이스의 그 어둡고 침침한 집을 떠올렸다. 그리고 그는 생각했다. '그래, 우리에겐 그녀가 있어. 그 나이 든 여인도 있고.' 그리고 어느 날 그는 해답이 아니면 이유라도 찾아냈다고 확신했다. 심리학 수업 때였다. 그는 유난히 꼿꼿이 앉아 강사를 지켜보고 있는 자신을 발견했다. 강사는 여성에 대해, 특히 젊은 여성에 대해, 잠깐 동안 그들이 살게 되는 기이하고 신비로운 면모에 대해 얘기를 하고 있었다. "맹점이라고 할 수 있죠. 마치 곡예 비행사들이 빠르게 회전할 때 들어가게 되

는 상태와도 같죠. 그들이 보는 것이 선도 아니고 악도 아닐 때, 결국 그
들은 둘 중 하나를 선택하게 되어 있어요. 이럴 때 선택의 가능성이 큰
건 악 쪽인데, 왜냐하면 선이 사실의 결여에서 비롯된 데 반해 악이 지
닌 사악함은 사실로부터 도출되기 때문이죠. 그들이 희생시키려고 했던
것에 의해서 그들은 그렇게 어떤 시대, 어떤 시간의 희생자가 되는 것입
니다."

그날 밤 그는 한동안 난로 앞에 앉아 있었다. 공부도 팽개치고, 아무
것노 하려 하지 않았다. "우린 곧 결혼하게 될 거야." 그가 말했다. "이제
곧."

킹 부인과 루이스가 무도회장에 도착했다. 킹 부인은 잿빛 머리에 차
갑고 엄격한 얼굴이었지만 거칠진 않았으며 주위를 경계하고 살피는 여
자였다. 재러드는 루이스조차 처음 보는 것처럼 느껴졌다. 그때까지 그
는 자신이 보이는 것 이상의 특질을 의식하고 있다는 사실을 미처 알지
못했다. 다만 어떻게 점점 예민해져 가고 있는지를 깨달음으로써 그것을
겨우 아는 정도에 불과했다. 마치 그것이 두려움과 욕망, 그 둘 모두인
것처럼. 그리고 여름이 가까워지면서 그녀가 어떤 절정에 다가가고, 어
떤 위기에 봉착하기라도 한 것처럼. 결국 그는 그녀가 병에 걸렸다고 생
각하기에 이르렀다.

"아마도 저흰 당장 결혼을 해야 할 것 같습니다." 그가 킹 부인에게 말
했다. "전 군이 학위 같은 건 원하지 않거든요." 두 사람은 더 이상 적이
아니라 동지였다. 비록 두 번이나 세인트루이스에 갔었다는 얘기를 그
가 그녀에게 한 것은 아니었지만, 어쨌건 한 사람은 그 사실을 알고 있
고, 한 사람은 그것을 의심하는 사이가 되어 있었다. 그것은 마치 그녀
가 이미 알고 있다는 것을 그가 아는 것 같았다. 어쩌면 그녀가 알고 있

다는 것을 그가 알고 있다는 것을 그녀가 알고 있는 것인지도 몰랐다.

"그래요," 그녀가 말했다. "당장 하죠 뭐."

하지만 루이스와 킹 부인이 뉴헤이븐을 떠날 때 루이스가 그의 반지를 받아 주었음에도 불구하고 그것은 꼭 그만큼의 거리를 두는 일에 불과했다. 그러나 그의 반지는 그녀의 손가락에 끼워져 있지 않았고, 이제는 그에게 익숙해진 긴장되고 비밀스럽고 보이는 것 너머의 뭔가를 표현하고 있던 그녀의 얼굴이 그로서도 알 수 없는 것이 되어 있었다. 또한 유전과 예일 대학이 만들어 낸 형상들조차 초월해 버린 듯했다. "그럼, 7월까집니다." 그가 말했다.

"알겠어요." 그녀가 말했다. "편지할게요. 언제 와아 할지 당신께 알려 드릴게요."

그리고 그것이 전부였다. 그는 자신의 클럽들과 수업들로 돌아갔다. 특히 그는 심리학 수업에 집중했다. "내겐 심리학이 필요해." 그는 세인트루이스의 어둡고 작은 집, 그녀가 사라지던 텅 빈 어두운 문을 떠올리며 생각에 잠겼다. 그것이었다. 그가 본 적이 없었던, 결코 음성을 들어 보지 못했던 한 남자가 크리스마스이브의 뒷골목 작고 어두침침한 집에 유폐되어 있었다. 그는 초조하게 생각했다. "난 젊고 부유해. 게다가 예일 대학에 다니는 남자야. 그리고 난 그의 이름조차 몰라."

일주일에 한 번씩 그는 루이스에게 편지를 썼다. 아마도 한 달에 두 번쯤 답장을 받았을 것이다. 언제나 다른 곳에서 ─ 휴양지일 때도 있고 호텔일 때도 있었다 ─ 보낸 짧고 냉랭한 쪽지에 불과했다. 그마저도 6월 중순, 그러니까 졸업식이 있고 학위를 받던 그 주간까지였다. 그런 후 그는 한 통의 전보를 받았다. 킹 부인이 보낸 것이었다. 당장 와주세요, 라고 적혀 있었고, 가야 할 곳은 미시시피 주 크랜스턴스 웰스라고 되어 있었다. 그로선 한 번도 들어 본 적 없는 도시였다.

금요일이었다. 30분 뒤 그의 룸메이트가 들어와 그가 짐을 꾸리고 있는 것을 보았다. "시내에 가려고?" 룸메이트가 물었다.

"응." 재러드가 말했다.

"나도 같이 가야겠다. 우등생 제단에 바글바글 모여들 축하객들을 마주하기 전에 심신을 좀 달래 줘야겠어."

"같이 못 가." 재러드가 말했다. "일 때문에 가는 거야."

"물론이셨지." 룸메이트가 말했다. "나도 뉴욕에서 일하는 여자를 한 명 이상 알고 있지."

"안 돼." 재러드가 말했다. "이번만큼은 같이 못 가."

"파티에 가는 거구나." 룸메이트가 말했다.

만나기로 약속한 장소는 단정하고 자그마하며 회색 머리칼을 가진 독신녀가 운영하는 휴양지였다. 30년 전 그녀는 부친으로부터 그곳을 물려받았는데, 얼마간의 고객들까지 덤으로 물려받았다. 특별한 패턴 없이 되는대로 퍼진 형태의 호텔과 그 안에 있는 온천에는, 퉁방울 같은 눈에 마분지처럼 딱딱하고 우툴두툴한 피부의 나이 든 남자들과, 철 성분이 함유된 물을 마시려고 가까운 앨라배마와 미시시피에서 온, 편하게 살아서 수종에 걸린 듯한 나이 든 여자들이 모여 있었다. 그곳은 루이스가 태어나서 줄곧 여름을 보낸 곳이었다. 호텔 베란다에서는 밝은 색 숄을 두른 노인네들이 잡지를 보거나, 수를 놓거나, 코미디 프로를 시청하고 있었다. 그의 눈에 배롱나무 숲의 끝자락이 보였다. 바로 그 숲 속의 벤치에 그가 한 번도 본 적 없는, 그에게 두려움을 가져다주는 남자가 앉아 있을 것이었다. 그 남자는 15년 넘게 매년 여름 석 달 동안 하루도 거르지 않고 거기 온종일 앉아 있었다.

재러드는 이른 아침 햇볕을 받으며, 단정한 회색 머리칼의 여주인과 함께 계단 맨 위쪽에 서 있었다. 나이 든 여자들이 숙소와 온천을 오가며 은밀하고 비밀스럽고 밝고 호기심 어린 표정으로 그를 지켜보고 있었다. 그는 생각했다. '루이스의 젊은 남자가 죽은 인마人馬와 다투고 있는 꼴이군.'

하지만 그는 속마음을 얼굴에 드러내지 않았다. 미시시피의 6월에 리넨 옷을 입은 남자들 사이에서 플란넬과 트위드 재킷을 입은 채 꼿꼿이 허리를 펴고 있는 큰 키의 그의 얼굴에는 아무것도, 엄청난 지능조차 드러나 있지 않았다. 그는 얼굴도 본 적 없고 이제 막 이름만 알게 된 남자에 대해 휴양지의 여주인과 얘기를 나누고 있었다.

"그건 그의 마음이죠." 여주인이 재러드에게 말했다. "그를 조심해야만 해요. 그 사람은 자신의 업무를 포함해 모든 것을 내려놓아야만 했었죠. 그는 어떤 사람과도 접촉하지 않아요. 매년 여름 이곳으로 와서 그 벤치에 앉아 있을 만큼의 돈을 가지고 있고요. 우린 그 의자를 마르티노 박사의 벤치라고 부르죠. 매년 여름이면 이번이 마지막일 거라고, 다시는 그를 보지 못할 거라고 생각했지만 해마다 5월이면 그로부터 예약한다는 연락을 받죠. 그럴 때 내가 무슨 생각을 하는지 알아요? 루이스 킹이 그를 살게 하는구나, 라고 생각해요. 그리고 앨비나 킹은 바보라고 생각하고요."

"바보라뇨?" 재러드가 물었다.

여주인이 그를 응시했다. 그가 도착한 다음 날 아침이었다. 그녀를 내려다보며 처음 떠오른 생각은 '이 여자는 내가 그에 대해 얼마나 들었는지, 그들이 내게 얼마나 얘기해 주었는지 궁금해하고 있어'라는 것이었다. 그러다가 '아냐, 이 여잔 바빠. 잡지나 보고 있는 사람들과는 달라. 이 여자는 내가 누군지 사람들에게 알려 주느라 너무 바빠. 아니면 사람들이 뭘 생각하고 있는지를 생각하느라고 정신이 없든가'라고 생각했다.

그녀가 그를 유심히 지켜보았다. "루이스를 안 지는 얼마나 되죠?"

"오래되진 않아요. 학교 무도회에서 그녀를 만났었죠."

"아, 그렇군요. 내 생각엔 신께서 마르티노 박사를 동정하는 것 같아요. 어떻게든 루이스가 그에게 마음을 쓰게 하시니까요. 그것 말고는 생각힐 수가 없어요. 내 말이 웃기면 웃어도 괜찮아요."

"웃기지 않습니다." 재러드가 말했다. "그 사람 얘기를 좀 들려주세요."

여주인이 그의 얼굴을 바라보며, 어느 해 6월 주름 잡힌 리넨 옷과 파나마모자를 쓰고 나타난 그에 대해 밝은 얼굴로 새처럼 재잘거렸다. 그리고 그의 두 눈에 대해서도 ("그건 신발에 뚫린 구멍 같았죠. 그리고 그건 마치 움직이기 시작한 뒤에도 '계속해, 계속 움직이라고' 하고 말하는 것처럼 천천히 움직였어요.") 얘기해 주었다. 또한 읽기 어려울 정도로 작은 글씨로 '줄스 마르티노, 세인트루이스, 미주리'라고 서명한 얘기도 해주었다. 그런 다음 그녀는 그 남자가 해마다 6월이면 이곳으로 와서 온종일 배롱나무 숲 벤치에 앉아 있었던 얘기와, 그 벤치로 늙은 깜둥이 짐꾼이 우편물을 갖다 준 얘기도 들려주었다. 그에게 온 우편물은 의학 관련 잡지 두 권과 세인트루이스 신문, 그리고 루이스 킹으로부터 온 두 통의 편지였다. 그중 하나는 6월에 온 것으로 다음 주에 휴양지로 올 거라는 내용이 적혀 있었고, 다른 하나는 8월 하순에 온 것으로 집에 잘 도착했다는 내용이 쓰여 있었다고 했다. 하지만 여주인이 해주지 않은 얘기도 있었다. 루이스가 하루에도 서너 번씩 길을 따라 내려와 그가 잘 있는지 보곤 했다는 사실이었다. 그래서 그는 그 사실은 알 수 없었다. 그런 까닭인지 여주인이 얘기를 들려주고 있는 동안 그녀를 지켜보면서 재러드는 생각했다. '그가 당신을 헤엄치게 한 것은 어떤 강이었나요?'

"그분은 3년 동안 여기에 왔었죠." 여주인이 말했다. "아는 사람 하나 없이요. 알려고 하는 사람도 하나 없이요. 그런데도 그 사람은 계속 왔죠. (루이스가 태어나기 직전에 앨비나 킹도 여기서 여름을 보냈다는 얘기는 하지 않았다.) 어느 날 난 그 사람이 앉아 있는 곳에서 루이스가 놀고 있는 게 잘 보인다는 사실을 알았죠. 그래서 난, 저 사람이 아이를 잃어버린 적이 있구나, 하고 생각했죠. 그때는 그가 자신은 결혼한 적이 없어 가정을 꾸려 본 적이 없다는 얘기를 니한테 해주기 전이었어요. 그때부터 난 그 사람이 루이스에게 관심이 있다고 생각했죠. 그 사람이 루이스가 커가는 걸 보는 동안, 난 그 사람을 보았어요. 그들이 얘기를 나누는 모습을 보기도 했고요. 나는 해마다 그가 그녀를 지켜보고 있는 모습을 보았어요. 그러다가 혼잣말로 중얼거렸죠. '그는 결혼을 하고 싶은 거야. 루이스가 자라기를 기다리고 있는 거야'라고요." 여주인은 더 이상 재러드를 보고 있지 않았다. 그녀는 살짝 웃으며 말했다. "맙소사, 제가 바보 같은 생각을 참 많이 했네요."

"그게 그렇게 바보 같은 생각인지는 모르겠는데요." 재러드가 말했다.

"어쨌거나 루이스는 누구에게든 자랑스러운 아내가 될 거예요. 그리고 그 사람은 그저 외롭게 지낼 거고요. 더 나이가 들어도 그를 돌봐 줄 사람은 아무도 없을 거예요." 여주인도 쉰 살이 넘은 듯했다. "내 경우는, 여자가 결혼을 해야 하는지 안 해야 하는지, 어떤 게 더 중요한지를 생각할 시기는 지난 것 같아요. 이곳을 혼자서 이만큼 꾸려 왔으니까요. 난 잘 먹고 편안히 잘 수 있으면 누가 뭘 하든 그다지 중요하지 않다고 믿게 됐어요." 거기서 여주인은 얘기를 그쳤다. 한동안 그녀는 그늘 진 천막 안에 오글오글 모여 있는 나이 든 여자들을 바라보면서 생각에 잠겼다.

"당시에 그 사람은 루이스에게 뭘 하게 했죠?" 재러드가 물었다.

"앨비나 킹에 대해서 들어 봤을 거예요." 여주인이 말했다. "그 사람은 루이스에게 아무것도 하게 하지 않았어요. 어떻게 그 사람이 그럴 수 있었겠어요? 그 사람은 결코 그 벤치를 떠나지 않았어요. 절대로요. 그는 거기 그냥 앉아서 그녀가 노는 걸 지켜봤을 뿐이에요. 그녀가 나이가 들어서 더 이상 흙장난을 안 하게 될 때까지. 그 후로 두 사람은 그 벤치에 앉아 대화를 나눴어요. 그 사람이 루이스에게 뭘 하게 할 수는 없었어요. 설사 그 사람이 원했다고 해도."

"듣고 보니 그렇군요." 재러드가 말했다. "루이스가 강을 헤엄쳐 건넜을 때가 언제였는지 들려주시겠어요?"

"아, 네. 루이스는 항상 물을 무서워했죠. 그런데 어느 날 수영을 배웠어요. 혼자서, 수영장에서요. 그 사람은 거기 있지도 않았죠. 강에도 물론 없었죠. 그 사람은 거기에 대해선 알지도 못했어요. 우리가 알 때까지는요. 그 사람은 그저 무서워하지 말라고 말해 준 적이 있었을 뿐이었죠. 그리고 뭐가 위험한지도요. 그게 뭔지 알겠어요?"

"전혀요." 재러드가 말했다.

"아뇨," 하고 여주인이, 마치 그의 말에는 귀를 기울이지도 않고, 그의 말은 전혀 듣지도 않았다는 듯 말했다. "그래서 루이스가 내게 와서 말했고, 나도 말해 줬죠. '뱀 같은 것들도 있는데, 무섭지 않았니?'라고요. 그녀가 말하더군요.

'예. 무서웠어요. 그래서 하는 거예요.'

'그래서 하는 거라니?'라고 내가 물으니 루이스가 말했어요.

'무언가를 하는 것이 두려울 때 살아 있음을 자각하게 돼요. 두려운 일을 하는 것을 두려워하면 죽은 거나 마찬가지죠.'

'난 네가 어디서 수영하는지 알고 있어. 그 사람도 분명 그 강에서는 수영하지 않았을 거야.' 내가 그렇게 말하자 루이스가 말하더군요.

'그분은 그럴 필요가 없었죠. 그분이 매일 아침 잠을 깨는 시각에 저는 강에서 수영을 해야만 해요. 그분을 위해서. 그게 제가 강에서 수영을 하는 이유예요. 아시겠어요?' 그렇게 말하고는 옷 앞쪽에 붙어 있는 줄을 꺼내 뭔가를 보여 줬어요. 금속 같은 걸로 만든 토끼였어요. 1인치 정도 되는, 10센트 균일 잡화점에서 파는 물건 같은 걸요. 그 사람이 루이스한테 준 거였어요.

'그게 뭘 뜻하는 거지?' 내가 물었죠.

'이건 제 무서움을 의미해요' 하고 루이스가 말했어요. '토끼예요. 보이는 대로요. 그렇지만 청동으로 돼 있죠. 모양만 무서울 뿐이에요. 청동으로 돼 있어서 아무것도 해칠 수 없어요. 이걸 제가 가지고 있는 한 무서움을 무서워하지 않게 돼요.'

'그런데 만약 네가 무서워하게 되면 어쩌지?' 하고 내가 물었어요.

'그러면 전 그분께 이걸 돌려줄 거예요.' 그 안에 무슨 해로운 게 들어 있는지, 말할 수 있겠어요? 앨비나 킹은 늘 바보가 됐지만. 왜냐하면 루이스는 한 시간쯤 지나 다시 돌아왔으니까요. 루이스가 울고 있었어요. 그녀의 손에 토끼가 쥐어져 있었어요. '저 대신 이걸 좀 보관해 주실래요?' 하고 루이스가 말했어요. '저 말고는 누구한테도 주셔선 안 돼요. 아무한테도요. 약속하시죠?'

전 그녀한테 약속하고 토끼를 잘 보관했어요. 그들이 떠나기 전날 루이스가 내게 와서 그걸 돌려 달라고 했죠. 그날이 바로 내년 여름엔 오지 않을 거라고 앨비나가 말한 날이었어요. '이런 바보 같은 일도 이젠 끝이야.' 하고 그녀가 말했어요. '그 사람이 루이스를 죽이게 될 거야. 그 사람은 위험한 사람이야.'

그리고 정말 이듬해 여름에, 그들은 오지 않았어요. 나는 루이스가 병에 걸렸다는 얘기를 들었고, 그 이유도 알 수 있었죠. 앨비나가 그녀를 아프게 했다는 걸요. 하지만 줄스 박사는 그해 6월에도 왔죠. 내가 '루이스가 아프다네요.' 하고 그에게 말해 줬어요.

그 사람이 '압니다.'라고 하더군요. 그래서 난 루이스가 편지로 알려 줬다고 생각했죠. 하지만 아픈데 어떻게 편지를 쓸 수 있었을까, 하는 생각이 들더군요. 그렇다면 그 바보 같은 엄마란 여자가……" 여주인은 재러드를 응시하고 있었다. "루이스는 그 사람에게 편지를 쓸 필요가 없었을 테니까요."

"쓸 필요가 없었을 거라고요?"

"그 사람은 루이스가 아픈 걸 알고 있었어요. 알고 있었다고요. 루이스는 편지를 보낼 필요가 없었죠. 웃어도 돼요."

"아닙니다. 그 사람은 어떻게 알았죠?"

"그냥, 그 사람은 알고 있었어요. 그가 알고 있었다는 걸 나는 분명 알 수 있었어요. 그래서 그 사람이 세인트루이스로 돌아가지 않고 있을 때, 난 직감했죠. 루이스가 올 거라고요. 그리고 8월에 정말 그들이 왔어요. 루이스는 키가 훨씬 더 자라고, 더 날씬해져 있었어요. 그날 오후 두 사람이 처음으로 나란히 서 있는 걸 봤어요. 루이스의 키가 그 사람만큼 컸더군요. 그때 난 처음으로 여자가 된 루이스를 봤죠. 이제 앨비나는 루이스가 타겠다고 하는 말 때문에 걱정을 하고 있어요."

"그게 벌써 사람 하나를 죽게 했다더군요." 재러드가 말했다.

"자동차는 말보다 더 많이 죽게 하죠. 그래도 당신은 차를 몰고 다니 잖아요. 여기 올 때도 그걸 몰고 왔잖아요. 말은 루이스를 해치지 못해 요. 그리고 루이스는 그 강에서 수영도 했잖아요, 안 그래요?"

"그것과는 다른 문제죠. 말이 그녀를 해치지 않을 거라고 어떻게 장담 하실 수 있죠?"

"그냥 알 수 있어요."

"어떻게요?"

"그 벤치가 보이는 곳으로 가봐요. 그 사람을 방해하지는 말고요. 그 냥 가서 그 사람을 보기만 해요. 그러면 알게 될 거에요."

"전, 그보다는 좀 더 분명한 게 있었으면 좋겠어요." 재러드가 말했다.

전날 밤 그는 킹 부인의 부탁대로 이곳으로 와서, 루이스와 짧고 격렬 하며 쓰라린 만남을 가졌었다. 그리고 오늘, 그녀는 사라져 버렸다. '하지 만 그는 여전히 그 벤치에 앉아 있어,' 하고 재러드는 생각했다. '그녀는 그와 함께 있는 것도 아니야. 그들은 함께 있어야만 하는 것 같지도 않 아. 그녀가 병이 들었을 때, 그는 미시시피에서 세인트루이스까지 모든 걸 알 수가 있어. 그렇다면, 이제 누가 맹점에 빠져 있는지 알겠군.'

킹 부인은 자신의 객실에 있었다. "저의 최악의 경쟁자는 저 말인 것 같군요." 재러드가 말했다.

"그 사람이 루이스에게 뱀이 우글거리는 강에서 수영을 하도록 한 것 과 똑같은 이유로 말을 타게 한다는 걸 이해하겠어요? 자신이 그렇게 할 수 있다는 걸 보여 주기 위해서, 날 모욕하기 위해서 말이에요."

"제가 뭘 할 수 있죠?" 재러드가 말했다. "어젯밤에 전 루이스에게 말 하려고 했어요. 그렇지만 제가 어디로 갔는지 어머님께서도 보셨죠."

"내가 남자라면 뭘 할 수 있느냐고 묻진 않겠어요. 만약 내 약혼녀가 망가져 가고 있다면, 본 적도 없고 나이도 모르고 양심이 있는지 없는지도 모르는 남자에 의해 망가져 가고 있는 걸 본다면……"

"다시 한 번 루이스에게 얘길 해보죠."

"얘기?" 하고 킹 부인이 되물었다. "얘기를 한다고요? 그런 얘기나 해보라고 내가 시급히 내려와 달라고 전보를 보낸 것 같아요?"

"어쨌든 기다려 주십시오." 재러드가 말했다. "괜찮아질 겁니다. 제게 맡겨 두세요."

정작 더 많이 기다려야 한 건 그 자신이었다. 그가 앉아 있던 텅 빈 로비로 루이스가 들어온 것은 거의 정오가 다 된 시각이었다. 그가 일어났다. "안녕?"

두 사람은 서로를 바라보았다. "안녕?"

"아직도 오후에 그 말을 탈 생각인가요?" 재러드가 물었다.

"그 문제는 어젯밤에 얘기가 끝난 걸로 아는데요. 그런데도 당신은 여전히 참견을 하는군요. 당신을 여기 오라고 한 건 제가 아니에요."

"하지만 전 여기로 왔어요. 이렇게 말이랑 싸우게 될 줄은 생각도 못했지만요." 그녀는 눈에 힘을 주며 그를 바라봤다. 그가 말을 이었다. "아니, 말보다 더한 죽은 사람과 싸우게 됐네요. 20년 동안이나 죽어 있는 남자. 그 사람도 스스로 그렇게 말하고, 사람들도 내게 그렇게 말해 줬죠. 그리고 그 사람도 알아야 해요. 의사가, 심장 전문가가 되려고 했다면서요. 내가 보기에 당신이 그를 살려 내고 있는 것 같군요. 그 사람을 겁주는 걸로…… 흥분제를 주사하듯이. 그렇지 않나요, 위대한 간호사 아가씨?" 그녀는 무척이나 고요하고 무척이나 차가운 표정으로 그를 응시했다. "질투가 아닙니다." 그는 말을 계속했다. "그 기이한 인물을 질투하는 게 아니라고요. 그렇지만 그 사람이 이미 죽은 말에다 당신을 태우려 하는 걸 내가 보면……" 그는 그녀의 차가운 표정을 내려다보았다. "나하고 결혼하고 싶지 않아요, 루이스?"

그녀는 더 이상 그를 보지 않고 말했다. "우린 아직 젊잖아요. 우리에겐 아직 시간이 많다구요. 어쩌면 내년, 1년 뒤 오늘, 모든 예쁘고 따뜻하고 푸르른 것들과 함께, 그분은…… 당신은 이해하지 못하겠죠. 저도 처음엔 이해할 수 없었어요. 그분이 처음 가슴 주머니에 다이너마이트 뇌관이 가득 채워진 성냥갑을 넣고 하루하루 살아가는 게 어떤 건지 얘기해 줬을 때는요. 그리고 어느 날, 제가 이해할 수 있을 정도로 나이가 들었을 때, 살아 있다는 것, 생존해 있다는 것, 살아 있음을 알고 있다는 것만을 제외하면 아무것도 없다는 걸 그분은 제게 말해 줬어요. 그리고 두려워한다는 것이 곧 살아 있다는 사실을 자각하는 것이고, 그 두려워하는 것을 행하는 것이 바로 사는 거라고요. 그분은 말했어요. 죽는 것보다는 두려워하는 게 나은 거라고. 그분은 제게 말해 줬어요. 두려워하는 것을 던져 버리기 전에는, 삶 없이 살고 있다는 걸 알기 전에는, 여전히 두려워할 뿐이라고요. 그리고 이제 그분은 그것조차도 내려놓았어요. 그래서 이제 그분은 그저 두려워할 뿐이에요. 그렇다면 제가 뭘 할 수 있겠어요?"

"알겠어요. 기다릴게요. 내 셔츠 주머니엔 다이너마이트 뇌관이 가득 든 성냥갑 따윈 들어 있지 않으니까요. 마법 가루가 채워진 성냥갑도 없고요."

"당신이 보게 될 거라고는 예상하지 못했어요. 전 당신을 부르지 않았어요. 전 당신이 개입되는 걸 원치 않아요."

"내가 준 반지를 받았을 때 그런 생각을 하지 않았나 보죠? 더구나,

내가 당신을 처음 본 날 밤, 이미 당신은 날 이 일에 개입시켰어요. 그땐 날 신경도 쓰지 않았겠지만. 덕분에 지금 난 몰랐던 걸 많이 알게 됐어요. 어쨌건, 그 사람은 반지를 어떻게 생각하고 있죠?" 그녀는 대답하지 않고 그에게 눈길조차 주지 않았다. 하지만 얼굴을 돌린 것은 아니었다. 잠시 후 그가 말했다. "알겠어요. 그 사람은 반지에 대해선 모르고 있군요. 보여 주지 않았군요." 여전히 그녀는 대답하지 않았다. 그녀는 그를 바라보는 것도, 바라보지 않는 것도 아니었다. "좋아요, 한 번 더 기회를 드릴게요." 그가 말했다.

그녀가 그를 보며 말했다. "무슨 기회를요?" 잠시 후 말을 이었다. "아, 반지를 돌려받고 싶은 거군요." 그는 허리를 쭉 편 채, 아무 표정 없이, 그녀를 지켜보았다. 그녀는 드레스 안쪽에서 가느다란 줄을 꺼냈다. 거기 반지가 걸려 있었고, 다른 것도 하나 걸려 있었다. 그녀가 재빨리 그 줄을 끊어 내는 순간, 그것이 여주인이 말했던 조그만 금속 토끼임을 알 수 있었다. 다음 순간 그것은 보이지 않았다. 그녀가 따끔하게 그의 뺨을 때렸다. 그러고는 층계 쪽으로 달려갔다. 잠시 후 그는 허리를 숙여 바닥에 떨어진 반지를 주운 후 로비를 둘러보았다. '다들 온천으로 갔군.' 반지를 움켜쥐며 그는 생각했다. '하기야 사람들이 이곳으로 오는 이유는 그 물을 마시러 오는 거지.'

그들은 거기에, 화사한 빛깔의 숄을 두르고 잡지를 보며 온천 샘 위에 덮인 천막 안에 오글오글 모여 있었다. 그가 다가가자 킹 부인이 얼룩덜룩한 커다란 컵 하나를 들고 무리에서 재빨리 빠져나왔다. "잘됐어요?" 그녀가 물었다. "됐어요?" 재러드는 반지가 들어 있는 손을 펴 보였다. 킹 부인은 차갑고 고요하며 분노 어린 얼굴로 반지를 내려다보았다. "가끔은 루이스가 내 딸이 맞는지 궁금할 때가 있어요. 이제 어떻게 할 거죠?"

재러드 역시 차갑고 고요한 얼굴로 반지를 내려다보며 말했다. "처음엔 말 한 마리와 싸우면 될 거라고 생각했습니다. 하지만 제가 알고 있는 것보다, 제가 들은 것보다 더 많은 일들이 벌어지고 있는 것 같네요."

"말도 안 돼." 킹 부인이 말했다. "당신, 그 바보 같은 릴리 크랜스턴 말을 들었죠? 여기 늙은 바보들 얘기를 들었죠?"

"모든 사람들이 모든 걸 다 알고 있지 못하듯이, 모든 사람들이 다 알 수도 없는 일이죠. 하지만 어쨌든, 전 그녀가 결혼하기로 약속한 유일한 남자예요." 그는 반지를 내려다보았다. "부인께선 제가 어떻게 했으면 좋겠습니까?"

"만약 당신이 이런 경우에 대해 여자에게서 조언을 구하는 걸 멈춰야만 할 남자라면, 당신은 그 조언을 받아들이고 반지를 갖고 네브래스카든 캔자스든 어디든, 돌아가는 게 나을 거예요."

"오클라호마는요?" 재러드가 인상을 구기며 말했다. 그는 반지가 든 손을 움켜쥐었다. "그래도 그 사람은 여전히 그 벤치에 있을 테죠." 그가 말했다.

"그러지 말아야 할 이유라도 있나요?" 킹 부인이 말했다. "그 사람은 여기선 누구도 두려워하지 않아요."

하지만 재러드는 걸음을 떼며 말했다. "부인은 루이스에게 가보세요. 이 일은 제게 맡겨 놓으시고요."

킹 부인은 길을 따라 내려가는 그를 지켜보았다. 그런 다음 몸을 돌려 얼룩이 묻은 커다란 컵을 협죽도 수풀로 던져 버리고는 빠른 걸음으로 계단을 올라 호텔로 향했다. 루이스는 객실에서 옷을 입는 중이었다. "휴버트한테 반지를 돌려줬다며?" 킹 부인이 말했다. "이제 그 사람이 좋아하겠구나. 너도 이제 그 사람한테 숨겨야 할 비밀도 없어진 거고. 반지를 비밀로 했었다면 말이다. 그 사람과 너 사이에 어떤 사적인 관계도 맺은 게 없다면, 굳이 뭘 감추려……"

"그만해요." 루이스가 말했다. "엄마는 그런 식으로 말하면 안 되잖아요."

"아하, 그 사람이 자랑스러워하겠구나. 자기 제자로부터 그런 얘기를 듣는다면 말이다."

"그분은 절 실망시키지 않을 거예요. 하지만 엄만 절 실망시켰어요. 그분은 절 내버려 두지 않을 거라고요." 그녀는 양쪽 옆구리에 주먹 쥔 손을 붙인 채 핼쑥하고 긴장된 얼굴로 서 있었다. 그러다가 갑자기 얼굴을 쳐들고는 울음을 터뜨리기 시작했다. 눈물이 그녀의 두 뺨을 타고 흘러내렸다. "전 걱정하고 또 걱정해요. 뭘 해야 할지 모르겠어요. 엄마는 절 실망시켰어요. 엄마는 제 엄마잖아요."

킹 부인이 침대에 걸터앉았다. 루이스는 속옷 차림으로 서 있었다. 그녀가 벗어 놓은 옷들이 침대며 의자에 걸쳐져 있었다. 침대 옆 탁자 위에 작은 금속 토끼가 놓여 있었다. 킹 부인은 잠깐 동안 그것을 바라보았다. "휴버트와 결혼하고 싶지 않니?" 그녀가 물었다.

"엄마한테도 그 사람한테도 약속했잖아요. 반지를 받았잖아요. 그런데도 왜 둘 다 절 가만두질 않는 거죠? 왜 저한테 시간도, 기회도 주지 않는 거죠? 두 사람은 절 실망시켰어요. 줄스 박사님을 제외하곤 모두가 절 실망시켰어요."

킹 부인은 미동도 없이 차가운 눈길로 그녀를 바라보며 말했다. "그 바보 같은 릴리 크랜스턴이 옳았구나. 그 남자가 어떤 흉악한 힘으로 널 지배하고 있다는 게 믿어지는구나. 난 하느님께 감사를 드려야겠다. 그

438

사람이 널 죽이고, 널 바보로 만드는 데만 자기 힘을 쓰고 있으니 말이다. 아직까지는 그러고만……"

"그만해요, 그만! 그녀가 반복했다. "그만, 그만!" 킹 부인이 일어나 그녀에게 손을 댔을 때도 그만하라는 소리를 그치지 않았다. "엄마는 날 실망시켰어! 휴버트도! 그 사람은 말 얘기를 엄마한테 안 한다고 약속해 놓고는 해버렸어."

"난 이미 알고 있었다. 그래서 그 사람을 이리로 오라고 한 거야. 나 혼자선 말릴 수 없으니까. 네가 말을 타지 못하게 하려면 누구든 필요했으니까."

"엄마가 말릴 수도 있었잖아요. 날 방에 가둬 버리면 되니까. 하지만 영원히 가둘 순 없을걸요. 엄만 저보다 나이가 많으니까. 엄마가 먼저 죽을 테니까. 엄마가 백 년을 살면 난 천 년을 기다려서라도 그 말을 탈 거예요."

"그래, 그때 난 여기에 없겠지." 킹 부인이 말했다. "하지만 그 사람도 없겠지. 난 그 사람보다는 오래 살 수 있어. 그리고 네 말대로 하루 정도는 널 방에 가둬 놔야겠구나."

15분 뒤 나이 든 짐꾼이 잠긴 문을 두드렸다. 킹 부인이 문을 열었다. "재러드 씨가 아래층에서 부인을 뵙고 싶다는군요." 짐꾼이 말했다.

그녀는 객실 문을 닫고 자물쇠를 채워 버렸다. 재러드는 텅 빈 로비에 있었다. "잘됐나요?" 킹 부인이 물었다. "된 거예요?"

"그 사람은 루이스가 저와 결혼을 하고 싶다는 얘기를 루이스로부터 직접 듣고 싶다고 하는군요. 그 사람에게 증표를 주세요."

"증표라고요?" 그들은 나직한 목소리로, 엄숙하고 긴장된 표정으로 대화를 나눴다.

"그래요. 제가 반지를 보여 줬어요. 그 사람은 여름 내내 입고, 잤을 것 같은 옷차림으로 벤치에 앉아서 그 반지를, 루이스가 봤다는 걸 도저히 믿을 수 없다는 표정으로 저를 지켜봤어요. 그러더니 말하더군요. '아, 반지를 갖고 있군. 하지만 자네의 증거물이 자네 손에 있다면 증거가 될 수 없지. 자네와 루이스가 약혼을 했다면 그 반지는 루이스 손에 있어야 하지 않겠나? 그게 아니라면, 내가 너무 구식인가?' 그래서 전 바보가 된 기분으로 서 있었고, 그 사람은 반지기 마치 울워스 체인점에서 갖고 온 것이기나 한 듯이 바라봤어요. 그 사람은 반지를 만져 보려고도 하지 않았어요."

"당신이 그 사람한테 반지를 보여 줬다고요? 그 반지를? 당신, 바보 아니에요? 무슨……"

"그래요. 뭐가 뭔지 모르겠어요. 그저 그게 그 사람의 방식이란 생각이 들었어요. 거기 앉아 있는 것, 루이스에게 뭔가를 하도록 하는 것. 그 사람이 절 놀리는 것 같았어요. 내가 할 수 있는 게 아무것도 없고, 그 사람이 미리 생각하지 않은 일은 내가 전혀 할 수 없을 것 같았어요. 그리고 그 사람은 이전에 이미 우리들 사이에 있었고, 그걸 다 알고 있었……"

"아까 뭐라고 그랬죠? 그 사람이 무슨 증표라고 말했다고 하지 않았어요?"

"그렇게 말하진 않았어요. 그 사람은 그저 증표라고만 말했을 뿐입니다. 루이스의 손에서 그 사람의 손으로 넘어가는. 제가 반지를 갖고 있다는 게 증거가 될 수 없었기 때문에, 그 사람이 믿을 수 있는 무엇이 필요했던 거죠. 전 그 사람을, 거기 그대로 앉아 있을 뿐인 그 사람을 치려는 제 손을 붙들고 있었어요. 그 사람은 움직이지 않았어요. 그저 거기에 앉아, 두 눈을 감은 채로, 얼굴에 약간 땀을 흘릴 뿐이었어요. 그러다가 그는 눈을 뜨고는 말했어요. '이제, 날 치게'라고요."

"잠깐만요." 킹 부인이 말했다. 재러드는 꼼짝하지 않았다. 킹 부인은 손톱으로 자신의 이를 톡톡 치면서 텅 빈 로비를 응시했다. "증거," 하고 그녀가 말했다. "증표." 그녀가 걸음을 떼기 시작했다. "당신은 여기서 기다려요." 그녀가 층계를 올라가기 시작했다. 그 덩치 큰 여자는 불굴의 의지를 품고, 기관차 같은 속도로 걸음을 옮기고 있었다. 그녀는 얼마 안 있다 돌아와서 말했다. "루이스는 자고 있어요." 재러드는 그녀가 왜 그 말을 하는지 알 수 없었다. 그녀가 쥐고 있던 손을 펼치며 말했다. "20분 안에 당신 자동차를 준비해 놓을 수 있겠어요?"

"네. 그런데 무슨……?"

"그리고 당신 짐도 꾸려 놔요. 다른 건 내가 알아서 할게요."

"루이스는…… 부인 말씀은 그럼……"

"여기서 한 시간 거리인 머리디언에서 결혼할 수 있을 거예요."

"결혼요? 루이스는……"

"루이스한테서 증표를 받을 수 있어요. 그 사람이 믿게 될 증표를요. 당신은 떠날 준비나 해요. 어디로 갈 건지는 아무한테도 말하지 말고요. 알았어요?"

"네, 알겠습니다. 그런데 루이스는……"

"아무도 없어요. 여긴." 그녀가 그의 손에 뭔가를 건네주었다. "짐을 다 챙기면 이걸 가져가서 그 사람에게 줘요. 그 사람이 루이스를 봐야겠다고 할지도 모르지만, 일이 그렇게 되면 나한테 맡겨요. 당신은 그냥 떠날 준비나 하면 돼요. 하지만 아마 그 사람은 그냥 쪽지만 줄 거예요. 내가 말한 대로만 해요." 그녀는 다시 층계를 올라가 민첩하게 사라졌다. 재러드는 손을 펴고 루이스의 어머니가 준 물건을 확인했다. 금속 토끼였다. 한때는 도금이 되어 있었지만 3년이나 지난 지금 그의 손바닥에 말없이 놓인 그것은 산화되어 녹슬어 있었다. 그가 객실을 떠날 때, 그의 걸음은 뛰는 것까지는 아니었지만 무척이나 빨랐다.

하지만 15분 뒤 로비로 들어올 때는 달리고 있었다. 킹 부인이 그를 기다리고 있었다.

"그 사람이 쪽지를 써줬습니다." 재러드가 말했다. "하나는 루이스에게, 다른 하나는 미스 크랜스턴에게요. 루이스에게 쓴 쪽지는 제가 읽어도 무방하다고 했어요." 하지만 이미 그것은 킹 부인의 손에 넘어가 펼쳐지고 있었다. "그 사람은 저더러 읽어 봐도 된다고 그랬습니다." 그의 숨소리는 힘겹고 빨랐다. "그 사람은 내가 하는 것을 지켜보았어요. 거기, 그 벤치에 앉아서요. 그 사람은 지난번에 갔을 때처럼 손 하나 움직이지 않으며 내게 말했어요. '젊은이, 미스터 재러드, 내가 그랬듯 자네도 한 여자에게 정복당했네. 하지만 다른 점이 있네. 자네가 도살당해 왔다는 걸 깨닫게 되기까지는 오랜 시간이 걸린다는 거지.' 그래서 제가 말했어요. '만약 루이스가 도살자라면, 전 제 남은 인생과 그녀의 남은 인생 동안 매일 죽임을 당해도 괜찮습니다'라고요. 그러자 그 사람이 말했어요. '아, 루이스. 자네, 루이스 얘기를 한 건가?' 그래서 제가 '죽었어요' 하고 말했어요. 제가 말했어요. '죽었어요'라고요. '죽었다고요'라고 제가 말했어요."

하지만 킹 부인은 거기 있지 않았다. 이미 층계를 반이나 올라가 있었다. 그녀가 방으로 들어섰다. 침대 위에 있는 루이스는 눈물을 흘렸는지 잠을 자서 그런지 얼굴이 부어 있었다. 킹 부인이 그녀에게 쪽지를 건네주었다. "자, 얘야. 내가 뭐라고 했니? 그 사람은 그저 널 바보로 만들었을 뿐이야. 널 이용해서 시간을 보냈을 뿐이라고."

자동차는 번화가로 방향을 바꾸며 빠르게 속도를 높였다. "빨리요." 재러드 곁에 있는 루이스가 말했다. 차의 속도가 더 빨라졌다. 그녀는 딱 한 번 호텔 쪽으로 고개를 돌려 협죽도와 배롱나무가 뒤섞인 공원을 바라보았다. 그런 다음 몸을 낮게 웅크렸다. "빨리요." 그녀가 말했다.

"빨리 가고 있어요." 재러드가 그렇게 말하며 그녀를 내려다보았다. 조금 뒤에 다시 내려다보니, 그녀는 울고 있었다. "그렇게 기뻐요?" 그가 말했다.

"무얼 잃어버렸어요." 그녀가 소리 없이 눈물을 흘리며 말했다. "어렸을 때 받아서 지금까지 오랫동안 간직했던 걸요. 그걸 잃어버렸어요. 오늘 아침까지 가지고 있었는데, 찾을 수가 없었어요."

"잃어버렸다고요?" 그가 말했다. "당신이 받은……" 그의 발이 올라갔다. 차가 느려지기 시작했다. "왜요, 당신이 보낸……"

"안 돼요, 안 돼." 루이스가 말했다. "멈추지 말아요! 돌아가지 말아요! 계속 가요!"

차는 이제 천천히 해안을 달리고 있었다. "왜, 당신이…… 당신이 잔다고 부인이 말했어요." 그는 브레이크 위에 발을 올려놓았다.

"안 돼, 안 돼요!" 루이스가 소리를 질렀다. 그녀는 앞으로 다가앉았다. 그녀는 그의 말을 전혀 듣지 않는 것 같았다. "차를 돌리지 말아요! 계속 가세요! 계속 가라고요!"

'그 사람은 알고 있었어,' 하고 재러드는 생각했다. '거기 그 벤치에 앉아서도 그는 알았던 거야. 내가 죽임을 당해 왔다는 걸 내가 알지 못할 거라고 말하던 그때, 그는 알고 있었던 거야.'

차는 거의 멈춘 것이나 마찬가지였다. "가요!" 루이스가 소리쳤다. "가 라고요!" 그는 그녀를 내려다보았다. 그녀는 두 눈이 멀어 버린 것 같았 다. 얼굴은 푸른빛이 돌 만큼 창백했고, 입은 벌어져 있었다. 절망과 굴 복이 극단의 고통을 만들어 낸 그 모습은, 그가 만약 나이가 더 들었다 면 어느 누구의 얼굴에서도 볼 수 없으리라고 생각했을, 그런 형상을 하 고 있었다. 그러다가 그는 후진 기어를 넣고 있는 자신의 손을, 스로틀 밸브 위에 놓이는 자신의 발을 지켜보았다. '그 사람은 자신에게 말했 어.' 새러느는 생각했다. '두렵지만, 아직은 그렇게 하는 거야, 라고. 그 사 람은 자신에게 말했어. 살아 있고, 살아 있다는 사실을 아는 걸 빼버린 다면 이 세상에 존재하는 건 아무것도 없어, 라고 말이야.'

"빨리!" 루이스가 소리쳤다. "더 빨리!" 차가 달려 나갔다. 밝은 빛 숄이 바람 소리를 내고 있던 호텔의 널따란 베란다가 뒤쪽으로 멀어져 갔다.

헐렁한 여름 드레스를 입은 사람들, 잦아드는 늙은 숨소리와 짧게 끊 으며 빠르게 지껄이는 여자들 무리에 끼어 있던 여주인은 두 번째 쪽지 를 든 채로 베란다에 서 있었다. "결혼을 한 건가?" 하고 그녀가 말했다. "결혼을?" 그녀는 마치 딴사람이 된 것처럼, 쪽지를 펼치고는 다시 읽었 다. 오래 읽을 것도 없었다.

릴리,

이제 더 이상 나에 대해서 걱정하지 말아요. 난 저녁 식사 때까지 여기 앉아 있을 거요. 내 걱정은 말아요.

J. M.

"나에 대해서 걱정하지 말아요," 하고 그녀가 말했다. "나에 대해서." 그녀는 로비로 걸어갔다. 나이 든 깜둥이가 느릿느릿 바닥을 쓸고 있었다. "재러드 씨가 이걸 당신에게 줬어요?"

"예, 주인님. 그 사람이 내게로 달려와서 그걸 주고는 자기 짐을 차에 실으라고 했어요. 그러고 나서 루이스 양이랑 그 사람이 여기 있는 걸 알았는데, 우! 차를 몰고는 경찰차처럼 큰길로 내빼더군요."

"그러고는 머리디언 쪽으로 갔다고요?"

"네. 줄스 박사님이 앉아 있는 저기 벤치 앞을 지나서요."

여주인이 말했다. "결혼을 했어, 결혼을 한 거야." 그녀는 쪽지를 든 채 호텔을 떠나 하얀 옷이 입혀진 형상이 미동도 없이 앉아 있는 벤치가 보일 때까지 길을 따라갔다. 그녀는 다시 걸음을 멈추고 쪽지를 읽어 보고는 도로와 마주한 벤치 쪽 오솔길을 쳐다보았다. 그러고는 호텔로 돌아왔다. 여전히 베란다 여기저기에 앉아 있는 여자들이 무언가 수군거리고 있다가 여주인이 호텔 쪽으로 다가오자 갑자기 조용해졌다. 그녀는 재빨리 호텔 안으로 들어가 버렸다. 벌써 저물 무렵이었다.

그녀가 주방으로 향할 때 땅거미가 지기 시작했다. 짐꾼은 난롯가 의자에 앉아 요리사와 얘기를 나누고 있었다. 여주인이 주방 문가에서 걸음을 멈추고 말했다. "찰리, 줄스 박사님께 가서 곧 식사가 차려진다고 알려 드려요."

짐꾼이 자리에서 일어나 옆문을 통해 주방을 나섰다. 그가 베란다를 지나갈 때 여주인은 층계 맨 위쪽에 서 있었다. 그녀는 짐꾼이 벤치로 향하는 오솔길 쪽으로 사라지는 모습을 지켜보았다. 여자 하나가 지나가며 말을 걸었지만 그녀는 대꾸하지 않았다. 마치 그 소리를 듣지 못한 듯, 깜둥이가 사라진 길 너머 숲만 지켜보았다. 짐꾼이 다시 나타났을 때, 베란다에 있던 손님들은 그녀가 계단을 내려가고 있는 것을 보았다. 그때까지 그들은 아직 깜둥이 짐꾼이 달려오고 있다는 사실을 알지 못했다. 그들은 입을 닫고 몸을 기울인 채, 깜둥이를 지나쳐 계속 달려가는 그녀를 지켜보았다. 치마를 걷어 올리고 있어서 여선생처럼 완고해 보이는 그녀의 발목과 발이 드러나 있었다. 그녀는 쉬지 않고 달려 오솔길로 사라졌다. 그녀가 다시 나타났을 때, 손님들은 여전히 몸을 앞으로 기울인 채 아무 소리도 내지 않고 앉아 있었디. 그들은 황혼의 어둠을 뚫고 와서 현관으로 올라서는 그녀를 바라보았다. 그녀의 얼굴에는 자신이 본 사실을 아직 믿을 준비가 안 됐다는 표정이 어려 있었다. "자기," 하며 손님들 중 한 사람을 부르는 그녀의 목소리가 무척이나 낮은 것도 그 때문인 듯했다.

"마르티노 박사님이 방금 세상을 떠나셨어. 나 대신 시내에 전화 좀 해줄래?"

저는 이 상이 제가 아니라 제 작품에, 한 존재가 고뇌 속에서 땀에 절어 만들어 낸, 영예를 위한 것도 아니고 심지어 이득도 되지 않지만, 이전에는 존재하지 않았던 인간 정신의 무언가를 재료로 창조한 제 작품에 주어지는 것이라 여깁니다. 그래서 이 상을 오로지 저만의 것으로 받아들이겠습니다. 어떤 헌신에 그 목적과 의미의 기원에 걸맞은 금전을 헌정하는 것은 쉬운 일일 것입니다. 하지만 저는 그와 똑같은 가치를 지닌 박수갈채를, 이 절정의 순간을 사용하여 저와 똑같은 고통과 수고에 헌신하고 있는 젊은 남녀들에게 보내고 싶습니다. 제가 서 있는 이 자리에 언젠가는 서게 될 그들에게 말입니다.

오늘날 우리의 비극은, 일반적이고 보편적인 물리적 공포가 너무나 오래 지속되어 이제는 심지어 참을 수 있게 되었다는 점입니다. 그래서 이제 더 이상 정신에 대한 문제는 묻지 않습니다. 단지 하나의 질문만 할 뿐입니다. '나는 언제 주목받게 될까?' 이러한 이유로 오늘날 글을 쓰는 젊은 남녀들은, 인간의 마음 그 자체에서 일어나는 갈등에 대한 문제는, 자신이 쓰려는 것이 고뇌와 땀을 쏟을 만한 가치가 있는 것이라서 잘 쓸 수 있다고 생각하는지의 문제는 망각하고 있습니다.

작가는 다시금 그것들을 배워야만 합니다. 작가는 가장 기본적인 것들을 두려워해야 한다는 사실을 스스로에게 가르쳐야 합니다. 또한 그것을 영원히 잊지 말라고, 마음이라는 오래된 진실과 진리를, 수명이 짧고 운이 다하게 되어 있는 이야기들에는 담겨져 있지 않은 그 오래 묵은 보편적 진리를, 사랑과 명예와 동정과 자긍과 연민과 희생을, 자신의 작업실에서 떠나게 하지 말라고 스스로에게 가르쳐야 합니다. 그렇게 하지 않는 작가는, 저주스러운 노동을 하고 있을 뿐입니다. 그는 사랑을 쓰는 것이 아니라 욕정을, 아무짝에도 쓸모없는 가치의 몰락을, 희망은 물론 심지어 연민이나 동정도 담겨 있지 않은 승리를 기록할 뿐입니다. 그의 슬픔은 어떤 보편적 기반도 없이, 어떤 흉터도 남기지 않은 채 그저 슬픔으로 함몰할 뿐입니다. 그는 마음이 아니라 분비물에 대해 쓸 뿐입니다.

이 사실을 다시금 자각하지 못한다면, 작가는 인류의 종말 한가운데에서 마치 그것을 목도했다는 듯한 글을 쓰게 될 것입니다. 저는 인류의 종말을 인정하기를 거부합니다. 저는 인간은 인내하는 존재이기에 불멸의 존재라고, 주저 없이 말합니다. 최후의 격전을 알리는 종이 울리는 붉게 물든 마지막 저녁, 쓸모없는 최후의 바윗덩어리가 내던져진 바다 위로 썰물이 빠져나갈 때, 그때에도 그곳에는 여전히 하나의 음향이 존재할 것입니다. 그것은 바로 작가의 목소리, 여전히 뭔가를 끊임없이 읊조리고 있는, 왜소하지만 지칠 줄 모르는 목소리입니다.

저는 여기에 머물지 않습니다. 저는 인간이 단지 인내하는 존재일 뿐이라고 생각하지 않습니다. 인간은 이겨 낼 것입니다. 그가 불멸인 것은 만물 가운데 홀로 지치지 않고 뭔가를 주절거리는 존재이기 때문이 아니라, 연민과 희생과 인내를 가능케 하는 영혼과 정신의 소유자이기 때문입니다. 바로 그러한 것에 대해 쓰는 것이, 시인과 작가의 의무입니다. 인간이 스스로의 마음을 드높일 수 있도록, 지난날을 영예롭게 했던 용기와 명예와 희망과 자긍과 연민과 동정과 희생을 스스로에게 상기시킬 수 있도록 하여 인내하게 도와주는 것이, 작가가 가진 특권입니다. 시인의 목소리는 인간을 기록하는 데 그칠 필요가 없습니다. 그것은 인간을 인내하게 하고 이겨 낼 수 있도록 도와주는 굳건한 기둥, 버팀목이 될 수 있을 것입니다.

거인의 손금, 발자국, 입김

미국의 베스트셀러 작가 존 그리샴은 "하루아침에 내가 진지한 작가로 변신할 수는 없다. 사과와 오렌지를 비교할 수는 없지 않는가. 윌리엄 포크너는 위대한 천재 작가다. 나는 아니다"라고 말한 적이 있다. 출간하는 책마다 베스트셀러가 되고 그 대부분이 영화로 만들어졌던 작가가 스스로를 위대한 작가의 반열에서 탈락시키며 포크너를 떠받든 것이다. 이 말에 과연 그리샴의 독자들은 몇 명이나 동의할까? 장담할 수는 없지만, 그리샴의 독자들 중 윌리엄 포크너를 읽은 사람은 그리 많지 않을 것이며, 또한 그리샴의 발언에 자극받아 포크너를 집어 들었다 해도 그것을 끝까지 읽어 낸 숫자는 극히 적을 것 같은 생각이 드는 건 왜일까? 아마도, 재밌고 화려한 스토리텔링과 읽는 데 별다른 고민을 요하지 않는 문장에 익숙한 독자들에게 포크너는 그만큼 불친절하고 냉혹한, 루소의 '철학적 산책자'를 연상시키는 깊고 끈질긴 사색을 요구하는 작가이기 때문이리라. 하지만 동시에 이 사실은 그런 독자들에게, 그러니까 우리에게, 절체절명의 희망을 던져 주는 일이기도 하다. 즉, 포크너를 넘어설 수만 있다면, 아니 기꺼이 넘으려는 결심만이라도 견지한다면, 우리는 이제껏 경험해 보지 못한 넓고 깊은 문학의 바다와 마주하게 될 것이고, 그곳에서 헤엄치는 일의 짜릿함을 만끽할 수 있을 것이며, 그 바다에서 돌아왔을 때 우리들 정신의 피부가 얼마나 건강한 구릿빛으로 변해 있는지를 발견하게 될 것이다.

모두 열두 편이 수록된 이번 작품집에서 여느 중단편 길이의 두세 배에 해당되는 「곰」을 비롯한 대부분의 작품들이 포크너 소실의 주요 무대인 가상의 공간 '요크나파토파Yoknapatawpha'에서 펼쳐진다. 포크너에게 노벨문학상을 안겨 준 『음향과 분노』, 『압살롬, 압살롬!』, 『내가 누워 죽을 때』, 『8월의 빛』 같은 장편소설들과도 공유하는 이 공간은 미국 남부를 상징하는 것은 물론, 욕망과 절망과 분노와 죽음과 투쟁, 온유와 고귀함과 절제와 용기와 희망이 공존하는 공간, 즉 우리가 살았고 살고 살아갈 바로 이 '땅'을 상징한다. 태초로부터 쌓여 온 시간의 단층과도 같은 이 공간을 배경으로 한 포크너의 소설들이 세계 도처 문학 애호가들의 정신을 자극하고 그들로부터 전폭적인 신뢰와 사랑을 이끌어 낸 것은 "가장 지역적인 것이 가장 범세계적"이라는 은유가 '요크나파토파'에도 고스란히 적용된다는 증기다. 이것은 우리들 세계의 영원성을 담보하며, 생로병사의 철칙을 넘어서는 인간 정신의 광대무변을 각성시킨다.

「곰」은 이런 각성에 가장 근사近似한 작품이다. '곰'은 단순한 물리적 존재로서의 '동물'을 넘어선, 원시적 생태가 그대로 살아 있는 '광야' 그

자체이며, 거기에 무방비로 노출된 주인공 소년이 자신의 정신과 영혼을 어떻게 무한과 영원으로 이끌고 가는지를 지켜보는 일은 그 자체로 우리들 유한한 삶의 경이로운 전환에 대한 더할 수 없는 응원이다.

월리엄 포크너라는 문학적 거인의 풍모는 그의 수많은 장편들로부터 확인된다. 그의 장편들이 보여 주는 것이 거인의 전면적 풍모라면, 그의 단편들이 우리에게 보여 주는 것은 그 거인의 운명이 섬세하게 그려진 손금과, 그의 생애 어느 한 지점에 깊이 눌러 찍힌 발자국과, 그가 토해 낸 숱한 숨들의 한 줄기 또렷한 백색 입김이다. 그의 손금을 통해 그의 운명을 가늠하고, 그의 발자국으로 그의 전 행로를 추적하며, 창백한 허공에 어렸다 사라진 입김으로 그의 생기를 흡향하는 것 — 이것이 포크너의 단편들을 읽는 일의 의미이며 기쁨이다.

열두 편에 이르는 크고 작은 단편들이 우리에게 보여 주는 거인의 손금, 발자국, 입김을 모두 그러모았을 때 우리 앞에 또 다른 하나의 거인이 버티고 선다는 것은 당연하면서도 경이로운 신비다. 그때의 거인은 인간이 보여 줄 수 있는 모든 감각·감정·정서의 총화에 버금한다. 「에밀리에게 바치는 한 송이 장미」의 에밀리 양이 보여 주는 완고함과 처연함, 「헛간 타오르다」의 소년이 보여 주는 굴욕과 인내, 「메마른 9월」의 이발사가 보여 주는 용기, 「그날의 저녁놀」의 흑인 세탁부가 보여 주는 불안과 황폐, 「와시」의 백인 가난뱅이가 보여 주는 환각과 광기, 「반전」의 해군 사관생이 보여 주는 순수와 유희, 「여왕이 있었었네」의 노부인이 보여 주는 절제, 「브로치」의 젊은 남편이 보여 주는 몰두와 파멸, 「마르티노 박사」의 젊은 여자가 보여 주는 믿을 수 없는 사랑에의 열정 — 이들이 그러모아져 만들어 낸 거인의 풍모는 포크너의 장편이 보여 주는 우람한 거인의 그것에 맞서는 새로운 거인의 모습이다.

1897	9월 25일, 미시시피 주 뉴올버니에서 태어남.
1898	돌이 되기 전에 리플리로 이사.
1905	초등학교 1학년에 입학.
1909	5학년이 되면서 출석과 성적이 저조해짐.
1914	몇 년 동안 이어진 반항기를 지나고 학교를 중퇴. 필 스톤과의 오랜 우정이 시작됨.

1915 11학년을 시작하지만 다시 그만둠.

1916~17 할아버지가 운영하는 은행에서 잠시 일을 하다가 미시시피 대학의 학생 활동에 이끌리기 시작함. 그의 드로잉 작품 한 점이 대학 연감 《올 미스*Ole Miss*》에 실림.

1918 군 입대를 거부당함. 코네티컷 주 뉴헤이븐으로 옮겨 필 스톤과 함께 살며 윈체스터 리피팅 무기 회사에서 근무. 6월에 자신의 이름 철자를 Falkner에서 Faulkner로 바꾸고 캐나다 기지의 영국 공군에 입대. 11월 11일, 훈련 과정 중에 제1차 세계대전 끝남. 12월에 옥스퍼드로 돌아옴.

1919 8월 6일, 처음으로 시 「목신의 오후*Afternoon of a Faun*」를 《뉴 리퍼블릭》지에 발표. 미시시피 대학에 등록하고, 시와 그림을 발표.

1920 대학 중퇴. 학생 극단과의 일은 계속하며 공연을 위해 작품을 씀.

1921 뉴욕에 머물며 서점에서 일함. 12월, 대학 우체국의 국장으로 옥스퍼드로 돌아옴.

1922 스카우트 단원 대장, 우체국장으로 일하며 대학 간행물에 글을 발표. 《더블 딜러》지에 시를 발표.

1924 모든 직책에서 사임. 12월 25일, 『대리석 목신*The Marble Faun*』을 출간.

| 1925 | 《더블 딜러》지 등에 글을 쓰며 예술가·작가와 교류. 헬렌 베어드와 사랑에 빠짐. 7월 7일, 유럽 여행. 이탈리아, 스위스, 프랑스, 영국을 여행하고 파리에 머물다가 12월에 옥스퍼드로 돌아옴. |

| 1926 | 옥스퍼드, 뉴올리언스를 오가며 헬렌 베어드에게 구애함. 『모기들 *Mosquitoes*』 집필. |

| 1927 | 『모기들』 출간. 『먼지 속의 깃발들*Flags in the Dust*』 집필에 몰두하지만 출간 거절당함. |

| 1928 | 『음향과 분노*The Sound and the Fury*』를 집필, 뉴욕에서 수정. |

| 1929 | 『성역*Sanctuary*』 집필 완료. 6월 20일, 예전에 약혼했다가 다른 남자와 결혼한 뒤 이혼한 에스텔 올덤과 결혼. 10월, 『음향과 분노』 출간. 10월, 『내가 누워 죽을 때*As I Lay Dying*』 집필 시작. |

| 1930 | 1월, 『내가 누워 죽을 때』 수정본 완성. 유명 잡지에서 그의 단편을 구매하기 시작. 남북전쟁 이전의 저택을 구입하고 '로언 오크'로 명명. 10월, 『내가 누워 죽을 때』 출간. 『성역』 수정. |

| 1931 | 2월, 『성역』 출간. 『8월의 빛*Light in August*』 집필 시작. 10월, 버지니아주 샬럿빌 작가회의에 참석. 두 달가량 뉴욕에 머묾. |

| 1932 | 『8월의 빛』을 탈고하고, 할리우드에서 영화 일을 시작. 10월, 『8월의 |

빛』 출간.

1933   비행 수업 시작. 비행기 구입. 6월, 딸 질 포크너 태어남.

1934   훗날 『압살롬, 압살롬!*Absalom, Absalom!*』이 되는 작품과 더불어 여러 개의 단편들 집필. 4월, 『마르티노 박사와 다른 단편들*Dr. Martino and the other stories*』 출간.

1936   『압살롬, 압살롬!』 탈고. 2~5월, 할리우드에서 일을 하면서 메타 카펜터와의 사랑이 깊어짐. 6월에 옥스퍼드로 돌아왔다가, 7월에 아내 에스텔과 딸 질을 데리고 할리우드로 감.

1937   메타 카펜터가 볼프강 레브너와 결혼하면서 그녀와의 사랑이 끝남. 5월, 에스텔과 질이 옥스퍼드로 돌아가고, 8월에 그도 돌아감. 10월, 뉴욕에서 메타를 다시 만남.

1940   「곰The Bear」을 비롯해 작품집 『내려가라, 모세*Go down, Moses*』에 수록될 여러 단편들 집필.

1942   『내려가라, 모세』 출간. 7월, 5개월 한시 계약으로 할리우드 일을 재개하면서 메타 카펜터와의 관계도 다시 시작됨.

1943~46   수차례 한시적으로 할리우드 일을 하고, 옥스퍼드로 내려가 가족과 지내며 훗날 퓰리처상 수상작이 되는 『우화*A Fable*』 집필에 힘씀. 지

인의 도움으로 워너 브러더스 사와의 계약 관계를 청산하고 집필에
전념.

1947　　『우화』의 한 꼭지인 「말 도둑에 대한 주석Notes on a Horse-thief」을 《파
티잔 리뷰》지에 보냈으나 게재를 거절당함.

1948　　『우화』를 제쳐 두고 『먼지 속의 틈입자Intrudrer in the Dust』를 집필, 9월
에 출간.

1949　　『수녀를 위한 진혼곡Requiem for a Nun』의 공동 집필자 조앤 윌리엄스를
만남.

1950　　노벨문학상 수상.

1951　　『말 도둑에 대한 주석』 출간. 『단편선Collected Stories』으로 전미도서상
수상.

1952　　옥스퍼드와 뉴욕을 오가며 지내다가, 5월에 유럽 여행. 조앤 윌리엄
스와 연인 사이가 됨.

1953~54　　『우화』를 끝내고 딸 질 포크너에게 헌정, 유럽으로 떠남. 조앤 윌리
엄스의 결혼 소식을 듣게 됨. 딸 질이 폴 서머스와 결혼하고 싶어 한
다는 걸 알고 옥스퍼드로 돌아옴. 『우화』 출간.

1955~56   인종차별 폐지 논쟁에 깊이 개입하며, 인종차별 폐지와 관련된 글
           을 씀.『우화』로 두 번째 전미도서상 수상.

1960   자신의 원고들을 윌리엄 포크너 재단에 기증할 것을 유언.

1961   『약탈자Reivers』 집필에 진전을 보임.

1962   6월,『약탈자』 출간. 7월 5일, 미시시피 주 비할리아 소재 라이트 요
           양소에 들어갔다가 이튿날 사망.『약탈자』로 두 번째 퓰리처상을 사
           후 수상.

세계문학 단편선을 펴내며

　세상의 모든 이야기는 단편으로 시작되었다. 성서와 그리스 신화를 비롯해 인류의 많은 신화와 설화는 단편의 형식으로 사물의 기원, 제도와 금기의 탄생, 운명이라는 이름의 삶의 보편적 형식을 설명했다.

　〈세계문학 단편선〉은 모든 산문의 형식 중 가장 응축적이고 예술성이 높은 단편소설에 포커스를 맞추어 세계문학을 바라보는 새로운 관점을 제시하고자 한다. 단편소설을 언급할 때 빼놓을 수 없는 작가들의 작품들은 물론이고, 한두 편의 장편소설로만 우리에게 알려진 세계적 작가들이 남긴 주옥같은 단편들을 통해 대가의 진면모를 총체적으로 바라볼 수 있게 할 것이다. 또한 우리에게 문학의 변방으로 여겨져 왔던 나라들의 대표적 단편 작가들도 활발히 소개할 것이며 이미 순문학과의 경계가 불분명해진 장르문학의 형성과 발전에 크게 기여한 작가들의 작품 역시 새롭게 조명해 나갈 것이다.

　에드거 앨런 포는 문학작품은 독자가 앉은자리에서 다 읽을 수 있을 정도로 짧아야 한다고 했다. 바쁜 일상의 삶을 사는 현대인들에게 〈세계문학 단편선〉은 삶과 사회, 나아가 세계를 바라볼 수 있게 하는 더할 나위 없이 좋은 친구가 될 것이라 확신한다.

　21세기인 현재에 이르기까지 단편소설은 그리스 신화가 그러했듯이 삶의 불변하는 조건들을 응축된 예술적 형식으로 꾸준히 생산해 왔다. 그리고 새로운 문학적 기법과 실험적 시도를 통해 단편소설은 현재두 계속 진화, 확장되고 있다. 작가의 치열한 예술적 열정이 가장 뜨겁게 반영된 다양한 개성으로 빛나는 정교한 단편들을 통해 문학의 진정한 존재 이유를 독자들이 느낄 수 있기를 소망하며 이번 〈세계문학 단편선〉을 펴낸다.

현대문학 편집부

01
단편소설이라는 장르에 새로운 바람을 불어넣은
20세기 문학계 최고의 스타
어니스트 헤밍웨이
킬리만자로의 눈 외 31편
하창수 옮김 | 548면 | 값 15,000원

02
문학의 존재 이유, 그리고 문학의 숭고함을 역설하는
20세기 세계문학의 거인
윌리엄 포크너
에밀리에게 바치는 한 송이 장미 외 11편
하창수 옮김 | 460면 | 값 14,000원

03
독일 문화가 제시할 수 있는 최고의 경지를 보여 준
세계문학의 대표자
토마스 만
베네치아에서의 죽음 외 11편
박종대 옮김 | 432면 | 값 14,000원

04
탐정소설을 문학으로 승화시킨
하드보일드 학파의 창시자
대실 해밋
중국 여인들의 죽음 외 8편
변용란 옮김 | 620면 | 값 16,000원

05
'광란의 20년대'를 배경으로 한
포복절도할 브로드웨이 단편들
데이먼 러니언
세라 브라운 양 이야기 외 24편
권영주 옮김 | 440면 | 값 14,000원

06
SF의 창시자이자 SF 최고의 작가로 첫손에 꼽히는
낙관적 과학 정신의 대변자
허버트 조지 웰스
눈먼 자들의 나라 외 32편
최용준 옮김 | 656면 | 값 16,000원

07
에드거 앨런 포를 계승한
20세기 공포문학의 제왕
하워드 필립스 러브크래프트
크툴루의 부름 외 12편
김지현 옮김 | 380면 | 값 16,000원

08
현대 단편소설의 문법을 완성시킨
단편소설의 대명사
오 헨리
휘멘의 지침서 외 55편
고정아 옮김 | 652면 | 값 16,000원

09
근대 단편소설의 창시자이자
세계 단편소설 역사에 우뚝 솟은 거대한 봉우리
기 드 모파상
비곗덩어리 외 62편
최정수 옮김 | 808면 | 값 17,000원

10
앨프리드 히치콕의 영원한 뮤즈,
20세기 서스펜스의 여제
대프니 듀 모리에
지금 쳐다보지 마 외 8편
이상원 옮김 | 380면 | 값 12,000원

11
터키 현대 단편소설사에 전환점을 찍은
스스로가 새로운 문학의 뿌리가 된 선구자
사이트 파이크 아바스야느크
세상을 사고 싶은 남자 외 38편
이난아 옮김 | 424면 | 값 13,000원

12
영원불멸의 역설가, 그로테스크의 천재
20세기 문학사의 가장 독창적이고 예언적인 목소리
플래너리 오코너
오르는 것은 모두 한데 모인다 외 30편
고정아 옮김 | 756면 | 값 22,000원

13

현대 공포소설의 방법론을 확립한
20세기 최초의 공포소설가

몬터규 로즈 제임스

호각을 불면 내가 찾아가겠네, 그대여 외 32편

조호근 옮김 | 676면 | 값 16,000원

14

영국 단편소설의 전통을 세운
최고의 이야기꾼, 언어의 창조자

로버트 루이스 스티븐슨

지킬 박사와 하이드 씨의 기이한 사례 외 7편

이종인 옮김 | 504면 | 값 14,000원

15

현대 단편소설의 계보를 잇는 이야기의 대가
인간 생활의 가장 기민한 관찰자

윌리엄 트레버

그 시절의 연인들 외 22편

이선혜 옮김 | 616면 | 값 16,000원

16

인간의 무의식을 날카롭게 통찰한
미국 문학사상 가장 대중적인 작가

잭 런던

들길을 가는 사내에게 건배 외 24편

고정아 옮김 | 552면 | 값 15,000원

17

문명의 아이러니를 신화적 상상력으로 풍자한
고독한 상징주의자

허먼 멜빌

선원, 빌리 버드 외 6편

김훈 옮김 | 476면 | 값 14,000원

18

지구의 한 작은 점에서 영원한 우주를 꿈꾼
환상문학계의 음유시인

레이 브래드버리

태양의 황금 사과 외 31편

조호근 옮김 | 556면 | 값 15,000원

19

우울한 대공황 시절 '월터 미티 신드롬'을 일으킨
20세기 미국 최고의 유머 작가

제임스 서버

윈십 부부의 결별 외 35편

오세원 옮김 | 384면 | 값 12,000원

20

차별과 억압에 블루스로 저항하며
흑인 문학의 새로운 전통을 수립한 민중의 작가

랭스턴 휴스

내가 연주하는 블루스 외 40편

오세원 옮김 | 440면 | 값 14,000원

21

개인적인 체험을 바탕으로
인류 구원과 공생을 역설하는 세계적 작가

오에 겐자부로

사육 외 22편

박승애 옮김 | 776면 | 값 20,000원

22

탐정소설을 오락물에서 문학의 자리로 끌어올린
하드보일드 문체의 마스터

레이먼드 챈들러

밀고자 외 8편

승영조 옮김 | 600면 | 값 16,000원

23

부조리와 위선으로 가득 찬 인간에 대한 풍자와 위트로
반전을 선사하는 단편의 거장

사키

스레드니 바슈타르 외 70편

김석희 옮김 | 608면 | 값 16,000원

24

'20세기'라는 장르의 거장,
실존의 역설과 변이에 대한 최고의 기록자

그레이엄 그린

정원 아래서 외 52편

서창렬 옮김 | 964면 | 값 20,000원

37

끝나지 않은 불안의 꿈을 극도의 예민함으로 현실에 투영한,
시대를 앞선 실존주의 문학의 선구자

프란츠 카프카

변신 외 77편

박병덕 옮김 | 840면 | 값 24,000원

38

광활한 우주의 끝, 고독과 슬픔의 별에서도
인류의 잠재력과 선한 의지를 믿었던 위대한 낙관주의자

시어도어 스터전

황금 나선 외 12편

박중서 옮김 | 792면 | 값 19,000원

39

독보적인 스토리텔링으로 빅토리아 시대를
사로잡은 영국적 미스터리의 시초

윌키 콜린스

꿈속의 여인 외 9편

박산호 옮김 | 564면 | 값 16,000원

40

현존하는 거의 모든 SF 장르의 도서관
우주의 불가해 속 인간 존재를 탐험했던 미래의 철학자

스타니스와프 렘

미래학 학회 외 14편

이지원·정보라 옮김 | 660면 | 값 17,000원

윌리엄 포크너

초판   1쇄 펴낸날 2013년 11월 8일
초판 10쇄 펴낸날 2024년 5월 16일

지은이 윌리엄 포크너
옮긴이 하창수
펴낸이 김영정

펴낸곳 (주)현대문학
등록번호 제1-452호
주소   06532 서울시 서초구 신반포로 321(잠원동, 미래엔)
전화   02-2017-0280
팩스   02-516-5433
홈페이지 www.hdmh.co.kr

ⓒ 2013, 현대문학

ISBN 978-89-7275-663-7 04840
세트 978-89-7275-672-9

* 책값은 뒤표지에 있습니다.
* 파본은 구입처에서 교환해 드립니다.